（日）竹添光鴻 箋注

毛詩會箋

叁

鳳凰出版社

毛詩卷第十一

竹添光鴻會箋

毛詩小雅

鴻雁之什詁訓傳第十八

鴻雁、美宣王也。箋曰、是什兩兩相比、鴻雁庭燎並美而箴之之詩、萬民離散。不安其居。箋曰、釋鴻雁肅肅、而能勞來還定安集之。箋曰、勞者勞之、來者來之、往者還之、擾者定之、危者安之、散者集之、至于矜寡。無不得其所焉。箋曰、二雅皆士大夫作也、朱傳謂鴻雁是流民作、訓之子爲流民自相謂、非是、之子、卿士爲王巡行勞來者也、爰及矜人、哀此鰥寡、皆之子勑勞之事、古義本如此、集傳曰、勑勞者皆鰥寡可哀憐之人、則爰及哀此四字爲虛設矣、況此流民豈必偏喪者哉、小雅自鹿鳴以下、至此二十餘篇、皆朝廷制作、不應忽采民謠一篇雜入其中、故此序云美宣王者、言宣王能遣卿士勞來安集其民、而使臣又能宣布上意、末章乃代使臣自我、亦所以美使臣也、美使臣卽所以美宣王也、宣王盛時則有鴻雁之詩、流民能勞來還定安集之、至于哀及鰥寡、及其勸勤、則有黃鳥行野二詩、民適異國、而不得其所、至于怨及昏姻、一王之世、而前後

若兩人若此、勞力報反、來力代反、矜古頑反、

鴻雁于飛。肅肅其羽。興也、大曰鴻、小曰雁、肅肅羽聲也、**之子于征。劬勞于野。**之子、侯伯卿士也、劬勞、病苦也、**爰及矜人。哀此鰥寡。**矜、憐也、老無妻曰鰥、偏喪曰寡、

○劬其俱反、傳病苦延文本作病勞、矜古頑反、徐又棘冰反、

箋曰、比也、肅肅詳唐風鴇羽篇、鴻雁成行而飛、風霜酸苦、羽聲肅肅、以比離散之民焉、襄十六年左傳、穆叔如晉聘、且言齊故、見范宣子、賦鴻雁之卒章、宣子曰、匄在此、敢使魯無鳩乎、杜注、鳩、集也、正義曰、國有兵寇、則民人不得集聚、此可爲鴻雁喻流民之證、吳樹聲曰、傳大曰鴻、小曰雁、案此對文而言耳、散文則鴻自爲鴻、雁自爲雁、鴻雁亦爲雁、不分大小也、鴻自爲鴻者、說文、鴻、鴻鵠也、從鳥江聲、九罭鴻飛遵渚、箋、鴻、大鳥也、陸璣疏、鴻鵠羽毛光澤純白、似鶴而大、長脛、肉美如雁、又有小鴻、大小如鳧、色亦白、今人直謂鴻也、易漸、鴻漸于干、注、鴻、水鳥也、儀禮鄉射禮、以鴻脰韜上二尋、注、鴻、鳥之長脰者也、韓詩外傳、夫鴻鵠一舉千里、所恃者六翮爾、又非鴻之力、安能舉其翼、史記陳勝傳、燕雀安知鴻鵠之志哉、漢書高帝紀、鴻鵠高飛、一舉千里、尸子、鴻鵠之鷇、羽翼未全而有四海之心、說苑、鴻鵠高飛、不就汚池、何則、其志極遠也、以上或言鴻、或言鴻鵠、皆與雁異者也、雁、說文、雁、鳥也、从隹从人、厂聲、讀

若鴈、夏小正二月雁北鄉、鴻烈解時則仲秋候雁來、高注、時候之雁、從北漠來、過周雒、南至彭蠡、又季秋候雁來、高注、八月來者其父母也、是月來者蓋其子也、羽翼稚弱、故在後、文選蜀都賦、候雁銜蘆、木落南翔、劉注、雁候時南北、故曰候雁、此雁自爲雁、不必與鴻連文者也、雁爲陽鳥、與梟鴈之鴈不同、梟鴈詳鄭風女曰雞鳴、鴻雁亦爲雁不分大小者、月令云、八月鴻雁來、九月鴻雁來賓、周書時訓解云、白露之日鴻雁來、寒露之日又來、以上鴻與雁或一類、或不類、當分別觀之、陳啓源曰、雁鴈二字、俱見說文、雁字入隹部、云鳥也、鴈字入鳥部、云鵝也、又云、雁讀若鴈、並非重文、則二字異禽、亦異字矣、徐鉉以雁爲知時鳥、而謂鴈字從人從厂、義無所取、當從雁省聲、則雁鴈不同字明矣、韻會云、雁或作鴈、始以爲一字、後人習而不察、二字久通用、非古也、又案爾雅及禮記俱號鵝爲舒鴈、莊子山木篇記主人烹鴈事、是鴈乃畜禽、定指鵝也、意謂鵝爲鴈、古人本有此稱名、觀說文雁字注則益信矣、近世魏校六書精蘊釋鴈字、謂鵝似雁而德不然、故以僞亂眞之贗取其義、理或有然、○之子于征・劬勞于野者、于征于字、當讀如黃鳥于飛・之子于歸之于、詞也、征、行也、之子于征在車攻言大司馬、則是亦卿士大夫也、言爲勞來還定勤於中野焉、文十三年左傳、鄭伯宴公於棐、子家賦鴻雁、注云、詩義取侯伯哀恤鰥寡有征行之苦、此可爲之子指卿士之證也、傳云劬勞病苦也者、病非疾病之病、觀次章鄭箋云、女今雖病勞、可見病勞者猶言不勝其勞也、故卒章病於勞縱其驕正相對爲文、○爰及矜人哀此鰥寡、爰及者不遺之辭也、矜者爾雅釋訓、憐也、矜憐古音疊韻、矜本作矝、從令得聲、令古讀如憐也、尙書多士、予惟率肆矜爾、論衡雷虛篇、作予惟率夷憐爾、又論語哀矜作哀憐、此矜憐通訓之證、又釋言、矜・苦也、矜訓苦者、苦味近辛、故言辛苦、愁苦悲辛、皆可矜憐、然則苦有二義、味苦曰苦、矜憐其苦亦爲苦也、然以可憐之人爲矜人、頗費解、蓋矜人卽苦人、又爲憐義之引申、猶言苦民、呂覽貴因篇云、湯武遭亂世臨苦民、苦民猶言窮民也、鰥寡、無告之人也、無告又甚於貧窮、此流民中之最苦者也、矜人則賑飢之、爰及之謂也、鰥寡則收恤之、哀此之謂也、此勞來安集之加厚者、而收恤尤厚於賑飢、下章百堵皆作、則凡流民俱及之、而矜人鰥寡亦在其中、勞來安集當有此三者之差矣、卿士爲王行撫綏之政、委曲周詳如此、故三章皆劬勞爲言、鰥、魚名也、亦借爲無妻者之稱、孟子梁惠王下、老而無妻曰鰥、然書大傳、舜年三十不妻稱鰥、則不老而無妻亦稱鰥、此通言無別也、亦假借矜、王制老而無妻曰矜、書堯典有鰥在下、史記五帝紀引作有矜在下、何草不黃、何人不矜、箋、矜・鰥也、鰥矜古音相近也、韓詩外傳、東海有魚、其名曰鰥、比目而行、不相及不能達也、是鰥魚之得名、亦取意於目相及也、比目而行、則常相及矣、喩夫婦之常也、一不相及則不能達、喩一經失婦・無由再合也、此鰥寡字所以取意於鰥也、老而無夫曰寡、然亦有男子稱寡、襄二十七年左傳、齊崔杼生成及彊而寡、娶東郭姜、小爾雅以凡無夫無婦、通謂之寡、寡夫曰煢、寡婦曰嫠、是也、然則鰥是未娶者、寡是既娶而喪偶者耳、故毛傳云偏喪曰寡、偏喪猶偏亡、承上句老字連下、王制所謂老而無夫者謂之寡也、高注淮南原道篇云、雖有偏喪不復更醮、與此偏喪同、鴻雁于飛。集于中澤。中澤、澤中也、之子于垣。百堵皆作。一丈爲板、五板爲堵、雖則劬勞。其究安宅。究、窮也、○垣音袁、堵丁古反、

箋曰、比也、比流民之安堵焉、集于中澤者、集、得所安集也、澤爲有水之稱、無水者曰藪、鴻雁性好居澤、書彭蠡既瀦、陽鳥攸居、是也、左傳敢使魯無鳩乎、鳩乃集也、可見此集是萬民安集、一篇眼目、故序亦以安集終之、○之子于垣者、垣・牆也、于垣・有相度、有區處、有董率、便是還定安集處、古人築室以垣牆爲先、百堵皆作者、築之多也、此著土功一時大興也、作・築作也、毛鄭所云五板、纍五板也、鄭所云五堵、接五堵也、纍言其高、接言其長、板廣二尺、纍之則一堵之牆高一丈、其板之長則毛以爲一丈、鄭以爲六尺、而堵雉之長・亦從而異、沈鎬曰、板堵雉有橫數直數之別、毛傳一丈爲板者・橫數也、五板爲堵者・直數也、以直數計之、則板二尺、國策秦策不沈者三板、注、廣二尺曰板、是也、五板爲堵、堵牆高一丈、左氏隱元年傳、都城過百雉、注、家語儒行環堵之室注、後漢書班彪傳、皆云方丈爲堵、正義引周禮說一堵之牆高一丈、是也、三堵爲雉、一雉之牆長三丈、左氏傳正義云賈逵馬融鄭玄王肅之徒爲古學者、皆云雉長三丈、家語相魯、邑無百雉之城注、後漢書班彪傳注、均云三堵曰雉、是也、以橫數計之、則板長一丈、與五板之直數同、故五板爲堵、堵牆高一丈、長亦一丈、淮南原道環堵之室注、堵長一丈、高一丈、面環一丈、爲方一丈、故曰環堵、是也、堵一丈、雉亦一丈、周禮考工記匠人、王宮門阿之制

五雉、注雉長三丈、高一丈、禮坊記、都城不過百雉、注、高一丈長三丈爲雉、是也、蓋直數則逐次增高、橫數則以板爲度、故堵與雉之廣狹、猶是板之廣狹也、知板廣二尺長一丈、則鄭板六尺、何休公羊注・韓詩說・板長八尺之說、均非矣、知五板曰堵之爲一丈、則何休以堵爲四十尺、非矣、知三堵爲雉、則箋五堵爲雉、何休雉二百尺之說、均非矣、康成箋詩、與攷工記注不合者、牽公羊傳文而誤耳、蓋就直數計之則堵一丈、以橫數計之則堵亦一丈、無所謂一堵之牆長六尺者、毛以一丈爲板、是計橫數、鄭以六尺爲板、是但知直數、而未知毛之以橫數計者、胡承珙曰、毛公說板以長言、說堵以高言、雖不明雉數、亦必以三丈爲雉可知、毛詩明辨錄云、六尺之板築土乃堅、於理爲近、若板長一丈、雖立木以束板、多虞其潰、似乎鄭說爲是、不知古尺一丈祇當今六尺有奇、今之築牆者、正用五六尺之板夾束之、而實以土、築之登登、未嘗見其潰、要不如堵方一丈、三堵而雉之爲定論也、○雖則劬勞其究安宅者、承上劬勞于野、故曰雖則也、詩三言劬勞、皆謂卿士也、傳究窮也者、窮有二義、窮困謂之窮、窮極亦謂之窮、此窮爲窮極、猶言終也、易曰、其究爲健、與此其究、文意正同、皇矣閟宮傳並曰、宅居也、夫于垣・作堵・皆使臣經理之、安得不勞、及萬民得所、則爲上者亦身享太平之樂、豈不一勞永逸乎、

鴻雁于飛。哀鳴嗸嗸。未得所安集、則嗸嗸然、維此哲人。謂我劬勞。維彼愚人。謂我宣驕。宣、示也、○嗸五刀反、延文本・傳然下有也字、

箋曰、比也、離散之民、有所告愬焉、鴻雁之鳴哀・故以爲比、此言昔日未集之苦、穆叔賦卒章、而宣子曰無鳩、可見卒章反説未集之前、故傳云未得所安集則嗸嗸然、説文、嗷・衆口愁也、○維此哲人四句、哲人暗指宣王、我我使臣、謂我劬勞者、以我于征于垣爲劬勞也、驕卽驕子之驕、宣驕如恃衆脅制・無故擾攘之類是也、易林需之萃、曰、大口宣舌、井之恆、曰、方喙宣口、是宣爲侈大之意、故與縱恣義相因、夫矜憐撫掩・有類於姑息、故明識治體之人、謂我劬勞、而愚蒙者且謂姑息憐哀、使百姓縱恣其驕求多於上也、此哲字從視民如傷來、惟誠、故明也、天下惟明主能恤下、故深體民間之疾苦、而爲之計其安全、闇主則不然、蓋有目覩流亡、耳聞咨歎、不賑卹之、反咎惡之者、宣驕謂其呼籲非實情也、夫郵下者仁也、而謂之哲、知以成仁也、反是則忍人矣、而謂之愚、民猶身也、棄其民猶棄其身、非愚而何、言愚人正所以感哲人也、卒章有風規、不可不繹、

鴻雁三章章六句

庭燎。美宣王也。因以箴之。

箋曰、凡過未見而戒之曰箴、美之自是正義、箴則寓於其中耳、古人立言、未有美而不寓箴者、此詩本是極意形容問夜之勤、則美其能勤在此、箴其能勤亦卽在此、故云因以箴之、並非兩義、詩中似此者、如終南序云大夫美之、又云故作是詩以戒勸之、常武序云美宣王因以爲戒然、皆與此序同意、然列女傳宣王晏起、姜后脫簪、未可謂無其事、則序箴字亦未必竟爲

泛設也、李樗曰、孔子曰、君昧爽夙興、而正其衣冠、平旦視朝、視朝必在平旦之時也、未旦之時而朝、其志可謂勤矣、然不可以爲常也、晉靈公將使鉏麑殺趙盾、晨往、寢門闢矣、盛服將朝、尚早、坐而假寐、麑退而嘆曰、不忘恭敬、民之主也、夫盛服而朝、雖早不失爲恭敬之主、則於未央之時而設庭燎、亦不害其爲勤也、然常人之情、多銳於始、而怠於終、走者之疾、不二里而止、行者之遲、千里而不止、其進銳者其退速、此常人所不能免也、今宣王不能用視朝之常禮、銳意太過、而其終必不能守常、而將怠矣、然則君子之所行、當以守常爲貴、

夜如何其。夜未央。庭燎之光。君子至止。鸞聲將將。

央、且也、庭燎、大燭也、君子、謂諸侯也、將將、鸞鑣聲也、○燎力照反、將七羊反、延文本、其作期、下同、

箋曰、夜如何其者、是宣王問辭、安井氏曰、序言美宣王也、因以箴之、則宣王問夜、未必無是事、因其一問、反復詠歎以形容其勤政之心、乃出詩人之意耳、詩人設而詠之、不必真有此問也、通篇不露勤政字、不安於寢字、但設爲王之問辭、而一段宵衣之意、自見於言外、雅而近於風者也、其語辭、夜未央亦設言王問夜之時節耳、非對王之辭也、說者或以夜如何其是問辭、夜未央是對辭、下乃王想像之辭、失之支矣、夜未央者、謂未及夜半也、四方之中謂之中央、故央有中意、橫言之爲中、豎言則爲半也、傳央且也者、釋文、且七也反、又子徐反、又音旦、段玉裁曰、未且與未艾鄉晨爲次第、若作旦字則與

嚮晨不別矣、胡承珙曰、鄭風士曰既且、釋文、且音徂、往也、此傳訓央爲且、亦當音徂、凡歲月日時過去者皆謂之往、夜未央者、言夜未往也、離騷及年歲之未晏兮、時亦猶其未央、此未央亦當言時未往也、鄭箋未央者、猶言未渠央也、匡謬正俗云、説文、央·中央也、夜未央者、言其未中也、俗語云未渠央、亦言未遽央、遽與渠同、言未遽中耳、古詩云、調絃未遽央、即是其事、承珙案、箋云猶言者、正以俗語釋古語、未渠央即未央、急言之曰未央、緩言之曰未渠央耳、史記尉佗傳曰、使佗居中國、何渠不若漢、班史作何遽不若漢、又案、未遽央即未央、亦可作未遽、文選魏都賦、其夜未遽、庭燎晣晣、注即引毛詩夜未央爲證、説文、䢐·且往也、从且豦聲、且謂姑且、豦聲亦兼匆遽之義、然則詩未央、傳以央爲且、箋以爲未遽央、其意正相近也、○庭燎之光者、先夜半而庭燎既設也、宣王勤政、故設庭燎、以朝羣臣、不必説邦之大事、燎蓋積薪燃之也、皇朝朝儀、及神祠皆有之、釋文在地爲燎、執之爲燭、得之、秋官司烜云、邦之大事供蕡燭庭燎、注云、樹於門外曰大燭、門內曰庭燎、以彼燭燎別文、設非一處、庭燎以庭名之、明在門內、故以大燭爲門外、左傳諸侯賓至、甸設庭燎、國語、敵國賓至、火師監燎、周官閽人、大祭祀喪紀之事設門燎、賓客亦如之、則庭燎是諸侯來朝·若邦之大事乃設之、然詩之辭不拘、傳釋庭燎爲大燭者、燕禮、甸人執大燭於庭、是大燭本有在庭者、故以庭燎爲大燭耳、今燭以葦爲心、灌以脂膏、古燭只用樵薪、或以麻稭爲之、説文、蒸·析麻中榦也、弟子職、蒸間容蒸、巷伯傳、使執燭、放乎旦而蒸盡、摍屋而繼之、皆古燭用麻蒸之證、秋官司烜共墳燭庭燎、故書墳爲蕡、當從鄭司農説、以蕡燭爲麻燭

○君子至止鸞聲將將者、卿大夫至、而鸞鑣已聞也、諸書言賓至設燎、未必定是諸侯、毛蓋以末章言觀其旂、與覲禮侯氏載龍旂弧韣者合、故指君子爲諸侯耳、

夜如何其。夜未艾。庭燎晣晣。君子至止。鸞聲噦噦。

艾、久也、晣晣、明也、噦噦、徐行有節也、○艾五蓋反、晣延文本作晢、之世反、注同、噦呼會反、

箋曰、左傳昭元年國未艾也、哀二年憂未艾也、杜注並訓爲絕、管子侈靡、地與他若一者、從而艾之、注、艾謂減削也、以上三訓、皆從芟草起義也、上章夜未央猶言夜未半也、次章夜未艾言夜已過半、尙未減絕也、較未央爲深矣、三章夜鄕晨言夜已嚮明、較未艾爲尤深矣、此其次第也、傳以艾爲久者、廣雅、艾、老也、小爾雅、禮記曲禮、五十曰艾、注亦俱云老也、此章未艾、自是夜半後、鄕明前、譬之於人將老未老之時、毛傳久字卽老字意、正義云、從幼至艾爲年久、是也、箋以芟艾爲喩、意太迂曲、讀如五十曰艾之艾、物久則老、故訓爲久、久之爲言究也、久亦有終義、夜未久猶云夜未終、言未及寅時也、寅爲旦、是夜盡也、鄭讀如刈、故云芟末曰艾、是取艾刈將盡之義、正以艾爲將終、申明傳義、○庭燎晢晢者、小明也、與明星晢晢同字、从折、與晢異、上章庭燎之光、燎正盛也、次章庭燎晣晣、其光漸小也、三章庭燎有煇、言有者、僅有之詞也、僅僅有煇、庭燎已不甚明矣、此其次第也、鸞聲噦噦者、首章鸞聲將將、

其聲尙遠也、次章鸞聲噦噦、其聲甚近、可得聞、其徐行有節、三章言觀其旂、是辨色入朝之時、故言觀、目可得而見也、此三章之叙、然夜半固非朝時、辟

如干旄良馬六之、夜未艾亦如良馬五之、不可以辭害意、詩人之意、特詠視朝之始夙而漸遲耳、

夜如何其。夜鄉晨。庭燎有煇。君子至止。言觀其旂。

煇、光也、○鄉許亮反、煇許云反、

箋曰、未央爲夜半、未艾爲未及寅時、鄉晨爲辨色時、亦是設爲漸次如此、非眞有三度問也、鄉者嚮之假借字、鄉嚮同聲、古人字少、故嚮字多假借、說文、

晨早、昧爽也、周官司寤氏禦晨行者、鄭注、晨先明也、晨在明先、故星尙可見、周語云、農祥晨正、是也、宣二年左傳、晨往、寢門闢矣、盛服將朝、尙早、坐而假

寐、是晨爲未明之時也、凡將明未明謂之晨、故明亦謂之晨、義相因也、此言庭燎有煇、則晨是未明之時矣、○庭燎有煇者、集傳、煇火氣也、史記呂后紀、

去眼煇目、言熏灼也、煇雖是烟氣所現、然難專以烟氣解、亦非烟光相雜者、煇在黑夜、仍是火光矣、其色赤、天明則黑、○言觀其旂者、言語詞、旂字以斤

得聲、讀如芹、故與晨煇爲韻、趙佑曰、詩中凡押旂字、皆作芹音、采菽泮水俱旂芹同押、此古音也、自釋文專音祈則與旗通、集傳又爲叶音芹、不言其本

有芹音、而今韻十二文中、遂失收此一字、考諸周禮、交龍爲旂、熊虎爲旗、諸侯載旂、軍吏載旗、爾雅、有鈴曰旂、左傳三辰旂旗、二字明非一物、卽可通稱、

不當沒其本讀也、

庭燎三章章五句

沔水。規宣王也。 箋曰、規者正圓之器也、物有不圓、規之使圓、左傳曰、近臣盡規、姜炳璋曰、宣王中興令主、周道復興、卽晚節不終、而遽謂之亂、則不可也、且讒人構禍、則此詩當爲刺、不應曰規矣、規者未事而戒之也、宣王政教小有不備、今欲規之使周備也、乃知詩人所云亂者、指厲王之亂也、厲王任用讒人、義類屏絕、民起怨謗、又使衛巫監謗而殺之、於是民叛、而流王於彘、所云念亂不可弭忘、皆指前此之亂也、鑒於前此之亂、而警惕於亂之未至、所謂規也、異日王果信讒而殺杜伯、杜伯之友左儒死之、詩人可謂知幾之君子矣、

沔彼流水。朝宗于海。 興也、沔、水流滿也、水猶有所朝宗、**鴥彼飛隼。載飛載止。嗟我兄弟。邦人諸友。莫肯念亂。誰無父母。** 邦人諸友謂諸侯也、兄弟同姓臣也、京師者諸侯之父母也、○沔緜善反、朝直遙反、鴥惟必反、隼息尹反、延文本、傳宗下有也字、同姓臣作同姓之者、師下無者字、

箋曰、比也、禹貢、江漢朝宗于海、其奔趨之勢、有朝宗之義、朝宗卽朝也、是一事、非春見夏見之謂、隼解見采芑、言流水有入海之日、飛隼有載止之時、以

比前日之亂已止息也、至於今日、勢雖小安、亂幾猶伏、不可不念也、載飛載止無傳、詳次章、載飛載揚、傳言無所定止也、正對上章載飛載止而言、是毛意、當以首章爲水知所向、鳥知所止、以比寧侯之屬于王所、次章以水之放縱、隼之飛揚、正比不寧侯之偃蹇自恣焉、○嗟我兄弟邦人諸友者、兄弟親族也、邦人凡人也、呼三等人而戒之、言前日之亂已息、至於今日、勢雖小安、亂幾猶伏、不可不念也、念常思也、誰無父母、言亂將累及父母、憂之至也、宣王卽位、已無父母、然父母以讒致亂、而統緖幾危、我不豫防之、丕基又將墜矣、提出父母、正就宣王頂門一針、使之猛省、泛言兄弟邦人諸友、語氣渾然、若不專爲王發者、詩之微婉也、正義曰、傳言京師者諸侯之父母者、以責不朝於京師、故以京師爲父母也、箋申解名京師爲父母之意、言皆生於父母、臣之道資於事父以事君、本其恩親以責之、故名京師爲父母、此疏申述傳箋甚曲而暢、潛夫論釋難篇云、故賢人君子、推其仁義之心、愛君猶父母也、愛居世之民猶子弟也、其下云且夫一國盡亂、無有安身、詩云、莫肯念亂、誰無父母、言皆將爲害、然有親者憂將深也、此亦謂臣之憂君當如憂父母、皆足以發明傳意、然非經旨也、

沔彼流水。其流湯湯。言放縱無所不入也、鴥彼飛隼。載飛載揚。言無所定止也、念彼不蹟。載起載行。心之憂矣。不可弭忘。不蹟、

不循道也、弭・止也、○湯失半反、蹟井亦反、弭彌氏反、摺本傳無不字、延文本傳無也字、

箋曰、比也、前四句是寫亂、後四句欲其念亂、氓傳湯湯水盛貌、以水之放縱・喩亂之汎濫、以隼之飛揚・喩亂之肆橫、○念彼不蹟者、蹟同迹、如不踐迹之迹、不蹟如左傳之不軌不物、不率法度也、流王於彘者、卽不蹟之徒也、○載起載行者、憂悶不能安坐、猶病者之煩懣矣、非有事也、集傳不遑寧處失窾、夫前車之覆・後車之鑒、所當極其憂心、而不可一日弭忘不念也、憂正其念之深處、弭乃弓末反之可以解紛、不可弭猶云不可解也、

鴥彼飛隼。率彼中陵。民之訛言。寧莫之懲。懲・止也、**我友敬矣。讒言其興。**疾王不能察讒言也、○摺本傳無言字、

箋曰、比也、陵中亦有樹木、集得所也、隼飛必有棲止之地、以喩亂可以寧焉、飛隼之率中陵、猶流水之歸海、故此省流水句、○民之訛言、譸張爲幻之謂也、寧猶乃也、訛言妄誕也、讒言傷賊人也、訛言非卽讒言、故以民別之、當時檿弧箕服之謠卽訛言也、所望懲者、非懲彼人、乃因言致戒、自爲懲爾、詩中言懲、皆主自說、無指懲人者、至讒言絕不言懲、而訛言亦不言聽與信、其不同可見、訛言又詳正月、蓋讒言之興、實由我友不敬致之、我友誠能惟敬、則存心淸明、處事正直、利口不能搖動、讒言何自興乎、規王而曰我友、猶云敬告僕夫云爾、宣王承積衰之後、赫然中興、意其銳於求治、所以責諸侯者太

峻、而胥小喜事之徒、爲之構造釁端、如魯嫡之廢、杜伯之殺、皆讒言興而諸侯攜貳之證也、序言規宣王者、是詩人見微知著、先事獻規、觀經云讒言其興、其興者、蓋思患而豫防、非必定作於聽讒之後也、

沔水三章二章章八句一章六句

箋曰、晉公子賦河水、韋昭注國語、以爲河當作沔、杜預注、僖二十三年左傳、以爲是逸詩、杜說是也、河沔字形雖相似、不應內外傳兩書同誤、

鶴鳴。誨宣王也。

箋曰、誨、教也、此及上篇沔水序、但曰規曰誨、而不言其事、然沔水經文、猶有莫肯念亂、讒言其興等語、此詩則純是託興、一章之中、設喩者四、而不及正意、此與陳之衡門、體製相似、毛傳舉賢治國、是存古義者、匏有苦葉、大東之比、皆一意疊出可例、荀子儒效篇曰、君子務修其內、而讓之於外、務積德於身、而處之以遵道、如是則貴名起之如日月、天下應之如雷霆、故曰君子隱而顯、微而明、辭讓而勝、詩曰、鶴鳴于九皋、聲聞于天、此之謂也、是傳義所本也、韓外傳又曰、故君子務學修身而須其時者也、因引此詩、論衡藝增篇亦謂、鶴鳴九折之澤、聲猶聞于天、以喩君子修德窮僻、名猶達於朝廷也、義蓋本韓詩、是韓亦與毛同也、至後漢楊震疏、令野無鶴鳴之歎、朝無小明之悔、楊賜傳速徵鶴鳴之士、直以鶴鳴爲在野之未仕賢者、意益明著、殆無可疑、

鶴鳴于九皋。聲聞于野。興也、皋澤也、言身隱而名著也、魚潛在淵。或在于渚。良魚在淵、小魚在渚、樂彼之園。爰有樹檀。其下維蘀。何樂於彼園之觀乎、蘀落也、尙其樹檀而下其蘀、佗山之石。可以爲錯。錯石也、可以琢玉、舉賢用滯、則可以治國、○皋音羔、蘀音託、錯七落反、延文本、傳其蘀下有也字、

箋曰、通篇皆比也、鶴魚檀石、皆以喩賢人、鶴長頸竦身、高脚項赤、身白頸尾黑、陸疏云、鶴常夜半鳴、其鳴高亮、聞八九里、淮南子云、雞知將旦、鶴知夜半是也、九字毛無解、九老陽之數也、數極於九、故曰九皋、與九天九淵一例、言鶴鳴於極曲折之皋、其聲亦聞於天、喩賢者不求聞達而聲稱自遠也、皋澤對文則別、左傳鳩藪澤牧隰皋是也、散文則通、故此傳云皋澤也、釋文引韓詩云、九皋九折之澤、離騷步余馬於蘭皋兮、湘君朝騁鶩乎江皋、注並云、澤曲曰皋、曲卽折也、如九折之澤、是水與土相間錯、委蛇迂曲也、史記孝武紀、間者河溢皋陸、漢書司馬相如傳、注平皋之廣衍、此皆謂水旁地爲皋、故賈山傳江皋河瀕對言、注引李奇、以皋爲水邊淤地、正與鄭箋云皋澤中水溢出所爲坎者合、坎謂灣曲、義與九折同、然則澤曲折者爲皋、旣已言皋曲折可知、傳明皋之爲澤、而以身隱二字・表澤之曲折、則九字不待釋而明矣、段玉裁曰、史記滑稽傳、論衡蓺增、風俗通聲音、左傳二十八年傳正義、文選答

客難・後漢張衡傳注、初學記一、蓺文類聚一、說文通論皆引鶴鳴于九皋、無于字、說文鳥部云、鶴鳴九皋、聲聞于天、亦無于字、惟韓詩外傳七、漢東方朔傳、荀子儒效注、後漢書楊震傳注、文選思玄賦注、引皆有于字、或爲後人增入、唐石經有于字、今本從之、○魚潛在淵或在于渚者、魚或深伏、或出而戲於水岐、賢者隱見有時、要在求之而已、毛傳以經言或在、爲立賢無方之意、故以良魚喻大賢、小魚喻小賢、大賢求之難、如魚之潛在淵而難得、小賢求之易、如魚之在渚而易見、大賢小賢、均可致用、故誨王卽所在而求之、毛義本無小人之意也、安井云、賢者未必好隱居、但不肯自呈其身、不進之以禮則不肯出、猶良魚之潛深淵、故以爲喻、然此文止有一魚、故箋云、喻賢者世亂則隱、治平則出、箋義爲長、○樂彼之園、爰有樹檀、其下維蘀、蘀落葉也、見七月篇、園之嘉樹可樂、然其落葉足厭也、人有一能、必有一失、不可求備、要在器使之而已、言蘀言穀、猶谷風采葑采菲無以下體之意、箋因穀爲惡木、遂以蘀穀喻小人、他山喻異國則誤矣、集傳所云、特又別爲推闡、非詩正解、○他山之石可以爲錯、傳以他山之石喻舉賢用滯、是謂在下之賢、言賢才之出、何必舊臣世家乎、要在廣求之而已、石譬則卑者疏者也、卑踰尊、疏踰戚、人君進賢之道也、凡世家大族、不必盡賢、宣王晚年、賢臣凋謝、皇父吉甫之後嗣、皆以誤國、因誨以求賢之道、不忽於側微、不間於遐遠、故以他山言、王符曰、攻玉以石、洗金以鹽、濯錦以魚、浣衣以灰、物固有以賤理貴、以醜化好者矣、傳箋於此詩皆以喻求賢、序所謂誨、正誨宣王求賢以自輔也、胡承珙曰、釋文引說文錯作厝、云厲石也、字林同、傳次章云、攻・錯也、卽謂以錯石攻之、玉雖至堅、亦須以石磨礱、故法言云、不礱不錯焉攸用、說文金部又云、鑢厝銅鐵也、是錯本摩錯之義、與厲相同、禹貢錫貢磬錯、傳亦云治玉石曰錯、蓋錯爲通名、不止於治玉、說文之厝、未必不爲厲石、㕒下云、㕒諸治玉石也、㕒諸卽淮南之礛諸、說林訓、璧瑗成器、礛諸之功、高誘注云、礛諸、治玉之石、引詩他山之石可以爲厝、而廣韻云礛礑青礪、則治玉之石、未嘗不可名厲、若必專指石之攻玉者爲厝、則說文厝字又何以不與㕒篆類廁耶、胡說是也、錯爲厲石、則錯之爲用博矣、治玉特其一端耳、傳謂錯可琢玉、蓋因下章獨言攻玉、故不更及他義也、若詩取爲錯之意、當不僅在此、

鶴鳴于九皋。聲聞于天。魚在于渚。或潛在淵。樂彼之園。爰有樹檀。其下維穀。 穀、惡木也、 **佗山之石。可以攻玉。** 攻、錯也、

箋曰、首二句言不唯野人知之、雖朝紳亦或有知之者、欲用之則不必旁求於遠、◯魚在于渚二句、在渚者潛于淵、所謂時違彭澤挂冠來也、潛淵者在于渚、所謂天定渭陽擲竿起也、亦唯時、◯其下維穀、穀與黃鳥之穀同、管子地員篇、五位之土、其柞其穀、並與詩穀同、釋文引說文云、楮也、從木㱿聲、非從禾也、以上章上檀下蘀類之、故知穀惡木也、楮木葉粗枝細、同於灌莽、故毛以爲惡木、黃鳥以穀與桑栩並列、亦以其皆叢木故耳、陸疏云、今江南人

績其皮以爲布、又擣以爲紙、謂之穀皮紙、潔白光輝、其裏甚好、其葉初生、可以爲茹、或據此以爲其用甚廣、似非惡木、不知穀之利用、乃後世所爲、作詩者及毛公時、固無所謂穀皮紙也、〇佗山之石可以攻玉、攻治也、錯不唯玉也、攻玉最其美功也、疏遠仄陋之人、可以黼黻王猷焉、詩意非以玉石相對爲一美一惡之喻也、如比意在玉石、則凡石皆可用、他山之文爲虛設矣、龜井昱曰、鶴取其隱而聞也、魚取其或隱或見也、上半比動物、檀石比器使之道、下半比頑物動物、其動在彼頑物、其用之在我、又曰、于野于天爲錯攻玉詩之叙也、自淵在渚明時也、自渚在淵闇世也、故先明蘀檀葉也、穀別是惡木、不唯其落葉可厭、故先蘀亦是叙也、詩之盡美盡善如是、

鶴鳴二章章九句

箋曰、鶴鳴詩、朱子自立新解、爲陳善納誨之詞、分爲四意、而文義各不相蒙、陳啓源駁之曰、夫古人作詩、皆有爲而發、語意定有專指、安得一詩而分四意乎、其云誠不可掩、理無定在、乃平居談理之言、非因事納誨之語也、至首章爲錯既解爲憎而知其善、次章攻玉、又引程子之言證明其義、則前後復自相背戾、程子之言、謂君子受小人橫逆之加、則可修省以成其德、如石之攻玉也、憎而知其善、謂不以私怨而蔽人之賢、如古之舉不棄讎者耳、兩義迴別矣、又程語雖爲篤論、然以斷章則可、非此詩正解也、詩以他山之石、喻沈滯之賢、見王者取人、當旁求遠攬、揚及側陋、取譬之

意、在他山不在石也、嚴緝既遵古注、又附程語於後、獨不思詩以石喻賢者、程以石喻小人、義正相反、愛其詞之美、而忘其義之乖疏矣、陳說誠然、但此詩本義實繫誨王求賢、而引伸觸類靡不旁通曲暢、與六十四卦爻象一例、詩之道通于易矣、是集傳所以不可廢也、

祈父。刺宣王也。箋曰、白駒大夫作也、是篇亦曰爪牙爪士、則宿衛之士所作、毛公至是詩乃曰、宣王之末、宣王在位四十九年、不能令終、就詩中所云、司馬誠不得辭其責、而事實出於王也、故辭則咎祈父、而意乃在王、夫六軍之士、出自鄉遂法不取于王之爪牙之士、通詩皆役非其職・而怨之之詞、蓋司右虎賁・如後世羽林佽飛之類、行則專隨車駕、居則捍衛王宮、而征役則非其職也、宣王承周室衰頹之餘、赫然奮武、遂成中興之業、如六月采芑江漢常武之師、不一而足、其時王既勤政、又有吉甫方叔召虎輩爲之將、故師出功成、晚年政既衰矣、老成凋謝、而且猶用兵不已、所至輒敗、如竹書通鑑外紀等所紀、殆亦漢武帝窮兵瀆武之流亞也、爲此詩者、亦冀其有輪臺之悔心歟、

祈父。祈父、司馬也、職掌封圻之兵甲、**予王之爪牙。胡轉予于恤。靡所止居。**恤・憂也、宣王之末、司馬職廢、羌戎爲敗、○祈勤衣反、父音甫、傳職字卷子本傍注本無、

箋曰、祈者圻之假借、左傳引詩正作圻父、故序箋云、祈圻畿同、正義云、此職掌封畿兵甲、當作畿字、是也、圻祈皆與畿音近、故書與儀禮左傳等書、皆假

借圻、詩亦假借祈也、圻从土訓逝鄂、意與幾近、祈則純以音近假借、無關字義者、書傳殷稱圻父亦稱司馬、至成周、命官定其名曰司馬、而酒誥與此詩仍用先代之稱、以文誥非命官之比、予字略頓、爪牙一日不可去諸身者也、爪牙以獸而喻、用爪牙以防衛己身、虎豹之類是也、陳啟源曰、王之爪牙、凡爲王宿衛者、皆可稱、呂記引董氏之言、取夏官屬司右虎賁旅賁所掌當之良是、鄭箋釋爪牙、專取司右所掌勇力之士、孔疏泥其說、謂此勇力之士、選右當於其中、若車右出征、是其常職、今見使從軍、則不爲車右、使之爲步卒故恨也、此語殆不然、所謂選右者、特選爲王五路及屬車之右耳、若六軍之車右、則豈必取足於衛士哉、且此勇力之士、以備車右之選、非必人人皆右也、安得以趨走爲恨哉、總之、此輩職在衛王、不在從軍、衛王則爲右與趨走、皆其本分、從軍則乘車與徒步、俱非所甘心、疏語恐非詩旨、陳說是也、衛士專主衛王、故稱王之爪牙、成周兵制六軍之士、出自鄉遂、至虎賁司右簡勇士屬焉、以左右王、鄭康成所謂征行之事、例不取王之爪牙之士也、集傳以爲、予者六軍自謂、則當征行者、又屬何人、語類因謂、鄉遂之民、以衛王畿、凡有征討、止用邱甸之民、此出朱子臆見、費誓云、魯人三郊三遂、峙乃楨幹、無敢不供、大國三軍出之郊遂、天子六軍、非六鄉六遂而何、決無止用丘甸之理、然則此詩、作於宿衛之士、而非作於六軍明矣、胡轉予于恤者、轉移也、恤指征役、若云遠戍、則宣王無戍申戍甫之事、傳云、羌戎爲敗、以申明憂字之義、云宣王之末司馬職廢者、所以明其致敗之由、此傳總釋全章之大指爲補、明序刺之義也、箋云、與羌戎戰于千畝而敗之時也、正義引周語宣王三十九年戰於千畝、王師敗績於姜氏之戎、據正義則傳箋羌戎當作姜戎、羌戎種類甚繁、姜氏之戎・特其一耳、韋注國語云、姜戎西方之種、四嶽後、後漢書云、西羌之本、出自三苗、姜姓之別也、其下云、宣王二十七年、遣兵伐太原戎、不克、後五年王伐條戎奔戎、王師敗績、困學紀聞又據通鑑外紀、宣王三十三年伐太原戎、不克、三十八年王伐條戎奔戎、王師敗績、三十九年戰於千畝、王師敗績於姜氏之戎、四十一年王征申戎、竹書、四十一年王師敗於申、此皆傳所謂宣王之末羌戎爲敗者也、傳意不專指千畝之戰、似不必改羌爲姜、若僅千畝一戰、不必云靡所厎至、

祈父。予王之爪士。士事也、**胡轉予于恤。靡所厎止。**厎至也、○厎之履反、

箋曰、爪士、爪牙之士也、一章、爪牙取以爲喩、二章直指爪牙之士、立言之序也、淮南修務篇高注、在車曰士、步曰卒、傳訓士爲事、失之、○靡所厎止者、謂征役正未有艾也、上二章先言王職責之而後卒章及其私、厎與底異字、說文厂部、厎柔石也、從厂氐聲、或作砥、底山居也、段謂當作止居、是厎與底皆從氐聲、惟从厂與从广異、而音義均別、底都禮切、厎職雉切、此篇之厎與小旻之伊于胡厎、皆作厎、俗本作胡底者誤也、五經無底字、惟左傳襄二十九年、處而不底、昭元年、勿使有所壅閉湫底以露其體、乃是底字、爾雅釋詁厎底二字竝訓止也、郭注云、厎義見詩傳、是郭所見詩傳、作厎止也、訓至者厎

之引申義、

祈父。亶不聰。亶誠也、**胡轉予于恤。有母之尸饔。**尸陳也、熟食曰饔、○亶都旦反、

箋曰、亶不聰者、責其不聞知己有老母也、洪範五行傳、聽之不聰、是謂不謀、昭九年、左傳女弗聞而樂、是不聰也、並與詩不聰同、○有母之尸饔、猶曰家有老母也、主饋婦人之事也、故以尸饔成辭耳、尸主也、采蘋誰其尸之、傳、尸・主也、書五子之歌、大康尸位、左傳成十七年、殺老牛莫之敢尸、注並云、尸主也、尸饔・主飧也、有母是主饔飧、憂己之不得奉養也、此不言父母、而但曰有母者、己之思父母亦一也、而酒食之議・原屬於婦人、言母而父可知、前二章靡所止、靡所底止、皆自道其苦、有母使之主饔飧、尤是傷心之最甚者、夫爪牙思護國忠也、子思養親孝也、士必有忠孝之念、而後可以死易生、此其志可鼓而用也、今遣調違法、將帥非人、使彼忠孝兩念鬱而不伸、故翻成怨謗爾、朱善謂孤子從征、見祈父之不仁、大誤、幼而無父爲孤、謂三十以下者、三十有室、不名孤矣、且古不聞以無父而免征役也、中井積德曰、國語吳語越句踐伐吳有父母耆老而無昆弟者皆遣歸、史記魏公子無忌救趙亦令獨子無兄弟者歸養、呂記因謂古者親老而無兄弟則免其征役、在古必有成法、然獨子免役、古制所無、句踐信陵並奮私智而收人心者、非修古之遺法

而舉行也、古者一夫百畝、餘夫二十五畝、餘夫年長則又授之田宅、無丁壯同息者、若獨子免役・唯家有餘夫者得充役、及丁壯無父母者而已、果然編戶之民充役者不過半矣、若民困于役巧規避、則必至于無可役者矣、故曰獨子免役・古制所無也、若句踐信陵之時、王制已壞、編民丁壯同息、而獨子者不多、故得遣歸也、

不得据此推古制、

祈父三章章四句

箋曰、成周之制、天子有事發軍、未有調及宿衛者、宿衛外出、自宣王始也、內兵數動、關內單虛、厥後犬戎犯順、雖外救不至、亦禁營缺微爾、此詩誌西京淪胥之漸也、王夫之曰、有道之天下、必親其爪牙之士、恩之威之、威使無怨、況宣王承流彘之後者乎、又奚況夫郡縣以還之一人孤治萬方者乎、唐悉天下以爲彍騎、而唐乃無彍騎、宋悉天下以爲禁軍、而宋乃無禁軍、恩不能接、威不能覃、萬方無所比附而相親、其無事也如忘、其有事也如驚、卽有遐陬疏分之忠臣、方意天子之自有其羽翼而不須己也、而孰知其孑然以居者、星旂豹尾之下、率悠悠名姓不通之傭保乎、

白駒。大夫刺宣王也。

箋曰、此賢人既去之後、述其將去之時留行者之作、使王聞之而悔悟也、首二章、永朝永夕卽以爲幸、乃前此日在朝而王不以爲異也、末章白駒空谷、猶望德音、而王未聞其思之而通殷勤也、語語諷刺、蓋此時王室政衰、賢者有潔身

以去、亦有不能去者、於其去也繾綣難別、亦猶東門之祖送也、既羨其去、又望其去後之爾音、則詩人欲去不能去之情、亦於言外見之、幽王之世、尹氏虢石父及皇父等七子、小人接迹於朝、雖幽王之暗、亦由宣王之棄賢有以致之、伊訓曰、敷求哲人、俾輔於爾後嗣、古聖主樹人豈僅爲一世計哉、

皎皎白駒。食我場苗。縶之維之。以永今朝。宣王之末、不能用賢者、賢者有乘白駒而去者、縶、絆、維、繫也、**所謂伊人。於焉逍遙。**○皎古了反、縶陟立反、摺本傳用賢下無者字、延文本、傳絆下有也字、

箋曰、皎皎潔白也、白駒賢者所乘也、言白者、以表賢者潔白之意、一二章上四句、但於白駒致其留戀之情、而下始指出乘駒之人、無限低佪、食我場苗者、禾初生曰苗、因之穀蔬初生皆曰苗、草之類始生亦曰苗、本草多言春夏采苗、言圃中之苗、則菜茹之嫩者、猶今言菜秧、言食苗藿則夏時矣、七月注云、春夏爲圃、秋冬爲場、此宜云圃、而言場者、散文則通耳、呼白駒、曰請來食我場苗、我將縶之、而與賢者斯須也、縶者絆繫兩足、自不得步、維者用紲、一頭繫馬勒、一頭繫于樹木柱楹等、如維舟然、一朝不可以言永、但於欲去之時、留得一朝、亦若永矣、所謂伊人稱令名君子之辭、伊人猶言彼人、謂其人不在此、而想像之稱、非覿面之稱也、玉篇焉是也、於焉猶曰於是也、義同、於我逍遙遊息也、

皎皎白駒。食我場藿。縶之維之。以永今夕。藿猶苗也、夕猶朝也、

所謂伊人。於焉嘉客。○藿火郭反、

箋曰、藿儀禮鉶芼牛藿、注、豆葉也、說文、藿尗之少也、少讀如幼少之少、苗爲禾始生、藿爲豆始生、故傳云藿猶苗也、則知場苗卽豆苗耳、傳於首章場苗今朝、俱無釋、而此章云藿猶苗也、夕猶朝也者、愛賢而欲留之之意、人所共知、但言其餘飼之美、則藿與苗同、言其款戀之誠、則夕與朝同耳、以永今夕者、朝不相見、故望之夕也、永朝永夕、只是文辭、其實深傷賢大夫之去、而欲挽而留之也、兩章以朝夕字爲敘、於焉嘉客猶言願爲一夕嘉賓以遊息於我家矣、

皎皎白駒。賁然來思。賁飾也、爾公爾侯。逸豫無期。爾公爾侯邪、何爲逸樂無期以反也、慎爾優游。勉爾遁思。慎誠也、○賁彼義反、延文本遁作遯、

箋曰、賁然光采貌、賢人君子人間之景星慶雲、其所過之地、山川草木皆有華采、蓬戶華門皆有輝也、來猶姑且來也、無復永朝夕之望、特要贈一言耳、思語辭、○爾公爾侯者、天子之六卿、卽公侯也、大夫所事、猶萇弘事劉文公、故曰爾之公爾之侯、不敢曰爾君爾王、婉而成章也、傳爾公爾侯邪者、顏氏

家訓音辭篇曰、邪北人呼爲也、邪與也同義、故二字可以互用、莊子天地篇曰、始也我以女爲聖人邪、今然君子也、此邪字卽也字耳、毛傳邪亦與也同、謂爾宜爲公也、爾宜爲侯也、何爲逸樂無期以反也、下文愼爾優游、傳云、愼誠也、箋云誠女優游使待時也、蓋爲其有公才公望、而深惜其去、故猶望其優游以待時、而又曰勉爾遁思者、猶云行矣自愛、然非經旨、逸豫無期、逸通作佚、不勞也、豫樂也、俞樾曰、期當讀爲棊、荀子書每用棊字爲窮極之義、王霸篇、目欲棊色、耳欲棊聲、楊倞注曰、棊極也、亦或作期、議兵篇、已朞三年、然後民可信也、此與宥坐篇棊三年而百姓往矣、文義正同、詩中言無期者、如南山有臺篇萬壽無期、及此篇逸豫無期、皆謂無窮極也、毛謂無期以反、則是期日之期失之矣、○愼爾優游、愼者自愛也、愼自保護、毋乖衛生之節、優通作優、說文行之和也、游服虔云猶流也、陸行爲優、舟行爲游、皆借以象其出入自得之意、○勉爾遁思者、呂覽子勉而歸矣、高誘云、勉猶趣也、勉爾遯思者、言遄其遯思、急急趣裝也、釋文遁字又作遯、易遯卦遯奉身退隱之謂也、遁思聯讀、第二句來思之思、助語、故以來字爲韻、此句思實字、故以思字爲韻、朝不可永、夕亦不得永、故遂言曰姑且來、我願一言公侯逸豫、爾之不斯須宜矣、我不復留子也、因贈別之辭、風朝廷之懦於政、

皎皎白駒。在彼空谷。空大也、 **生芻一束。其人如玉。毋金玉爾音而有遐心。**○芻楚俱反、

箋曰、空谷寂莫無人之所也、芻刈草也、生芻新艾之草、所謂青芻也、在彼空谷、則不復賁然來矣、安井氏曰、其人汎詞、爾有所斥之詞、皆謂賢者、特所由言異耳、生芻一束・承白駒在谷、將以秣其駒、非以爲贄也、言白駒不肯來食場藿、我將持生芻一束、往彼空谷、以秣賢者所乘之白駒、何則、以其人之德如玉也、思慕之至也、此說是也、西京雜記、公孫宏應賢良舉、國人鄒長倩遺書曰、夫人無幽顯、道在則爲尊、雖生芻之賤也、不能脫落君子、故贈君生芻一束、詩人所謂生芻一束其人如玉也、後漢書、郭林宗有母憂、徐穉往弔、置生芻一束於廬前而去、衆怪不知其故、林宗曰、此必南州高士徐孺子也、詩不云乎、生芻一束、其人如玉、吾無德以堪之、是皆以生芻爲享贈之具、漢時風味猶然、◯毋金玉爾音而有遐心、言今其人固不可見、寧獨無音問之可傳乎、毋自愛音聲、貴如金玉十襲、以有遐心於我、願其相聞而無絕也、遐心是疏闊不相顧之意、卒章大夫猶有望之辭、王猶可以爲善、苟一旦改勵、則空谷之人可致、大夫繾綣斯人、亦有期於他日、同寅協共不得其人、何以贊成王事乎、此風刺本志、毋字與父母之字不同、說文毋止之也、古人云、毋猶今人云莫也、角弓毋教猱升木、鄭箋云、毋禁辭、

白駒四章章六句

黃鳥。刺宣王也。

箋曰、京師天下之大湊也、況鴻雁之時、萬民安集、諸邦必多來居于都下者、至此王政陵夷、風俗偸

薄、乃始有不樂王都而懷下國者、戶口歲減、故詩人託爲民言以諷王也、作詩以風焉、傳箋以此詩、託爲棄婦言、然此邦之人、本是泛泛之稱、豈可以指其夫哉、王氏蘇氏以爲、賢者不得志而去、亦未然、詩以邦族父兄爲念、自因失所依歸而有此語、豈賢者去國之辭邪、集傳易爲民適異國不得其所于是思歸、故作此詩、若是民仍歸于宣王、則非刺矣、

黃鳥黃鳥。無集于穀。無啄我粟。興也、黃鳥之性、宜集木啄粟、喻天下室家不以其道而相去、是亦失其性也、**此邦之人。不我肯穀。**穀善也、**言旋言歸。復我邦族。**宣王之末、天下室家離散、妃匹相去、有不以禮者、◯啄陟角反、妃音配、

箋曰、比也、黃鳥比此邦之人、集穀啄粟喻見侵迫焉、大抵客居者、爲土人之陵蔑侵擾、惡俗之通患矣、況於都民乎、其事雖不同、而皆啄我黍粱者也、無集于穀、本無意義、但欲言無啄、故先作此語耳、黃鳥、黃雀也、非黃鸝、鸝不啄粟、國策黃雀俯啄白粒、可知黃鳥卽是黃雀、穀解見鶴鳴、穀木叢生、與桑栩同、說文、粟穀實也、粟之爲言續也、古者不以粟爲穀之名、但米之有孚殼者、皆稱粟也、阮元曰、傳喻天下以下十六字是箋、喻上當有箋云興者四字、因者字複出而誤脫也、章末傳云、宣王之末、室家離散、妃匹相去、有不以禮者、不應上已有此傳、又箋例言喻、見螽斯正義、各本皆誤、◯此邦之人、此邦言

王都也、不我肯穀、不肯以善道與我也、無集于穀、穀字從木、木名也、莫我肯穀、穀字從禾、百穀之總名也、又善也、皆以𣪊得聲、𣪊苦角反、然則穀善之穀、本借從禾之穀、不借從木之穀也、穀穀二字、最易混淆、〇言旋言歸復我邦族、旋回也、歸至也、復反也、我邦族、言下國也、邦族卽下諸兄諸父也、是詩首章奇、而後二章偶、

黃鳥黃鳥。無集于桑。無啄我粱。此邦之人。不可與明。不可與明、夫婦之道也、**言旋言歸。復我諸兄。**婦人有歸宗之義、

箋曰、無啄我粱、古之粱、今之粟也、漢代始大曰粱、小曰粟、不可與明言、以橫逆加己、不可與之講議是非曲直求明白也、分疏詰難在其內、不可與明、是馭强之法、亦止謗遠怨之方、唐人得之、便有唾面自甘之策、不可者謂彼之妄傲絕理也、或曰、明者相與語而互白情意也、亦通、〇復我諸兄、草蟲傳云、婦人雖適人、有歸宗之義、正義于彼傳云、歸宗、謂被出也、此傳歸宗、亦當泛言被出、非謂兄也、鄭知傳意、故以宗子解之、下經言復我諸父、傳云、諸父猶諸兄、父兄行別、何以言猶、知傳意歸宗、是指宗子、不係父兄爲義矣、

黃鳥黃鳥。無集于栩。無啄我黍。此邦之人。不可與

處。處居也、言旋言歸。復我諸父。諸父猶諸兄也、

箋曰、不可與處、則有强陵弱衆暴寡之意、○復我諸父、諸訓衆、則諸父諸兄、當合三族而言、諸父族中之尊者也、人聚居一室、與宗族父兄、視猶路人、及流離異國、而人心叵測、觸處畏途、然後見宗族與諸父諸兄之可依也、

黃鳥三章章七句

箋曰、二雅皆朝廷獻納之詩、若此篇及我行其野之類、託民風以諷上、故爲小雅、王氏曰、先王躬行仁義、以道民厚矣、猶以爲未也、又建官置師、以孝友睦婣任恤六行教民、爲其有父母也、故教以孝、爲其有兄弟也、故教以友、爲其有同姓也、故教以睦、爲其有異姓也、故教以婣、爲鄰里鄕黨相保相受也、故教以任、相賙相救也、故教以恤、以爲徒教之、或不率也、故使官師以時書其德行而勸之、以爲徒勸之、或不率也、於是乎有不孝不睦不婣不弟不任不恤之刑焉、方是時也、安有如此詩所刺之民乎、

我行其野。刺宣王也。箋曰、此詩棄婦之詞也、室家相棄、由王失教而然、所以爲刺也、古者士庶人、得越國而娶、此詩之婦人、當是自異邦來嫁者、

我行其野。蔽芾其樗。昏姻之故。言就爾居。樗惡木也、**爾不我畜。復我邦家。**畜養也、○芾方味反、樗勑書反、畜許六反、

箋曰、興也、蔽芾茂盛貌、詳召南甘棠篇、樗不材之木、莊子曰、大枝擁腫不中繩墨、小枝卷曲不中規矩、故毛釋樗爲惡木也、詩意言樗雖惡木、尙可依以芘蔭、況以昏姻之故、豈不可就而居處、而孰知其不我畜也、觀下二章蓫萺並訓惡菜、而經皆言采、自當謂雖惡菜尙有可采、則昏姻更若可恃、三章文義一例、不應直以惡木斥惡人也、○昏姻之故言就爾居者、昏姻言昏禮也、言爲婚姻故、我遠來卽女偕居、言有禮也、鄭箋婦之父・壻之父・相謂昏姻、爾雅釋親、壻之父爲姻、婦之父爲婚、又婦之父母・壻之父母・相謂爲婚姻、又婦之黨爲婚兄弟、壻之黨爲姻兄弟、禮經解昏姻之禮、注、昏姻・謂嫁娶也、周禮大宗伯注、異姓王昏姻甥舅、疏、若據男女身・則男曰昏、女曰姻、若據親言之・則女之父曰昏、壻之父曰姻、漢書鼂錯傳、男女有昏、注、昏・謂昏姻配合也、說文、婚・婦家也、禮娶婦以昏時、婦人陰也、故曰婚、又姻壻家也、女之所因、故曰姻、以上解昏姻者不一、質言之曰夫婦、雅言之曰婚姻、古人云婚姻、後世言配合也、必謂婦之父爲昏・壻之父爲姻、未免拘泥、婚作昏者用古文、猶百虎通引詩不惟舊因、字亦作因也、○爾不我畜復我邦家者、邶詩不我能慉、亦言暴出其妻也、言爾至今乃棄我、我其復下國矣、其棄之無道、見于卒章矣、

我行其野。言采其蓫。昏姻之故。言就爾宿。蓫·惡菜也、爾不我畜。言歸斯復。復·反也、○蓫敕六反、

箋曰、釋文云、蓫本又作蓄、胡承珙曰、正義引陸疏云、蓫今人謂之羊蹏、齊民要術引義疏云、今之羊蹏似蘆菔、莖赤、煑爲茹、滑而不美、多噉令人下痢、幽州謂之羊蹏、揚州謂之蓫、一名蓨、據此羊蹏有蓫名、正與詩合、多噉下痢、又與傳云惡菜合、可爲定論矣、其云一名蓨者、乃爾雅之苗蓨、釋文蓨、顧他迪反、聲亦與蓫相近、名醫別錄、羊蹏一名蓄、陶隱居注引詩言采其蓄、或又據文選曹植七啓曰霜蓄露葵、李善注引詩采蓫、而云蓫與蓄音義同、則蓫似非惡菜、稽古編引張銑注文選云、蓄菜與葵、宜於霜露之時、意其味本不佳、得霜而始美歟、鄭箋云、蓫·牛蘈、郭注爾雅牛蘈、所說莖葉名狀、與陸疏之羊蹏不符、則定是別艸、故孔氏以爲釋草無文、邢疏引此詩證之、誤矣、本草羊蹄有數名、一名蓄、獨無牛蘈之稱、○言就爾宿、首章云居久居也、次章云宿暫宿也、至宿且不可、其恩彌薄矣、宿昵於居、邶詩昔伊我來塈相類、○言歸斯復、前篇言旋言歸復我邦族、先歸後復、其例同用斯字可味、言歸至家、而斯復下國之人也、

我行其野。言采其葍。不思舊姻。求爾新特。葍·惡菜也、新特·外昏也、

誠不以富。亦祇以異。祇、適也、○葍音福、祇音支、

箋曰、爾雅葍藑、郭注、大葉白華根如指正白可啖、又葍藑茅、郭注、葍華有赤者爲藑、藑葍一種耳、亦猶蔆苕華黃白異名、正義引義疏云、葍一名藑、幽州人謂之燕葍、其根正白、可著熱灰中溫噉之、饑荒之歲、可蒸以禦饑、陸云、荒歲可禦饑、則知豐年人所不食、故傳以爲惡菜耳、郝懿行曰、今登萊間田野多有之、俗名葍子苗、玉篇作蔔子、初春掘取、蒸啖生食俱甘美、其葉如牽牛葉而微長、華色淺紅、如牽牛華而差小、卽鼓子花也、亦有白華者、然不多見、蓫本草作蓄、蓄下曰不我畜、葍下曰不以富、似有照應、○不思舊姻、求爾新特、至此道破其暴也、壻家婦家皆統稱昏姻、士昏禮婦入三月、然後壻見、曰某以得爲外昏姻請覿、主人對曰、某以得爲外昏姻之數、又曰、某以得爲昏姻之故、是也、婚與姻散文則通、野客叢書引南史王元規曰、姻不失親、古人所重、豈得輒昏非類、是以壻因於婦家爲姻矣、夫與婦相稱亦爲婚姻、燕爾新婚、謂婦也、不思舊姻、卽棄婦自稱也、新特謂新婦、特當讀實維我特之特、特毛傳訓匹、是也、特有匹義者、禮器注、特謂不用他物媲之也、特本爲獨一無匹、亦借爲匹字用者、猶臭亦訓香、去亦訓舉、以相反爲義也、新特猶新昏也、故傳以外昏釋之、外昏者對妻爲內子言也、○誠不以富、亦祇以異、論語亦作誠、正義誠不以是而得富、以箋述經是其本經成作誠、箋成事亦作誠、與古抄本合、其作成者、卽誠之假借、管子禁藏篇、賞罰莫若必成、成卽誠字、是成與誠通、言爾之不思舊姻、而求新匹也、實不以彼之富、而厭我之貧也、

亦祇以其新而異于故耳、夫趨富厭貧、薄俗之大、喜新忽故、人情之常、詩人抑揚其辭、亦欲加人以微罪耳、張參五經文字曰、祇、適也、作祇者誤、段玉裁曰、凡祇適字、唐人皆從衣從氏、宋以後俗本多作秖、非古也、至各體从氏則尤繆、馬瑞辰曰、漢書竇嬰傳祇加慰、師古曰、祇音支、其字从衣、是正唐時作祇之證、

我行其野三章章六句

斯干。宣王考室也。

箋曰、此述宣王考室、以著中興之盛也、前二章一篇之綱、式好・弟也、似續・孝也、孝弟立而家齊、而國治、王者治天下之本也、三章治垣、定考室大勢、四章言堂、五章言室、從攸芋攸躋・以至攸寧、早爲後四章伏脈、六章言夢、七章言占、八章男子之祥、九章女子之祥、考室時頌禱之詞也、考、成也、雜記成廟則釁之、路寢成則考之而不釁、釁與落不同、釁説文血祭也、是也、落・謂始其事、爾雅、落・始也、昭七年左傳、楚子成章華之臺、願與諸侯落之、楚語、伍舉對靈王曰、今君爲此臺、願得諸侯與始升焉、始升即落之也、檀弓、晉獻文子成室、諸大夫發焉、發即落、亦謂始也、雜記鄭注言、路寢生人所居、不釁之者不神之也、考之者、設盛食以落之爾、分釁與落爲二、與此箋同、昭四年左傳、叔孫爲孟鐘、饗大夫以落之、正與考室落之同義、陳啓源謂、考之取義甚廣、國富民安、居室安樂、皆是考義、猶無羊云考牧、非獨據一燕食而已、故無羊疏云、牛羊復先王

之數、牧事有成、是爲考牧、然則考室考牧並非燕飲落成之說也、考室之考・固如陳所言、然而宮寢成、則燕飲以落之、故鄭云、宣王於是築宮廟羣寢、旣成而釁之、歌斯干之詩以落之、此之謂成室、鄭合釁與落而謂之成室、非訓考卽爲落也、但鄭兼言廟、是鄭之誤也、古人成室而落之、必有稱頌禱祝之詞、此篇凡稱宮室制度之美者、所謂頌也、如以美輪美奐爲頌也、凡稱似續子孫兄弟室家者、所謂禱也、如以歌哭聚國族爲禱也、然篇中首言兄弟、終言子孫、尤屬美頌善禱、較張老賀范文子成室一段意思、更高一層、此有天下者、與有家者、頌禱之體、自不同也、胡承珙曰、姚姬傳九經說曰、西周之都、嘗數遷矣、文王居豐、武王居鎬、至穆王居鄭、懿王居廢邱、遭厲王流彘之禍、宣王中興、蓋廢邱宮室之壞・而鎬京之廢久矣、宣王更宜擇都邑建宮廟、史不著宣王所遷之邑、以斯干及申伯信邁王餞于郿度之、蓋宣王都漢右扶風之邑、南山之北、渭水之南、雍郿間也、承珙案、臣瓚注漢書地理志云、周自穆王以下都於西鄭、而右扶風槐里下・班固自注云、周曰犬邱、懿王都之、索隱引宋衷注世本云、懿王自鎬徙都之犬、懿王爲穆王之孫、若穆王已都西鄭、又不應言懿王自鎬矣、此皆矛盾不合、故顏師古謂、穆王以下無都西鄭之事、詩譜正義云、太史公曰、成王卜居洛邑、定九鼎焉、而周復都豐鎬、魚藻序王居鎬京、是外傳、杜伯射宣王於鎬、是幽王以上皆居鎬也、世本云、懿王徙於犬邱、地理志云、京兆槐里縣、周曰犬邱、京兆郡故長安縣也、皇甫謐云、鎬在長安南二十里、然則犬邱與鎬相近、有離宮在焉、懿王暫居之、非遷都也、據此宣王承厲王之亂、改建宮室、事當有之、不必以遷都便然矣、

毛詩會箋

秩秩斯干。幽幽南山。興也、秩秩・流行也、干・澗也、幽幽・深遠也、**如竹苞矣。如松茂矣。**苞・本也、**兄及弟矣。式相好矣。無相猶矣。**猶・道也、○秩直乙反、

箋曰、首章總述宮室之面勢、而禱天子之和兄弟於斯、○秩秩近景、幽幽遠景、畫水意山色、此表宅相也、皆實景、非喻言、斯・此也、干與閒澗雙聲、古通用、易鴻漸于干、荀王注、干・山閒澗水也、聘禮記皮馬相閒、鄭注、古文閒作干、考槃在澗、韓詩澗作干、皆其證也、故傳知干卽澗之叚借、山夾水曰澗、皇澗過澗之類、皆流川自山來者也、南山鎬京之陽、終南之山也、鎬京臨大水對終南、宣王作室之地在于此、西京賦言長安于前則終南太一、于後則據渭踞涇、亦是祖述此詩之意、斯干曰秩秩、言其有次序、寓王德流行無已之意、南山曰幽幽、言其層累深邃、寓國用富饒無窮之象、如竹苞矣二句、亦因其地所有而咏之、國家中興、其根本堅固而不可搖、其枝葉茂盛而不可替、所以擬之竹苞松茂也、釋言苞稹也、如竹苞矣、言其叢生稹密如竹箭也、傳云苞本者、竹性叢生・而行鞭深遠、故以喻本根深固也、如松茂矣、言其密葉繁陰望之鬱蔚也、言居此室之人、鍾靈毓秀、卜世卜年、而和氣致祥、必自最親者始、今幸式好無猶、則太和元氣、已氤氳於此、兄弟之閒、坦然共見、肫然相與、便是式好、猶猷古通用、方言、猷・詐也、廣雅、猶・欺也、言兄弟相愛以誠、無相欺

詐、卽左傳爾無我虞、我無爾詐也、此蓋因始而願其終也、天子篤親親之誼、兄弟或就藩封、或居采地、皆式好而無有欺詐也、其後王室禍亂凡五作、皆由兄弟、以後嗣王不能以躬化、又不能以禮防也、詩人言近而指遠如此、傳云猶道也者、爾雅釋宮、猶道也、釋詁猶言也、注猶者道、道亦言也、是毛傳道字係去聲、毛以猶爲道、蓋謂無相責以言至於詬病、鄭意亦同毛、而必易猶爲瘉、實屬多事、夫責善朋友之道、自非兄弟所宜、常棣雖有兄弟不如友生、傳云、兄弟尙恩熙熙然、朋友以義切切節節然、意正與此相發明、

似續妣祖。似嗣也、**築室百堵。西南其戶。**西鄉戶南鄉戶也、**爰居爰處。爰笑爰語。**○妣必履反、鄉許亮反、

箋曰、二章言築室始終、以禱天子之續祖妣於斯、○似續妣祖四字、另提起、極莊重篤厚、一篇關鍵在此、公劉造豳、古公作岐、皆妣祖之已事、其考宮室・正善於似續處、兄弟爲妣祖之分體、現在者以式好爲難、故爲王幸之、子孫紹妣祖之箕裘、未來者覆墜是懼、故遠爲王期之、無非似續也、此及裳裳者華・卷阿・江漢・良耜傳、皆讀似爲嗣、嗣續連文、猶杕杜之繼嗣我日、宮寢有內有外、其外順祖規、其內順妣規、是似續也、妣先於祖者、協下韻爾、說文、似象也、廣雅釋詁、似・類也、哀公問、寡人雖不肖、注、不似其先、故曰不肖也、此似有二義、毛訓似爲嗣、則非似象之似、而爲似續之似、鄭讀似如巳午之巳者、古

讀巳午之巳、卽爲巳然之已、史記律書、巳者言萬物之已盡也、說文、巳、已也、四月陽氣已出、陰氣已藏、釋名、巳、已也、陽氣畢布也、是古讀巳午之巳、卽爲已然之已、說文又曰、㠯、用也、已與以同字、漢書以皆作㠯、廣雅、已、㠯也、是古者㠯用之㠯、亦通作巳然之巳、故巳與似亦通用、詩譜云、子思論詩於穆不已、孟仲子曰於穆不似、是也、鄭旣讀似如已然之已、故申之曰、謂已成其宮廟、因謬而以妣爲姜嫄、又於四五章分承廟寢、疏據君子將營宮室、宗廟爲先爲證、殊非經旨、如宗廟居室同時當營、則作廟重而居室輕、大雅緜先言作廟翼翼、後言臯門應門、是也、流彘之禍、由於民變、其宗廟本未嘗燬、不比遷豳遷岐・作豐營雒・起於草創也、蓋修其祖廟、共和十四年、歲無不然、惟於宮室則未遑及、頹敗崩坍者有之、故宣王專營居室、此詩所言、不出庭堂寢室之事、鄭見經云妣祖、欲以作廟當之、然篇中言室如彼其詳、不應言廟如此之略也、○築室百堵、百堵詳鴻雁篇、堵方一丈、環百堵爲四面、每面計二十五丈、西南其戶者、古者堂寢之制、蓋有正戶以達於堂、有側戶以達於左右房、南鄉戶爲正戶、東西鄉戶爲側戶、西南其戶、言西以該東、猶南東其畝言東以該西也、襄二十五年左傳、公從姜氏、姜入於室、與崔子自側戶出、是室有側戶之證、言自側戶出、則先入於室必自正戶入矣、古者居室南鄉戶東、牖西、亦皆南鄉、故爾雅言戶牖之間謂之扆、其戶之居東而南鄉者、卽正戶也、鄭謂室一南戶、是昧於室有側戶之制、且謂此築室謂築燕寢、果爾諸寢並作、經何以舍路寢而專言燕寢、且一戶耳、而云比於彼爲西其戶、比於此爲南其戶、恐非詩人立言之法也、爰猶於也、四爰字同、猪飼彥博曰、爾

毛詩會箋

雅釋宮曰、室有東西廂曰廟、無東西廂有室曰寢、是廟與寢之別也、蓋寢之制、東西三間、正室、左右房、東西序之外、有東堂西堂、自前堂達北堂、廟則東西五間、東西序之外、各有一間、所謂東西廂是也、廂者、相也、夾其左右、輔相房室也、其外有壁、南至前楣之下、與序端齊、亦棟以北爲室、所謂東夾西夾是也、其前曰箱、以左右有壁、似箱篋之形也、注家不知名廂之義、直以廂爲箱、云夾室前堂曰廂、夫廂有夾室、本也、其前堂末也、言其末者之有無、以爲廟寢之別也、而夾室之前亦云夾、尚書顧命曰、西夾南嚮敷重筍席玄紛純、漆仍几、聘禮曰、西夾六豆設于西墉下、是也、其外墉之外、亦有東堂西堂、與寢同、鄭氏以爲東西夾在東西堂、不知東西堂在簷下、辟陋狹淺、非構室藏遷主設王座燕私屬之處也、其誤亦如以後楣以北爲室也、後儒因以爲禮經所載寢亦有東堂西堂、所謂無東西廂者、是言廟後之寢、衣冠所藏之處、皆未深考之耳、聘禮有西夾東夾、公食大夫禮有東夾東箱、皆在廟不在寢、或曰、顧命在寢有西夾、是傳疏之誤耳、顧命所言、康王在廟吉服受册命即王位之儀也、故篇末云、諸侯出廟門而俟、鄭氏云、寢亦有夾室、是混寢廟之制而一之也、顧命傳疏、又以爲西夾卽西房、房與夾名異而實同、此說於禮經大不合、其非可知也、又案、漢書周昌傳云、呂后側耳於東箱聽、顏師古曰、正寢之東西堂皆曰箱、言似箱篋之形、是漢時寢亦有東西廂、雖非古制、亦別一間、必非東西堂、顏注承鄭誤耳、至後世寢有廂、唐詩云待月西廂下、是也、本朝禁中諸殿、夏屋而深兩榮、亦有東西廂在兩榮之下、俗曰庇間、而東堂西堂尙在其外、廂之非堂亦可見矣、或疑廟東西廂之外、別有東堂西堂無證、顧命曰、西夾南嚮敷重筍席玄紛純、漆仍几、又曰、一人冕執鉞立于西堂、西夾既設王座、而其前面大夫敢執鉞而立乎、東西夾之外、別有東堂西堂、是其明證也、堂之爲言、蕩也、以上面寬平名之也、古者造室、先築土爲基趾、謂之堂、然後構牆屋於其上、大誥曰、若考作室、既底法、厥子乃弗肯堂、矧肯構、是也、既構牆屋、四面有牆之處謂之室、而牆外仍曰堂、所謂前堂東堂西堂北堂、是也、經傳單言堂者前堂也、投壺曰、堂上七扶、論語曰、由也升於堂、是也、其高卑之度、禮器曰、天子之堂九尺、諸侯七尺、大夫五尺、士三尺、廣深則經無明文、考工記匠人曰、周人明堂、東西九筵、南北七筵、鄭氏謂、宗廟王寢皆與明堂同制、儀禮義疏曰、明堂自當別論、蓋以明堂五室九階、與寢廟之制大不合也、卷首儀禮釋宮曰、堂之屋南北五架、中脊之架曰棟、次棟之架曰楣、鄉射記・序則物當棟、堂則物當楣、注曰、是制五架之屋也、正中曰棟、次曰楣、前曰庪、賈氏曰、中脊爲棟、棟前一架爲楣、楣前接檐爲庪、今見於經者、唯棟與楣而已、棟一名阿、士昏禮賓升當阿致命、注曰、阿、棟也、彥博謂、五架之制、經無明文、鄭氏以棟與楣推之耳、然考之經記、殊覺不然、何者、寢廟行禮之節、每言當楣、而不言當棟、鄉射曰序則物當棟、序卽榭也、爾雅曰、無室曰榭、序既無室、則棟下無壁、應又有兩楹以承棟、其制本自與寢廟異、士昏禮曰、當阿東面致命、義疏既援聘禮辨昏賓之致命不應在棟下矣、當阿東面者、謂東西之節也、阿疑當作階、以聘禮推之、蓋序內當階東面致命也、此亦不可爲棟矣、皇侃論語義疏曰、古人當屋棟下隔斷爲窗戶、窗戶之外曰堂、窗戶之內曰室、此必有所本、夫後楣之北、與前楣之南、同堂之邊垂也、豈以此處爲正室乎、棟以北爲室之說、於事理協矣、古制恐當如此、蓋寢廟之屋三架、前一架有楣、兩楹及序端適在其下、中一架、棟也、房室南墉適當其下、自此以南爲堂、以北爲室與房、後一架之下、則室之北墉也、北墉之後、前楣之南、皆覆以檐、棟下有壁、故行禮之節、皆不言棟、唯序則否、故特言棟也、果如鄭說乎、棟下又合更有兩楹如楣之下、然則鄉射禮所謂楹內楹外者、將指棟下之楹乎、將指楣下之楹乎、豈不惑人、若無棟下之楹、將何以持棟乎、其說之非、斷可知也、且其堂之深三倍室、案飮射燕聘行禮之節、堂之深亦覺不必然矣、爾雅、楣謂之梁、鄉飮酒禮曰、賓西階上當楣北面答拜、注曰、楣、前梁也、釋名曰、楣、眉也、若面之有眉、則楣專謂前面之梁也、其上應有栟櫨矣、世儒或疑棟楣承屋、天子諸侯之寢廟、上以版爲承塵、棟楣不可得而見矣、不知古者無承塵、唯王之寢廟有重屋、重屋、複笮也、有複笮則有複棟、複笮卽邦俗所謂假糊屋背也、複棟卽假糊棟也、考工記疏謂、重屋卽明堂位復廟重檐重承壁材也、禮家又從而圖之、誤矣、嘗聞之匠人、禁中紫宸清涼諸殿、皆有假糊屋、無承塵版、本朝制度、取法唐氏、有司奉守、千載無有變革、則唐亦猶然可知也、且使寢廟有承塵、應設之於楣內之上、則楣固非其所掩也、或問、考工記、夏后氏世室、堂脩二七、廣四脩一、五室三四步四三尺、說者曰、堂南北八丈四尺、東西十丈五尺、五室居中、南北六丈、東西七丈、若然、室外之堂東西各一丈七尺五寸、南北各一丈二尺、先儒說寢廟東西堂似亦不狹少、今言東西堂與北堂同深九尺、其制之不同何也、余曰、世室外堂廣狹不同、此亦鄭氏解記文之誤耳、五室三四步四三尺、謂五室皆廣四步四尺、脩三步三尺、如是則五室占南北六丈三尺、東西八丈四尺、四邊堂皆一丈五寸、蓋堂之廣益以四分脩之一、室之脩減以四分廣之一、而四邊之堂、齊整如一、古人之制、不苟如此、亦可以見鄭氏五架之陋也、室之爲言、窒也、四面有壁、窒塞外氣也、中脊以北、三室平列、中央之大室謂之室、凡禮經言室者皆是也、左右之室謂之房、房之爲言、旁也、說文、室在旁也、左右旁室曰左房右房、又曰東房西房、左房用事常多、故禮經單言房者、謂左房也、公食記、筵出自東房、注曰、天子諸侯左右房、賈氏曰、言左對右、言東對西、大夫士唯東房西室、故直云房而已、然案聘禮、賓館于大夫士、君使卿還玉于賓、賓退負右房、則大夫亦有右房矣、又鄉飲記、薦出自左房、少牢、主婦薦自東房、亦有左房東房之稱、鄉射記、籩豆出自東房、特牲禮、豆籩鉶在東房、記賓長兄弟之薦自東房、如此者非一、言左對右、言東對西、何於天子諸侯則云爾、於大夫士則不云爾乎、彥博謂既夕禮、朝祖正柩于兩楹間、注曰、鄉戶牖也、夫戶牖之間、室之中央也、士若無西房、何以得然、鄭無定見亦可見矣、

約之閣閣。椓之橐橐。約、束也、閣閣猶歷歷也、橐橐、用力也、**風雨攸除。鳥鼠攸去。君子攸芋。**芋、大也、○閣音各、椓陟角反、橐音託、芋香于反、

箋曰、三章言堂宇之壯固、以禱天子之保威靈於斯、○約之閣閣者、約束與下椓擊、皆制宮室所有事也、觀下文風雨攸除鳥鼠攸去二句可知、鄭以約

爲縮板、椓爲榴土、則專指築牆言、所築之牆卽甚平直堅固、風雨何由而除・鳥鼠何由而去乎、詩人爲不辭矣、詩意以爲、卽其所約束者・無不閣閣然、所椓擊者・無不橐橐然、可以知其無一不堅固、將來風雨之除、鳥鼠之去、胥可於此卜之矣、閣閣停妥之貌、橐橐結實之聲也、考工記匠人注、作約之格格、古音格亦音各、史記平準書・廢格沮誹、酷吏傳・廢格沮事、索隱並云、格音閣、漢淮南王安傳・雷被等格明詔、師古注・格音閣、謂被閣不行之、楊渙石門頌・或架高格、格卽棧閣之閣、辛李造橋碑・棧格陵陵、並以格爲閣、閣格皆从各得聲、故可以通假、傳云閣閣猶歷歷者、謂束物歷碌之貌、說文、秝稀疏適也、歷歷卽秦風小戎傳之歷錄、謂以繩束之・疏落適均也、椓之橐橐者、孟子滕文公上、捆屨織席、注音義引丁音椓擊也、文選東征賦注、引周禮鄭注椓擊也、正月箋又復椓破之、正義椓如椓杙之椓、謂打之也、說文、椓・擊也、椓訓擊古義也、廣雅㯣㯣・聲也、橐橐卽㯣㯣之省借、鄭箋則謂約謂縮板也、緜詩縮板以載、縮約皆謂以繩纏束之、匠人云、凡任索約大汲其版、謂之無任、後鄭注云、約・縮也、汲・引也、築防若牆者、以繩縮其版、大引之言版橈也、版橈築之則鼓土不堅矣、此所言乃與詩約之閣閣相反者、故疏云、繩均版直、則牆端正也、椓之者、椓謂以杵築之也、旣投土於板、以杵椓築之、則牆牢固也、凡木材大小適宜者、皆可用代杵、不必成杵形是椓也、兔罝椓之丁丁、傳云、丁丁椓杙聲也、緜築之登登、傳云、登登用力也、兔罝傳不言用力、此及緜傳不言聲者、義互相備、○風雨攸除、鳥鼠攸去者、除亦去也、風雨不能破、鳥鼠不能穿、言其上下四旁皆牢密也、○君子攸芋者、毛訓芋爲大、爲訏之叚借、溱洧生民抑傳、訏皆訓大、方言亦訏芋並云大也、芋言尊大、君子之所以尊大正在此居、蕭何云、非壯麗無以示威、唐人云、不覩皇居壯、安知天子尊、天子居九重之中、崇墉環而其門深、此其所以尊嚴也、

如跂斯翼。如人之跂竦翼爾、如矢斯棘。如鳥斯革。棘・稜廉也、革・翼也、

如翬斯飛。君子攸躋。躋・升也、○跂音企、翬音輝、竦粟勇反、

箋曰、四章言堂宇之美盛、以禱天子之明政於斯、○四如字・是形容、不是譬喻、四斯字並語詞、如跂斯翼者、屹然而高、如人之跂足直立而翼然也、如跂狀其上聳之勢、斯翼又狀其如跂之勢、史記韓王信盧綰傳、跂而望歸、索隱、跂・起踵也、淮南墬形有跂踵民、注、跂踵民、踵不至地、以五指行也、山海經注、跂踵其人行、腳跟不著地也、跂與企同、玉篇人部・引作如企斯翼、爾雅、翼・敬也、玉篇廣韻並云、竦敬也、傳云竦翼者、正以竦釋翼、以狀跂立之貌・有似翼然起敬也、論語趨進翼如也、翼如與勃如躩如語相類、不得訓爲鳥翼之翼、趨進之貌謂之翼、跂立之貌謂之翼、其義正同、故傳以竦翼釋之、若以翼爲鳥翼、則與下革字複、正義牽於翼字、以爲人手似鳥翼、失毛指矣、鳥翬皆指物言之、如跂不言人者、義取於跂、言跂則人可知也、○如矢斯棘、傳云棘稜廉者、言四隅廉正、如矢鏃之角也、最直者莫如矢、易噬嗑得金矢、解得黃矢、注並云、矢直也、矢訓直者、以矢之爲物、未有不直者也、釋文、棘韓詩作朸、朸・

隅也、正與毛傳稜廉同義、抑詩維德之隅、毛云、隅·廉也、箋申之云、如宮室之制、內有繩直、則外有廉隅、是知如矢斯棘、正謂堂有廉隅如矢有稜廉也、如跂、大勢嚴正也、自前後左右言、如矢、廉隅整飭也、自堂之四角言、○如鳥斯革者、鳥將飛、必卑軀作勢、是革也、言棟宇峻起、如鳥之舒翅也、釋文、革韓詩作鞠、云翅也、革卽鞠之古文、毛作革者、用古文訓爲翼、亦翅之古文、是韓毛同訓、○如翬斯飛者、簷阿覆以瓦、而加丹雘、爛然而鶱、如雉之飛也、蓋以狀簷阿之勢、猶今云飛簷也、翬·雉名、鄭箋·伊洛而南、素質五色皆備成章曰翬、如翬斯飛、固取其勢、亦取其文也、四如、皆遠而望之之形容也、與下章相變取對、豬飼彥博曰、儀禮義疏釋宮曰、人君之堂屋爲四注、大夫士則南北兩下而已、士冠禮、設洗直于東榮、注曰、榮、屋翼也、燕禮、設洗當東霤、注曰、人君爲殿屋、案考工記、殷人四阿重屋、注曰、四阿若今四注屋、殷人始爲四注屋、則夏后氏之屋、南北兩下而已、周制、天子諸侯得爲殿屋四注、卿大夫以下但爲夏屋兩下、四注則南北東西皆有霤、兩下則唯南北有霤、而東西有榮、是以燕禮言東霤、而大夫士禮則言東榮也、榮者、說文曰、屋梠之兩頭起者爲榮、又曰、梠謂之櫓、楚謂之梠、郭璞注上林賦曰、南榮·屋南櫓也、義與說文同、然則櫓之東西起者爲榮、謂之榮者、爲屋之榮飾、謂之翼者、言其軒張如翬斯飛耳、士喪禮升自前東榮、喪大記降自西北榮、是屋有四榮也、彥博謂、廟之制、東西五間、殿屋中三間爲一棟、橫指東西、至兩序之上而盡、遂自此處分爲四棟、邪指四隅、上接橫棟、下至東西廂之南北隅而盡、東西廂及兩楹北墉之外、四面皆設榱桷以爲屋櫓、寢則東西三間、中一間爲橫棟、至正室東西墉之上而盡、遂自此處分爲四棟、邪指四隅、至左房東北隅、右房西北隅、及兩序端之上而盡、兩序兩楹及北墉之外、四面皆設榱桷以爲屋檐、水自屋極四注、至於檐端而滴下、故謂檐端爲霤也、夏屋則廟五間、正室兩房兩廂、全爲橫棟、南北之檐與殿屋同、故亦謂之霤、於兩廂之腰各設屋檐、前後接南北檐、謂之兩榮、上不連身屋、流水不多、故其端不得以霤名、寢三間、正室兩房全爲橫棟、兩序之腰設屋檐、前堂楹外東西堂及北堂、皆在四檐下、何以知之、案禮經、兩楹兩序之外、東西堂之上、不見更有柱壁、且以本朝宮殿推之也、士喪禮所謂前東榮者、謂東榮之近南檐處也、喪大記所云西北榮、士喪禮作後西榮、則是亦謂西榮之近北檐處也、東西各一、豈有四榮乎、四注屋·四隅有曲、故曰四阿、阿如卷阿之阿、邦俗謂四阿曰阿妻屋、夏屋曰破風造、案士冠禮疏曰、榮卽今之搏風、破風蓋搏風之訛音也、本朝中古通使於唐、當時有留學生、匠人亦留彼學營造法、至今守其規矩、不敢改變、西土唐以後·數歷大亂、古制蕩盡、宋儒已昧古制、況後人乎、○君子攸躋者、君子之所升以聽政也、此主路寢言之、周制天子堂九尺、以堂高言、故曰躋、

殖殖其庭。有覺其楹。 殖殖、言平正也、有覺、言高大也、 **噲噲其正。噦噦其冥。** 正、長也、冥、幼也、 **君子攸寧。** ○殖市力反、噲音快、噦呼會反、冥莫形反、

箋曰、五章言堂室之廣深、以禱天子之安身於斯、○四其、並近而歷觀之也、自庭而楹、而正、而冥、以序言之、殖殖其庭者、自堂下至門謂之庭、庭从廷之聲義、廷、平也、故庭以平正爲美、有覺其楹者、覺、高大也、高大則明顯、故覺有著明之義、左傳以覺報宴、是也、楹謂之柱、堂之上東西有楹、東楹適當室東墉之正南、西楹適當西墉之正南、堂上行禮、以此爲東西之節、禮經曰東楹之西、西楹之西、西楹之東、及兩楹之間、楹外楹內之類也、兩楹之北曰楹內、兩楹之南曰楹外、楹外之度、蓋與東堂西堂北堂之深同、公食禮、致豆實陳于楹外、簋實陳于楹內兩楹間、言楹內外矣、又言兩楹間、知凡言兩楹間者、不必與楹相當、謂堂東西之中爾、聘禮、受玉于中堂與東楹之間、中堂東西之正中也、聘禮又曰、受幣堂中西、注、堂中西・中央之西、堂中卽中堂也、所謂中堂與東楹之間、謂中央之東・東楹之西也、聘禮又於私覿曰賓振幣進授、當東楹北面、蓋聘享受于東楹之西、私覿則受于東楹之北、公私尊卑之節、禮宜如此爾、○噲噲其正者、鄭箋、噲噲猶快快也、噲卽快字之同音假借、說文、噲或讀若快、淮南精神訓、噲然得臥、宋書樂志四吳鼓吹曲、覽往以察今、我皇多噲事、皆假噲爲快、快快是狀其堂之寬明、正對冥言、正爲堂而冥爲室也、正當讀如正門之正、明堂位應門之外、注、正門謂之應門、後漢書班彪傳注、正殿・前殿也、文選皇太子釋奠會詩正殿虛筵、注、正殿・前殿也、以上正皆正背之正、正則明、明則必求其爽塏、故曰噲噲其正、毛傳正長也者、長自爲長短之長、長言其堂廡之彌互、窈言其奧窔之邃深也、○噦噦其冥者、鄭箋、噦噦猶煟煟也、釋文、煟音謂、呂忱云、火光貌、煟本爲火光、引之有明義、故廣雅訓爲明也、室之窈冥處、亦熠熠然明、其室之寬明可知、噦又與嘒通、嘒彼小星、有嘒其星、皆言星貌、故鄭以噦噦爲光明、傳冥幼也、釋文、幼王如字、本或作窈、據此則幼乃窈之古文、說文云、窈、深遠也、窈从幼聲、因省作幼、故正義云、幼爾雅亦或作窈、是窈爲正體、幼爲借聲、大戴禮誥志篇云、幽幼也、冥幼也、幼亦窈、故正義引孫炎曰、冥深闇之窈也、又引某氏曰、詩噦噦其冥、亦以聲同爲義、郭注以幼稚爲言、失之矣、冥者、說文云、幽也、幽亦幼、故傳云、爲冥窈、於義實安、然則毛傳之冥幼即冥窈審矣、且冥窈、連文、經典非一、老子云、窈兮冥兮、其中有精、莊子在宥篇云、至道之精、窈窈冥冥、史記項籍紀云、窈冥晝晦、文選魏都賦云、雷雨窈冥而未半、皆爾雅冥窈之正文也、○君子攸寧者、主小寢言之、小寢在路寢之後、亦名燕寢、庭者堂下之庭、楹者堂上之兩楹、正亦堂上之事、唯噦噦句乃說後寢、末句所承唯是一句矣、下章寢夢、亦承此章君子攸寧而起也、君子攸芋、君子攸躋、君子攸寧、三章聯珠、

下莞上簟。乃安斯寢。乃寢乃興。乃占我夢。言善之應人也、**吉夢維何。維熊維羆。維虺維蛇。**○莞音官、羆彼宜反、虺許鬼反、蛇市奢反、

箋曰、六章言牀第之安、天子有吉夢於斯室、○以下四章、近脈承君子攸寧、遠脈承爰居爰處二句來、子孫千億、稱頌常談、而假之於夢寫來、別是一番出色、鄭箋云、莞、小蒲之席也、釋文、草叢生水中、莖圓、江南以爲席、形似小蒲、而實非也、陸氏此言、是不用鄭箋小蒲之說矣、馬瑞辰曰、爾雅、莞有二種、一

曰蘼鼠莞、郭注、亦莞屬也、纖細似龍須、可以爲席、一曰莞苻蘺、其上蒚、郭注、今西方人呼蒲爲莞蒲、蒚謂其頭臺者也、今江東謂之苻蘺、西方亦名蒲、中莖爲蒚、用之爲席、是二者皆可爲席、此詩正義惟引莞苻蘺爲證、但考說文、分莞與蔇爲二、云莞草者、蓋鼠莞也、說文惟於莞草注云可以爲席、則詩之莞、當引蘼鼠莞爲證、不當如孔疏引莞苻蘺爲證、書疏引爾雅蘼鼠莞、樊光引詩云下莞上簟、是樊光以詩之莞爲鼠莞矣、郝懿行曰、莞與藺相似、莖圓而中空、可爲席、蒲葉闊而不圓、其細小者、亦可爲席、所謂蒲苹者也、是蒲莞非一物、爾雅之莞乃蒲屬、非藺屬、故說文莞訓艸、與藺相屬、又別出蔇、與蒲爲類、爾雅借莞爲蔇、舊注及郭俱云莞蒲、可知此乃蒲之別種、細小於蒲、爲形纖弱、故名蒲蒻、作席甚平、故曰蒲苹、鄭箋以莞爲小蒲之席、是矣、釋文猶以莞草莖圓非蒲爲疑、不知此乃似蒲之莞、非似藺之莞也、此莞似蒲、故亦抽莖作臺、謂之爲蒚、本草蒲黃、陶注謂之蒲釐、釐蒚聲轉也、似藺之莞、但有莖而無臺、今江南席子草是矣、王夫之曰、莞與蒲本非一種、按本草言蒲似莞而葉匾、今陂池泛生、葉粗而易斷、僅可作米鹽包者蒲也、其葉厚而細堅韌可爲席者莞也、周禮蒲筵莞席、亦足諗莞之非卽蒲矣、王又曰、方言、簟宋魏之間謂之笙、張揖亦曰、笙、簟席也、鄭氏謂爲竹葦、葦席今之蘆席、粗惡殊甚、唯喪禮設之、唐郁模請以葦裹尸、而君子寢之乎、胡承珙曰、據此疏兩言竹簟、而不及葦、疑正義所見箋本無葦字、今疏中有竹葦曰簟者、當由轉寫因箋文衍葦字、亦從而誤耳、以下諸說皆可從、簟是滕竹絲織成者、古之坐臥、其筵有席、莞席在下、卽筵也、竹簟在上、卽重席也、安謂就寢也、吳漢每從

征伐、帝未安、常側足而立、是也、兩寢字猶寐也、言寧而臥息、此二句伉儷和
樂之禱也、一家和樂好合、無過兄弟妻子、首章已言兄弟、此處當言妻子、於
兄弟則明言之、於妻子則隱言之、尤見作者用意之妙、鄭釋此二句爲與羣
臣安燕爲歡以落之、然莞簟皆安寢之席、非行燕鋪陳之席、故司几筵莞筵
則有之、而竹無施於席、則知所以爲寢也、士喪禮云、下莞上簟衽如初、則平
常寢臥之席皆莞簟也、內則斂枕簟、注、簟、席之親身也、又御者斂席與簟、疏、
斂此所臥在下大席、與上襯身之簟、又父母舅姑之衣衾簟席、夫不在斂枕
篋簟席、皆簟席連言、猶莞簟連言、是簟爲寢席之證、況下文云乃寢乃興、明
是寢席、詩爲宣王考室而作、其辭初不及燕樂羣臣事也、○乃占我夢者、安
寢而得吉夢、故占我代爲王之自我也、占我夢、詢之大人也、○維熊維羆者、
說文、熊獸似豕、山居冬蟄、爾雅郭注、羆似熊而長頸高脚、猛憨多力、能拔樹
木、陸璣曰、羆有黃羆·有赤羆、大於熊、○維虺維蛇者、吳語爲虺弗摧、爲蛇將
若何、此虺蛇同物、虺是小蛇之通名、當時人所共知、
故毛不釋、舍人孫炎以爲蝮一名、誤也、詳正月篇、

大人占之。維熊維羆。男子之祥。維虺維蛇。女子之祥。

箋曰、七章設爲占夢之語、言室家溱溱之有兆、是末二章過脈、○靈異其人
而貴之、故曰大人、周禮大卜掌三夢之法、占夢、以日月星辰占六夢之吉凶、

正此大人也、祥猶兆也、熊羆取其猛毅山居、故爲生男、虺蛇取陰柔穴處、故爲生女、毛物在山、鱗物在水、與斯干南山隱隱照映、此頌禱之詞、亦寓規戒之義、曰熊羆者、蓋有鑒於周室寖衰、當以强毅振之也、曰虺蛇者、亦有鑒於夏之妹喜・殷之妲己也、○占夢之法、雖不可考、要無稽之甚、無足論焉、先王有占夢之官者、亦因俗爲政耳、朱傳圈外說陋矣、是詩及無羊等皆說夢、只是就世俗所有之事言之耳、本非謂有是理而主張之也、如祭祀嘏辭之類、豈可據理深求哉、

乃生男子。載寢之牀。載衣之裳。載弄之璋。半圭曰璋、裳・下之飾也、璋・臣之職也、**其泣喤喤。朱芾斯皇。室家君王。**○衣於既反、芾延文本作茀、

箋曰、八章設言占夢而驗、禱其有賢男子、○牀、說文云、安身之坐也、載寢之牀亦常事、但視之女子寢地而爲尊耳、褓中之兒、未可著裳者、必衣以裳、但視之女子衣裼而爲盛耳、○載弄之璋者、周禮典瑞、璋邸射、先鄭云、射・剡也、爾雅曰、邸・本也、是璋本剡出也、說文、剡上爲圭、半圭爲璋、上者末也、剡末爲圭、則璋末不剡可知、弄以璋者、欲其比德於玉、不以圭者、明成之有漸也、正義引王肅云、言無生而貴也、明欲爲君父、當先知爲臣子也、羣臣之從王行禮者奉璋、棫樸曰、奉璋峩峩、髦士攸宜、是也、古人因事立教如此、弄者寘之手邊作弄狀也、其泣喤喤者、言其聲高朗也、周頌鐘鼓喤喤、○朱芾斯皇者、

芾·蔽也、行以蔽前、天子純朱、諸侯黃朱、以韋爲之、上廣一尺、下廣二尺、皇猶煌煌也、室家君王者、室家之所尊以爲君爲王也、室家卽周室周家也、○此因夢祥而頌禱、料想誕慶光景而言、若寢牀寢地璋瓦等、當時舊有此儀也、詩人述之而已、非有意縱舍之、又此所陳皆子之初生、暫行此禮、示男女之別耳、不知生經幾日而爲之、後漢書曹世叔妻傳、女誡云、古者生女三日、臥之牀下、弄之瓦塼、臥之牀下、明其卑弱主下人也、弄之瓦塼、明其習勞主執勤也、此釋詩義與傳箋合、三日之期、必有所本矣、

乃生女子。載寢之地。載衣之裼。載弄之瓦。裼、褓衣也、瓦、紡塼也、

無非無儀。唯酒食是議。無父母詒罹。婦人質、無威儀也、罹、憂也、○裼他計反、詒以之反、罹力馳反、塼音專、摺本傳褓下無衣字、

箋曰、九章禱其有賢女子、說男子必說女子、以男子似續其祖、女子似續其妣也、○載寢之地者、不設其牀也、臥於地、以示天尊地卑之意、非賤之也、欲其取法於坤耳、載衣之裼者、卽用其所衣、而無加也、弄之瓦者、瓦其所有事也、皆表異其爲女子也、釋文、裼韓詩作褅、說文、褅·緥也、引詩載衣之褅、正本韓詩、褅卽褅之省文、毛詩作裼者、褅之假借、字音相近、裼爲袒裼字、見鄭風、亦爲襲裼字、見曲禮玉藻、釋文云、齊人名小兒被爲緥、古者被通名衣、說文、

被、𥨊衣也、可證、箋云、褓夜衣、亦謂被也、緥之言保、保亦衣也、故衣甲者謂之保介矣、褓可藉於下、亦可覆於上、藉則李奇注漢書云、褓小兒大藉、是也、覆則月令正義云、保謂小被、所以衣被小兒、是也、列子釋文引博物志云、緥織縷爲之、廣八寸、長尺二、以約小兒於背上、玉篇、繈緥・負兒衣也、其言尺寸、與博物志同、襁之制蓋長而方、故侯苞韓詩翼要云、示之方也、古人繈緥連言、呂覽明理篇、道多繈緥、高注、緥・小兒被也、繈・縷格上繩也、又直諫篇注、繈・縷絡繩、緥・小兒被也、是緥爲小兒被、繈乃縷絡上繩、説文、繈・觕類也、蓋繩之觕者也、○載弄之瓦、傳、瓦・紡塼也、釋文、塼本又作專、馬瑞辰曰、説文無磚字、專字注云、一曰、專・紡專、古之撚線者、以專爲錘、説苑雜言篇曰、子不聞和氏之璧乎、價重千金、然以之間紡、曾不如瓦磚、此紡用瓦磚之證、廣韻、甎・紡錘、集韻、甎一曰紡甎、是紡錘卽紡甎也、後世磚瓦異物、古則瓦爲通偁、説文、瓦・土器已燒之總名、又曰、甎・瓦器也、是也、故傳以瓦爲紡專、胡承珙曰、説文、紡・網絲也、段注、網絲者以塼爲錘、然則婦人撚線錘頭、古用塼爲之、説苑所謂間紡者、當是絡絲、以瓦塼爲錘、則間厠而不亂、朱子語錄載潘時間詩載弄之瓦、朱子曰、瓦・紡時所用之物、舊見人畫列女傳、漆室女手執一物如銀子様者、意爲紡塼也、此所言亦與紡錘相合、○無非無儀、馬瑞辰曰、説文、非・違也、廣雅釋言亦曰、非・違也、無非卽無違、此士昏禮記所云、父送女命之曰、夙夜無違命、母曰、夙夜無違宮事也、説文、儀・度也、儀通作義、襄三十年左傳、君子謂宋共姬、女而不婦、女待人、婦義事也、王尙書曰、義讀爲儀、儀・度也、言婦當度事而行、不必待人也、今按、婦人從人者也、不自度事以自專制、故曰無儀、郎易家人爻詞所云無攸遂也、左傳言婦義事者、處常之道也、列女傳、孟母引詩此句而釋之曰、言婦人無擅制之義、而有三從之道也、三從釋詩無非、無擅制正釋詩無儀、婦有婦容、毛傳謂無威儀、固非、婦人以孝敬爲先、卽善也、箋以無儀爲無善、亦非。○無父母詒罹者、詒・貽通、遺也、乃是獻遺之遺、非遺留之遺、如犯七出而大歸、是詒憂也、天子之女而曰無非無儀、唯酒食是議、無父母詒罹、雖祝願之辭、猶見周代教女之家法、此王姬之車所以曷不肅雝也、

斯干九章四章章七句五章章五句

箋曰、敘作室正身、祇中間四章、前段始摹形勢之勝、帶著兄弟說、正言今日撐持天下、全在兄弟和協、繼摹室家之美、帶著祖妣說、追言當日創造天下、全在祖妣經營、終摹莞簟之安、帶著男女說、究言後日纘承天下全在男女賢淑、上下幾千百年事、一詩都包括在內、是之謂善頌善禱、稽古編、云、斯干之爲宣王詩、見劉子政昌陵疏、非小序一家之說也、又云、新宮之名見儀禮左傳鄭杜兩注、及詩由儀序下箋疏、皆以爲逸篇、而朱子引李迂仲之說、以爲卽斯干詩、意在立異而已、徐位山謂、案竹書紀年、宣王八年初考室、毛公之時、竹書未出、而宣王考室詩序、暗與之合、其必非無本明矣、何氏古義謂、永平二年詔曰、升歌鹿鳴、下管新宮、是新宮詩至後漢尚在、不知此詔所云升歌鹿鳴、下管新宮、八佾具脩、萬舞於庭、皆不過

以經語文飾詔詞、觀續禮儀志、具言永平養老之儀、天子袒割、執爵而酳、及祝鯁祝饐等、皆與此詔文同、而不及升歌下管、前書禮樂志云、顯宗宗祀光武皇帝於明堂、養三老五更於辟廱、威儀既盛美矣、然德化未流洽者、禮樂未具、羣下無所誦說云云、此可見當時未必實有升歌下管之樂、不得據永平詔書爲新宮非逸詩之證也、

無羊。宣王考牧也。 箋曰、宣王復牧官、始牧六牲於牧、因而落之也、考室考牧、皆是既廢而中興之事也、詩之美宣王者、大都形容其中興氣象、假如人民困苦飢饉薦臻、則百物凋耗、安有此蕃庶之牧事、惟時和年豐、室家稱慶、然後萬物得所、是以上三章、言牧事之成、而末章卽以富庶之徵繼之、胡承珙曰、斯干無羊二詩、與定之方中正相類、彼序云、文公徙居楚邱、始建城市、而營宮室、得其時制、百姓說之、國家殷富焉、但定之方中一詩、而首言營室、終言畜牧、此則分爲二篇、風雅體自別耳、然其爲遭亂中興之事則同、序末也字延文本無、

誰謂爾無羊。三百維羣。誰謂爾無牛。九十其犉。 黃牛黑脣曰犉、 **爾羊來思。其角濈濈。** 聚其角而息、濈濈然、 **爾牛來思。其耳濕濕。** 呞而動其耳濕濕然、○犉而純反、濈莊立反、濕始立反、呞丑之反、延文本·傳兩然下並有也字、

箋曰、首章言牧官復古、牛羊新殖、周禮牧人、掌牧六牲、而阜蕃其物、六牲謂牛馬羊豕犬雞、此詩唯言牛羊者、馬祭之所用者少、豕犬雞則比牛羊爲卑、故特舉牛羊以爲美也、以誰謂發端、見昔凋耗而今蕃阜也、爾汎稱王家也、三百維羣、謂羊以三百爲羣、而其羣則多不可計矣、羊性喜羣、羣必有長、長居衆羊之後、莊子云、牧羊者、視其後者而鞭之、鞭其長也、長趨則衆羊皆趨矣、三百字當活看、蓋舉其成數而言、如言詩三百、禮儀三百、爾○九十其犉者、爾雅釋畜、黑脣犉、又白馬黑脣駩、孫炎本作犉、云與牛同稱、蓋牛之黃者衆、爾雅通不言色、此當依爾雅訓爲黑脣犉、黃牛黑脣謂之犉、白牛黑脣亦謂之犉、推而言之、騂牛黑牛、其黑脣者皆謂之犉、無論何色牛、其黑脣者、皆以九計、以十計、極言其多也、各色牛之犉者以九十計、其不犉者可知、故曰極言其多也、九十字與東山九十其儀九十字略同、當橫讀、無竪讀、胡承珙曰、爾雅又云、牛七尺爲犉、郭注引詩九十其犉、後儒多以無羊之犉當指七尺者、不知牛以七尺爲極、若云七尺者九十、則其餘將以次而減、不足見畜牧之盛、惟舉黑脣之犉、則爾雅尚有黑眥牰・黑耳犚・黑腹牧・黑腳犈之屬、焉知非皆七尺乎、詩舉黑脣之九十以見其餘、則其多可知、易屢言黃牛、知牛以黃爲正色、傳言黃牛黑脣、當是爾雅舊詁、其牰犚牧犈蓋皆言黃牛、特別其黑色所在之名耳、○其角濈濈者、釋文、濈本亦作戢、作戢者正字、作濈者假借、周南傳、戢戢會聚也、故傳以爲聚角貌、說文、濈、和也、爾雅、戢、聚也、聚與和義相成、猶輯之訓聚兼訓和也、○其耳濕濕、羊言角而牛言耳者、羊之爲物、動則以角相抵、故詠羊者詠其角之濈濈、牛之爲物、呞則其耳頻動、故詠牛者詠其耳之濕濕、爾雅、牛曰齝、注云、食已復出嚼之、齝字亦作齨、毛傳作呞、凡獸之嚼物、則頰車用力、故耳爲之動、羣牛皆呞而動耳、亦和聚之意、要之濈濈濕濕、正其盛處、言外便含牧政之得宜、

或降于阿。或飲于池。或寢或訛。 訛、動也、 **爾牧來思。何蓑何笠。或負其餱。** 何、揭也、蓑所以備雨、笠所以禦暑、 **三十維物。爾牲則具。** 異毛色者三十也、◯訛五戈反、何延文本作荷、傳同、傳暑下有也字、蓑素戈反、笠音立、餱音侯、揭音竭、

箋曰、二章言牧人克勤、祭牲大備、◯首三句受上羊來牛來言之、三百九十者、有絡繹降於丘曲者、有就池羣飲者、訛當爲吪、玉篇口部、引詩或寢或吪、吪、動也、其所據正作吪、吪之爲動、臥將覺而動也、兔爰尙寐無吪、可徵、角濈耳濕、已具畫意、降阿飲池、或寢或訛、則不獨畫其形體、幷其性情而形容之矣、韓退之畫記一篇、皆從此三句脫出、◯爾牧來思、爾牧卽牧養牛羊之人、與末章牧人不同、彼乃官名、統此牧者、兩曰爾牧來思、此章言暑雨飲食俱用心於牧、三章言人識物情、物解人意、而無事乎奔走追逐之勞、而牧人之稱職盡是矣、上下之言牛羊、無非以言牧人也、何蓑何笠二句、言牧人之來、有肩蓑笠者、有背乾餱者、言克勤其職也、蓑專爲雨設、笠兼可以禦暑、非日中則笠亦無所用、故皆云何、或降於阿三句、是物之自順其性、而爾牧來思

三句、是盡物性之一端、○三十維物、爾牲則具者、羊不可以色別、故以羣言之、三十維物、雖不明云牛、實指牛言也、篇中或牛羊對言、或牛羊合言、或牛羊散言、變動不拘、傳毛色釋物、六月比物四驪、傳、物・毛色也、周禮雞人辨其物、注、物謂毛色也、言三十維物、則每色皆有三十、謂青赤黃白黑毛色別異者各三十也、牧事之盛可知矣、爾牲主祭牲、每色三十、如地官牧人陽祀用騂、陰祀用黝、望祀各以其方之色是也、賓饗不辨物也、羊人職、賓客共其法羊、牧人職言祭牲而不及賓饗、舉其重也、與是詩正同、

爾牧來思。以薪以蒸。以雌以雄。爾羊來思。矜矜兢兢。不騫不崩。矜矜兢兢、言堅彊也、騫・虧也、崩・羣疾也、**麾之以肱。畢來既升。**肱・臂也、升・升入牢也、○蒸之烝反、肱古弘反、延文本・傳虧作耀、騫虧、注疏本亦作虧、正義曰、定本亦然、集注虧作曜、

箋曰、三章言牛羊蕃阜、牧人閒暇、○以薪以蒸者、蠡曰薪、細曰蒸、旬師職、帥其徒以薪蒸、語法同、以雌以雄者、雌雄是雉鶉之類、爾牧來思、爾羊來思、人物夾雜並言、以見其兩相得、亦兩相忘也、牛羊既馴擾、不勞箠楚、故牧人有餘暇、以取薪蒸、以獲雌雄也、雌雄字從隹、卽鳥也、故以雌雄言鳥、上二以字貼取薪、下二以字貼取鳥、○爾羊來思三句、前所言或降飲、或寢訛者、倂牛羊在內、此再言爾羊來思、專以羊言者、羊性躁競、行常在牛前、故特揭之也、

觀下言畢來、則兼及牛可知、以牛隨羊後而至、故槪括之也、傳矜矜兢兢言堅彊也者、胡承珙曰、傳注之例有云之言者、以彼擬此之詞、或比擬以通其訓詁、或比擬以明其意義、有云以言者、亦指彼擬此之詞、或指擬以明其意義、如小弁不屬於毛、不離於裏、傳云、毛在外陽、以言父、裏在內陰、以言母、靜女俟我於城隅、傳云、城隅以言高而不可踰、是也、有指擬以通其訓詁者、此傳矜矜兢兢言堅彊、是也、矜兢本無堅彊之訓、以雙聲得義、故云言堅彊耳、

不騫不崩者、馬瑞辰曰、說文、騫、馬腹墊也、崩、山壞也、史記仲尼弟子列傳、閔損字子騫、蓋騫本馬腹墊陷之稱、引伸通爲虧損之稱、此詩言羊、曰不騫不崩、魯頌言魯邦是常、亦曰不虧不崩、說文、虧、气損也、凡損皆曰虧、亦皆可曰騫、故漢書鼂錯傳、外無騫汙之名、顏師古注、騫、損也、馬說得之、崩謂羊有疾、齊民要術、羊有疾輒相汙、又云、羊有疥者間別之、不別相染汙、或能合羣致死、故傳以崩爲羣疾、陸佃云、羊之爲物、以疫爲病、而又善耗敗、故不騫不崩、本羊言之也、言羊不耗敗、則牛可知矣、○麾之以肱、畢來既升、兼牛羊言之、說文、厷、臂上也、或从肉作肱、臂、手上也、手以上、臂以上、皆謂之肱、傳訓肱爲臂者、渾言也、以手曰招、用臂曰麾、既者言升之速也、來升同一事矣、麾之在高處、故曰升、以諧韻也、升對上章或降於阿或飲於池言、蓋謂升於高處、非入牢之謂也、是日暮牧人將驅牛羊歸去之光景矣、上三句言牧之閒暇、下三句言羊之壯盛、麾之以肱忽一總、是人與物、天機鼓動、相習而且相忘矣、列子黃帝篇、宣王之牧正有役人梁鴦者、能養野禽獸云云、梁鴦曰、凡順之則喜、逆之則怒、此有血氣者之性也、今吾心無逆順者也、則禽獸之視吾、猶

其儕也云云、今牧人能得牛羊之性、故無待鞭策、但麾之以肱、而三百之羣、九十之犉、皆畢來既升矣、錢澄之曰、此章描寫牛羊馴擾、牧人牧放、直是一幅太平畜牧圖、宣王之治、於此極盛、而王之志從此荒矣、史稱漢武初年、國家無事、財用富足、因之窮兵黷武、萬里蕭然、盛極而衰、固其勢也、宣王晚年勤兵不息、至於千畝之敗、王業遂衰、讀無羊知爲盛之終・衰之始矣、

牧人乃夢。衆維魚矣。旐維旟矣。大人占之。衆維魚矣。實維豐年。陰陽和則魚衆多矣、**旐維旟矣。室家溱溱。**溱溱、衆多也、旐旟所以聚衆也、○旐音兆、旟音餘、摺本傳無多字、

箋曰、周禮地官之屬、牧人與遂人稻人同隸、可見生物阜蕃、原與稼穡人民相關、是牧人乃掌牧官也、勿輕看、牧人乃夢、與斯干言乃占我夢皆是設辭、若止前三章、則一庶人之富已耳、與中興天子有何關涉、故此處將歲豐年和、生齒繁庶之事、從牧人夢中寫出、映帶聯絡、離合斷續、妙在無迹、衆魚旐旟、只是夢境恍惚所見如此、非似人實魚、似旐實旟、亦非人變爲魚、旐變爲旟、以魚之多而兆百穀之多、以所統之衆而占萬民之衆、各從其類言之耳、魚麗詩美萬物盛多、蓋二氣和則萬物盛、於萬物之中、而獨言魚者、以魚之生子最多、此亦以多魚爲豐年之夢、義正相符、旐旟並所以統衆而進退也、

不必問其所建之地及統人之多少也、鄭箋牧人乃夢、見人衆相與捕魚、依鄭則魚當讀漁、左傳隱五年、公將如棠觀魚者、釋文、漁本亦作魚、易繫辭以佃以漁、釋文、漁本作魚、周禮𩾑人、釋文、𩾑本作魚、知是魚亦𩾑之借字、指其事、非指其物、或曰、合觀下文旐維旟矣句、鄭義似長、都人士髮則有旟傳、旟・揚也、釋文、旟音餘、揚也、此詩亦讀旟爲旟揚字、虛實相當、無須異訓、旐所以聚衆、不舉則人不知聚、故必揚起而後爲聚衆之象也、室家溱溱者、男有室女有家、生齒殷盛也、此說不是、近儒丁希曾曰、衆乃螺字之省、說文作螽、與螽同、春秋桓五年螽、公羊作螺、螺實蝗類、凡池湖陂澤中、魚嘯子皆近岸旁淺水處、若遇歲旱、水不能復其故處、土爲風日所燥、魚子蠕蠕而出、即變爲蝗蟲以害苗、自大河以北土人皆知之、今螺不爲蝗而爲魚、故以爲豐年之徵、馬瑞辰曰、此詩牧人夢螺蝗化爲魚、故爲豐年之兆、衆維魚矣、與旐維旟矣二句相對成文、螺維魚矣、謂螺化魚、旐維旟矣、亦謂旐易以旟、說文、旟錯革鳥於上、所以進士衆、旟衆也、旟有衆義、故爲室家溱溱之兆、以上二說亦非、既云魚嘯子、則當陰陽和時・魚子皆化爲魚、本無所爲螺也、何以云螺不爲蝗而爲魚乎、翁方綱曰、漢書藝文志云、詩載熊羆虺蛇衆魚旐旟之夢、著明大人之占、顏師古注云、斯干無羊之詩、言熊羆虺蛇皆爲吉祥之夢、而生男女、及見衆魚則爲豐年之應、旐旟則爲多盛之象、據此衆維魚旐維旟、特語助之文、與上章熊羆虺蛇四維字相同耳、則衆魚二字皆以占豐、旐旟二字皆以占衆也、詩人自言魚之衆耳、非以衆字指人、豈必其上下句排比對偶之相配乎、稽古編云、上專言魚、下並言旐旟、語意異而句法同、古人不妨有此、戴震曰、二字雖皆以維字爲辭助、不拘於對文、蓋言夢而見魚之衆有、又見旐與旟耳、俞樾曰、此詩占夢、與斯干篇同、彼云吉夢維何、維熊維羆、維虺維蛇、大人占之、維熊維羆、男子之祥、維虺維蛇、女子之祥、此篇維字、與彼不異、衆維魚矣、猶云維衆魚矣、旐維旟矣、猶云維旐旟矣、古人之文、往往有此例、如尙書君奭篇曰、迪惟前人光、猶云惟迪前人光也、故枚傳曰、但欲蹈行先王光大之道、又曰、天惟純佑命、猶云惟天純佑命也、故枚傳曰、惟天大佑助其王命、衆維魚矣、旐維旟矣、亦猶是耳、翁陳戴俞四氏得之、至於旐統人少旟統人多之說、實由張橫渠不考周禮、而朱傳誤因之、陳啓源駮之曰、朱傳云、旐郊野所建、旟州里所建、此錯舉周官司常大司馬二職之文、而各取其一、案周禮春官司常、夏官大司馬、所頒旗物各異、蓋司常所頒仲冬大閱之禮、大司馬所頒仲秋治兵之禮、彼注云、秋辨旗物、冬簡軍實、以出軍之旗則如秋、以尊卑之常則如冬、大閱備軍禮、而旌旗不如出軍之時、空辟實也、賈疏申其義、以爲大閱是教戰、非實出軍之法、故謂之空、治兵是出軍法、故寄出軍之旗於彼、是冬之空當避秋實出軍之法也、二職旗物之互異、其故如此、今以旐旟二者言之、司常云、州里建旟、縣鄙建旐、注、州里縣鄙鄉遂之官、互約言之、疏謂、鄉之下、次州、又次黨、又次族、皆建旟、又次閭、又次比、皆建旐、遂之下、次縣、又次鄙、又次酇、皆建旐、又次里、又次鄰、皆建旟也、大司馬云、郊野載旐、百官載旟、注、郊謂鄉遂之州長縣正以下也、野謂公邑大夫、載旐者以其將羨卒也、百官卿大夫也、載旟者以其屬衞王也、疏謂、鄉遂之正卒屬軍吏、其羨卒使州長以下不爲軍吏者將之、公邑亦然、其天地四時之卿大夫屬各六十、有選當行者、合此觀之、是司馬之郊·已兼司常之州里縣鄙、而野與百官又在其外、二職文義、本不相倫、豈得各取其一以相配乎、集傳又云、旐統人少、旟統人多、其說本於張子厚、然以司常所頒而言、則五職建旐、五職建旟、所統鄉遂之民數、略相等也、以大司馬所頒而言、則六官之屬、豈能多於六鄉六遂及四等公邑之羨卒乎、若就朱子所錯舉之文而較論之、則建旟之州里、止當建旐之郊之半、而野猶未與焉、是旐統人甚多、而旟至少也、今乃反之、何其不稽於典乎、胡承珙曰、此辨甚諦、知下句之不當以旐變爲旟、則上句蜾變爲魚、說雖巧而未必得詩意、故不如毛傳義爲平正也、

無羊四章章八句

箋曰、此詩形容數言、皆曲盡物態、似畫出牛羊之圖、所謂詩中有畫者、而牧事之成、每在言外、亦所謂如燈取影、橫見側出、文筆之至妙者也、折中云、昔先王物土之宜、以養萬民、故原隰沃衍以蓺五穀、林麓沮洳以蓄六畜、所以盡山澤之利、而佐耕稼所不及也、匪特此也、六畜之糞、皆可肥田、而牛羊之功更大、故畜牧之家、瘠土成沃、禾苗必茂、是牧事成而致豐年、非惟天時、實人事也、一人如此、則一家溱溱、人人如此、則天下富庶矣、周官牧人掌牧六畜、而蕃其物、以供祭祀之牲牷、此實事神養人之大端、不可以爲細事而忽之也、呂氏曰、斯干無羊皆宣王初年之詩、乃次於刺詩

之後、何也、蓋宣王晚歲雖怠於政、然中興周室之大德、豈可以是而掩之乎、故復取此二篇以終之也、宣王之大雅、有美無刺、大雅言大體也、論其大體則宣王固一世之賢君也、

鴻雁之什十篇三十二章二百三十三句

毛詩會箋

毛詩卷第十一

毛詩卷第十二

竹添光鴻會箋

節南山之什詁訓傳第十九　毛詩小雅

節南山。家父刺幽王也。

箋曰、昭二年左傳、韓宣子來聘、季武子賦節之卒章、此詩止稱節、胡承珙曰、孔叢子載孔子讀詩之言曰、于節南山見忠臣之憂世也、說苑諸書亦多引之、大抵古詩篇名、亦有異同、不必疑序稱節南山爲與左氏不合、十月之交箋云、節刺師尹不平、盧辯注大戴禮衛將軍文子篇云、小雅節之四章、皆單稱節、祇是便文、無關義例也、又曰、玩全詩、首章民具爾瞻、末章式訛爾心、起結兩爾字相應、必皆指尹氏而言、末章之爾心、即九章之其心不懲、式訛反正言之、刺其不懲、而冀以式訛、乃詩人忠厚之意、惟不平者尹氏、而任尹氏者則王也、篇中一則曰天子是毗、再則曰我王不寧、而終之以究王訩、故序者推其本、而以爲刺幽王耳、其實詩詞專責尹氏、而刺王之旨、自在言外、詩中直言其事、而序或溯其由來、或究其終極、往往有之、陳啓源曰、求車之家父、非作誦之家父、正義辯之明且核矣、朱子猶疑其人之同異、祇欲證此詩之作、非幽王時、意主於駮小敘耳、獨不思東遷後雅已降爲風哉、劉瑾附和其說、謂喪亂卒斬鞠訩大戾等語、皆亂亡以後之詞、殊不知古人稍見亡徵、郎極口言之、如祖乙曰天既訖我殷命、微子曰殷遂喪、箕子曰天毒降災荒殷邦、此時紂未亡也、又況幽王時、不僅政亂而已、饑饉寇盜、癘疫流亡、戎狄侵陵、諸侯背叛、蓋亦多有、觀周語言幽王九年、王室始騷、與大雅瞻卬召旻二詩所云、及小雅漸漸之石以下三詩敘可見、必以爲東遷後作、不已固乎、○釋文云、從此至何草不黃凡四十四篇、前儒申公毛公、皆以爲幽王之變小雅、蓋鎬京將滅、故君子憂之者衆多矣、且是時巧於詩者輩出、可傳者多故也、

毛詩會箋

節彼南山。維石巖巖。興也、節・高峻貌、巖巖・積石貌、**赫赫師尹。民具爾瞻。**赫赫・顯盛貌、師・大師、周之三公也、尹・尹氏爲大師、具・俱、瞻・視、**憂心如惔。不敢戲談。**惔・燔也、**國既卒斬。何用不監。**卒・盡、斬・斷、監・視也、○卒子律反、延文本傳峻下石下並有之字、高峻貌下、盛貌下、大師下、盡下、斷下、並有也字、尹尹氏卷子本傍注云本無下尹字、

箋曰、首章責尹氏之暴虐、○巀然南山、積石巖巖可畏、以興民瞻仰師尹而惴栗焉、節卽巀字之假借、故毛訓爲高峻貌、南山是終南山、在鎬京之南、以所覩起興、赫赫、虐威如火也、左傳引赫赫宗周曰、彊不義也、以巖石興之、則赫赫不唯顯盛貌、師尹、大師尹氏也、尚書周官云、大師大傅大保、茲惟三公、

周家不特設三公、皆兼職而已、如周公以冢宰兼大師也、尹氏蓋吉甫之後、周之名族也、○憂心如惔、不敢戲談、釋文、惔徒藍反、音炎、燔也、韓詩作炎、字書作焱、雲漢詩如惔如焚、後漢章帝紀注、引韓詩亦作如炎、說文惔字注云、憂也、是惔本訓憂、若經作惔、猶云憂心如憂、爲不詞、而雲漢亦曰如惔如焚、蓋毛詩以惔爲炎之假借、炎焱焰惔古字相通、皆音鹽、言民望其赫赫、而心如火攻、乃不敢談笑、憂懼屏息而已、此殆道路以目之狀勢也、小人居高位、以致禍亂、其終未有不厲威肆虐、以箝人之口者、○國既卒斬、國·王國也、斬、言威虐殘割、而分崩離析也、何以不監、監者謂當察視其亂之所由生也、

節彼南山。有實其猗。 實·滿、猗·長也、 **赫赫師尹。不平謂何。天方薦瘥。喪亂弘多。** 薦·重、瘥·病、弘·大也、 **民言無嘉。憯莫懲嗟。** 憯·曾也、○猗於宜反、薦徂殿反、瘥才何反、憯七感反、延文本·傳滿下·重下·病下·並有也字、

箋曰、二章責尹氏之不平、○興也、左傳、山川川澤之實、言鳥獸魚鼈也、草木爲山之實、汔可相發、傳曰實滿、亦就草木言、有實其猗、與正月有菀其特、文例正同、彼言阪田之中、有菀菀然茂特者、不言苗而可知其爲苗、此謂南山之上而有實然長茂者、不言草木而可知其爲草木、又如載芟之有厭其傑、有實其積、文法皆與此同、實者充實之實、虛字也、若草木之實、必先舉草木名、則其實乃有所繫屬、桃之夭夭有蕡其實、有杕之杜有睆其實、實者實字、

蕡與皖・虛字也、傳猗長也者、以衞風綠竹猗猗是草木長茂之貌、故爲長也、安井氏曰、首章維石巖巖、言巉岝可畏、以喻師尹威權薰灼、此章有實其猗、言南山之上、草木實滿且猗長、以喻天下之富貴盡聚於一家、至瑣瑣姻亞、無不膴仕者也、○不平謂何者、不平、謂其所爲偏頗也、如殖姻亞、樹姦黨、而黜斥正士之類皆是、不必討其心術、謂何、無可復言之意、猶父死之謂何、安井氏曰、富貴聚於一家、則是不平、上與而此實序、箋謂南山喻平、非傳意也、○天方薦瘥、喪亂弘多者、薦荐同、左傳賈逵注小疫曰瘥、張參五經文字、瘥・疾疫也、薦瘥・頻疢斯民也、天之所降瘥、以入則死喪、以世則禍亂、言天而厭周德、大降喪亂也、○民言無嘉、憯莫懲嗟者、無嘉猶曰不淑、唯是怨恨惡怒憂戚之言耳、然尹氏曾莫懲嗟以憂天災人患也、末句與首章一例、責尹氏也、釋言、憯・曾也、曾者、說文云、詞之舒也、蓋曾之言增、增者重累、故其詞舒、曾猶嘗也、左氏昭十二年傳注、昆吾曾居許地、釋文、曾一本作嘗、是嘗曾通、釋文憯本或作朁、作朁是也、說文朁曾也、經書多借憯、至憯之本義、則說文自訓爲痛耳、嗟句末語助、若訓爲歎詞、則與上三字義不相屬矣、憯莫懲嗟、卽言曾莫懲也、與十月之交胡憯莫懲同義、

尹氏大師。維周之氐。秉國之均。四方是維。天子是毗。俾民不迷。氐・本、均・平、毗・厚也、不弔昊天。不宜空我師。弔・至也、空・窮也、

○氏丁禮反、毗婢比反、延文本、傳本下平下並有也字、

箋曰、三章更端言尹氏之職責之、○維周之氏、氏謂根本、韓非解老云、直根者書之所謂柢也、說文、柢・木根也、士喪禮進柢、士虞記載猶進柢、鄭注並云柢、本也、爾雅、氐星爲天根、謂角亢下繫於氐、如木之有根、故曰天根、周語本見而草木節解、韋注本謂氐、是氐本同義、正義疑不宜謂臣爲本、書五子之歌云、民惟邦本、民可謂爲本、臣不可謂爲本耶、君相皆爲國本、猶後人言中書爲政本也、氐固有本義、正義謂毛讀從邸、故爲本、亦非也、說文又曰、楮・柱氐也、古用木、今以石、所謂柱氐、卽今之石磉、磉在柱下、而柱可立、木必有根而本始建、大臣之爲國根本、亦猶是也、○秉國之均、言執天下大政也、語類、朱子曰、均本當從金、如所謂泥之在鈞者、不知均是何物、潘時舉曰、恐是爲瓦器者所謂車盤是也、蓋運得愈急、則其成器愈快、曰秉國之均、只是此義、吳樹聲曰、均卽陶鈞、字本从土、管子七法、猶立朝夕于運均之上、注、均・陶者之輪也、古字本从土、亦或作鈞、史記魯仲連鄒陽傳、獨化于陶鈞之上、索隱引張晏鈞範也、作器下所轉者名鈞、漢書鄒陽傳注、作陶家・名模下圓轉者爲鈞、又漢書賈誼傳、大鈞播物、注、今造瓦者謂所轉者爲鈞、莊子齊物論、而休乎天鈞、釋文引崔注鈞陶鈞也、鴻烈解原道、鈞旋轂轉、注、鈞・陶人作瓦器法下轉旋者、聲謂、均爲作瓦器之範、故字从土、其範或雜用銅鐵、故亦从金、均鈞一字、必訓爲均範字、而後可以言秉、若訓爲平、平非有形之物、何以言秉乎、漢書律呂志引作秉國之鈞、可以知均鈞爲一字矣、○四方是維天子

是毗、鄭箋、毗・輔也、哀五年左傳城毗、公羊作比、毗由比得聲、聲與義俱同、易比卦彖辭、比・輔也、荀子宥坐、毗作庳、注、庳・輔也、釋文引王肅本作埤、廣雅、埤・助也、埤毗通用字、助卽輔字意、鄭義較直截、傳以爲厚、似不合臣於君之詞、言宜公平其心、外以維持四方而不傾、內以毗輔天子而以正、今則四方蹙蹙、喪亂弘多、何以爲維、我王不寧、却生王訩、何以爲毗、俾民不迷者、政令明則民志定而不惑也、一俾字、責成特重、○不弔昊天、不宜空我師者、弔、恤也、不弔昊天當連讀、猶言不弔之天也、成七年左傳、吳伐郯、郯成、季文子曰、中國不振旅、蠻夷入伐、而莫之或恤、無弔者也夫、詩曰、不弔昊天、亂靡有定、是古訓弔爲恤矣、書大誥曰、弗弔天降割于我家、多士曰、弗弔旻天、大降喪于殷、君奭曰、弗弔天降喪于殷、逸周書祭公解曰、不弔天降疾病、皆同、言其職之重如此、而尹氏今如此、是不弔之昊天使之然也、且勸昊天、宜早悔禍、不當更因循以殫盡人類也、空、虛也、如空其國空其地之空、非窮乏之謂、師謂衆民、空我師、甚言之也、

弗躬弗親。庶民不信。弗問弗仕。勿罔君子。庶民之言不可信也、勿罔其上而行也、

式夷式已。無小人殆。式・用、夷・平也、用平則已、無以小人之言至於危殆也、

瑣瑣姻亞。則無膴仕。瑣瑣・小貌、兩壻相謂曰亞、膴・厚也、○膴音武、摺本傍書本傳罔下無其字、傳夷平二字卷子本

有、延文本已下貌下並有也字、

箋曰、四章歷數尹氏之惡、以責其不平、反將其種種不平事、用作論斷、若諷若勸、又若專爲忠告、一片惻怛、最爲篤厚、○弗躬弗親、庶民不信者、爾雅、躬、身也、身、親也、是親與躬同義、言不身爲政、委之姻亞、姻亞瑣瑣、民不服其令也、○弗問弗仕、勿罔君子者、君子對小人言之、非指王也、弗問言不前席君子而咨謀政事也、弗仕言不委任君子以國職務也、文王有聲、武王豈不仕、傳仕事也、又四月盡瘁以仕、箋仕事也、荀子大略、移而從所仕、注仕與事同、據此則仕卽事也、如論語請事斯語之事、夫賦納以言、明試以功、而後君子之材顯矣、今未嘗問之、又不使君子仕、而猥誣之以不才不能、故責之、○式夷式已、無小人殆者、兩式字與下章式月斯生皆語詞、傳箋並訓爲用、非也、夷謂平其政、卽下章君子如夷也、已謂改廢其所爲、殆謂尹氏之將危亡也、非謂國、易曰、鼎折足、覆公餗、其形渥、凶、卽爲小人所殆也、大戴禮衞將軍文子篇、孔子曰、詩云式夷式已、無小人殆、而商也其可爲不險也、險卽危殆、不險謂子夏交友必愼、不困小人以至危殆、由此觀之、毛義不可易、鄭箋盧注訓殆爲近、失之、○瑣瑣姻亞、則無膴仕者、惟當事者持平、則小人自不干權、而姻亞亦平敍以進、不至私以高爵厚祿矣、舍人云、瑣瑣、計謀褊淺之貌、姻、泛謂外親也、不專指壻之父、亞者言一人取姊、一人取妹、相亞次也、又並來至女氏門、姊夫在前、妹夫在後、亦相亞也、無、毋同、戒詞、夫姻亞而賢、仕之可也、曰瑣瑣、其卑無足論可知已、而仕且膴焉、非不平而何、故戒其無、應上君子弗仕、意、夫姻亞之膴仕、皆由小人以之獻媚而固寵也、不惟殆及其身、將來亦併殆及姻亞、倘不用小人、使姻亞官所應得之官、乃所以安之也、則字承無小人殆來、周禮膴判、疏大臠無骨曰膴、膴之爲言腴也、美也、左傳曰、有大功而無貴仕、貴仕卽膴仕也、

昊天不傭。降此鞠訩。昊天不惠。降此大戾。傭・均、鞠・盈、訩・訟也、

君子如屆。俾民心闋。君子如夷。惡怒是違。屆・極、闋・息、夷・易、違・去也、○鞠九六反、訩音凶、戾音麗、屆音戒、闋苦穴反、延文本、傳均下、盈下、極下、息下、易下、並有也字、

箋曰、上章望尹氏之退小人、此章望其進用君子也、○首四句託天而言王政之無道也、傭均者、周禮典同鄭司農注之正傭・梓人鄭注之鴻傭・荀子正名篇色不及傭聲不及傭之傭、皆均也、昊天不傭、猶云昊天不平耳、降此鞠訩、鞠・窮也、窮理罪人也、說文、窮・極也、釋詁、鞠・盈也、盈卽窮字引伸之義、訩當讀如日月告凶之凶、說文凶惡也、鞠凶猶曰極禍、與大戾同義、故皆爲天所降、若如傳訓訩爲訟、箋云多訟之俗、則不得言天降矣、○昊天不惠、降此大戾者、惠、仁愛也、不惠卽暴虐矣、戾、罪也、左傳文四年、其敢干大禮以自取戾、注、戾、罪也、書湯誥、茲朕未知獲戾於上下、大戾猶大咎、天降罪罟、無辜呼天、暴虐極矣、大雅天不我惠、降此大厲、傳、厲、惡也、大厲大戾、皆自不惠來、○君子如屆、二君子卽上君子、言用君子可以回天意而順民情也、鄭箋、屆・至也、

小弁不知所屆、箋、屆·至也、書大禹謨無遠弗屆、傳、屆·至也、毛傳訓極者、極至同義、俾民心闋者、儀禮大射儀、樂闋、注、闋、止也、止卽息之義也、說文、闋、事已而閉門也、事已閉門、有止息之義、左傳以生邪心爲生心、卽心闋之反、今民不勝大戾、將生叛心、故云俾民心闋矣、君子如夷、夷不傭之反、謂得其平、此夷字、當依桑柔亂生不夷、小明實靖夷我邦傳訓爲平、凡惡怒之來、皆因政之不平耳、君子未至則望其至、故曰君子如屆、既至則望其平、故曰君子如夷、二如字有不勝想望之意、上章夷毛以爲平、此章以爲易、平易義一、故分而言之耳、非有異也、惡怒是違者、民不勝鞠訩、而暴惡之怒將發、故云、此章言時艱如此之凶戾、然若用君子、改轍易行、凡事平直無暴虐偏頗、則猶可免於滅亡云爾、無集傳所云天實爲之意、又無隱諱之義、又非天人合一之說、

不弔昊天。亂靡有定。式月斯生。俾民不寧。憂心如酲。誰秉國成。病酒曰酲、成·平也、**不自爲政。卒勞百姓。**◯酲音呈、延文本傳酲下有也字、

箋曰、六章責尹氏委政小人、不平以致大亂、再提不弔昊天哀時命也、定謂其無定形也、非平定止息之義、式月斯生、式語詞、月斯生·極言其靡定也、月

斯生猶言日新而月異也、不言日者、月可以該日也、譬之病狀、一定者汗之下之、知所以醫之、卽非寒非熱、狀態日變、莫知何所病、則亦莫知所以藥之也、凡危亂之世、禍難疊沓、其狀景往往如此、○憂心如酲、篇中二憂心並受民字、如惔如酲皆言民之憂也、晏子春秋內篇諫上云、景公飮酒、酲三日而後發、晏子見曰、君病酒乎、又曰、今一日飮酒而三日寢之、三日寢、卽上文酲三日也、則酲正醉而未覺之稱、憂心如惔、如烈火之乍然、不可忍也、憂心如酲、如宿酒之不醒、不可解也、○誰秉國成者、言今誰秉國成邪、何故立其位而不親其政乎、句意下屬、古成平二字互訓、周官調人、凡有鬭怒者成之、成之卽平之也、左氏桓二年、會於稷、成宋亂也、杜注、成・平也、此以成爲平也、淮南時則篇高注、平・正也、論語、政者正也、孟子言君子平其政、正與成古亦通用、祭法・黃帝正命百物、魯語作成名百物、是則秉國成・猶春秋執國政也、吳樹聲曰、成亦訓平、猶之均也、亦必係有形之物、而後可言秉也、據薛氏鐘鼎款識子父癸鼎有桝字、積古齋鐘鼎彝器款識・釋爲成、父癸鼎篆作桝、阮氏元曰、成字復齋釋爲立戈形、王俅嘯堂集古錄・釋爲戈穿貝形、皆非是、吳侃叔云、桝、字林・準之象也、平也、丨・繩之象也、直也、‖・所以權之也、權之而得其直、卽得其平也、考工記所謂可水可縣之象也、凡物平則成、故左氏春秋文十八年地平天成、注、成亦平也、是也、桝後省爲成、毛傳成平也、凡二見、鄭注周禮、成平也、凡六見、爾雅釋詁、平成也、穀梁傳平者成也、凡三見、可知經師相傳之義、所由來者遠矣、據此則成乃所以爲平之器也、成所以爲平、故有平義、成亦器名、猶之均也、故可秉、吳說亦通、○不自爲政者、前章所云弗躬

弗親是也、卒勞百姓、此荊公新法所以痛恨於惠卿也、卒者瘁之假借、卒亦勞也、百姓謂百官、凡章內駢舉民與百姓者、皆當有辨、

駕彼四牡。四牡項領。項、大也、**我瞻四方。蹙蹙靡所騁。**

騁、極也、○蹙子六反、

箋曰、七章更端自傷不能行其志、○四牡項領者、領、頸也、吳樹聲曰、項者湏之古文也、或假借鴻、漢書司馬相如傳下、紛鴻溶而上厲、注、引張揖鴻溶竦涌也、鴻音胡孔反、又揚雄傳上、鴻絧緁獵、注、鴻絧直馳貌、鴻音胡孔反、胡孔反、即湏字古音也、二鴻字皆湏之假借、鴻湏項三字皆从工聲、故得通假、項猶竦也直也、四牡駕而竦直其領頸、人與馬皆有思騁之意矣、吳說得之、毛蓋以項爲唯之假借、說文、項、鳥肥大唯唯然也、故訓爲大、項領猶胖羊墳首、新序雜事五引詩駕彼四牡四牡項領曰、夫久駕而長不得行、項領不亦宜乎、易曰、臀無膚、其行趦趄、此之謂也、其意蓋謂、久駕而不行、則馬頸將有腫大之病、易林、履之剝、否之屯、噬嗑之歸妹、未濟之明夷、並云名成德就、項領不試、抱朴子博喻篇云、兩絆而項領、則騏騄與蹇驢同矣、誼並同、蹙蹙、縮小之貌、家父王庭大夫也、欲展力於四方而不能、至此始言及己身、王粲賦、冀王道之一平兮、假高衢而騁力、注引韓詩章句騁馳也、今也諸侯背叛、號令不行、雖有四牡而無所騁、豈復如向時周道之倭遲、容其騑騑駸駸者乎、

方茂爾惡。相爾矛矣。茂・勉也、既夷既懌。如相醻矣。懌・服也、○懌音亦、醻市由反、

箋曰、八章言尹氏無恆也、○前後俱說天下大勢、七八兩章極言自己憂憤之情、方茂爾惡者、茂・盛也、說文、茂・草豐盛、茂从草起義、茂惡其惡方盛也、兩爾字皆對上章我字言、相爾矛者、相猶睨也、謂欲援而刺之也、既夷既懌如相醻矣者、懌・悅也、尹氏喜怒不類、盛其暴惡也、相爾戈矛、然及其解怒也、如杯酒相酬、飲酒之禮、主人獻、賓酢主人、主人又酌自飲、遂以飲賓謂之醻、言彼飲而送之爵、我必不得弗飲、不必連用酢字言賓主、方字既字、固所稱一人之身・頃刻之際也、小人情態不測如此、而欲與之共事、真成畏塗矣、

昊天不平。我王不寧。不懲其心。覆怨其正。正・長也、

箋曰、昊天不平、與第五章昊天不傭意同、託天而言王政之不平、使我王不寧也、不唯俾民不寧、此處方出我王字、則以前皆指尹氏甚明、不懲其心應前懲嗟、覆・反也、師尹不自懲艾其心、而反怨正人、所謂惡直醜正也、小人不自負己而責人、每每如此、

家父作誦。以究王訩。家父・大夫也、式訛爾心。以畜萬邦。

○父音甫、訛五戈反、畜許六反、延文本、傳父下有周字、

箋曰、此章言所以作詩以終焉、家父作誦、古今人表作嘉父、士冠禮注引作嘉甫、嘉與家是同音通假、士冠禮曰、伯某甫、注云・甫是丈夫之美稱、孔子爲尼甫、宋大夫有孔甫、是其類、甫字或作父、穀梁傳・父猶傳也、男子之美稱也、左傳昭二十三年經雞父・穀梁作雞甫、定五年傳公父文伯、韓詩外傳作公甫、父甫本同聲、故經傳多借父爲甫、釋名、父・甫也、始生己也、則父甫非特字通、義亦本通、困學紀聞云、尹氏不平、此幽王所以亡、春秋於平王之末・書尹氏卒、見權臣之繼世也、於景王之末・書尹氏立王子朝、見權臣之亂國也、詩之所刺、春秋之所譏、以此坊民、猶有五侯擅漢・三馬食曹之禍、則此詩所云尹氏、固非春秋之尹氏、而家父亦必非春秋之家父矣、古世祿之家、類以祖父字爲其家號世襲也、故春秋時趙氏世稱孟、智氏世稱伯、桓公五年仍叔之子來聘、而雲漢序早稱仍叔、是仍氏世稱叔矣、然則家氏或世稱父、而此詩所謂家父・卽求車者之祖父・未可知也、正義謂、天子大夫例稱字、遂以此家父爲字、此傳春秋謬說也、据云王朝卿大夫書字、而國君書名、附庸之君書字、而侯伯之君反書名、崇卑倒置矣、卽以此詩證之、其不然尤顯然可見、父前子名、君前臣名、此定理也、或天子尊禮元老、容有不敢稱其名、而以字呼之、豈有臣子自通其字於天子之前、而曰家父作誦者乎、此不過因隱元年之邾儀父・與桓五年家父來聘、謂古人以父爲字、故造爲此說耳、不知齊侯祿父、宋公茲父、季孫行父、公孫歸父、皆名也、何獨於家父而疑爲字、作誦

者、謂作此可誦之辭、卽此詩是也、誦與諷對文則異、散文則通、周官大司樂注、背文曰諷、以聲節之曰誦、此對文則異也、說文、諷·誦也、誦·諷也、此散文則通也、周官瞽矇諷誦詩、注、鄭司農曰、諷誦詩、主誦詩以刺王過、作誦蓋卽作詩以爲諷諫也、尹氏厲威、使人不得戲談、而家父作詩乃復自表其出於己、以身當尹氏之怒而不辭者、蓋家父周之世臣、義與國俱存亡故也、以究王訩、承上我王不寧來、訩應上鞫訩訩字、謂窮究王之所以致此鞫訩也、一究字、將通篇摘發尹氏者、無不包括、○式訛爾心、以畜萬邦、鄭箋訛化也、訛當作吪、破斧傳、吪化也、陸賈新語術事篇、引此詩而釋之曰、言一心化天下而國治、此之謂也、是西京舊訓亦以吪爲化、爾指尹氏、猶庶幾其一悟也、一篇怨刺、都成苦口良藥矣、以畜萬邦應前空我師、通篇唯末二章及王、餘俱指尹氏、然主意所在在風幽王、家父之愛王切矣、其責尹氏深矣、此與正月桑柔等作、忠愛迫切、詞繁不殺、並是離騷之祖、

節南山十章六章章八句四章章四句

箋曰、或謂是詩八章章八句、末二章故分作四章章四句、似誤、此說存疑、○顧棟高曰、此詩安溪李氏、平湖陸氏、俱宗韋昭說、謂平王初世、追刺幽王、此蓋因詩中國既卒斬、與正月言赫赫宗周褒姒威之、以爲幽王之世、不宜有此言也、夫信漢儒之箋傳、不若信經文、信經文尤不若驗之於實事、平王微弱、不能自强于政、則有之、至謂任用師尹、親近邪慝怙勢作威之人、災變屢生、民心離叛、則未之有也、考之左傳、鄭武公莊公相繼爲平王卿士、又其時衞武

亦入相于周、若使師尹擅寵、嫺婭滿朝、則鄭衞二武將不安其位、此以實事驗之、而知其必不然者也、若論作詩之大義、則歐陽所謂刺者欲其改過、非欲暴君惡也、國既卒斬、褒氏威周、當症候未見、而爲大聲疾呼、危言悚聽、以庶幾君之一改、所謂垂涕泣而道之也、若當東周之世、則驪山之事、久已貽笑千古、而復暴揚國醜、此豈臣子所忍出口、且合下數詩考之、辛卯日食、唐書厤志在幽王之六年、百川沸騰、山冢崒崩、史遷本紀在幽王之二年、此史册之灼然可見者、蓋幽王淫昏暴亂、動搖國本、如人犯危病、旦夕將死、故其時爲詩者、其情迫、其辭激、往往不嫌過甚、至平王、第嬰尩弱不死之症、故王風之譏刺、不過長吁短歎、無號呼痛哭之聲、此又可就辭氣音節而辨之者也、孟子曰、說詩者不以文害辭、不以辭害志、今以節詩爲東遷後作者、不過因詩中三數語似道已然之事、而非慮其將然之辭、此所謂以辭害志也、而驗之實事既不然、律以作詩之大義復不可、按其音節辭氣、則平王時又不宜有此焦然愁痛之言、則斷宜從序說、

正月。大夫刺幽王也。箋曰、褒姒傾國、寵臣成黨、讒勝國殘、大命將摯、是詩所憂正在此、序謂大夫刺幽王、是詩中明有褒姒、而集傳猶疑之以爲東遷以後詩、謂時宗周已滅矣、不知此詩刺時也、非感舊也、若褒姒已往、鎬京已亡、言之亦復何益、與前後文意皆不類矣、

正月繁霜。我心憂傷。正月、夏之四月、繁、多也、**民之訛言。亦孔之將。**將、大也、**念我獨兮。憂心京京。哀我小心。癙憂以痒。**京京、憂不去也、癙・痒・皆病也、○癙延文本作鼠、傳同、痒音羊、延文本、傳四月下有也字、

箋曰、首章感于繁霜、而傷已孤立於讒邪之朝、○正月、周六月夏之四月也、繁霜之災、至八章說出之、褒姒應之、竹書紀年、幽王四年夏六月隕霜、卽此詩所謂正月繁霜也、莊二十五年左傳、唯正月之朔、慝未作、昭十七年、平子曰、唯正月朔慝未作云云、大史曰、在此月也、當夏四月、謂之孟夏、杜注、慝陰氣、蓋正月猶言陽月也、謂陽爲正、猶謂陰爲慝也、不當解作正陽之月、古者未以陰陽語氣、唯呼爲正慝而已、○民之訛言亦孔之將者、凡譸張爲幻以惑衆者、謂之訛言、霜降非時、災降於上也、訛言非常、禍起於下也、詩中每稱訛言、必曰民之訛言、又欲上之懲之、至於讒、直曰信讒聽讒而已、蓋訛言出于民、其說不知何自來、亦不知何以忽徧天下、卽後世所目謠言、其或僞或真、或應或否、總不可知、在幽王如檿弧箕服實亡周國亦是、意廢后奪嫡之謀、雖尚未行、而外已竊知之、民已傳之、猶熒惑之下爲童謠、若或使之者、其所望懲者、非懲彼人、乃因言致戒、自爲懲爾、亦孔將者、正謂天變見于上、而人言又可畏、以是並爲災、蓋國將亂亡、徵之物者爲妖、徵之人者爲訛、其間小人又從而顚倒是非、是爲讒言、下文所云莠言是也、○念我獨兮者、念身

孤立無助也、京京亦純借其音無關字義者、安井氏曰、小人隨世浮沈以圖其利、雖無道之世、亦不甚憂之、其蒙其害者唯民、憂之者唯君子、故念我獨兮憂心京京也、○哀我小心癙憂以痒者、心最小者、憂最深也、爾雅釋文云、癙詩作鼠、鼠卽癙之假借、毛詩古文作鼠、三家詩今文作癙、今毛詩作癙、此改從三家、非毛氏之舊也、雨無正詩鼠思泣血、尙作鼠字、可證、鄭箋、鼠·憂也、淮南說山篇、貍頭愈鼠、山海經中山經、脫扈之山有草、名曰植楮、可以已癙、郭注、癙·病也、爾雅釋文引舍人云、癙·心憂憊之病也、憂與病義本相成、然詩言癙憂以痒、痒旣爲病、則癙憂連言、癙亦當訓憂、不得言癙痒皆病也、痒·爾雅釋詁、病也、說文、痒·瘍也、說文別一義、此痒字與二子乘舟中心養養字、聲義皆近、言哀我小心、憂以至於痒、痒亦作癢、鴻烈解脩務、無不憚除癢心、注、癢·心煩悶也、病憂以至於煩悶、憂之甚也、癢从養聲、養痒皆从羊聲、故假借、

父母生我。胡俾我瘉。不自我先。不自我後。父母·謂文武也、我·我天下、瘉·病也、**好言自口。莠言自口。**莠·醜也、**憂心愈愈。是以有侮。**

愈愈·憂意也、○瘉音庾、莠餘九反、延文本、傳天下下有也字、經有字、卷子本傍書本作爲、傳憂意、卷子本傍書本作憂懼、

箋曰、二章傷生而丁讒邪之世、○瘉·病也、說文、瘉·病瘳也、病瘉字今皆作愈、瘉爲病、而說文訓爲病瘳者、病無有不望其瘳者、字固从病起義也、說文爲

引申之義矣、凡艱苦不可以語他人者、必控告於父母、是人情矣、存亡皆然、似怨而非怨、唯是相親之至情自至於此耳、不自我先、不自我後、言不先不後、正當我身、胡生我之不辰乎、傳父母謂文武也者、文武爲有周受命之王、作民父母、深仁厚澤、浹髓淪肌、實有歷久不能忘者、大夫處叔季之衰、慨想開創之盛、不禁呼籲父母、爲天下生民浩然發長歎也、焦循曰、訓詁之例、不外雙聲疊韻、疊韻如子孳也、丑紐也、雙聲如叔拾也、且薦也、而假借行乎其中、有直指其事者、如此傳瘉病也是也、此外有比例之詞、則加猶字、有指擬之詞、則加謂字、猶云者、如盈猶多也、至猶善也、以其非雙聲疊韻之假借、亦非直指其事、則於其相近者而指擬之也、如云衆謂羣臣也、衆不定是羣臣也、此云父母謂文武、父母不定是文武也、傳擬度之、以爲詩人所云父母指文武、非謂文武令天生我天下之民也、○好言自口莠言自口者、自從也、信口而出之也、言好醜之言、唯口所出而無忌也、上句只是帶言、夫口禍之門、今禍亂之起、乃以此口也、莠言、巧言也、其亂信如莠之亂苗、十月之交謂之讒口、雨無正謂之譖言、其實一也、○憂心愈愈者、爾雅釋訓瘐瘐病也、瘐瘐即詩愈愈之異文、唐固國語注、十六斗曰庾、聘禮記、今文作十六斗曰逾、此臾俞聲通之理、漢書宣帝紀瘐死獄中、師古注、瘐字或作瘉、此詩愈愈即瘉之省借、因上文已云胡俾我瘉、故下文假作愈字、此亦所謂義同字變之類、王氏蘇氏或以愈愈爲益甚、或以愓愓爲獨憂、皆就後世文義、以改古人之訓詁、不足據矣、○是以有侮者、侮非必嫉害之也、小人以君子之深憂過計爲迂闊、相與戲狎之耳、是以二字、硬接得憤甚、安井氏曰、天下將亂、賢者先知而憂之、而羣小得志者、以爲大平可保、援黨擊異、以爲固位之計、偶有憂國者、不指爲姦、則笑以爲愚、首章云、念我獨兮、憂心京京、此章云憂心愈愈、是以有侮、當時羣小得意之狀如目覩而耳聞之、凡此皆天下將亂而未亂時之事、或以褒姒威之一句爲東遷後之詩、粗矣、

憂心惸惸。念我無祿。（惸惸、憂意也、）**民之無辜。幷其臣僕。**（古者有罪不入於刑、則役之圜土、以爲臣僕、）**哀我人斯。于何從祿。瞻烏爰止。于誰之屋。**（富人之屋、烏所集也、○惸其營反、圜音圓、）

箋曰、三章傷身不遇、而憂後禍不圖、釋文、惸本又作煢、一云獨也、古書作煢煢者、漢書匡衡傳集注、煢煢、憂貌、後漢書淸河孝王慶傳注、煢煢、孤特也、文選思玄賦何孤行之煢煢兮、舊注、煢煢、獨也、亦別作嬛、閔予小子嬛嬛在疚、箋煢煢然孤特、左傳哀十六年作煢煢余在疚、據此則煢煢爲正字、孤特爲引申、煢煢與耿耿不寐同意、耿耿卽炯炯、煢古音與炯耿皆相近、叚借字也、說詳唐風有杕之杜篇、說文祿福也、無祿猶曰不幸、左傳無祿獻公卽世、是也、○民之無辜、幷其臣僕者、讒言行、而當時之人皆有是禍、恐已及之也、臣僕卽罪人爲役者也、晏子雜上篇、越石父曰、吾爲人臣僕於中牟、史記則云在縲紲中、此罪人爲臣僕之證矣、臣僕言王之濫刑、非言國亡而身爲臣虜也、朱傳爲囚虜者非周官、圜土聚教罷民、屬於司圜、與奴隸屬於司厲不同、

傳謂役之圜土以爲臣僕者、以其事相類得通言也、司厲、其奴男子入於罪隷、女子入於舂槀、鄭司農曰、今之爲奴婢、古之罪人也、故書曰、予則奴戮汝、論語曰、箕子爲之奴、罪隷之奴也、詩言幷其臣僕、謂使無罪者幷爲臣僕、在罪人之列、非謂已爲臣僕、又從而罪及之也、箋謂刑殺無罪、幷及其家之賤者、失之、○哀我人斯、于何從祿、我人自斥其身也、廣雅、從、就也、祿卽無祿之祿、我將於何處而得天祿乎、○瞻烏爰止、于誰之屋、傳云富人之屋、是探末章佌佌彼有屋爲訓、則富人卽哿矣之富人、指在位之小人、烏以喻附和小人者也、管子云、烏集之交、初雖相驩、後必相咄、烏易合、亦易散也、小人趨附勢利、大抵如此詩中咏烏、皆爲可惡之物、此章及下章誰知烏之雌雄、北風篇莫黑匪烏、是也、晉語、暇豫之吾吾、不如烏烏、人皆集於苑、己獨集於枯、言烏集富人之屋、與國語集苑之喻略相近、後漢書郭大傳、陳蕃竇武爲閹人所害、林宗哭之、旣而歎曰、人之云亡、邦國殄瘁、瞻烏爰止、不知于誰之屋耳、李注云、言不知王業當何所歸、此三家詩以烏況王業、蓋謂周之初興、赤烏止於王屋、今將滅於褒姒、故曰瞻烏爰止、于誰之屋、鄭以烏集富人之屋、喻民當求明君而歸之、俱似非詩人之意、

瞻彼中林。侯薪侯蒸。 中林、林中也、薪蒸言似而非、 **民今方殆。視天夢夢。** 王者爲亂夢夢然、 **旣克有定。靡人弗勝。** 勝、乘也、 **有皇上帝。伊,**

誰云憎。皇·君也、○蒸之丞反、夢莫紅反、勝尸證反、延文本、傳非下有也字、

箋曰、四章傷讒邪殘民、而侯天命於後日、○首二句比也、侯維也、周禮甸師注、大曰薪、小曰蒸、薪蒸雖有大小之分、若以對林木言、則皆爲細小、故詩以喻小人耳、鄭箋云、林中大木之處、而維有薪蒸爾、喻朝廷宜有賢者、而但聚小人也、毛之所謂似、卽鄭之所謂宜、言既曰中林矣、則似有大木、今維有薪蒸、而非大木、猶既在朝廷則當爲賢者、今維是小人、傳言似而非一語簡質、故箋申明之、蘇氏曰、中林之木、莫不擢毀、而維薪蒸在焉、其殘之也甚矣、以喻民之無辜臣僕天天是椓、於經文前後通貫、集傳則以興分明可見之意、與刺時義何關、○民今方殆者、方殆受上句也、殆·危也、視天夢夢、說文、夢·不明也、夢夢是昬濛不可知之意、既克有定靡人弗勝者、言天之夢夢、是人多勝天耳、然天之報應、一定不爽、特此時天猶未定耳、猶云時未至也、天既定、則何人之不勝乎、雖强梁跋扈之徒、亦將伏天誅矣、申包胥曰、人衆則勝天、天定亦能勝人、人曷嘗能勝天哉、天定有遲速耳、胡衍毛義曰、傳云王者爲亂夢夢然、然則此定字、正對殆字言之、謂今在朝者皆小人、助王爲虐、民之切齒久矣、今方危殆之時、視王之所爲夢夢然、誠無如此小人何矣、儻其既定、將無人不起而乘其敝、蓋以此戒小人、而怵以必敗、故繼之曰、有皇上帝、伊誰云憎、言上帝非憎小人而誰憎乎、○有皇上帝者、皇、大貌、所謂皇皇后帝也、朱子曰、上帝天之神也、程子曰、以其形體謂之天、以其主宰謂之帝、伊誰云憎者、伊語詞、云助詞、言上帝非小人之是憎、而誰憎乎、蓋民之呼號無

告、非天之罔念聞也、氣數轉而理伸、殃民者終必自殃其身矣、此爲當時君臣痛切言之、

謂山蓋卑。爲岡爲陵。在位非君子、乃小人也、民之訛言。寧莫之懲。召彼故老。訊之占夢。故老、元老也、訊、問也、具曰予聖。誰知烏之雌雄。君臣俱自謂聖也、○延文本、傳元老下有也字、

箋曰、五章言小人當朝、自以爲智、而侮慢老成、不知大亂之在前焉、○首二句言謂之爲山、而其實則卑、乃爲岡爲陵而已、猶謂之爲君子、其實乃小人而已、傳義本自貫通、朱傳云、山脊曰岡、廣平曰陵、謂山蓋卑、而其實岡陵之崇也、朱意蓋言、人謂山卑、而其實有岡陵之崇、非卑也、卷耳傳山脊曰岡、是朱所據立說也、然岡字單擧可訓山脊、岡陵連言、乃丘阜之屬、岡者有脊之丘壠、陵者丘之廣大、斷不可與山比高矣、言各有所當、不可執一、不然至下廣平曰陵而窮矣、○民之訛言、寧莫之懲、訛言詳首章、鄭箋訓寧爲曾、曾乃也、小人之不畏民嵒、古今一轍、○召彼故老、訊之古夢者、問訊故老以占夢之術也、占夢非官、之字指故老、蓋使故老占其夢之吉凶也、故老當問以政事、乃召故老而置政事于不問、轉問以禨祥、訊非所訊矣、○具曰予聖、誰知烏之雌雄者、上二句言侮慢元老妄信徵祥也、此二句言大臣皆自聖、賢愚無別也、意分兩層、聖字至輕、猶言智者也、書曰、僕臣諛、厥后自聖、大臣皆爲

佞諛所魅、大亂在前而不知、猶且說夢、人人自以爲聖、然純黑如烏、雌雄汔不可辨矣、凡禽鳥之雌雄、多以其首尾毛色不同而別之、烏之首尾毛色、雌雄不異、人所難別、故引以爲言、

謂天蓋高。不敢不局。謂地蓋厚。不敢不蹐。維號斯言。有倫有脊。局、曲也、蹐、累足也、倫、道、脊、理也、**哀今之人。胡爲虺蜴。**蜴·螈也、○蹐井亦反、虺暉鬼反、蜴星歷反、延文本、傳道下有也字、

箋曰、六章傷無辜之民、無所容身、○不敢不局、如有所壓然也、局曲身也、釋文、局本或作跼、局之言屈、屈卽曲也、文選兩京賦薛綜注、跼·傴僂也、玉篇、跼跼·不伸也、皆曲身之貌、局卽從高字生出、不敢不局、恐觸也、不敢不蹐、恐陷也、說文足部、蹐·小步也、蓋是輕輕下足、如掠地然、不敢闊步重蹈也、乃是危懼之狀矣、此四句必當時民間語、故承之曰維號斯言、號坊記民猶偕死而號無告之號、說文、号·痛聲也、凡人痛則無聲、所謂隱痛也、至於痛極、不自覺其號泣與號咷也、故号爲痛聲、作号者古字、斯言緊承上四語、有倫有脊者、鄭箋云、維民號呼而發此言、皆有道理、說文人部、倫·道也、論語言中倫、包咸云、倫·道也、理也、毛訓脊爲理者、以脊爲迹之假借也、行之有迹猶玉之有理也、春秋繁露深察名號篇引詩作迹、沔水傳、不蹟不道也、迹蹟一字、是倫謂

之道、又謂之理、脊謂之理、又謂之道矣。○哀今之人、與哀我人斯、哀此惸獨略同、胡爲虺蜴、鄭箋、虺蜴之性、見人則走、是閔當時之民、朱傳謂肆毒害人、是疾在上之害民者、鄭義爲長、胡承珙曰、毛於斯干維虺維蛇無傳、此亦但以螈釋蜴、而不及虺、蓋古人以虺卽蛇、虺小蛇大、故吳語云、爲虺弗摧、爲蛇將若何、斯干虺蛇連言、自無庸傳、此亦不及虺者、以斯干明之可知、爾雅本不釋虺、其釋魚云蝮虺者、此別一種、蛇蝮其正名、虺乃蛇之通名、蝮虺猶言螣蛇蟒蛇、蝮可連稱虺、虺不得單稱蝮也、爾雅無文者、毛多不釋、殆虺爲小蛇通名、當時所共知與、自舍人孫炎注爾雅以蝮一名虺、詩疏引郭氏音義、又云蝮蛇一名反鼻、如虺類、後人遂專以虺爲毒蛇、然顏氏家訓云、螝古虺字、見古今字詁、疑後人所謂毒蛇之虺字、古只借螝字爲之、而虺則蛇之通名、說文虺以注鳴者、引詩胡爲虺蜥、與蜥蝘蜓蚖諸篆類廁、初未詳其形狀、蓋蜥蜴似蛇而有足、虺爲似蜥蜴之小蛇、故相廁耳、蝮則蛇之一種、非如虫虺之通名也、至爾雅蠑螈蜥蜴、蜥蜴蝘蜓、蝘蜓守宮、李巡孫炎皆以爲一物四名、說文易下云、蜥易蝘蜓、蝘蜓守宮、而不及蠑螈、方言有守宮蜥蜴蠑螈蛇醫等名、而不及蝘蜓、皆方俗稱有異同耳、毛傳更簡、故但云蜴螈也而已、詩虺蜴之蜴、經傳皆當同說文作蜥、鹽鐵論周秦篇、亦作胡爲虺蜥、蓋蜴卽蜥之或體、因其亦名蜥易、或又誤易爲蜴、而以蜥蜴爲連稱則非是、釋文當云蜥星歷反、字又作蜴、今本蜥蜴二字誤倒、陸璣疏云、虺蜴一名蠑螈、水蜴也、或謂之蛇醫、如蜥蜴、青綠色、大如指云云、此後人見蜴有水陸、故加虺於蜴以別之、但毛傳祗以螈訓蜴、而不連虺、明是二物、陸疏合而一之、非毛義也、安井氏曰、在草曰蜥蜴、在壁曰蝘蜓、在水者曰蠑蚖、三者皆四足長尾、其形相類、而其色則絕殊、其在壁者茶褐色、在水者背黑而腹赤、在草者青綠色、見人則走者、卽是也、

瞻彼阪田。有菀其特。言朝廷曾無桀臣、**天之扤我。如不我克。**扤、動也、

彼求我則。如不我得。執我仇仇。亦不我力。仇仇猶謷謷也、○菀音鬱、扤五忽反、謷五報反、延文本、傳臣下有也字、

箋曰、七章言已所以困於闇朝之由、○首二句比也、說文、陂者曰阪、爾雅十土可食者三、而阪與原隰並列焉、阪之不如原隰者、止以陂陀不平耳、詩名爲田、則猶是可食之土也、菀茂盛之貌、特猶獨也、特生之苗也、猶曰阪田之中菀然者、當不止於一苗也、乃瞻彼阪田、有菀然之苗、見其特焉無偶、以喩己處憂愁落莫之鄕、獨自無聊也、與首章念我獨兮遙遙相接、○天之扤我如不我克者、天指朝廷也、是託命言之、手持樹振動之、而搖落其花實、是扤之本義矣、此借用之、亦宜据是義著解、每句用我字、自傷之甚、○彼求我則者、强起賢者也、彼卽與彼有旨酒字脈相貫、則字爲句末語助詞、故鄭箋但云王之始徵求我、不釋則字、朱傳始以法則釋之、蓋謂求之以爲矜式、非詩意也、以下四句、言有求賢之名、無用賢之實、大抵亂世於賢者僅欲借其聲

望、究無實用、○執我仇仇、依鄭箋訓爲執留、則執是縶之借矣、不曰待而曰執、甚之之辭、且有防護不放手之意、爾雅、仇仇敖敖、傲也、郭注曰、皆傲慢賢者、亦不我力者、功力謂之力、用其力亦謂之力、不我力卽不我用也、緇衣引此詩、注云、亦不力用我、力卽爲用明矣、小人竊柄、其始必引用一二正類、以爲標榜、所謂彼求我則也、賢者或恥爲所引、則卑辭盛禮以致之、所謂如不我得也、究竟何嘗見用、徒羈縻之而已、故得我之後、執之不使我展力、進不獲用、退不得去、此正抗我之事、抗者搖動之而不拔其根、所謂死活不得耳、乃知捐一職以博取士之聲者、其名高、癈一官以縮憂世之舌者、其術巧、此另是抗賢一法、士居亂世、拚一去位不仕耳、

讀此詩又知亂而可去、猶士君子之幸也、

心之憂矣。如或結之。今茲之正。胡然厲矣。厲、惡也、**燎之方揚。寧或滅之。**滅之以水也、**赫赫宗周。褒姒威之。**宗周・鎬京也、褒・國也、姒・姓也、威・滅也、有褒國之女、幽王惑焉、而以爲后、詩人知其必滅周也、○燎力詔反、揚延文本作陽、傳下褒下無國字、卷子本傍書本無、延文本傳后下有也字、

箋曰、八句章止於是、故以心之憂發之、解正月繁霜之自以結之、詘然而止、是本志所在也、直云褒姒威之者、此莊辛所謂誠見其必然、而非敢以爲國

妖祥者、此詩上七章皆述王信小人亂政、至此始言滅周主於褒姒者、謂王溺女色而致昏惑、推其禍亂之本、以歸罪也、然忠臣於君無絕望之心、故卽以下二章繼之、如有結之者、言憂不離心、如物之纏結也、○今茲之正、胡然厲矣、厲大雅降此大厲之厲、言今年正月之霜、此何凶災邪、作一詰問、神已注著褒姒、○燎之方揚、寧或滅之、興也、說文、燎、放火也、書曰若火之燎于原、王念孫曰、寧猶乃也、言以燎火之盛、而乃有滅之者、以赫赫之宗周、而乃爲褒姒所滅、四句以上興下、一氣相承、詞意甚爲迫切、若上言燎火難滅、下言褒姒滅周、則上下相承之間、多一轉折、而詞意迂回矣、傳云滅之以水、此正釋經文或滅之之意、寧乃一聲之轉、故詩中多謂乃爲寧、能與寧亦一聲之轉、而同訓爲乃、故寧或滅之、漢書谷永傳又作能或滅之、王說是也、賈子禮篇、不用命者、寧丁我網、史記殷本紀作乃入吾網、此古人謂乃爲寧之證、○赫赫宗周、褒姒威之者、周室萬國所宗、故謂之宗周、猶言大唐皇宋也、非指鎬京、古褒國在今陝西漢中府褒城縣、周本紀言、幽王三年、王之後宮、見褒姒而愛之、生子伯服、是立后當在四五年間、六年而遭日食之變、大夫作十月之交以刺之、至王欲放殺大子、而其傳作小弁之詩、自在九年中事、此傳但云幽王惑於褒姒、立以爲后、不及放殺大子、則此篇與十月之交篇、先後同作、總在史伯告桓公八年之前、據傳證史、可以得其歲次矣、據十月之四章、權門七子、皆阿附褒姒、以肆私惡者也、七章以上所憂傷讒邪橫行、褒姒爲之主、至此道破、有羣山萬壑赴荊門之勢、萬經曰、節南山詩、通篇罪尹氏、而不厭其繁絮、此詩止一語罪褒姒、而不覺其簡略、猶斷獄之文、不擇繁簡、而按律治罪、衆心威服也、威滅二字、義同而略別、上言火燎方揚、乃有滅之以水、故从水旁、下褒姒威之、是言赫赫之盛周、乃爲褒姒所威、如火之熄也、潘岳西征賦云、赫赫宗周、威爲亡國、是亦作火盡解、學齋佔畢云、毛傳威滅也、義同而字異、音亦異、威武劣反、滅忙列反、今或作滅、誤也、胡承珙曰、滅威本非同字、似不得爲義同字變之例、釋文云、威本或作滅者、乃後人所爲耳、左傳昭元年、呂覽疑似篇注、列女傳漢書外戚傳、皆引作滅者、由轉寫之誤、未必當時卽有作滅之本、漢書五行志引仍作威、此其未經誤寫者耳、釋文、威呼說反、齊人語也、此雖不著所本、然可見古人讀威字、竝與滅異音矣、吳樹聲曰、威·火熄也、滅·熄火也、先有威而後有滅、說文、威·滅也、从火戌、火死於戌、陽氣至戌而盡、詩曰赫赫宗周褒姒威之、滅、說文盡也、从水威聲、火盡爲威、引之有沒絕義焉、禮內則膏必滅之、疏、滅·沒也、國策西周策、前功盡滅、注、滅·沒也、小爾雅廣詁滅·沒也、爾雅釋詁、滅·絕也、荀子大略流言滅之、注、滅亦絕也、以上凡訓爲沒與絕者、皆當作威、作滅者叚借字、引之凡消威亡威、皆當作威、今皆作滅矣、滅爲熄火字、引之爲除滅撲滅字、兩字取義不同、滅字盛行、而威字廢矣、詩人先言滅、而專屬之於滅火、次言威、而歎褒姒之威國、一字一義、各不相蒙、後人多混之何也、陳啓源曰、集傳載或說、疑正月詩是東遷後作、以赫赫宗周褒姒威之二語爲據、夫此何害爲西周未亡時語耶、國語、幽王三年三川震、伯陽父料周之亡、不過十年、又鄭桓公爲周司徒、謀逃死之所、史伯引檿弧之謠、龍漦之讖、決周之必弊、其期不及三稔、然則周之必亡、而亡周之必爲褒姒、當時有識之士、固已明知之、且明言之矣、安在

褒姒威周之語、獨不可著之於詩乎、

終其永懷。又窘陰雨。窘、困也、**其車既載。乃棄爾輔。**大車重載、又棄其輔、**載輸爾載。將伯助予。**將、請、伯、長也、◯窘求殞反、將七羊反、延文本傳請下有也字、

箋曰、九章更端獻替於天子、先曁否、次章獻可、◯六句皆比也、上章說到褒姒威之、已吞聲嗚咽、而此及下章一反一正、開出生路、勸王亟用賢人以救禍亂也、終字與永字相呼應、非謂事之終、永懷言遠慮將來也、陰雨以喻大難、但此章既皆爲比、則終其永懷、當屬戒車、不當遽屬王也、又窘陰雨、辭義在其車既載之下、既字與又字相應、古文多此倒句法也、負重行遠、而又陰雨濘滑、總見無可棄輔之理也、◯其車既載、傳以車爲大車、載爲重載、易曰、大車以載、乃棄爾輔者、考工記車人爲車不言作輔、則輔是可解脫之物、韻會云、車兩旁木曰輔、蓋輔是車上之檻、所以夾持載物也、棄輔則所載之物、迸溢而墜焉、說文、酺、頰車也、入面部、其車部別有輔字、引春秋傳輔車相依、則酺頰之酺自从面、車輔之輔自从車、至易咸其輔、輔自爲酺之假借、釋文引虞氏作酺、云、酺、耳目之間、酺爲正字、輔是車上物名、謂頰顋爲輔者、所以夾持口中食物、與車輔相肖、故借名焉耳、車之有輔猶國之有輔臣、鄭箋云、棄輔喻遠賢也、蓋幽王無恆、一難既弭、乃忘其防、功勞者不復用、故曰車既載則棄其輔、故勢不能全終也、◯載輸爾載、三載字、惟爾載釋文才再反、因

此載指車中所載之物、故異其音耳、既載之載、不過與覆載字同義、朱傳亦音才再反、誤矣、輸·墮也、乃棄爾輔二句、作一氣讀、將伯助予另一句、將同將仲子之將、伯猶叔兮伯兮、呼人汎稱也、今人路上不相知名者、呼曰哥曰姊、或曰伯叔父、此伯字正是、將伯助予卽述輸載人之語也、將字在語中、不當作詩人叙事之辭、朱傳號伯以助予、誤矣、王氏曰、載輸爾載將伯助予、如唐太宗敗於高麗乃思郭元振、唐玄宗蒙塵於蜀乃思張九齡、不用而思之、晚矣、

無棄爾輔。員于爾輻。員·益也、**屢顧爾僕。不輸爾載。終踰絕險。曾是不意。**○員音云、

箋曰、十章薦可也、通章皆比、與上章同、○員于爾輻、說文、員·物數也、凡物之數、多然後見、僖十五年左傳、物生而後有象、象而後有滋、滋而後有數、滋者益也、員爲物數、故有益義、三十輻共一轂、乘車戎車大車皆同、不可得而益、而云益之者、謂加大也、荀子法行篇、詩曰、涓涓源水、不雝不塞、轂已破碎、乃大其輻、事已敗矣、乃重大息、其云益乎、楊倞注云、大其輻謂壯大其輻也、荀引逸詩言事敗之後、此詩言事未敗之先、文異而意同也、傳訓員爲益、正本荀子、○屢顧爾僕、僕、將車者也、屢顧者、時時顧僕使其或扶或推也、是警其怠惰耳、言車既堅、又使其僕不怠、則必無敗績、○終踰絕險、曾是不意者、絕

之言、最也、極也、爾雅、鼎絕大謂之鼐、郭注曰、最大者、絕澤謂之銑、注曰、最有光澤也、又絕高爲之京、言最高也、此絕險亦謂最險之處也、言備豫如上、則雖踰絕險、亦可以不介意耳、以比可捍大災濟大患焉、此二章以爾輔爲比、而敷衍之、意專在選輔弼、前八章所憂傷、卽在位如烏、讒諂殘國之事也、至此以爾輔警發天子、而屢醒爾字、見得載爾載也、輔爾輔也、輻爾輻也、僕爾僕也、決然爾當自爲主持、不可爲人所惑、俱在行車上說、正爲駕車者策其終也、而正意自是躍然、

魚在于沼。亦匪克樂。潛雖伏矣。亦孔之炤。沼、池也、**憂心慘慘。念國之爲虐。**慘慘猶戚戚也、○炤音灼、之若反、

箋曰、十一章傷己之進退維谷、○上四句比也、前二章獻晉以願選輔弼、然權臣方熾、讒諛得志、而天子不明、何曾有望萬一用我言乎、故以匪克樂受之、此章脈所貫、魚相忘於江湖者也、今在于池沼、非其所樂矣、沼以喻四方日蹙、故傳訓池、人作曰池、言其小也、潛雖伏矣者、魚在沼而伏于潛中也、潛養魚器、解當如周頌潛有多魚之例、小爾雅、魚之所息謂之橬、橬、槮也、積柴水中、而魚舍焉、橬音忱、本或作潛、爾雅作涔、釋器、槮謂之涔、正義曰、涔潛古今字、觀此可得潛伏連文之義、若但訓潛爲藏、則于伏字爲重出、炤、明也、言國勢日蹙、在朝亦非能樂、雖則藏伏于潛中、亦炤然易見、無所逃於網罟之

害、喻君子雖自韜晦、亦未必能避患也、然君子不專爲一身之安危、其憂心慘慘然愁慼者、唯念國之行虐政而民罹其害耳、若無辜臣僕、局蹐尪蜴、是虐也、慘當讀作懆、詳陳風月出篇、

彼有旨酒。又有嘉殽。言禮物備也、**洽比其鄰。昏姻孔云。**洽合、鄰近、云、旋也、是言王者之不能親親以及遠、**念我獨兮。憂心慇慇。**慇慇然痛也、○云延文本作囩、注云校本作云、本又作員、傳同、

箋曰、十二章憂權門勢家樂禍、而傷已孤特、○彼指小人、十月所謂權門七子之徒也、首四句小人交結聯絡之態如畫、如俗所云酒食朋友也、○洽比其鄰、昏姻孔云者、洽、協合也、左傳再引皆作協、是協與洽聲近義同、比、親附也、鄰如皇父輩、姻如褒姒親黨、說文云、雲古文省雨作云、又作[illegible]、象雲回轉之形、後人加雨作雲耳、其以云爲言、義乃借也、埤雅引詩傳以雲象周旋盤薄之形、故訓云爲旋、此足暢毛旨、呂覽圜道、雲氣西行云云然、注、云、運也、周旋運布、膚寸而合、西行則雨也、運亦旋也、旋轉之義也、周旋運布、申運字之義、與毛義合、云訓旋、引申之爲周旋、詩言鄰里則洽比、昏姻則周旋、彼祇知有鄰里昏姻、此我之所以獨也、襄二十九年左傳、鄭游吉引是曰、晉不鄰矣、其誰云之、以云爲歸附、亦取旋義、首章云念我獨兮、憂心京京、此云念我獨兮憂

心慇慇、前後相應、上四句則以小人之共樂、反形我之獨憂也、屈原所云舉
世混濁我獨清、衆人皆醉我獨醒、此之謂矣、爾雅、慇慇憂也、慇本慇懃之慇、
愬也、乃憂心之
愬愬不斷耳、

佌佌彼有屋。蔌蔌方有穀。佌佌、小人也、蔌蔌、陋也、**民今之無祿。**

天夭是椓。君天之、在位椓之、**哿矣富人。哀此惸獨。**○哿、可、獨、單也、○佌音此、蔌
音速、椓陟角反、哿哥我反、惸孟子作
煢、摺本傳無人字、延文本傳君作天、

箋曰、卒章憂小人荐進、傷世傷身以終之、○佌者管子輕重乙篇、佌諸侯度
百里、猶謂小諸侯耳、彼字卽上章彼有旨酒之彼也、蔌蓋遬之或體、遬籀文
速字也、後漢書蔡邕傳注、引毛詩作速速方穀、云韓詩亦同、楚辭逢紛篇云、
躳速速而不吾親、王逸注、速速不親附貌、然則速速與蹙蹙皆爲褊急之意、
故毛傳以蔌蔌爲陋、據釋訓、佌佌猶瑣瑣、蔌蔌猶迫迫、並言齷齪小人也、君
子宜居人上、其高明廣大之氣象、雖貧賤仍自若也、小人宜在人下、其猥鄙
瑣陋之情態、雖富貴亦不改也、佌佌蔌蔌語、可謂善於體物、有屋言夏屋渠
渠也、方有穀言食祿方盛也、承上章言小人不特酒食徵逐而已、終日經營、
爲問舍求田之計、其所以有者、不過虐此民耳、釋文方穀本或作方有穀者
非也、段玉裁阮元皆以陸本爲是、胡承珙曰、正義云、其蔌蔌窶陋者、方有爵

祿之貴矣、是正義本明與釋文本不同、經中如此者甚多、不能決其皆孔非而陸是、後漢書蔡邕釋誨、速速方轂、天夭是加、彼係對文、自不得用有字、且以穀爲轂、注謂、小人乘寵、方轂而行、中間自無有字、若毛鄭本作穀、有屋有穀、當爲疊句、如上章旨酒嘉肴之疊二有字、卽章懷注引小雅速速方穀無有字、不過順史傳成文、非所見詩本如是、觀其引鄭玄注云、穀、祿也、夭、殺也、椓、破之也、又繼之曰、韓詩亦同、然後言轂字之異、可見上文引速速方穀夭夭是椓、皆便順史文、非別徵詩本、不得據此謂詩無有字也、○民今之無祿、天夭是椓、商書彤日篇云、非天夭民、與此天夭同義、夭椓二字連文、並有殘害侵削之義、曰天夭、婉辭也、其實謂虐政、言齷齪之人、鼎貴方富、而黎民則有亡宅而暴露者、有失食而飢餓者、何斯民之無祿於天乎、憂傷極矣、椓、說文擊也、後漢書蔡邕傳注、椓破之也、椓本訓擊、擊之而後破、訓破者引申之義也、焦循曰、正義於大雅述毛義云、正月云天夭是椓、夭謂夭殺、椓謂椓破、是也、而述正月傳義則云、在位又椓譖之、是以椓爲謠諑之諑、與大雅正義相歧、蓋正義非一人之筆、宜其異耳、椓通於琢、椓之剝擊、猶琢之雕刻、在位椓之者、謂此蔌蔌者刻剝之、在位之於小民、無所謂譖也、釋誨云、速速方轂、天夭是加、此文上下俱用駢對、則天夭自對速速、乃屬文裁翦之法、大雅召旻傳、旣以夭訓椓、則椓亦是夭、故以夭椓爲天夭、旣以椓爲夭、則不云是椓、而云是加、天夭是加、猶云夭椓是加、不得依毛詩謂蔡爲譌、亦不得依蔡而改詩爲天夭、蜀石經作天夭是椓、非也、或以蔡文天夭是加、爲天夭是加之譌、亦非也、胡承珙曰、蔡文速轂之異、據章懷云、韓詩同毛、則當出魯齊詩、速速與爾雅同、猶說文引詩佌佌彼有屋、皆與毛字異、郭注爾雅、速速蹙蹙、云陋人專祿、國侵削、賢者求哀念窮、說文佌小也、則又皆與毛同義矣、至天夭是加加、當以韻枯辜邪牙家等字、夭夭乃儷上句、爲修辭之故、並非詩本有異同也、○哿矣富人、王引之曰、哿與哀相對爲文、哀者憂悲、哿者歡樂也、言樂矣彼有屋之富人、悲哉此無祿之惸獨也、雨無正篇、哀哉不能言、匪舌是出、維躬是瘁、哿矣能言、巧言如流、俾躬處休、哀與哿亦相對爲文、言悲哉不能言之人、其身困瘁、樂矣能言之人、身處於安也、哿嘉俱以加爲聲、而其義相近、禮運以嘉魂魄、鄭注、嘉、樂也、是嘉與樂同義、哿之爲言猶嘉耳、故昭八年左傳引詩哿矣能言、杜注、哿、嘉也、毛訓哿爲可、可亦快意愜心之稱、王說是也、國家之患、其始在小人之忮怒、而其後在小人之歡樂、夫小人未得志而多怒、既得志而多樂、故小人而怒、其勢將盛、君子之禍亦盛、是可憂也、小人而樂、其勢將衰、國事亦由此而衰、是又可憂也、○哀此惸獨、此句非指細民之孤獨者也、既傷民之無祿、依舊傷已之孤特以終之、言有酒有穀之人、方是歡樂世界也、哀哀者我身惸獨、何以免於今之世乎、是詩首章以天變起、而君若臣皆不知憂、已獨憂之、二三章悼已、四五章指斥君若臣之失、欲以覺悟朝廷、六章悼當時之人、七章又悼已、八章直言宗周之必滅於褒姒、九十二章展轉設比、敎以求賢自輔、猶可免於危亡、十一十二章復悼已、十三章又言小人方興未艾、王無悔心、則民之受害、終無已時、而因以悼惸獨終焉、其用意良可悲也、篇中以憂字哀字相緯成文、若斷若續、情見乎辭、

正月十三章八章章八句五章章六句

箋曰，季彭山曰，此詩憤世嫉邪，不避忌諱，忠於國而不顧其身者，自險艱之世言之，鮮有不蒙危禍者矣，然而敢于直言如此類者，皆得免焉，豈非先王立采詩之官，正欲得人憤鬱之情以觀國政之有闕，言雖誹謗，而不以爲尤，故凡情之不得伸者，皆欲因詩而達，此文武之澤，所以沒世而不忘也，殺諫臣之事，至春秋始有之，然後有誹謗之誅矣，孔子謂邦無道危行言遜，其有感于此與，史載厲王使衞巫監謗，得謗者而殺之，厲固虐君也，不可以常理論，

十月之交。大夫刺幽王也。

箋曰，刺幽王用皇父，前三章言天變，而歸之人事，四國何以無政，不用其良臣，已呼起王朝，不臧者，天變也，言爲何人而有是變乎，已呼起皇父，哀今之人，胡憯莫懲，隱刺幽王及皇父以下小人，乃懲之者獨一作詩之大夫，恐黽勉無益耳，七子比周，艷妻煽處，其罪總歸皇父，皇父積惡多端，其顯然者在營向一事，殘民以營私，不仁甚矣，而反自言曰禮則然，則禮者乃徹人牆屋，壞人田宅之具也，工於自謀矣，而反稱之曰聖，則聖者乃擇多藏，實車馬，樹朋黨之術也，自是作者傷心蒿目語，鄭氏謂十月之交雨無正小旻小宛四篇皆刺厲王詩，篇第在菁莪後六月前，毛公移置於正月篇下，倂改詩敘刺厲爲刺幽，歐陽氏蘇氏皆以其說爲非，康成箋詩時，多改字處，

毛傳則悉依經文，從無易字，而謂經之篇次輒爲遷移，恐無此理。序文本係刺厲王，毛盡改爲刺幽王，絶無一言申明其故，恐亦無此理。康成固好更張，此更以更張之説歸之毛公，豈不甚謬。陳啓源曰：厲幽均無道，而其實有殊。厲乃暴君，幽惟昏主。暴君重斂煩刑，而政由己出，臣民尚知悚懼，不敢自擅。故厲王之世，楚子熊渠畏伐，去其三子王號，則流彘以前，威福尚未去也。昏主荒沈酒色，置政事於罔聞，致姦兇之輩，弄權植黨，蔽主虐民，甚且視君上如弁髦。十月之交之皇父是也。皇父就向，挈其百僚以行，目中不知有天子。使在厲王時，其敢然乎。厲王之虐，能懾遠裔之彊藩，反不能制畿內之卿士乎。況皇父作都，徹民牆，萊民田，肆惡無忌，真蠹國之渠，病民之首。流彘之役，民當共食其肉，不特皇父一身而已。大子靖尚幾不免，皇父之家，豈能獨全。就令有存者，宣王中興，自當順民所欲，不復錄用其後。乃征徐之舉，首命皇父爲卿士，以六師之重委之罪人之子弟，使與忠貞之召穆公同執兵柄，不幾拂民心，墮士氣乎。由是言之，則作都之皇父，定是征徐者之後人，仕於幽王之世，而不克紹其前烈，一如吉甫之後有師尹，申伯之後有申侯云爾。而趣馬之蹶，爲韓奕蹶父之後可知矣。胡承珙曰：十月之交以下四篇，毛鄭分主幽厲，正義意實右鄭，後儒既據大衍述義梁虞劇之説，推得幽王六年辛卯朔入食限，此係實測，確有可憑，則此詩之爲幽王，已無疑義。其他正義申鄭各條，皆有可辨者。如節刺師尹，此篇譏皇父專權，不得並時而有二人。案節之尹氏爲大師，此皇父爲卿士，明係二官。如常武之卿士爲南仲，其大師則皇父，彼同爲宣王之將帥，此同爲幽王之大臣，何害一時有兩。且節與十月之作，亦未必即在一時也，又云，正月惡褒姒滅周，此篇疾豔妻煽方處，敵夫曰妻，王無二后，褒姒幽王所嬖，豔妻非幽王之后，案天子八十一御妻，不必正后乃得名妻，況幽王既黜申后，固嘗立褒姒爲后邪，又云，毛以豔妻爲褒姒，美色曰豔，鄭必爲別人者，以詩論天子之后，不當以色名之，不知此正著其以色升，而非以德選也，若如所疑，則瞻卬之哲婦傾城，又可謂之婦邪，又據鄭語，桓公初爲司徒，褒姒尚未爲后，詩以番爲司徒，在豔妻方盛之時，司徒一官不得有二人，桓公又非代番爲之，此最爲鄭箋所據之孤證，然國語言幽王八年桓公始爲司徒，而史記言幽王三年已嬖褒姒，番爲司徒，自在桓公之先，褒姒未爲后以前，怙寵專房，豈不得爲煽處乎，又引尚書中侯擿雒戒曰，昌受符，厲倡嬖，期十之世權在相，又曰，剡者配姬以放賢，山崩水潰納小人，以剡對姬，則剡爲其姓，故知非褒姒，夫既云厲嬖，而詩曰豔妻，是與所言褒姒爲幽嬖，不得言妻之說，已自相矛盾，若剡姓爲后之說，則稽古編云，宣王元舅是申伯，則厲王后自應姜姓，何得姓剡，其辨當矣，至孫毓評以褒姒龍漦之妖所生，無有私黨皇甫以下七子之親，而令在位若此之盛，此又不然，正月傳云，褒國姒姓，彼既爲褒人所獻，冒其國姓，安見必無姻黨如後世賀蘭敏之之冒武氏，楊次山之冒宗者乎，又云下篇言正大夫離居，莫知我勩，莫肯夙夜，莫肯朝夕，庶曰式臧，覆出爲惡之言，鄭箋皆謂厲王流于彘之後，於義爲安，此尤非是，雨無正謂爾遷于王都，箋以王都爲彘，謂刺羣臣之不從王者，夫厲王流彘，宣王在召公之宮，國人圍之，召公以子代宣王，乃得解，然則厲王之流，宣王尚不能從，而謂羣臣能從之乎，總之十月篇中川沸山崩，爲幽王時事，證之外傳史記而皆合，褒姒之事，又屢見於正月白華及瞻卬諸詩，雖皇父等七子無他書傳可考，然厲王臣子之見於經傳者，亦絕無七子其人，而山川之變，女戎之禍，在厲王時更無影響可尋，故鄭箋以爲厲王，竝未能質言所據，正義始援緯書爲證耳，其云魯詩以爲厲王者，出顏師古漢書注，魯詩亡於西晉，不知顏氏何據云然，考谷永傳，建始三年日食地震，上書有云，昔褒姒用國，宗周以喪，閻妻驕煽，日以不臧，又云，幽王惑於褒姒，周德降亡，又云，絕驕嫚之端，抑褒閻之妻，廣繼嗣之統，息白華之怨，又云，遠皇父之類，損妻黨之權，此書前後屢用十月詩中語，而惟言幽王，竝不及厲，則其以褒姒閻妻對舉者，祇是一人一事，相儷爲詞，古人多此文例，初非以幽厲竝言，顏注引魯詩，言厲王無道，內寵熾盛，政化失理，故致災異，祇就鄭箋約其文義耳，申公魯詩本無傳，顏氏何從得此言歟，又外戚傳班婕妤賦，悲晨婦之作戒兮，哀褒閻之爲郵，亦以褒閻連稱，閻豔古字通，褒閻猶褒豔耳，何氏古義曰，使厲王時別有豔妻，則當敘閻於褒之前，不應皆先褒而後閻也，顏注班賦，又但云小雅刺幽王曰褒姒滅之，以閻妻煽方處，亦足見其注谷永傳之全無依據矣，若漢書劉向上封事云，幽厲之際，朝廷不和，轉相非怨，其下歷引角弓小旻十月之交四月四詩，而繼之以厲王奔彘而幽王見殺，似四篇中有厲王之詩者，然其所引密勿從事，讒口嗸嗸，皆從韓詩，則向於十月之交篇用韓義，而韓詩篇次在正月後，固與毛同屬幽王者，其竝舉幽厲，亦如後漢左雄傳上疏言幽厲昏亂，不自爲政，褒豔用權，七子黨進，賢愚錯緒，深谷爲陵，此所云褒豔縱使分屬幽厲，而二王之時，又豈皆有七子、可見幽厲之稱、乃連類而及、向雄之意、皆未嘗以十月之詩爲厲王、而顏注向傳、四詩竝言刺幽王、尤足見谷永傳注之妄也、吾友魏默深曰、劉向列女傳孽嬖類中、於妹喜妲己後、卽次以褒姒、而無厲之閻妻、向撰此傳以規成帝、其于是門、特所用意、豈有事關三代、詠列六經、且係魯詩之傳、而遺略若此、又班固論贊漢書皆用魯說、而古今人表有褒姒無閻妻、其餘皇父等七子、竝列於幽王下品之次、則魯詩之爲刺幽、明如星日、與厲王風馬牛不相及矣、

十月之交。朔月辛卯。日有食之。亦孔之醜。之交、日月之交會、醜、惡也、彼月而微。此日而微。月臣道、日君道、今此下民。亦孔之哀。○朔月唐石經作朔日、卷子本傍書本作日、延文本、會下兩道下並有也字、

箋曰、首章君子傷時、先提日食以哀民、○交謂兩月之交際、此卽十月之朔、左傳卜偃曰、丙之晨、龍尾伏晨、其九月十月之交乎、可以證焉、如日月交會、恐非當時之言、鄭箋云、周之十月、夏之八月也、蘇子由以夏正爲言、謂十月純陰、故稱陽月、陰壯之甚、古尤忌之、朱子宗其說、萬充宗駁之曰、昏義云、男教不修、陽事不得、適見於天、日爲之食、日食則天子素服、而修六官之職、蕩天下之陽事、是凡日食皆爲變也、故春秋必書、莊二十五年夏六月日食、此

建巳月也、左傳稱、唯正月之朔、慝未作、日有食之、於是乎用幣於社、伐鼓於朝、其餘則否、昭十七年夏六月日食、太史曰、在此月也、日過分而未至、三辰有災、於是乎百官降物、君不舉、辟移時、樂奏鼓、祝用幣、史用辭、由是觀之、日食皆爲災、而在正陽巳月爲尤甚、未聞以純陰亥月並言也、蘇氏殆因爾雅十月爲陽句、而附會此詩、以爲夏正之十月、違左傳特異正月不異餘月之義、故知十月之交卽周正建酉之十月、不必指爲夏正之十月也、當是時、幽王失道、亂亡已徵、西周震矣、三川竭矣、岐山崩矣、艷妻煽處、災變頻仍、而主昏日甚、忠臣義士痛結於中、無可控告、適因日食之變、遂舉爲諷刺之端、以舒其憤懣不平之氣、追計其月之爲陽與非陽、災之尤甚與非尤甚也哉、愚以爲卽無此日食、其詩必別有所託以爲端也、奈何泥十月之爲亥月耶、息軒亦謂、十月之交朔日辛卯日有食之、雖用之歌詠、儼然史筆、非雜詠民事之比、故特用周正耳、趙佑曰、鄭氏通于三統、既知此十月爲夏正八月、夫寧不考其爲幽王、而又改屬厲王、則不可解、考國語、鄭桓公爲周司徒、在幽王八年、此日食乃六年、故詩言番維、固理在不疑、而岐山崩、山川竭、乃幽王三年、又在六年前、則第三章是因日食而追數之詞、疏第徇鄭而未加察也。○朔月辛卯、朔月猶云月朔也、與玉藻言朔月大牢同、唐石經爲朔日、傳寫之誤耳、朔望字皆從月、說文、朔、月一日始蘇也、望、月滿與日相望、以朝君也、故古人朔日稱朔月、儀禮禮記皆有朔月之文、尙書或稱元日上日、而不曰朔日、卽望亦但曰月幾望、或既望、而不曰望日、故知經文定當以朔月爲是也、凡月朔皆稱朔月、論語亦以月吉爲吉月、古人多倒語、猶書之月正元日、乃正月元日也、○日有食之、亦孔之醜、漢書劉向傳、引詩日有蝕之、釋名、日月虧曰蝕、稍小侵虧、如虫食草木之葉也、玉篇、蝕・日月蝕也、是日月食字本作蝕、經傳作食者、省借字也、戴震曰、日月雖會、非當其道之交不食、近交乃有食、朔・齊行也、望・遙對也、月在日之下、人又在月之下、三者相準、則日蔽於月體而有日食、故日食恆在朔、日月正相對、而地在中央、三者相準、則月蔽於地影而有月食、故月食恆在望、日食則主於人目、蓋日高而月卑、其間相去甚遠、人自地視之、其食分之淺深、及虧復之時刻、隨南北東西而移、故日食各地不同、月之食乃適爲虛影所揜蔽、故其食分之淺深、天下皆同、前人之爲術疏、有當食不食、不當食而食之說、占家之妄也、然則日月之行有常度、終古不變、而聖人以爲天變而懼何也、曰、此變其懸象著明之常、不必爲變其行度之常也、夫日月之主乎明者常也、其有所掩之者則爲變也、君道比於日、故以日引喩尤切、宜常明而不宜有蔽者也、聖人恐懼修省、無時不然、所謂日食修德、月食修刑、又其次矣、古人鑒白圭之玷而愼言、豈以玉之玷爲災異乎、此詩借日食以警王、欲王自知其掩蔽耳、知其爲一時所掩蔽而醜之、則修德而復乎常明之體矣、○彼月而微、此日而微、言日月屢食也、彼此者內外之辭、詩以日月並言、當時日食或適與月食相近、曆法・日食前後兩望、月必當食、邶風日居月諸胡迭而微、箋、微謂虧傷也、此箋又以微爲不明、蓋因虧傷而不明、二義正相成、後漢書天文志載張衡靈憲曰、當日之衝、光常不合者、蔽於地也、是謂闇虛、月過則食、闇虛者虛空中闇處也、卽地影之名、後世宋景濂游子六說最詳明、景濂曰、月食爲地影所隔也、月居地上而日居下、地影既隔、則日光不照、其隔或多或少、故所食有淺有深、蓋地其形不過與月同大、地與月相當、則其食既矣、子六曰、自朔至望、而日月正對望、中間地球障隔、月輪在地影之上、日輪在地球之下、日光不能射照月體、故月失其光、而謂之食、漸出地影之外、日能照之則漸復元光、中井氏曰、集傳然王者脩德行政以下、當皆刪之、卽如其說、王者德脩、則天失常度、國失政、則天復常度也、豈理也哉、若夫當食而不食、當多食而少食、皆司曆之失也、唐宋以降、乃以爲人君之德、而不罰於司曆、公然朝賀、可謂欺君誣天矣、

日月告凶。不用其行。四國無政。不用其良。彼月而食。則維其常。此日而食。于何不臧。

箋曰、二章廣首章之意、說及國政之取譎日月、○日月告凶、承上章日月共微而言、行卽道也、不用其行、謂日月薄蝕爲失其道也、○四國無政不用其良者、受日月故以天下言之、其實四國無政、卽王政所致、而不用其良臣、卽三章所以取譎也、○彼月而食、則維其常、此以陰陽君臣立言者、非主理言之、夫月有盈虧、其虧亦謂之食、易曰月盈則食、是也、交食亦與虧同狀、故謂交食亦爲其常也、食字混虧與交食而言之、○此日而食、于何不臧、彼月此日、卽承上章彼月而微此日而微以申說也、春秋經書日食三十有六、而月食則不書、此古人重日食而輕月食之證、于何二字、乃喚醒之辭、見必有所

以應此者、

爗爗震電。不寧不令。爗爗震電貌、震雷也、百川沸騰。山冢崒崩。沸出騰乘也、山頂曰冢、高岸爲谷。深谷爲陵。言易位也、哀今之人。胡憯莫懲。○爗于輒反、沸甫味反、憯七感反、延文本傳貌下出下、並有也字、

箋曰、詩意本刺皇父、開端卻列日食山崩諸異、推本於天變之不虛作、而人事之失、其所係者重也、說文、爗盛也、爗爗謂聲光之盛也、易中孚傳、雷有聲名曰雷、有光名曰電、有疾雷必有盛電、故易噬嗑曰、雷電合而章、據說文則震爲雷之劈歷振物者、毛訓雷者統詞也、不寧、言時勢人情騷動也、左傳謂亂平爲寧、不令猶不祥也、辛卯日蝕、歷推當在六年、川震山崩、據國語在三年、震電未知在何年、要非必一年事也、詩因日蝕之異而作、併數從前災變言之、朱傳將震電川沸山崩俱指爲十月事、不知何據、原其意、特欲以非時而雷電、證十月之建亥耳、然幽世之震電、必有過常者、當時以爲異、而詩人以爗爗表之、異在過常、不在非時也、況川沸山崩、豈必在十月方爲變哉、○百川沸騰、山冢崒崩、此正周語幽王三年三川震岐山崩之事也、說文、滕水超涌也、涌滕也、皆从水、今騰从馬、通借字、國語祇言川竭山崩、詩言沸騰崒崩者、國語質言之、詩人加以詞藻、且協韻也、正義云、沸騰是水盛漫溢、與震

異、又彼言三川震、是歲卽竭、亦非沸騰、又百川與三川不同、斯膠滯之見已、沸騰謂波濤洶湧暴起、百川沸騰以下、說地震也、雖不明言地震、而山崩川沸陵谷變易者、非地震而何、漢書翼奉傳、臣竊學齊詩、聞五際之要、十月之交篇、知日蝕地震之效、是齊詩亦指地震說、夫地震則水溢、勢所必然、何得謂沸騰非震、震時則沸騰、震後則又竭、正在一歲中耳、何害爲一事、三川・涇渭汭也、史舉其大、故言三川、詩詳其細、故言百川、大水涌騰、小水豈得安流、詩與國語文異而事同也、傳訓騰爲乘、乘陵亦超涌之意、山冢崒崩、釋文、崒本亦作卒、漢書劉向傳、及後漢書董卓傳贊注、引詩崒作卒、馬瑞辰曰、箋云、崒者崔嵬、山頂崔嵬者崩、按山頂已爲高、不必復言崔嵬、崒崩二字當連讀、與上沸騰相對成文、卽碎崩之叚借、廣雅、碎崩竝訓爲壞、是也、碎音又同瓶、說文、瓶・破也、破・石瓶也、蓋瓦破曰瓶、石破曰碎、亦散文則通耳、崒與崩同義、釋文崒本亦作卒、卒亦碎字之省借、徐邈讀卒爲子恤反、則訓卒爲盡、失其義矣、韡村先生曰、崒崩蓋謂高山頹崩之貌、與馬說合、○高岸爲谷、深谷爲陵、添是二句、甚有關繫、皇父徂向不守王、故寓君臣易位之意也、左傳昭三十二年、晉史墨曰、魯君世從其失、季氏世修其勤、民忘君矣、雖死於外、其誰矜之、社稷無常奉、君臣無常位、自古以然、因引是二句、此以高下變遷爲尊卑易位之象、毛傳正與之合、○哀今之人、今之人言在位也、下章受之以歷舉七子、胡憯莫懲、鄭箋云、憯・曾也、說文、朁・曾也、引詩朁不畏明、爲本字、毛詩作憯、爲假借字、已見節南山、安井氏曰、傳不解懲字、則讀如字、言何不懲艾其所爲粃政而改正之也、皇父卿士。番維司徒。家伯維宰。仲允膳夫。聚子內史。蹶維趣馬。楀維師氏。豔妻煽方處。豔妻,襃姒,美色曰豔,煽,熾也,○番漢書注作蕃,聚側留反,蹶俱衛反,趣七走反,楀音矩,

箋曰,前列羣異,後列羣貴,此以書法著其罪也,皇父卿士七句一氣讀,言此七官此七人,乃與豔妻竝處,內外相援以肆虐可知,宣王二年亦有皇父,必非一人,蓋皇父是世襲之號,而非字也,經典言卿士者甚多,大率六卿中執政者是也,此章首言皇父卿士,下二章又專稱皇父,則此卿士當是六卿之長,洪範卿士維月,下王一等,常武王命卿士,在大師皇父之前,可知朝卿士爲最尊之位,大約卿士一職,卽以六卿爲之,如鄭桓莊以司徒,王子虎以大宰之類,初非於六卿之外更爲之都官也,正義非也,江永謂,周初官制,冢宰總百官,後來改制,總百官者謂之卿士,而宰爲庶職,江說亦非,宰周公職兼三公,不謂之冢宰不可也,況周自東遷以後,惠王時有太宰忌父,襄王時有太宰文公,並見於國語,可知周後來原有太宰之官,不獨宣王時有冢宰見於雲漢之詩也,然則周未嘗廢六官,安見說春秋者之不可以冢宰言耶,○番維司徒,姓譜潘姓爲周畢公之後,食采於潘,或是也,○家伯維宰,家伯,字也,周官宰夫注,鄭司農引詩家伯維宰,謂卽宰夫,卽此可證經文止言宰,正義言小宰不得單稱宰,故知宰爲冢宰,是知唐以前皆作家伯維宰,今集傳

本作家伯冢宰、蓋傳寫之譌、抑後人據箋以改經耳、安井氏曰、卿士、卿之執事者、蓋謂大宰、則維宰當從先鄭爲宰夫、云維宰者、與下膳夫相避、詩本歌謠、不必如經傳正稱呼、此舉褒姒之黨、尊卑懸殊、則亦應有爲佐者、未必皆爲一官之長也、春秋有宰渠伯糾、傳云、父在故名、故說者亦以爲宰夫、他未見經傳有單稱大宰爲宰者、正義非也、○仲允膳夫、仲允、字也、膳夫掌王之飲食膳羞、在周禮上士也、冢宰屬、考左傳、東遷時似列大夫、○聚子內史、內史春官中大夫、掌絲綸者、聚子似蘇子劉子單子、據大雅蹶之里、蹶父亦似因地名、番、聚、蹶、蓋皆畿內采地名、○蹶維趣馬、趣馬夏官屬、主養馬之官也、在周禮爲下士、皁一人、徒四人、甚微、後世或進其爵位、或稱校人曰趣馬也、校人中大夫、大雅疚哉冢宰、趣馬師氏、膳夫左右、可竝考、趣馬膳夫近王、故舉、猶立政之綴衣虎賁、此詩以卿士司徒、與宰夫膳夫趣馬等彙敍一處者、欲見皇父等句通宮禁、必有膳夫趣馬一輩人爲之交關、如齊之雍巫、宋平公夫人之步馬者、皆其類也、○楀維師氏、師氏中大夫、司徒屬、箋云、掌司朝得失之事、司與伺通、猶察也、漢書人表、楀作萬、夾漈氏族略云、禹氏姒姓、此則楀當爲褒姒之族、七子是當時之權門、所謂今之人莫懲者、○豔妻煽方處、豔妻猶大雅言哲婦、色豔而性哲、各舉其一以目之耳、妻者齊也、曲禮天子之妃曰后、不稱后而稱妻、以非后而與君齊也、褒姒得佞臣七人、以爲羽翼、肆其罔極、氣焰甚熾、故曰煽方處、釋文、煽說文作偏、熾盛也、字亦作扇、魯詩作閻妻扇方處、列子黃帝扇赫百里、扇赫卽煽赫也、魯詩列子作扇者、用古文、皇父以大臣而結內寵、擅朝權、其罪尤大、故七子竝言、而先皇父、結以褒姒、下又專以皇父言、見其倚內寵、下無民、上無君也、首曰孔哀、次曰何不臧、次曰胡莫懲、此曰煽方處、每章結語之線絡可味、哀語三歎、而寫繁華喜躍之狀以收繳之、甚巧、孔字何字胡字方字如繡、

抑此皇父。豈曰不時。胡爲我作。不卽我謀。徹我牆屋。田卒汙萊。時、是也、下則汙、高則萊、**曰予不戕。禮則然矣。**○汙音烏、延文本、傳萊下有也字、

箋曰、五章更端言皇父作都以震蕩人民、○釋文云、抑如字、辭也、韓詩云意也、古抑噫二字音義同、漢書五行志、抑人故也注、抑・發語辭也、易震噫喪貝、釋文、噫・辭也、意嘻序釋文、意又作噫、蓋意與抑噫亦通用、故鄭讀爲噫、而韓作意耳、陸引韓詩者、非謂以意訓抑、言抑韓詩作意也、○豈曰不時、時當讀爲使民以時之時、下言田卒汙萊、是奪其民時之證、豈曰不時、言其使民役作、不自以爲不時也、○胡爲我作安井氏曰、下句云不卽我謀、凡役作民、不必先就與之謀、不得以此怨之、此作當訓動、謂遷之向、故下句承之云徹我牆屋、卽下章擇有車馬以居徂向、是也、○不卽我謀、猶曰不時不必咨汝也、然何故遷我而未始一言謀及我乎、卽我謀如盤庚三篇是也、○徹我牆屋者、徙民居於向也、猶漢徙良家以實五陵、魏徙冀州士卒家以實河南、是也、

田卒汙萊、不待豐功之畢而徙之也、徹讀爲撤、卒·盡也、小池爲汚、古汚洿通用、故孟子汚池一作洿池、說文、汚、窊下也、遂人注、萊謂休不耕者、休不耕任其草生、來歲反耕、亦卽草萊之義也、皇父築邑、遷人衆實之、想人心未卽允從、故與其私黨決策、忙急以衆遷、徹我牆屋、使我田棄爲汙萊、暴亦甚矣、○曰予不戕、禮則然矣者、予·皇父自予也、戕·殘也、言我不戕殘汝、君子謀之廊廟、以遷徙民衆、國家之禮則然、魯衛之封、周皆賜民、皇父以自比、故云此二句宛然貪酷人面目聲口、數語中旣代小民訴怨、又代暴人逞驕答之、自是作者傷心蒿目語、

皇父孔聖。作都于向。擇三有事。亶侯多藏。 皇父甚自謂聖、向邑也、擇三有事、有司國之三卿、信維貪淫多藏之人也、

不憖遺一老。俾守我王。擇有車馬。以居徂向。 ○向式亮反、藏才浪反、憖魚覲反、延文本、傳聖下卿下並有也字、又擇字卷子本傍書本無、

箋曰、六章言皇父營其私、而不顧王室、○皇父以柄國之大臣、而作都于向、蓋亦知王室之將傾、早營窟穴、故目爲孔聖、所以發其不忠之惡、雨無正所云正大夫離居、正謂此耳、晉王衍見中原已亂、乃說東海王越、以弟澄爲荆州、族弟敦爲青州、謂之曰、卿二人在外、而吾留此、足以爲三窟、鄙夫之心、亦千載而同符者乎、都謂向之城邑也、元非有大小定數、朱傳引周禮、失欵、胡承珙曰、春秋時、向地名凡四見、一爲隱二年莒人入向、寰宇記所云向城在

密州莒縣南二十五里者、一爲襄十四年會吳于向、此當爲吳地、方輿紀要、向城在鳳陽府懷遠縣東北四十五里者也、二地相近、皆不在東都畿內、一爲隱十一年桓王與鄭之邑、寰宇記云、向城在孟州河陽縣二十五里、今河南懷慶府濟源縣西南有向城者也、一爲襄十一年諸侯伐鄭、會於北林師于向、杜預曰、向城在長社東北、方輿紀要云、在開封府尉氏縣西南五十里、此二向皆在周東都畿內、後皆爲鄭地、皇父所居之向、當有一於此、但未詳孰是、至沛國龍亢、卽莒人入向之向、此周之國名、非邑名也、詩地理考引九域志、同州有向城、詩作都于向謂此、此又出於春秋所有之外、然於古無徵、恐不足據、安井氏曰、皇父方有寵、恐不遠封之東都畿內、此所云向、蓋在西京畿內、非河內之向也、○擇三有事、亶侯多藏者、三有事卽後篇三事大夫、尙書立政、任人準夫牧、作三事、三事以職司分稱、其人數不少、詩三有事、蓋謂此也、若作三卿、唯是三人矣、與不憖遺不相應、亶信也、侯維也、藏蓄也、亶維多藏、則其擇人惟貨其吉也、此章刺皇父拔取王朝富室、以爲己之利、非刺其不求賢、若取富人爲卿、尤無據、朱傳不可從、三有事詳下篇、傳有司國之三卿、陳啓源云、司當作同、是也、○不憖遺一老、俾守我王者、鄭箋云、憖、心不欲自彊之辭也、不憖遺一老、就所擇多藏中而言、非以總衆言之、不然與上擇字不相應、一老不可作老成人說、如此則又是用賢矣、只是舊在王室之臣矣、曰憖、非啻不能誠心以圖之、亦不肯勉强以圖之也、凡人主昏惑、而權臣傾朝者、積威之勢有如是者、是詩以日食起之、歷言山川陵谷之變、爲是故也、二語寫孤危之痛、句中有淚、于此見幽王之禍、雖當外患未來、而勢已危矣、詩人言此、真所謂憂君之至、釋文、慭・爾雅云願也、强也、且也、馬瑞辰曰、願與强以相反爲義、箋說正取强也之訓、凡言且者、多謂姑且如此、亦與强義近、左氏哀十六年傳杜注、慭・且也、今按、慭有數義、有當从强也且也之訓者、此詩及左傳竝云不慭遺一老、是也、昭二十八年左傳、祁盈之臣曰、鈞將皆死、慭使吾君聞勝與臧之死也以爲快、王尚書曰、慭亦且也、言鈞之將死、且使吾君聞勝臧之死而快意也、杜以慭爲發語之音、於文義未協、有當从願也之訓者、晉語伯宗妻曰、慭庇州犁焉、楚語曰、吾慭置之于耳、韋注竝曰、慭・願也、左氏文十五年傳、兩軍之士皆未慭也、杜注、慭・缺也、據說文、𤻮・缺齒也、左傳釋文、慭又魚轄反、是知慭乃𤻮之叚借、而說文慭字注、亦引春秋傳兩軍之士皆未慭、慭與𤻮雙聲、故得通借、非慭之本義也○擇有車馬、以居徂向者、有者謂多也、居卽益稷篇懋遷有無化居之居、謂其所居積者、晉語、假貸居賄、注、居・蓄也、史記平準書、廢居居邑、索隱引劉氏居停蓄也、漢書張湯傳、居物致富、注引服虔居謂儲也、此言擇富强之族、擁其所儲積之貨財而往于向也、左傳分魯公以殷民六族、康叔殷民七族、唐叔懷姓九宗職官五正、作都猶建國、皇父因以殷其邑也、其作都于向者、蓋見西戎方强、王室方騷、自知負天下之怨、而營狡窟以自固耳、皇父當日內附姻黨之族親、以居高位、握重權、雖張改封邑、亦唯知私厚己邑、而身實仍在王朝也、且如鄭桓公賢司徒也、亦懼周難之及、而東寄孥與賄于虢鄶、蓋當時公卿皆有鄘鄁之營焉、而皇父實爲之倡也、民有車馬者、皆往向邑、朝廷虛空如此、犬戎之至、自然如摧枯拉朽矣、黽勉從事。不敢告勞。無罪無辜。讒口囂囂。下民之孽。匪降自天。噂沓背憎。職競由人。

噂猶噂噂、沓猶沓沓、職、主也、○黽民允反、囂五刀反、孽魚列反、噂子損反、沓延文本作嗒、徒答反、延文本傳噂下沓下並有也字、

箋曰、前數章言天變人事相因、而此歸重人事以結之、上四句言已盡瘁王事、而反被譖、雖只就一身言、而王聽之不聰、讒諂之蔽明、邪曲之害公、方正之不容、具見於斯、詩人爲王朝之大夫、非皇父之大夫也、不在所從之內、其云徹我牆屋、逑民言也、劉向上宣帝疏曰、君子獨處守正、不撓衆枉、勉彊以從王事、則反見憎毒讒訴、因引此四句、首句作密勿從事、密勿與黽勉、文異而義同、邶谷風詳之、從事、從王事也、詩人爲王朝之大夫、非皇父之大夫也、不在所從之內、其云徹我牆屋、逑民言也、朱傳訓從事爲從皇父之役、誤矣、○無罪無辜、一切經音義二引爾雅舊注云、辜、禮義之罪也、舊注非是、書微子云、凡有辜罪、此辜必非禮義之罪、故詩民之無辜、何辜今之人、鄭箋竝云、辜罪也、是罪辜通名耳、莊子則陽篇云、至齊見辜人焉、辜人卽罪人也、讒口囂囂、釋文云、囂囂韓詩作嗸嗸、爾雅則作警警、說文㗊部、囂聲也、㗊爲衆口、故有衆多之義、又口部、嗸・衆口愁也、又言部、警・不省人言也、是此詩讒口囂囂、當以囂字爲正、鴻雁詩哀鳴嗸嗸、當以嗸字爲正、板詩聽我囂囂、傳云猶警警也、當以警字爲正、然經傳每多通假、故韓詩讒口囂囂假嗸爲之、而舍

人爾雅注云、謷謷衆口毀人之貌、又假謷爲之也、○下民之孽者、孽·妖孽、謂災害也、說破前章之天災、○噂沓背憎、讒諛常態也、面前則雷同、退則相毀、釋文噂、說文作僔、云聚也、左氏僖十五年傳引詩亦作僔、僔噂音義同、說文口部又有噂字、云聚語也、引詩噂沓背憎、傳云噂猶僔僔、沓猶沓沓、此疊字釋單字之例、說文云、沓、語多沓沓也、从水从曰、徐鉉云、語多沓沓、若水之流、故从水會意、此足暢毛旨矣、板詩泄泄、孟子以爲猶沓沓、亦取雜沓競進之意、小人爭先獻媚、每有此醜態、屈原天問、天何所沓、王逸注、沓·合也、詩言小人之情聚則相合、背則相憎、其義亦通、○職競由人、言讒諛滿朝、而民孽由此競興也、孽非自天降、實由人興也、左傳言職此之由、文義正同、競者孽之爭興也、猶言孽之競興、職此之由也、

悠悠我里。亦孔之痗。悠悠·憂也、里·病也、痗·病也、**四方有羨。我獨居憂。**羨·餘也、**民莫不逸。我獨不敢休。天命不徹。我不敢傚我友自逸。**徹、道也、親屬之臣、心不能已者也、○痗莫背反、羨徐箭反、延文本痗作悔、傳同、摺本無者也二字、

箋曰、八章詩人自明己志也、○悠悠、長也、釋文里如字、本或作𤸎、後人改也、里如雲漢云如何里之里、古字里悝通、憂也、爾雅、悝憂也、郭注引詩悠悠我悝、廣韻、悝·憂也、引詩悠悠我悝、是𤸎卽悝也、古文多省借、故毛詩止作里、雲漢箋、里·憂也、亦以里爲悝之假借、此箋訓里爲居、非詩義也、悝兼憂病兩義、

此詩亦孔之痗始言病、則上句悠悠我里、里當訓憂、謂因憂而病也、此承上章言、已以盡瘁被讒、是以憂之長、至於甚病、非憂一身、憂國家也、安井氏曰、里痗皆訓病、而分釋之、非傳例也、當從古本作里痗皆病也、○四方有羨、我獨居憂、此與民莫不穀、我獨何害一意、此四方、只是身外四面也、羨・餘也、此憂與有羨對、謂貧苦也、回首四望、皇父七子之黨、殷富而有餘衍、我則獨居貧匱之憂也、○民莫不逸、逸・勞之反、我獨不敢休者、言我黽勉從事、不敢爲痗憂故・辟易自退也、○天命不徹、曲禮・客徹重席、注、徹・去也、儀禮・燕禮・司宮徹之、注云、徹猶去也、此言天命不徹、卽天命不去也、傳云徹道也者、徹通也、達也、通達皆道路之名、故云徹道也、然不如直作徹我牆屋之徹較直捷、言災異迭見、天欲懲戒今日之君臣耳、其命未嘗盡去也、我方欲盡人事以回天命、豈敢傚我友之自逸哉、我友雨無正所謂朋友、泛言則爲民、斥言則爲友、知事無可爲、去而不立閽朝者也、自逸、言其潔身避難、而不黽勉王事也、章末八言一句、然句中別押韻、傚與休憂諧、則八字作二句亦得、但前章皆以八句成章、則此章亦當八句、故八字一句爲是、詩八字句者、唯七月篇十月蟋蟀入我牀下、及此而已、

十月之交八章章八句

雨無正。大夫刺幽王也。

箋曰、大臣內違、諸侯外叛、讒言繁興、王猶惑而不悛、大夫憂王者之將無

所依、故作是詩也、廣序衆多如雨二句、正釋雨無正名篇之義、董氏讀詩記引韓詩章句曰、雨無政。無象也、政卽正也、足證毛韓同義、劉安世謂韓詩以雨無極名篇、而以詩序正字屬下讀、以爲正大夫刺幽王、其說不足信、詩曰正大夫離居、莫知我勩、是兼刺正大夫之詞、非正大夫刺幽王也、朱傳引歐陽公說、已駁之矣、十月之交至小宛四篇、毛敘皆爲刺幽王、鄭箋云、當爲刺厲王、作訓詁傳時、移其篇第、因改之耳、正義曰、毛詩爲毛公所移四篇、容可在此、今韓詩亦在此者、齊韓之徒、非有壁中舊本可據、或見毛次於此、故因之、孔氏作正義時、韓詩尙存、如韓詩作雨無極、且篇首多雨無其極二句、正義何得無一語及之、劉安世說之爲譌妄、此不待辨而明、據正義言韓詩篇第與毛同、則十月之交、及雨無正以下三篇、韓詩皆爲大夫刺幽王可知、胡承珙曰、歐陽本義謂、詩人篇名往往無義例、其或有命名者、則必述詩之意、如巷伯常武之類是也、今雨無正之名、據序所言、與詩絕異、承珙謂、蘇傳嚴緝及劉克詩說、皆於詩詞求所以命篇之意、其實詩篇名有但原作詩之由、而詩中竝無其語者、卽如周頌酌謂酌先祖之道、賚謂錫予善人、求之詩中詞旨、實渺不相涉、可見古詩自有此例、不得執篇名以疑詩序也、

雨自上下者也。衆多如雨。而非所以爲政也。箋曰、鄭孔發明序意、以爲王之教令甚多、而事皆苛虐、非所以爲政之道、意固曉然、但廣序釋篇名者凡六、皆後人傳注竄入、都不足議耳、延文本政作正、古政正通用、此詩周宗既滅者、知其必然。而豫料之辭、如赫赫宗周褒姒威之是也、周

邇西戎、搆難已久、王室大騷、自然蠢動、不出史伯所料、則云戎成不退、又明明刺幽矣、若云追刺、恐不能起死魄、而庶曰式臧也、且平王卽位、尙在沖年、懦弱有之、安得曰覆出爲惡、其初立也、衞武公秦襄公晉文侯鄭武公皆以兵衞天子、安得曰莫肯朝夕、陳啓源曰、朱子因周宗既滅一語、疑雨無正爲東遷後詩、劉瑾又附和之、謂正大夫離居、及爾遷于王都之語、似是東遷之際、羣臣懼禍離居、不隨王遷、若使幽王尙在、不應言周宗既滅、去而挽之當曰還曰歸、不應言遷于王都、以證此詩是東遷後作、非也、大康雖失位、夏未亡也、而五子曰乃底滅亡、紂雖無道、殷未亡也、而祖伊則曰既訖殷命、古雖昏暴之朝、其諱言亦不若後代之甚、卽如伯陽父史伯論周之亡、皆直言無隱、此亦幽王之時也、何嘗以不祥語而不出諸口乎、況幽王昏亂、諸侯不朝、天下無復有宗周者、謂之既滅亦宜、又幽王時、見幾之士、多有去國遠害者、鄭桓公王室懿親、官居司徒、尙寄孥虢鄶、爲逃死之計、其屬疏而在下者可知也、去而復來、固當曰還曰歸、而言遷亦無不可、至謂東遷之際、羣臣懼禍、不隨王遷、此尤必無之事、西京宮室爲禾黍矣、犬戎復出沒其間、羣臣不歸東都、將安歸乎、羣臣非王戚卽世族也、從王有禍、從犬戎反無禍乎、左傳襄十一年、周伯輿之大夫瑕禽曰、昔平王東遷、吾七姓從王、則從遷者亦不少矣、又曰、若蓽門圭竇、其能來東底乎、則當日人情但有欲從王而力不能達者、必無能從而不欲者也、晉宋之南遷也、中朝舊臣、類皆跋涉千里、求故主而事之、古今人情豈甚相遠乎、又篇中語有斷不可通于東遷後者、首章之若此無罪、淪胥以鋪、次章之庶曰式臧、覆出爲惡、是也、平雖庸暗之君、不至

若幽之無道、況立國之初、人心未
罔、何敢淫刑以逞、且肆行惡政哉、

浩浩昊天。不駿其德。降喪饑饉。斬伐四國。駿・長也、穀不孰曰饑、蔬不孰曰饉、昊天疾威。弗慮弗圖。舍彼有罪。既伏其辜。若此無罪。淪胥以鋪。舍・除、淪・率也、〇浩古老反、昊胡老反、延文本作旻、國下旻字唐石經作昊、喪息浪反、舍音赦、鋪普烏反、延文本、傳除下有也字、

箋曰、首章託天以傷王政之暴、〇浩浩・廣大貌、昊亦廣大之意、駿・大也、釋文、駿音峻、文王駿命不易、大學引作峻命不易、崧高駿極于天、孔子閒居中庸皆引作峻極于天、峻有長義、由高大義引申而出也、峻爲正字、駿假借字、德、惠也、降喪饑饉者、喪猶禍也、言上天降喪亂饑饉、斬伐四方之國也、託辭于天、以傷王政、諸侯之不朝夕全在此、鄭箋以喪饑饉斬伐爲三義、朱傳總之以饑饉之後、羣臣離散、又謂正大夫離居、是因饑饉而散、此必無之理也、離居者自爲遠禍計耳、豈因饑饉而去乎、身爲王臣、家有采邑、尚不能餬其口、豈散去之後、反能免其窮困乎、〇旻天疾威、釋文、旻密申反、本或作昊天、非也、正義曰、上有昊天、明此亦昊天、定本皆作昊天、俗本作旻天、誤也、孔陸意異、定本出於顏師古等、故顏注漢書敍傳、亦引此詩作昊天、巧言首章三言

昊天、不變文相避、此詩三章又言如何昊天、當从正義本作昊天爲是、誤作旻者、蓋因下篇旻天疾威而訛、觀箋語曰既曰又、則毛鄭古本必皆作昊、本證自明、無煩辭費矣、疾威二字平列、廣雅、暴・疾也、疾威猶言暴虐、弗慮弗圖・不可得而思量也、妄虐出人意外、如下所言、○舍彼有罪既伏其辜者、舍、釋同、伏、服也、當讀彼有罪既伏其辜七字爲一貫、言有罪而伏辜者、反釋之也、幽王信讒、刑罰不中、出後序、雖有伏辜者、讒佞弄口則事乃反覆、有罪無罪、皆指在位者、○若此無罪、淪胥以鋪者、瞻卬曰、此宜無罪、女反收之、彼宜有罪、女覆說之、所刺正同、是疾威之不可慮不可圖者、漢書敘傳、烏乎史遷、薰胥以刑、晉灼曰、齊韓魯詩淪作薰、薰、帥也、胥、相也、從人得罪相坐之刑也、顏師古曰、薰者謂相薰蒸、亦漸及之義耳、後漢書蔡邕傳下獲勳胥之辜、李賢注引詩小雅曰、若此無罪、勳胥以痛、勳、帥也、胥、相也、痛、病也、言此無罪之人、而使有罪者相帥而病之、是其大甚、見韓詩、爾雅、淪、率也、率者類也、賓之初筵箋云、所以敗亂天下率如此也、釋文、率音類、正義曰、言率者非一之辭、考工記梓人注、是取象率焉、釋文、率本又作類、類是一概之辭、亦即有牽率之義、此必當時成語、故毛詩三言淪胥、然以淪胥爲率相、究爲不詞、說文、淪一曰沒也、廣雅玉篇竝曰、淪・沒也、書微子、今殷其淪喪、傳、淪・沒也、淮南子覽冥、純温以淪、注、淪・沒也、楚辭愍命、或沈淪其無所達兮、注、淪・沒也、胥爲湑之消借、玉篇、湑・溢也、小爾雅、溢・沒也、說文、沒、湛也、淪胥猶言湛休、謂人之全陷休于罪、如全沒入于水也、左氏昭二十六年傳、且爲後人之迷敗傾覆而溺入于難、則振救之、漢時男女從坐入官爲奴、及殺傷人所用兵器入官者、通謂之沒入、沒入溺入、皆此詩淪胥之類也、惠棟讀韓詩薰爲閽、胥爲胥靡、亦非、以淪胥爲刑罪之名、則小旻詩言淪胥以敗、抑詩言淪胥以亡、皆承泉流言、爲不可通矣、馬說得之、胥靡之胥、相也、靡與縻通、說文、縻、牛轡也、荀子楊倞注、胥靡・係也、是已、晉灼注楚元王傳曰、胥・相也、靡・隨也、古者相隨坐輕刑之名、此亦以胥靡爲刑名、非以胥爲刑名、應劭以淪胥之胥爲刑名、失之、鋪韓詩作痡、江漢淮夷來鋪、傳曰、鋪・病也、是痡鋪古字通、卷耳我僕痡矣、釋文、痡本作鋪、據此則鋪乃痡之假借字、以小旻詩無淪胥以敗、抑詩無淪胥以亡二語例之、當以鋪爲假借字訓病也爲是、旻天疾威以下、別言刑罰不中之事、集傳根上飢饉、謂有罪無罪皆以飢死、謬、詩之所謂有罪者、皆在位爲惡之人、何由以飢死乎、

周宗既滅。靡所止戾。 戾・定也、 **正大夫離居。莫知我勩。** 勩・勞也、 **三事大夫。莫肯夙夜。邦君諸侯。莫肯朝夕。庶曰式臧。覆出爲惡。** 覆・反也、○勩夷世反、

箋曰、二章言國亂、大臣諸侯離、而王無悛心、○周宗既滅、馬瑞辰曰、周宗與宗周有別、書序武王歸自奄在宗周、告庶邦、作多方、正義曰、在於宗周鎬京、正月詩赫赫宗周、箋、宗周、鎬京也、又洛邑亦名宗周、祭統衞孔悝之鼎銘曰、卽宮於宗周、鄭注・周既去鎬京、猶名王城爲宗周也、至昭九年左傳、自文以

來、世有衰德、而暴滅宗周、昭二十四年左傳、嫠不恤其緯、而憂宗周之隕、爲將及焉、宗周皆指王室言之、宗周亦曰宗國、晉語、宗國既卑、諸侯遠已、宗國既卑、猶云王室既卑、宗國猶言宗周也、若周宗・據襄二十九年左傳云、晉國不恤周宗之闕、而夏肄是屏、杜注、周宗・諸姬也、穆天子傳云、赤烏氏先出自周宗、郭注、與周同始祖、是周宗皆謂與周同姓者耳、詩不得言周之同姓既滅、鎬京邦畿、惟民所止、宗周滅、故言靡所止戾、周宗當爲宗周、傳寫誤倒、昭十六年左傳引詩、正作宗周既滅、是詩本作宗周之證、箋云、周宗・鎬京也、蓋鄭君箋詩時所見毛詩尚作宗周、故解與正月詩赫赫宗周同、今箋作周宗者、後人因經誤作周宗、而併改之也、正義言、宗周周宗、文雖異而義同、誤矣、馬說是也、此時王猶在焉、周未絕祀、然諸侯不朝夕、百官不夙夜、萬民死亡于饑饉、亦可謂滅矣、西伯戡黎、祖伊奔告紂曰、天既訖我殷命、語意與此宗周既滅相類、靡所止戾者、不知民之所止定也、○正大夫離居者、官長曰正、周官大宰建其正、鄭注、正謂冢宰司徒宗伯司馬司寇司空也、宰夫八職、一曰正、注、所爲正辟於治官則冢宰也、是正爲天子六官之長、左氏襄二十五年傳、自六正五吏、杜注、六正・三軍之六卿、晉時僭立六卿爲六正、則天子六卿本名六正可知、古有庶正、有大正、庶官之長爲庶正、雲漢詩鞫哉庶正、是也、六卿之長爲大正、左傳子爲大政、政卽正也、詩言正大夫、蓋天子之大正也、離居者離京師而居于封邑、皇父之居向卽是、莫知我勩者、我、詩人自我也、○三事大夫者、上篇三有事與此同、鄭箋云三公、集傳則以前篇擇三有事爲三卿、此三事爲三公、既不一、又以大夫爲六卿中下大夫、俱非也、上言

毛詩會箋

正大夫爲長官之大夫、當指六卿之長、其中卽兼三公、不得又以三事爲三公、下文邦君諸侯是統言、此亦不當以三公與大夫分爲二、三事大夫爲在內卿大夫之總稱、對下邦君句爲在外諸侯之統稱、尙書立政云、立政、任人準夫牧作三事、其上文云、宅乃事、宅乃牧、宅乃準、下文云、立事準人牧夫、又曰三宅、曰三有宅、皆謂有此三等官職、任人謂任事之官、準夫謂平法之官、牧謂養民之官、作三事者、言作此三事、其下虎賁綴衣至司徒司馬司空亞旅、皆有此三事之責者、詩三事大夫當亦是統言之、○莫肯夙夜者、夙・早也、早夜夜未盡而早起以從事也、○莫肯朝夕者、朝夕與夙夜對言、周語、夙夜・敬也、朝夕義亦爲敬、古者天子大采朝日、少采夕月、致敬於日月爲朝夕、致敬於天子亦爲朝夕、其義一也、又魯語曰、夫署所以朝夕虔君命也、左傳、朝夕獻善敗于寡君、又曰子革夕、子我夕、皆以朝夕見君爲朝夕、又成十二年左傳、百官承事、朝而不夕、謂朝朝於君而不夕見也、故鄭箋言朝夕謂朝暮省王、非泛言朝夕也、三莫字歷數中外情勢、欷歔慨歎、抑宕纏綿、抒怨憤時之絕調也、○庶曰式臧覆出爲惡、庶曰者庶幾而言之也、晉語、庶曰可以鑑而鳩趙宗乎、又庶幾曰諸侯義而撫之、式、用也、式臧與式穀一例、夫大亂既極矣、我庶曰王自此懲改而用善道、然不唯不懲、却發出暴惡之事不已也、

如何昊天。辟言不信。如彼行邁。則靡所臻。辟、法也、凡百君子。各敬爾身。胡不相畏。不畏于天。

箋曰、三章更端提王不信辟言之禍、以戒王所之人、○如何乎昊天者、呼王而訴之也、辟言不信者、陳法度之言不信之也、蓋大夫庶幾王悔悟、或進而有所關說、然王卻益發暴怒、不無謂已有天命、若紂於祖伊、故洪歎而號於天、問法言不見信之故也、此章前後之樞紐、天之降喪無辜淪胥、中外離心、小人播惡、皆由王之不信法言耳、戎成饑成、辟言不信之明效也、辟言不信則巧言爭入矣、正言者躬瘁、巧言者處休、此凡百君子所以莫肯用訊也、○如彼行邁則靡所臻者、臻、至也、法度之言、乃義理所歸宿、如行者之有程也、棄辟言而妄行、如夸父之逐日、如汎舟之流而不知其所至、夫無所至則無有定、不亡終不已也、故以大命近戒百君子、○凡百君子各敬爾身者、凡百君子言從而在王所者也、前章大夫是內違而不守王所者也、朋友是大夫避亂者也、詩人乃守王所者也、同在王所、故忠告之、凡人遭憂患不可奈之何者、往往生自棄之心、而放縱乘之、此章所誠正在乎此、敬身者竭夙夜匪解之誠、盡朝夕惟寅之節、不曰敬君而曰敬身、蓋王臣蹇蹇、自盡其義所當爲而已、鍾惺曰、讀此詩使人不敢言明哲二字、君子處季世、身在事外、乃可用明哲、若身在事中、止可用一敬字、故我友敬矣、各敬爾身、各敬爾儀、敬而聽之、詩人屢言之也、○胡不相畏、不畏于天者、胡、何也、不畏、畏也、此二句前篇卒章末句之意也、天命將覆、此吾儕見危致命之日也、何以不相畏乎、不畏于天命乎、

戎成不退。饑成不遂。曾我暬御。憯憯日瘁。戎・兵、遂・安也、暬御・侍

御也、瘁・病也、**凡百君子。莫肯用訊。聽言則答。譖言則退。**以言進退人也。○暬思列反、憯子感反、瘁徂醉反、唐石經饑作飢、憯憯作慘慘、延文本、傳兵下有也字、

箋曰、四章提師旅饑饉之禍、而傷王之不信辟言。○戎成不退者、兵戎之禍、已成而不退、言外患之熾也、饑成不遂者、饑饉荐臻、而民不遂其生、言內憂之迫也、不退指敵言、不遂指周民言、饑成之成、因戎成而爲辭、荐饑・是饑成也、戎成則饑亦成、故曰加之以師旅、因之以饑饉。○曾我暬御憯憯日瘁者、曾猶則也、胡承珙曰、此詩自是暬御之臣所作、而序云大夫刺幽王、則暬御未必是小臣之稱、楚語、居寢則有褻御之箴、韋注、褻・近也、褻與暬同、崧高王命傳御、傳云、御・治事之官也、然則此暬御、當是近臣之治事者、後漢書蔡邕傳、夫世臣門子暬御之族、天隆其祐、主豐其祿、抱膺從容、爵位自從、此與詩暬御同、說文暬字、雖訓曰狎習相嫚、然第言暬字本義耳、毛以侍御訓暬御、則當爲左右親近之臣、故章末傳云、遭亂世義不得去、則其非小臣可知、後世侍中常侍何嘗非尊官乎、胡說是也、鄭箋意以對大臣言、故爲侍御左右小臣、非謂內豎小臣之屬也、說文、憯・痛也、韓子解老篇、苦痛雜於腸胃之間、則傷人也、憯憯、則退而自咎、與詩憯憯同、當時外而諸侯、內而正大夫、皆不肯正言以瘁其躬、而思離居以遠於禍、在位者勇退、既出者不反、惟暬御之臣在王左右、不禁幽憂痛疾、庶幾王悔悟、故垂涕泣而道之。○莫肯用訊者、莫肯以救戎饑之謀告於天子者也、其說在下二句、古者訊誶二字通用、釋

文訊音信、徐息悴反、息悴反與遂瘁退相韻、墓門歌以誶止、傳、誶・告也、今本作訊、說詳陳風。○聽言則答、譖言則退、馬瑞辰曰、說文、从・相聽也、廣雅、聽・從也、春秋從祀先公、左傳作順祀、說文、睽・目不相聽也、段玉裁曰、聽猶順也、聽有順從之義、聽言對譖言而言、正謂順從之言、廣韻、譖・毀也、毀猶謗也、古以諫言爲誹謗、故堯有誹謗之木、譖言・卽諫言也、詩承上莫肯用訊、訊讀如誶、韓詩、誶・諫也、言凡百君子、所以莫肯直諫、蓋以王好順從・而惡諫譖、聞順從之言・則答而進之、聞譖毀之言・則退而不答、聽言言答、則進之可知、譖言言退、則不答可知、互文以見義、傳謂以言進退人者、義蓋如此、聽言譖言皆謂臣之進言於王者、答與退則在王耳、下章哀哉不能言、卽承上譖言言之、朱子集傳云、言之忠者、當世之所謂不能言者是也、哿矣能言、卽承上聽言言之、集傳云、佞人之言、當世所謂能言者是也、不能言者、因退之而並加以罪戾、故其身困瘁、能言者由答之、而遂加以爵祿、故其身處於安也、答・新序漢書皆引作對、廣雅、對・畣也、畣卽答字、說文、答・小尗也、今通借爲酬答之答、對與答雙聲、故對字可借作答、古答字又借作合、爾雅、合・對也、合卽答也、左氏宣十二年傳、既合而來奔、杜注、合猶答也、是也、馬說得之、漢書賈山傳言、秦退誹謗之人、殺直諫之士、是以道諛媮合苟容、天下已潰、而莫之告也、其下引詩曰、聽言則對、譖言則退、是亦譖言爲諫言之確證、朱傳以爲責臣、云王有問而欲聽其言、則答之而已、不敢盡言、譖言及己、則退而離居、責其恝然於王也、如朱說則聽言是己之言、譖言是人之言、兩言字異、解不妥、答字內亦無不盡言之意、王信讒言、雖欲不退、亦不可得、何謂恝然、此於義皆難通、

哀哉不能言。匪舌是出。維躬是瘁。哀賢人不得言、不得出是舌也、**哿矣能言。巧言如流。俾躬處休。**哿、可也、可矣世所謂能言也、巧言從俗、如水轉流、○出尺遂反、延文本傳言下有也字、流下有矣字、

箋曰、五章更端自傷已辟言速禍、而窮於譖言、○哀哉不能言、陡然痛哭、氣噎語塞、從來忠義之志、每屈於强辭、類如是矣、不能言、言之拙也、此詩人自道也、能言、不能言、躬瘁、躬休、開合圓轉、兩兩相對、○匪舌是出、維躬是瘁者、忠言讜議、將發之口、而躬既觸禍機、言禍之速及也、此與無言不疚相喚應、出字作去聲讀、韻會云、自內而外也、物自出則入聲、使之出則去聲、出與瘁韻、哀哉不能言、與哿矣能言、兩言字、自爲韻、出瘁、流休、各自爲韻也、亦用韻之奇者、○哿矣能言、意如羨能言者、乃所以深歎也、哿矣解詳正月篇、安井氏曰、傳哿可也、案正月篇卒章哿矣富人、傳既訓哿爲可、此不應再訓、蓋本作可矣世所謂能言、後人以傳文爲欠周、遂補哿可也耳、哿可也三字、當定爲衍、○巧言如流者、旋轉無滯、如水轉流、使是非邪正爲之易位、巧孰如之、俾躬處休者、休言顯榮之地也、正月所謂有旨酒有嘉肴有屋有穀、是也、潛夫論本政篇曰、詩傷巧言如流俾躬處休、蓋言佞彌巧者官彌尊也、此得詩之意、傳云世所謂、則僅見許於俗人、決非賢者、正義申之謂賢者之中、有此巧拙二種、失毛旨、古未有以巧言爲善者、虞書與令色孔壬竝稱、周書亦與

便辟側媚類舉、巧言篇亦云如簧厚顏、而孔子尤惡之、豈有反用爲美稱者哉、至左傳昭八年晉叔向引不能言、證小人之言僭而無徵、引能言證君子之言、信而有徵、此特斷章耳、杜注謂、叔向時詩義如此、亦未必然、

維曰于仕。孔棘且殆。云不可使。得罪于天子。亦云可使。怨及朋友。 于・往也、

箋曰、六章承上章、不能言者王之所謂不可用者也、直道難容矣、巧言者王之所謂可用者也、清議復難容焉、見幾者惟有避位而已、此章原避位者之情、見其不得已而然、○維曰于仕、于猶爰也、是設人而爲言也、猶言今有人曰我將出仕也、蓋不過借此以發下段之意、孔棘者、旻天疾威也、棘・艱難之意、元取義于荊棘也、謂事事多罥礙、所謂前後網羅、左右荊棘、是也、殆・危也、○云不可使四句、爾雅釋詁、使・從也、故鄭箋以從釋使、二云字、皆臣答君之詞、云不可使、謂若事之不正者、卽云不可從、此左傳所云君所謂可而有否焉、臣獻其否以成其可也、亦云可使、謂事雖不正、因君從之、亦云可使、此左傳所云君之所可、據亦曰可也、言不能爲諛佞便辟、則得罪于天子、亦將諛佞便辟、則爲朋友所怨憎也、此篇之朋友・卽上篇之我友也、畏朋友之怨、有甚於得罪天子、蓋同心同德之友、能以道相繩、此可見西周教化入人之深、政治雖亂於上、而風俗未頽於下也、

謂爾遷于王都。曰予未有室家。賢者不肯遷于王都也、鼠思泣血。無言不疾。無聲曰泣血、無所言而不見疾也、昔爾出居。誰從作爾室。遭亂世、義不得去、思其友而不肯反者也、○延文本·傳血下有也字、

箋曰、卒章責離居者、卽上章正大夫三事大夫輩、是離居不是去位、大抵時勢危蹙、人情惶擾、在京諸臣並列王都內、唯恐禍生不測、出居都城之外、可緩急無虞、若指去位者、則但當云出仕、何云遷王都、云出居乎、爾偏呼離居者也、已在王所、故就離散大夫、勸其遷王都、蓋一憂王所無人、一欲相謀而致力也、遷者移徙之名、毛西河以王都指王城、如指西都、當言還、不當言遷、不知此對下昔爾出居、還者家在此、偶出而還於此也、遷者家已在彼、欲其移家而就此也、夫謂爲遷洛、則其初固未嘗遷也、未嘗遷、而又何以云昔爾出居乎、釋出居之語·則知遷之義矣、知遷之義·則知詩之非東周矣、○鼠思泣血、毛意鼠卽正月篇瘋憂以痒之瘋、故於此無傳、鄭箋、鼠·憂也、憂病義本相近、故字亦多通、爾雅釋文引舍人注云、瘋癙瘇痒、皆心憂憊之病、是也、泣血者、說苑權謀篇曰、下蔡成公閉門而哭、三日三夜、泣盡而繼以血、是泣而淚盡、真有流血者、因通言泣之甚者爲泣血、又易屯上六爻辭、泣血漣如、九家及虞注、並云血流出目、不得如正義言淚出於目、猶血出於體、謂以血爲喻也、無言不疾、傳云無所言而不見疾也、傳意猶云所言無不見疾、古今語

耳、昔爾出居、誰從作爾室者、老子曰、昔之得一者、王弼注、昔、始也、詩人純忠義烈、發憤於離居者以終之、曰、爾曰予未有室家、此等託辭、總不能欺我也、我方憂思泣血、所言無有不見疾於人者、我且問爾、昔日爾出居之時、又誰與從之以作爾室哉、爾必無辭以對矣、彼出居之室、爾自經營之耳、苟欲遷王所、其何憂於室家有無乎、上篇末章我不敢傚我友自逸、傳云、親屬之臣、心不能已、此篇末章傳云、思其友而不可反、可見二篇實一時之事、此不肯遷于王都之賢者、卽上篇之我友、亦卽此篇之朋友也、幽王之時、亂形孔亟、羣臣離散、鄭桓公尙寄孥虢鄶、爲逃死之計、其不去者、必實有義不得去之故、此等傳義、毛公當有師承、斷非望文衍說也、

雨無正七章、二章章十句、二章章八句、三章章六句

小旻、大夫刺幽王也。箋曰、在位無君子、小人風議國命、噂沓回邪、將以覆王室、故作是詩也、名篇之義、亦從闕疑爲是、歐陽氏蘇氏皆謂、小旻小宛小弁小明四詩、以小名、所以別其爲小雅、其在大雅者、謂之召旻大明、獨宛弁闕焉者、孔子所刪、郝仲輿駁之曰、凡篇目皆作者自命、或太史記之、太師目之、未有二雅、先有篇目、如宋儒說、是先有小雅而後以此詩從之、非也、且小雅詩多矣、何獨別此四篇、若然

大東名小東正宜、反以大名何也、至謂大宛大弁夫子刪之、然則頌有小毖、又焉得有大毖乎、黃以宏曰、宋儒謂小宛小弁小明、言小以別於大雅、其說不可信者有五、作詩者不一人、故大雅有明明在下、小雅有明明上天、辭同意異、若謂恐篇名相同而加大小於明上以別之、則作者何不刪改明明二字而別爲篇名乎、其不可信者一也、詩篇名有小宛小弁小明、又有大明、初不聞有大宛大弁、因大明與小明相同、遂幷强小宛小弁、以遷就其辭、其不可信者二也、彼知宛弁爲大雅所無、而又云其在大雅者必是孔子刪之、故無聞耳、又何據而知大雅之有宛弁、且何據而知孔子之刪、其不可信者三也、明字可兼大小之訓、故小明大明於義皆通、若宛字毛訓小、弁字毛訓樂、皆不訓爲大、加大字於弁上爲大弁、義猶可通、若加大字於宛上爲大宛、則義不可通矣、其不可信者四也、如以小宛小弁小明爲小雅之小、大明爲大雅之大、不連下宛弁明說、則秦風有小戎、豈又小雅詩乎、小雅有大田、王風有大車、豈亦大雅詩乎、其不可信者五也、然則詩中篇名皆作詩者所自定、有證乎、曰據春秋傳云莊姜美而無子、衞人爲之賦碩人、是作詩時篇名已定矣、故春秋傳言晉侯賦嘉樂、國景子相齊侯賦蓼蕭、子展相鄭伯賦緇衣、又賦將仲子兮、諸如此類、皆舉其篇名、是必以篇名爲作者所自定、故引其篇名、而篇中之義統其中、詩篇名之例不一、關雎葛覃之義取首章爲名也、韓奕之類則取一篇之義爲名也、維天之命、昊天有成命、則取章中一句爲名也、他如綿綿瓜瓞、卽綿綿葛藟之義、乃一以綿爲名、一以葛藟爲名、綿蠻黃鳥、卽交交黃鳥之義、乃一以綿蠻爲名、一以黃鳥爲名、要皆作詩者所自定矣、小序卽本作詩者自名之篇、而第發明作詩之義、不易其篇名也、小序傳自漢初、其後序或出後儒增益、至首序則作詩時已有之、蓋由來久矣、觀白華有二、杕杜黃鳥谷風甫田各二篇名同、而篇名之解不同可見、宋儒不信小序、故以小宛小弁小明爲後人所記別、何以小雅白華有二、獨不別耶、小雅中之杕杜黃鳥谷風甫田又不別於國風耶、夫詩中篇名異同、旣非記別、而小雅小宛小弁小明言小、鄭風兩叔于田、小序偁大叔于田以別之何也、叔于田小序、一云大叔于田、蓋分別上下二篇之名、上篇序云、叔于田刺莊公也、叔處于京、繕甲治兵、以出于田、國人說而歸之、下篇序云、大叔于田刺莊公也、叔多才而好勇、不義而得衆也、由是觀之、叔于田二篇、文義相近、或是一人之作、故得自相比校、爲之立名也、至小雅小明、大雅大明、一作於文王之世、一作於幽王之世、旣與叔于田之作於一人者各殊、則不可執彼以例此也、一美文王之詩、一刺幽王之詩、又與叔于田之同刺莊公者別、更不可執彼以例此也、若夫谷風刺夫婦失道也、一云刺幽王、甫田大夫刺襄公也、一云刺幽王也、杕杜刺時也、一云勞還役也、黃鳥哀三良也、一云刺宣王也、白華孝子之絜白也、一云周人刺幽后也、是篇名雖同、而篇中之義、又未嘗不異、編詩者因其作詩之篇名以存之、而其義自見、又無庸過爲區別矣、

旻天疾威。敷于下土。（敷、布也、）**謀猶回遹。何日斯沮。**（回、邪、

謀臧不從。不臧覆用。我視謀猶。亦孔之邛。

遹·辟、沮·壞也、邛·病也、○遹音聿、沮在呂反、邛其凶反、延文本·傳辟作僻、邪下辟下並有也字、

箋曰、首章言王惑於邪謀、不能斷以從善、○旻天者言天而王、言王而天、詩之辭也、疾威二字平列、義見上篇、○謀猶回遹、何日斯沮者、猶亦謀也、常武傳云、猶謀也、單言謀、累言謀猶、下兩言謀猶、同、三章不我告猶、傳、猶·道也、以別上文之謀猶也、四章匪大猶是經、傳、猶·道也、以別上文之爲猶也、則篇中他猶字、傳以爲謀矣、鄭皆訓爲道、非傳意也、謀猷、王之謀猷也、臧與不臧、臣下之謀猷也、回遹由於小人、王用之卽王之回遹矣、釋文引韓詩遹作鴥、假借字也、回遹亦或作迴穴、漢書敘傳、畔迴穴其若茲兮、注、迴穴·轉旋之意也、文選風賦、迴穴錯互、注、凡事不能定者、迴穴亦或作回泬、後漢書王充王符仲長統傳注、回泬猶攜互、不齊一也、毛作邪辟、言回邪偏僻·不由正道也、謀猶回遹、爲全章之緣起、以下皆發明此義、鄭箋解沮爲止、巧言亂庶遄沮、雲漢則不可沮、傳竝云沮止也、壞亦由止義引申而出也、不如依巧言雲漢兩傳訓止矣、○謀臧不從、不臧覆用二句指王言、謀臧、言君子所獻替也、善者不從、不善者反用之、故我視之、甚病我心也、自古昏暗之君、非故用不臧之謀也、蓋以臧爲不臧、不臧爲臧耳、昔苻堅不從王猛之言、而用慕容垂之計、南下伐晉、在當時固以伐晉爲善也、亡國之君、是非顚到、往往如此、然猛在日、堅固未嘗南下、詩言如此、而猶有驪山之禍、曾秦苻之不若矣、可勝慨哉、

潝潝訿訿。亦孔之哀。潝潝然患其上、訿訿然不思稱乎上、謀之其臧。則具是違。謀之不臧。則具是依。我視謀猶。伊于胡底。○潝許急反、訿音紫、底之履反、

箋曰、二章哀羣小之噂沓誤國、○爾雅釋訓、翕翕訿訿、莫供職也、郭注、賢者陵替、姦黨熾、背公恤私、曠職事、方言、翕、熾也、揚雄甘泉賦、翕赫曶霍、李善注、翕赫、盛貌、傳云潝潝然患其上、蓋讀潝如翕赫之翕、郭注爾雅、姦黨熾正釋翕翕二字、與詩正義云潝潝爲小人之勢、是作威福也、詞異而義同、召旻皋皋訿訿傳、訿、窳不供事也、說文、呰、窳也、窳、嬾也、則毛傳蓋讀訿如窳呰之呰、荀子修身篇、引詩噏噏呰呰、毛公受詩於荀卿、故其釋訿訿與荀同也、然則翕翕者小人黨與之合、訿訿者惰窳之態、此所以曠厥官也、漢書劉向上封事曰、衆小在位、而從邪議、歙歙相是、而背君子、引詩歙歙訿訿六句爲證、其說蓋本韓詩、以歙歙爲小人互相是、而以訿訿爲背君子、蓋讀歙歙如翕合之翕、而讀訿如呰毀之呰、朱傳云、潝潝相和也、訿訿相詆也、義本劉向、其實毛義與荀劉二說、本相引申、惟其黨同伐異、背公徇私、故足以爲上之患、而不思勤其職事以報稱乎上、荀劉推其原、毛傳指其實耳、○謀之其臧則具是違四句、謀臧、謂君子之謀也、不臧、謂小人之謀也、二具字均讀爲俱、朋奸蔽賢、卽所爲潝潝訿訿也、上章謀臧不從、不臧覆用、主聽謀者而言、此具

違具依、則專主出謀者而言、皆言謀猶之回遹也、君子之謀出、則羣小皆譏議、而必背違之、小人之謀、則皆附和、而必依從之、先立一從違之幟、以簧鼓于君側、王之不從覆用、全根于此、○伊于胡底者、于·於也、底·至也、不知其何所至矣、卽不集、不得、不潰之謂也、首章何日斯沮在始、亦孔之卬在末、與是章相錯、

我龜既厭。不我告猶。猶·道也、　**謀夫孔多。是用不集。**集·就也、　**發言盈庭。誰敢執其咎。**謀人之國、國危則死之、古之道也、　**如匪行邁謀。是用不得于道。**○厭於豔反、

箋曰、三章直言謀夫之多、責其碌碌無賴、○龜天子之守也、故曰我龜、所卜王室之事也、故曰不我告、夫議論不決、屢卜筮而瀆蓍龜、小人常態、一厭字寫出靈龜性情來、不我告、猶謂卜不中也、安井氏曰、凡事有兩端、然後卜之、王所爲皆凶、故不告所當由之道也、○謀夫孔多、是用不集、俗諺云、篙人過多、船在山、謀夫孔多之謂也、韓詩外傳引詩是用不就、胡承珙曰、毛傳、集·就也、則毛本經文自當作集、與韓不同、但毛云集就也者、乃謂集爲就之假借、非以就訓集、顧命用克達殷集大命、漢石經集作就、蓋二字聲轉義同、字相假借、古人幷假以與猶、咎爲韻、如文王無遏爾躬與天韻、躬義爲身、卽讀如

身、以與天韻、此其例也、惟集字本韻、仍當如大明之與合韻、爲緝合通用、毛於彼傳云集就也者、則是以就訓集、與此異也、○誰敢執其咎者、吾以百口保其成功、若有敗失、甘受其罪也、是之謂執咎、箋曰、言小人爭知而讓過、議論滿堂、是爭知也、然身任之必有其咎、故乍陰乍陽、無有倚著、是讓過也、傳云謀人之國、國危則死之、古之道也、與檀弓文小異、毛言此者、解所以執咎之意、檀弓、君子曰、謀人之軍師則死之、謀人之邦邑危則亡之、此卽春秋之義、亘古不易者、此義不明、而天下若無人矣、○如匪行邁謀、是用不得于道、鄭箋、匪·非也、詩意謂如坐而謀秦楚之道、而未嘗擧趾、豈有得於道路哉、左傳襄八年杜注、以匪爲彼、雖字本可通、然以行邁謀爲謀於路人、祇與下章于道謀同意、而行路究與築室不同、問塗於路旁之人、未見其必不得道也、凡一人發謀、衆乃稽其所失、言似周密、而其實怯懦、畏咎避責、顧私忘公、必求其萬全無失者、則事無有也、於是日月荏苒、遂失機會、是衰亂世界之光景矣、金將粘罕謂宋使曰、待爾謀畫既定、我兵已在城下、卽是、自此每章以譬喩取結、

哀哉爲猶。匪先民是程。匪大猶是經。維邇言是聽。維邇言是爭。古曰在昔、昔曰先民、程·法、經·常、猶·道、邇·近也、爭·爭爲近言、如彼築室于道謀。是用不潰于成。潰·遂也、○潰戶對反、邇言延文本作爾言、傳邇同、延文本·傳民下法下常下道下言下並有也

字、爭爭摺本不重爭字、
箋曰、四章更端、提先民大猶以責之、○傳於經常下、訓猶爲道、是大猶之猶、非爲猶之猶、先民如周召畢榮者也、大猶如文武之政布在方策者也、程字經字並活用、程·言以是爲法式也、經·言以是爲準繩也、與經始靈臺之經相近、○維邇言是聽、維邇言是爭、邇言者、事止於目前而無遠圖、所謂肉食者鄙、不能遠謀也、鹽鐵論復古篇、文學曰、扇水都尉所言、當時之利權、一切之術也、不可以久行而傳世、此非明王君國子民之道也、詩曰云云、此詩人刺不通於王道而善爲權利者、此釋邇言甚明、夫謀之遠者、近於迂闊而難行、謀之近者、近於切要而易用、故近雖有小利、而其害隨至、遠謀者雖目前未見其利、而可以終身無害、自非聽之者明、安能愼擇而用之哉、爭·言難詰也、聽在上、爭在下、言上之人固維邇言是聽、而下之人亦以邇言爭邇言、聽者聽所不必聽、爭者爭所不必爭、向猶有臧否之兩端、至此則能爲臧者、咸思卷舌退矣、向猶有從違之兩見、至此則具是依者、又相與攘臂起矣、纖計小談、不勝異指、國是其何定之有、○如彼築室于道謀、是用不潰于成者、言邇言紛紜、是如作室于道邊、而與行道之人謀之、人心不同、各爲異論、苟無先民大猷之取決、何以遂于成乎、前章取喩、是不得于道、此取喩爲道之人所惑亂也、朱傳云、如將築室而與行道之人謀之、人人得爲異論、其能有成也哉、古語曰、作舍道邊、三年不成、古語乃章帝所引之諺、見後漢曹褒傳、夫築室亦一大事、必也成筭具于胸中、舉而措諸事、不復惑乎衆說、然後可望其成、今也不然、非有一定之見、臨將築室於道路顯明之處、方與行道之人謀之、人人異議、不知所適從、奚能有成乎、下謀字承上、知其爲與行道之人謀之也、潰卽遂之假借、潰遂古聲近通用、召旻草不潰茂同、是章喻以先民舊法、次章喻以今日之國有人、聯二章如訓詁、通篇之精神也、

國雖靡止。或聖或否。民雖靡膴。或哲或謀。或肅或艾。靡止、言小也、人有通聖者、有不能者、亦有明哲者、有聰謀者、艾、治也、有恭肅者、有治理者、**如彼泉流。無淪胥以敗。**◯傳小也下、延文本無人字、膴火吳反、艾音乂、

箋曰、五章提聖哲肅艾、爲善類惜焉、◯傳云靡止言小也者、邦畿千里、維民所止、幽王之時、日蹙國百里、故經云靡止、而傳以爲小也、聖、通明也、傳訓否爲不能、謂不能聖也、聖哲謀肅艾、卽洪範五事之德、則哲謀肅艾各有否者、就聖可推也、此五德皆先民是程・大猶是經者、其否則惟知爲邇言者耳、◯民雖靡膴、膴卽節南山膴仕之膴、靡膴謂禍災相因、戶口虛耗也、釋文云韓詩作靡腜、猶無幾何、腜膴一聲之轉、文選魏都賦注、引韓詩周原膴膴亦作腜、左傳僖二十八年原田每每、亦與腜同、每之義爲草盛上出、是膴腜每皆盛多之義、靡膴言少也、或哲或謀或肅或艾、傳釋或爲有、或有同義、洪範九疇、其二爲五事、思視聽貌言、五事也、睿明聰恭從者五事之德、聖哲謀肅乂者五德之用、貌之德・恭而作肅、言之德・從而作乂、視之德・明而作哲、聽之德・

聽而作謀、思之德・睿而作聖、其次序與此不同者、彼以人事發見先後爲序、此則便文以叶韻耳、艾讀爲乂、皐陶謨俊乂在官、漢書谷永傳作俊艾在位、洪範次六曰乂用三德、漢書五行志作艾用三德、又從作乂、五行志作從作艾、漢書郊祀志上天下艾、安注、漢書例以艾爲乂、爾雅釋詁、乂・治也、此篇本主謀說、故引用洪範五事之謀、而以聖哲肅乂連言陪之、讀古人書、須覷破其意旨所在、以分主客、毋徒忽略混過也、◯如彼泉流、無淪胥以敗者、泉流雖清、遇濁水則淪胥偕汙者也、譬雖有善者、不用則相偕顚沛焉、此章傷遭喪亂、賢愚同一淪沒、滅亡在近也、而重在賢者、故聖哲謀肅艾重疊言之、子曰、十室之邑、必有忠信、天下豈有無才之世哉、故雖國蹙人耗、猶有賢者在焉、苟能用之、愚者可賴以皆濟也、苟廢而不用、而使愚者壅之於上、則相與皆敗、無能爲矣、

不敢暴虎。不敢馮河。人知其一。莫知其他。馮、陵也、徒涉曰馮河、徒搏曰暴虎、一・非也、他・不敬小人之危殆也、**戰戰兢兢。**戰戰・恐也、兢兢・戒也、**如臨深淵。**恐墜也、**如履薄冰。**恐陷也、◯馮符冰反、

箋曰、卒章言自處之道以哀時命、◯大叔于田傳、暴虎、空手以搏之、空搏卽徒搏也、馮是馮陵之馮、左傳、小人伐技以馮君子同、無舟而渡水曰徒涉、毛

意謂人知暴虎馮河爲害之非、而無知其不敬小人之危殆、亦如暴虎馮河有立至之害也、不敬・謂狎侮之、荀子臣道篇、仁者必敬人、凡人非賢則是不肖也、人賢而不敬、則是禽獸也、人不肖而不敬、則是狎虎也、禽獸則亂、狎虎則危、災及其身矣、引詩曰不敢暴虎、不敢馮河、人知其一、莫知其它、故仁者必敬人、敬人有道、賢者則貴而敬之、不肖者則畏而敬之、賢者則親而敬之、不肖者則疏而敬之、其敬一也、其情二也、毛傳正本荀子、淮南本經訓引此詩、高注云、言小人而爲政、不可不敬、不敬則危、猶暴虎馮河之必死、人皆知暴虎馮河立至害也、故曰知其一、而不知當畏愼小人危亡也、故曰莫知其他、此語亦與傳義合、○戰戰兢兢三句、戰蓋顫之假音、玉篇云、顫・動也、廣韻云、四支寒動、是戰當作顫、經典假借作戰耳、雲漢傳、兢兢・恐也、此以戰戰爲恐、則兢兢爲戒、戒愼與恐懼無二義也、如臨二句、又就戰兢處而形容之、淵言深、冰言薄、危之至也、五章爲善類惜、末章則作者所以自處也、斯時豈乏持方正有知慮之人、當風氣之既成、慨江河其日下、亦相安于浮沉、無所短長而已、君子處其間、有憂國之忠、而不敢輕爲犯患之事、人知其避禍以全身耳、不知其爲國家計者遠也、後世如東漢之末、其君子可謂暴虎馮河死而無悔者矣、身之既燼而國從之、故郭泰有殄瘁之傷、董卓曹操無顧忌之意、易曰、碩果不食、又曰、拔茅茹以其彙貞吉亨、而夫子贊之曰、民所載也、志在君也、知此義者、則知小旻小宛戰戰兢兢之心、大雅既明且哲以保其身之道矣、韡村先生曰、不敢暴虎一章、蓋比也、言世亂禍危、人人畏禍者至矣、故曰我不敢暴虎馮河、以觸禍機、此其所以愼禍者然、然而是所謂知其一而不知其二也、時事如此、豈可自愛、而時人但戰戰兢兢如臨深履冰者、未爲盡其道也、故予作詩、極言禍亂之所伏、亦家父作誦以當怨、寺人孟子告百爾君子之意、潰亂否塞、岌岌之國家、豈可闕此一伊人耶、師說善體忠臣之心、可與古義竝存、

小旻六章三章章八句三章章七句

箋曰、左氏昭元年、晉樂王鮒曰、小旻之卒章善矣、吾從之、杜預謂、義取小人之可畏、所以不敢譏議公子圍、荀卿子曰、不敬小人、是狎虎也、亦引是詩爲證、是古義皆不以敢輕犯小人爲義、人臣不幸當讒賊橫行之世、奸人手握國柄、口含天憲、呼吸成禍福、此時引而去之、如徐穉申屠蟠之流、次也、其大臣則與時委蛇、乘機遘會、投瑕蹈間、不動聲色、戡定大憝、如明徐階之除嚴嵩、楊一清之授計張永、使圖劉瑾、反掌之間、轉危爲安、息亂爲治、臣主俱榮、身名兩利、斯其功莫大焉、爲此計者、如扼猛虎、一不中則反爲所噬、而國家亦受其禍、豈得不戰戰兢兢乎、若全無制馭小人之術、徒激于義憤、迫于淸議、輕發僨事、遂至士類糜爛、如淪胥以敗、禍及國家、是不明經學之過也、

小宛。大夫刺幽王也。

箋曰、小宛似與五子之歌同意、曰先人、曰爾所生、曰脊令、似非疏者、蓋兄弟之臣所作、幽王荒怠、忘宣王之業、飲酒無度、下不能撫其子、上不能紹其先、故憂禍亂之將作、而作此詩、望王以改行也、第通篇專爲兄弟戒懼之辭、無一言及

時王、而風規之意隱然懇到、蓋以家庭孝友之箴規、爲堂廉切近之藥石、雅而近於風者也、若只說兄弟相戒之詩、不關時王、將焉用天子之雅、如天命不又等語、亦非大夫泛然之作、○晉語、秦伯宴公子重耳、秦伯賦鳩飛、韋注云、鳩飛小雅小宛之首章、此韋之附會耳、當時公子賦河水、河水逸詩也、小宛言鳴鳩、不言鳩飛、鳩飛自是逸詩、昭元年左傳趙孟賦小宛之一章、則鳩飛之不得爲小宛明矣、

宛彼鳴鳩。翰飛戾天。興也、宛、小貌、鳴鳩、鶻鵰、翰、高、戾、至也、行小人道、責高明之功、終不可得也、**我心憂傷。念昔先人。**先人、文武也、**明發不寐。有懷二人。**明發、發夕至明也、○宛於阮反、翰胡旦反、鶻音骨、鵰陟交反、傳終字、卷子本傍書云本無、又云本作亦、延文本傳貌下鵰下高下並有也字、

箋曰、首章懼禍之及、感念父母、戒不自怠也、○首二句比也、爾雅、鶌鳩、鶻鵃、郭注、似山鵲而小、短尾、靑黑色、多聲、蓋鶻鵃多聲、故曰鳴鳩、淮南子許愼注、屈、短也、玉篇、屈、短尾也、鶌鳩蓋以短屈得名、宛屈義同、說文、宛屈草自覆也、宛蓋鶌鳩短尾之貌、短小義近、故傳以宛爲小貌、考工記、函人眡其鑽空、欲其惌也、鄭司農注、惌、小孔貌、惌與宛義亦同、翰、鼓其翰也、有奮勵之義、大雅如飛如翰、字義可見、淮南時則訓高注云、鳴鳩奮迅其羽、直刺上飛入雲中、是鳴鳩實能高飛、詩蓋以鳴鳩短尾、似難高擧、而翰飛可以戾天、以比已雖小才、力行不已、欲以承先裕後焉、毛以爲鶻鵰、卽氓傳之鶻鳩也、埤雅以爲

莊子之鸒鳩、鸒與鶻聲相轉、莊子言、鸒鳩決起而飛搶榆枋、時則不至而控於地、故毛以鳩飛不可戾天爲興、非詩義也、戾者厲之假借、文選西都賦注引韓詩作厲天、薛君章句、厲・附也、厲天猶俗云摩天耳、○念昔先人暗總文武以下而言、下二人特抽父母舉之、非複言、明發不寐者、明謂嚮晨時也、發・見也、動也、左傳昭元年發爲五色、注、發・見也、淮南原道、非謂其底滯而不發、注、發・動也、據此則明發者晨光發見發動之時也、但言明發不寐、則通夜不寐可知、所以不寐者、懷我二人故也、二人指父母、上言先人、所念者親而遠、此言二人、所懷者親而近矣、念者念其功業也、懷者懷其恩勤也、若曰先人之勳業、父母之箕裘、至我而斬然中絕乎、言外便是諷幽王、宣王勵精圖治、姜后待罪永巷、其父母皆銳意中興、故諷之使懷、嚴粲曰、宣王承厲王之後、而能中興、幽王承中興之緒、反致衰亂、故一曰先人、又曰所生、以其親見者勉之、言非久遠難知之事、

人之齊聖。飲酒溫克。齊・正、克・勝也、**彼昏不知。壹醉日富。**醉日而富矣、**各敬爾儀。天命不又。**又・復也、○曰唐石經作日、傳醉日下而字、延文本作如、傳正下・延文本有也字、

箋曰、二章傷時之沈湎、相戒自攝也、○人之齊聖、齊聖聰明睿知之稱、與下文彼昏不知相對、齊者知慮之敏也、爾雅、齊速俱訓爲疾、荀子非十二子篇

曰、聰明聖知、不以窮人、齊給速通、不以先人、然則速通謂之齊、大通謂之聖、凡人昬則遲鈍、明則敏捷、故齊爲疾、又爲明智之稱、孔子以前、未甚以聖爲尊崇、左傳八愷、齊聖廣淵明允篤誠、周官六德、智仁聖義中和、皆混於諸字中、了無所異、以故魯以臧武仲爲聖人、伯夷伊尹柳下惠皆曰聖、是也、温克之温、釋文、王如字、柔也、鄭于運反、蘊藉也、末章温温恭人、傳、温温和柔貌、温郎温温也、毛意謂、飲酒能以温和自克、不及亂耳、温克猶言剛克柔克、克者自勝以循禮、惟齊聖故能然、與彼昬之日富正相反、○彼昬不知、彼者有所指而諱之之詞、昬是實字、不得著形容解、壹醉者、專壹於醉、而唯酒是耽、不知節也、富者富於醉之意、猶甚也、日增其甚、故曰日富、壹醉日富、酒誥所謂彝酒、彝酒者、常酒也、常酒則天子失天下、匹夫失其身、序言刺幽、與賓筵刺時同意、○各敬爾儀、玩各字有兄弟交相整飭意、此章提出敬字、末章暢言之、天命不又者、猶天命不再也、左傳云、天祿不再、幽王君臣上下、沈湎淫液、動無禮文、紂之覆轍也、故兄弟相戒曰、各自敬威儀、天命一去不復來、何畏加焉、天命字綦重、在小雅王家之事也、齊聖・明指先王、不知・明指幽王、却以人字彼字代之、天命不又、明謂勢將亡國、却只作自相爲戒、對症良方、而不令其苦口、可謂善諫、或疑飲酒小節、未必係天命之去留、殊不知蕩心敗德、縱慾荒政、疏君子而狎近倖、玩寇讎而忘憂患、皆自飲酒啓之、禹惡旨酒曰、後世必有以酒亡國者、歷觀前史、其事可監、晉元帝以王導一言而覆杯、其能植立江左宜哉、

中原有菽。庶民采之。中原・原中也、菽・藿也、力采者則得之、**螟蛉有子。蜾蠃負之。**螟蛉・桑蟲也、蜾蠃・蒲盧也、負・持也、**教誨爾子。式穀似之。**○螟亡丁反、蛉音零、蜾音果、蠃力果反、

箋曰、三章以教子勗兄弟、意在諷王承先以裕後也、○野間謂之中原、菽古作尗、說文、尗・豆也、古者大小豆通名菽、楊泉物理論、菽者衆豆之總名、是也、文選李善注引說文藿豆之葉也、戰國策言韓地民之所食、大抵豆飯藿羹、藿對豆言、是爲豆葉、公食大夫禮、鉶芼牛藿、鄭注、藿・豆葉也、是也、鄭箋云、藿生原中、非有主也、以喻王位無常家、勤於德者則得之、朱傳以庶民采菽、興善道人皆可行、義本歐蘇、宋書武三王傳云、仁義之在天下、若中原之有菽、理感之被萬物、故不繫于貴賤、是此解本不始於歐蘇、但上章云天命不又、此章正申言天命靡常之意、故當以毛鄭之解爲正、唐書蘇源明傳、史思明陷洛陽、而詔幸東京、將親征、源明諫曰、中原有菽、庶民采之、思明楚元皆采菽之人也、陛下何遽輕萬乘而速成之邪、此依毛鄭爲說者、蓋詩人興義、乃如秦人失鹿之喻、毛云力采則得者、所謂力征經營也、○螟蛉有子、蜾蠃負之、負者、蟲銜物而飛、有似人之負擔、故稱負耳、蜾蠃自有卵、細如粟、得螟蛉之子而負之、以養其子、人而棄逐其子、以利他人其可乎、中井積德曰、果蠃所取之蟲、所以爲子食也、所取亦不止螟蛉之子、兼取小蜘蛛之類、果蠃造

房而卵之、隨膜於卵外、乃取小蟲、實於膜外、更實更膜者數重、然後塞房戶、卵化而食小蟲、漸大而生翼、乃啓戶而出也、螟蛉蓋蜻蛉之類、故其名亦相似、是羽蟲耳、菜葉上小蟲卽螟蛉所生卵之化者、故曰之子也、凡草木葉上之蠢蟲、多是化生矣、其卵生者、並蝶類之子、故其老又化爲蝶類、然後孳乳也、其末爲蝶也未有牝牡之形、桑蟲焉能生子哉、舊解謬、陳啓源曰、蜾蠃雖名土蜂、然爾雅云蜾蠃蒲盧、又云土螽、則二蟲也、蜾蠃又名細要蜂、又名蠮螉、入神農經下品、土蠭則見陶氏別錄、郭景純曰、大蠭在地中作房者爲土蠭、此也、其細要蠭則陶隱居言、其雖號土蜂、不就土中作窟、但摙土作房者也、○教誨爾子、式穀似之、穀、善道、卽齊聖溫克之規矩也、似是似續之似、詩中似字、多與嗣通、言王宜教誨其子、用善道、使之嗣續乎、已乃克嗣續乎先人、而統緒不至終墜矣、幽王惑溺酒色、怠於政事、故通篇皆勸勉勤政、而此章則勸教誨其子者、幽王欲廢大子宜臼而立伯服、詩人知之、故諷之曰、放逐大子於外、人將收以爲奇貨、負螟蛉之子以謀已私矣、觀於鄭語史伯之言、其機已見矣、詩與小弁連、爾子謂宜臼益明、幽王父不父、宜臼亦子不子、教子之言、於時事爲切、異日申侯果奉大子入周、似非唯詩讖而已、

題彼脊令。載飛載鳴。題、視也、脊令不能自舍、君子有取節爾、我日斯邁。而月斯征。夙興夜寐。無忝爾所生。忝、辱也、○題、大計反、忝、他簟反、

箋曰、四章言念先人、力行不已、以終首章之義、意在諷王勤政以紹乃父也、
○興也、脊令亦小鳥、鳴鳩取其決起高戾、脊令取其不須臾休、脊令飛且鳴、
行又搖尾、詩不狀搖尾、然是脊令之本分、當在飛鳴中想出其狀、漢書東方
朔傳云、日夜孳孳、敏行而不怠、譬如鸎鴿飛且鳴矣、其意謂、飛而且鳴、用力
爲甚、努力進善、亦猶是也、此亦以勉强勤勞之意爲興、說文、題、頟也、傳訓視
者、蓋以題爲䚙字之假借、廣雅玉篇廣韻竝云、䚙、視也、又通作諟、大學顧諟
天之明命、鄭注、諟或爲題、題亦䚙之借字、其音義與睇異、說文、睇小衺視也、
箋謂題同睇、非傳義也、○我日斯邁、而月斯征、我者詩人之自戒也、而語助、
日斯邁而月斯征、猶周頌言日就月將、不敢自暇自逸、虛度其日月也、○夙
興夜寐、無忝爾所生者、旣曰日月、又曰夙夜、卽脊令不片時自舍之義、語意
與首章同、而有虛實之分、日邁月征、夙興夜寐、卽無忝實在處也、爾者詩人
之戒其兄弟也、所生卽有懷之二人、至無忝則不僅有懷矣、首章旣言我念
先人、故此以無忝所生戒其兄弟、實則互見耳、蓋事關一體、所以交相勵也、
而戒王之意爲主、凡言我處、意皆在王也、凡伯刺幽王、曰無忝皇祖、式救爾
後、是詩曰念先人、曰懷二人、曰無忝所生、欲使幽王一顧宣王中興之盛也、
大戴禮曾子立孝篇、引夙興夜寐二句云、言不自舍也、不恥其親、君子之孝
也、潛夫論讚學篇引此章而曰、是以君子終日乾乾進德修業者、非直爲博
己而已也、蓋乃思述祖考之令聞、而以顯父母也、二書所言卽孝經立身行
道、揚名於後世、以顯父母之意、自天子以至庶人、其道一而已、安井氏曰、上
章勸教其子、此章戒以毋辱其親、父子之道天性也、故欲以此動之、詩人忠

孝之至也、

交交桑扈。率場啄粟。 交交・小貌、桑扈・竊脂也、言上爲亂政、而求下之治、終不可得也、 **哀我塡寡。宜岸宜獄。握粟出卜。自何能穀。** 塡・盡也、岸・訟也、○扈音戶、啄陟角反、塡徒典反、握於角反、延文本・傳貌下有也字、

箋曰、五章更端、言刑罰之濫、常懷恐懼、欲王恤刑以回天命也、○首二句比也、桑扈亦小鳥也、九月築場于圃而納粟焉、鄭箋云、竊脂肉食、今無肉而循場啄粟、失其天性、不能以自活、據此知詩人以桑扈之失性、喩已之失所也、安井氏曰、傳以率場啄粟、喩下不治、故云言上爲亂政、而欲下之治、不可得也、毛義蓋如安井所說、然非經旨也、爾雅釋鳥、有兩桑扈竊脂、陸農師李迂仲因謂有二種、一種盜竊脂膏食之者、與鳩鷯剖葦對文、皆指其性、一種淺白色如脂者、與竊玄竊藍竊黃等相廁、乃指其色、邵晉涵獨據賈逵舍人樊光、及說文獨斷諸書所述九扈次第、斷爲唐石經重出桑扈竊脂四字於冬扈之下、唐後諸儒皆沿其誤、立七證以明之、又云、左傳疏謂諸儒說竊脂、皆謂竊人脂膏也、卽如此言、竊玄竊黃者、豈復盜竊玄黃乎、爾雅釋獸云、虎竊毛謂之虦、貓魋如小熊、竊毛而黃、竊毛皆謂淺毛、竊卽古之淺字、竊玄・淺黑也、竊藍・淺青也、竊黃・淺黃也、竊丹・淺赤也、四色皆具、則竊脂爲淺白也、案孔

疏所辨、非徒不達於物性也、又不明於詩義、今桑扈色青翠、春暮常在叢薈
間、孔疏定爲淺白、當由未識此鳥以臆決之、且三百篇善言物性、前後互見、
宜得其會通、詩不云乎、交交桑扈、有鶯其羽、又云、交交桑扈、有鶯其領、毛傳
云、鶯然有文章、是鶯者指其色之青翠而言、後世以黃離爲黃鶯、亦言其文
彩也、若如孔疏以桑扈爲淺白之鳥、則白鷺白鷺亦可云有鶯其羽、有鶯其
領乎、夫物性各殊、桑扈竊肉而食、其性然也、淮南說林訓云、馬不食脂、桑扈
不啄粟、非廉也、是則桑扈之竊食脂膏、古人盡物之性、以正其名、至今可得
之目驗、豈得强所不知、斷爲淺白哉、至於竊藍竊黃、竊自爲淺、不得與竊脂
一例、爾雅命名有取諧聲者、如鶌鳩之名鶻鵃、鳲鳩之名鵲鵴、有象其形者、
如燕爲白脰烏、倉庚爲黧黃、以及竊藍竊黃皆是也、有指其事者、如鳭鷯爲
剖葦、鷏爲蝨母、鴷爲斲木、暨桑扈爲竊脂、皆是也、古人名物之名、原未嘗預
立定制、孔疏徒知竊有淺義、遂欲併竊脂而訓爲淺白、然則釋鳥有鷣負雀、
謂鷣能捉雀、釋蟲有草蟲負蠜、豈可謂草蟲之所負爲蠜乎、蠦蜰一名負盤、
豈可謂蠦蜰能負盤匜乎、以是推之、則竊脂之竊爲盜竊之竊、竊藍竊黃與
獸類之竊毛皆爲竊淺之竊、義本殊途、言各有當也、胡承珙曰、邵說是也、桑
扈、郭注陸疏及高誘注淮南、皆以爲青雀、則邵云青翠有文采、與鶯羽之桑
扈、爲一物審矣、中山經、崌山有鳥、赤身白首、亦名竊脂、則竊脂之非淺白色
亦信、大抵竊脂肉食者、非必盡盜竊脂膏、凡蟲蟻亦脂膏肉食也、○哀我塡
寡、塡者瘨之假借、說文、瘨・病也、雲漢胡能瘨我以旱、釋文、瘨韓詩作疹、據韓
詩疹與塡同字、傳訓塡爲盡者、正以塡爲殄之假借、釋詁、殄・盡也、瞻卬邦國

殄瘁、傳亦云、殄盡也、釋文云、塡韓詩作疹、苦也、是塡殄疹古竝通用、箋訓塡爲窮盡、與韓詩訓疹爲苦、義正相近、廣雅、苦・窮也、窮・貧也、盡之爲窮、又爲貧、猶空之爲盡又爲貧匱也、單獨爲寡、少財亦爲寡、易君子以裒多益寡、多謂富寡卽貧也、宜岸宜獄、傳訓岸爲訟者、以岸爲犴字之假借、釋文云岸韓詩作犴、云鄉亭之繫曰犴、朝廷曰獄、說文、豻・胡地野狗、或从犬作犴、引詩宜犴宜獄、從韓本也、荀子宥坐篇、獄犴不治、注・引詩宜犴宜獄、漢刑法志、獄犴不平、後漢崔駰傳、獄犴塡滿、竝作犴、是韓爲本字、毛爲同聲假借字、獄从二犬、象所以守、犴爲野犬、亦善守、故獄又謂之犴、犴獄韓詩以鄉亭朝廷分屬之、若淮南說林訓云亡犴不可再、後漢書皇后紀、家嬰縲紲於圄犴之下、此則散文通稱耳、兩宜字甚悲、塡寡之民、法所當宥、而今陷于犴獄者偏多、似惟塡寡者宜岸宜獄也、此言不宜虐者而偏虐矣、亂政如此、何以獲免、握粟出卜、蓋問之鬼神所以自免之策也、○握粟出卜、自何能穀者、馬瑞辰曰、握粟出卜有二義、一謂以粟祀神、說文、糈・祭具也、繫傳曰、楚辭懷椒糈而要之、糈・祭神之精米也、故字从米、祭神故从示、南山經、糈用稌米、淮南說山篇、巫用糈藉、郭璞高誘注竝曰、糈・祭神之米名、是也、一謂以粟酬卜、說文、貞・卜問也、从卜貝、以爲贄、繫傳引詩握粟出卜云、古者求卜必用貝、握粟其至微者也、今按、二義本自相通、蓋始用糈米以享神、繼卽以之酬卜、故墨子公孟子曰、行爲人筮者、其糈多也、莊子人間世亦曰、鼓筴播精、足以食卜人、史記日者列傳曰、夫卜而有不審、不見奪糈、蓋言卜雖不中、其祀神之米已付卜者、不復奪之也、粟與糈通稱、管子云、守龜不兆、握粟而筮者屢中、猶左傳云卜之不吉筮之吉、非以粟爲粗異於糈爲精也、惠氏棟言、詩以貧者不得精鑿之卜貞於陽卜、而但持卷握之粟、求兆於豬肩羊膊、非詩義也、馬說得之、持粟問卜、古人常事、日知錄云、古時用錢未廣、詩書皆無貨泉之文、而問卜者亦用粟、漢初猶然、引史記不見奪糈爲證、莊子人間世云鼓筴播精、言賣卜也、註云、簡米曰精、釋文云、精一音所、王伯厚曰、文選注作播糈、是精卽糈字之誤、糈本音胥、糧也、又音所、饊也、釋文音所義略別、要不外米粟之類、古不唯不用錢、其錢字諸經無見、謂大公作者殆妄也、始見于國語周景王鑄大錢、大抵用錢起于周之季世、朱傳謂、言握粟以見其貧窶之甚、此以後世事說古、非也、釋言、穀·履·祿也、福祿之義、箋訓穀爲生、失之、自何能穀者、自求脫禍向福之道也、後二語緊對末章、非經營謀求之謂、

溫溫恭人。溫溫、和柔貌、**如集于木。**恐墜也、**惴惴小心。如臨于谷。**恐隕也、**戰戰兢兢。如履薄冰。**○惴之瑞反、延文本·傳貌下有也字、

箋曰、承上章、言已無所恃、惟儆恭人戒愼爲安以終之、○溫溫恭人者、思以身儆恭人也、溫恭照溫克敬儀、惴惴小心、卽恭人之心矣、文相對而義則一貫、以至于薄冰、戰戰兢兢二句、仍是恭人恐戒也、要之溫溫二句、敬之見於外者也、惴惴二句、敬之存於中者也、戰戰二句、敬之合內外如一者也、或以溫恭爲一人、小心爲一人、戰兢爲自道、誤矣、人必一無可恃、而後恃心、能知恃心、則愈知其無可恃、是以危者不知其危也、安而後知其危矣、愈安則愈

知其危矣、故曰、日愼一日、完如金城、又韓詩外傳引此章兢兢下有如臨深淵四字、然此詩每章皆六句、卒章獨七句、非詩例、因小旻卒章而誤衍耳、

小宛六章章六句

小弁。 箋曰、漢杜欽傳、小卞之作、師古注、小雅也、卞音盤、楚語、魯有弁費、韋昭注、弁費季氏邑、左傳作卞、論語卞莊子、漢東方朔傳作弁、成十八年左傳弁糾、襄二十九年取弁、釋文竝云弁本作卞、是古卞與弁通、**刺幽王也。太子之傳作焉。** 箋曰、太子謂宜咎也、史記幽王逐太子宜臼、宜臼出奔申、則太子在申明矣、鄭語、史伯告桓公曰、王欲殺太子以成伯服、必求之申、申人弗畀、必伐之、若伐申而繒與西戎會以伐周、周不守矣、幽王八年而桓公爲司徒、九年而王室始騷、十一年而斃、然則宜咎奔放在申、幽王將殺之、其事在九年之中、而去西周之亡甚急促也、小弁之詩、乃太子之傳作、而其辭皆代爲太子之言者也、故孟子以爲知親親之仁、毛公以爲得念父之孝、朱子改序說、爲太子宜臼被廢而作、非也、凡刺詩託爲其人之言、不必眞出其人之口、序獨於此詩明之者、以明子之於父無刺、而小弁之親親、非宜臼所及耳、朱子疑大子之傳作無據、豈因趙岐注及王充論衡皆指爲伯奇事、故疑之邪、然二雅所咏、必有關于王朝得失、吉甫父子私家之事、未必入雅、胡承珙曰、漢書馮參傳贊曰、伯奇放流、孟子宮刑、申生雉經、屈原沈湘、小弁之詩作、離騷之辭興、經曰、心之憂矣、涕既隕之、此似亦以小弁爲伯奇作者、然究

不知其所本、近人或以爲出於琴操、考琴操本無完書、其見於文選長笛賦注、世說言語篇注、太平御覽宗親部、郭茂倩樂府解題所引、雖皆有伯奇事、然文選注但云、伯奇作歌、宣王聞之曰、此放子之辭也、樂府解題則有履霜操、竝載其辭、絕無作小弁語、若說苑載伯奇伯封事、又以爲王國君之子、竝非吉甫、明人僞撰詩傳詩說、乃有伯奇被逐、其鄰大夫閔之、爲賦小弁之語、此何玄子所謂委巷傳譌、不足取信者也、劉氏詩益云、孟子親之過大一語、可斷其爲幽王太子宜臼之詩、蓋太子者國之根本、國本動搖、則社稷隨之而亡、故曰親之過大、若在尋常放子、則已之被讒見逐、禍止一身、其父之過、與凱風七子之母不安其室等耳、何得云親之過大哉、朱氏通義曰、詩言踧踧周道、鞫爲茂草、是憂國家之將亡、非宜臼作必無此語、承珙案、漢書杜欽傳言成帝爲太子時、以好色聞、及卽位、欽說大將軍王鳳、歷陳女戒、皆言后妃之事、而末云小弁之作可爲寒心、卽此亦可見此詩必有關君國而非士大夫一家之事矣、

弁彼鸒斯。歸飛提提。 興也、弁・樂也、鸒・卑居、卑居・雅烏也、提提・羣飛貌、 **民莫不穀。我獨于罹。** 幽王取申國女、生太子宜臼、又說褒姒、生子伯服、立以爲后、而放宜臼、將殺之、 **何辜于天。我罪伊何。** 舜之怨慕、日號泣于旻天于父母、 **心之憂矣。云如之何。** ○弁步干反、鸒音豫、提是

移反、罹力知反、延文本・傳鸒下有斯字、摺本傳羣下無飛字、延文本傳貌下有也字、摺本傳申下無國字、延文本傳母下有也字、

箋曰、首章哀自廢而獨遠於父母、○起二句比也、樂貌、傳以弁爲昇之假借、故訓爲樂、弁音同般、釋詁詩序竝曰、般・樂也、朱傳、弁・飛拊翼貌、則讀弁如拚飛維鳥之拚、然下云歸飛提提、始爲飛貌、則上弁彼鸒斯、宜指樂言、且與下我獨于罹、正爲憂樂相反、正義云、此鳥名鸒、而云斯者語辭、猶蓼彼蕭斯、菀彼柳斯、傳或有斯者衍字、定本無斯字、以劉孝標之博學、而類苑鳥部立鸒斯之目、是不精也、爾雅釋文云、說文字林皆云楚烏也、一名鸒、一名卑居、秦云雅烏、本多無斯字、是詩人協句之言、後人因將添此字也、而俗本遂斯旁作鳥、謬甚、據此合之詩正義、可見爾雅鸒卑居、本無斯字、或據法言頻頻之黨、甚于鸒斯、以爲斯非語辭、不知此古人屬辭之法、取便成句耳、爾雅郭注、雅烏小而多羣、腹下白、又爾雅、燕烏白脰烏、郭注、脰・頸、小爾雅、純黑而反哺者謂之烏、小而腹下白・不反哺者、謂之雅烏、白項而羣飛者、謂之燕烏、又曰、雅烏・鸒也、是皆以雅烏爲鸒、荀子難進曰偍、乃舒遲之義、魏風好人提提同、朱傳解爲羣飛安閒之貌者、蓋提通作偍、提提以提攜之義而形容焉、故曰羣飛也、日夕歸于其棲宿之樹者、自安閒無遑遑之意、皆在提提中而見出耳、鴉烏不能反哺、猶已之不能致養、然出食在野、飽則提提然羣飛而歸、是其父子相隨、爲可樂也、著眼在歸字、以鸒之歸飛、喻己之不得歸也、○民莫不穀、我獨于罹者、穀・祿也、善也、父子團欒、人之吉祿也、此句亦出蓼莪四月、皆哀不能事父母之辭、于・於也、罹・憂也、○何辜于天、我罪伊何、何辜非自謂

無辜也、親者子之天也、我何處得罪於天乎、我之罪在何所乎、重致其審、以探見廢之由也、○心之憂矣、此詩五見、由其怨慕到極處、不能不怨慕、故不能不憂耳、怨慕是憂之鵠子、說此詩者、當依孟子以怨慕爲宗旨、此章云如之何者、猶言心之憂矣、將如之何也、求所以處之之道、不露怨慕字、正怨慕到極處口吻、非安於無可奈何也、集傳誤矣、

踧踧周道。鞫爲茂草。踧踧、平易貌也、周道、周室之通道、鞫、窮也、**我心憂傷。惄焉如擣。假寐永嘆。維憂用老。心之憂矣。疢如疾首。**惄、思也、擣、心疾也、○踧徒歷反、鞫九六反、惄乃歷反、擣丁老反、疢勑覲反、摺本傳無貌字、延文本、傳通道下有也字、

箋曰、二章反覆傷讒人敗國殘父子、○嚴粲曰、國之道路、以朝會往來如織、故車馬蹂踐、踧踧然平易、今將鞠爲茂草矣、國亡則路少行人、唯草生之、言周之興者、以歸往之衆、曰岐有夷之行、言周之衰者、以行人之稀、曰鞠爲茂草也、鞫鞠古字通、此鞠當讀爲公劉芮鞫之卽之鞫、周道不能前進、若山崖水隩之窮、爲茂草所沮耳、或謂周道坦平、人所共來往、以喻父子天倫本無間阻、今忽生荆棘其間、猶周道爲茂道阻塞也、此說與傳云周道周室之通道合、其意蓋謂、詩八章皆致怨慕於王、冀其有所感悟、國破君亡等意、未嘗稍露、幾諫之道、與犯顏不同也、竝不涉國家、不應此二句獨及亂亡、殊不知

八章皆無一言及國家、則所謂親之過大者、何由見之、言以周道之平易、而盡鞠爲茂草、見其國之將亡也、猶漢伍被謂淮南王曰、臣將見宮中荊棘露沾衣也、皆預言之耳、其後黍離大夫過宗周、而盡爲禾黍、太子傳之言驗矣、

鞫、窮也、窮、塞也、謂廢塞而不用、◯我心憂傷重沓三憂字、句句愁慘、極其苦毒之甚、惄焉如擣者、惄是汝墳惄如調饑之惄、正義曰、如擣、似物擣心、說文云、擣・手椎、一曰築也、卽易林所謂心舂也、釋文云、擣或作𤸫同、韓詩作疛、除又反、義同、玉篇、疛・心腹疾也、呂氏春秋盡數篇、氣鬱處腹則爲張爲疛、高誘注、疛跳動也、毛訓擣爲心疾、是以擣爲疛之假借字、非心疾也、而有似乎心疾、故曰如疛、◯假寐永歎、維憂用老者、不脫衣冠而寐曰假寐、左傳趙盾盛服將朝、尙早、坐而假寐、是也、事關心者、夢中亦長吁、故曰假寐永歎、憂愁多者、顏衰形槁、故曰維憂用老、人子恆言不稱老、是章不獨憂其身、所謂小弁之怨親之過大者、曰擣曰老曰疾首、切切入骨、◯疢如疾首、言憂非但能老人、又能使人病也、釋文疢又作疹同、說文、疢・熱病也、詩蓋借以爲煩熱之稱、小宛釋文引韓詩疹苦也、疢與疹同耳、疾首頭痛也、孟子梁惠王舉疾首蹙頞、趙注、疾首、頭痛也、成十三年左傳、斯用是痛心疾首、以疾首與痛心對文、則疾首猶言首疾耳、

維桑與梓。必恭敬止。 父之所樹、已尙不敢不恭敬、 **靡瞻匪父。靡依匪母。不屬于毛。不離于裏。** 毛在外陽、以言父、裏在內陰、以言母、 **天之生我。我**

辰安在。辰、時也、○梓音子、延文本・傳敬下母下並有也字、

箋曰、三章廣首章之意、重號于天也、孺慕婉摯、句句帶血性、一篇意思痛切處、○維桑與梓、必恭敬止者、甘棠美召伯、思其人因愛其樹也、桑梓懷父母、覩其樹因思其人也、故上言必恭敬止、下卽繼以靡瞻匪父・靡依匪母、記所云見似目瞿也、舊五代史、王建立曰、桑以養生、梓以送死、此桑梓必恭之義也、張衡南都賦、永世克孝、懷桑梓焉、其義仍本毛傳、以桑梓爲父母所樹、故有永世克孝之文、而父母樹桑梓必在鄉里所居之宅、此又可以義推、故通以爲鄉里之稱、文選謝靈運會吟行、東方就旅逸、梁鴻去桑梓注、後漢書宣秉傳、父母之國所宜盡禮注、引詩維桑與梓必恭敬止、正以桑梓爲父母之國、唐書選舉志、十道大郡、置太學館、選博士出外、兼領郡官、以教生徒、保桑梓者、鄉里舉焉、在流寓者、庠序推焉、此則直以桑梓爲鄉里字用、○靡瞻匪父、靡依匪母者、尊而仰之曰瞻、親而倚之曰依、言桑梓爲父母所植、一望見之、尙生恭敬之心、況父母乎、韡村先生曰、瞻桑梓猶如父、依桑梓猶如母、謂天屬至親之不以生死而變也、○不屬于毛、不離于裏者、傳云裏在內、是裏體中一物、不得泛指腹內、裏讀爲理、毛在外、理在內、相對爲文、荀子解蔽篇、制割大理、而宇宙裏矣、楊倞注、裏當爲理、是理裏古字通、呂覽重已、燀熱則理塞、注、理塞謂脈理塞閉也、素問陰陽類論、冬三月之病在理、注、理・裏也、又調經論、無中其大經、注、引鍼經經脈爲裏、據素問則凡在裏者皆謂之理、凡經脈血理皆是、管子淮南、皆毛與理對、所謂理者、當指在內之經脈血理言、

毛在外、故裹字从之、理在內、故裏字可通屬、文選長笛賦岡連嶺屬、注云連也、離、易否九四疇離祉、九家注、附也、毛於此等語意、不字多作豈不解、言我與父母、相異者形體、今豈不與父母之皮膚相連屬乎、豈不與父母之血脈相附著乎、語極沈痛、毛鄭皆以毛裏分屬父母、失經義矣、上二句分言父母、下二句承上二句合言父母、語尤含蓄、楚辭天問、通篇脫胎於此、安井氏曰、言人之於父母、皆無不瞻仰依附如一身、今我獨不得繫屬附離於父母、意是我生時不吉、不知其辰安在也、孫鑛云、母斥褒姒、蓋謂大子不當怨申后、故以爲褒姒耳、不知幽王廢申后、放大子、其怨不得親母、卽所以怨王也、然以其所怨、歸之日辰、孟子曰、小弁之怨親親也、信矣、安井說是也、諸侯夫人出則大歸、天子以天下爲家、后雖廢居宮中、如後世長門是也、故父母俱不得見、國語、史伯告鄭桓公曰、使至於爲后、而生伯服、又曰、今王欲殺大子以成伯服、則伯服生在褒姒立后之後、大子廢在伯服生之後、褒姒初爲后時、大子尚未卽廢、或廢未卽逐矣、幽王廢后在前、廢太子在後、史記不細別、連書之耳、○天之生我、我辰安在者、言天何生我之不得時也、稍蚤、不遭如此之難也、稍晚、不及如此之禍也、桑柔篇、我生不辰、逢天僤怒、正與此同、中井氏曰、鄭箋辰謂六物之吉凶、左傳所謂歲時日月星辰也、此卽後世星命家言所從出、當時恐未有此妄說、古唯以干支紀日、不紀年月時、以干支係年月、以地支係時、始于漢、離騷唯庚寅吾以降、謂庚寅日也、王充論衡謂、覩祿命而知骨體、許愼訓已字有小運之說、是祿命之說始見于漢末、而盛于唐、然亦只用年月日之干支、不用十二時也、宋始以時配之、謂之八字云、菀彼柳斯。鳴蜩嘒嘒。有漼者淵。萑葦淠淠。蜩·蟬也、嘒嘒、聲也、漼·深貌、淠淠·衆貌也、譬彼舟流。不知所屆。心之憂矣。不遑假寐。○菀音鬱、蜩音條、嘒呼惠反、萑音丸、淠孚計反、屆音戒、延文本傳深貌下有也字、衆下貌字摺本無、

箋曰、上章以凡人起興、此以微物起興、言物莫不有所依、而歎已之見逐也、○首四句比也、反體、菀鬱通、芘蔭之大、小蟲以樂、以比王澤所被、微物亦遂其生焉、以傷已不如鳴蜩、鄒陽柳賦云、蜩螗厲響、蓋蟬得美蔭則其鳴益淸厲、蜩解見七月篇、萑葦解見蒹葭篇、萑葦生於漼淵之側者、滋潤之廣、微草以肥息、比意如上、鳴蜩有情也、萑葦無情也、並取其微、微之不如、所以自悼也、○譬彼舟流者、無人而舟自流也、屆、至也、不知所屆者、所謂如窮人無所歸也、比之下又置譬喩、殆似斯干之例、詩兩言汎彼柏舟、一仁人被逐、一共姜失所天、此云舟流不知所屆、卽汎字之義、而語尤沈痛、○心之憂矣、不遑假寐、言居處不定、奔走營求之不暇、何以又假寐乎、此唯言憂之甚耳、不必受三章作今昔淺深解、

鹿斯之奔。維足伎伎。雉之朝雊。尙求其雌。伎伎·舒貌、謂鹿之奔走其足伎伎然舒也、譬彼壞木。疾用無枝。壞·瘣也、謂傷病也、心之憂矣。寧

莫之知。○伎其宜反、雊古豆反、瘣胡罪反、延文本傳貌下有也字、傳走其二字・卷子本傍書本無、延文本二字作而一字、

箋曰、五章言物各有羣、歎己之孤立、而無由白其寃也、○首四句比也、鹿斯之斯・辭也、與鸒斯柳斯一例、維足伎伎、釋文、伎本又作跂、馬瑞辰曰、白帖引詩正作維足跂跂、漢書東方朔傳、跂跂脈脈善緣壁、淮南子高注、跂跂・行也、又通作⿺走支、説文、⿺走支、一曰、行貌、玉篇、⿺走支⿺走支・鹿走也、又曰、行貌、廣雅、⿺走支⿺走支・行也、又通作歧、字林、歧歧・飛行貌、是伎伎實速行之貌、爾雅、鹿其迹速、説文、速・疾也、大戴夏小正、鹿人從、傳云、鹿之養也離、羣而善之、離與麗通、⿺走支與之疊韻、善之卽善走也、説文、麗・旅行也、鹿之性見食、急則必旅行、皆鹿羣萃善行之證、詩言維足伎伎、蓋言鹿善從其羣、見前有鹿、則飛行以奔之、與雉求其雌、取興正同、傳訓爲舒貌、失之、馬説得之、言今太子出奔、孑然一身、絶無與爲偶者、則鹿奔之不如矣、雉之朝雊者、雊與呴通、説文、雊・雄雉鳴也、雷始動、雉鳴而句其頸、説文以雊爲雄雉鳴者、特以詩云尙求其雌、而系諸雄、猶邶風有鷕雉鳴、亦以下言求牡而系諸雌也、其實雉鳴通得稱雊、鄭注月令、及箋詩、竝曰雊雉鳴也、不別雌雄是也、潘安仁賦、雉鷕鷕而朝雊、亦渾言之、尙、猶也、雉之鳴、猶知求雌、大子之放、棄其妃匹、不得與之去、又鳥之不如、夫蜩依柳、萑生于淵、凡所生所依無不能優容者、此父子之喩也、鹿戀羣雉求匹、此夫婦之喩也、下章復以投兔死人絶無關涉者況之、怨慕益深矣、○譬彼壞木、疾用無枝者、受上譬其支體憔悴也、焦心斷腸、故耗血氣、釋文云、壞説文作瘣、云、病也、一曰、腫旁出也、考工記、旁不腫、注、腫・瘣也、木瘻腫卽是內病、傳謂

傷病者、當卽指瘻腫言、壞瘣雙聲通用、此傳非以瘣訓壞、謂壞爲瘣之假借、故復以傷病釋之、爾雅瘣木、正釋此詩、作瘣者乃其本字、中論藝紀篇、木無枝葉則不能豐其根幹、故謂之瘣、亦是用其本字、○心之憂矣、寧莫之知者、寧猶曾、曾乃也、是怨慕之辭、以起下章、篇內五心之憂矣、一曰云如之何、其詞尚緩、二曰疢如疾首、則切于身矣、三曰不遑假寐、則晝夜無有休止、四曰寧莫之知、則無所告訴、而倉卒急迫、故終之以涕隕也、

相彼投兔。尚或先之。行有死人。尚或墐之。墐、路冢也、**君子秉心。維其忍之。心之憂矣。涕既隕之。**隕、墜也、○相息亮反、先蘇薦反、墐音覲、隕音蘊、

箋曰、六章怨君父之不我顧、悲哀迫切至此極矣、因斥言君子秉心之忍、嗚咽以結之、○首四句興也、以人情之不忍於疏遠、反興君子之忍於骨肉、其忍出人情外、相、視也、鄭訓投爲掩、凡兔皆自作徑途、人張罝以掩覆之、必塞其路、故箋謂投兔卽掩兔、言視彼掩兔者、憫兔將見獲、先其未掩、爲開走路也、○行有死人、尚或墐之者、此不忍之心及路人、行、道也、墐者、埋藏之名、說文歺部引作殣之、云道中死人、人所覆也、毛作墐、故訓爲路冢、許氏所據或三家本作殣、故以爲道中死人、各因文立義也、楚語道殣相望、韋注云、道冢曰殣、引詩亦作殣、道冢卽路冢、埋於路傍、故曰路冢、古人族葬、路冢則不入

塋城者也、周禮蜡氏、若有死於道路者、則令埋而置揭焉、此周制也、○君子秉心、君子斥幽王、言投兔之所以先、死人之所以墐、皆有不忍故也、不意我君子之秉心、乃維忍之、以此言憂心之憂矣、涕既隕之、付之無言之泣、無可如何也、忍之隕之之之、並語辭、

君子信讒。如或醻之。君子不惠。不舒究之。伐木掎矣。析薪杝矣。伐木者掎其巓、析薪者隨其理、**舍彼有罪。予之佗矣。**佗加也、○醻市由反、掎寄彼反、杝勑氏反、

箋曰、七章更端、始言其所以被廢之由、猶望王之悟大子寃也、○醻酬同、導飲曰醻、醻有二等、既酢而醻賓者、賓奠之不舉、謂之奠醻、至三爵之後、乃舉嚮者所奠之爵以行之、於後交錯相醻、名曰旅醻、謂衆相醻也、鄉飲酒及燕禮、主人致爵于賓、賓受而卒爵者獻也、賓致爵于主人、主人受而卒爵者酢也、若醻則主人送酒、賓于北面坐奠觶于薦東復位、主人揖降、遂降、立于西階下、不卽飲也、故鄭注云、醻酒不舉、君子不盡人之歡、不竭人之忠、以全交也、則醻酒非得卽飲之、顧於信讒之義無取、是以箋云、醻·旅醻也、旅醻之禮、賸酒者實觶送賓、奠于薦西、賓受之、就主人乃飲、而更實之、以授主人、主人受以醻介、漸及衆賓、故箋云、如醻之者、謂受而行之、言行酒也、如或醻之、之字指君子、或字應他人、言如有人爲之導飲而進爵、君子受而飲焉、曾無遲

疑顧慮之意、以喻君子受讒而信焉、○君子不惠、不舒究之者、惠、愛也、究、窮也、君子不加愛於我、聞讒斯信之、不徐徐博訊審究也、不惠句重、惟其心既恩弛于衞據、而江充之禍成、事固有所本、小人雖譎、豈能間無疑之主哉、舒疎薄骨肉、則一聞讒言、卽信之矣、故晉獻愛薄于申生、而驪姬之讒進、漢武究是聖讒妙用、李泌所謂願陛下從容三日、察其端緒、是也、骨肉之際、偶有釁隙、利用徐察、而不在乎急繩、宋平信伊戾之讒、殺其世子痤、叔孫信豎牛之讒、殺其子孟丙仲壬、皆不舒究之所致也、聖經立言、一兩字無不具至理徹千古、○伐木掎矣、析薪杝矣、比也、鄭箋、掎其巓者、不欲妄踣之、杝謂觀其理也、必隨其理者、不欲妄挫析之、說文、掎、偏引也、蓋仆大木者、以繩繫其巓、以牽曳之、欲其東踣、則掎於西、欲其西踣、則掎於東、防其猝蹶也、今之伐木者、尚用此法、說文、析、破木也、諸本杝多誤从扌、唐石經从木作杝、玉篇木部杝下引詩析薪杝矣、謂隨其理也、蓋杝之言迤也、謂隨木理之袤迤而析之也、考工記、析幹必倫、注、順其理也相似、剖決曲直、故取比伐析、此二句卽上文舒究之喻、凡伐木析薪者、皆緩引其巓、徐觀其理、以言王之聽讒、有來卽受、不復徐究、曾伐木析薪之不若也、嚴緝謂、木附著於本根、伐木者既以斤斧伐之、又以繩索從其後牽拽之、以倒其木、使絕離其本根、又薪本一木相聯屬、析薪者既斧之、又以手杝而離之、使一木析而爲二、皆喻幽王父子天性、本附著聯屬爲一體、而讒人橫離絕之也、然上下文皆就君子說、若以伐木析薪比讒人、則與上下文不相貫矣、○舍彼有罪予之佗矣者、有罪不專指讒人、凡有罪者王皆可舍、獨予之所負至重不可舍耳、說文、佗・負荷也、此謂人負荷物也、引之以畜牲負荷物者、亦謂之佗、漢書趙充國傳、一馬自佗負三十日食、注、凡以畜產載負物者皆爲佗、此卽後世駝載字、人與畜負物、皆有加意、故佗亦訓加、正義謂、佗佗人也、則讀如字、說者因謂予・畀也、言不罰有罪而畀諸佗無罪者也、亦通、

莫高匪山。莫浚匪泉。浚・深也、**君子無易由言。耳屬于垣。無逝我梁。無發我笱。我躬不閱。遑恤我後。**念父、孝也、高子曰、小弁・小人之詩也、孟子曰、何以言之、曰怨乎、孟子曰、固哉高叟之爲詩也、昔有越人於此、彎矢而射我、我則談笑而道之、無他、疏之也、兄弟關弓而射我、我則垂涕泣而道之、無他、戚之也、然則小弁之怨親親也、親親仁也、固哉夫高叟之爲詩、曰、凱風何以不怨、曰、凱風親之過小者也、小弁親之過大者也、親之過大而不怨、是愈疏也、親之過小而怨、是不可磯也、愈疏不孝也、不可磯亦不孝也、孔子曰、舜其至孝矣、五十而慕父、○浚蘇俊反、易夷豉反、傳昔字父字摺本無、延文本夫高叟之爲詩下、何以不怨下、慕父下並有也字、是愈疏下有之字、

箋曰、卒章惡讒人食王心、而悲憤決絕、○首二句比也、與北風莫赤匪狐二句文例相似、言高者皆山、浚者皆泉、以喻前後左右之人、莫匪讒黨、皆兇邪陰險也、後人有詩云、大行之山能摧車、巫峽之水能覆舟、卽此意、高浚卽帶險義、依鄭箋、則經文當作莫高于山、莫浚于泉、且似詩語未完、必待注家以

登巓入淵足成其意、朱傳沿之、誤矣、○君子無易由言、耳屬于垣者、君子陽陽傳、由・用也、禮運、由此其選也、故飲食有由也、禮器、民共由之、郊特牲、有由辟焉、學記、使人不由其誠、雜記、由文矣哉、緇衣、亦不克由聖、注俱云、由・用也、用言猶出言、言未便是廢立之言、只意有所左右便是、言人主不可輕易出言、讒邪側耳、遂食其心、蓋幽王輕忽脫口、讒者迎合風旨、而構成大子、故言之以切諫幽王、希其有悟發也、夫父子之間、人所難言、意旨偶動、小人早乘間以窺之、非樹功所愛、以希無妄之賞、卽置刺所憎、以成私屬之計、故易言者、亂之階也、無易由言四字、千古謹微至論、或謂、爾雅、繇・於也、繇由古通用、大雅抑無易由言、箋云、由・於也、此詩正當與之同義、韓詩外傳云、孔子正假馬之言、而君臣之義定矣、詩曰、君子無易繇言、名正也、是韓詩正以此爲無易於言也、此當是戒王無易於言致爲左右窺探意旨耳、此說亦通、耳屬于垣、諺所謂壁有耳之意、寫出奸人伺牆察壁情狀、呂氏曰、唐德宗將廢太子而立舒王、李泌諫之、且曰、願陛下還宮、勿露此意、左右聞之、將樹功于舒王、太子危矣、此正君子無易由言耳屬于垣之謂也、○無逝我梁無發我笱、安井氏曰、下句承之云我躬不閱、遑恤我後、則逝我梁發我笱、是大子放後之事、逝我梁・蓋謂使伯服爲大子、發我笱・謂壞亂周室、故下傳云念父孝也、○我躬不閱、遑恤我後者、既拒讒人、乃又曰、嗚呼我則躬且不閱、又何遑恤子孫乎、此所謂決絕之辭也、必不能了斷而外奮於言耳、離騷又何懷乎故都甚合、邶詩剌是四句、爲去婦絕夫之語、既絕而更說起數章、可見決絕之出於不決、而是四句之有餘情矣、左傳引是曰、甯子可謂不恤其後矣、言子孫也、表記亦同、說去後、未優、毛傳念父孝也、蓋通結全篇、篇中之哀怨、是其念父之孝、故引孟子全文證之、見詩之大義如是、古人傳經體也、集傳不徑引孟子引傳文者、存其傳經之舊也、其首章引舜怨慕號泣正同、

小弁八章章八句

巧言。刺幽王也。箋曰、小弁・子號泣于父、巧言・臣號泣于君、哀怨切切、二篇如一、**大夫傷於讒。故作是詩也。**箋曰、延文本故作而、胡承珙曰、詩以悠悠昊天發端、而取五章之巧言名篇、蓋讒人之言、非巧不入、詩人所深惡也、大夫傷於讒者、非獨一已傷困於讒、謂大夫傷聽讒言之亂政、故其詞屢言亂、而深望君子之能察而止之、秦氏詩測曰、人主輕喜易怒、人之所畏也、然有時爲疾風迅雷、亦有時爲和風甘雨、雖不中節、小人猶有所畏忌、君子之言、或尚可乘機而進、更有一種不痛不癢之證、牽裾流涕、置若罔聞、累牘連章、留中不發、而肘腋之間、近習之地、有陰爲播弄於其中者、外廷遂無可如何、此詩所以深望君子之如怒如祉也、

悠悠昊天。曰父母且。無罪無辜。亂如此憮。憮・大也、**昊天已威。予愼無罪。昊天泰憮。予愼無辜。**威・畏、愼・誠也、○憮火吳反、延文

本·傳畏下有也字、

箋曰、首章呼天而怨已無辜離禍、○王風黍離傳、悠悠遠意、此悠悠當與彼同、悠悠昊天、呼天告之也、天子爲天下父母、曰昊天、曰君子、其實一也、皆指幽王、是章頻呼昊天、猶下章頻呼君子、且·語詞、○無罪無辜、亂如此幠者、今負爲罪、宿罪爲辜、亂·言讒人之禍也、亂如此幠·承無罪無辜、則謂亂殺無罪、不言天下大亂也、幠或本作憮、幠憮雖古字通、然以作幠爲是、爾雅釋詁、幠、大也、郭注引詩亂如此幠、說文、幠·覆也、覆與大義正相成、言被禍者廣也、無罪無辜泛言之、下四句方就自已說、○昊天已威、予愼無罪者、已·甚也、威卽昊天疾威之威、予·我也、大夫自我也、毛以愼爲真字之假借、故云誠也、經典誠僞之誠無用真字者、惟諸子百家乃有真字、爾雅愼誠之訓、當卽以愼爲真字之假借、愼從真聲、卽兼真義、故傳箋於詩愼多訓誠、韓非解老云、真者愼之固也、荀子勸學篇、真積力久則入、楊倞注曰、真·誠也、蓋愼真古通用、史記魯世家真公、漢書古今人表作愼公、是其證也、予愼無罪、予愼無辜、猶云予真無罪、予真無辜耳、上四句言亂階于一人、而禍延于衆人、使無罪無辜同歸于盡、故呼昊天而怨之、下四句言昊天之威虐已甚、不暇憂人、先憂已之不免、夫人之罪辜、或不知其有無、若已則自信其誠無罪誠無辜也、昊天泰幠、予愼無辜、泰亦甚也、此承上文而覆說之、泰幠謂亂甚大耳、此詩前三章八言亂字、末復結以亂階、自是一篇綱領、

亂之初生、僭始既涵。僭·數、涵·容也、**亂之又生、君子信讒。君子如怒、亂庶遄沮。**遄·疾、沮·止也、**君子如祉、亂庶遄已。**祉·福也、○

僭側蔭反、涵音含、遄市專反、沮辭呂反、祉音恥、已音以、延文本·傳數下疾下並有也字、

箋曰、二章言亂之生在信讒、○釋文云、僭、毛側蔭反、鄭子念反、抑不譖不賊、桑柔朋友已譖、瞻卬譖始既背、釋文皆云、譖本作僭、據此則譖僭古字通、說文言部、譖、愬也、从言朁聲、又人部、僭、假也、从人朁聲、譖僭皆从朁聲、故通假、釋文分爲二音、恐毛鄭時尚未如此讀也、毛訓數者、蓋以僭爲譖之叚借、數色主反、計也、謂數其過而愬之也、鄭箋僭不信也者、僭差之言無實、故訓爲不信、涵·容畜之意、未卽信之、亦不怒之、而姑容之也、一涵字、寫盡庸主優柔禍根、始字與下文又字對、譖於是始入、則亂初生也、是時雖亂以譖而生、猶未全信用、及後日全信、而亂又生也、至又生斯真亂矣、小人進讒、其始也數人之過、愬君試之、人主不爲之別白、遂致並蓄於胸次、而置之於疑信之間、日月既久、心志惑移、猜忌之心不能不生、猜忌既生、則心所疑惑者、往往以爲有驗、所以信而用之也、○君子如怒、怒字與上涵字緊對、讒言之入、人君卽不遽信、而不赫然震怒、以杜其後來、則小人知其有可乘之隙、朋謀排擠、而君子危矣、書曰、惟辟作福、惟辟作威、怒·威也、祉·福也、不用威于小人、必不能錫福于君子、漢上官桀與燕王蓋主譖霍光、昭帝怒曰、大將軍忠臣、先帝

所遺以輔朕躬、敢有言者罪之、由是邪謀敗露、而光與國家俱受其福、此君子如怒亂庶遄沮之驗也、李迂仲曰、司馬温公嘗舉此四語、以爲無所臧否爲人君之大戒、毛訓祉爲福者、祉、喜也、君子喜則慶賞從之、故訓爲福、祉與怒相對成文、昭十七年左傳、范武子將老、召文子曰、燮乎、吾聞之、喜怒以類者鮮、易者實多、詩曰、君子如怒、亂庶遄沮、君子如祉、亂庶遄已、言君子之喜怒以已亂也、正訓祉爲喜、福與喜義本相通也、遄字極其形容、見只在王心一轉移間爾、

君子屢盟。亂是用長。凡國有疑會同、則用盟而不相要也、**君子信盜。亂是用暴。**盜、逃也、**盜言孔甘。亂是用餤。**餤、進也、**匪其止共。維王之邛。**◯長丁丈反、傳不字摺本無、餤、音談、邛其恭反、

箋曰、三章言亂之甚在信盜、◯君子指王、盟是與諸侯盟、左傳椒舉曰、周幽爲太室之盟、戎狄叛之、曰屢盟、前此不一盟矣、屢盟與下信字照、考之春秋、如伯有之亂、鄭伯與其臣下盟、盟生於君臣相疑而致也、安井氏曰、讒言行則上下疑、於是乎君子數盟、亂之所以長也、傳特釋盟字義、故曰凡、中井氏曰、王政不綱、諸臣相寇、則誓以和之、不辨其淑慝、唯要後日之和平、春秋傳多記、至于唐代、有郊岐和協使等、顯然以名官職、亂豈得不長哉、凡衰亂之

世、古今同轍、但用此誚湯武桓文之盟誓則又非也、蓋事異而人不同、○君子信盜者、上章信讒、用其言也、此章信盜、用其人也、盜者、私竊之通名也、莊子山木、君子不爲盜、賢人不爲竊、注、盜竊者私取之謂也、讒間之人、無非欲私竊爵祿、故直曰盜也、箋引公羊傳、賤者窮諸盜、何注、降大夫稱人、降士稱盜、窮者盡也、言盡此以下、更無稱也、蓋春秋書法之尤賤者曰盜、而詩亦如之、所以深疾其人也、盜竊者晝伏夜奔、逃匿以潛身、故傳云盜逃也、毛特解其名未指其人、故鄭申之云、盜謂小人、非易傳也、盜與讒不必別人、然事已異矣、則隨事各以其罪名之可也、不當混同之、○盜言孔甘、亂是用餤者、凡盜之於王、阿諛面從、逢君惡以甘言、故王啖之如享美味也、此二句演釋上句、表記、子曰、君子之接如水、小人之接如醴、君子淡以成、小人甘以壞、小雅曰、盜言孔甘、亂是用餤、此於詩旨最爲切合、龍龕手鑑引爾雅舊注曰、餤・甘之進也、荀子王霸篇、啖啖常欲人之有、注、啖啖幷吞之貌、是啖本甘食貪噉之貌、引申其義爲進、亂是用餤、正承上盜言孔甘言之、故以啖食爲喩、○匪其止共者、止是止於仁止於敬之止、釋文云、共本又作恭、作恭、是也、作共者用古字、韓詩外傳兩引此詩皆作恭、蓋詩言止共、故云止於恭敬、其義爲順、若謂共其職事、則止爲賸字矣、夫啖王以甘言、愚弄以肆其私、是蔽主聰明也、此謂不止共、維王之卭者、鄭箋、卭、病也、卭字又由上文甘字而生、蓋食品有甘美而性不良者、多食則成病矣、盜言甘味、故王嗜之、所食不良、故入腹成病、張良曰、良藥苦口利于病、忠言逆耳利于行、盜言不苦而甘、不逆而順、所以毒也、唐書鼷鼠之牙食人、齧盡而不痛、俗謂之甘口鼠、魯之郊牛、鼠食其角矣、牛之寢齕、有蚊蚋撓其膚毛、必鼓耳搖尾以揮之、鼷鼠食之、卽不知痛、鼠之一牙豈不甚于蚊蚋、以其口甘、雖貫心徹骨而不知也、況其角乎、小人之盜言、亦鼷鼠乎、食君之角矣、又將貫骨與心也、觀此則國安得不亂、王安得不病、

奕奕寢廟。君子作之。秩秩大猷。聖人莫之。他人有心。予忖度之。躍躍毚兔。遇犬獲之。

奕奕・大貌、秩秩・進智也、莫・謀也、毚兔・狡兔也、○奕音亦、忖七損反、度待洛反、躍他歷反、毚士咸反、延文本・傳貌下有也字、

箋曰、四章更端言讒人鑽王・以敗國家、○寢廟以人居而言、非指鬼室、卽王者聽政之居也、言之以傷今之爲羣盜窟穴也、通篇七君子、只是言先聖王也、○秩秩大猷、聖人莫之者、秩秩・序也、猷・道也、毛解秩秩爲進知者、秩秩有次第之意・故爲進知、謂遞進愈知之大道也、君子以位言、聖人以德言、釋文莫如字、又作漠、本又作謨、毛作莫者用古文、莫卽謨之省借、漢書敘傳注、後漢書文苑傳穀傳注引詩作謨、班固幽通賦、謨先聖之大猷兮、曹大家注、謨・謀也、正用此詩、朱傳訓爲定者、爾雅、漠・謀也、又嘆定也、並通於此、大猷・王者取法之典也、言之以傷今之爲羣盜所殘破也、此四句與小旻匪先民是程、匪大猶是經其感同、唯是不說破耳、閔王之邛、惡盜之姦、瞻望古今、何限感慨、○他人有心予忖度之者、他人指讒人、言其中之淺陋、肺肝如見、欲去其

人、如犬之獲兔、又甚易易、卽君子如怒君子如祉之意也、馬瑞辰曰、說文無忖字、忖度卽刌劑之假借、說文、刌·切也、劑·判也、廣雅、刌·斷也、漢書元帝紀、分刌節度、忖度謂代爲判斷之、如切物之度其長短也、玉藻、瓜祭上環、鄭注、上環·頭忖也、釋文、忖本又作刌、切也、是忖卽爲刌之證、古亦省作寸、此詩釋文、忖本又作寸、漢書律歷志、寸者忖也、是也、爾雅木謂之劑、郭注引左傳山有木工則劑之、今左傳作度、是度卽爲劑之證、馬說是也、凡斷物必合法度故从寸則作寸、與刌皆通、○躍躍毚兔、遇犬獲之、比也、讒者方且跳梁恣肆以害人、自謂人莫得而知己也、一旦遇智者臨之、則其情僞顯露、有不可得而隱者、誠有似乎毚兔之躍躍而忽遇犬焉則無所逃矣、戰國秦策引此詩、高誘注云、他人有毀害之心、己忖度之、躍躍、跳走也、毚、狡也、喻狡兔騰躍以爲難得也、或時遇犬獲之、喻讒人如毀傷人、遇明君則治女罪也、史記春申君傳集解、引韓詩章句曰、謂狡兔數往來、逃匿其跡、有時遇犬得之、據薛君章句·及國策高注、皆以遇犬爲逢遇之遇、鄭箋遇犬犬之馴者謂田犬也者、鄭讀遇爲偶、爾雅釋言云、遇、偶也、此犬出入與人相偶、故號曰偶犬、而釋爲犬之馴者耳、毛不解遇字、則讀如字、當與韓同義、此章詞嚴義正、以朝廷宗社之重、列聖經國之謨、彼讒人者將有心破壞之、在彼噂沓背憎、何嘗不諱於衆前、彼且狡焉思逞、方料人之莫敢誰何、而不知其萬難自脫也、讀至他人有心四句、真令讒人膽落、

荏染柔木。君子樹之。往來行言。心焉數之。 荏染·柔意也、柔木·椅桐梓

漆也、蛇蛇碩言。出自口矣。蛇蛇、淺意也、巧言如簧。顏之厚矣。

○荏而甚反、染音冉、數所主反、蛇吐禾反、椅於宜反、梓音子、

箋曰、五章言讒人乘王之寵而無忌憚、○首二句比也、柔木謂可矯揉用爲弓輪杯圈者、是杞柳之屬、非桐梓也、以比善柔便佞者、讒人之性善柔焉、樹・言樹而培殖之、緑兮絲兮女所治兮一意、比天子寵讒人焉、荏・柔也、卽色厲而內荏之荏、染釋文音冄、其實染卽冄字之假借、說文、冄・毛冄冄也、徐鍇云、冄冄弱也、王粲迷迭香賦、挺冄冄之柔莖、是也、又通作姌、說文、姌弱長貌、毛以柔木爲椅桐梓漆、而箋以善木申釋之、蓋讀柔如柔嘉維則之柔、柔卽善也、非泛言柔弱之木、然似失經旨、○往來行言、心焉數之者、行如行詐行間之行、讒人往來以行其讒、其心常計數君子之心也、數之承君子樹之、故知計較君子之心、左傳費無極謂朝吳曰、王唯信子、必求之、又謂其上之人曰、弗圖必及於難、蔡人逐朝吳、陳乞讒諸大夫於高國曰、莫如盡滅之、又謂諸大夫曰、二子者禍矣、盍先諸、大夫從之、高國出奔、是亦往來行言也、○蛇蛇碩言、出自口矣、碩言・大言也、蛇蛇・訑訑之假借字也、傳云淺意也者、合下句出自口矣、爲形容之詞、言但出口而不從心、淺孰甚焉、孟子告子下、則人將曰訑訑、孫氏音義云、訑訑・張吐禾切、云蓋言辭不正、欺罔於人、自夸大之貌、此訓與本文義意恰合、故知爲訑訑之假借、蛇訑同聲、玉篇、訑・詑言也、燕策、寡人甚不喜訑者言也、竝以訑爲詑言欺人、重言之則曰訑訑、古也與它通、

字亦作虵、呂覽貴公篇高注、引詩虵虵碩言、蛇蛇蓋大言欺世之貌、唐徐世勣勸立武后云、此陛下家事、何必更問外人、此蛇蛇碩言之類也、出自口者、信口而出之也、與正月篇好言自口、莠言自口同、○巧言如簧者、其言之巧、如笙中之簧、隨氣鼓動、高下抑揚、惟其變換、以堯爲桀、以馬爲鹿、碩言巧言並就行言中而推之也、小人之言蓋有二、時而爲大言以籠絡人、極其矜張、安然出之於口、而中實無所有也、時而爲巧言以中傷人、極其便利、則如簧之可聽、而恬不知愧也、其言雖多、總不外此二者、凡人有羞愧、面必發紅、若不知恥者、雖有羞愧之事、而不發紅、是之謂面皮之厚也、顏厚卽是、蓋大夫惡讒人探得王心、虛構以顚已於不意、四章以下專言讒已者、上半先言王之信讒、章段可玩、

彼何人斯。居河之麋。水艸交謂之麋、無拳無勇。職爲亂階。拳、力也、旣微且尰。骭瘍爲微也、腫足爲尰、爾勇伊何。爲猶將多。爾居徒幾何。○麋音眉、尰市勇反、骭戶諫反、瘍音羊、腫諸勇反、

箋曰、卒章擧讒人之謀主、冀王一悟而皇正之、以匡國亂也、○彼何人猶曰彼何等惡物、隱其官爵姓名、而但指其所居之地、著其微尰之疾、則讒人如繪、可意會而迹得之矣、此詩人之微意也、釋文、麋本又作湄、音眉、釋名、湄、眉也、臨水如眉臨目也、爾雅郭注、及文選任昉奏彈李注、引詩皆麋作湄、湄本

字、麋假借字、僖二十八年左傳、余賜女孟諸之麋、杜注、孟諸宋藪澤、水草之交曰麋、太平寰宇記云、虞城孟諸澤、俗呼爲湄臺、此古麋湄通用之證、○無拳無勇、職爲亂階者、拳者捲之假借、說文、捲、气勢也、引國語曰有捲勇、今齊語、桓公問曰、於子之鄉有拳勇股肱之力秀出於衆者、蓋假拳爲捲、與此詩同、莊子讓王篇、捲捲乎后之爲人、釋文、捲捲用力貌、字仍作捲、捲或作權、吳都賦、覽將帥之權勇、李注云、毛詩無拳無勇、拳與權同、張參五經文字、木部權下注云、從手者古拳握字、是權亦拳字之異體、韋昭注國語曰、大勇曰拳、是拳亦爲勇、古人不嫌語複、無拳無勇猶之無罪無辜、辜亦爲罪耳、職、主也、階、梯也、篇中言亂多矣、此云職爲亂階者、罪有歸也、○既微且尰者、傳骭瘍爲微、高注淮南子俶真篇云、骭、自膝以下、脛以上也、廣韻引三蒼云、瘇足上創、蓋謂足以上之創、與毛義正合、然則膝下脛上生瘍、是爲微、瘍、瘡也、論衡言毒篇云、微者疾謂之邊、其治用蜜與丹、是微一名邊、本溼熱之氣流毒所生、尰字當從重得聲、古亦作重、成八年左傳有沈溺重膇之疾、杜注、沈溺、溼疾、重膇、足腫、重卽尰之假借字、爾勇伊何、言其勇力有限也、○爲猶將多者、猶、謀也、將猶方也、方興而未艾也、爾勇伊何、承無拳無勇句、爲猶將多、承職爲亂階句、爾居徒者、元兇所收聚之徒衆也、居猶居貨之居、言彼何等人哉、其居則河麋矣、其人則無勇力而微尰矣、其爲謀則方多矣、而居其徒衆者、此居何職、彼居何地、用盡心力、亦不見有多人、而元兇就殛、一網皆空、絕不費手、歷考史册、無不皆然、言之者勸天子一怒以滅讒人之一藪澤也、衞侯歌之孫林父懼、以是耳、魯詩以是章爲何人斯之首章、然左傳獻公使太師

歌巧言之卒章、以譏林父如戚將爲亂、則所歌乃末章、居河之麋、於蘇公刺暴無涉、不應爲彼何人斯之首矣、

巧言六章章八句

何人斯。蘇公刺暴公也。 箋曰、暴也・蘇也・皆東都畿內國名也、公是召公畢公之公、 **暴公爲王卿士。而譖蘇公焉。** 箋曰、釋詩之所以爲小雅也、若無關王庭、則不得以雅刺之、而字卷子本傍注云、本作以、摺本作而、 **故蘇公作是詩而絕之。** 箋曰、絕之二字、發明詩意、是絕交之辭也、春秋文八年、公子遂會雒戎盟于暴、杜注鄭地、范寧穀梁注亦同、幽王時鄭尙未遷、暴未爲鄭有、春秋文八年公子遂壬午及趙盾盟于衡雍、乙酉及雒戎盟于暴、相去三日、就盟兩地、暴與衡雍其近可知、衡雍在今懷慶府、蘇者蘇忿生之國、今懷慶府溫縣、蘇暴二國、境土相接、意非有大怨隙、但權勢偏重、必有不相樂、此稍擅恣、彼則不得意、輒或摘其疵瑕、或發其陰過、使其失寵罷政、而已代其位、是官途之通情、蘇暴之相怨、亦唯此類、先儒皆推蘇爲大賢、擠暴爲大凶讒夫、故詩意有不可通者、暴固小人、蘇亦非大賢、安能無疵瑕、安能無陰過、指摘發訐、固不足怪耳、而字・卷子本傍注云、本作以、摺本作而、延文本・之下有也字、

彼何人斯。其心孔艱。胡逝我梁。不入我門。伊誰云從。維暴之云。云·言也、

箋曰、此篇言彼何人斯者三、亦皆賤而悪之之辭、指暴公而言、孔、甚也、艱當訓險、易泰艱貞吉、虞注、艱險也、其心孔艱、猶云其心甚險、卽人情險於山川之險、暴蘇並爲王卿士、權勢相軋、致嫌釁生而讒譖作、當同官締好時、已密伺短長、件託心腹、以爲媒孽之資、故曰其心孔艱、蓋被廢之後、閭門省愆、意中惶懼、惟恐復陰窺祕密、中傷無已爾、伯氏章以極相知之誼、而釁深不測、人情之險、今古如斯、◯胡逝我梁、不入我門、此其所以艱而不可知也、梁鄭箋以爲魚梁、蘇氏以爲橋梁、蘇說是也、在邶風與小弁篇對笱而言、則當爲魚梁、此對門言、則當爲門外之橋梁、凡近川而居者、必設橋梁以便出入也、安井氏曰、蘇國在東都畿內、非暴公所能過我門、蓋謂京邸之門耳、◯伊誰云從、維暴之云者、上句云字、爲語助、與之云之云不同義、從猶自也、暴稱地名也、此設爲問答之辭、自誰氏來、答曰自暴、則知是暴公耳、亦不敢指斥而微露之也、篇中多用胡字何字、自作猜疑、若不敢以讒人坐實者然、

二人從行。誰爲此禍。胡逝我梁。不入唁我。始者不如今。云不我可。◯唁音彥、

箋曰、二人從行、謂已與暴爲二人也、言出入相從唯我二人、則今之禍、當誰爲之、明知譖之爲暴、而姑託諸何人斯者詞也、非真別有一人爲暴公之徒與于譖已也、禍者、時蘇公已受譖被罪也、唁·弔失位也、身既廢黜、故曰唁、與禍字照、安井氏曰、下云始者不如今、云不我可、卒章云、伯氏吹壎、仲氏吹篪、及爾如貫、推此二文、暴公與蘇公本相善、故序亦云作是詩以絕之、若始不相親善、不必言絕之也、故此原其始而責之、言已始與暴公、不知誰爲此禍、以此推之、我此禍非他人也、○始者不如今、云不我可、卽蒙二人從行而言、此九字句斷而意不斷、舉始以責今、猶云始者言我可、今則謂我爲不可也、始者言壎篪、如貫之時、云·助字、不我可者、漢劉向傳、上問楊興、朝臣斷斷不可光祿勳何也、其用不可字義同此、

彼何人斯。胡逝我陳。我聞其聲。不見其身。 陳·堂塗也、 **不愧于人。不畏于天。** ○愧九位反、

箋曰、陳者言賓主相迎陳列之處、所謂中唐有甓也、堂塗者、堂下至門之徑也、其北屬階、其南接門內霤、詳陳風防有鵲巢篇、陳在堂下、因有下陳之名、晏子諫上篇、辟拂三千謝於下陳、蓋言屏退之、謝於堂下而去也、古者狗馬之屬·以爲庭實、故曰充下陳、婢妾卑賤、與庭實同、故亦曰充下陳、詩曰逝陳則已入門矣、而不入我室、蓋通問而不請見而去、所以聞聲不見身也、○不愧于人、不畏于天、安井氏曰、言女所爲如此、豈不愧於人乎、豈不畏于天乎、

深責之也、

彼何人斯。其爲飄風。胡不自北。胡不自南。胡逝我梁。祇攪我心。飄風・暴起之風、攪・亂也、○祇音支、攪交卯反、延文本・傳風下有也字、

箋曰、飄風、爾雅・迴風也、回旋無定方、亦非自北、亦非自南、亦非自東西、此是飄風矣、是只申說上章不見其身意、以蹴起祇攪我心耳、上章由梁而至陳、自遠而及近也、此復以梁言者、忽而在陳者、又忽而在梁、正見其蹤跡之詭祕也、匪風傳用爾雅迴風爲飄風、此但云暴起之風者、狀其去來之疾不取迴旋、莊子、柳下惠曰、跖之爲人也、心如涌泉、意如飄風、亦謂暴發也、荀子曰、輕利僄遬、卒如飄風、此詩前四章三言逝梁、一言逝陳、則數過其邸而不入也、○祇攪我心者、祇・適也、攪・擾亂也、曰攪、曰盱、曰祇、並寃結悲憤之辭也、蘇公被廢幽居、審知暴公讒己、因其不入唁責之、以明已灼知其賣友也、

爾之安行。亦不遑舍。爾之亟行。遑脂爾車。壹者之來。云何其盱。○亟紀力反、盱況于反、延文本・遑作皇、

箋曰、爾字直指暴公、與首章維暴遙相應、安行對疾行言、即緩行、猶戰國策安步以當車、即緩步也、安行亟行並言其過己門也、下章還而入相照、遑古

祇作皇、皇・暇也、舍・少憩也、○爾之亟行、遑脂爾車、亟・疾也、脂車者、以脂塗車軸使其滑澤也、○壹者之來、云何其盱、胡承珙曰、毛於盱字無傳者、當同卷耳訓盱爲憂、蓋此章是言其過者之時、謂爾若安行、何以不暇舍息、爾若急行、何以有暇脂車、非徐非疾、行蹤莫測、而乃逝我梁陳、云何使我有攪心之憂乎、下章又言其行反之時、謂爾若還而入唁我、則我心易也、今還而不入、則其情不可知也、乃逝我梁陳使我有攪心之病而已、此皆責不入我之家、亦以見讒譖之人、愧不敢來也、此章來字對舍字言、謂但來而不舍息、下章來字對入字言、謂但來而不入唁、

爾還而入。我心易也。還而不入。否難知也。壹者之來。俾我祇也。易・說、祇・病也、○還古本作旋、易夷豉反、祇祈支反、延文本・傳說下有也字、

箋曰、易讀如平易之易、說文、否・不也、謂不然也、對上句我心易也而言之、讀方九反、此蓋毛義也、鄭箋謂、反又不入見我、則我與汝情不通、此乃否塞之否、讀符鄙切、與易之泰否、書之否德同、皆否字引申之義也、○俾我祇也者、祇從示氏聲、與易知爲韻、作祇從氏聲者非也、祇者地祇、義不訓病、而毛云爾者、祇讀爲疷、此假借字也、無將大車傳疷病也、箋云祇安也者、神祇當敬而安之、故或借爲敬意、鄭借爲安意、古語多有通借轉注、

伯氏吹壎。仲氏吹篪。土曰壎、竹曰篪、**及爾如貫。諒不我知。出**

此三物。以詛爾斯。三物、豕犬雞也、民不相信則盟詛之、君以豕、臣以犬、民以雞、○壎況袁反、篪音池、詛側助反、

箋曰、同僚兄弟、故曰伯仲、壎、周禮小師職作塤、古今字異耳、注云、壎六孔、燒土爲之、爾雅釋樂云、大塤謂之嘂、郭注、大如鵝子、銳上平底、形如稱錘、小者如雞子、釋文引世本云、塤圍五寸半、長三寸半、釋樂又云、大篪謂之沂、郭注、篪以竹爲之、長尺四寸、圍三寸、八孔、一孔上出、徑三分、一名翹、橫吹之、小者尺二寸、小師注、篪七孔、蓋不數其上出者、故七也、樂器相和者多、獨言塤篪者、張萱疑耀云、古今言樂律者、七音各自爲五聲、如宮磬鳴而徵磬和、獨塤篪則二器共爲一音、塤爲宮而嘂以徵和、塤爲商而篪以羽和、和之至也、大雅如壎如篪、亦言相應和也、心親則聲更協、以著始者之歡甚、其歡如是、而今逝不入、入不見、都可怪、上六章之怨、以是躍如、○及爾如貫、諒不我知、及・與也、諒・信也、貫讀易貫魚之貫、兩身一貫如物之在繩索之貫也、兩身一貫、何故不知我無罪乎、盟是盟將來也、詛是詛既往也、三物刺其血以詛也、安井氏曰、詛如詛射潁考叔者之詛、言昔日爾與我相親睦、如物貫於一索、而今云、信不我知、故不相問、則請出此三物、與爾詛、於爾如何也、許愼五經異義引韓詩說云、盟牲所用、天子諸侯以牛豕、大夫以犬、庶人以雞、其所云天子諸侯以牛豕者、蓋謂或以牛或以豕、左傳鄭伯使卒出猳、行出犬雞、以詛射潁考叔者、及此詩出此三物、似詛皆三物竝用、而毛韓詩皆爲辨其等級、則詛之所用惟一牲耳、韓詩言盟牲而不及詛、自是以盟該詛、盟大而詛小、盟牲以牛、詛則以豕而已、韓詩言天子諸侯以牛豕、此兼舉盟詛所用之牲、

非以牛羊爲天子諸侯之等差也、毛言君以豕、而不及牛者、自專指詛時所用之牲、而通言盟詛者、盟亦詛類、散言則通、古多以盟詛連稱、周禮司盟云、盟萬民之犯命者、詛其不信者、是也、韓子內儲說下篇云、釁之以雞豭若盟狀、豭卽豕也、豕犬雞爲出詛之物、與詩義同、

爲鬼爲蜮。則不可得。有靦面目。視人罔極。　蜮、短狐也、靦、姡也、

作此好歌。以極反側。　反側、不正直也、○蜮音域、靦土典反、傳狐當作弧、姡戶刮反、

箋曰、卒章峻辭切責以絕之、○傳短狐、狐當爲弧之假借字、博物志以爲口中有弩形、以氣射害人影、是也、漢書五行志云、蜮在水旁能射人、射人著處、甚者至死、南方謂之短弧、師古曰、短弧卽射工也、亦名水弩、正作弧字、足證短狐乃短弧之假借、然短弧則實有其物、此固非不可得見者、不與鬼相類也、漢書東方朔傳、人主之大蜮、師古注曰、蜮、魅也、此說得之、蜮本俗說訛傳、非實有此物也、詩人唯依俗說而言耳、馬瑞辰曰、文選東京賦、八靈爲之震疊、況鬾蜮與畢方、李善注引漢舊儀曰、鬾、鬼也、鬾與蜮古字通、昔顓頊三子、一居若水、爲魍魎蜮鬼、是蜮爲鬼別名、故不可得見、詩於一物而異名者、每多竝舉、不嫌其詞之複也、○有靦面目者、正義曰、說文云、靦、面見人、姡、面靦也、然則靦與姡、皆面見人之貌、今本說文、及詩釋文作面醜者、字誤耳、當从正義引作面靦爲正、越語范蠡曰、余雖靦然而人面哉、吾猶禽獸也、韋注、靦、面目之貌、詳其詞意、當謂面貌靦然、猶云居然人面也、視人罔極者、視猶視

我猶父之視、罔極、無紀極也、荀子引之爲相人無準之義、言爾雖幻怪如鬼蜮、居然具面目、既非鬼蜮也、乃其視人而反覆傾詭無極、雖則罔極、以其非鬼蜮、亦有可料知者、故今作歌以窮詰之、箋云、人相視無有極時、集傳沿之、義不通、作此好歌者、好音之好、吉甫作誦、其風肆好同、美音好辭、人之所傳播以賞詠也、有鳴鼓而攻之之意、以極反側者、謂窮極其情、猶孟子又極之於其所往之極、使反側之情無所逃也、反側者翻覆之義、卽壎篪變爲鬼蜮也、通詩只以極反側一言盡之、應其心孔艱句、孔艱內卽含下文始厚今薄、欺天罔人、蹤跡之詭祕、鬼蜮之情狀、下文特段段委曲、以申其意耳、

何人斯八章章六句

箋曰、蘇公孟子皆自傷被讒之作、無關獻納、而載之于雅者、惟幽王信讒、一時上下內外、皆以工讒爲事、使人材盡喪、而國隨以亡、錄是詩・以明周之所以亡、亡于讒也、

巷伯。刺幽王也。 箋曰、列女傳、周宣姜后脫簪珥待罪永巷、范睢傳亦有永巷字、爾雅、宮中巷謂之壼、巷、舍間道也、後宮妃嬪以下、各占室廬、列屋而居焉、井然成行、巷道相通、秦漢所謂永巷是也、伯、長也、巷伯・寺人之長也、蓋掌列屋婦人雜事、如後世永巷令・腋庭令是也、因其所掌、命爲巷伯耳、

寺人傷於讒。故作是詩也。 箋曰、釋巷伯之爲寺人孟子也、在周

禮內小臣奄上士四人、寺人王之正內五人、無巷伯之官、唯襄九年左傳、令司宮巷伯儆宮、與此詩巷伯同、杜云、巷伯卽寺人、當是賈服舊注、蓋王之寺人五人、但云孟子、則其官不顯、其爲五人長者亦不顯、故詩以巷伯名篇也、蓋詩篇名有作詩者自名、亦有采詩者所名、此詩或作者自稱寺人、而采詩者名之以巷伯、巷伯本內奄之通稱、後漢書宦者泥洒巷職、遠參天機、注云、巷職卽寺人之職也、故經言寺人、序稱巷伯耳、漢書司馬遷傳贊云、迹其所以自傷悼、小雅巷伯之倫、後漢書宦者傳序云、詩之小雅・亦有巷伯刺讒之篇、詳其詞意、皆以此詩卽巷伯所作、孔融傳駮復肉刑議、有寃如巷伯語、尤足見是巷伯被讒而作、此遭讒而被宮刑、故其言腐心刻骨、三百篇中、無有痛憤至是者、身爲士類、蒙此宮刑、被帷薄之污巇、遭哆侈之嫌謗、而毛傳以顏叔子魯男子辟嫌之審不審證之、記曰、寡婦之子、非有見焉、不與爲友、李下瓜田、禮防疑似、坐懷拒戶、傳引前規、俾知小人陷君子、無可措摭、則必蒙以闇昧之事、絕其解免之路、敗其名節之防、鳳汙王商、蜂掇伯奇、娶孤擿翁、無兄盜嫂、蠅壁相點、今古一轍、此詩前二章正欲投畀之、故三四章雖若告小人者、亦見王心悔悟、則辨姦不難、無心爲見、有心爲視、王於小人、從未注目視其所爲、若能視則生疑、疑則悟、不必爲豺虎食、不必爲有北受、只王自治之、而加以顯戮、豈徒俟於天哉、貝錦南箕、是借喻讒言、緝緝捷捷等字、是實寫讒言、兩謀欲・是讒人心事、蓋不管君父、不顧名節、并不慮及利害、眼前可作・儘力爲之、不留餘地、篇中曲寫小人、正如牛渚然犀、其喚醒王・在第五章一視字、其警小人・在第三章一愼字、其規羣臣處・在末章一敬字、鄭箋巷伯奄官四字、唐初本有誤入序文者、胡承珙曰、三百篇之序、文例多同、從無於作是詩也之下、贅以解釋篇名、體同故訓者、正義雖言序有此四字、而仍以定本無者爲是、釋文云、官本或將此注爲序文、是亦不以序有四字爲然、唐石經序文無此四字、正從定本、可見唐人以序有巷伯奄官者爲俗本、當時所不用也、

萋兮斐兮。成是貝錦。 興也、萋斐、文章相錯也、貝錦、錦文也、 **彼譖人者。亦已大甚。** ○、斐延文本作非、傳同、

箋曰、首章言讒言羅織之美、○萋者、緀之假借、釋文、斐本或作菲、又斐之假借也、說文、緀、帛文貌、引詩緀兮斐兮、又曰、斐、分別文也、廣韻、緀・斐・文章相錯貌、錦作貝文曰貝錦、禹貢謂之織貝、貝・水中介蟲也、其文彩之異、大小之殊甚衆、古者貨貝是也、此詩首次二章、皆言成是、蓋錦本非貝、以織作萋斐而成爲貝文、下章星亦非箕、以踵舌哆侈而成爲箕象、皆謂羅織細碎之故、巧構形似之言、以成其罪耳、陳啓源曰、集傳訓萋斐爲小文貌、哆侈爲微張貌、謂由小文而成貝錦之大文、由微張而成南箕之大張、以喻緣飾小過致成大罪、說雖極巧、恐非詩意也、夫貝錦出於人工、其文固積小以成大、南箕縣象於天、有一定之形、何得云由小至大乎、朱子之爲此解者、殆因鄭箋箕星踵狹舌廣語、謂踵狹・是微張、舌廣・是大張、而成箕也、遂幷萋斐二字、亦依此

立說耳、殊不知傳訓哆爲大、侈爲有所因、故鄭以箕星踵狹舌廣、是舌因踵而益大、中明傳義、則哆侈句・已兼踵舌義矣、安得分哆侈爲踵狹、成箕爲舌廣耶、至於萋斐、傳訓爲文章相錯、明就已成之錦言、與有因益大之義絕不相蒙、小文之解、尤爲穿鑿、陳說是也、如有萋有且敦琢其旅、有斐君子、斐然成章、祇見其爲文貌、未聞小文之解、侈爲侈大之義、斷不可以爲小張、然則萋斐哆侈、其爲大文大張也的矣、夫詩人既以貝錦比讒人巧言羅織大罪、則貝錦必燦爛耀目之物、而爲織成貝文之美錦也、蘇氏曰、讒人之構君子、其所以集成其罪者、猶織者縷縷相錯以成爲錦也、得之、其必織貝文者、古者寶貝、故以爲錦文、猶宋時西夷愛重梅聖俞春雪詩、而織之于錦也、譖人人字、詩人自謂、成是者、言我本無是實、而組織以成之耳、亦已大甚、言譸張爲幻之甚也、已大甚、猶已甚也、蟋蟀云無已大康、蓋身受其毒、事後切齒之詞、

哆兮侈兮。成是南箕。 哆・大貌、南箕、箕星也、侈之言是必有因也、斯人自謂辟嫌之不審也、昔者顏叔子獨處于室、隣之釐婦、又獨處于室、夜暴風雨至而室壞、婦人趨而至、顏叔子納之而使執燭、放乎旦而蒸盡、縮屋而繼之、自以爲辟嫌不審矣、若其審者、宜若魯人然、魯人有男子獨處乎室者、隣之釐婦又獨處乎室、夜暴風雨至而屋壞、婦人趨而託之、男子閉戶而不納也、婦人自牖與之言曰、子何爲不納我乎、男子曰、吾聞之也、男子不六十不閒居、今子幼、吾亦幼、不可以納子、婦人曰、子何不若柳下惠然、嫗不逮門之女、國人不稱其亂、男子曰、柳下惠固可、吾固不可、吾將以

吾不可學柳下惠之可、孔子曰、欲學柳下惠者、未有似於是也、**彼譖人者。誰適與謀。**○哆昌者反、侈尺是反、延文本·傳貌下有也字、言下是字、卷子本本無、辟字延文本作避、下同、處下于字、前後四見、前者作乎、次者作於、後二者並無、納下無之字、且下無而字、室下者字摺本無、男子不六十、子字延文本作女、國人不稱其亂下有焉字、吾將以吾下有之字、

箋曰、二章言讒口呑噬之大、○傳箋皆先解哆而後釋侈、此經文上哆下侈之證、王伯厚詩考引崔靈恩集注本作侈兮哆兮者、誤倒也、說文、哆·張口也、僖四年穀梁傳、於是哆然外齊侯也、言大膽無忌、侈亦張大也、猶侈袂侈弇之侈、公羊宣十年傳、婦人以衆多爲侈也、何云、侈、大也、箋云、箕星踵狹而舌廣、是箕星之口張而侈也、上章萋斐爲文之相錯、此章哆侈爲口之張大、史記天官書、箕主口舌、故詩人以喩讒言、南箕之張、哆然侈然、竝就其星形象言、兩字本平、與萋菲同、箋謂因箕星之哆而侈大之、有似哆在星、侈在人、說已迂曲、正義遂以哆爲踵之貌、侈爲舌之貌、則愈鑿矣、箕星東方蒼龍之宿、實居東宿之末、在北之南、故謂之南箕、南箕卽箕星也、大東篇維南有箕、載翕其舌、傳、翕合也、彼言合舌、此言張口也、侈者因物而大之名、禮於衣袂半而益一謂之侈袂、是也、故傳云必有因也、毛以經文侈兮、是必有因而益大之義、必因小嫌構而成罪、作詩之人、當自謂避嫌之不審、故引二人之事、顏叔子納鄰之嫠婦、雖執燭繼薪、然人不可戶說、是避嫌之不審也、必若魯男子閉門不納、則避之審矣、因以示君子省身之法、早爲下敬字討消息、放乎

且猶至於旦也、蒸是薪之細者、縮當作摍、摍謂抽也、摍屋卽左傳之抽屋也、言燭又言薪、則初執燭、次然薪、薪盡乃抽取屋草以繼之也、男女本多作男子、然下文云今子幼吾亦幼、是不獨謂男子、正義作男女、與古本合、間・間雜也、幼者止謂未老耳、非稺也、禮記注、以體曰嫗、不逮門者、逮與禮記夕奠逮日之逮同、門・城門也、城門以昏閉、此婦人之家在城中、其歸晚、不及城門未閉、柳下惠處城外、故就之宿也、荀子大略篇曰、柳下惠與後門者同衣、而不見疑、後門卽不逮門也、未有似於是者、言莫若之也、○誰適與謀者、譖人大甚、疑非一人之智慮所及也、故曰誰適與謀、成是貝錦、成是南箕、兩成字正是讒人罪狀、其最可畏者在一謀字、謀又所以成之也、適、釋文、王徐都歷反、朱傳訓適爲主、讀如吾誰適從之適、是從王徐之音、箋云、適、往也、朱傳爲優、與、助也、秦策不如與魏以勁之、齊策、君不與勝者、而與不勝者、呂覽順說、因其來而與來、樂成吾其與之、注竝云、與、助也、言讒人張大如是、必有爲之助謀者矣、但不知誰爲之主也、從譖人者說到謀、說到助謀、起下二章謀字、

緝緝翩翩。謀欲譖人。緝緝・口舌聲、翩翩・往來貌、**愼爾言也。謂爾不信。**○緝七立反、延文本・聲下貌下竝有也字、

箋曰、三章四章戒讒人以風其上、○說文、咠、聶語也、引詩咠咠幡幡、又曰、聶附耳私小語也、咠卽緝之本字、毛作緝者假借字、人三爲衆、聶取衆耳相附、

䎽小私語也、咠取以口附耳、二人私語也、私語者不知其所語者何若、第聞其口舌有聲而已、毛意與說文同、釋文引說文云、咠、㕟語也、㕟如今胸臆字、亦謂小語無聲、若在㕟間之意、翩翩是諞諞之叚借、玉篇、諞、巧佞之言也、廣韻、諞、巧言、諞諞猶便便也、釋文、翩字又作扁、亦省借字、緝緝者言之密也、翩翩者言之巧也、○謀欲譖人、謀受誰適與謀、以著其所與謀有徒薔也、○愼爾言也、謂爾不信、愼爾言、戒敕之辭、言譖言亦宜節量之勿恣也、王將知汝不信、而治其罪矣、爲戒讒人之言、非爲讒人謀也、亦卽警悟王處、所以風切王焉、下章同、

捷捷幡幡。謀欲譖言。捷捷、猶緝緝也、幡幡、猶翩翩也、**豈不爾受。既其女遷。**遷・去也、○幡芳煩反、

箋曰、重言上章之意、○胡承珙曰、釋文捷如字、又音妾、案漢書揚雄傳、蘇林注曰、唼音詩唼唼幡幡之唼、是讀詩捷字作唼、古字捷接多通、故亦通作唼、史記司馬相如傳正義云、唼喋・鳥食之聲也、彭越傳集解引徐廣曰、喋一作唼、匈奴列傳・喋喋而佔佔、索隱引服虔曰、口舌爲喋、蓋此無正字、作唼、作喋、又假倢假捷爲之、故集韻云、捷捷譖言、或从人、亦作唼、總之皆口舌多言之貌、故傳云捷捷猶緝緝也、毛傳故訓之祖、凡言猶者、皆比擬切合、非泛爲蒙上作解、後儒望文生義、以捷捷爲儇利貌、失傳旨矣、胡說是也、其所言者仍不可得而聞、故曰猶緝緝也、孟子萬章下既而幡然改・注、幡、反也、音義引張

音幡與翻同，是幡幡卽翻翻，故曰猶翩翩也，謀欲譖言，惟謀工所以譖人之言也，○豈不爾受，既其女遷，言百方搆成，巧言如組，豈不信而受之乎，然不信之言既露，其禍將遷及汝矣，上章就譖人者說，故曰愼爾言也，謂爾不信，此章就聽譖人者說，故曰豈不爾受，既其汝遷，夫譖人之事，豈可恃以爲常，君能聽爾之言，亦能聽人之言，君能以爾之言加罪於人，亦能以人之言加罪於爾也，既猶言既而也，言遷之速也，遷對受，猶還也，如教王斥逐，後卽以斥逐遷之，教王誅戮，後卽以誅戮遷之，如息夫躬之祠灶，周輿之入甕是也，小人不可以名義動，而可以利害怵，使之少一分排擊，便爲君子寬一分罪辜，而國家存一線元氣，遷氓以我賄遷，賓之初筵舍其坐遷，傳並云遷徙也，此訓去者，徙字後之義，遷字引申之義也，

驕人好好，勞人草草。好好，喜也，草草，勞心也，蒼天蒼天，視彼驕人，矜此勞人。

箋曰，五章更端，始言已傷於讒，以愬于天，○安井氏曰，驕人言讒人者，王信讒而寵愛之，故跋扈也，好好訓喜，得意所欲而喜也，勞人見讒者也，案草是慅假借字，月出勞心慅兮，重言曰慅慅，爾雅，慅慅，勞也，邢疏引詩勞人草草，是草草卽慅慅，故傳云，草草勞心也，玉篇，慅音草，○蒼天蒼天，視彼驕人，矜此勞人者，視猶察也，謂察其罪，言天乎，視察彼好好可憎情態，而哀憐此草草者，愬天，其實愬上也，喚醒王在一視字，

彼譖人者。誰適與謀。取彼譖人。投畀豺虎。投・棄也、豺虎不食。投畀有北。北方寒涼而不毛、有北不受。投畀有昊。昊・昊天也、○畀必二反、豺士皆反、延文本・毛下有也字、

箋曰、六章既怨于天、欲必取讒人以甘心焉、○集傳云、再言彼譖人者、甚嫉之、故重言之也、或曰衍文、夫重疊成章、詩之常也、不必言甚嫉之故、然此二句頗鶻突、韻亦不切、且二章章六句爲協、衍文之說似當、投・擲也、豺・狼屬、狗聲、脚似狗、牙如錐、長尾白頰、足前矮後高、其色黃、瘦健、虎見大叔于田、投豺虎猶禦魑魅、斧鉞不足以誅故也、豺虎不食、惡其不潔也、有北、北方極寒無人之境、謂死地也、傳云不毛、謂不生草木五穀、有北不受、忌其不祥也、有昊猶曰彼蒼、蒼天謂之蒼、昊天謂之昊、其義一也、人者天之所生、故歸諸其本、不使在地上也、既已怨之、天將制其罪焉、禮記緇衣云、惡惡如巷伯、言是章也、詩人之旨、以不說盡爲含蓄、國風小雅類然、又有以說盡爲痛快者、此章是也、抑五刑之屬、宮居一、所謂中才莫不傷氣、何況慷慨之士、巷伯所以痛心疾首、撫膺而籲天也、

楊園之道。猗于畝丘。楊園・園名、猗・加也、畝丘・丘名、寺人孟子。作爲此

毛詩會箋

詩。凡百君子。敬而聽之。寺人而曰孟子者、罪已定矣、而將踐刑、作此詩也、○猗於綺反、延文本·傳園名下有也字、丘名作丘也、孟子下無者字、

箋曰、七章言所以作詩以終之、○首二句比也、樹藩籬爲園、取楊木以爲藩、故曰楊園、楊者近水之木、宜下隰、故楊園爲下地、以比卑人、畝者田之壟也、丘形如田壟、故曰畝丘、畝丘高地也、以比大臣、猗與倚同字、倚者依也、凡因依者、皆自此加彼之意、故毛云猗加也、蓋楊園喩近小、畝丘喩高大、謂譖人者始於小臣、而後必至于大臣、始於疎遜而後及於骨肉、猶楊園之道而横侵及畝丘也、其後王后大子、及大夫、果多以讒廢者、○寺人孟子、孟其行也、必曰寺人者、蒙上比意而言、寺人猶之楊園之道、凡百君子猶之畝丘也、安井氏曰、子、男子之美稱、奄官刑餘、不當自稱孟子、故毛釋其意、言寺人不當稱子、而今曰孟子者、宮刑已定矣、故稱寺人、尙未刑、故以士自處稱孟子也、如傳意、孟子刑爲寺人、非寺人更就他刑也、二章傳引顏叔子事、若本是寺人、始無此嫌、傳何煩引、以此推之、傳意甚明、○作爲此詩、釋文云、一本作作爲作詩、正義曰、當云作而賦詩、定本云作爲此詩、又定本箋有作起也、作爲也二訓、作起也·釋第一作字、作爲也·釋第二作字、爲卽賦也、胡承珙曰、傳云、寺人而曰孟子者、罪已定矣、而將踐刑、作此詩也、箋云、作起也、孟子起而爲此經、傳作此詩之作、但就經文爲字言之、故箋以起釋經作字、然後繼之曰起而爲此詩、詳毛鄭之文、未必經有二作字、且若經云作而作詩、下作字文

義易明、何庸更釋、以爲家父作誦、作此好歌、皆未嘗別訓作字、知此箋有二訓之本、亦未可從也、○凡百君子、敬而聽之、呼君子而曰敬聽者、已所先見、足以爲大臣訓戒、故欲使其不敢忽之、不敢忘之也、君子雖指羣臣、而已暗指王身上、到得既其女遷之時、讒人受禍、併受讒者亦受禍矣、視字所以察小人於既肆之時、敬字所以杜讒言於未受之日、韡村先生曰、節南山卒章曰、家父作誦、以究王訩、式訛爾心、以畜萬邦、巷伯卒章曰、寺人孟子、作爲此詩、凡百君子、敬而聽之、君子之事、光明正大、揭日月而行、若夫曖昧詭秘、務滅其跡、是與彼小人所爲、相去不遠、而其弊却受言語文字之禍、不待奸黨之手先自嬉、後世才人往往出於此、可不愼哉、

巷伯七章四章章四句一章五句一章八句一章六句

節南山之什十篇七十九章五百五十二句

毛詩會箋卷第十二

毛詩卷第十三

竹添光鴻會箋

谷風之什詁訓傳第二十　毛詩小雅

谷風。刺幽王也。箋曰、谷風、朋友缺也、文武之時、友賢不棄、不遺故舊、則民德歸厚矣、伐木之詩是也、幽王既不能遵文武友賢不棄之道、則其民亦從而化之、風俗日趨於偷薄、而朋友之道絕矣、此其所以刺之也、杜詩云、宮中聖人奏雲門、天下朋友盡膠漆、蓋交道盛衰、每關世道之治亂、是以感慨係之、區區報施之際、君子有所不暇計矣、天下俗薄。朋友道絕焉。

箋曰、顧廣譽云、人之汎汎相値者、不可以言友也、謂之友、必有可以爲學問身心之助者矣、而且以窮達異勢見棄、薄惡莫甚焉、姜炳璋曰、幽王刺詩當從諸詩合觀之、小弁作、而父子之恩絕、節南山正月作、而君臣之義舛、角弓作、而兄弟之倫廢、白華作、而夫婦之道苦、何人斯谷風作、而朋友之誼乖、有一於此、卽足致亡、而況於兼之、幽厲並暴主、而厲當流彘之後、宣王未立、共和攝政十四年、安如磐石、蓋政亂於上、俗淸於下、文武之澤猶存也、至幽而人倫蕩然矣、雖有忠臣義士、皆罪罟羅織、逃死不遑、宜其一跌不可復振、周綱解紐、豈一朝夕哉、

習習谷風。維風及雨。興也、風雨相感、朋友相須、**將恐將懼。維予與女。將安將樂。女轉棄予。**言明友趨利、窮達相棄、○女音汝、延文本・傳棄下有也字、

箋曰、習習・和舒之貌、東風謂之谷風、谷穀通、詳於邶風、三章皆以習習谷風起之者、所以著始殊相愛、而後大相背也、韡村先生曰、習習谷風維風及雨、與習習谷風以陰以雨、文意大同、亦謂交態之變、故下二句明言其變態、益知以陰以雨之非陰陽和合之義、而言夫婦之間愛憎頓變、又云、如本文豈可以陰陽和合說朋友邪、及・與也、○將恐將懼者、將猶方也、文選任昉策秀才文注、引韓詩將恐將懼薛君章句將辭也、恐懼謂危難憂患之時、維予與女者、言相信之厚也、語意與下聯、○將安將樂女轉棄予者、言身安樂則不復念昔日患難相救之恩也、恐有危疑之意、安者恐之反、懼有局蹐之意、樂者懼之反、恐懼而維予女、則不當安樂而轉棄予、此本其患難、以甚安樂之罪、爾雅釋言、棄・忘也、女轉棄予、言安樂相忘也、次章又云棄予如遺、對上寘予于懷而言、忘我之甚、如遺失物也、故下遂言忘我大德、以結上二章、左昭十三年傳、南蒯子仲之憂、其庸可棄乎、亦以棄爲忘也、

習習谷風。維風及頹。頹・風之焚輪者也、風薄相扶而上、喻朋友相須而成、**將恐將懼。寘予于懷。將安將樂。棄予如遺。**○頹徒雷反、寘之豉反、須卷子本傍注本作率、延文

本·成下有也字、

箋曰、比也、維風及頹、乃與習習變、以比朋友忘舊而至於暴焉、頹者積字之變體、爾雅、焚輪謂之積、字正作積、安井氏曰今有風旋轉於地上、捲起塵土、蓋卽所謂積也、傳云風薄相扶、薄爲迫義、風謂谷風、毛意蓋謂、谷風與頹相逼迫、然後相扶而上行也、頹陡起、其所被及不廣、故谷風得與之迫也、安井說得之、谷風爲和風、非有大力、必焚輪之自下而上者有以助之、始能相扶而上耳、陳啓源曰、猋從下而上、積從上而下、是李巡孫炎之說、而郭璞因之耳、據爾雅正文、未見其必然也、扶搖謂之猋、卽南華之扶搖、信從下而上矣、焚輪謂之積、焚取象於火、火乃炎上之物、安得自上而下乎、注爾雅者、止因積是下墜之名、故爲此解、然以字義考之、積从禿貴聲、禿貌、又暴風也、隤从自、貴聲、下墜也、俗通作頹、是積隤本各一字、不得援下墜之隤釋暴風之頹矣、陸農師曰、風之銳而上者爲猋、風之旋而上者爲積、陸義合之爾雅、則上行如焚、旋轉如輪、名義允協、可正景純之誤、安井氏曰、莊子羊角、當爲鵬冲空之貌、非風名也、◯寘予于懷者、所謂若將加諸膝、親愛之至也、◯棄予如遺者、器服自墜下而不覺謂之遺、鄭箋云、如遺者如人行道遺忘物、忽然不省存也、

習習谷風。維山崔嵬。無草不死。無木不萎。 崔嵬·山巓也、雖盛夏

萬物茂壯、草木無有不死葉萎枝者、**忘我大德。思我小怨。**○崔徂回反、嵬五回反、萎於危反、有不、摺本同、卷子本傍註云、本作不有、

箋曰、崔嵬、山之高也、山本高矣、然當林麓茂盛之時、未覺其高也、及草木零落、乃巍然驚其高、故曰維山崔嵬也、谷風吹山、而草則死、木則萎、豈非以失其習習之和、變爲焚輪之頹乎、以比久要之親、俄而至於讒閱焉、是章受風及頹而演之、風已焚輪、何以習習乎、既欲其生、又欲其死、此卒章之義也、木大、或一枝枯、故曰萎、草小、或連根死、故曰死、胡承珙曰、此章自傳箋後、呂記朱傳皆以爲天地之功、有所不足、生物之恩、及於崔嵬、是爲大德、一草一木、偶然死萎、是爲小怨、惟嚴緝范傳、獨以谷風爲暴風、蓋泥於經文無不二字、以爲草木盡死耳、據正義引定本及集注本、云草木無有不死葉萎枝者、則正義本不同可知、今觀正義云、雖至盛夏之月、萬物茂壯、無能使草不有死者、無能使木不有萎者、可見傳文無有不死葉萎枝者、當作無不有死葉萎枝者、無不有、卽偶然有之之意、非謂草木盡死也、中論脩本篇、詩曰、習習谷風、維山崔巍、何木不死、何草不萎、言盛陽布德之月、草木猶有枯落而與時謬者、況人事之應報乎、此雖不爲朋友德怨之喻、然其言草木猶有枯落、正與傳義同也、○忘我大德、思我小怨者、德猶恩也、大德謂恐懼之日拮据相救也、小怨謂言語行事之小失、非唯安樂之日、雖恐懼寘懷時亦有之、咎犯曰、臣負羈紲從君、臣之罪甚多矣、是也、左傳大德滅小怨、道也、楚語、以小怨

寘大德、吾不義也、似因是詩、二言緊要、古今交道之不終、都坐此八字、是詩以怨與嵬萎爲韻、馬瑞辰曰、說文、智讀如委、智怨同音、古讀怨亦當如委、故與嵬萎韻也、又國語、人皆集於苑、一本作菀、亦怨萎音同之證、郝敬曰、小雅短章疊咏、如此篇之類、猶是風體、大雅皆莊嚴大篇、是以有大小雅之別、

谷風三章章六句

蓼莪。刺幽王也。民人勞苦。箋曰、言萬民勞苦於行役也、此賤者之詩、故曰民人、**孝子不得終養爾。**箋曰、釋不卒也、而通篇字字皆是感、可謂拔詩之髓示之矣、釋文、養餘亮反、注除鞠養也穀養也二字、餘並同、胡承珙曰、陸氏從切韻、以養育之養爲餘兩切、謂飲食之也、以供養之養爲餘亮切、謂凡服事也、蓋分爲上去二音、漢魏以前、未必有此區別、然此序言終養、自兼服勞奉養言之、儀禮既夕記、養者皆齊、禮記文王世子、齊玄而養、皆謂侍疾、檀弓事親左右就養、注謂扶持、故箋以親疾將亡不得見釋終養、是也、晉王裒・齊顧歡・並以孤露、讀詩至蓼莪、哀痛泣涕、唐太宗生日、亦以生日承歡膝下、永不可得、因引哀哀父母生我劬勞之詩、是自漢至唐無不以此詩爲親亡後作者、歐陽本義乃謂鄭箋泥滯、試思詩中無父無母、銜恤靡至等語、尚得爲父母在之辭邪、顧廣譽曰、使非作於親亡之後、則篇中所云幾皆不祥之語、又豈人子所忍出邪、且詳詩始終父母並言、箋亦云二親病沒、則是父母相繼以亡、而已皆以在役不得親視含斂也、人生之不幸、

蔑有加於此者矣、是以長號短泣、千載如聞其聲、

蓼蓼者莪。匪莪伊蒿。 興也、蓼蓼・長大貌、 **哀哀父母。生我劬勞。** ○蓼音六、莪五河反、蒿呼毛反、延文本・傳貌下有也字、

箋曰、比也、蓼蓼、日漸長大貌、蓼蕭傳、蓼・長大貌、蓼蓼即蓼也、短言之爲蓼、長言之爲蓼蓼、且以足句也、莪自菁菁者莪來、比美材也、開口二句痛極、親無不望子爲美材、今匪莪而蒿也、凄然欲絕、朱傳以莪爲美菜、蒿爲惡草、然莪與蒿本非二物、菁菁者莪傳云、莪、蘿蒿也、是莪乃蒿之一種耳、蓋蒿類衆多、蒿之言藁也、若蔞蒿蕭蒿、每以秋老得名、因之嫩而可食者亦通稱蒿、故傳於菁菁者莪本爾雅莪蘿之訓、又申之云、蒿者、義取成材、言各有當也、此詩首章莪蒿本一物、而以時之先後異其名、下章莪蔚本同類、而以子之有無異其名、嚴緝謂、爾雅蘩之醜秋爲蒿、釋云、醜・類也、言蘩蕭莪蔚之類、春始生、氣味既異、故其名不同、至秋老成、則皆蒿也、此說莪蒿甚明、以莪形蒿、莪美而蒿惡、莪始生、香美可食、至秋高大爲蒿、則麤惡不可食、喩子初生猶是美材、至於長大乃是無用之惡子、此說於取喩甚合、且與首句蓼蓼長大、下文生我劬勞、語意尤融貫、言父母愛我極篤、以我爲美材、樂其長大、撫育無不至、而今則大病不侍湯藥、無賴已甚、嗚呼我是蒿已、大負父母初心矣、蒿解已見鹿鳴、○哀哀父母、死後之父母也、生我劬勞、生前之父母也、於死後計

及生前、其哀慘在字句不到處、生我不專指始生言、如第四章所言、皆所以生我者、凱風傳云、劬勞・病苦也、與此劬勞同、讀者宜體是孝子之心而知其至痛、毋以治世生績汎然看之、經曰鮮民、序曰民人、則非大夫之詩也、王政暴虐、下多窮民、生我劬勞、亦有忍飢分哺之哀、

蓼蓼者莪。匪莪伊蔚。 蔚、牡菣也、 **哀哀父母。生我勞瘁。** ○蔚音尉、瘁似醉反、菣去刃反、

箋曰、二章重言以哀之、爾雅釋草、蔚・牡菣、郭注無子者、馬瑞辰曰、據唐注本草牡荊・云莖勁作樹、不爲蔓生、故稱之爲牡、則知牡蔚亦以其散生特立、與莪之抱根叢生者異、故有牡稱、不必如郭言無子而後稱牡也、名醫別錄有牡蒿一條、唐人注曰、齊頭蒿、李時珍謂、諸蒿葉皆尖、此蒿葉獨奓而禿、故有齊頭之名、此亦牡蒿特立之證、按爾雅釋草、莪・蘿、郭注、今莪蒿也、亦曰藁蒿、陳藏器本草拾遺曰、藁蒿生高岡、宿根先於百草、一名莪蒿、是莪蒿卽茵陳蒿之類、常抱宿根而生、有子依母之象、故詩人借以取興、李時珍云、莪抱根叢生、俗謂之抱孃蒿、是也、蒿與蔚皆散生、故詩以喩不能終養、○生我勞瘁者、瘁通作顇、顦顇也、勞苦見於貌也、勞而至於顦顇則更病矣、已猶是蒿而親益病、已德不增而親恩日重、

缾之罄矣。維罍之恥。 缾小而罍大、罄・盡也、 **鮮民之生。不如死之**

久矣。鮮，寡也。**無父何怙。無母何恃。出則銜恤。入則靡至。**○缾，蒲丁反。罍，音雷。怙，音戶。

箋曰、比也、爾雅釋器、小罍謂之坎、郭注罍形似壺、大者受一斛、一斛者十斗也、三禮圖云、罍大一斛、其所容甚多、瀉酒於缾以供斟酌、此罍大缾小之證、子不能成立、則貽父母羞辱、此缾罄罍恥之所爲喻也、易井卦羸其缾、則汲器也、儀禮罍水在洗東則盛水者也、左傳昭二十四年、鄭子大叔語范獻子云、詩曰、缾之罄矣、維罍之恥、王室之不寧、晉之恥也、詳左傳上文云、今王室實蠢蠢焉、吾小國懼矣、然大國之憂也、吾儕何知焉、吾子其早圖之、其下即引詩云云、蓋以缾自喻、以罍喻晉、謂王室衰弱非小國之憂、而大國之恥耳、集傳以缾比父母、罍比子、語意倒置、缾小當喻子、罍大當喻父母、猶云缾罄則貽罍以恥耳、傳曰、爲善思貽親令名、爲不善思貽親惡名、此之謂也、○鮮民之生、不如死之久矣、傳以鮮爲寡者、鴻雁傳偏喪曰寡、因之喪父母者亦曰寡、意探下文無父無母而爲之釋也、蓋鮮民猶言孤子、經傳雖多以孤爲無父之稱、然管子輕重已云、民生而無父母者謂之孤子、孤寡義同、此鮮民所以訓寡也、不如死之久、明非初喪之詞、此二語孝子負罪、以爲無祿不孝以忝所生、故爲是痛切哀慟之辭也、無父何怙無母何恃者、申言鮮民不如死之故也、無父無母就當下言著在役而父母偕喪也、說文、怙、恃也、恃、賴也、蓋怙恃皆依賴之義、此承上二章意、言已實不材、不能孝養、詒父母之羞、至父母俱亡、已爲單獨之民、不如死之久、使吾親早可絕望也、今日雖偷生人世、而無所怙恃、一出一入、俍俍然無所之、其於死何異耶、○出則銜恤、入則靡至者、銜以鐵爲之、横置於馬口、不能咽不能吐之象、恤·憂也、孝子出必告、反必面、今出無所告、故銜恤、入門不見、上堂不見、故靡至、靡至猶言無所適歸也、左傳至則無歸矣、言妻死也、可以相證、鄭朱添如字釋之、不確、

父兮生我。母兮鞠我。拊我畜我。長我育我。顧我復我。出入腹我。 鞠·養、腹·厚也、 **欲報之德。昊天罔極。** ○拊音撫、畜喜郁反、

延文本、傳養下有也字、

箋曰、此承首二章劬勞勞瘁之意詳言之、而深悵其無以報也、一片血淚在連用九我字、生我鞠我、自指初生之時、楊子所謂父母人之天地歟、無天何生、無地何形、是也、生我本其氣也、鞠我成其形也、然父母如一、生鞠非二、雖分屬父母、其義相通、拊我以下、合父母言之、○拊我畜我者、拊猶撫也、撫摩其身體、察其肥瘠、憂其痛癢也、後漢書梁竦傳引詩正作撫我、畜、乳哺之也、鞠育、畜皆養也、所指因語勢變、修辭之道也、鞠與生對、義包下七字、畜與拊對、故指乳哺、育與長對、其義廣於畜、凡畜育相對、則二字氣象自有大小輕重、古人用字極精、○長我育我者、言成長而慈養之也、長者如南風之長養

萬物、調和其身體、滋養其血氣、凡九竅百骸、浸而爲已用、皆父母恩勤之力也、使我朞而臏、三年而顒、遂天性情、以協爲萬物之靈、是謂長我、凡甘旨柔滑之慈、絜葛食簞之安、遊嬉寢息之節、性情氣質之養、知而無不盡心焉、而我得以長大美好矣、是謂育我、○顧我復我者、言反復顧視不能暫釋也、復猶自天申之之申、夫赤子匍匐、不知水火、方立乃顚、方步乃躓、俯仰之間、百危交至、於是視瞻必旋在我者誰居、我之不攣不綦不瞖不鼆、具體而肌膚充盈者、唯是二親顧視之至恩也、是謂顧我、其顧念心緒之反報我、如機梭行緯、一出一入、往來不已、慮之又慮、勤之又勤、是謂復我、○出入腹我者、箋訓腹爲懷抱、是也、子生三年而免於父母之懷、先王以制再期之喪、盡人情也、夫使我具七竅之知、而馴致心之精爽者、三年之愛、實成之始、而父母之劬勞且瘁、其厚莫重焉、蓋疾終侍奉、惟此可少報生我劬勞之德、猶夫子斥宰我期喪之說必曰子生三年然後免於父母之懷也、不然、人子自少至壯、夫何者非父母之恩哉、毛訓腹爲厚、本釋詁腹之爲厚、猶膚之爲淺也、詩歷言拊畜長育顧復、而終以出入腹我、蓋言出入則已擧在内在外、無所不該、○故以腹我括之、見其無所不愛厚、傳義所該廣矣、然不如箋訓爲懷抱之切、云、之猶是也、與莊子之人也・之德也・字法同、昊天指幽王、節南山兩言昊天、亦指幽王與此同、罔極言王政無紀極也、言我方欲報是德、而昊天罔極、使我不得終養也、不言父母既歿不得終養者、無父何怙、無母何恃、已見於上文也、朱傳云、父母之恩、如天之無窮、不知所以爲報、夫昊天罔極之恩、自西

漢既言之、然在詩罔極非無涯義耳、且下亦哀已不穀而不終養、非言其德大故不能報也、立言有所主矣、

南山烈烈。飄風發發。烈烈然至難也、發發·疾貌、民莫不穀。我獨何害。○摺本傳發下有然字、延文本貌下有也字、

箋曰、比也、以喻王政之酷虐、蓋謂南山之氣烈烈然寒、飄風發發然疾、四月冬日烈烈、飄風發發、箋云、烈烈猶栗栗也、發發疾貌、可證、但言烈烈、便有嚴凝之氣、所以與飄風作對、比於衰世之急刻昏亂也、何人斯傳云飄風暴起之風、暴亦疾也、飄風爲疾、則發發爲疾貌、說文、滭、風寒也、泼、引詩一之日滭泼、毛詩作觱發、發卽泼字之假借、若傳云烈烈然至難也、似不得以爲寒義、當如行路難蜀道難之難、以烈烈爲險阻之狀、說文、巘、危高也、讀若厲、集韻類篇、巘力櫱切、山高貌、古有巘山氏、禮記祭法注、厲山氏炎帝也、起于厲山、或曰有烈山氏、然則烈烈爲山之高峻、故傳以爲至難也、○民莫不穀、我獨何害者、穀·福祿也、俾爾戩穀、自何能穀、式穀以女、及孤寡不穀之穀皆同、此言父子完聚也、害·凶害也、書曰罹其凶害、言我獨何爲而遭不得終養之凶害也哉、

南山律律。飄風弗弗。律律猶烈烈也、弗弗猶發發也、民莫不穀。我獨

不卒。

箋曰、重言以結之、律栗雙聲、律律卽溧溧之叚借、凓冽同義、故傳云猶烈烈也、弗與泼亦聲近而義同、發卽泼之叚借、故傳云猶發發也、○民莫不穀、此哀已不穀之辭也、民莫不逸亦同、人當喪父母、雖遇賤夫走卒、父母具慶、皆視爲天上人、而其相處一言一笑、皆視爲人生至樂、我終身必不可得之異數、詩人兩言民莫不穀、以此也、是時民人皆勞苦、何曾能穀、然已有凶害、則自以爲天下之禍、叢已一身、恆人之情也、詩善體人情、○我獨不卒者、卒·終也、言我獨不得終養父母也、一篇精神棲於不卒二字、以是斷却、而上章字字無涯之哀、大有落著、此詩首二章是喩其不得終養、而因傷父母之劬勞、三章是言不得終養、正以應匪莪伊蒿二句意、四章是言父母之恩、正以應生我劬勞二句意、末二章又重自哀痛、以申不得終養之意也、

蓼莪六章四章章四句二章章八句

箋曰、晉王裒以父死非罪、每讀詩至哀哀父母生我劬勞、未嘗不三復流涕、受業者爲廢此篇、韓村先生曰、王裒之三復流涕、詩之感人如此、孝子之感於詩亦如是也、

大東。刺亂也。箋曰、世亂國亂之亂也、王臣虐而下國苦、與緜蠻微臣刺亂正同、東國困於

役。箋曰、東國釋大東、幽王之時、誅求之令猶行于諸侯、故東國諸侯之民愁怨如此、若東遷之後、則不能爾矣、而傷於財。箋曰、易云、不傷財、不害民、譚大夫作是詩以告病焉。箋曰、譚在今山東濟南府歷城縣、去京周二千餘里、則天下無不困於勞役可知也、

有饛簋飧。有捄棘匕。興也、饛・滿簋貌、飧・熟食、謂黍稷也、捄・長貌、匕所以載鼎實也、棘・赤心也、周道如砥。其直如矢。如砥、貢賦平均也、如矢、賞罰不偏也、君子所履。小人所視。睠言顧之。潸焉出涕。睠・反顧也、潸・涕下貌、○饛音蒙、簋音軌、飧音孫、捄音虯、匕必履反、砥之履反、睠音卷、潸所姦反、延文本・傳滿簋貌下・長貌下・並有也字、平字卷子本本無、

箋曰、首章舉古之惠政以傷今日、○賦也、饛・高盛貌、不止滿也、其形穹然、簠盛稻粱、簋盛黍稷、飧猶食也、鄭以飧禮說、不必然、捄通作觩、角上曲而長之貌、此亦以曲而長言、匕所以載牲體、亦以取黍稷、少牢饋食禮、饔人所摡者牲體之匕、廩人所摡者黍稷之匕也、雜記鄭注云、枇所以載牲體者、牲體卽鼎實、牛羊豕鼎、魚腊鼎、鼎皆有匕、匕取鼎實、而載之於俎、此匕較長於取黍稷之匕、傳釋棘匕不蒙上句簋飧、故不以爲取黍稷、而以爲載鼎實也、王念

孫以匕爲飯匕、安井氏曰、飧皆有鼎肉、捄長貌、故傳云匕所以載鼎實、王以匕爲飯匕、是飧直有熟飯、不已略乎、況飯匕小、又不得言捄、此駁是也、雜記、匕用桑長三尺、棘匕對桑匕言、古者喪用桑匕、吉用棘匕、皆取聲近爲義、非必如傳以棘之赤心爲喻也、有饛二句、天子所以勞來諸侯也、簋飧棘匕以該鼎俎籩豆、飲食之事、以該好貨、盛周先王待列國賓客之禮至備、而不可悉數、略舉一二端致意焉、鄭箋所謂施予之厚也、以形今日徵求之苛、先王豈能無徵求、取之有其節、施之當其用、則人但見施、而不見取矣、○周道如砥、其直如矢者、砥・礪石也、禹貢厲砥砮丹、砥磨物使平也、言周家貢賦賞罰之道、平均而無偏頗、正直而無枉曲也、○君子所履、小人所視者、承周道如砥二句、言王庭君子所履而行之、天下黎民所仰而瞻之也、蓼蕭之時是道行、故諸侯皆大悅、○睠言顧之、潸焉出涕者、睠者反顧之貌、又作眷、受上視字有趣、言・語詞、潸・涕下貌、言顧古周道以念今、則潸焉而涕下矣、傷今不如古也、

小東大東。杼柚其空。空・盡也、 **糾糾葛屨。可以履霜。佻佻公子。**佻佻・獨行貌、公子・譚公子也、 **行彼周行。既往既來。使我心疚。**○杼直呂反、柚音逐、佻徒彫反、疚音救、

箋曰、二章傷東國之傷財困役、○觀序下正義云言東以廣之、則似以小東大東爲東方之小國大國者、與序言東國義合、商頌受小國是達、受大國是達、此亦以小大言國者、若東人之子、則仍當從傳指爲譚人耳、但幽王虐取於民、東西當皆被其害、未必獨於輦轂之人加以寬恤之政、所謂西人之子、亦是指小人之在位者也、說文、杼、機持緯者、釋文引作盛緯器、釋文、柚音逐、本又作軸、說文、幐・機持經者、幐卽軸也、柚爲橘柚字、亦爲杼柚字、猶柔爲木名・杼亦爲機杼字也、古人字少、例得通假、後漢書陳忠傳、自西徂東、杼柚其空、注、杼柚謂機也、引詩亦作杼柚其空也、作軸者、大玄掜篇、棘木爲杼、削木爲軸、杼軸既施、民得以燠、法言先知篇、田畝荒、杼軸空、謂之斁、其字正作軸、織軸似車軸、故同名、董逌曰、柚卷織者、朱傳云、柚受經者也、此說不誤、杼柚、織具也、絲盡矣、故杼軸空虛耳、杼柚所出、蓋貢物也、前章言食、此言布帛、○糾糾葛屨、可以履霜者、葛屨不可以履霜、然國貧而衣裘不具、百事困窶、皆以爲可用以履霜、言窮甚也、是句下屬、佻佻公子、釋文、佻佻韓詩作嬥嬥、並音挑、本或作窕窕、說文、嬥・直好也、廣雅訓嬥嬥爲好、糾糾是葛屨之貌、非履霜之貌、則嬥嬥亦是公子之貌、非獨行往來之貌、此句但言其直好耳、佻字亦作苕、楚辭九歌注、引詩作苕苕公子、西京賦狀亭亭以苕苕、爾雅、佻佻契契、愈遐急也、此句明爲大東作釋、愈遐急者、當是遠行急切之意、乃就本詩大旨爲釋也、行彼周行、無車而徒也、周行、周之道路也、此言公子以衆從役事於周也、雖公子衣屨亦不能順時、其他可知、○既往既來者、承上行彼周行言之、往來謂數數往來、疲於道路、安井氏曰、既如字、言竭我財而往、既致

我財而來、恐復有後命、徵求無已、故使我心病也、

有洌氿泉。無浸穫薪。契契寤歎。哀我憚人。

洌・寒意也、側出曰氿、泉、穫・艾也、契契・憂苦也、憚・勞也、

薪是穫薪。尚可載也。哀我憚人。亦可息也。

載・載乎意也、洌音列、氿音軌、穫戶郭反、憚丁佐反、又音但、

箋曰、三章愬其勞苦而欲其閔之、◯首二句比也、洌、寒也、故字從冰、卷子本从水作洌、誤也、易井九五爻辭、井洌寒泉食、說文以爲水清、則洌與冽不同義矣、爾雅、氿泉穴出、穴出・仄出也、側與仄通、從旁出也、釋名、氿・軌也、流狹而長、如車軌也、古者車轍謂之軌、車軸兩端自轂中出者亦謂之軌、故泉之仄出者似之、傳云穫艾也、艾釋文作刈、穫讀如穫稻之穫、故爲刈也、則字宜從禾、箋云、穫落木名、則字宜從木、然檴落爲木名、似不可單言檴、就使木亦名檴、而薪亦不止一檴也、說文艸曰零、木曰落、蓋箋意以檴爲落木之名、非依爾雅釋木也、惟穫訓刈、不如仍依毛从禾也、此言薪已刈矣、無使水浸之、浸之則將濕腐不中用也、喻人已勞矣、宜撫卹之、困則憔悴不能勝、洌泉比侵刻之政、與曹下泉同、且洌泉與履霜映帶、有寒慄之意、◯契契寤歎、契徐音苦結反、是也、契當讀如爾雅釋水絜、李注、絜言河水多山石、治之苦絜之絜、絜、苦也、勞苦之人多憂、故亦訓憂苦也、字當作挈、从手从㓞、㓞卽刻之古文、

手有所切會、勞苦之意、作契與絜者、皆假借、契契者勞而又勞之意也、惟其憂苦之深、故往往寤歎也、哀我憚人、釋文、憚字亦作癉、小明憚我不暇、亦作憚、板篇下民卒癉、則正作癉、郭注、癉·勞也、不引板而引此文、郭所見本猶作癉也、癉本訓勞、勞必生病、故說文彙訓病、作憚者假借字、憚人言勞疲之人、○薪是穫薪、興也、第一薪字當讀如棫樸薪之槱之、傳萬民得而薪之、第二薪字當讀翹翹錯薪之薪、柴草之總名也、薪是穫薪以所刈之柴草給炊爨也、上薪但就薪言、是以物喻人、下薪是言用以供爨、則就薪者言、是以事喻事、尚可載也者、載言載車以歸也、孟子所謂車薪與薪是也、傳云載乎意者、正義云、存載於意、蓋謂心不忘其溼腐耳、或曰、傳意字或車字之誤、尚·猶也、薪已刈矣、猶可車載而還、則堪以供用、人已勞矣、亦猶可慰安而息之、則堪以供役、卽捨今弗載息、則腐弊不可復用也、尚字有迨今可也不得俟後日之意、亦字緊承尙字、載自泉浸來、載而避水、愛薪也、有命彼後車謂之載之之意、○哀我憚人亦可息也者、憚人卽公子東人也、息是憚之反、凡徵發之煩、供億之困、皆癉也、不盡人力、不盡人財、皆息也、首章如砥如矢、是正本清原之法、此章息字、是補偏救獘之法、幽王時、政之廢壞極矣、詩人不敢望王朝以如砥如矢、猶冀其能息小國之癉、故曰亦可息也、此與民勞汔可小息正同、夫穫薪不使水浸、理之當然也、以當然之理、勸其哀我憚人、是能言也、比以告病、又興以乞憐、是異格也、

東人之子。職勞不來。西人之子。粲粲衣服。　東人·譚人也、來·勤也、

西人・京師人也、粲粲・鮮盛貌、**舟人之子。熊羆是裘。**舟人・舟楫之人、熊羆是裘・言富也、**私人之子。百僚是試。**私人・私家人也、是試・用於百官也、○來音賚、傳貌延文本作也、卷子本本無、延文本・傳舟楫之人下有也字、

箋曰、四章更端言周人富榮而不関東人、○東人泛言東諸侯之人、譚亦與焉、職、專主也、來、慰撫也、東人之子、專主爲勞苦而已、而未嘗見慰撫、何曾有篚飧棘匕之厚意乎、傳云來勤也者、勞來之來本作勑、爾雅、勞來、勤也、釋文來本又作勑、廣雅、勑、勤也、今經典通借作來、古以勤勞爲勤、慰其勤勞亦爲勤、故傳訓來爲勤、○西人之子、粲粲衣服者、周在西、故以西人爲京師人也、東人之子二句承上章、西人之子二句起下文、粲粲・鮮明貌、○舟人之子、熊羆是裘者、上西人之子謂在官者、舟人私人、當有所指、言厮役之賤、皆濫冠裳、享祿食、熊羆是裘、熊羆非裘制所有、益見其踰侈、鄭易舟爲周、裘爲求者、舟與周字異而音同、考工記注、故書舟作周、是二字通用之證、古衣裘字原作求、象形、後人始加衣作裘、以別於求乞之求、故云舟當作周裘當作求、聲相近故也、然舟人私人就西人之中特舉其卑賤者、以見官之師旅不勝其富耳、西人卽謂周人、何得又以舟爲周、上言衣服、下言裘、本一例、何得別爲求、箋改字以此爲最多事、或疑熊羆不可爲裘、不知周禮穴氏掌攻蟄獸、獻其皮革、注卽以爲熊羆之屬、禹貢梁州貢熊羆狐狸、大雅韓奕獻其貔皮赤

豹黃羆、莊子豐狐文羆、蓋皆爲裘之用、不必以裘制無熊羆爲疑、卽如玉藻之虎裘、又豈裘制所有邪、粲粲熊羆殊異于葛屨履霜者、惟是以西人之富逸、與東人之勞瘁、而相形成章而已、四種人皆平等、以子稱、猶曰夫非盡人之子與、○私人之子、百僚是試者、私人私家僕隸之屬、傳云私家人者、謂私屬之家人也、釋文、僚又作寮、版傳、寮·官也、采芑傳、試·用也、家臣見用、升而列於百官也、曰是試、雖譏其任用濫惡、乃當時寵嬖之人、冠猴翼虎、世濟其凶者、實爲流毒之源、長國家而務財用者、必自小人矣、王庭皆小人、是東國之所以困而傷財也、周之衰也、政以賄成、而官之師旅不勝其富、又其甚也、私人之子、皆得進而服官、旣壞賦法、卽選法亦因之濫觴、而文武周公之憲章盡矣、自古國家吏道雜而多端、未有不趨於危亂者也、

或以其酒。不以其漿。或醉於酒、或不得漿、**鞙鞙佩璲。不以其長。**鞙鞙·玉貌、璲·瑞也、**維天有漢。監亦有光。**漢·天河也、有光而無所明、**跂彼織女。終日七襄。**跂·隅貌、襄·反也、○鞙胡犬反、璲音遂、跂丘豉反、延文本·傳玉貌下有也字、

箋曰、首四句承上章比校西人東人之不均也元宜每句用或字者、今省之、一或字貫四句而總之、或有酒、或無漿、或有長佩、或無長佩、有者西人也、無者東人也、酒貴而漿賤、若漿酒藿肉語可以見矣、以·用也、不以·不用也、或醉以其酒、或不得以其漿、漿且無之、酒不待言矣、周禮酒正辨四飲之物、三曰

漿，鄭注，今之截漿也，賈疏云，漿亦酒之類，截之言載，米汁相載也，何楷云，酒
與漿有別，漿乃酒之薄者，素問所云，今時之人以酒爲漿，是也，韓詩外傳云，
宋燕相齊見逐，召門尉陳饒等曰，悲乎哉，何士大夫易得而難用也，饒曰，君
弗能用也，則有不平之心，是失之已，而責諸人也，三斗之稷，不足於士，而君
鴈鶩有餘粟，是君之一過也，果園梨栗，後宮婦人以相提擲，士曾不得一嘗，
是君之二過也，綾紈綺縠，靡麗於堂，從風而弊，士曾不得以爲緣，是君之三
過也，且夫財者君之所輕也，死者士之所重也，君不能行君之所輕，而欲使
士致其所重，猶譬鉛刀畜之而干將用之，不亦難乎，宋燕面有慙色，逡巡避
席曰，是燕之過也，詩曰，或以其酒，不以其漿，此引詩之意正與毛同，○鞙鞙
佩璲不以其長，說文，鞙，大車縛軛靼，字亦作鞙，釋名，鞙，縣也，所以縣縛軛也，
是鞙有縣繫之義，馬瑞辰曰，爾雅釋器，繸，綬也，郭注，卽佩之組，所以連繫瑞
玉者，因通謂之繸，竊謂此詩佩璲當讀爲繸綬之繸，故言不以其長，長卽綬
之長也，漢官儀，綬長一丈二尺，闊三尺，是繸宜長之證，說文無繸字，古蓋止
作璲，續漢書輿服志云，古者君臣佩玉，尊卑有度，上有韍，貴賤有殊，三代同
之，五霸迭興，戰兵不息，佩非戰器，韍非兵旗，於是解去韍佩，留其係璲，以爲
章表，故詩曰，鞙鞙佩璲，此之謂也，韍佩既廢，秦乃以采組連結于璲，轉相結
受，故謂之綬，志又曰，縌者，古佩繸也，佩綬相迎受，故曰縌，今按，綬見玉藻爾
雅，不始於秦，大東所言，其時猶未去玉，所謂綬者，猶指連繫瑞玉者言，非秦
漢之所謂綬也，秦漢以後，別以縌爲綬維，乃更以與縌相接受者爲綬，又非
古之所謂綬耳，李黻平曰，正義曰，鄭唯言佩璲云是玉也，故鞙鞙爲玉貌，璲

瑞釋器文、此瑞正謂所佩之玉、故箋云、佩璲者以瑞玉爲佩、玉藻云、古之君子必佩玉、是也、如孔言則今本傳文鞙鞙玉貌璲瑞也七字、皆是箋文、後人誤以入傳、李說是也、鄭蓋謂、璲卽瑞之假借、崧高以作爾寶、傳云、寶、瑞也、是瑞與寶同義、故此箋以瑞玉爲佩者、言以寶玉爲佩、非必指桓躬蒲璧之瑞、

○維天有漢、監亦有光者、天漢一名天河、一名雲漢、星皆在天、獨漢言維天者、以其初言天象、故云維天以總之、使下諸星皆蒙維天之文也、夏小正、七月漢案戶、傳、案戶也者、直戶也、古者戶皆南、是時初昏、天漢直南也、昭八年左傳、今在析木之津、釋天、析木之津、箕斗之間、漢津也、劉炫謂、天河在箕斗二星之間、箕在東方木位、斗在北方水位、分析水木、以箕星爲隔、隔河須津梁以渡、故謂此次爲析木之津也、監、天監有周之監、臨下曰監、天漢有光者、南山有臺邦家之光、傳、光・明也、楚辭雲中君、與日月兮齊光、注、光・明也、據此則光卽明也、言有光、卽有明也、句法全在一亦字、言維天有漢、其光雖微、總不得謂之無明、毛似誤、

○跂彼織女、終日七襄者、跂・開足之貌、以下兩星言之、非三星三隅之謂、舊說不是、終日者、織女非昏出晨沒、故以日言之、襄・上也、蓋謂上機而織也、一舍一織、七次則七襄、星雖行不息、因次舍名以人事言之、此應杼柚其空、毛謂襄反者、謂從旦至暮七辰、而復反於夜也、胡承珙曰、此疏非是、經言日並不及夜、況移七襄而至夜、亦不得謂之迴反、蓋反卽更也、呂覽愼人篇、返瑟而弦、察微篇、舉兵反攻之、知度篇、其患又將反以自多、高注並以反爲更、此傳言反者、亦謂更其次、鄭箋謂更其肆者、乃申傳、非易傳也、下文不成報章傳云、不能反報成章、此反乃迴反之反、兩反字義異、

疏一例釋之、誤矣、正義又曰、在天爲次、在地爲辰、星之行天、晝夜雖各六辰、數者擧其終始、故七、卽自卯位至酉位也、劉瑾謂、日月五星爲緯、其餘皆爲經星、經星周布、與天爲體、所謂經星一晝夜左旋一周天而有餘者、卽天之旋一周而又過一度者也、然周天十二次、一晝夜十二時、則一時當歷一次、故終其晝日之間、自卯至酉凡七時、織女星當歷七次也、二說固然、然詩就織女名作此寓言、元無可把捉、不必勞窮討、七只稱多數亦可耳、又詩中歷言衆星、傳箋以爲王朝官司、徒列於朝而無用、歐陽氏以爲若刺官司失職、則日月星辰名職至多、宜擧其大而要者、義與王官相近、方爲善譬、今所擧止掩兔簸揚挹酒漿之類、莫見王官之義、因謂是譚大夫仰訴於天之辭、以其說按之經文、尤與前數章相通貫、方苞曰、天漢有光、望其能監我之情也、織女七襄、望其能助我以力也、孰意織女報章不成、而牽牛亦不可以服箱、畢亦不可以罩籍乎、雲漢不可監、而啓明長庚亦虛有其光乎、其意蓋謂織文萩粟百貨、皆人力所成、非天降地出神輸鬼運也、豈能恣取而不竭哉、案此皆極怨之辭、五章非直望其助也、言東國財力已盡、而西人誅求無已、或者自天降之、方可供汝之求、六章言欲天降之、而天不能也、卒章言天非惟不能降、而且若爲呑噬挹取之形、使人可畏、則無從告之於人、幷亦無從告之於天、此其所以潸焉出涕也、楚辭天問、此其濫觴、維天有漢以下、一意連說二十句、不見其複、末四句又進一步、暗指聚斂小人、以究亂本、方氏申歐義、更無餘蘊、是章上四句以括前章、下四句却與後章聯、亦異格也、雖則七襄。不成報章。不能反報成章也、睆彼牽牛。不以服箱。睆、明星貌、河鼓謂之牽牛、服、牝服也、箱、大車之箱也、東有啓明。西有長庚。日旦出、謂明星爲啓明、日既入、謂明星爲長庚、庚、續也、有捄天畢。載施之行。捄、畢貌、畢所以掩兎也、何嘗見其可用乎、

○睆華板反、延文本、傳明星貌下畢貌下並有也字、

箋曰、六章受前章下半、重而廣之、○報章織文也、報者復也、往來之謂也、織之用緯、一來一去、以報反而成章也、言織女徒有織名、雖七襄而不能成文章、○睆彼牽牛者、爾雅、何鼓謂之牽牛、何鼓通作河鼓、爾雅以何鼓牽牛爲一星、而史記天官書牽牛爲犧牲、其北河鼓、河鼓大星上將、左右左右將、以何鼓與牽牛爲異星、牟廷相曰、牛宿其狀如牛、何鼓直牛頭上、則是牽牛人也、詩云、睆彼牽牛、睆、明星貌也、何鼓中星最明、舉頭卽見、而牛宿差不甚顯、詩人觸景攄情、不宜舍極明之何鼓、而取難見之牛宿、睆彼之謂何鼓、不謂牛宿明矣、月令季春、旦、牽牛中、仲秋、昏、牽牛中、皆何鼓也、凡舉中星、不必皆正指其宿、有仲春弧建之例、夏小正之織女南門、亦其比也、考諸經典、無名牛宿曰牽牛者、郝懿行曰、牽牛三星、牛六星、天官書誤以牛星爲牽牛、故以何鼓牽牛爲二星、馬瑞辰曰、今按河鼓與牛星相連、古或通名牽牛、猶參伐各三星、而考工記曰熊旗六旒以象伐、則連參亦名伐也、營室東壁各二星、

而考工記曰、龜蛇四斿以象營室、則連東壁亦名營室也、何鼓本三星、天文志曰、一曰三武、天子之三將軍、正義引孫炎云、何鼓之旗十二星在牽牛之北、或名爲河鼓、亦名爲牽牛、則又以左右旗十二星通名何鼓牽牛矣、不以服箱者、以、用也、服・易繫辭服牛乘馬之服、箱・萬斯箱之箱、車內容物處曰箱、馬瑞辰曰、按考工記、大車牝服二柯、又三分柯之二、鄭司農注、牝服謂車箱、服讀爲負、說文、箱・大車牝服也、皆以牝服與箱爲一、後鄭云、牝服長八尺、謂較也、蓋以牝服爲左右較、而以箱爲大車之輿、其義當與毛傳同、故此箋申毛云、不可用於牝服之箱、然以經文求之、服當作虛字解、不得以爲牝服、服之言・負也、車箱以負器物、謂之服、牛以負車箱亦謂之服、張衡思玄賦、羈要褭以服箱、章懷注、服・駕也、箱・車也、蓋取驥服鹽車之義、而服箱之字則本詩、又古詩牽牛不負軛、亦本此詩爲說、自軛牛頸處言之曰負軛、自牛負車言之則曰服箱、服與負一也、淮南子說山訓、剝牛皮鞟以爲鼓、正三軍之衆、爲牛計者、不若服於軛也、服於軛卽負軛也、則知服箱猶云負箱耳、○東有啓明西有長庚者、啓明長庚、俱是金星也、以其先日而出謂之啓明、啓・開也、開日之明也、以其後日而入謂之長庚、庚・續也、猶繼也、繼日而明也、蓋金水二星常附日行、而或先或後、但金大水小、故獨以金星爲言、金星日入時在西方、後于日則可見、先于日則不可見、日出時在東方、先于日則可見、後于日則不可見、史記天官書索隱引韓詩云、大白星、晨見東方爲啓明、昏見西方爲長庚、與毛傳義同、皆以啓明長庚爲一星、正義云長庚不知是何星、失之、傳曰且出與日既入相對爲文、正義本作日旦出、亦誤、且出正謂未旦昧爽時、旦者日在地上、明星不見矣、鄭樵以長庚爲水星、謂金星在日西、故日將出則東見、水星在日東、故日將沒則西見、陳啓源駁之曰、金水各有晨昏度、行晨度則在日西、行昏度則在日東耳、如鄭言是金星有晨度無昏度、水星有昏度無晨度矣、豈不謬哉、胡承珙曰、前漢鄒陽上梁孝王書曰、衞先生爲秦畫長平之策、太白食昴、張衡週天大象賦、衞生設策、長庚入昴、此太白爲長庚之確證、若何氏古義謂太白不能一日東西兩見、則又不然、新法表異云、金星或合太陽而不伏、水星離太陽而不見、所以然者、金緯甚大、凡逆行緯在北七度餘、而合太陽於壽星大火二宮、則雖與日合、其光不伏、一日晨夕兩見者皆坐此、故水緯僅四度餘、設令緯向是南合太陽於壽星、嗣後雖離四度、夕猶不見也、合太陽於降婁、嗣後雖離四度、晨猶不見也、此二則用渾儀一測便見、非舊法所能知也。○有捄天畢、畢、畢星也、說文、畢・田网也、史記天官書、畢曰罕車、主弋獵、是畢星象田弋之畢、傳上言捄長貌、此云畢貌、亦言畢之貌長也、月令鄭注、小而柄長謂之畢、是畢長柄小網也、畢八星、上二星如柄、下六星曲爲兩行張其口、如畢網也、載施之行、載・則也、施行猶施于中逵也、天之畢則捄然徒施於行列而已、蓋作詩者、時方中夜、仰天感歎、適見天河爛然有光、卽所見以抒寫其悲哀、又跂織女、不覺動杼柚其空之意、又因織女及牽牛、以見其輸載之勞、無可諉也、啓明長庚天畢、亦望中所見、故又因織女牽牛及之、靑兗二州有鹽絺織文之貢、譚在濟南、困於供億、故言杼柚之空、而歎織女之不能代爲織作、賦煩則役重、故陳履霜之苦、而歎牽牛之不能代爲輓輸、皆所以告病也、縷數牛女箕畢諸星、總是窮極呼

天常態、不必明解深求如癡人說夢也、諸星在天、人人見之、日日見之、但煩愁之人、觸物生悲、失望之時、到處歸咎耳、

維南有箕。不可以簸揚。維北有斗。不可以挹酒漿。

維南有箕。載翕其舌。維北有斗。西柄之揭。 翕·合也、挹·斢也、○簸波我反、斗都口反、徐音主、挹音揖、翕許急反、揭居竭反、斢矩于反、

箋曰、卒章言非唯不足賴、亦將害我以結之、○此詩後三章猶騷之問天也、望其致用則徒負空名、恐其播虐則若有實象、酷盡無聊情事、箕四星在天漢之旁、上二星平列爲踵、下二星斜列爲舌、形似簸箕、中一黑子名糠、夏秋之交、昏見南方、簸亦揚也、說文、簸揚米去糠也、反應有饛簋飡有趣、維北有斗者、斗古料字、說文、料、勺也、勺所以挹取也、斗四星爲魁、三星爲柄、斗七星常見於北方、故曰北斗、正義以爲南斗、非也、南斗卽二十八宿之斗、南斗與箕、皆以初秋昏見於南方、直是箕西而斗東耳、況上章言東西、原以在人之東西、則此章維南維北、自當與之同、何偏以二星相較而分南北、王念孫謂、南斗之柄、常向西而高於魁、故經言西柄之揭、若北斗之柄、固不常西、卽指西亦不得云揭、殊不知箕星昏見於南方之時、北斗之柄、正指申位、詩人因所見而言之、不必論斗柄常指西與否、詩以天漢爲起、卽夏小正七月漢案戶、織女昏東鄉之時、天漢明、牛女會、箕斗南北相望、分明七月星象也、正義

不見及此、故以斗爲南斗耳、北斗西柄與漢案戶正一時也、南斗雖在箕北、安得曰北有斗乎、且作者歷舉東西南北之意、亦索然矣、不可以挹酒漿、此亦反應有捄棘匕、廣雅曰、斞、酌也、○載翕其舌、箕星之舌雖張、然形相並相抱、故曰翕其舌、以見其主於收斂也、淮南子氾論篇、頭會箕賦、高注、箕賦似箕然斂民財多取意也、此詩刺重斂、故以箕星爲喻、言雖有箕、不能爲我簸揚糠粃、而翕其舌、反若有所呑噬、○西柄之揭、揭、高舉也、言雖有斗不能爲我挹酌酒漿、而西揭其柄、反若有所挹取於東、其不特不可以簸揚、不可挹酒漿也、較上四句、更進一層、語有次第、意有淺深、

大東七章章八句

箋曰、四章以下章句、集傳呂記皆從傳箋、維天有漢四句、專說天象、與酒漿珮璲說人事別、而合爲一章、織女四句祇說一星、分爲二章、似參差不合、此古人文法錯綜變化也、以韻求之、知其非誤、嚴華谷以第五章鞙鞙佩璲不以其長以上四句屬上章、維天有漢以下四句屬下章、二章章各十二句、非特長短不倫、且章法亦板而不活、不如從舊爲妥、

四月。大夫刺幽王也。 箋曰、大夫役于南國、踰時不歸、感節物之移、歌以告哀焉、四月南役、北山北役、所以相比也、

在位貪殘。 箋曰、四章及六七章皆有是意、

下國構禍。 箋曰、天下大勢、西北爲上、

東南爲下，故東南之國對王朝言皆爲下國，構禍見五章，

怨亂並興焉。箋曰，是大夫所以久役也，以詩考之，由夏而秋，由秋而冬，則見其經歷之久，由西周而南國，由豐鎬而江漢，則見其跋涉之遠，亂離瘼矣，奚其適歸，則無所逃避之辭，此憂亂之證也，則是詩也，蓋大夫行役而憂時之亂也，陳啓源曰，王肅述毛意，以爲四月行役，六月未得歸，闕一時之祭云云，孔疏非之，以爲敘不言征役，傳亦無此意，又言首章始廢一祭，已恨王之忍，復闕二祭，彌應多怨，何秋日冬日之下，更無先祖之言，源案，一時不祭，猶以爲怨，則秋冬兩祭俱廢，其爲當怨不言可知，詩語互文相備，往往有之矣，敘傳雖不言征役，然詩人託興，恆據目覩爲言，六章滔滔江漢，定應身在南國，故有此語，獨非征役之一證乎，又左傳文十三年，公自晉還，鄭伯會公于棐，欲其如晉請平，季文子賦四月，見征役踰時，思歸祭祀，不欲如晉，又孔叢子記孔子云吾於四月見孝子之思祭，則王氏之解，歷有明徵，仲達譏之，過矣，胡承珙曰，此詩第三章與蓼莪第五章文義皆同，彼爲民人勞苦，孝子不得終養，則此亦當爲征役在外，不得歸祭之詩，郎鄭亦純用蓼莪箋語，且蓼莪五六兩章亦幷不言父母，則此詩首章言先祖，已見思祭之意，不必以秋日冬日之下不言先祖爲疑，此序雖無大夫行役祭祀之事，但作序者，祇言全詩大旨，此詩以構禍怨亂爲重，而苦役特其一端，思祭又苦役之一端，故序不言耳，傳於首章不言興，則維夏徂暑，及次三章之秋日冬日，皆爲紀時，其意當不同鄭箋以酷暑嚴寒興王之虐政，當是歷舉行役之時，先祖之言，毛雖不及祭祀，正當依左傳韓詩以申毛義，孔疏乃使附

之鄭說、誤矣、

四月維夏。六月徂暑。徂・往也、六月火星中、暑盛而往矣、先祖匪人。胡寧忍予。

箋曰、首章至三章皆感時而思祭祀也、○四月六月以夏正數之、建巳建未之月也、首二句詠行役之苦、以寓時事熏心之義、南行最畏暑、照應可玩、昭三年左傳、辟如火焉、火中、寒暑乃退、此其極也、能無退乎、杜注云、火、心星、心以季夏昏中而暑退、傳正本左傳爲訓、暑盛而往、卽是暑極而退之意、天地之氣、以方來爲盛、盛極卽爲衰、四月暑方生爲來、則六月暑盛功成將退爲往也、○先祖匪人胡寧忍予、言先祖非人乎、人鬼不可不時祭焉、何乃忍予、使我不得脩人子之道邪、是思祭之辭也、王肅得大義、但大雅雲漢云、父母先祖胡寧忍予文句、與此正同、不應異解、王肅以忍予屬王、不如繫先祖之允當、安井氏曰、此四句蓋疑怪之辭、言先祖豈非人邪、若是人、當憫恤子孫、何乃使我遭此難也、此人遭難、本非先祖之過、怨極無所控告、而望救於先祖、乃人之至情、其實親之、非慢之、疏云、人困則反本、是也、寧猶乃也、下寧莫我有同、

秋日淒淒。百卉具腓。興也、淒淒・涼風也、卉・草也、腓・病也、亂離瘼矣。爰其

適歸。 離・憂也、瘼・病、適・之也、○卉許貴反、腓房非反、瘼音莫、延文本・淒作凄、傳同、傳涼作涼、摺本傳無興也二字、

箋曰、二章哀百姓困瘁、而自傷將不保先人遺體焉、○秋日猶秋時也、冬日放之、釋訓、哀哀悽悽、懷報德也、哀哀出蓼莪、淒淒卽秋日淒淒也、霜露既降、君子履之、必有悽愴之心、孝子感秋故思祭、是懷報先人也、百卉具腓者、文選思玄賦、卉既凋而復育、舊注、卉・草木凡名也、文選注是也、說文、艸木字皆从屮、二屮爲艸、三屮爲卉、二屮而顚倒之爲木、草曰百草、木曰百木、凡曰卉者、皆兼草木之名也、至出車卉木萋萋、稱卉爲草者、對文則草專名爲卉、散文則草木統名爲卉也、三章嘉卉偏指木、具猶皆也、文選謝靈運戲馬臺詩李善注引韓詩曰、百卉具腓、薛君曰、腓・變也、俱變而黃也、毛萇曰、痱・病也、今本作腓字、非也、據李言則似韓詩作腓、毛詩作痱、然釋文不言毛韓字異、或毛詩亦作腓、特以爲痱之假借、遂訓爲病也、釋詁、痱、病也、郭注云見詩、而玉篇痱下引此正作痱、是詩固確有作痱之本矣、然毛詩多假借字、而陸孔唐石經皆作腓、不能必作腓之爲誤本也、○亂離瘼矣者、世亂必離散、瘼者言亂離之爲病也、非憂亂而病、文選卷二十卷三十八李注、並引韓詩亂離斯莫、薛章句曰、莫、散也、則以亂離二字連讀、讀離爲離散之離、讀莫如散漠之漠、毛以離爲罹之借字、兔爰逢此百罹、傳云、罹・憂也、釋文、罹本作離、斯干釋文同、尹宙碑、遭離寢疾、離卽罹也、毛意以亂離瘼三字連讀、謂禍亂憂病於何所歸乎、非是、爰其適歸者、適、專嚮往也、與訓主者義相通、歸言亂之歸也、天下亂離、而民皆瘼矣、是禍其歸於誰身乎、自顧而怵惕也、故左傳引是曰、

歸於怙亂者也夫、家語爰作奚、朱傳同注疏本作爰、經下雙注家語作奚、而釋以奚何也、是義從家語、而本文仍作爰、集傳于經文皆主毛本、從無改字、有所疑異、附存于注中、如菀柳上帝甚蹈、云蹈當作神、是取戰國策文、而於本文則仍蹈字、不竟易也、此詩集傳原有爰家語作奚之語、明見嚴緝所引、不知何時雙注遺脫、今俗本直改經文作奚、失朱子謹慎之意矣、常璩華陽國志、引亂離瘼矣奚其適歸、蓋三家詩有作奚者、任彥昇爲范尙書讓吏部封侯第一表云、亂離斯瘼、欲以安歸、任表云、安歸、正奚其適歸之意、此亦足見韓作奚、與毛異字異義也、

冬日烈烈。飄風發發。民莫不穀。我獨何害。

箋曰、三章哀行役踰歲、而不得祭先人也、○烈烈、寒甚之貌、四時之氣、樂者遇之皆美、愁者觸之皆惡、四月之大夫、夏則苦于徂暑、秋則悲夫百卉、冬則傷夫飄風、觸景生愁、無一得以自寬也、可以見當時之亂、而感時思祭之意皆存、若無思祭之義、季文子賦四月不通、○民莫不穀、我獨何害、民泛指不從征者而言、大夫至冬不歸、徒然終闕一歲之祭、怵惕不安、故言之自傷也、是句小弁蓼莪皆哀不得事父母、例而觀之、思祭之義實確、此章解已見蓼莪篇、

山有嘉卉。侯栗侯梅。廢爲殘賊。莫知其尤。 廢、忕也、○忕時世反、

箋曰、四章更端哀朝廷無人、殘民不已、○首二句比也、以山有嘉樹、比朝廷之有美材焉、言今亦有良士如梅如栗者、遭世之衰亂、皆變操失志爲殘賊之徒、而無自知其罪者也、孟子曰、知其罪者惟孔距心、可相反證、此章是風刺、蓋指有勢位者而言、時必有其人也、梅、柟也、非摽梅之梅也、廢・荒壞也、善者變爲不善、故曰廢也、俗云墮落、是也、楚辭、蘭芷變而不芳兮、荃蕙化而爲茅、何昔日之芳草兮、今直爲此蕭艾也、卽是意也、傳廢忕也、釋文云、一本作廢大也、此是王肅義、鄭箋云、言在位者貪殘爲民之害、無自知其行之過者、言忕於惡、說文云、忕・習也、恆爲惡行、是慣習之義、列女傳霍夫人顯傳、引詩廢爲殘賊、言忕於惡、則訓廢爲忕、義同鄭箋、正義言定本廢訓爲大、與鄭不同、是鄭本作忕之證、

相彼泉水。載淸載濁。我日構禍。曷云能穀。構・成、曷・逮也、○相息亮反、延文本・傳成下有也字、

箋曰、五章哀怨亂荐起、茫無治日、○首二句比也、相、視也、山比朝廷、水比下國、泉水雖濁亦有淸時、以比凡下國雖亂亦有治日焉、○我日構禍、曷云能穀者、我與下國對、斥朝廷也、上殘賊不已、則下怨亂益甚、日日構怨連禍、則其何時能和平乎、構禍、互相構成也、故序曰下國構禍、曷猶曷云能來、曷云其還之曷、言何日也、傳云曷逮者、言逮何時也、非訓曷爲逮也、曷云能穀、與民莫不穀相應、

滔滔江漢。南國之紀。滔滔、大水貌、其神足以綱紀一方、盡瘁以仕。寧莫我有。○滔吐刀反、瘁似醉反、延文本、傳貌下有也字、

箋曰、六章怨王不恤行役之勞○江漢二水名、詳周南、首二句比也、國語山川之靈、足以紀綱天下、毛據之云、其神足以綱紀一方、此以其神靈福南國言之、鄭箋紀理衆川、使不壅滯、卽受百川而注之海之義、此以水利言之、集傳紀謂經帶包絡之也、此以形勢言之、三說皆通、大雅棫樸云、勉勉我王、綱紀四方、假樂云、受福無疆、四方之綱、之綱之紀、燕及朋友、傳云、朋友、羣臣也、此蓋以江漢綱紀一方、喻王者當綱紀四方、夫達聰明目、澄叙官方、王者所以爲天下紀也、盡瘁以仕、曾莫我有、就一身而天下之無紀可知矣、江漢以征役所至之地言、越山涉水、遠至南國、亦三章之叙也、○盡瘁以仕、寧莫我有、盡瘁謂心身勞苦無所餘、與北山之盡瘁事國正同、俗言手足擂棒、是也、仕、事也、以仕、盡瘁以從事也、寧猶乃也、有當讀如相親有之有、寧莫我有、猶王風葛藟亦莫我有也、左氏昭二十年傳、是不有寡君也、杜注、有、相親有也、詩人蓋傷己之盡瘁以事國而不見親有於上耳、是章受前二章而括之、朝廷爲殘賊、下國構禍不已、是我所以盡瘁也、南國卽構禍之國也、

匪鶉匪鳶。翰飛戾天。匪鱣匪鮪。潛逃于淵。鶉、鵰也、鵰鳶、貪殘之

鳥也、大魚能逃處淵、○鶉徒凡反、鳶以專反、鱣張連反、鮪于軌反、鵰音彫、

箋曰、七章受上言小人騰驤而賢才隱伏、○四句皆比也、非鵰鳶而戾天、悖矣、比殘賊占王庭、非鱣鮪而逃淵、亦悖矣、比君子伏田野、鶉也、鳶也、取其能高飛摩天也、非取其貪殘、正義曰、說文云、鷻・鵰也、從敦而爲聲、字異於鶉也、鵰之大者、又名鶚、孟康漢書音義曰、鶚、大鵰也、說文又曰、鳶・鷙鳥也、鶉鳶皆殺害小鳥、故云貪殘之鳥、釋文、鶉字或作鷻、說文隹字注、一曰鶉字、隹卽隼也、鶉卽鷻也、是鷻古或借作鶉之證、至雝鶉之雜、說文自作雜耳、陸佃曰、鵰能食草、似鷹而大、黑色、俗呼皂鵰、一名鷲、其飛上薄雲漢、羅願曰、鵰者鶚之類、土黃色、健飛擊沙漠中、空中盤旋、無細不覩、鳶抱朴子曰、鳶飛在下無力、及至乎上、聳身直翅而已、錢氏段氏並謂、鳶與鳶不得爲一字、是也、必據說文作鳶、謂詩鳶字皆當作鳶、則未必然、爾雅、鳶鳥醜、其飛也翔、鷹隼醜、其飛也翬、翔回飛、翬大飛、力大則飛大、力小則飛小、翔之勢小于翬、則鳶鳥比鷹隼・爲物亦減、鳶卽鶚字、若鳶旣是鳶、則當屬鷹隼醜、不當與烏連擧爲類、疑鳶別爲一鳥、又射鳥氏以弓矢敺烏鳶、注、烏鳶喜鈔盜、便汙人、二物亦並擧、穆天子傳烏鳶・郭璞注、鳶・鴟也、鴟・雅之俗字、郭意直以鳶爲雅、是鳶烏之鳶、必非鳶可知、王引之曰、鳶字見於小雅大雅周官射鳥氏曲禮中庸爾雅釋鳥蒼頡篇、不應說文不載、蓋鳥部有此字、而傳寫者脫之也、其鷻字注引詩匪鷻匪鳶、當作匪鷻匪鳶、蓋本作鳶字、因下鳶字篆文相連、寫者遂誤爲鳶耳、胡承珙曰、釋文、鳶以專反、在毛詩鳶字本非韻、不定爲何音、王氏廣雅疏

證、以諧聲之例求之、謂當從鳥戈聲、而書作鳶、引說文䦨从戈聲、而讀若縣、戊从戈聲、而讀若環爲證、又云、鳶字上半與武字上半同體、故隸書減之則譌爲鳶、增之則又譌䲨、引漢書五行志䲨焚其巢、地理志朱䲨縣、急就篇鳶鵲鴟梟、皇象碑本鳶作䲨、張公神碑䲨鵲勦兮乳徘徊爲證、承珙謂、潛夫論引旱麓䲨飛厲天、尤可爲毛詩不作鳶字之證、王胡說是也、曲禮前有塵埃、則載鳴鳶注、鳶鳴則將風、我邦亦有朝鳶鳴則風、夕鳶鳴則晴之語、翰・鼓羽也、鱣鮪見碩人、此章以朝廷無人結前章之亂本、又以物失其性起下章、

山有蕨薇。隰有杞桋。杞・枸檵也、桋・赤楝也、君子作歌。維以告哀。

○桋音夷、枸音苟、檵音計、楝所革反、

箋曰、卒章言所以作詩告哀、○首二句比也、鄭箋云、草木尙各得其所、人反不得其所、蓋與榛苓嘅同、山隰與天淵照、首叙三時之後、陟山則感于山、臨水則感于水、山水江漢草木鱗羽、比寓殆具矣、蕨薇詳草蟲篇、杞解詳將仲子篇、桋爾雅郭注云、赤楝、樹葉細而岐銳、皮理錯戾、好叢生山中、中爲車輞、白楝、葉圓而岐、爲大木、邢疏引義疏云、楝葉如柞、皮薄而白、其木理赤者爲赤楝、一名桋、白者爲楝、其木皆堅韌、今人以爲車轂、○君子作歌、維以告哀、君子、詩人自謂也、禮不下庶人、君子則有位之稱、以見己當守禮、而不得歸祭、所以哀也、告哀、謂爲述哀情告訴于王也、

四月八章章四句

北山。大夫刺幽王也。箋曰、四月北山、並大夫行役之詩也、役使不均。已勞於從事。而不得終養其父母焉。箋曰、唐石經無終字、此蓋涉蓼莪序而誤衍耳、孟子說是詩曰、勞於王事而不得養其父母、與序義相符、則憂我父母爲一篇龍眼可知、先祖匪人亦在四月爲龍眼、故比、二章言天下孰非臣、而父母惟有子、王無我非無可使之臣、親無我更無可依之子、何爲從事獨賢、不容奉養也、三章旅力方剛、經營四方、是報國之日長之意、李密陳情表本此、一未字、兩方字、正見報効無窮、何苦奪我愛日、四章五章六章、意者王事多難、凡在有位、義不顧私、忠孝無可兩全、而今逸者如彼、勞者如此、王試察之、孰爲寬閒、且閨房燕樂、而有妻子之歡、孰爲勞瘁、日馳驅道路、莫慰門閭之望、則勞逸見、苦樂分、必有以遂人子奉養之志矣、故此篇孝子之悲思、非勞臣之感憤也、李樗謂、北山懷怨、不如邶之北門大夫、北門又不如南之汝墳殷其靁之婦人、不知北門大夫無父母也、汝墳殷其靁則被文王之化也、安得以定詩人優劣、

陟彼北山。言采其杞。偕偕士子。朝夕從事。偕偕、强壯貌、士子、有

王事者也、

王事靡盬。憂我父母。○杞音起、盬音古、延文本傳貌下有也字、

箋曰、首章言久役而憂父母、蓋取正雅杕杜四句、中間插二句以成章、○北山、北方之山也、本言朔方、則是北征大夫作也、采杞所以慰朝夕之勞、又有陟岵瞻望之意、士子・自稱也、傳訓士爲事、故云有王事者也、王事探下句爲訓、從事從王事也、偕偕句孕三章、朝夕句孕四章以下、○王事靡盬憂我父母者、靡・無也、盬・不堅固也、說詳于前、杕杜本言期逝而憂父母、此亦因役久不歸曰朝夕從王事、以靡盬之故、久而不歸、使我父母憂傷、下章之詠歎、都自是句滾滾流出、是孝子之志也、卽序所示之要也、若輕輕看過是句、則通篇只厭勞羨逸之詩耳、

溥天之下。莫非王土。率土之濱。莫非王臣。溥・大、率・循、濱・涯也、

大夫不均。我從事獨賢。賢・勞也、○溥音普、延文本傳大下有也字、

箋曰、二章言役使不均、○溥左傳孟子荀子韓非子俱作普、言徧覆在上也、率是率西水滸之率、言人所率行之地也、安井氏曰、率傳訓循、如循環之循、謂循土接水之地、安說是也、孫炎曰、涯水邊、四畔近水曰濱、鄒子曰、中國名赤縣、赤縣內自有九州、其外瀛海環之、是地之四畔皆至水也、濱是四畔近水之處、言率土之濱、舉其四方所至之內、見其廣也、書皐陶謨云、光天之下、至海隅蒼生、萬邦黎獻、共爲帝臣、與此詩正同、○大夫不均我從事獨賢者、

毛詩會箋

大夫行役而怨、大夫不均、蓋天子之大夫非一人也、此則指夫執政者而言、辭刺大夫、意實刺王、序探其本意、而直以役使不均屬王也、廣雅、賢·勞也、鹽鐵地廣篇亦曰、詩云莫非王事、而我獨勞、刺不均也、鄭箋趙注竝以賢爲賢才、失之、序曰、役使不均、已勞於從事、即本詩大夫不均我從事獨賢爲說、正以賢爲勞也、賢之本義爲多、小爾雅、賢、多也、禮投壺、某賢於某若干純、鄉射禮、取賢獲、曰右賢于左、左賢于右、竝以取數多爲賢、孟子說此詩曰、此莫非王事、我獨賢勞也、安井氏曰、徧考經傳、未見訓賢爲勞者、今詳考孟子、賢字仍訓多、勞字指從事而言、詩云我從事獨賢、孟子約其文而釋之、故云我獨賢勞也、傳賢勞也、用孟子成文、亦以勞釋從事、賢勞猶言多從事耳、安井說是也、但事多者必勞、故賢爲多、即爲勞、周官司勳、事功曰勞、戰功曰多、多與勞義正相成、對文則異、散文則通、自古君子小人、立己不同、其事君亦異、君子常任其勞、小人常處其逸、君子常任其憂、小人常享其樂、雖曰役使不均、我獨賢勞、然君子本心亦不願逸樂也、北山刺意、只在憂我父母四字中、若非不得養其父母、僅以憂勞逸樂兩兩相形、亦不見其賢也、惟于首章一語道破、後不復言、斯爲純孝、

四牡彭彭。王事傍傍。 彭彭然不得息、傍傍然不得已、 **嘉我未老。鮮我方將。** 將·壯也、 **旅力方剛。經營四方。** 旅·衆也、○鮮息淺反、延文本·傳息下已下並有也字、

然下有終字、

箋曰、三章正寫賢勞之實、○廣雅、彭彭旁旁・盛也、傍與㚈通、側出無方所之意、猶曰旁午也、王事紛至沓來、而不得已、亦盛之義、○嘉我未老、鮮我方將者、鄭箋、嘉・鮮・皆善也、鮮善、釋詁文、集傳訓少、不是、未老・以年言、方將・以力言、下文言旅力方剛、正其實也、北山大夫有父母、是壯夫也、四月則思先祖、將與壯雙聲、爾雅釋詁、將壯二字竝訓大、故壯又通作將、射義、幼壯孝弟、鄭注、壯或爲將、是其證也、○旅力方剛經營四方二句、是事實矣、言朝廷嘉之鮮之、故我當旅力方剛之時、勤勞四方之事、朝夕不暇也、旅與膂通、說文、呂・脊骨也、象形、膂篆文呂、从肉旅聲、傳訓旅爲衆、書秦誓孔傳亦言衆力、蓋謂目力耳力手足之力、自朱子訓旅與膂同、而今人專以舉重言膂力、可謂確詁矣、方言云、膂・田力也、郭注、田力謂耕墾也、方言又曰、膂、儋也、甄吳之外鄙謂之膂、郭注、儋者用膂力、因名云、是耕田用力謂之膂、擔者用力亦謂之膂、此則與詩書之旅力異義、不得援以爲證、經營者、經是經畫、營是營造、如人作室曰經之營之、言區畫造作四方之事也、此承上章獨賢之意、言王所以使我者、以我之未老、旅力方剛、足以經營四方、然獨不念我有父母兮、刺在言外、視鴇羽之章章念及父母、其立體不侔矣、

或燕燕居息。燕燕安息貌、**或盡瘁事國。**盡力勞病、以從國事、**或息**

偃在牀。或不已于行。○延文本·燕下瘁下並有以字、傳貌下事下·並有也字、

箋曰、四章以下重言以反覆前二章之意、凡十二句爲偶、皆以他人之逸樂對己之憂勞、所以形容不均之意、而或字十二疊、詩中奇格也、後世韓昌黎南山詩、文信國正氣歌、皆祖之、燕、安也、重言曰燕燕、見安之甚也、居謂私居、息謂休息、言惟休息于私居、無所事事也、盡悴見四月、事國則日從事于國也、與居息對看、○或息偃在牀者、休息而偃臥于牀也、仰臥爲偃、床、安身之坐、左傳蘧子馮詐病、掘下冰而床焉、至于恭坐則席也、或不已于行者、行、道也、謂奔走道路無止日也、與在床對、

或不知叫號。叫·呼、號·召也、或慘慘劬勞。或棲遲偃仰。或王事鞅掌。鞅掌·失容也、○延文本·呼下有也字、

箋曰、叫號之義、孔申毛訓、爲徵發呼召、故釋文號字讀去聲、徵發呼召、正劬勞之事、不聞之所以爲安逸也、或號字讀平聲、言深居安逸、不聞世上號哭之聲、義亦可通、匡謬正俗引徐仙民號音呼到反、乃從毛義作音、顏師古謂、此三章上下句句相韻、宜爲號呶之號、以徐音爲非、由不悟古無四聲之別耳、○或慘慘劬勞者、慘慘重出、釋文、字亦作懆、作懆是也、懆懆·勞也、下章慘慘畏咎當作懆、○或棲遲偃仰者、衡門傳云、棲遲·游息也、棲遲偃仰、言其夷

猶自得、如今仕者之請告休沐得適意也、馬瑞辰曰、偃仰猶息偃媟樂之類、皆二字同義、偃亦仰也、論語寢不尸、包注不偃臥、布展手足似死人也、晉語、籧篨不可使俛、韋注、籧篨偃人、參同契曰、男生而伏、女偃其軀、及其死也、乃復效之、偃對伏言、亦爲仰、說文、偃、僵也、僵、偃也、僵亦謂仰倒、如莊子推而僵之、漢書觸寶瑟僵皆是也、廣雅釋言、偃、仰也、錢澄之曰、或偃或仰、蓋誤以偃爲伏、論語注、偃、仆也、說文、仆、頓也、仆爲前覆、仰覆之通稱、亦不專爲伏也、○或王事鞅掌者、傳以鞅掌爲煩勞之狀、故云失容、言不暇爲容儀也、鞅掌疊韻、皆假借字、如恇攘之類、楚辭九辯、遭此世之恇攘、一切經音義十三、引說文恇攘煩擾也、後世亦別作搶攘、毛訓失容、鄭訓促遽、皆是、不必强爲之說、胡承珙曰、鞅掌疊韻字、猶之棲遲爲疊韻、此類形容之詞、義多卽寓於聲、此詩十二或字、各兩兩相反、棲遲偃仰爲從容自如之貌、鞅掌反之、義自可見、莊子庚桑楚篇、擁腫之與居、鞅掌之爲使、釋文引崔云、擁腫・無知貌、鞅掌・不仁意、向云、擁腫・鞅掌・樸纍之謂、司馬云、皆醜貌也、索不仁猶言手足不仁、不仁則手容不能恭、足容不能重、卽是失容之意、向以樸屬擁腫、纍屬鞅掌、纍者拘纍、合之司馬云醜貌、皆與失容義近、胡說是也、抱朴子書、屢用鞅掌字、釋滯篇云、撮壤土不足以減其峻、挹勺水不足以削其廣、一世不過有數仙人、何能損人物之鞅掌乎、又勤求篇云、方策既山積於儒門、而內書亦鞅掌於術家、皆是狀事多之貌、與失容義近、莊子在宥篇云、遊者鞅掌以觀無妄、是飄飄忽忽之意、亦可以證轉頓狼狽之狀、或曰、鞅所以檢束馬、掌所以握持物、言爲王事所檢束握持、而不得左右自由也、兩字活看、或曰、鞅說文以爲頸靼、所以繫馬頸、掌則施鐵于馬足、所以行遠者、止以馬之服鞅與掌、喻大夫之馳驅不息、或曰、鞅掌言執轡在手、不離鞍馬之意、諸說皆望文生訓、非確詁、

或湛樂飲酒。或慘慘畏咎。或出入風議。或靡事不爲。

○湛都南反、風音諷、

箋曰、湛亦樂也、連言湛樂、猶般樂也、連言般樂、娛樂也、連言娛樂、愉樂也、連言愉樂、皆其例也、慘·憂也、咎猶罪過也、樂者燕燕居息、而棲遲偃仰、而湛樂飲酒而已、苦者憔悴事國、而慅慅劬勞、猶且慘慘恐得罪于上也、畏者樂之反○或出入風議者、或出或入、從容袖手而誹議人之所爲也、是參謀之閑局矣、乃與任職憂責之人相影、從來議事易、而任事難、議事者立身事外、任事者置身事內、此出入風議、與靡事不爲、所以一暇而一勤也、蓋身處局外、成敗利害不能一一精詳、往往所言未必非理、而推之事勢則齟齬而不合、況權貴出入禁闥、復以私愛憎顚倒公論者乎、此任事所以愈難也、鄭箋云、風猶放也、則應如字、風議卽放議也、放議猶放言也、乃風馬牛之風、與上出入爲類、釋文風音諷、乃風刺之風、與下議爲類、風刺義較優矣、

北山六章三章章六句三章章四句

箋曰、趙佑云、四牡、勞使臣之詩也、王事靡盬不遑將父、此言出于上、故情通、北山、大夫行役作也、王事靡盬憂我父母、此言出于下、故變亟、其事其辭則一、而治亂迥然、漢文詔、方春時和、草木萌動、萬物皆有以自樂、而吾民獨阽于危亡、使此言出當日士民、何以異乎萇楚猗儺樂子無知之歎也、

無將大車。大夫悔將小人也。

箋曰、將、言推轂也、孔子謂、鄙夫可與事君也與哉、此卽所謂無將小人也、宋寇準喜丁謂、薦于李沆、沆曰、如謂者可使之在人上乎、準曰、如謂者相公能終抑之在人下乎、沆笑曰、吾老不及見、參政他日之憂也、後果爲謂所擠、貶于雷州、乃曰、李文靖真聖人也、明黃子澄亦曰、誤薦景隆、萬死不足贖罪、與此序印合、荀子大略篇曰、無將大車、維塵冥冥、言無與小人處也、又韓詩外傳、魏文侯之時、子質仕而獲罪焉、去而北游、謂簡主曰、從今已後而不復樹德于人矣、簡主曰、何以也、質曰、吾所樹堂上之士半、吾所樹朝廷之大夫半、吾所樹邊境之人亦半、今堂上之士恐我以法、邊境之人劫我以兵、是以不樹德於人也、簡主曰、噫、子之言過矣、夫春樹桃李、夏得陰其下、秋得食其實、春樹蒺藜、夏不可採其葉、秋得其刺焉、繇此觀之、在所樹也、今子所樹非其人也、故君子先擇而後種也、詩曰、無將大車、維塵冥冥、韓詩外傳引此詩、以證所樹非其人、亦同序義、可見古義相傳如此、集傳以爲行役勞苦之詞、朱子說詩每執詩詞爲準、此篇詩詞何嘗有行役意乎、大車、

牛車也、以任重、非行役所乘也、況是興、非賦也、辨說謂、此序不識興體、而誤以爲比、不知毛傳雖不言興、然首章傳云、大車者小人之所將也、此小人謂小民、與序小人不同、故箋云、鄙事賤者之所爲、君子爲之、不堪其勞、以喻大夫而進舉小人、適自作憂累、故悔之、據此傳箋、本皆以爲興、而曰序不識興體、何也、且此詩首章與齊甫田首次二章、文例大同、彼傳箋皆以爲興、集傳改爲比、而於此又不爲比、亦未免自亂其例、

無將大車。祇自塵兮。大車、小人之所將也、**無思百憂。祇自疧兮。**疧、病也、○祇音支、疧巨支反、

箋曰、興也、將猶扶進也、須人傍而將之、是爲扶車而進導也、大車與王風大車不同、考工記車人、大車崇三柯、鄭注云、大車、平地載任之車也、晉語以傳召伯宗、遇大車當道而覆、韋注云、大車、牛車也、其車駕牛、故酒誥曰、肇牽車牛遠服賈、詩以大車喻小人、將大車喻進小人、傳云、大車小人之所將者、但釋經之大車、而喻義自明、塵者、蒙蔽之物、故爲自取汚辱之喻、祇、適也、自塵、通篇骨子、故自字塵字各三出、○無思百憂、祇自疧兮者、百憂卽將大車之憂也、曰將大車、則推轂小人之意既見矣、故下直以百憂受之、無思者、究思其勢、而勢不易挽、疧者豈易瘳乎、憂以入憂、轉展不出、明知獨力之無助、而將終身立于可憂之地、結轖不解、有日積而重耳、三章氣脉自貫、非真欲無思也、思之極而無可措手、故爲是言以自解之、深于思者也、序著一悔字、深

知詩人之心、夫小人而爲君子所推輓、必其伏處之時、矯情干譽、未見其姦回不軌也、至於得志、蠱惑君上之視聽、以是爲非、以非爲是、國事受其紊亂、人才受其顛倒、其可憂者非止一端、故曰百憂、大夫推轂小人、百憂横生、追悔無及、況將小人而譖害及身、如宋趙鼎張浚之於秦檜、世多有之、是以聖賢貴知人於早也、傳疷病也者、謂憂苦煩惱如病耳、非真病、疷古音脂、與真互轉、支真亦互轉、疷當讀如疹、故與塵韻、三家詩蓋有作疹者、張衡思玄賦、思百憂以自疹、正用此詩疷讀爲疹、段玉裁曰、説文、疷・病也、从疒氏聲、毛詩三用此字爲韻、白華與卑韻、傳疷病也、何人斯祇與易知箎知斯韻、傳祇病也、此皆在十六部本音、何人斯借地祇字爲之、於六書爲假借、若無將大車之疷、毛傳亦云病也、而與十二部之塵韻、讀若真、此古合韻之例、宋劉彝妄謂、當作痻、音民、考爾雅説文五經文字玉篇廣韻、皆無痻字、集韻始有、非古、元戴侗謂、即痻字之省、不知痻从疒昏聲、昏聲在十三部、民聲在十二部、説文、昏从日从氐省、氐者下也、一曰民聲、按昏从氐省、爲會意字、非民聲、痻字昏聲、不得省爲痻也、唐人避廟諱愍作慜、珉作玟、泯作汦、蟁作蟁、顧炎武以唐石經祇自疷分爲諱民減畫作氏、由不知古合韻之例、而附會劉彝臆説、以求得其韻也、釋文、疷都禮反、是陸氏誤作疷也、胡承珙曰、此字自當從脂真互轉爲韻、經典中如禮記祇見孺子、注祇或作振、書皋陶謨祇敬六德、無逸治民祇懼、史記祇竝作振、盤庚曷震動萬民以遷、蔡邕石經震作祇、易振恆凶、説文作搢恆、皆其例證也、

無將大車。維塵冥冥。無思百憂。不出于熲。熲、光也、○熲古迥反、

箋曰、冥冥、昏晦之貌、不出于熲者、鄭箋使人蔽闇不得出於光明之道、孟子曰、夫子未出於正語例同、言胸中溷濁、氣宇昏昧也、說文、熲、火光也、光卽明也、對上文冥冥說、朱傳云、熲與耿同、小明也、在憂中耿耿然不能出也、此本中庸今夫天斯昭昭之多、鄭注昭昭猶耿耿小明也爲訓、凡人有一事關心、則此心全向此處芥蔕、只見有此一事、欲暫昧而不能、曰耿、言可憂多端、但勿思也、有思則不出此數端、時來影現耳、朱傳爲優、

無將大車。維塵雝兮。無思百憂。祇自重兮。

箋曰、雝猶蔽也、釋文、雝字亦作壅、自塵、被塵也、冥冥、其塵如晦也、塵雝、壅塞人目也、較冥冥爲尤甚矣、祇自重兮、重直龍反、愈思愈加也、箋云、重猶累也、鄭讀直用反、凡物之行、不爲物所累則輕而速、爲物所累則重而遲、祇自重兮語意只如云自家累自家也、

無將大車三章章四句

小明。大夫悔仕於亂世也。箋曰、序渾舉其大指、此西征大夫困於行役、瓜期已踰、而代者不至、念王政日蹙、作詩寄其僚友以戒之也、前篇爲可以將、而將則小人也、故悔、是篇爲可以仕、而仕則亂世也、故悔、二序悔字、皆與經自字緊應、大東東方、

四月南方、北山北方、小明西方、至是四方之形勢皆具、

明明上天。照臨下土。我征徂西。至于艽野。二月初吉。載離寒暑。艽野・遠荒之地、初吉・朔日也、**心之憂矣。其毒大苦。念彼共人。涕零如雨。豈不懷歸。畏此罪罟。**罟・網也、○艽音求、大音泰、共音恭、罟音古、傳之地二字、卷子本傍注云二字本無、

箋曰、將述己中心明白不欺、故先稱上天、而表張之、是詩以天起之、以神終之、自戚而不怨人、前三章一意、後二章一意、並反覆之而已、亦異格、○我征徂西、至于艽野、言行役之遠也、征・行也、徂・往也、艽之爲言・究也、地之究極、故曰遠也、正義謂艽蓋地名、失毛意、○二月初吉、載離寒暑、二月傳不言何正、唯然於三章日月方奧・奧訓煖、固明指夏正、安井氏謂、詩人紀月、皆用夏正、十月之交、獨用周正、以其用史策文法也、是也、此二月初吉繫至于究野之下、則至艽野之日爲二月、溯其啟行之日乃在正月之初、下章日月方除、傳云、除陳生新、正月之初、日月始除之後也、三章方奧傳云煖也、正月始和東風解凍、故又云方奧也、由方除而方奧、立言之序也、作詩在今年之冬、此初吉、追憶至艽野之日也、張以寧以爲周二月夏十二月、於日月方奧、謂奧與

厥民隩之義同、然隩者民之聚居也、而可以謂日月乎、月之上旬凡十日、皆可謂之初、傳以朔日詁初吉者、以言初而又吉、故知朔日也、君子舉事尙早、故以朔爲吉、周禮正月之吉、亦朔日也、載、則也、離、麗也、罹也、謂經歷寒暑、載離寒暑、卽下兩章云曷云其還、歲聿云暮也、詩五章、前三章每章下六句作對耦法、上六句用錯綜法、首章至于艽野、繫於我征徂西句下、以著明其行西所到之地、二章念我獨兮、我事孔庶、繫於曷云其還歲聿云暮句下、以言歲暮不歸、而猶從事獨勞也、三章政事愈蹙、繫曷云其還下、卽二章云念我獨兮我事孔庶也、采蕭穫菽、繫歲聿云暮下、以驗星移物變、有行役踰時之苦、卽首章云載離寒暑也、三章上六句、皆錯綜以變其體、其實一線穿成、大夫徂征、載離寒暑爲事之常、而云其毒太苦何也、幽王之世、亂世也、君子每與小人相近、凡可以殺君子者、無不爲之、功則小人享之、咎則君子受之、云其毒太苦、詩人實有說不出苦衷寃抑、苦卽毒味、猶毒藥苦於口之語、然不必借譬於藥、○念彼共人者、共人、指僚友之處內者也、卽末二章靖共爾位之君子、共恭同、恭人、美稱其人也、溫溫恭人與此同、亂世末流、居者行者皆不得其所、以罪罟譴怒反覆觀之、則僚友之處者、亦豈有樂事哉、此所以思之而涕零也、末二章以自勉之道戒之、方悲己而忽念人、憂傷中之轉境多如此、○畏此罪罟、三章三畏、一篇眼目、憂友憂身在此、說文、罪、捕魚竹网、从网非聲、秦以罪爲辠字、又辠下、秦以辠字似皇字、改爲罪、據此則罪本爲捕魚竹网字、罪罟二字平列、猶云網罟也、與下章畏此譴怒、三章畏此反覆、語例同、當依說文讀爲网罟字、非秦以後之罪戾字也、罪罟二字如孟子之是罔民也、罔字用二字者、足句也、言未歸之罪罟猶可測、而既歸之罪罟更不可知、此與他篇怨久役不同、序曰大夫悔仕亂世、灼見其心矣、鄧元錫曰、世亂則制命者庇私人而娼賢、必致之艱虞、投之煩劇、張之深文刻法、或制之前、或議其後、或牽其左右、凌捽頓躄、靡所不至、必窘其用、蹶其名、使一敗塗地而後已也、故北山傷其獨勞、小明畏其罪罟、

昔我往矣。日月方除。曷云其還。歲聿云莫。 除、除陳生新也、

念我獨兮。我事孔庶。心之憂矣。憚我不暇。 憚、勞也、 **念彼共人。睠睠懷顧。豈不懷歸。畏此譴怒。** 莫、延文本作暮、憚、丁佐反、譴、棄戰反、睠、延文本作眷、

箋曰、首二句此追溯其我往之時也、我往即首章之我征徂西也、首章二月初吉、是言到西之期、故文在至于艽野之下、此章及下章昔我往矣、是溯其始行之時、蓋始行在正月、故傳以除為除陳生新也、正義以二月之朔為除舊布新、恐非其義、詩言昔以歲除而往、日望還歸、而今又歲莫、則經年矣、言以歲除啓行、則冬去春來、時方向煖、故三章曰奧也、正義疑于三章奧字、故以除為二月、以就奧字之解、不知歲除即已向春、春令固主奧也、○歲聿云

暮、猶言歲遂其暮也、經秋入冬、便是歲之晚暮矣、唐風歲聿其暮、彼傳謂、蟋蟀九月在堂、蓋九月而云歲莫者、一歲之中、已歷三時、卽可云莫、不必以周正建子之故、又蟋蟀十月其除、傳云、除、去也、箋謂、日月且過去、與此傳除陳生新正同、是傳意本未嘗以方除爲卯月也、云、詞也、○念我獨兮、我事孔庶者、所謂從事獨賢、靡事不爲也、孔、甚也、庶、衆也、○憚我不暇、憚我猶曰自愛也、事煩而忙、不遑顧身、此倒字法、○念彼共人睠睠懷顧者、睠與眷同、大東傳、睠反顧貌、重言曰睠睠、因憂身又憂友、顧望不措也、○豈不懷歸畏此譴怒者、因懷友又懷歸也、譴怒亦無辜之罰、

昔我往矣。日月方奧。奧、煖也、**曷云其還。政事愈蹙。歲聿云莫。采蕭穫菽。**蹙、促也、**心之憂矣。自詒伊戚。**戚、憂也、**念彼共人。興言出宿。豈不懷歸。畏此反覆。**○奧於六反、延文本作燠、蹙子六反、穫戶郭反、

箋曰、奧爲燠、古文假借、說文、煖、溫也、夏小正云、正月啓蟄、蓋節氣漸溫、故云方奧也、○政事愈蹙者、言王政愈刻迫也、諸侯愈偃蹇、王愈欲以威力服之、騷亂不已、我事愈庶、曰歸曰歸、未知其期、此句屬上、歲聿以下、別說下事、勿相糅作解、○歲聿云莫者、安井氏曰、唐風蟋蟀篇蟋蟀在堂、歲聿其暮、彼正

義曰、此言在堂謂在堂戶之外、與戶相近、是九月可知、時當九月、則歲未爲暮、而云歲聿其暮者、聿、遂也、遂者、從始向末之詞、言過此月後、則歲遂將暮耳、歲暮謂十月以後、不謂此月爲歲莫也、采薇云、曰歸曰歸、歲亦莫止、其下章云、曰歸曰歸、歲亦陽止、十月爲陽、明彼莫止亦謂十月也、言時旣九月、從此之後、歲遂將云莫、故艽野之民、采蕭采菽、爲入室之計也、陳啓源謂、歲聿云暮、則無菽可穫、故以此詩二月爲周正、不知菽亦有以夏正九月收穫者、不盡在七月也、○采蕭穫菽者、蕭、蒿也、采蕭所以祭也、穫菽所以畜也、菽九穀中最後穫者、亨菽采菽、皆其葉也、至此則稱穫矣、淮南子墜形篇云、菽夏生冬死、采蕭句與念我獨兮句應、有以已無聊感衆人相偕之意、○心之憂矣、自詒伊戚者、詒貽通、遺也、遺又是贈遺之遺、非遺落之遺、自詒伊戚、悔仕之言也、心之憂矣、其毒孔苦、事煩而憚我不暇、總是自詒伊戚耳、其如之何、北門詩歸諸天、而是詩歸諸己、其致一也、○興言出宿者、興、起也、憂不能宿、於是乎起、起將何事、但有起而出外、起而復宿耳、興字貫下出宿、如此講、則字字可通、於有憂不能安寢情事亦恰合、○畏此反覆、反覆、傾側無常之意也、二字寫亂世功令險側曲盡、此與上章語意相似、只愈蹙比孔庶爲事轉急、伊蹙不止不暇、出宿亦不但懷顧、畏罪罟、畏譴怒轉而又畏反覆、一節深一節、情事堪悲、卽悔仕之故也、

嗟爾君子。無恆安處。靖共爾位。正直是與。神之聽

之。式穀以女。

靖、謀也、正直爲正、能正人之曲曰直、

箋曰、末二章忠告僚友、抑以自廣也、蓋在外者固無安處安息矣、卽在朝者亦不宜恆安處恆安息也、罪罟讒怒反復、內外皆不可測、亦惟有靖共爾位以自盡臣道耳、君子卽共人、以下云靖共爾位故避之、所謂共人與詩人志同道合、行處雖殊、直道事人、動足以觸罪、故極其思、而卒忠告戒勸之、蓋仕亂世者、惟敬恭可免、故君子本共、而又勉以靖共、蓋卽沔水卒章之義、恆、常也、不可以安處爲常、以起下文靖共好與之意、荀子勸學篇、君子博學而日參省乎已、則知明而行無過矣、其下卽引下章、楊注云、無恆安息、戒之不使懷安也、○靖共爾位、正直是與者、靖、安也、卽商書自靖自獻之靖、凡事謀之心而安也、表記、靖共爾位、釋文、共本作恭、緇衣靖共爾位、釋文、共本作恭、漢書宣元六王傳、亦引作靖恭爾位、據此則共仍訓爲恭敬字爲是、凡事恭敬而不敢慢也、與是黨與親與之與、語意與論篤是與同、正直、以事而言也、然而人自在其中、不當偏以人作解、下章倣之、○神之聽之、式穀以女者、神聽明正直者也、戒安逸而能靖能恭、唯正直是好、則雖有三畏、神將以福祿與女矣、爾雅、穀・履・祿也、言福祿、是詩與景福對、其爲戩穀之穀明矣、小宛之式穀、與此不同、以猶與也、夫旣仕爲人臣、安其義之所當盡、凡時無論治亂、君無論昏明、位必靖共、與必正直、是爲萬世人臣之常道、非爲福祿而然、然雖當昏亂之朝、守此者未必不福、反此者未必不禍、則神實鑒之、人之所不能違也、嗟爾君子。無恆安息。息猶處也、靖共爾位。好是正直。

神之聽之。介爾景福。介・景・皆大也、

箋曰、非直不容安處、亦幾不容安息、欲矯安息、信莫如靖共、雖與正直、更不如好正直、好則出于中心之誠然也、中誠忠悃、全在覆說處、毛訓介爲大、本左氏襄七年傳、云如是則神聽之、介福降之、此當以介爲大、蓋謂君子當有大福、而爲明神所順、因其大福而益大之也、古人自有此種文法、如天保俾爾單厚、傳引或曰單厚也、正義以單厚連文、謂以厚德厚天下、亦其例也、夫明哲保身、得以免三畏、是神之福也、荀子引是曰、福莫長於無禍、是詩之本義也、

小明五章三章章十二句二章章六句

鼓鍾。刺幽王也。箋曰、傳云幽王會諸侯于淮上、鼓其淫樂、以示諸侯、昭四年左傳椒舉曰、幽王爲大室之盟、而戎狄叛之、紀年、幽王十年春、王及諸侯盟于大室、漢志、嵩高古文以爲外方、書禹貢熊耳外方桐柏至于陪尾、孔傳云、四山相連、東南在豫州界、正義謂、桐柏淮所出、北至外方、約四百里、此傳言會、左傳及紀年言盟、春秋會盟異日異地者多、然則幽王先會于淮水之上、復盟于大室、毛傳非無據矣、意王既會

諸侯、敦穆天子之浮于滎水、以奏廣樂、宣其汰侈于諸侯、而不知戎狄之竊發、此賢者所以聞樂而拊心也、鄭箋云、嘉樂不野合、犧象不出門、今乃於淮水之上作先王之樂、失禮尤甚、王肅解傳淫樂云、凡作樂而非所、則謂之淫、淫、過也、幽王旣用樂、不與德比、又鼓之於淮上、所謂過也、傳言幽王用樂、不與德比、此正與三章淑人君子其德不猶相對、謂其用先王之樂而不知比于先王之德、卽蘇氏詩傳所謂樂是人非者、然則淫樂之解、當以王肅爲是、

歐陽氏云、旁考詩書史記、皆無幽王東巡之事、則不得作樂於淮上矣、范逸齋辯之、以爲史與經異、猶當舍史而信經、若史之所缺、幸存於經、豈得反疑經而信史、詩緝亦言、古事固有不見史、而因經以見者、詩卽史也、斯皆篤論、

姜炳璋曰、左傳椒舉曰、幽王爲太室之盟、戎狄叛之、淮水出桐柏山、桐柏與太室皆豫州山、杜預註、太室・中嶽也、按宣王初年、南征北伐、命將出師、而淮北徐夷、王獨親行、可見淮北之夷强甚、宣政不終、幽王繼之、安能保其不蠢動、毛公明云、幽王會諸侯于淮水之上、則太室之會、自在太室山下、遨遊淮上、固有是事也、可謂善於援據矣、或疑之、謂嵩山大室祠盛於漢武、周時未列中嶽、蔡邕明堂月令論引古樂記曰、武王伐殷、薦俘馘於京大室、是幽王所盟者、乃鎬京明堂之大室、此不然矣、嵩高爲中嶽、見於爾雅、雖未必是唐虞之制、要不得謂起於漢世、中嶽之山、禹貢曰外方、左氏卽曰大室、且椒舉所言、其上文云、夏桀爲仍之會、有緡叛之、商紂爲黎之蒐、東夷叛之、皆舉其會諸侯於外地者、安見大室必爲鎬京之大室乎、

故以左證詩、可爲明據、延文本・鍾作鐘、下皆同、

鼓鍾。將將。淮水湯湯。憂心且傷。幽王用樂不與德比、會諸侯于淮上、鼓其淫樂、以示諸侯、賢者爲之憂傷焉、

淑人君子。懷允不忘。○將七羊反、湯音傷、

箋曰、鼓動其聲、故諸樂器通以鼓言之、擊鍾謂金奏也、將將無傳、有女同車佩玉將將、傳云、將將鳴玉而後行、據此、將將・聲之和鳴也、將鏘瑲同、湯湯・流之盛也、上句言鼓鐘、而下句卽言淮水、是用樂於淮水之上也、爾雅云、江河淮濟爲四瀆、地理志曰、南陽平氏縣、桐柏大復山在東南、淮水所出、東南至淮陵入海、過郡四、行三千二百四十里、平氏故城在今南陽府桐柏縣西北四十里、淮水出縣西三十里、淮井有泉、三處湧出、卽于池邊伏流地下三十許里、東出桐柏之大復山而東流、經今汝甯府之信陽州羅山正陽、光州之息縣光山光州固始、安徽潁州府之阜陽霍邱潁上、鳳陽府之壽州懷遠鳳陽臨淮、泗州之五河泗州盱眙、江蘇淮安府之淸河山陽安東入海、○憂心且傷者、此日之車馬喧闐、赤芾金軛、必粲然可觀、而聞樂者、憂心且傷、是乃孟子所謂舉疾首蹙頞而相告也、○淑人君子、淑・善也、曰淑人、又曰君子、曲盡思慕之神、文武成康、周之明王也、懷允不忘者、懷・思也、允・信也、懷之而實不可忘也、于後王荒淫之時、聞先王之樂而思先王之德、其所以傷周德之衰而悲國之將亡、總在言外、不忘與次章不回、三章不猶、皆指淑人君子言、朱傳用王說、以爲思古之君子不能忘、則是作詩者自謂、與下二章文義不倫矣、

鼓鍾喈喈。淮水湝湝。憂心且悲。喈喈猶將將、湝湝猶湯湯、悲猶傷也、淑人君子。其德不回。回·邪也、○延文本·傳將下湯下並有也字、

箋曰、葛覃傳云、喈喈·和聲之遠聞也、王逸注楚辭云、喈喈鳴之和、大玄鐘鼓喈喈、范望注云、喈喈和聲也、此皆本毛義、然則此傳云喈喈猶將將、則將將亦爲和聲可知、烝民八鸞鏘鏘無傳、而下章八鸞喈喈傳云、喈喈猶鏘鏘也、與此正同、此傳以喈喈猶將將可知必以此鼓鐘爲正樂、而非所謂桑間濮上之淫樂矣、○其德不回者、回·違也、如鹿鳴以燕嘉賓、彤弓以覺報宴、無違道者也、左傳引大明厥德不回、曰君無違德、是以違訓回也、如徐方不回亦違也、不回不猶、所以懷之而信不能忘也、而憂心之故可思、

鼓鍾伐鼛。淮有三洲。憂心且妯。鼛·大鼓也、三洲·淮上地、妯·動也、淑人君子。其德不猶。猶·若也、○鼛古毛反、妯勑留反、延文本·傳地下有也字、

箋曰、緜傳亦云、鼛·大鼓也、鼛卽臯也、古今字異耳、韗人云、臯鼓尋有四尺、鼓四尺、尋有四尺者、謂長一丈二尺、鼓四尺者、謂鼓面徑四尺也、淮南子主術訓、堯舜禹湯文武鼛鼓而食、奏雍而徹、高注、鼛鼓·王者之食樂也、引詩鼓鐘伐鼛、荀子正論篇、伐臯而食、淮南卽本於荀子、春官大司樂、王大食三侑、皆

令奏鐘鼓、卽其事也、○淮有三洲者、毛意蓋言、張樂三洲、大作金石也、詩咏淮水、首言湯湯、繼言湝湝、又繼言三洲、毛傳初不分水之盛衰先後也、且此三章止刺奏樂之失所耳、非刺其流連忘返也、蘇氏曰、三洲水落而洲見也、言幽王之久於淮上也、於義難通、爾雅云、水中可居者曰洲、可居之地必有人民室廬、若水落而後見、直是出沒水中、沮洳之場耳、非可居之地也、何得謂之洲乎、三洲地未詳、水經注曰、淮水又東爲安風津、津中有洲、俗號關洲、蓋津關所在、故洲納厥稱焉、通校全淮、惟此有洲、在今江南鳳陽府壽州霍丘縣北也、○憂心且妯、方言、蹇妯擾也、人不靜曰妯、秦晉曰蹇、齊宋曰妯、爾雅、妯・動也、動之言變動、卽慟也、動當讀如論語顏淵死、子哭之動、憂心且妯、與上章憂心且傷、憂心且悲同義、○其德不猶、周語、民之有口也、猶土之有山川也、韋注、猶・若也、與傳同、呂覽愼行、且自以爲猶宋也、注、猶・如也、如卽若字意、言其德不若今王之荒亂也、始慕之而遂稱其德、而遂道破今王也、

鼓鍾欽欽。鼓瑟鼓琴。笙磬同音。欽欽、言使人欽欽樂進也、笙磬、東方之樂也、同音、四縣皆同也、**以雅以南。以籥不僭。**爲雅爲南也、舞四夷之樂、大德廣所及也、東夷之樂曰昧、南夷之樂曰南、西夷之樂曰朱離、北夷之樂曰禁、以爲籥舞、若是爲和而不僭矣、○籥以灼反、僭七念反、延文本・傳四夷之樂下有也字、

箋曰、卒章說出淑人君子不猶之樂也、欽欽、聲有節也、毛意蓋言其聲欽欽作人也、鼓瑟鼓琴、在堂上歌詩以弦之也、下文言樂舞皆在堂下也、笙磬同

音者、磬以石爲之、其制詳考工記、八音金石爲重、左傳謂之金奏、是先擊金以宣其聲、諸音隨之、而磬乃齊其節、琴瑟在堂、諸樂在下、合衆樂而無所不備、獨言鐘琴瑟磬者、舉重以概輕也、傳箋解同音二字異義、毛謂此詩鼓瑟鼓琴、舉堂上之樂、而於堂下獨言笙磬者、自以笙磬在阼階東、舉一方以統四面、故云同音四縣皆同也、鄭謂同音者、謂堂上堂下八音克諧、是舉堂下以統堂上、至其解笙磬、則毛鄭一也、傳以笙磬爲東方之樂者、卽眡瞭之笙磬、與頌磬東西相對、設于阼階東者爲笙磬、西階西者爲頌磬、笙頌皆磬名、並非與笙鏞相應之謂、頌磬猶左傳之有頌琴、頌爲磬名、則笙非有簧之吹器可知、儀禮大射儀、樂人宿縣于阼階東、笙磬西面、其南笙鐘、其南鑮、西階之西、頌磬東面、其南鐘、其南鑮、鄭注云、笙猶生也、東爲陽中、萬物以生、成功曰頌、西爲陰中、萬物之所成、鐘不言頌、省文也、皆編而縣之、非收樂之磬、若分笙磬爲二物、則頌又是何物、鄭注周禮眡瞭儀禮大射、皆云東方樂謂之笙、與毛同、鄭若爲二器、則必以笙也磬也明之、如下文以雅南籥爲三舞、必云萬也南也籥也是也、乃箋於笙磬無文者、其與毛無異義也可知、正義必分笙磬爲二、以合八音之半、其實非鄭意也、詩言笙磬、不言頌磬、言磬不言鐘、皆省文也、笙磬是石磬、然亦未嘗無笙、特如柷敔簫管、不暇備舉耳、傳云同音四縣皆同也者、此總釋四面縣之義、小胥正樂縣之位、王宮縣、鄭司農注云、宮縣四面縣、象宮室四面有牆、故謂之宮縣、凡周樂縣之制、編磬編鐘各一、四面設縣共八縣、此外之縣者、鑮二、縣在東西兩行之南、特磬一、縣在堂下之北、更設鼗鼓一、縣在頌磬之西、四縣皆在堂下、同音者、堂下樂器之音同也、同之爲言、均也、調也、此不兼堂上琴瑟而言、熊朋來謂、古者堂上樂・皆受笙均、堂下樂・皆受磬均、琴瑟・堂上樂也、小雅言鼓瑟則曰吹笙、卽瑟受均於笙之證也、鞉鼓管籥・堂下樂也、商頌言鞉鼓淵淵、嘒嘒管聲、則曰依磬聲、卽鼓籥受均於磬之證也、後人據熊說、謂此詩笙與磬爲二物、與儀禮之笙磬不同、不知堂下樂受磬均、固可以商頌之依我磬聲爲證、若以鹿鳴鼓瑟吹笙爲堂上樂受笙均之證則非是、鹿鳴鼓瑟吹笙、自是兩事、儀禮笙詩竝不與瑟和、卽合樂衆器竝作、亦未有以琴瑟之貴、而隨堂下匏笙之賤者、熊說殊不足據。○以雅以南、以籥不僭者、雅・正雅也、南・二南也、籥・籥舞、謂文樂、邶風簡兮左手執籥、言執籥而舞也、季札所見舞南籥者、亦二南之籥也、夫樂之章有詩、樂之容有舞、以詩歌則音律分明、以舞蹈則疾徐有節、雅南乃其所叶之章、執籥卽舞此雅南之事、以雅者、以音而奏雅也、以南者、以音而奏南也、以籥者、以舞而協音也、以籥兼雅南言之、雅舞固用籥、南舞亦用籥也、僭、差也、不僭、言其所用樂無差忒也、夫樂所以昭德也、今樂則古樂、人非古人、焉得無淑人君子之思乎、毛以籥舞承上雅南爲二舞、雅舞固用籥、而南舞亦用籥也、不僭者、傳謂雅也南也、均以籥舞之、籥舞之節奏與上瑟琴笙磬之音相和、故曰不僭、鄭以籥舞與上雅南竝列爲三舞、以不僭爲專指三舞、旣非毛指、且燕享合樂、惟有雅舞南舞、皆以羽籥、不以干戚、故總言以籥、安有萬舞竝稱爲三、況萬爲干羽合舞之總名、合文武而一之、見於簡兮毛韓之傳、安得以雅爲萬・專屬武舞哉、鄭樵據儀禮作樂之次、以解此詩、謂凡奏樂有四節、首節升歌三終、比歌以瑟、次節笙入三終、輔笙以磬、三節間歌三終、歌笙相禪、所謂鼓瑟鼓琴笙磬同音者也、已上皆奏雅、四節合樂三終歌二南、所謂以雅以南者也、陳啓源駮之曰、彼所據者鄉飲酒禮燕禮二篇文耳、升歌笙入間歌合樂四節、惟此二篇爲詳、此乃鄉國禮也、鼓鐘所咏天子作樂之事、其所用之樂節與詩章、未必與鄉國同也、胡承珙亦謂笙入三終、不過立於磬南而已、竝無輔笙以磬之語、夾漈乃援以證笙磬同音、直是杜撰禮經耳、陳胡二說皆是也、毛傳不言雅爲何樂、後漢書陳禪傳、陳忠曰、古者合樂之樂舞于堂、四夷之樂舞于門、故詩曰、以雅以南、靺任朱離、陳忠引詩靺任朱離、特約舉毛傳之文耳、文選魏都賦注、劉淵林引韓詩內傳云、王者舞六代之樂、舞四夷之樂、大德廣之所及、周官大胥、以六樂之會正舞位、鄭注、爲大合樂習之、賈疏、六樂者卽六代之樂、是知月令季春大合樂、與陳忠所云合樂皆謂六代之樂、卽詩所謂雅也、雅者正也、對四夷樂言之、則六代樂爲正、故謂之雅、毛傳旣以南爲夷樂、則其釋雅亦當同韓詩耳、宗毛說者、因謂、左傳舞象箾南籥、在歌周南召南之外、明二南屬工歌、南樂屬籥舞、舞主容、不主聲、故南籥無詩、風雅頌皆在雅樂之中、則二南國風、卽在雅樂之內、與南夷之樂相對、不得以雅樂爲二雅之詩、而南樂爲二南之詩也、或又謂、蓋古者于四夷樂、大廟得陳之、明堂位納夷蠻之樂于太廟、是也、則此詩爲會同燕享作、其必及是以相耀、無足異者、左傳舞象箾南籥者、杜預闕解南字、疏載劉炫謂、如周南之意、蓋周有天下、始于文王、化行南國、故于所得四夷之樂、獨舉南以包之、是取二南之意、非卽二南之詩、二南古未嘗直名南、故曰爲之歌周南召南、不曰爲之歌南、如歌頌之例也、以上諸說、辨則辨矣、然季札觀樂、有舞象箾南籥、象舞・頌之維淸也、豈有文王象舞・而獨采夷樂以配、若云廣采夷樂爲備、則四夷獨取南、何名爲備、文王世子云、胥鼓南、鼓、作也、鼓南者、作二南之樂也、亦無用夷樂之理、且四夷之樂名、周禮鞮鞻氏鄭注與毛同、而公羊昭廿五年何注、則曰東夷之樂曰侏離、南夷之樂曰任、西夷之樂曰禁、北夷之樂曰昧、蔡邕獨斷同、白虎通禮樂篇、則東夷之樂曰朝離、南夷之樂曰南、西夷之樂曰味、北夷之樂曰禁、其言各異、旣屬可疑、而南夷之樂、或曰南、或曰任、若謂古南與任音義同、則北夷之樂謂之北、西夷之樂謂之西、其義果可通乎、

鼓鍾四章章五句

楚茨。刺幽王也。政煩賦重。田萊多荒。箋曰、田萊出周禮、休不耕者曰萊、**饑饉降喪。民卒流亡。**箋曰、卒・盡也、召旻曰、天篤降喪、瘨我饑饉、民卒流亡、亦刺幽王也、**祭祀不饗。**箋曰、鬼神不饗其祭、國日衰隊也、上四句者、祭祀所以不饗也、讀楚茨詩、恍然如身在成康刑措之世、而是序狀衰世若景、廑廑五言、正與經七十二句反應、**故君子思古焉。**箋曰、凡詳言之者、皆思而不得見之辭也、荀子大略篇曰、小雅疾今之政、以思往昔、其言有文焉、其聲有哀焉、夫陳古・國風亦有之、而於小雅言之、豈非爲諸篇叢出乎、若以諸篇爲正雅錯亂、荀子之云何

以爲說、朱子辨說乃謂、楚茨以下至車舝十篇、和平詳雅、無風刺之意、如出一手、當是正雅錯脫在此、序以爲傷今思古、不應十篇相屬而絕無一語以見其爲衰世之意也、因定爲公卿力農奉祭之詩、豈不謬乎、至均更屬無稽、陳啓源曰、詩人寓意深遠、有不可泥其詞者、采薇出車杕杜多嗟怨之詞、行露標梅野有死麕少和平之語、列於正風正雅、可謂刺詩乎、安在楚茨十篇不可爲刺也、又人當衰亂之時、道大平之樂、必言之娓娓不休、班張之賦、喜述西京之盛時、元白之詩、多咏開元之勝事、皆此意也、楚茨諸篇所言祭典之肅、農政之詳、錫命之有章、禮文之必謹、報功恤賢之厚、仁民愛物之恩、詞煩而不殺、感歎無聊之情、已躍然言外矣、當日思古非一人、作詩亦非一手、十詩者特一斑爾、乃訝其多乎、朱子又云、楚茨詩精深宏博、何得爲變雅、斯言誤矣、風雅之正變、分於時之治亂、不分於詞之工拙也、六月斯干諸詩、其精深宏博、不減於楚茨、何以皆列於變詩、且三百篇皆經也、不論正變、爲經一也、安得粗淺儉陋之詩而以爲經哉、吳易堂云、禮記大夫之臣不稽首、此云小大稽首、其非公卿之詩決矣、竊考編詩限斷、其在前王時者、竝無竄入後王之篇、而就一王之世、或事在晚歲、而詩反居前、或事在初年、而詩反居後、從其義類爲次也、今按刺幽之詩、節南山以下十二篇、皆小人女子構讒召禍之事、大東以下則賦役不均、而天下皆困、故年難順敘、要在幽世之限斷、畫如也、涕泣之道、至是已窮、而心猶不已、乃稱引古昔、以動其深思、故鼓鐘篇反復于君子之德、而盛稱古樂之不僭、愚謂、思古之義、當自鼓鐘始、序特於楚茨著其說耳、集傳信鼓鐘之思古、而于楚茨以下盡改序說者、以鼓鐘有憂心之語、而餘詩無之也、不知詩人感傷時事、述古興懷、其所指陳、皆無非爲周家以穡事開國、而幽王政煩賦重、田卒汚萊、故楚茨四詩、反覆農事、宣王以奮武中興、而幽王荒于酒色、朝會盡廢、故瞻洛四詩、鋪陳盛美、皆所以鼓舞歆動之、至頍弁爲角弓之反、車舝爲白華之反、規切尤深矣、胡承珙曰、集傳公卿之說、不獨祊祭求神鼓鐘送尸、非公卿所有、卽如絜牛騂牡之牲、君婦諸宰之號、奏寢之樂、燕毛之禮、千倉萬箱之入、四方八蜡之祭、皆非公卿所宜有也、至於既曰思古、則但爲想慕盛世之詞、而傷今之意、自在言外、正詩人善於立言、猶班固所云杼懷舊之蓄念、發思古之幽情、博我以皇道、宏我以漢京也、卽如楚茨、章首言力農墾闢、而繼之曰自昔何爲、則居今思古之意甚明、曹風鳲鳩、通篇皆贊美君子之辭、而序云刺不壹、正與此諸詩相似、

楚楚者茨。言抽其棘。自昔何爲。我蓺黍稷。楚楚、茨棘貌、抽、除也、我黍與與。我稷翼翼。我倉既盈。我庾維億。露積曰庾、萬萬曰億、以爲酒食。以享以祀。以妥以侑。以介景福。妥、安坐也、侑、勸也、○茨徐咨反、抽勑留反、妥湯果反、侑音又、延文本、傳貌下有也字、

箋曰、首章總提稼穡供祭之始末、言荒瘠之土、今皆沃壤、皆我祖宗翦除茨棘、蓺黍奉先、以貽福於子孫者、次第說來、已使後王惕然深思、皇矣篇修之平之之章類此、首二句直追溯到后稷公劉以農事開國、貽我丕基、不特爲此篇之冒、且爲下三篇統冒也、一篇中、祭祀節次、只順詩看去、不必依少牢特牲、○楚楚者茨、言抽其棘、言茨棘楚楚茂生、乃抽茨抽棘、墾以爲良田也、鄭箋云、茨言楚楚、棘言抽、互辭耳、焦循謂、毛言茨棘貌、卽謂茨之棘也、方言、凡草木刺人、江湘之間謂之棘、然則棘爲有束者之通名、此棘則茨之棘也、箋云茨與棘爲兩物、於經文其字爲不達、安井氏曰、毛亦以楚抽爲互文、故云楚楚茨棘貌、言茨楚楚、棘亦楚楚、棘抽之、茨亦抽之、旣是互文、其字何不通之有、且抽茨棘、本欲以爲耕地、今特抽茨之棘、豈恐其刺人邪、不通甚矣、安井說是也、爾雅釋草、茨・蒺蔾、茨卽蒺蔾二字之合音也、玉藻趨以采齊注、讀作楚薺之薺、與說文牆有茨之茨作薺同、此特隨音指點、蓋謂齊音當讀如薺耳、非謂采齊卽楚薺詩也、而呂記謂、說文曰、薺蒺蔾也、茨則以茅葦蓋屋之名、然則當康成之世、字猶爲薺、其爲茨者、後人誤也、夫爾雅前于鄭注、已爲茨字、離騷王逸章句引詩楚楚者薋、釋文茨或作薋、竝不言薺、康成雖喜改字、此箋亦未作薺也、蓋薺茨音同、實是兩物、薺爲老薺、茨爲蒺蔾、呂說非也、陳啓源曰、詩緝言詩有二棘、吹彼棘心、園有棘、是酸棗、楚薺以棘配茨、青蠅以棘爲樊、必非酸棗、當是爾雅之茦刺、案釋草茦刺、注云、草刺針也、方言云、凡草木刺人、北燕朝鮮之間謂之茦、自關而西謂之刺、江湘之間謂之棘、合此二文、茦刺信有棘名矣、又方言注云、楚詞橘頌曰、曾枝剡棘、亦通語耳、橘頌意本謂、橘枝有刺若棘、而景純引之、正見凡草木有刺者、皆可名棘也、則二詩之棘、當泛指草木刺人者。○自昔何爲、此句承上生下、自昔猶云自古、言自古我何所爲乎、我唯種黍稷耳、后稷之子孫、世世以農穡相傳、少牢嘏辭亦曰、宜稼于田。○我黍與與我稷翼翼二句、與與者、黍黍相並、如人之有儔侶也、翼翼者、稷稷相輔、如鳥布翅相接也、呂覽云、苗其弱也欲孤、其長也欲相與俱、其熟也欲相扶、是故三以爲族乃多粟、與與翼翼之謂也。○我倉既盈、我庾維億者、每倉既盈、每庾維億也、黍稷以未穫言、倉庾以已穫言、說文、倉、穀藏也、庾、倉無屋者、周語野有庾積、韋注、庾、露積穀也、漢書文帝紀應劭注、引胡廣漢官解詁曰、在邑曰倉、在野曰庾、鄭箋十萬曰億者、傳箋各據上下數言之、故說不同、詳魏風伐檀篇、億言禾秉之數、猶禾三百億、有實其積、萬億及秭、或曰、億對盈言、不得訓爲億兆之億、億之本義訓滿、與盈同義、此億字但取盈滿之義、非紀其數、此說似是而非、正義云、庾在於空、非有可滿、明露積者難言滿、故當以數紀之、又申箋云、倉言盈、庾言億、亦互辭者、庾舉億爲多、以至億爲滿也、是億雖紀數、亦未嘗不與既盈相對、傳箋之義、不可易也、以上述祭之酒食所自出、始而種、繼而收、連用五我字、言一粒皆我精神、則皆我孝思也。○以爲酒食、以享以祀、以者、以黍稷也、凡酒食以黍稷爲之、享祀又以黍稷爲主也、段玉裁曰、凡獻於神曰享、神歆之曰饗、詩之例如此、此上言以享以祀、下言神保是饗、閟宮上言享祀不忒、享以騂犧、下言是饗是宜、烈祖上言以假以享、下言來假來饗、是也。○以妥以侑、爾雅釋詁、妥、安坐也、釋文引字林妥他罪反、儀禮士相見禮、妥而後傳言、古文妥爲綏、曲禮下大夫則綏之、又國君綏視、注竝云綏讀曰妥、漢書燕刺王傳、北州以妥、注、妥古綏字、據此則妥爲綏之古文、儀禮、祝出迎尸廟門外、尸入升筵、祝主人皆拜妥尸、使之坐也、妥尸在薦孰之後、侑尸謂勸尸食也、尸三飯告飽、祝侑曰、皇尸未實、侑、尸又食、主人不言、拜侑、尸又三飯告飽、祝侑之如初、尸又三飯告飽、祝侑之如初、鄭注云、三飯告飽、禮一成也、有司徹注、士九飯、大夫十一飯、其餘有十三飯、十五飯、賈疏云、諸侯十三飯、天子十五飯、此侑尸之禮也、李如圭曰、曲禮云、爲人子者、祭祀不爲尸、則尸筮無父者、皆用孫之倫有爵者爲之、◯以介景福者、小明傳云、介景皆大也、此章首四句、上下力農也、政煩奪農時、賦重匱民財、何以力農、田萊所以荒也、次四句、天時和而年豐也、饑饉降喪、民卒流亡之反、末四句、神保是饗也、祭祀不饗之反、

濟濟蹌蹌。絜爾牛羊。以往烝嘗。或剝或亨。或肆或將。濟濟蹌蹌、言有容也、亨飪之也、肆陳、將齊也、或陳于互、或齊于肉、**祝祭于祊。祀事孔明。**祊廟門內也、**先祖是皇。神保是饗。**皇大、保安也、**孝孫有慶。報以介福。萬壽無疆。**◯濟子禮反、蹌七羊反、亨普庚反、肆音四、齊才細反、祊補彭反、延文本亨作烹、傳互上無于字、肉上于字作其、肆陳下肉下大下並有也字、摺本傳無廟字、

箋曰、二章以牛羊爲主、言孝孫祀事之慶也、○濟濟以冠裳而言、蹌蹌以步趨而言、曲禮曰、大夫濟濟、士蹌蹌、然有濟濟辟王、有巧趨蹌兮、此主孝孫言之、不必說助祭之人、絜·滌也、冬祭曰烝、秋祭曰嘗、嘗·新穀也、烝·進品物也、冬烝秋嘗·重於春礿夏祠、言烝嘗則禴祠在其中矣、○或剝或亨者、剝·解剝其皮、猶割也、亨傳云飪之、飪孰同義、○或肆或將者、地官牛人云、凡祭祀共其牛牲之㸦、注云、㸦若今屠家縣肉架、則肆謂旣殺乃陳之於㸦上也、㸦卽互之別體、互卽互物之互、蓋㸦形似之、故名焉、將齊、釋言文、郭注謂分齊也、齊徐仙民周禮音蔣細反、讀如劑、是將有分齊之義、王肅云、分齊其肉所當用、則是就㸦上而齊之也、肺肝首心、有生有孰、朝踐薦生而兼血、饋食薦孰而在俎、此言天子朝踐薦腥之事、而云或亨者、剝亨用肉之大分、故先對言之、四或字本非相爲次第、或者有也、四者各有其事、無妨先言亨、後言肆也、鄭箋以其文不次、爲更毛說云、有肆其骨體於俎者、有奉持而進之者、秦蕙田曰、毛所言是殺牲當朝踐時事、鄭所言是饋食時事、朱子從鄭義、今按、楚茨所言、禮儀節次頗分明、絜爾牛羊下、止當言殺牲、至執爨以下、方是饋食時事、若方言絜牛羊、遽及饋食、則遺卻朝踐一節矣、況云肆其骨體於俎、與下爲俎孔碩又相複、鄭義不如毛義之長、秦說是也、首章乃一篇之綱、二章以下則自朝踐以至祭畢之燕、始終賅備、不當獨遺朝踐也、○祝祭于祊、祊字之訓、有渾言廟門者、爾雅作閍、云閍謂之門、李巡云、閍廟門名、是也、說文祊作鬃、云門內祭、先祖所彷徨也、其云門內祭、與毛傳正合、則祊祭自在門內、原無二祊、禮器所謂設祭於堂、爲祊乎外、蓋以門內對廟中則

爲外耳、非謂祊在門外也、祝祭于祊、爲行禮之始、略如迎神之類、雖其禮不
傳、然祭統稱祭有十倫、首言鋪筵設同几、爲依神也、詔祝於室、而出於祊、此
交神明之道也、是則祭祊爲行禮之始之明據、而出亦對室言之、非謂出於
廟門外也、鄭注郊特牲、以祊爲繹、云祊之禮宜於廟門外之西室、箋詩又以
門內爲大門內、非廟門內、殊誤、郊特牲、直祭祝于王、索祭祝于祊、鄭注、直正
也、謂薦孰時也、詩上言或剝或亨、爲正祭薦孰之事、則下言祝祭于祊、爲索
祭之事、爾雅邢疏謂、禮言索祭、卽詩祝于祊、與祭同日、其說是也、秦蕙田曰、
祊祭當在朝踐之節、郊特牲云、索祭祝於祊、謂求神也、孝子不知神之所在、
故裸鬯以求諸陰、燔燎以求諸陽、祊祭以求諸陰陽之間、斯時事尸於堂、薦
血薦腥薦爓、無有飲食之事、固是尙氣、且恐神之尙未憑依也、故曰於彼乎
於是乎、至饋食則事尸於室、以人道飲食之、曰神嗜飲食、曰神具醉止、則尸
實神所憑依矣、此句在絜爾牛羊之下、執爨踖踖之前、其在朝踐時無疑、禮
器、設祭於堂、正朝踐之事、而卽繼之曰爲祊乎外、其證也、祭統詔祝於室、與
郊特牲詔祝於室同文、而彼則繼之曰坐尸於堂、此則繼之而曰出於祊、明
一時事、又一證也、但朝踐儀節已繁、而又有祊祭一節、其事必簡、且經傳言
祊處皆連祝爲說、則此祭蓋但有祝告而已、金鶚曰、經典言祊皆在正祭之
時、與繹祭無涉、郊特牲孔子曰、繹之于庫門內、祊之于東方、朝市之于西方、
失之矣、此言三事皆失、繹與祊各爲一事也、若以祊繹爲一事、統謂之繹、豈
朝市得爲繹乎、且祊不特不在繹祭之日、亦不在正祭之末、蓋祊所以求神、
求神當于祭之始、不當于祭之終也、朱子經傳通解、馬氏文獻通考、俱以祊

祭列于既徹之後、夫祭既畢、何爲求神于祊乎、說又詳周頌絲衣、○祀事孔明者、孔・甚也、明猶備也著也、汎總上言之、先祖是皇、獨斷、皇者・煌也、盛德煌煌、無所不照、凡言有皇上帝、皇矣上帝、上帝是皇、皆當依獨斷訓煌也、少儀云、祭祀之美、齊齊皇皇、是皇皇者洋洋著大、如在其上之謂也、楚詞、靈皇皇兮既降、是皇言先祖皇皇然而降格也、神保是饗者、先祖之神安之而饗其祭祀也、既言先祖、又言神者、親之爲先祖、尊之則爲神、猶禮運以降上神與其先祖、正義云、上神謂在上精魂之神、卽先祖也、指其精氣謂之上神、指其亡親謂之先祖也、朱傳既從毛訓保爲安、又云、神保蓋尸之嘉號、引楚詞靈保證之、謂是以巫降神之稱、劉瑾申之曰、祖考之神、降而安於尸之身、故因以號尸、夫尸以象神耳、神豈真降其身邪、朱子又曰、靈保、神巫也、今詩中不說巫、當便是尸、殊不思尸至尊、將祭始卜而得之、巫賤役有常職、豈可合爲一乎、周禮有司巫、乃羣巫之長也、其秩中士而已、不敢與祝史比肩、況尸乎、且楚辭云思靈保兮賢姱、乃謂神安附于巫身、以賢姱目巫、非以靈保目巫也、若以神保名尸、則於三章神保是格固自難通、而五章既曰鼓鐘送尸、又曰神保聿歸、則非言尸明矣、蓋神具醉、則尸可起、尸既出則神當安然而歸、次章神保是饗、謂神安然饗之也、三章神保是格、神安然來格也、○孝孫有慶者、對先祖、故稱孝孫、謂主祭之天子也、有慶謂有可慶賀者、未嘗直訓作福、則與下文重複、報以介福者、介・大也、此無訓釋者、以小明傳已有訓釋也、

萬壽無疆、言孝孫所受、

執爨踖踖。爲俎孔碩。或燔或炙。爨・饔爨廩爨也、踖踖・言爨竈有容也、燔・取膟膋、炙・炙肉也、君婦莫莫。爲豆孔庶。爲賓爲客。莫莫・言淸靜而敬至也、豆・謂內羞庶羞也、繹而賓尸、及賓客、獻醻交錯。禮儀卒度。笑語卒獲。東西爲交、邪行爲錯、度・法度也、獲・得時也、神保是格。報以介福。萬壽攸酢。格・來、酢・報也、○爨七亂反、踖七夕反、燔音煩、炙之腋反、膟音律、膋音寮、莫音麥、摺本・傳無度字、延文本・傳格來下有也字、

箋曰、三章以俎豆爲主、言君婦祀事之慶也、○執爨踖踖者、爨、燃火爲食也、左氏宣十五年傳、析骸而爨、公羊傳作析骸而炊之、史記宋世家作析骨而炊、又漢書枚乘傳、一人炊之、注、炊謂爨火也、郊祀志上、族人炊之屬、注、炊謂饎爨也、據此則爨即炊也、少牢禮有饔爨、有廩爨、饔爨以煮肉、雍人掌之、廩爨以炊米、廩人掌之、饔爨在門東南北上、廩爨在饔爨之北、特牲記、尸卒食而祭饎爨雍爨、大夫以上皆稱廩爨、惟士稱饎爨、特牲士禮有牲爨魚腊爨、則天子大牢、其雍爨更有牛爨矣、爾雅、踖踖・敏也、有敬意、蓋執爨恭敏之貌、黍稷君婦所薦、雖不自執爨、其踖踖者因君婦言之、俎非君婦所及、因爨而俎豆、具文耳、特牲禮、主人夙興視側殺、主婦視饎爨、此孝孫主牛羊、君婦主爨、正同、○爲俎孔碩、俎所以載牲體也、碩・大也、所謂博碩肥腯是也、何楷曰、

薦熟之禮、以尸入也、必薦熟而後尸可享也、則執爨以下事也、朝踐以前、皆交於神明之道、其意在於求神、薦熟以後、始兼用人道、其事在於享尸、特牲記、俎之類不一、有肵俎、有折俎、有尸俎、有阼俎、有主婦俎、有祝俎、有佐食俎、有賓俎、肵俎載牢心舌於上、設於尸饌之北、尸每食牲體、反著於肵俎、是主人敬尸之俎、郊特牲所謂肵之爲言敬也、折俎謂節解者、旅酬時所設也、尸俎事尸之俎、牲體有九、曰肩、曰臂、曰臑、曰肫、曰胳、曰正脊二骨、曰横脊二骨、曰長脅二骨、曰短脅、凡九體、又有膚三、離肺一、刌肺三、魚十有五、腊如牲骨、阼俎者主人之俎、自阼俎而下亦總名爲執事之俎、○或燔或炙者、箋云傳火曰燔、遠火曰炙、燔·燔肉也、炙·肝炙也、皆從獻之俎也、鄭以上或肆爲陳其骨體於俎、則薦俎已具上章、故以此爲從獻之俎、燔炙是從獻之物、三牲魚腊先設之、既獻酒卽以燔炙從、故曰從獻之俎、特牲饋食云、主人洗爵酌酳尸、賓長以肝從、主婦洗爵酌亞獻尸、兄弟以燔從、謂既獻酒卽以此燔炙從之而置之在俎也、呂氏謂爲俎孔碩薦熟也、或燔或炙從獻也、鄭以爲一事、誤、燔肉與肝炙、豈得謂之孔碩、呂說良是、傳謂燔取膟膋、炙炙肉、則是薦俎、非從獻也、祭義云、君牽牲、既入廟門、麗于碑、卿大夫執鸞刀以封之、取膟膋、乃退、注云、膟膋·血與腸間脂也、又郊特牲云、周人尙臭、灌用鬯臭、鬱合鬯臭、陰達於淵泉、灌以圭璋、用玉氣也、既灌然後迎牲、致陰氣也、蕭合黍稷、臭陽達於牆屋、故既奠然後焫蕭合羶薌、注云、奠謂薦熟時也、特牲饋食禮所云祝酌奠于鉶南、是也、蕭薌蒿也、染以脂、合黍稷燒之、詩云取蕭祭脂、羶當爲馨、聲之誤也、正義云饋熟有黍稷、此云蕭合黍稷、既奠然後焫蕭、故知當饋熟之時也、凡祭、血腥之時、已有膟膋燔燎、故鄭注詔祝于室云、取牲膟膋、燎于鑪炭、洗肝於鬱鬯而燔之是也、至薦熟之時、又取膟膋而燔之、故上經云、蕭合黍稷、鄭注云、以蕭合燒之、謂饋熟時也、據此是膟膋燔燎朝踐饋食皆有其事、毛於此或燔或炙、以燔爲取膟膋、炙爲炙肉、卽郊特牲旣奠焫蕭之事、故文繫於執爨之下耳、至以炙爲炙肉、則內則有牛炙羊炙豕炙、此只泛說爲食味之事、而與上文爲俎相連、於文不順、此箋以燔肉炙肝爲從獻之俎、旣本禮經、且於爲俎之文、尤相比附、故箋說爲長、○君婦莫莫者、箋云、君婦謂后也、凡嫡妻稱君婦、事舅姑之稱也、天子諸侯妻之稱君婦、猶大夫士之妻稱主婦耳、事其祖宗、不敢以外神相等、故助祭必藉君婦、爾雅釋詁、貊・靜也、釋言、漠・淸也、莫與貊漠竝通、無惰容者、不飾其容、無遽色者、不形其色、故傳訓爲淸靜、爾雅釋訓、慔慔・勉也、亦敬謹之意、故傳又訓爲敬至、○爲豆孔庶者、祭禮、后夫人主供籩豆、爲豆是先祭預作、祭時先薦豆而後行獻、周禮九嬪、凡祭祀贊玉齍、贊后薦徹豆籩、世婦掌祭祀之事、帥女宮而濯概爲齍盛、及祭之日、莅陳女宮之具、凡內羞之物、女御、凡祭祀贊世婦、夫九嬪之職、在贊后薦徹豆籩、卽第五章所云君婦廢徹也、世婦之職、在莅陳內羞之物、而女御又贊世婦者、卽所云爲豆孔庶也、庶・衆多也、天子之豆百有二十品、故曰庶、胡承珙曰、儀禮有司徹云、宰夫羞房中之羞於尸、侑主人主婦皆右之、司士羞庶羞於尸、侑主人主婦皆左之、注云、二羞所以盡歡心、房中之羞、其籩則糗餌粉餈、其豆則酏食糝食、庶羞・羊臐豕膮、皆有胾醢、房中之羞、內羞也、內羞在右、陰也、庶羞在左、陽也、考少牢爲大夫正祭、其羞於尸、庶羞四豆、至賓尸則尸侑主人主婦、內羞庶羞兼有之、賓兄弟內賓及私人、亦有庶羞、若不賓尸則尸羞於尸、亦庶羞四豆、致爵後則尸祝主人主婦、內羞庶羞亦兼有之、卒乃羞於賓兄弟內賓及私人辨、注謂、乃羞者羞庶羞、據此知大夫正祭、尸祝以外、別無羞豆、況天子諸侯之尊、正祭禮不及賓、故賓長受酢後、惟薦尸以羞豆羞籩、必至繹祭、而後及於主祭與助祭者、此詩於爲豆之下、專言賓客、自以朝事饋食加羞諸豆、所以事神事尸者、本不待言、特推廣豆之用於賓客者、以見其孔庶、毛善會經旨、故言此豆及繹而賓尸之時、竝及於賓客耳、傳繹而賓尸爲一句、及賓客爲一句、賓客卽經文之爲賓爲客、非以賓尸釋爲賓、以賓客釋爲客也、箋於賓客句無解、意當同毛、爲賓爲客兩爲字、讀去聲、賓客助祭者、兼同異姓言、天子之祭、有相維辟公、孝經所云各以其職助祭、中庸所云序爵序事是矣、賓者客中之上首一人、其餘爲客、所謂衆賓是也、賓客或單稱、或雙稱、本無別異、此獨兩以爲字間之、固其有別、或分二王之後、與衆助祭言、殆亦正義所謂對文則各有專屬、散則通者也、孝孫言享神、君婦言賓客、孝孫言祭之始、君婦言祭之終、互相備也、〇獻醻交錯者、釋文、醻又作酬、王禮、饋食三獻既畢、固有酳尸三獻、然亦在祝告嘏辭之後、不得以進酳當此詩之獻醻、何氏古義則謂祝嘏爲行禮終事、引禮運孔子曰云云、然禮運祝以孝告二句、究是總括上文之語、如據此謂嘏爲祭末、則不應連祝言之、況楚茨一詩、每章次序分明、究不應於朝獻之後、受嘏以前、插入旅醻一節、竊意此蓋統言祭事之皆有法度時宜、以爲受福之本、不必泥於旅醻一節、以爲不當在受嘏之前、卽如坊記曰堂上觀乎室、堂下觀乎上、引詩曰禮儀卒度笑語卒獲、亦統言祀事得宜也、馬瑞辰曰、此詩雖論一祭、而一祭實兼祊祭繹祭而始全、二章祝祭于祊、已兼言祊祭、故三章遂及繹祭、不得謂詩六章皆專言正祭也、以今考之、首章言黍稷爲酒食、遂及正祭之妥侑也、二章言牛羊、遂及祊祭之索饗也、三章言賓尸、遂及賓客之獻酬也、四章工祝致告、徂賚孝孫、尸嘏主人也、五章諸宰君婦、廢徹不遲、既祭而徹也、六章承上章、備言燕私、既徹而燕也、古者正祭有獻酢而無酬、而詩曰獻酬交錯、此可證其爲賓尸也、又古者正祭以神禮事尸、繹祭乃以賓禮事尸、故傳釋詩爲賓爲客、曰繹而賓尸及賓客、此亦可證其爲賓尸矣、馬說是也、特牲饋食禮、主人酬賓之觶、奠於薦北、賓取之奠於薦南、主人獻長兄弟・衆兄弟・及內兄弟後、於是賓取主人酬賓之觶、酬長兄弟、長兄弟酬衆賓、衆賓又酬衆兄弟、交錯以辯、主婦及內賓宗婦亦旅西面、內賓象衆賓、宗婦象兄弟、其儀節依男子、有司徹旅酬賓三獻後、使二人舉觶於尸侑、尸酬主人、主人酬侑、侑酬長賓、至衆賓、與兄弟及私人交錯、其酬皆是以尊酬卑、中庸云、旅酬下爲上、所以逮賤也、天子諸侯明日賓尸、則旅酬爲繹祭祭畢之禮、故中庸旅酬、卽繼之以燕毛序齒也、安井氏曰、凡燕位、賓在西、兄弟在東、賓與兄弟交相疇、故云東西爲交、賓長疇第二位兄弟、兄弟長疇第二位賓、如此以終、故云邪行爲錯、○禮儀卒度、笑語卒獲者、禮儀笑語、卽獻酬交錯中之禮儀笑語也、統言之曰禮、其中之揖讓進退有儀可象者謂之儀、卒・盡也、度・法度也、獲・得其宜也、卒度・卒獲・言無不合於法、無不得其宜也、恩澤行於禮法之中、和樂生於誠敬之內也、正義云、獻酬笑語、事在祭末、當處暇辭工祝致告之下、文在先者、以獻酬是賓客之事、因說羣臣助祭而言之耳、此善會詩之指、何者禮文必循其序、而詩可以類相及、故因執爨君婦順及賓客、見助祭之罔不虔、且使受嘏利成工祝致告、亦得以類連文、此古人章法也、○神保是格、謂神安而來至也、與上章同、○萬壽攸酢者、言君婦所受也、瓠葉酌言酢之、傳云、酢、報也、訓同而義異、瓠葉之酢報、爲賓報主人之獻、引申之則凡報皆曰酢也、萬壽攸酢、言報之以萬壽也、洪範五福一曰壽、五福莫先于壽、故所報如此、

我孔熯矣。式禮莫愆。工祝致告。徂賚孝孫。 熯、敬也、善其事曰工、賚、予也、

苾芬孝祀。神嗜飲食。卜爾百福。如幾如式。 幾、期、式、法也、

既齊既稷。既匡既敕。永錫爾極。時萬時億。 稷、疾、敕、固也、○熯呼旦反、苾蒲蔑反、芬孚云反、延文本·傳期下疾下·並有也字、

箋曰、四章敘受嘏之事、我、我孝孫也、說文、熯、乾貌、故有竭涸之意、祭統云、誠信之謂盡、盡之謂敬、故熯有敬之義、或謂、熯卽戁之假借字、說文、戁、敬也、徐鍇曰、今詩作熯、蓋戁从難聲、熯从漢省、漢又从難省、故聲同字通、毛訓熯爲敬者、正以熯爲戁之借字、遂以釋戁者釋熯耳、式、用也、孝孫至誠、用禮無所

過矣、所以受嘏也○工祝致告、徂賚孝孫者、少牢饋食禮、皇尸命工祝、鄭注、工・官也、周頌嗟嗟臣工、傳、工・官也、皐陶謨百工卽百官、工祝正對皇尸爲君尸言之、猶書言官占也、專其事曰工、非善事之謂、致告者、祝致神意以告孝孫使受嘏也、主人受祭福曰嘏、賚、賜也、徂、往也、工祝往孝孫酳尸之位、致告以嘏辭、如下文所云也、賚孝孫之禮、少牢謂、佐食取黍摶之以授尸、尸受之以命祝、以嘏於主人、曰皇尸命工祝、承致多福無疆于女孝孫、來女孝孫、使女受祿于天、宜稼于田、眉壽萬年、勿替引之、來卽賚也、此雖大夫禮、然所云卒命祝、猶此授以致告之辭也、云嘏者、猶此謂賚也、孝孫酳尸之位在戶內西、祝於尸西嘏之、猶此謂徂賚孝孫也、皇尸以下之辭、猶此苾芬以下之辭也、徂賚之物、特牲少牢皆非天子之禮、周官鬱人、大祭祀與量人受斝之卒爵而飮之、鄭云、斝受福之嘏、聲之誤也、王酳尸、尸嘏王、此其卒爵也、然則嘏禮天子用鬱鬯矣、如今之飮福酒也、飮福受酢、皆此鬱鬯之酒也、鄭背傳訓、釋既齊爲減取、遂爲每物偏取之說、云嘏之禮、祝偏取黍稷牢肉魚、擩於醢以授尸、孝孫前就尸受之、夫大夫猶命佐食授祝、王尸何至親嘏主人、且摶黍葅豆、論者猶疑其瑣細、而天子之禮乃偏取豆品以擩於醢、其褻不已甚乎、○苾芬孝祀以下八句、皆祝所傳嘏辭也、苾芬、所謂馨香無讒慝也、說文苾・馨香也、芬・草初生、其香分布也、是苾芬皆香也、與下篇苾苾芬芬同、神嗜飮食者、嗜・甘之也、非嗜好之謂、古人於祭慮其不極誠敬則神不饗、故祝詞以神嗜飮食告之、而下諸父昆弟亦告之以此語也○卜爾百福、如幾如式者、卜猶稽也、天保亦出、是豫定之意、幾・期也、左傳曰、易幾而哭、言稽爾之後日、百福之至、如有尅期、而無有所違也、式、周禮典婦功掌婦式之法、注、婦式婦人事之模範、老子爲天下式、王注、式·模則也、如式者言卜爾之百福、如模範之笵物、所謂一定而不可易也、○既齊既稷者、釋文、王申毛、齊如字、整齊也、易旅、得其齊斧、釋文、引張晏齊整齊也、周語、外內齊給、注、齊·整也、當依王訓爲整齊、稷、毛蓋爲畟之假借、周頌畟畟良耜、釋文、畟本作稷、說文、畟·治稼畟畟進也、蓋畟有銳入義、與疾意近、既匡既勑者、匡·方正也、集韻、筐亦省匡、匡筐一字也、字从匚、取方正義、勅本作敕、說文、敕·誡也、今相承作勅、釋名釋書契、敕·飭使自謹飭、不敢廢慢也、漢書禮樂志、敕身齊戒、注、敕·謹敬之貌、內謹飭而外謹敬、則精神固矣、齊稷匡勑、皆祭事整勑之意、此承上文孔熯莫愆、統言祭祀之得禮、爲下文錫極之本、○永錫爾極、時萬時億者、極·中也、洪範五皇極、五居九數之中、所謂會其有極、歸其有極、是也、由處心以至應事、各有斟酌至當不易之準則、所云極也、此由神明默佑陰贊之、故曰錫爾、不止於當面、故曰永錫也、時·是也、言不獨錫於一時、且永錫爾極而皇極之建、至于億萬斯年而不替也、

禮儀既備。鍾鼓既戒。孝孫徂位。工祝致告。致告·告利成也、

神具醉止。皇尸載起。鼓鍾送尸。神保聿歸。皇·大也、

諸宰君婦。廢徹不遲。諸父兄弟。備言燕私。燕而盡其私恩、○燕延文本·傳恩

下有也字、

箋曰、五章敘送神徹饌之事、而起下章燕宗族之端、備言百禮既成也、正歌備・正樂備之備、戒・敕也、與戒賓之戒同、以尸將出、當奏樂送之、故先戒敕樂工使待事也、俞樾曰、箋云、鍾鼓既戒、戒諸在廟中者以祭禮畢、按戒之爲言、皆在事前、儀禮士冠禮、鄉飲酒禮戒賓、聘禮戒上介、戒衆介、有司徹戒侑、並於事前戒之、無於事後戒之者、文選東京賦所謂先期戒事是也、祭禮畢矣、何戒之有、鄭義未必然也、鍾鼓既戒、爲下鍾鼓送尸張本、蓋尸出則宜以鍾鼓奏肆夏送之、故戒鍾人擊鍾、戒鼓人擊鼓、是時皇尸未起、先事而戒之、重其事也、下云鍾鼓送尸、正承此而言、鄭於此箋既失其義、而下文又誤作鼓鍾送尸、則鍾鼓既戒之義、愈不可見矣、○孝孫徂位、工祝致告者、上章致告嘏、此致告利成、上章徂賚孝孫時、在主祭酳尸之位、此孝孫徂位、復未祭時之位也、據儀禮、位是阼階下西面位也、祝告利成於主人、而後主人降、大夫士一也、天子之禮不可知、然經云孝孫徂位、乃云工祝致告、是工祝往孝孫之位、致尸利成之言也、利猶養也、成・畢也、祝傳尸意、致告孝孫之養禮既畢也、安井氏曰、尸在門外、全於臣、入於門、疑於君、疑於親、升堂全於君、全於親、既告利成、則祭畢矣、君不當爲尸降堂、故於將告利成之時、先降堂以終事親之禮與、○神具醉止、正致告之辭、卽告利成之意、必告之者、諷尸使起、而難以明言、因託爲告主人以諷之、故告利成之後、卽云皇尸載起也、吉祭無女尸、考妣配焉、亦唯一尸矣、周七廟當有七尸、故云神具醉止、具・俱也、皇・大

也、尸稱皇、尊之也、皇尸之稱・天子大夫士一也、大雅又有公尸、郊特牲曰、尸・
神象也、神尸相將、神無形、故尸象焉、然則尸之醉飽、卽神之醉飽矣、神具醉、
就尸而見之、○鼓鐘送尸者、尸出入奏肆夏、天子之禮也、尸在廟門外則疑
於臣、故送迎尸、皆以廟門爲斷、鼓與鐘二器、正義云鳴鐘鼓以送尸、是已、周
禮鐘師掌金奏、以鐘鼓奏九夏、肆夏其一也、尸出入奏之、雖鐘鼓偕作、仍以
鐘爲主、故謂之金奏、而掌以鐘師、段玉裁曰、鐘鼓今本多作鼓鐘、考鼓鐘將
將鼓鐘伐鼛傳云、鼓其淫樂、疏云、鼓擊其鐘、白華鼓鐘于宮、疏同、此篇上文
曰鐘鼓、此不應變文、宋書禮志四兩引、皆曰鐘鼓送尸、疏云、鳴鐘鼓以送尸、
是唐初不作鼓鐘、今本承開成石經之誤、○神保聿歸者、應上是饗是格、以
見其終也、神醉而尸起、送尸而神歸、尸本像神、而神之去來憑之、故箋云尸
節神者也、謂爲神之節度也、○諸宰君婦、廢徹不遲者、宰是膳宰宰夫之宰、
周禮膳夫徹王之胙俎、餘則其屬徹之、序官膳夫上士二人、中士四人、下士
八人、故言諸也、九嬪職、凡祭祀贊后薦徹豆籩、知君婦徹豆籩而已、餘饌諸
宰徹之也、俟諸宰徹饌畢、君婦始出而徹豆、故次君婦于諸宰之後、明外內
不相瀆也、俞氏以君婦在諸宰之後、遂謂君婦非謂后也、古音君與羣同、君
婦者、羣婦也、卽指九嬪之屬、鑿矣、廢・去也、廢徹謂徹去、不遲、敏也、謂無怠慢、
非以疾爲敬之謂、集傳不留神惠、亦鑿、○諸父兄弟、備言燕私二句、爲末章
起、傳云燕而盡其私恩者、釋經燕私二字之義、蓋燕私猶昵宴、祭畢同姓燕
于寢也、正中庸所謂燕毛之禮、詳常棣飲酒之飫下、先王之於同姓、有時燕
焉、有因祭而燕焉、國語曰、時燕不淫、此時燕也、坊記曰、因其酒肉、聚其宗族、

以教民睦、此因祭而燕、卽此詩所謂燕私也、祭祀畢、歸賓客之俎、同姓則留與之燕者、多人助祭、不可皆與燕、故歸俎所以代於燕也、若親戚與燕者、其家弗必歸也、非尊賓之說、亦唯親疏之分耳、儀禮、主人之俎、佐食徹之、尸俎則佐食徹、而有司歸之、賓俎則有司徹而歸之、祝及兄弟衆賓之俎、則皆自徹而出、主婦以祝豆籩、及姑姊妹之俎、宴內兄弟於房、主人以阼俎豆籩、及尸祝兄弟之庶羞設于西序下、凡族人具備、而燕于路寢、昭穆以序之、夜飲以成之、天子使宰夫爲主、羞庶品以盡愛、爵無算以尋懽、所以合好、亦所以親親也、中井積德曰、祭後之燕、雖主同宗、而外親蓋亦在焉、頍弁篇稱兄弟甥舅可徵也、第五章稱諸父兄弟、舉重而言也、非謂外親不與也、

樂具入奏。以綏後祿。爾殽既將。莫怨具慶。 綏·安也、安然後受福祿也、將·行也、

既醉既飽。小大稽首。神嗜飲食。使君壽考。孔惠孔時。維其盡之。子子孫孫。勿替引之。 ○替·廢、引·長也、替天帝反、

延文本·傳廢下有也字、

箋曰、六章言燕私具慶、子孫勿替終之、樂入者、將燕而入奏於正寢也、舊說云、凡廟之制、前曰廟以奉神、後曰寢以藏衣冠、祭於廟而燕於寢、故於此將

燕、而祭時之樂・具入奏於寢也。恐誤。蓋宗廟之制、一與人居同、前堂爲廟、後室爲寢、寢以奉神主、外、別無神居。若別起一寢以藏衣冠、是秦漢以後矣、非古制。夫後寢既奉神主矣、非燕所也。綏者安定之使不移動也。書曰、克綏先王之祿。又曰、綏爾先公之臣服于先王。皆同。後祿卽祭時所受之祿、而今後享用者。故曰後祿也。非前後有兩祿。夫諸父兄弟燕樂相慶、親愛之情至矣、神之聽之、其必怡悅、祿烏得不安定哉。乃不如此、骨肉有相怨者、雖神降之祿、祿將自散去矣、安得享用哉。傳云安然後受福者、安井氏曰、燕禮、樂既終、司正洗角觶、南面坐、奠于中庭、升東楹之東受命、西階上北面、命卿大夫、君曰、以我安。卿大夫皆對曰、諾、敢不安。注云、君意殷勤、欲留賓飲酒、命卿大夫、以我故安。傳云安然後受福祿也。蓋謂此禮。言同姓之臣、以君意殷勤之故、安坐盡歡、然後君能受神所佑之福祿也。○爾殽既將者、殽卽祭祀所徹之殽也。傳訓將爲行、集傳云爾殽既進、義亦相近。然訓大爲是。詳大雅既醉篇。此承祭畢燕私而言、具慶、箋云皆慶君、得之。中庸云、親親則諸父昆弟不怨、所謂莫怨具慶也。莫怨具慶四字、一反一正。○小大稽首者、小大猶長幼、卽前章之諸父兄弟也。稽首、頭至地稽留、不卽起也。詳大雅江漢篇。○神嗜飲食、使君壽考。此二句因嘏辭言之、自此以下、皆慶辭也。○孔惠孔時者、惠・順也。祭統所謂備者百順之名也、無所不順者之謂備也。時、得其時也。祭統、祭則觀其敬而時也。維其盡之者、無不盡也。祭統、外則盡物、內則盡志、此祭之心也。○子子孫孫者、子復生子、孫復生孫、子孫勿廢而長行之。釋訓、子子孫孫、引無極也。上數章稱福、單指孝孫一身、通不及子孫、留此一祝、在燕私稱慶內，以足前神福未盡之意，勿替引之者，願永弗懈于祭祀也，醉飽之後，無小無大，咸稽首曰，神乃歆嗜君之飲食，使君壽考，于禮甚順，于時甚適，無所不盡，願子孫不廢，而長行之，其所以曉後王者深矣，蓋古者先成民，而後致力于神，故詩陳述先王重農奉祭事神受福之節，至詳且備，使非德盛政修，年豐人樂，縱極牲體之絜，俎豆之盛，禮樂之隆，安在神饗而降之福，卽祝致嘏辭，宗族咸慶，皆諛辭耳，何福祿之有哉，全詩皆陳古之善，以反明今之惡也，

楚茨六章章十二句

箋曰，陳啓源曰，楚薺所咏，皆天子祭禮也，儀禮廢缺，天子諸侯祭禮無存焉，故箋疏引特牲少牢士大夫禮，推類以明之，如燔炙受嘏利成之類是也，其天子祭禮，載周禮戴記，而亦見於此詩者，則如剝亨祭祊鼓鐘送尸之類是也，朱子據少牢嘏詞，遂判此詩爲公卿力農奉祭之詩，不知少牢禮乃侯國大夫所行，非天子公卿之禮也，又謂天子詩不應列於小雅，夫小雅諸篇，何一非天子詩哉，

信南山。刺幽王也。

箋曰，是篇祭祀全與楚茨同，不與甫田大田專爲稼穡祈報者同，異什之義可繹，據竹書幽王二年初增賦，楚茨序言政煩賦重，非無徵也，饑饉降喪，民卒流亡，本大雅召旻刺幽王之詩，居圉卒荒，則茨棘不除，田事不修可知，二篇雖侈陳祭

祀受福，而其原實本于倉廩之盈，原隰之治，幽王之時，與此正相反，傷今思古，序無可議，

不能脩成王之業。

疆理天下。箋曰，轉用經文也，亦出左傳，猶于疆于理至于南海，夫能疆理天下，豈有前諸篇四方荒亂之憂乎，是什以天下俗薄爲首，至此又以天下爲言，所以明一什之義也，

以奉禹功。故君子思古焉。箋曰，六字與楚茨同，楚茨序反經以言今，信南山據今以本古，甫田直言思古，略而不陳所由，大田言矜寡不能自存，又略而不言思古，皆文互見，劉彝曰，天下之土，昔爲水之所汨，而禹治九川距四海，濬畎澮距川，暨稷奏庶艱食，烝民乃粒，萬邦作乂，弼成五服至于五千，是田法成於禹稷久矣，文武既有天下，而周公輔弼成王，改五服爲九服，推后稷之法，以踐禹功，遂成畎澮於天下，至於幽王，政煩賦重，田萊多荒，饑饉降喪，民卒流亡，則畎畝不脩於天下，是以遂溝洫澮不距於川距於海，是所謂不能脩成王之業，疆理天下，以奉禹功也，顧廣譽曰，詩亦言祭祀，而歸重則在疆理，與楚茨各明一義，辯說以曾孫古者事神之稱，序專指成王爲陋，蒙按，曾孫雖古者事神通稱，而疆理天下，以奉禹功，惟成王當之，武王末受命，未遑制作，則疆理天下，當在成王周公之世，序以歸之成王，固其宜矣，夫疆理制度，春秋時猶存，度所謂不能疆理天下者，變亂蓋無幾耳，然苟圖躭樂，舉先王所制民生萬世之利，任其廢而不修，則本務荒，而上下交困，故陳古以風，欲其於此加意，則感召天和，而神明亦錫之福也，集傳亦以爲公卿有田祿者之詩，范氏詩瀋謂，左傳引

我疆我理二句、明云先王疆理天下、物土之宜而布其利、則非公卿可知、案四詩之爲天子作、尤於此篇見之、姜炳璋曰、或云、如數篇作于幽王初政、則當在節南山之前、故朱子疑爲錯簡、然使移置節南山之前、次于斯干無羊之下、則後人必以爲宣王詩、編詩者以節南山諸篇列于前、而以楚茨等詩附于後、使讀者望而知其爲幽王而作、猶張子謂國風若非以衞分之、則王風無異於正風也、

信彼南山。維禹甸之。畇畇原隰。曾孫田之。甸治也、畇畇墾辟貌、曾孫成王也、

我疆我理。疆畫經界也、理分地理也、**南東其畝。**或南或東、○甸田見反、畇音匀、延文本傳貌下東下並有也字、

箋曰、首章言成王墾辟之勤、○信與展矣君子、允矣君子、語氣相肖、得歎想明德之神、南山、終南山也、成王之脩禹功、實天下盡然、而獨言南山者、作者指畿內之地以表之、其意通及天下也、上篇隱從后稷公劉說起、此篇從禹功說起、皆推本之論、成王繼禹之功、欲王繼成王之功也、甸、書俊民甸四方之甸、周禮小宗伯注云、甸讀爲田、李巡注爾雅釋地、田敶也、謂敶列種穀之處、夫敶列種穀、固已含治義矣、稍人注、甸讀與維禹敶之之敶同、賈疏以爲韓詩作敶、敶古文陳字、甸爲治、則陳亦爲治、酒誥惟其陳脩爲厥疆畎、陳脩皆治也、維禹甸之、與下文曾孫田之同義、經必上甸下田者、變文以協韻也、

言禹甸之，則平水患，理溝洫，皆在其中。韓奕亦云維禹甸之，且下云我疆我理，則治之者謂脩治其田，不謂賦法。箋訓爲邱甸之甸，破甸爲乘，不是。續漢郡國志劉注引帝王世紀，禹平水土爲九州，其時九州之地，凡二千四百三十萬八千二十四頃，定墾者九百二十萬八千二十四頃，不墾者千五百萬二千頃，民口千三百五十五萬三千九百二十三人。殷因於夏，其間損益，書策不存，世紀僅載夏民墾田戶口，而殷則闕而不詳，無以證夏殷墾田戶口之差數。○畇畇原隰，曾孫田之。畇卽均之或體，釋文引字林正作均，均，平也，畇畇，平而又平也。夏小正，正月農率均田，傳，率者，循也，均田者，始除田也，除卽治也。畇畇者，田已均治之貌，故傳訓爲墾辟貌，墾耕其地，辟除草萊，以成柔田也。先舉禹而及曾孫者，猶曰功不在禹下也。集傳歸重於禹，非是。曾，重也，自曾孫以至無窮，皆得稱曾孫。○我疆我理，兩我字照曾孫，疆謂有夫有畛有塗有道有路以經界之，理謂有遂有溝有洫有澮有川以疏導之，故下經承此句云南東其畝。說文，理，治玉也。治玉謂剖析之，引申爲分理之稱。樂記鄭注曰，理者分也。古人曰肌理，曰腠理，曰文理，曰天理，曰地理，曰條理，皆指其可分別者言之。故此傳以分地理釋經理字，理對疆言，疆謂定其大界，理則細分其地脈也。考工記匠人，凡溝逆地防，謂之不行，鄭注云，防謂脈理，說文云，防，地理也，正義謂，分地理，若孝經注高田宜黍稷，下田宜稻麥，如疏說乃土宜，非地理也。○南東其畝，韋昭曰，下曰甽，高曰畝，畝，隴也，甽古作𤰝，乃隴中水道，對畝則甽爲下，對甽則畝爲高，畝卽田身是也。東南其畝者，使田畝或向南或向東也。凡有四方，言南東以該北西，南者亘于北，東者亘于西、卽一縱一橫之謂、齊風衡從其畝、釋文引韓詩作橫由其畝、云東西耕曰橫、南北耕曰由、說文、六尺爲步、步百爲晦、晦或从十久、又曰、田象形、囗十、千百之制也、是畝之一縱一橫、實兼東西南北之象、考工記匠人職曰、一耦之伐、廣尺深尺謂之甽、田首倍之、廣二尺、深二尺、謂之遂、可見其遂東入于溝、則壠必南向、以對著遂、其遂南入于溝、則壠必東向、以對著遂、壟既對遂、則甽必對遂不言可知、是甽通于遂、而遂通于溝、一縱一橫、爲順水勢也、周禮百畝爲夫、夫間有遂、九夫爲井、井間有溝、凡遂在田首、如此則遂在井之內、溝在井之外、田首者、水之來處也、胡承珙曰、田中之甽、所以行水、其壟所以播穀、亦謂之畝、每一甽一壟、相間成列、甽必順其畝之首尾而行水、以入於遂、程氏瑤田謂、匠人之甽、爲每畝閒行水之甽、一畝一甽、與播種之甽一畝三甽者不同、此說似未確、古人甽祇一名、未聞又分爲二事、說文、く、水小流也、周禮匠人爲溝洫、耜廣五寸、二耜爲耦、一耦之伐、廣尺深尺、謂之く、倍く謂之遂、倍遂曰溝、倍溝曰洫、倍洫曰巜、凡く之屬皆从く、甽、古文く、从田川、田之川也、畎、篆文く、从田犬聲、六甽爲一晦、蓋古者步百爲畝、廣一步、長百步爲一畝、據說文、以甽爲田之川、是所以行水者、而漢書食貨志又云、后稷始甽田、以一耜爲耦、廣尺深尺、田甽長終畝、一畝三甽、一夫三百甽、而播種於甽中、二說不同、其實一也、每畝之中、甽壟相間、三甽者亦三壟、壟卽田畝播種之處、通言之則壟亦可稱甽、故班云一畝三甽、許云六甽者、並壟言之、謂其地可容六甽耳、許以甽爲田之川、而班云播種於甽中者、則以穀宜高燥者畏水、當爲甽以行水、而播種於壟、金仁山所謂種豆麥者作田疄、是也、穀宜下溼、畏旱、當爲壟以培土、而播種於甽、卽班志所謂苗生葉以上、稍耨隴草、因隤其土以附草根者也、其事雖殊、其法仍一、不比東南水田也、程氏又據鄭遂人注、以南畝圖之、爲遂縱溝橫、因謂、南畝者自北視之、其畝橫陳於南、南畝故甽橫、甽流於遂、故遂縱、匠人賈疏云、井田之法、甽縱遂橫、溝縱洫橫、澮縱川橫、爲東畝之圖、是自西視之、畝橫於東、且引左傳盡東其畝、謂東畝則川橫、而川上路乃可東西行云云、今案、古人制田、始於一畝、行水、始於一甽、姑以一畝之甽言之、甽順水勢、畝順甽勢、甽縱則畝縱、甽橫則畝橫、此自然之理也、南北曰縱、東西曰橫、甽自北而注南爲縱、則畝之長、亦隨甽而南曰南畝、甽自西而注東、畝之長亦隨甽而東曰東畝、此詩云南東其畝、當是指畝之直長、所謂廣一步長百步者、非橫陳於南東之謂、若謂自北視之爲南、則使改而自南視之、不亦可曰北畝乎、鄭注賈疏之南畝東畝、乃適相反、程氏從之、誤矣、甫田禾易長畝、傳、易、治也、長畝、竟畝也、此以一畝之長爲竟、尤可見南畝東畝指其直長者而言、最爲本經之確證、至左傳盡東其畝、乃晉人逞忿於齊、脅以必不能行之事、如所云以蕭同叔子爲質者、謂使齊人畝皆向東、則田閒道路、皆東西直達、晉人自西而來、可以無溝渠之阻耳、故杜注但云循壟東行、不必泥於東畝則川橫、謂晉人惟欲使川上路通東西、以便戎車、因以爲東畝乃橫陳於東之證、試思東畝若果爲橫陳於東之法、其川固橫矣、而尚有縱溝縱澮、又豈不可限戎車乎、可見晉人是欲使齊之田畝皆向東耳、賓媚人引詩、乃以正言責之、謂必無盡東其畝之理也、姜氏廣義曰、凡遂在田首、攔截於田之起處、使諸甽之水得以同注於此也、遂之東入於溝者、必横截於畝之南、諸畎之水、皆直注於遂、畎直、畝亦直、遂東則畝南矣、遂之南入於溝者、必縱截於畝之東、遂南則畝東矣、畝雖亦有西北、而溝遂總在東南、一縱一横者、溝洫之定制、則畝但言南東可矣、顧廣譽曰、先王之講水利也、由一耦之畎積之、而可以達於萬夫之川、又恐水之激也、爲一從一横以殺之、又恐水之溢也、爲内淺外深内狹外廣以制之、旱則有蓄、澇則有洩、總而言之、亦曰順其勢之自然而已、是以非遇亢旱大水、農皆有恃無恐、而不至於告病、以詩所述農事最詳、無一言及溉水者、溝洫之制、所以爲盡美盡善也、故此篇實爲農事之本、自井田法廢、而桔槔水車之事起、農功之勞瘁、數倍於昔、稍遇水旱、卽束手無策、此猶以東南言之也、若西北之地、則昔之溝洫從横者、今也涓滴悉仰之天、蓋五六百年於此矣、林頤山曰、鄭君匠人注、蓋以爲夏用貢法、殷用助法、周徹卽通用夏貢殷助法、夏殷周貢助有遷改、井田之溝洫斷不可以遷改、賈疏誤解鄭注、乃分遂人溝洫爲夏貢溝洫法、小司徒匠人溝洫爲殷助井田法、後儒因謂井田自井田、溝洫自溝洫、造都鄙則變爲井田、制鄉遂則變爲溝洫、果如其説、則殷人七十而助、胥天下而界以井田、周之繼殷、舉一切五溝五涂、最大者廣深十餘尺、最多者縱横千萬行、乃無故而堙之塞之、易一地而仍復疏之瀹之、豈有制禮如周公、而勞民傷財、興此無益之大役、其誤一、依小司徒鄭注義、則井田斷自夏禹始、論語泰伯、禹盡力乎溝洫、書皋陶謨濬畎澮距川、明是夏禹以井田制貢法、而井田法外、別無溝洫法、則周何獨不可用井田法、而必別用溝洫法、以改井田之舊乎、其誤二、遂人鄭注、遂廣深各二尺、溝倍之、洫倍溝、澮廣二尋、深二仞、既是約匠人井田法、設井田法外別有溝洫法、鄭注不應誤合爲一法、則賈疏顯與鄭注相背矣、遂人鄭注、遂從溝橫、洫從澮橫、與匠人井田法互相發明、賈疏乃云、井田法・溝澮稀少、溝洫法・溝澮稠多、詎知步晦限以定制、溝澮稠多、有何餘地之可容耶、又遂人鄭注、九澮而川周其外、井田法一同九澮、三萬二千四百夫治澮、匠人賈疏乃云、溝洫法・九九八十一澮、詎知九澮猶須三萬二千四百夫治之、而九九八十一澮、雖極一同九萬夫竭作、不出田稅以治澮、亦仍不足其九倍之數、其誤三、賈疏有此三誤、益信匠人鄭注所云夏貢殷助周徹、其井田之制、歷夏殷周而未有遷改也、或有難者、謂遂人治野、夫間有遂、遂上有徑、十夫有溝、溝上有畛、百夫有洫、洫上有涂、千夫有澮、澮上有道、萬夫有川、川上有路、以達於畿、而匠人則云、爲溝洫、耜廣五寸、二耜爲耦、一耦之伐、廣尺深尺謂之甽、田首倍之、廣二尺、深二尺、謂之遂、九夫爲井、井間廣四尺、深四尺、謂之溝、方十里爲成、成間廣八尺、深八尺、謂之洫、方百里爲同、同間廣二尋、深二仞、謂之澮、匠人九夫爲井、以九起數、遂人十夫百夫千夫萬夫、乃以十起數、不以九起數、顯與匠人異制、果又有何說、曰鄭君先注禮、後箋詩、詩箋足補禮注所未備、周頌噫嘻、駿發爾私、終三十里、亦服爾耕、十千維耦、箋竟三十里者、一部一吏主之、周禮曰、凡治野田、夫間有遂、遂上有徑、十夫有溝、溝上有畛、百夫有洫、洫上有塗、千夫有澮、澮上有道、萬夫有川、川上有路、此萬夫之地、方三十三里少半里、耜廣五寸、二耜爲耦、一川之間萬夫、故有萬耦、實與遂人注萬夫者方三十三里少半里相發明、詩言終三十里、亦服爾耕、十千維耦、實卽萬夫之耦、分作一部、爲遂人等吏之所主、詩箋必引遂人云云者、乃因耦耕分部、而治五溝之遂溝洫澮川、五塗之徑畛涂道路、遂人爲井田法計耦耕、九夫數奇不成耦、十夫始得成爲耦、自然與匠人九夫爲井不同、此立三證、以申鄭注、其一爲耦耕之時、卽治五溝五涂之時、周語上、農祥晨正、土乃脈發、注、晨正謂立春之日、又云、修其疆畔、日服其鎛、不解於時、禮記月令、孟春之月、王命布農事、命田舍東郊皆修封疆、審端徑術、注、術周禮作遂、夫間有遂、遂上有徑、據此知井田之五溝五涂、遂人率耕耦之夫以治之、當在孟春之月、立春以後矣、此其可證者一也、其二爲耦之部、卽治五溝五涂之部、里宰以歲時合耦於鋤、以待有司之政令、注、鋤者里宰治處也、詩噫嘻箋、竟三十里者、一部一吏主之、正義云、吏皆以大夫爲之、又引遂人注因釋之云、遂人治野田、故還據遂中鄰里酇鄙縣而說之、四縣爲一部、計六遂三十縣爲七部、猶餘二縣、與公邑采地共爲部、據此知里宰合耦、以待遂人等政令、而遂人掌六遂、一遂五縣、六遂三十縣、分爲七部有半、合公邑采地足其數、以成八部、每部以一吏之爲大夫者主之、遂人中大夫二人、遂大夫六遂中大夫六人、倂二人六人爲八人、適足八都之數、率耕耦之衆、以治五溝五涂、其廣深尺尋仞、則匠人經營其工役矣、此其可證者二也、其三爲遂人因耦耕以治五溝五涂之制、卽匠人所治五溝之制、噫嘻正義、遂人注又言、以南畮圖之、遂從溝橫、洫從澮橫、從遂必注於橫溝、南北九遂、東西九溝、從洫必注於橫澮、南北九洫、東西九澮、其四畔則川周之、此皆設法耳、川者自然之物、當逐地形而流、非於萬夫外必有大川遶之、據此知孔正義所用六朝人周禮舊疏義、止有井田法、別無溝洫法、遂人匠人乘耦耕時、治井田之九遂九溝九洫九澮、而遂人就耕耦言、二五得十、是耦數、十夫成耦、九夫不足以成耦、二耜爲耦、既以十夫爲之、推此而百夫千夫萬夫、其數亦悉御以十、匠人就井田開方言、三三得九、是方數、九夫爲井、十夫不可以爲井、方里而井、既以九夫爲之、推此而九遂、九溝九洫九澮、其數亦悉御以九、九夫爲井、夫間有畎、以注於遂、故遂人云、夫間有遂、遂上有徑、不言有畎者、舉遂徑以該畎也、井十爲通、通間九遂、九十夫有九遂、以注於溝、十夫亦得有一遂以注於溝、故遂人云、十夫有溝、溝上有畛、不云有遂徑者、舉溝畛以該遂徑也、通十爲成、成間九溝、九百夫有九溝、以注於洫、百夫亦得有一溝以注於洫、故遂人云、百夫有洫、洫上有涂、不云有溝畛者、舉洫涂以該溝畛也、成十爲終、終間九洫、九千夫有九洫、以注於澮、千夫亦得有一洫以注於澮、故遂人云、千夫有澮、澮上有道、不云有洫涂者、舉澮道以該洫涂也、終十爲同、同間九澮、九萬夫有九澮、以注於川、萬夫亦得有一澮、以注於川、故遂人云、萬夫有川、川上有路、不云有澮道者、舉川路以該澮道也、此成間緣邊一里、同間緣邊十里、因耦耕而兼治五溝五涂、其餘因耦耕而單治五涂者也、若匠人爲溝洫、則成間緣邊一里、同間緣邊十里、單治五溝、不兼五涂、故云同間謂之澮、方百里爲同、同間緣邊十里治澮洫溝遂、不云洫溝遂者、舉澮以該洫溝遂也、又云、成間爲之洫、方十里爲成、成間緣邊一里治洫溝遂、不云溝遂者、舉洫以該溝遂也、又云、井間謂之溝、此井字卽指成間緣邊一里、里各一井言、井之中間爲公田、不受夫家、緣邊面各一夫治溝遂、不言遂者、舉溝以該遂也、此其可證者三也、今依遂人注、以南晦圖之、一井九夫、夫各以毗壟爲界、井十爲通、南北九遂、從遂皆注於橫溝、通十爲成、東西九溝、橫溝皆注於從洫、成十爲終、南北九洫、從洫皆注於橫澮、終十爲同、東西九澮、橫澮皆注於自然川、其四畔則自然川周其外、竊意孔正義遂溝洫澮、從橫以九、可據此以訂正賈疏十溝十洫八十一澮之誤、尤要其此皆設法耳一語、始悟遂人匠人鄭注所稱井田溝洫、非真有方田里爲同之田晦、足以容五溝五涂、而絕無欹斜者也、豈獨川爲自然之物、隨地形而流、不得方折以匝之耶、又曰、今以南畝圖之、方百里爲一圖、一同百成、縱橫環之以川、川上四面皆有路、其橫則長百里者九澮、川上之路爲澮流所斷、當施橋梁以濟人行、澮上有道、一澮二道、九澮十八道、橫澮皆注於同外之縱川、其縱則長百里者九洫、澮上之道、爲洫流所斷、當施橋梁以濟人行、洫上有涂、一洫二涂、九洫十八涂、縱洫皆注於同內之橫澮、不注於同外之橫川、以川上之路障之也、方十里爲一圖、一成百井、東西兩橫、夾之以澮、澮內皆有道、南北兩縱、夾之以洫、洫內皆有涂、其橫則長十里者九溝、洫上之涂、爲溝流所斷、當施橋梁以濟人行、一溝二畛、九溝十八畛、橫溝皆注於成外之縱洫、卽同間緣邊一成、夾以一川一洫、亦注於成外之縱洫、不注於同外之縱川、以川上之路障之也、其縱則長十里者九遂、溝上之畛爲遂流所斷、當施橋梁以濟人行、遂上有徑、一遂二徑、九遂十八徑、縱遂皆注於成內之橫溝、不注於成外之橫澮、以澮上之道障之也、卽同間緣邊一成、夾以一川一澮、亦注成內之橫溝、不注於成外之橫澮、同外之橫川、以川上之路障之也、通計一同長百里者、九澮十八道、九洫十八涂、一同方十成、成間長十里者九溝十八畛、九遂十八徑、同間長百里者九十溝、一百八十畛、九十遂一百八十徑、然方百里爲同、方十里爲成、止言夫家所受田畮實數、而五溝五涂不在數中也、

上天同雲。雨雪雰雰。雰雰・雪貌、豐年之冬、必有積雪、**益之以霢霂。既優既渥。**小雨曰霢霂、**既霑既足。生我百穀。**○雨于付反、雰芳云反、霢亡革反、霂音木、渥烏學反、延文本・傳貌下雪下並有也字、

箋曰、上章言田制、此章言百穀生長、地利與天時相須者也、故繼以雪與雨、下章方及收成以爲祭祀也、○朱傳、同雲、雲一色也、將雪之候如此、傳云豐年之冬、必有積雪者、謂明年將豐、今冬積雪爲宿澤也、藝文類聚引韓詩云、凡草木花多五出、雪花獨六出者、陰極之數、雪花曰霙、雪雲曰同雲、釋文、雨崔如字、如字則是雨雪並下、雪而兼雨、到地卽化、安得有積雪、崔讀與毛義違、○益之以霢霂者、霢霂是實字、非形容、集傳小雨貌、貌字恐也字之寫誤、陸佃曰、三農之事、雪則欲盛而徧也、雨則欲微而潤也、蓋豐年之冬、必有積雪、而其春必有小雨、故是詩雨言小、雪言盛、○既優既渥、既霑既足者、優渥霑足・皆饒洽之意也、冬雪有宿澤、春雨有新潤、優渥霑足、兼雨雪言之、

疆場翼翼。黍稷彧彧。場畔也、翼翼讓畔也、彧彧茂盛貌、曾孫之穡。以爲酒食。畀我尸賓。壽考萬年。○場音亦、彧於六反、畀必寐反、延文本傳茂盛貌下有也字、貌字卷子本傍書本無、

箋曰、此章及下章、皆先事擬議之詞、五六章方言祭時事、○疆場皆田界之名、疆乃八家同井之界、場乃一夫百畞之界、場通作易、田至此易主、故曰易、朱傳、翼翼、整飭貌、蓋農夫有爭心互相侵奪、則田界邪曲、其唯有讓畔之敬、而後田界翼翼然整飭、故傳云翼翼讓畔也、畔、田界也、○曾孫之穡者、伐檀傳、斂之曰穡、民間之疆場、皆王者所締造、民間之耕稼、皆王者所經營、故曰曾孫之穡、以爲酒食者、以黍稷爲酒食也、以爲酒、則三酒五齊之無不備、以爲食、則絜粢豐盛之無不宜、○畀我尸賓者、畀、與也、以畀尸則可以妥侑、以畀賓、則可以獻醻、于是而神降之福、使之壽考萬年也、鄭箋云、成王以黍稷之稅爲酒食、至祭祀齊戒、賜尸與賓、尊尸與賓、所以敬神也、然以經文核之、此畀我尸賓、不過言稼穡之爲酒食、用於祭祀之尸賓、乃統祭事始終用酒食言之、不必泥前後次序、專指爲齊戒之時、卽如四章是剝是菹、獻之皇祖、亦第言其瓜可以爲菹、可以共祭耳、不然、豈有未殺牲、而先薦豆者乎、呂記又引丘氏、畀尸謂獻熟食幷酳齊獻尸、畀賓謂助祭之賓酳齊獻尸、尸因酳以酢賓、三獻尸之後、主人亦有獻賓之禮、然時尙未祭、而卽畀尸畀賓、於文

亦爲失次、皆不可從、酒食以畀尸賓、何以便當壽考萬年、其原在於疆理土田使兆民咸得其所、所謂先成民而後致力於神也、粢盛供自藉田、不言藉田所入、而言公田所入者、方言疆理天下、則天下之穡、皆一人之穡、以是奉之一人、其義爲尤大也、安井氏曰、祭祀齊戒則賜酒於尸賓、經傳中未見其文、今案、此章及次章、因穀菓成熟、要其終而言之、言此穀之與菓、將畀之尸賓、獻之皇祖、以受壽考之福也、知次章之預言祭祀之事、則知此章亦預言祭祀之事矣、

中有田廬。疆場有瓜。是剝是菹。剝瓜爲菹也、**獻之皇祖。**

曾孫壽考。受天之祜。○剝邦角反、菹側居反、祜音戶、延文本、菹作葅、傳同、

箋曰、鄭箋云、中田、田中也、農人作廬焉、以便其田事、曰便其田事、則固非農人之恆居矣、當是指私田之中、各自爲廬以便作息耳、伐檀傳云、一夫之居曰廛、此卽遂人所謂上地夫一廛者也、五畝之宅、自是民之恆居、云在邑者、民之所聚卽爲邑、故十室千室皆曰邑、猶今之村落然、不必定在都邑、孟子之言、自以五畝爲一宅、非二畝半之謂、此宅雖亦可名廛、要與國中市廛無涉、更非中田之廬可比、廬在田中者、猶今人田間草舍、不必在公田中、亦必無二畝半之廣、趙岐注孟子五畝之宅、謂廬井邑居各得二畝半以爲宅、非也、凡鄉遂皆有邑、王國百里爲郊、鄉在郊內、遂在郊外、鄉遂之民、在國之四

面、故近郊有宅田、有廛里、有場圃、其外仍有士田賈田、遠郊則有官田牛田賈田牧田、鄉大夫掌之、而比閭族黨州、皆其屬焉、公羊傳、田多邑少稱田、邑多田少稱邑、蓋比長黨正皆有官居、自邑而邱甸、皆與井田錯處不遠、略同後世村堡市鎮之制、非都邑有城郭之比也、管子言四民勿使雜處、士就燕間、工就官府、農就田野、韋昭注、國都城郭之域、惟士工商而已、農不在焉、是卽近郊之民、亦不過附郭以居、豈必盡國中市廛、以待冬民之盡入哉、孟子所謂五畝之宅專指邑中之廛、豳風遵彼微行、爰求柔桑、毛傳、微、牆下徑也、引孟子五畝之宅樹之以桑、可見邑宅樹桑、卽有五畝、非二畝半也、王夫之曰、漢書食貨志曰、六尺爲步、步百爲晦、晦百爲夫、是一步六尺、一畝百步、周制也、百步之制、韓詩所云長十步、廣十步者、以方計之也、金仁山所謂闊一步、長百步、卽今種豆麥之田疄者、以長計之也、大概積方一步者百、則一畝矣、至漢武帝、始增二百四十步爲一畝、古之畝非今之畝也、周之一畝、積方六尺者百、無論其爲方爲長、而其積實要止於此、廬舍之地、異於田疄、不可長計、當以徑十步廣十步爲率、廬之四周有牆、牆下有桑地、而父子異室、餘夫且有棲宿之所、舂炊有室、牛羊有栖栈、鷄豚有檜塒、蔬果有圃、穫暴有場、八口之家、勢所必具而不可缺、不知此廬舍之地、何以能置頓而無不足也、若二畝半之在邑者、以方百里之國計之、提封萬井、爲夫家者八萬、則於邑中當以二十萬畝爲之宅、積二十萬畝之實、得爲方一步者二千萬步、以方約里、其地徑廣各四百四十七畝强、三百步而爲里、當得十四里零十分里之九、而朝廟市廛學校澤宮官署卿士大夫商賈府史輿臺之宅舍、賓客之館垣、府藏倉廩廐皁委積園土犴獄之所、巷陌溝涂城塹之間地、當復加之、則二畝半之宅在國者、既國中之所不能容、二畝半之宅在田者、又不足以容八口之夫家、是孟子所謂五畝之宅者、壹皆在野、孟子言宅、此詩言廬、宅非廬、其不相通明矣、宅者民之恒居也、非止取便田事、必因山水樵汲之便陰陽嚮背之宜、自其先世以來、長子孫於斯土、八家各自爲封域、以別男女而息雞豚糞壤之爭、非先王制產而始有者、則亦不在經界之內、任土而受均、其廣狹一因原隰自然之勢、而不可以畝計者也、周禮·上地夫一廛、中地一廛、下地一廛、鄭司農衆曰、廛·居也、揚子雲有田一廛、謂百畝之居也、但田百畝、卽有宅地一廛、田以畝計、而宅無定限明矣、若廬者、則耕穫之次舍、暫息而非所恒居者也、許愼曰、廬·寄也、云寄則非民之恒處、而異於廛宅可知、故曰中田有廬、有者非固有之詞、若如韓嬰趙岐之說、民無適處、乍邑乍田、負釜甑、牽雞豚、扶老提幼、以嗷嗷於道路、在田之倉庾、誰與守之、在邑之餱糧、必日有負輓之勞、卒有冰雪彌旬、饋運道阻、樵蘇不給、勢且餒困於城市、田棄中野、糞治不豫、肥者成瘠、況北土兼植五穀、麥播於秋、培於冬、芸於春、穫於夏、粱稷稻菽種於春、芸於夏、穫於秋、終歲無閒田、卽無閒日、方冬入邑、原野闃寂無人、囓齧闖其庭戶、盜賊乘虛而發、溝洫崩塌而不修、茅桷飄搖而不葺、無魚梁之利、無狩獵之獲、無園圃之蔬、無牧豕栖雞之地、老無所養、病無所飼、辛苦墊隘、永無安居之樂、虐民不仁、無踰此者、而謂先王之爲此哉、故知二畝半在邑者、必無之事也、◯疆場有瓜、安井氏曰、疆場與中田對、則此瓜謂井田疆場所生、非園圃所稅也、井田之法、八家各私百畝、同養公田、則不得復稅民田矣、蓋疆場種瓜、所以盡地利也、故公田疆場亦種瓜、乃下民奉上之誠、非上所以令於下、故周禮不言其事耳、此說是也、古人果實、以瓜爲重、故曲禮備詳削瓜之儀、玉藻、瓜祭上環、環、瓜之脫華處也、論語亦有瓜祭之文、皆特言之、信南山第四章、專爲瓜菹一事、于廬畔樹瓜、猶之牆下樹桑、然觀郊特牲所言、合之周禮場人、凡祭祀共其果蓏瓜瓠之屬、明非取諸野人之獻、箋乃云農人瓜成、又入其稅、此曲解也、陳啓源曰、瓜之爲類甚多、約之止有二、王禎農書云、供果者爲果瓜、供菜者爲菜瓜、是也、果瓜古食甘瓜、五代始有西瓜、菜瓜有胡瓜越瓜諸種、信南山之瓜、剝之以爲菹、其菜瓜乎、○是剝是菹、獻之皇祖者、剝猶削也、菹、說文酢菜也、削瓜作菹、所以供祭祀也、物不止菹、菹不止瓜、舉一瓜見農功無所不有、祭物無所不備也、故言可以受天之祜、何楷疑七菹無瓜、然天子庶羞百二十品、七菹何足以盡之、正義云、場人祭祀共其果蓏、是祭必有瓜菹矣、籩人豆實無瓜菹、文不具耳、皇祖、后稷也、與祖考應、后稷配天、故以其質者言之、與清酒騂牡應、稱天之祜、亦自配天來也、天與后稷無二、獻之皇祖以下三句、亦要終而言之、

祭以清酒。從以騂牡。享于祖考。 周尚赤也、 **執其鸞刀。以啟其毛。取其血膋。** 鸞刀、刀有鸞者、言割中節也、毛以告純也、膋脂膏也、血以告殺、膋以升臭、合之黍稷、實之於蕭、合馨香也、

○騂息營反、膋音聊、

箋曰、此及下章、實就祭祀時說、上言瓜菹、因物之微、以見其備、此言牲酒、因物之重、以見其備、清對濁之名、清酒謂清潔之酒、猶烈祖既載清酤、箋分清酒爲二、云清謂玄酒、酒、鬱鬯五齊三酒、然周官酒正辨三酒之物、三曰清酒、此詩及大雅旱麓詩、並以清酒與騂牡對言、騂牡爲一、則清酒卽酒正三曰清酒、不得分清與酒爲二、詩蓋舉清酒以該衆酒也、使清酒果爲玄酒、鳧鷖何以云爾酒既清邪、韓奕之詩曰、清酒百壺、顯父豈以百壺之水餞韓侯哉、禮運、玄酒在室、澄酒在下、澄酒、清酒也、清玄之別審矣、若集傳云鬱鬯之屬、鬱鬯何得有屬、且唯天子饗諸侯爲用鬱鬯、顯父何得有百壺以餞韓侯、且使信如集傳、是用鬯祼行時饗、則名其爲天子之祭矣、又何以云公卿有田祿者之祭乎、○從以騂牡者、薦亨飪鼎肉也、故曰享於祖考也、若迎牲不得曰享、下文鸞刀以下、繳其宰割之初而言也、下稱血毛、故上題騂牡、事有先後、而文則順矣、箋云迎牲、泥騂牡兩字也、遂以清酒爲鬱鬯、其謬大矣、祖考文武也、尸賓言酒食、曰畀、皇祖言瓜菹、曰獻、祖考言騂牡、曰享、各有當也、獻享對則有尊親之別、畀曰我、獻曰之、享曰于、文相變也、○執其鸞刀者、蓋天子親執、而公卿贊之也、鸞卽鈴也、謂刀環有鈴、其聲中節、以啓其毛者、毛之色全者曰毛、猶角之正好者曰角、不曰啓皮、而曰啓毛、明是取毛用之、執其血膋者、內則、膫之以其膋、注、膋、腸間脂、楚語、毛以示物、血以告殺、韋注云、物・色也、拔毛取血、獻其備物也、啓毛取血膋實在享酒牲之前、經言取者、謂取之以告備、傳乃詳及燔燎升臭之義、合黍稷實於蕭、必終言其事也、顧廣譽曰、祭義、卿大夫鸞刀以封之、取膟膋、此卿大夫執之也、祭統云、及迎牲、君執絅、卿大夫從、士執芻、君執鸞刀、羞嚌、禮器云、君親牽牲、大夫贊幣而從、又云、君親制祭、君親割牲、曰羞嚌、曰制祭、曰割牲、皆君執之也、二說實不相妨、但所從言之不同耳、祭義、祭之日、君牽牲、卿大夫序從、既入廟門麗於碑、卿大夫祖而毛牛尙耳、鸞刀以封取膟膋、乃退、此詳擧其實者也、禮器祭統之文、則約擧其義者也、禮器注、親制祭謂朝事進血膋時所制者、制肝洗於鬱鬯、以祭於室及主、祭義疏謂、殺牲竟、取卿大夫所封血毛膟膋薦之、竟而退、祭統疏、嚌有二時、此謂饋熟之時、然則執以啓且取者卿大夫、而薦之者君、卿大夫之爲此、卽所以贊君、原制禮之意、固以爲君之爲之也、及饋熟時、執鸞刀羞嚌、則眞君執之矣、故祭義以爲卿大夫、而禮器直以爲君親制之、詳此經文、亦禮器之意耳、天官大宰、及納亨贊王牲事、事固主於王也、則二說之不相妨明矣、

是烝是享。苾苾芬芬。祀事孔明。烝、進也、**先祖是皇。報以介福。萬壽無疆。**

箋曰、六章與上接、言受祭之福以終、烝、烝畀祖妣之烝、享非祭名、則烝亦難作祭名、朱傳後說當刪、是烝是享、與是刈是濩同字例、受上言之、牲既殺矣、臭既升矣、於是始行享獻之禮、謂薦熟也、此時始薦黍稷、故以苾苾芬芬言、下四句皆出楚茨、蓋是祭事常語、故雷同耳、不然一手所出、楚茨詳於後而

略於前、自祭祊以前、但以祀事孔明一語該之、信南山詳于前而略于後、自薦熟以後、亦以祀事孔明一語該之、楚茨自祝祭於祊・至樂具入奏、天子祭禮・首尾俱備、只少迎牲以前二祼耳、信南山詩祭以清酒、是鬱鬯灌地・以求神於陰也、取膋升臭・合黍稷實於蕭而爇之、以求神於陽也、可補楚茨前段、後段爲明日之繹賓尸、則絲衣與鳧鷖二詩、足以補之、張耒曰、受莫大之福、而其君有安寧壽考之樂、此天下之至美、極治之際也、而其本出於倉廩之盈、原隰之治、田廬之修、雨雪之時、而後乃及於祭祀禮樂之事、衣食不足於下、則禮樂不備於上、惟田事修而衣食豐、衣食豐而禮樂備、禮樂備而和平興、和平興而人君有福祿壽考之盛、此詩人深探其本、要其終而言之序如此也、

信南山六章章六句

箋曰、王者之政、本於井田、夏殷周莫之易也、金鶚曰、先儒說井田多誤、一曰、穀梁宣十五年傳云、古者公田爲居、井竈蔥韭盡取焉、班固因之作食貨志云、井方一里是九夫八家共之、各受私田百畝、公田十畝、是爲八百八十畝、餘二十畝爲廬舍、趙岐注孟子、何休注公羊、咸與班志同、按孟子言、井九百畝、其中爲公田、八家皆私百畝、是百畝皆屬公、何得以二十畝爲民之廬舍也、八家同養公田、何得各取十畝治之也、九一爲助法、以九百畝而得一百畝也、若公田僅八十畝、是輕於九一矣、亦與孟子不合、五畝之宅皆在邑中、猶今之村落然、詩所謂中田有廬者、乃於田畔爲之、以避雨與暑、大不容一

畝、必無二畝半之廣、在公田之中也、鄭康成注匠人云、采地制井田、異於鄉遂及公邑、是鄭謂公邑不制井田也、公邑在野、何不可制井田乎、周官小司徒云、攷夫屋、夫夫屋者、井田之制也、鄉遂有夫屋、蓋其餘地皆有公邑、公邑制井田、故攷其夫屋也、若無井田、何有夫屋乎、一曰、鄭注匠人云周制畿內用夏之貢法稅夫、無公田、邦國用殷之助法制公田、竊謂、天子諸侯賦稅之法、不當有異、鄭又謂周之畿內、稅有輕重、諸侯謂之徹者、通其率以什一爲正、果爾、周之畿內賦法、不謂之徹也、豈孟子所謂周人百畝而徹者、專爲侯國言之乎、一曰、小司徒云、九夫爲井、四井爲邑、四邑爲邱、四邱爲甸、四甸爲縣、四縣爲都、以任地事、而令貢賦及稅斂之事、鄭注甸方八里、旁加一里則方十里爲一成、積百井、六十四井出田稅、三十六井治洫、四甸爲縣、方二十里、四縣爲都、方四十里、四都方八十里、旁加十里、乃得方百里爲一同、積萬井四千九百九十六井、出田稅、二千三百四井治洫、三千六百井治澮、案鄭氏據考工記、方十里爲成、方百里爲同、司馬法井十爲通、通十爲成、成十爲終、終十爲同、欲合三者爲一、故作此解也、不知三者必不可合、邑邱甸縣都皆以四計、通成終同、皆以十計、本自不同、考工記但言成與同、而無通與終、則又異矣、蓋井邑邱甸縣都、居民之法、而粟米布縷之賦稅、以是計焉、通成終同・出車之法、而牛馬芻茭之征賦、以是計焉、井間有溝、成間有洫、同間有澮、經畫五溝之法、所以正經界除水害者、於是乎在焉、通與終無關於溝洫、故畧而不言也、三法之異如此、安可合於一乎、一成百井之地、以三十六井治洫、約去三分之一不出稅、積至一同萬井、以五千九百四井治洫與澮、皆

不出稅、是百里之國、出稅者不及一半、何以足用乎、溝洫一成不易、治之者
不過濬之耳、百井之地、何用二百八十八家治溝洫乎、鄭說殊繆、一曰、漢志
云、一同百里、提封萬井、除山川沈斥城池邑居園囿術路三千六百井、定出
賦六千四百井、以其言推之、則一成十里、亦以一甸六十四井爲實、三十六
井之地爲虛、此亦欲合小司徒司馬法爲一、故爲此說也、又本於王制三分
去一之說、而小變之、不知王制之書、出於漢儒、未盡可據、王者頒祿必均、天
下山川不同、若幷山川而封、爲百里七十里等國、祿不均矣、儻境內山川甚
多、何可以爲國乎、蓋所謂百里之國、以井計之、積有萬井、則爲百里之國、山
陵林麓川澤等、皆不在內、又何三分去一之有、然則漢志之誤亦明矣、一曰、
萬充宗云、周之徹、井九百畝、分之九夫、歲取其所獲之十一、徹之爲義、取於
上下相通、且通乎夏殷之法、一井九夫是通乎夏、取其十一、而不若夏之以
中歲爲常、是通乎殷、此說似是而非、彼所據者小司徒九夫爲井也、不知九
夫以地言、非以人言、司馬法云、步百爲畝、畝百爲夫、夫三爲屋、屋三爲井、是
夫以地言也、考工記云、市朝一夫、其證也、大田詩、雨我公田、遂及我私、周有
公田、其爲八家同井之制甚明、孟子引此詩、以爲雖周亦助、是周用殷之助
法也、夏亦兼貢助、其貢亦隨年之豐凶、而取其什一、故禹貢九州之賦有錯
出、龍子所謂貢法之不善、乃後世之流弊、非禹時有如此也、左氏宣十五年
傳云、初稅畝、非禮也、穀出不過藉、公羊傳云、何譏乎、始履畝而稅、古者什一
而藉、孟子云、助者藉也、此亦周用助之證也、文王治岐、耕者九一、武王周公
當謹守其良法、何以改用貢法乎、必不然矣、一曰、朱子語類云、徹是八家皆

通力合作九百畝田、收則計畝均分、公取其一、如助則八家各耕百畝、同出力耕公田、此助徹之別也、然孟子論耕者之所獲、上農夫食九人、其次食八人、其次食七人、其次食六人、下農夫食五人、以力、有勤惰、故獲有多少如此、若通力合作、計畝均收、安有差等乎、且使勤者徒勤、惰者幸安于惰、何以勸乎、必不然矣、一曰、授田之制、大司徒云、不易之地家百畝、一易之地家二百畝、再易之地家三百畝、小司徒・上地家七人、中地家六人、下地家五人、孟子定以爲一夫百畝、馬貴與以爲三說不同、不知其無不同也、授田之法、先視其口之多寡、口多者授以上地、卽不易之地也、家百畝、口不多不寡、授以中地、卽一易之地也、家二百畝、口寡者授以下地、卽再易之地也、家三百畝、是大司徒小司徒二說本自合也、孟子言一夫百畝、則周官不易之地、舉其上者言之耳、非謂皆定以百畝也、蓋田有肥磽、授之地多寡、王政所以爲公也、孟子之意、皆不異於周官也、馬氏以爲不同、誤矣、一曰孟子餘夫二十五畝、朱子集注引程子云、一家上父母下妻子、以五口八口爲率、如有弟、是餘夫也、年十六、別受田二十五畝、俟其壯而有室、然後更受百畝之田、毛西河謂、小司徒所謂家七人家六人、正合子弟合計之、蓋子弟助父兄以耕、同食于百畝之內、年十六尙未弱冠、何能耕治二十五畝、且一人何須二十五畝乎、三十有室、無父母之養、子弟之畜、安得與八口之家同授百畝、竊謂、子弟必三十有室、乃爲餘夫、受田二十五畝、俟其丁衆成家、方授以百畝之田、小司徒云、凡起徒役、毋過家一人、以其餘爲羨、唯田與追胥竭作、此羨卒卽餘夫也、餘夫可爲卒以田獵追胥、必非幼弱所能、羨卒在家七人之中、其不受百畝之田可知矣、一曰、周官遂人上地夫一廛、田百畝、萊五十畝、餘夫亦如之、中地夫一廛、田百畝、萊百畝、餘夫亦如之、下地夫一廛、田百畝、萊二百畝、餘夫亦如之、鄭注云、餘夫亦受一廛、所以饒遠、按聖王之治天下、遠近一體、無饒遠之理、六遂上地有萊者、以其地在野、多間曠之地、中有萊田、故以萊田給之、此恐地荒不治、非饒遠也、鄭注以爲饒遠、殊不可通、遂人之餘夫、卽孟子之餘夫、賈疏別而言之、非也、總之餘夫止有一妻、與正夫一家七八口迥異、受田必無與正夫同者、趙岐注孟子云、田萊多少有上中下、周禮曰餘夫亦如之、亦如上中下之等也、此說得之、蓋餘夫上地田二十五畝、萊一十二畝半、中地萊亦二十五畝、下地萊五十畝、田皆二十五畝也、一曰、鄭氏注載師云、餘夫在遂地之中、以力出耕公邑、賈疏云、六鄉以九等受地、皆以一夫爲計、其地則盡、至于餘夫、無地可受、則六鄉餘夫等、出耕在遂地之中百里之外、其六遂之餘夫、並亦在遂地之中受田矣、按九等之田、非必各有一夫、安得謂餘夫無地可受乎、且農夫之耕、必與其家相近、若去家甚遠、朝夕往來、田且荒蕪矣、若使別居離其父母、亦非情理、是六鄉餘夫、必不出耕于遂地也、遂地必有田可授、餘夫必不出耕公邑也、公邑亦制井田、皆每夫受田百畝、何待鄉遂之餘夫來耕乎、餘夫與正夫同居、鄉遂公邑都鄙、隨所有之、豈必在遂地之中哉、近人或謂、餘夫之田、卽以公田給之、然公田爲八家所同治、安得以授餘夫、況一井八家、或有七八餘夫、而公田止百畝、何以給之乎、卽三四餘夫、公田盡以給之、正夫可以不治公田乎、其說亦甚謬矣、竊謂、古者地廣人稀、田不盡井、隨處皆有間田餘地、授萊田取之於此、圭田及餘夫之田亦取之於此、且生齒日增、已井之田、不足以給、亦取於此以授之、每夫百畝、不必盡爲井田之制也、此無公田、當用貢法、餘夫之田、亦宜用貢、然則周之兼用貢法、不特鄉遂爲然、觀周官司稼巡野觀稼以年之上下出斂法、可知鄉遂之外、亦有用貢者矣、如盡行助法、則惟以公田之稼歸公、何必論年之上下乎、餘夫之田、與萊田錯于井田之間、是知井田之制、不必畫方如棋局也、其在平原廣野、可作數井、數十井、或百井、則爲一通一成之制、畫方如棋局然、若在山河險阻之地、或止有九百畝、但爲一井、成正方形、或不足九百畝、其田不能成方、則但以方田之法計之、以九百畝爲一井、公田不必正居中、是皆不爲一通一成之制、畫方如棋局、溝洫亦隨地爲之、不必十夫有溝、百夫有洫、千夫有澮也、孟子告畢戰、潤澤必在君與子者、此類之謂也、一曰、三代授田不同、按井田有溝涂經界、其制一定而不可易、若田有增多、必改易其溝涂、三代聖人豈若是之紛擾乎、則謂授田有多寡者非也、孟子曰、夏后氏五十而貢、殷人七十而助、周人百畝而徹、萬充宗謂、三代尺度不同、夏之五十畝、至殷爲七十畝、至周爲百畝、此說得之、然則五十七十百畝、非真有多寡也、金叉曰、古今尺度不同、周尺迄今無存、而其度則猶可考也、江愼修謂、周尺當今尺六寸二分半、考之于經、悉皆不合、考工記言、人長八尺、以中人言之、今折爲五尺、則其身頗短、不得爲中人也、鄭康成注深衣謂、臂骨上下各一尺二寸、通有二尺四寸、今折爲一尺五寸强、中人之手、亦不若是之短也、醫書謂、尺澤至魚際有一尺、尺澤當肘、魚際當腕、今折爲六寸有奇、只能至列缺、不能至魚際矣、車廣六尺六寸容三人、猶必有空餘之地、可以旋轉、今折爲四尺一寸强、不能容三人矣、席長八尺、坐四人、見曲禮注、亦必有空餘之地、左右可不妨礙、今折爲五尺、不得坐四人矣、衡長六尺六寸、下容兩服馬、今折爲四尺一寸强、不得容兩馬矣、祭義言、築宮仞有三尺、八尺爲仞、計一丈一尺、今折爲六尺九寸弱、則人之長者不可居矣、冕延廣八寸、若僅有今之五寸、毋乃太狹乎、喪服傳注謂、首絰圍九寸、若僅有今之五寸六分强、中人之首、如此其小乎、布幅廣二尺二寸、玄端服之袂・兩邊各屬一幅、身亦長二尺二寸、故謂之端、若以今之一尺三寸七分强爲身、則身太短、身與袂不等、何名爲端乎、㮚氏爲鬴、深尺、內方尺、其實一鬴、臂一寸、其實一豆、鬴爲八斗、豆爲四升、古之一升當今二合有奇、若鬴方尺、只有今之六寸二分半、安得容一斗六升强乎、臂只有今之六分二釐半、安得容八合强乎、卽以六斗四升爲鬴、亦不能容矣、馬高七尺爲騋、六尺則爲駒、凡言馬高、以馬首言之也、駒馬之小者、若騋馬只有今四尺三寸强、則與駒同矣、諸如此類、皆其不合者也、按度量衡皆出于黃鍾、前漢志云、黃鍾之長、以秬黍中者一黍之廣度之、九十分黃鍾之長、一爲一分、是黃鍾九寸爲九十橫黍所累也、爰以九十橫黍度、製爲黃鍾之管、恰容秬黍一千二百粒、以今尺度之、得長七寸二分九釐、可知古之一尺、當今八寸一分矣、證之諸書度數、皆無弗合、身長六尺四寸八分、正是中人、臂長一尺九寸强、尺澤至魚際八寸一分、中人皆適有之、車廣五尺四寸弱、正可容三人、席長六尺四寸八分、正可坐四人、衡長五尺四寸弱、正可容兩馬、築宮八尺九寸强、則人可居、冕延廣六寸四分强、首絰圍七寸二分强、玄端衣長一尺七寸强、不爲短矣、鬴內方有八寸一分、得容一斗六升强矣、臂有八分一釐、得容八合强矣、馬高五尺六寸强、不同于駒矣、餘可類推、又班固白虎通謂、夏以十寸爲尺、商以十二寸爲尺、周以八寸爲尺、此於經無據、以孟子論三代井田畝數考之、周之百畝當殷之七十畝、夏之五十畝、是商尺短于夏、周尺短于商、夫周尺得夏尺八寸、則夏尺蓋與今尺略同、而周尺八寸之說、亦可爲古尺當今尺八寸一分之確證、黃以周曰、昔者夏王平洪水、於溝洫盡力爲之、非一手一足之功、殷周亦當承而不改、而孟子言授田、有夏五十、殷七十、周百畝之異者、異在步尺、非在井疆也、蔡氏獨斷曰、夏以十寸爲尺、周以八寸爲尺、夫殷周之尺皆以十寸、而云九寸八寸者、謂殷十寸當夏之九寸、周十寸當夏之八寸也、此三代異尺之徵也、周以六尺爲步見司馬法、而王制曰、古者以周尺八尺爲步、今以周尺六尺四寸爲步、舉周以別古今、則古者謂殷、今乃斥言周末之制、此三代異步之徵也、

谷風之什十篇五十四章二百五十六句

毛詩卷第十三

毛詩卷第十四

竹添光鴻會箋

甫田之什詁訓傳第二十一

毛詩小雅

甫田。刺幽王也。

箋曰、楚茨、信南山、並時祭也、甫田、大田、並稼穡祈報也、其事異、故分什、然鈞是耕而祭也、故什之首尾相受、前二篇意主奉祭、而推本於重農、此二篇意主重農、而歸本於奉祭、又甫田大田言上勸農、而下力田、一也、但甫田自上之辭、大田自下之辭、此其所以相變也、

君子傷今而思古焉。

箋曰、幽王之所以見刺、前二篇已詳之、故至此不復擧其事、直曰傷今而已、思古如此、則今不如此可知、今乃是篇之反也、古字、偶與詩自古有年同耳、朱子譏之、以爲敍專以此立說、斯深文之論矣、小序之古、指成王時也、詩之古與今適南畝對、則指成王以前、疏以信南山推之、謂此古亦禹、理或然矣、敍之古乃詩之今、非詩之古、荀子大略篇云、小雅不以於汙上、自引而居下、疾今之政、以思往者、其言有文焉、其聲有哀焉、注、以、用也、汙上、驕君也、言作小雅之人、不爲驕君所用、自引而疏遠也、小雅多刺幽厲而思文武、據此則所謂傷今思古者、其誼源流甚古、不得疑其援詩以立說、

倬彼甫田。歲取十千。倬,明貌。甫田,謂天下田也。十千,言多也。**我取其陳。食我農人。自古有年。**尊者食新,農夫食陳。**今適南畝。或耘或耔。黍稷薿薿。**耘,除草也。耔,雝本也。**攸介攸止。烝我髦士。**烝,進。髦,俊也。治田得穀,俊士以進。○倬陟角反,延文本傳貌下有也字,天下下有之字,傳農夫作農人,耘作芸,音云,傳同,耔音子,薿魚起反,傳雝延文本作壅,音壅,髦音毛,延文本傳進下有也字、

箋曰,首章總提通篇大意,釋文,倬韓詩作菿,音同,爾雅釋詁,菿,大也,倬本兼明大二義,說文,倬,箸大也,乃合二義言之,甫訓大,當取大義,倬彼者,甫田遠大之貌,雲漢爲章于天,當取著義,倬彼者,雲漢著明之貌,此傳以甫田是大田,故倬但爲明貌,息軒謂,明貌者,五溝五涂,倬然分明,言經界正也,謂天下田者,言泛指凡天下之田,非止一田也,得之,十千爲萬,故云言多也,凡詩賦之作,皆總舉衆義,從多大之辭,非如記事立制,必詳度量之數,歲取十千,亦猶頌云萬億及秭,皆舉盈數,且以諧韻耳,此舉收數之多,以見天下豐登氣象,勿以取民之制立說,胡承珙曰,五禮通考方氏曰,九一什一,句法文義一耳,野之九一,爲九中之一,則貢之什一,亦什之一一而已,但以井田畫方而成,則以八而包一,故不得不以九一爲法,貢法長連排去,則以五十起數,十

夫有溝、百夫有洫、千夫有澮、萬夫有川、但以十相乘、亦復整齊而易算耳、烏有什一爲數、而取其一、反使奇零參差而難算也哉、承珙案、箋以歲取十千・爲一成之數、特舉井田之法、爲九夫而取其一耳、若於溝洫之法、亦可爲十夫而取其一矣、周法本兼貢助、匠人注・以貢助通率爲什一、所以解徹爲通義、若孟子言三代稅法・實皆什一、則以貢法・民田五十畝、貢上五畝、助法・民田七十畝、公田亦七十畝、借民力以治之、而上自收其公田之入、貢爲什一、助爲九一、盈朒之數、本不甚懸殊、周則百畝而徹、兼用貢助、雖立法稍有變通、而於中正之準・初無不合、故曰其實皆什一也、故貢助通率爲什一、以解孟子請野一節則可、若其實皆什一之文、在論三代田制之下、夏但有貢法、殷但有助法、何得二代通率而云皆什一乎、○我取其陳、食我農人者、兩我字皆我曾孫、陳訓爲久、漢書食貨志上、陳陳相因、注、陳謂久舊也、文帝紀、或以陳粟、注同、詩陳謂舊粟也、倉廩盈而陳陳相因、故藏新穀、而使民食舊穀也、古者三年耕、必有一年之食、乃歲取十千、以爲國用、又以其餘、補不足、助不給、以助農夫之困、此卽古常平法所出也、箋云、倉廩有餘、民得賒貸取食之、所以紓官之蓄滯、亦使民愛存新穀、馬端臨曰、三代之時、田賦之外、未嘗他取於民、雖有補助之法、未聞責其償也、春秋時、始有施舍已責、家量貸而公量收之說矣、○自古有年者、推明所以得食農人之意、以起今之有年、有年、豐年也、勸農而力田、取之有節、用之有法、而古來必得豐收也、○今適南畝者、曾孫出而省農也、指曾孫之時、呂氏謂、詩後二章皆述前二章之意、三章所言述首章今適南畝勞農之事也、故曰曾孫來止、田畯至喜、四章所言述二章以御田祖祈福之事也、故曰報以介福、萬壽無疆、自曾孫之稼以下、皆謂大福也、呂謂三章述首章意者、就今適南畝以下言之耳、其上五句、乃取最後歸宿、以爲發端、其事本在四章之後、而以自古與今爲連屬、此古人章法之變化也、是詩一以曾孫爲主、首三兩章並言曾孫之勸農、卽於曾孫親省時、見農夫之咸勤其事也、就農人言者失之、○或芸或耔者、言農夫方力田也、或者多人之詞、芸者去草以專地力也、傳、耔雝本也者、漢書曰、后稷爲田一畝三甽、廣尺深尺、而播種於其中、苗葉以上、稍耨壠草、因隤其土以附苗根、壠盡甽平、則根深而能風與旱也、以上猶言既長也、以已通、顏師古注、隤、頹也、謂下之也、言下其隴之土、以壅甽之苗、孔疏隤譌壝、集傳因之、壝者封培之意、正與隤意相反、韡村先生曰、芸耔則后稷之法、周家井地陸田、非水田、禹貢甽澮之設可幷考、甽澮去其雨水之法耳、明曰黍稷、陸田何疑、○攸介攸止烝我髦士者、勸農之政也、攸介攸止、言介衆所止息也、介、大也、左傳立於乾祭、閒於介衆、衆人聚而成叢、故曰攸介、烝我髦士只重勞農上、因之識別其俊秀、已寓選造之意、鄭箋謂講貫道藝、或謂烝言登進之、如遂大夫三歲大比、則帥其吏而興甿焉、於衆人所會、薦其俊民、擇以爲士、二說恐皆非其時、釋文、毛中之長豪曰髦、髦是秀出之稱、古者士出於農、而工商不與焉、管子小匡篇云、農之子常爲農、野處而不暱、蓋市井工商之子、習爲狎暱、爲農之子、處鄙朴之地、敦本尙質、覩異物不遷也、故皆樸茂而重義、今也士之出於農者、十而不得一、出於商者、十而三四、上者固不可一律論、自中人而下、鮮不習爲澆漓而樂趨勢利、是以商之實冒士之名、久且幷其恆

爲士者、入焉而化矣、而農之爲農、亦復日不如古、此世道之變也、

以我齊明。與我犧羊。以社以方。器實曰齊、在器曰盛、社・后土也、方・迎四方神於郊也、我田既臧。農夫之慶。琴瑟擊鼓。以御田祖。以祈甘雨。以介我稷黍。以穀我士女。田祖・先嗇也、穀・善也、○御牙稼反、傳四方神摺本作四方氣、

箋曰、釋文齊本又作齎、又作齍、以六穀實之于器・爲六齍、六穀者、黍稷稻粱麥苽也、曲禮稷曰明粢、言齊明者、於六齍中專指稷也、稷爲五穀之長、故首舉以該之、作齊者、齍之省借、馬瑞辰曰、明者盛之叚借、古明與盛同義、爾雅釋詁、明・成也、釋名、成・盛也、明爲成、卽爲盛、淮南子說林訓、長而愈明、高注、明猶盛也、明通爲昌盛之盛、因借爲齊盛之盛、古字不分平去、詩若作盛、則與羊方臧等字、古音不協、故必假明字以爲韻、明讀若芒故也、傳箋皆以齊盛釋齊明、正以明爲盛之叚借、正義謂、傳因齊釋盛、又謂、箋以絜齊釋齊明、而云齊言明謂絜清、失之、○與我犧羊者、犧謂牛、說文、牲牛完全也、牷・牛純色、犧・宗廟之牲也、犧與牲牷字皆从牛、蓋本專爲牛稱、後乃引伸爲凡牲之稱、左傳介葛盧聞牛鳴、曰是生三犧、曲禮、凡家造犧賦爲次、疏、此犧專謂牛、是犧專稱牛之證也、昭二十五年左傳、爲六畜五牲三犧、以奉五味、三犧、牛羊豕也、又左傳雞自憚其犧、此宗廟牲通稱犧之證也、是詩本非用特羊、不必

以犧爲羊純色、郊特牲、社稷大牢、下言以社、則犧當指牛、言集傳本箋謂犧
羊爲純色之羊、誤矣、曲禮、天子以犧牛、據釋文犧音牷、是犧訓純色者、乃以
犧爲牷字之假借、非犧字本義也、○以社以方、昭二十九年左傳云、共工之
覇九州也、其子曰句龍、職主土地、故以謂其官爲后土、死以配社神而祭之、
此傳所本也、正義博引傳記、疑后土之言、參差不一、蓋地之爲后土、統地之
全體而言、是對皇天者也、社之爲后土、就建國所在之地而言、是對稷者也、
句龍之爲后土、猶之后稷以官名言也、此社就建國所在而言、傳所云后土、
非與天對言之后土也、方・四方之神、曲禮云、天子祭四方、疏云、注謂祭四方
祭五方之神於四郊也、勾芒在東、后土祝融在南、蓐收在西、玄冥在北、夫后
土爲中央土之神、既立爲社、自不應與祝融同位在南、禮言四方、除中言也、
詩以方社對擧、明社在中央、合四方而共爲五祀也、白虎通義社稷篇云、歲
再祭之何、春求秋報之義也、是春秋皆祭社、一祈一報、下文云以祈甘雨、當
指春祈、雲漢篇祈年孔夙、方社不莫、此祈年方社之明證矣、方社言齊明犧
羊、田祖言琴瑟擊鼓、互辭見義、○我田既臧、農夫之慶、臧者即下文善且有、
既者已事之辭、言我田既豐登、是乃蒼生之休祥也、王者以蒼生爲憂、曰農
夫之慶、曰穀我士女、皆明王贊天育民之意也、○琴瑟擊鼓、以御田祖者、琴
瑟活用、猶謂擊鼓單言鼓也、御讀如百兩御之之御、迎也、田祖、始作稼穡之
人、故亦曰先嗇、則應邈先於神農也、名號不傳、神農者精妙於農事、制器立
法以導民者也、非田祖、胡承珙曰、毛既以后土屬社、而於田祖但言先嗇、則
后土爲社神、先嗇爲稷神、漢書郊祀志云、帝王建立社稷、百王不易、社者土

也、稷者百穀之主、所以奉宗廟、共粢盛、人所食以生活也、王者莫不尊重、親祭自爲之主、禮如宗廟、詩曰乃立冢土、又曰以御田祖、以祈甘雨、據此知田祖不兼后土明矣、鄭箋分社方爲秋報、祈雨爲次年郊後之祭、其實此章是統言爲農禱祀、致其誠敬、祈報皆在其内、如方爲迎氣於郊、卽合一歲之方祭言之、不止爲秋成報功而已、雲漢祈年孔夙、方社不莫、明於方社言祈、何止於報、以御田祖、言祈不言報者、互辭見義、猶方社言齊明犧羊、田祖言琴瑟擊鼓耳、鄭以一章而畫爲兩年之報祈、又以農夫之慶爲大蜡勞農、皆迂拘、非達詁也、○以祈甘雨者、甘雨是苦雨之反、雨以長物則爲甘、以害物則爲苦、左傳曰、秋無苦雨、謂無害物之雨、爲民所苦也、○以介我稷黍以穀我士女、毛以穀爲善、鄭以穀爲養、穀士女文承稷黍下、鄭義允矣、戰國策、求百姓之饑寒者收穀之、穀字同、祈報皆勸農也、天子而曰農夫之慶、曰穀我士女、而齊明以有事於庶神、農夫士女、誰不震動力田、以介以穀二以字、蒙上祈神來、非已然事、

曾孫來止。以其婦子。饁彼南畝。田畯至喜。攘其左右。嘗其旨否。禾易長畝。終善且有。易、治也、長畝、竟畝也、曾孫不怒。農夫克敏。敏、疾也、○饁于輒反、畯子峻反、攘如羊反、易以豉反、

箋曰、甫田大田雖有報祈、然不繫廟祭、何以亦稱曾孫、蓋周人世世務農、視
農事如其家事、服先疇之畎畝、故自號曾孫、民自少至老、狎習其上、無以異
於家人、故目其君亦曰曾孫、若曰此吾家曾孫云耳、上下交孚、親愛無間、遑
問孰貴孰賤、惟知共休共戚而已、○饁字及田畯、傳已於七月釋之、故此無
解、婦子饁南畝、以之者老者也、故云以彼婦子、言曾孫來時、父老以其婦子、
饁壯者於田、田畯至、見農夫力田而喜也、三句又出大田、韓村先生曰、此三
句一見豳風、二見小雅、凡三見、民俗治安之氣象、莫過於此、夭昏札瘥之民、
豈有此婦子田畯之顏色、○攘其左右、嘗其旨否者、攘、取也、此二句承饁彼
南畝、則嘗之者乃婦子之所饁可知矣、曰攘其左右、見所取非一夫之餉也、
攘有强取之義、田畯欲取其饁嘗之、農夫以糲粗不堪獻、乃強取而嘗之、故
有攘義、或疑其近戲嬉、不類田大夫之爲、殊不知民貧而貧之中又有羸瘠、
吾以此嘗知之、民儉而儉之中又有豐嗇、吾以此嘗驗之、親民至情、無如此
懇切、然是偶然事、亦是偶然句、湊合來情景妙絕、鄭箋之說、孫毓駁之曰、古
者婦人無外事、送兄弟不踰閾、唯王后親桑以勸蠶事、又不隨天子而行、成
王出勸農事、何得將婦兒自隨、而云使知稼穡之艱難、王后寧復與稼穡事
者乎、此與豳風同我婦子饁彼南畝田畯至喜之義皆同農人遽於其事、婦
子俱饟也、田畯見其勤脩、喜樂其事、又王者從官、自有常饌、非獨於南畝之
中、乃饟左右而親爲之嘗、又非人君待下之義、毛西河以攘爲攘臂、左右爲
左右手、此本六書故、攘爲揎袂出臂之說、戴氏詩考正從之、說文、攘·援臂也、
此卽攘臂之字、然攘臂取食、又何須左右並舉也、孔顨軒據曲禮注·攘古讓

字、言農夫各以其食讓、與左右鄰井偕耕者・互嘗其家人所作饔飯・孰旨與否也、但此承田畯至喜之下、而專言農之讓食、雖可知民俗之美不足見上意之勤、嚴緝引曹氏曰、攘・卻也、謂田畯之官、卻除其左右之從者、而親嘗其饁之旨否、言其上下相親之甚也、夫既上下相親、而親嘗其饁、復何故卻除從者也、蘇傳朱傳范補傳、皆以攘爲取其左右之饋而嘗之、其義最爲允洽、親民要自有體、恐無此事、○禾易長畝、終善且有者、易是易耨之易、故傳訓爲治、治者謂除草壅根也、禾能修治、而偏竟畝中、有終好且饒之勢、今所見也、終・竟也、要終而言之、預期之辭、善者・實穎實栗之美、有者・萬億及秭之饒、善與有、並言穀實也、有・猶多也、○曾孫不怒、農夫克敏者、天顏有喜、而農夫力田也、齊語、農盡其四支之敏、以從事於田野、樂記、百姓無患、天子不怒、似因是句、作樂記者、亦以曾孫爲天子也、此章以曾孫來止一句領起中七句、皆曾孫省耕時所見、其婦子、官民禾畝皆盛世景象、而以不怒二字兜裹、蓋克敏句是曾孫意中贊語、正不怒之實也、不怒・喜也、已包取陳以補不足在內、下章省斂亦包取陳以助不給在內、不明白指出者、以盛言豐稔不得雜出也、

曾孫之稼。如茨如梁。曾孫之庾。如坻如京。茨、積也、梁、車梁也、京、高丘也、乃求千斯倉。乃求萬斯箱。黍稷稻粱。農夫之慶。

報以介福。萬壽無疆。○茨徐私反、庾羊主反、坻直基反、

箋曰、卒章言有年之盛、種之曰稼、斂之曰穡、散文則通、農夫之稼庾、而曰曾孫者、見民之所有卽君之所有也、說文、茨以茅葦蓋屋、釋名、屋以草蓋曰茨、茨・次也、次比草爲之也、據此則茨爲屋名、墨子稱茅茨不翦、謂以茅覆屋、故箋以茨爲屋蓋、傳言茨積、非訓茨爲積也、其意與箋同、如茨、比於草屋穹隆也、非密比之謂、說文、梁・水橋也、左傳莊四年、除道梁溠、荀子王制、脩隄梁注、並云、梁・橋也、經言如茨如梁、猶言如屋如橋耳、傳云車梁、蓋梁之大者可以通車輛、如孟子所云十二月輿梁成、是也、如梁亦取其穹隆、此二者指方獲而橫積之田中者而言、庾則爲穀而露積也、如坻如京者、庾之多也、在庾旣乾燥、乃宜載運以實倉也、爾雅、小沚曰坻、其高無幾、不足以形禾稼之多、坻當讀阺、說文自部曰、秦謂陵阪曰阺、玉篇引埤蒼坻阪也、則坻阺二字通矣、揚雄解嘲曰、響若坻隤、應邵曰、天水有大坂、名曰隴坻、其山堆傍箸、崩落作聲聞數百里、故曰坻隤、左氏昭二十年傳、有肉如坻、與有肉如陵相類、正當訓陵阪之阺、此詩如坻對如京言、絕高爲之京、則坻亦當訓陵阪耳、茨梁皆人爲、故爲一類、坻京皆天生、故爲一類、○乃求千斯倉、乃求萬斯箱者、與百斯男萬斯年句法一例、箱・車箱也、先治倉而後求萬箱以輸載之、故先言倉後言箱、千倉以處之、萬車以載之、是言年豐收拾踰前也、疊言乃求、見昔所備者不足以貯、而又求益也、○黍稷稻粱農夫之慶者、方社御田祖、爲農夫祈慶也、至此豐收異常、四穀皆熟、其慶果如志、祈慶而得慶、故再言農夫之

慶、○報以介福、萬壽無疆、言曾孫爲民祈慶、能惠恤農夫、故神報之以大福、使曾孫萬壽無疆也、二句出楚茨信南山、三篇皆言天子之福應也、是詩人思念成王當時頌禱之情、傷幽王之饑饉降喪不能然也、集傳本箋疏、謂其歸美于下、厚報農夫如此、然農夫不當得此重辭、又農夫之慶、在上爲祈慶之辭、故此二句不爲突出、況詩稱曾孫、本與神對之辭、戴震謂、凡祭祀樂章、末皆綴以頌禱之辭、不與上文爲義、未必然也、

甫田四章章十句

箋曰、此詩首章述芸耔之勤、二章說報祈之禮、三章省農之時、末章收成之事、各舉一事、各叙一時、則次章之祭、爲春爲秋、總不相礙、曾孫之出、省耕省穫、聽其適然、古者君民間、亦自不限巡行之節也、凡說詩須體會大旨、不必牽合附會、蓋詩人作詩、不比史官編年紀事、詩中或順事述務、或錯舉成文、或預道將來、或尋言既往、或更端別叙、或重言複說、換章則換事、換韻則換意、變化錯綜、如春山夏雲、頃刻異態、初非拘拘以時月爲先後、以事類爲配合也、

大田。刺幽王也。 箋曰、甫田、祈報前出、卒章以福應結、大田、報祭末出、而祈穀自然散見於前、詩之相變、似出一手、

言矜寡不能自存焉。 箋曰、傷今窮民不保、思古寡婦且有利也、孟子曰、文王之治岐也、耕者九一、澤

梁無禁、又曰、鰥寡孤獨四者、天下之窮民而無告者也、文王發政施仁、必先斯四者、成王遵文王之法、故鰥寡能以自存、至幽王時、則文王之道廢矣、序揭此句、可謂貫詩正鵠示之、此詩若有爲農夫之辭者、蓋非此不足以見稼穡之事、上下相爲一體、亦與上篇互相發也、然於首章云曾孫是若、卒章云曾孫來止、仍是曾孫爲主、夫自擇種以至收穫、皆王者精神之所貫徹、而農民敢或有荒於嬉者乎、朱傳謂農夫答前篇之意、誤而又誤、且以前篇爲公卿、此云頌美其上何也、豈以公卿爲上乎、矜字或作鰥、古頑反、

大田多稼。既種既戒。既備乃事。種・擇其種、**以我覃耜。俶載南畝。**覃・利也、**播厥百穀。既定且碩。曾孫是若。**庭・直也、○覃以冉反、俶尺叔反、

箋曰、首章言農夫力田、嘉穀從曾孫所祈、○大田與甫田同義、周禮注、種穀曰稼、如嫁女有所生也、大田多稼一句、先總提大意、既種以下、所以然之故也、田廣大、其種不一、高下先後、各有所宜、古人樹穀、必先相地之宜、而擇其種、每歲命田官講求之、以令於民、故隨土之高下肥瘠、皆可以蓺殖、而地無遺利、大田詩首言既種、正其事也、鄭引月令季冬民出五種證之、正義又引月令孟春之月、善相土地所宜、五穀所殖、及周禮司稼辨種稑、草人物地相

宜之文、可見古人農政之詳密矣、後世不講農政、稼穡之事、任民自爲之、彼老農雖精於其業、然見聞不越鄉曲、豈能遍歷天下、訪求百穀之種而樹之乎、月令命農計耦耕事、修耒耜、具田器、所謂既戒也、農夫既擇其種、既戒其事、凡百具備、而後從事田畝也、既備乃事、與既順乃宣句法同、既備、預而不苟、乃事卽下文俶載播穀是也、周語、土乃脈發、韋昭注引氾勝之書曰、春土長冒橛、陳根可拔、是箋所據引氾勝之種植書耳、齊民要術載其法、以爲春候地氣始通、椓橛木、長尺二寸、埋尺、見其二寸、立春後、土塊散上沒橛、陳根可拔、以此時耕、一而當四、二十日以後、和氣去則土剛、耕四不當一、七月篇言三之日于耜、則用剡耜以發土、在孟春之時、所謂俶載也、至播種則尙書大傳言、火中種黍、小正仲夏、亦言初昏大火中、種黍菽糜、月令疏引三統曆、五月節芒種、而云有芒之穀可稼種、蓋當時取之以爲節、但黍稷各有早晚兩種、故月令仲夏登黍、而稷之秀或後黍、稻之與晚黍、俱在登麥之後、種之麥田、故並以火中爲時候、夏都冀州、周秦都雍州、並宜黍稷、而若揚州所宜之稻、邠地亦閒種之、月令但紀其嘗、小正則絕不一及、當以非土所宜略之、然南方之稻、猶北方之黍也、則芒種之名、固可以該稻矣、○以我覃耜、覃者剡之假借、淮南氾論訓、古者剡耜而耕、爾雅釋詁、剡、利也、郭注引詩以我剡耜、張平子西京賦、亦作剡耜、說文、剡、銳利也、覃剡聲相近、故通用、俶載南畝、既醉令終有俶、傳、俶、始也、書允征、俶擾天紀、傳、儀禮聘禮、燕與羞俶獻無常數注、文選思玄賦簡元辰而俶裝舊注、並云、俶、始也、據此則俶訓始、古義也、文王上天之載傳、載、事也、舜典有能奮庸熙帝之載、大禹謨祗載見瞽瞍傳、並云、載・事也、地官載師注、載之言、事也、據此則載訓事、亦古義也、上文既備乃事、不過豫備其事、所包者廣、此言俶載南畝、始有事於南畝、指用耜之一事言、兩不相蒙也、畝大抵以南爲正、故每曰南畝、○播厥百穀、說文、播・種也、一曰、布也、禮運播五行於四時、布散五行之氣於四時也、引之有散棄之義、泰誓播棄黎老、多方屑播天命、此皆散棄之義也、由布散之義引之有布種之義、說文種布二義是也、詩之播厥百穀、其始播百穀、皆播字引申之義也、○既庭且碩、庭當讀爲挺、所謂直者如生也、庭挺同聲、故得通用、考工記弓人注曰、挺・直也、然則訓庭爲直、亦是讀庭爲挺也、月令、季春之月、生氣方盛、陽氣發泄、句者畢出、萌者盡達、所謂庭也、碩、猶莫知其苗之碩之碩也、曾孫是若、若・順也、順曾孫之願也、曾孫方社御田祖祈甘雨者、居然見矣、在是詩祈報出卒章、然曾孫是若、猶甫田之結末・有報以介福、並以祭祀言之、前後遙相唱應、

既方既皁。既堅既好。不稂不莠。 實未堅者曰皁、稂・童粱也、莠・似苗也、**去其螟螣。及其蟊賊。無害我田穉。** 食心曰螟、食葉曰螣、食根曰蟊、食節曰賊也、**田祖有神。秉畀炎火。** 炎火、盛陽也、○皁才老反、稂音郎、莠餘久反、螟莫庭反、螣徒得反、蟊莫侯反、穉音稚、畀必二反、

箋曰、二章言人力神助、曾孫是若、安井氏曰、方皁堅好者自始向成之名、經以既字次第之、鄭訓盡、失之、是也、方皁堅好、皆指穀實而言、不比生民詩歷

道苗稼生成之次第、故彼連用十字、而此僅以四、蓋生長之條茂、已具於前章庭碩中矣、堅好卽生民之堅好也、至生民之方、毛以爲極畝、此詩之方、毛無傳、鄭以爲房、謂孚甲始生而未合時也、孚甲者、米生於中、若人之房舍然也、孚者米外之粟皮、甲者以在米外若鎧甲之在人表、禾既有穗、卽生孚甲、彼生時統言其苗、此成時專言其實、所以異也、然則此詩之方阜、正與彼詩實發實秀相當耳、既方卽既房、謂采穗也、既阜、謂有皮殼也、凡穀粒之生、先有房甲而後充實、故兩詩皆以堅好繼之、阜卽草字之俗、又變爲皂、古借早字爲草、周官大司徒、其植物宜早物、釋文、阜音早、本亦作早、是也、說文草下云、草斗、櫟實也、一曰象斗、象卽橡、蓋杼櫟之實、名曰草、斗者謂其殼也、引申之凡植物有孚甲者、皆可稱阜、既阜是狀其孚甲之既合有如草斗、大司徒注、鄭司農曰、早物、柞栗之屬、今世間柞實爲阜斗、其實栗亦爲阜物、則賈疏以柞實染阜爲名、非矣、正義以阜音同造、轉訓爲成、亦非其義也、堅、充實之義、呂覽曰、子能使藁數節而莖堅乎、子能使穗大而堅均乎、好言充盈光潤也、○不稂不莠者、陸疏云、禾秀爲穗而不成、嶄嶷然、謂之童梁、童梁說文作童蓈、蓈字注云、禾粟之采生而不成者、謂之董蓈、或作稂、采卽穗字、爲禾成秀之名、童猶言獨也、禾病則秀而不實、實者下垂、不實者直立而獨露於外、故名童蓈、莠亦挺出直上、非若禾秀之下垂、其始生時、莠與禾苗莫能分辨、故孔子有惡莠亂苗之喻、說文、禾粟下生莠、繫傳作禾粟下揚生莠、揚者籛揚之謂、粟之不堅好者、籛之必在下、農桑輯要云、穀種浮秕去則無莠、徐鍇亦謂、莠出於粟秕、此鄭箋所以云擇種之善、民力之專也、鄭志、韋曜問莠今何草、答曰、今之狗尾也、但今狗尾草徧野、皆一種自生、不關粟秕所種、傳旣以稂爲童粱、稂莠一類、惟稂成於病、莠生自種爲有別耳、毛傳兩言稂童粱、又言莠似苗、說文蕛莠二篆相次、又皆連禾粟爲言、則蕛莠自是禾粟間一種相似之草、惟其擇種不純、雜以浮秕、致生稂莠、故惟禾粟中有之、國語、馬餼不過稂莠、亦對食粟之馬爲言、若爾雅孟狼尾、本與稂童粱列爲二草、如狗尾隨處有之、不應獨惡其亂苗、然則稂莠自是害苗之草之專名、其狼尾名葨、狗尾名莠、或因禾粟之稂莠以爲名、而實非一物、要與詩言無涉耳、○去其螟螣三句在秉畀上、是倒裝文法也、舍人曰、食苗心者爲螟、今食苗心小青蟲、長僅半寸、與禾同色、尋之不見、故言冥、冥難知、又有小白蟲、藏在苗心、幺麽難辨、有此卽禾葉變白色、而不能放穗矣、釋文、螣字或作蟘、說文作蟘、蟘者本字、螣者假借字也、蟘似槐樹上小青蟲、長一寸許、旣食苗葉、又吐絲纏裹餘葉、令穗不得展、登萊人呼爲緜蟲、其食豆葉者呼爲穿蟲、亦長寸許、身赤頭白、亦食豆粒也、釋文、蟊本作蛑、或作蝥、古務牟同聲、古文作蛑、或作蝥者、猶務光一作牟光也、其字亦省作牟、漢書景帝詔、侵牟萬民、李奇曰、牟、食苗根蟲、是也、今蟲食根者有二種、其一肥長、灰黑色、名鐵掃、最饒猛、其一細而差短、淺黃色、體堅殭、因名殭蟲、二種並截苗根爲患、食苗節者俗呼截蟲、身白頭紫色、沓鑽禾稈、令禾不蓄、或曰、螟螣蟊皆蝗類、蟊賊是一蟲、賊非蟲名、乃賊害之義、憯其賊害、故連言爲稱也、瞻卬篇、蟊賊蟊疾、桑柔篇、降此蟊賊、召旻篇、蟊賊內訌、皆可相證、此說有理、說文、穉、幼禾也、謂禾之初生而未壯實者、故蟲喜食之、正義謂是晚種之穉、然蟲不應專食晚種者、故穉當兼早禾晚禾言之、○田祖有神、秉畀炎火、此亦詩人假設之詞、如投畀豺虎・投畀有北之類、神猶言靈也、曾孫蚤已祈穀、使蟲螟無害田稼、故田祖執投之炎火、而豐穰可知矣、凡螟螣之屬、雨濕則生、晴熱則消、故經云秉畀炎火、而傳以盛陽釋之、言以盛陽滅之、而蟲螟不得生也、言秉畀者、人言之耳、與後世備荒之政本不相涉、而朱傳云、既生而焚之也、夫蟲喜撲火、故田間往往燒火、使蟲自投而死、非既捕之而復投之火也、若姚崇捕蝗之事、緣此詩乃立法、謂之善於斷章則可、若用爲正解、則秉畀者乃人也、非田祖之神也、與詩語戾矣、且蝗有翅而善躍、故可用火誘而焚之、若螟蝨本羸蟲蝡動於心根、雖設火坑、安能迫之使入邪、

有渰萋萋。興雨祁祁。雨我公田。遂及我私。渰・陰雲興貌、萋萋・雲行貌、祁祁・徐貌也、

彼有不穫穉。此有不斂穧。彼有遺秉。此有滯穗。伊寡婦之利。秉・把也、○渰於檢反、祁巨移反、穫戶郭反、穧才計反、延文本作積、穗音遂、延文本傳雲下無興字、貌下有也字、行貌下亦有也字、徐下有行字、徐下貌字摺本無、

箋曰、三章言秋大熟而惠及矜寡、○是篇下半兩章增一句、亦與甫田變、釋文渰本又作弇、漢書作黤、說文、渰・雨雲貌、毛詩作渰者正字、漢書食貨志作

黤、呂氏春秋務本論引作晻、皆音近假借字、說文、淒・雨雲起也、引詩有渰淒淒、呂氏春秋・漢書・玉篇・廣韻・皆作淒淒、據韓詩外傳作淒淒、則作淒淒者韓詩、爲本字、毛詩作萋萋、假借字也、釋文、興雨如字、本或作興雲、非也、正義、經興雨或作興雲、誤也、定本作興雨、顏氏家訓據班固靈臺詩祁祁甘雨、謂當作興雨、今以經文傳文核之、則渰與淒淒已是雲貌、則其下何勞復言興雲、箋云、古者陰陽和、風雨時、其來祁祁然、而不暴疾、古但言暴風暴雨、未有言暴雲者、則不暴疾指雨無疑、是鄭所見毛詩作興雨之證、呂氏春秋務本篇、引詩雖作興雲、高注云、陰陽和時、雨祁祁然不暴疾也、似高誘所見呂氏春秋原作興雨、唐石經作興雨、與釋文正義本同、是毛詩作興雨也、王伯厚詩攷引韓詩作興雲、韓詩外傳引詩亦作興雲、則知作興雲者自爲韓詩、或疑詩雨不當言興、然楚辭天問云、蓱號起雨、起卽興也、陳啓源曰、詩中祁祁凡六見、釆蘩訓舒遲、七月、出車、玄鳥、皆訓衆多、韓奕訓徐靚、大田訓徐、諸訓惟衆多稍遠、餘皆不離舒徐之義、嚴緝辯之詳矣、案霢霂言其小、祁祁言其徐、小雨必徐、徐則入土深、而能生穀、董江都所謂太平之世、雨不破塊者是也、然北方所藝、多黍稷粱秫、故宜此耳、若荆揚惟恃稻爲食、夏月插蒔、非翻盆大雨、則農夫束手、信乎土俗各殊、難以一概論也、○雨我公田、遂及我私者、私・私田也、是定名矣、前篇言我田旣臧、農夫之慶、上親下之情也、此云雨我公田、遂及我私、下親上之情也、其君民一體如此、此詩言公田、周頌噫嘻言駿發爾私、是周有公田之明證、孟子云惟助爲有公田者、對貢法言之、若徹法、制公田正與助同、故孟子卽引大田之詩、以證雖周亦助、至孟子曰請野九一而助、國中什一使自賦、是孟子爲滕文新設其法耳、非謂古制然也、故言請以分之、左傳曰、穀出不過藉、公羊傳曰、什一而藉、藉卽助也、穀梁傳且明曰、私田稼不善則非吏、公田稼不善則非民、是周制雖一夫各受私田百畝、而其供於上者、仍不出公田十畝之入、是其耕也亦藉其八以耕其九、其賦也亦私其九而公其一、故上曰駿發爾私、下曰雨我公田、其實皆什一也、豈徹法無公田之名乎、至鄭氏謂鄉遂用溝洫、都鄙行井田、朱子用以注孟子、謂周之徹、鄉遂用貢法、都鄙用助法、夫天子六鄉六遂、諸侯三鄉三遂、下文鄉田同井之鄉、卽侯國三鄉之鄉、請野之野、卽遂人治野之野也、豈同是野、而遂人指郊遂、孟子指都鄙乎、且所云國中、正指都鄙之地、民居畸錯、城郭溝濠、自難畫井分疆、豈可反行助法、而郊野鄉遂、土域曠衍、反不助而行貢乎、馬端臨謂、九一、授田之制、什一、取民之制、蓋國中但一夫授田百畝、而賦其十畝之入、所謂以貢濟助之窮也、若夫溝洫、正所行井田、豈可以野與國分井田溝洫之異乎。◯彼有不穫穉者、穉有二義、閟宮詩傳、先種曰植、後種曰穉、說文、穉・幼禾也、是禾之幼者曰穉、禾之晚種者亦曰穉、此詩二穉字、皆謂幼禾也、此有不斂穧者、穧有二義、說文、穧・穫刈也、一曰、撮也、撮卽聚把之稱、是穫禾謂之穧、聚禾成把亦謂之穧、此詩不斂穧、當从穫刈之訓。◯彼有遺秉、此有滯穗、傳、秉・把也、謂一手所把也、說文、把・握也、秉・禾束也、急就篇、秉把並列、顔師古注、一束曰秉、一把曰把、蓋秉與把、對文則異、散文則通、小爾雅、把謂之秉、春秋左氏傳、或取一秉秆焉、一秉卽一把也、不穫穉、未刈者也、不斂穧、刈而未歛者也、遺秉、謂連稾者、滯穗、謂去稾者、滯而在畝者也、故著彼此字錯舉、爲豐成有餘作渲染、第四者所以施閭里窮民也、非爲豐穰而不盡收焉、明王之教本若是、王夫之曰、倘云成王之時、百穀既多、種同齊熟、收刈促遽、力皆不足、而有不穫不斂遺秉滯穗、則狼戾之惰農、暴殄天物、而田畯不爲督理、其職不修矣、然則此之不穫不斂遺且滯者、蓋有意爲之、以惠矜寡也、以有餘惠矜寡者、往與之、嫌於無別、來求之、則嫌於見乞、留其有餘、而使來拾焉、則兩無所嫌、此先王曲全之仁術、以養民俗於忠厚也、○伊寡婦之利者、窮民雖有常餼、亦使其閭里互相任恤焉、故不飢不凍、沐浴王澤、菽粟如水火而民仁、其是章之謂乎、序提要於此示之、讀詩記云、今秦中人、場中遺下粒穗、不禁拾取、謂之天開倉、第許攜囊、不許捆載、許婦人、不許男子、猶古之遺風也、魏源曰、周制、一夫受田百畝、以今稻田計之、每畝約收穀二石四斗、歲約得五六十石、折米約三十石、人歲食三石六斗、足食八九人、而他用不與焉、荒歉不與焉、安能尙有耕三餘一之羨、知五畝之宅在邑、桑麻雞豚出其中、而又澤梁無禁、芻蕘者往焉、網罟污池入焉、其利民者一矣、知一易之地家二百晦、再易之地家三百晦、卽不易之地亦有萊五十晦、所謂易者、卽漢世代田之法、不盡地力、故力有餘、此利民者二矣、再以甫田我取其陳證之、先王倉廩有餘、則春秋發以補助不給、而無取其償、故豪富不得乘急倍貸以病農、卽春秋施舍已責、家量貸而公量收、尙爲末造之政、矧傳周官國服之息、啟後世靑苗之法乎、其利民者三矣、然則渰凄雨祁、天澤公之上、而不必先已、遺秉滯穗、地利公之人、而不必私己、既富方穀、豈侈言乎、曾孫來止。以其婦子。饁彼南畝。田畯至喜。來方禋祀。以其騂黑。與其黍稷。以享以祀。以介景福。騂赤牛也、黑羊豕也、◯禋音因、摺本傳無赤字、

箋曰、四章言曾孫報祭、以興嗣歲、◯曾孫來止者、來省斂也、饁彼南畝、甫田饁於耘耔者、是篇饁於收穫者也、古人重農、因重農官、故豳風及此二詩、皆以田畯至喜綴景、◯來方禋祀、是曾孫第二次爲禋祀來也、勿合併看、方助字、不與甫田之方同、國語、內史過曰、精意以享、禋也、此禋祀乃秋成報賽、古人既祈必報、前篇言以社以方、可知此禋祀方社之賽並在其中矣、不可以經文方字爲方祀、第在野而禋祀、其爲方祀則可知也已、箋以方爲每方之義、商頌、方命厥后、奄有九有、是每方之義也、然方字在詩多爲助語、若箋說文既不順、且舉方遺社、失輕重、◯以其騂黑、與其黍稷者、上篇云以社以方、而方社連文、則方與社稷同用太牢、故毛以黑爲羊豕、通牛爲三牲也、然騂黑專以牛言、不必兼羊豕、周禮牧人、陽祀用騂牲、陰祀用黝牲、四方之祀當從陰、而並言騂、知是依方別色、如大宗伯青圭禮東方、赤璋禮南方、白琥禮西方、玄黃禮北方、獨舉騂黑、以南北約東西耳、帶定黍稷、是顧母法、◯以享以祀、以介景福者、既報其秋成、因以祈來歲、故曰介景福也、后稷以歸肇祀、以興嗣歲、亦祈報一時也、曾孫是若、田祖有神、有渰萋萋、並禋祀之散見於

上三章者、宜細繹之、夫去年報而祈、則今年曾孫是若、非禋祀故乎、無事於田祖、何以秉畀炎火乎、既有事於田祖以祈甘雨、則有渰萋萋、此其應也、

大田四章二章章八句二章章九句

瞻彼洛矣。刺幽王也。 箋曰、沔水諸篇、不先以六月采芑、則無以見其爲宣王詩、楚茨諸篇、不先以節南山正月、則無以見其爲幽王詩、詩之編次、致有深意也、周公營洛邑爲東都、以朝諸侯、歷世相承、至夷厲而廢、宣王中興、復會諸侯於此、車攻吉日所由作也、幽王嗣服、荒于酒色、賞罰僭濫、武備不修、詩人因述列祖朝會東都、戎服馭師之盛以諷之、欲其率祖考之行也、**思古明王能爵命諸侯。** 箋曰、所謂福祿也、**賞善罰惡焉。** 箋曰、六師討之、是罰惡也、是篇賞善之言紛葩、而罰惡之言闇然、刺暴王者、若是而協也、正義云、有賞當有罰、故連言罰惡耳、疎矣、自此以下四篇、思古情迫、主文而譎諫、故言之者無罪、

瞻彼洛矣。維水泱泱。 興也、洛、宗周溉浸水也、泱泱、深廣貌、**君子至止。福祿如茨。韎韐有奭。以作六師。** 韎韐者、茅蒐染草也、一曰韎韐、所以代韠也、天子六軍、○泱於良反、韎音味、韐音閤、奭許力反、延文本・傳貌下軍下並有也字、染下卷子本傍注云、本無草字、

箋曰、以洛水之深廣、興王者恩威之盛大、每章冒是二句、故不韻、別格也、傳云、洛、宗周漑浸水、王氏云、洛水、東都之所在、蓋傳以爲諸侯來朝於宗周、以洛水之深廣、喻明王恩威之盛大、是從興體、王以爲王者會諸侯于東都、是從賦體、兩義不同、依傳義則君子當謂諸侯、依王義則君子當指天子、凡言萬年者、多是臣祝君之辭、六師萬年之語、皆可爲王者之證、正義申傳以爲、夏官職方氏、正西曰雍州、其浸渭洛、禹貢漆沮既從、孔傳、漆沮一名洛水、洛水則漆沮是也、與東都伊洛別、若王氏所云、則禹貢豫州伊洛瀍澗既入于河、導水、導洛自熊耳、職方氏、豫州其川滎雒、水經、洛水出京兆上洛縣讙舉山、逕熊耳山北、經盧氏蠡城陽市父邑宜陽河南洛陽偃師鞏城、至鞏縣入河、源流各異、正義辨二洛之別尤明、但禹貢及詩、凡言渭洛之洛俱稱漆沮、不稱爲洛、惟導水東過漆沮、據水經注、引闞駰以爲卽洛水、然禹時未必有洛名、始見於周禮職方、知東都之洛、爲得其實矣、此詩先言洛水之勢者、以見所建朝會之所、據天下之上游、足以起天下之朝宗也、周世二都、惟東都以雒名邑、蓋以洛水得名、洛之爲雒、猶鎬之爲鄗、皆叚借通用、魏黄初元年詔曰、漢以火德忌水、去水爲雒、是周時豫州之水、本名洛也、西都八水所會、而主鎬而不主洛、不得以洛當宗周大名、禹貢有豫州之洛、無雍州之洛、周公作洛邑以朝諸侯、故詩以瞻洛起興、若西都則錫命當於鎬京、漆沮非朝會之地、故釋文亦但云洛水名、曾不明著其爲雍州之浸、則亦不安于舊說矣、○君子至止、序云思古明王、則詩中君子當指明王、此詩每章上言洛、接言至、明是至于洛事、東都主乎洛邑、故言至洛卽是至東都也、王者因會同征伐所至、而有加地進律之事、故曰福祿如茨、所謂爵命、卽進律也、茨・屋蓋也、草屋其形隆高、以喻福祿之積重也、甫田篇如茨如梁、◯韎韐有奭、韎韐古蔽膝之衣、卽赤芾在股者、大夫以上祭服謂之韍、韍芾同、他服謂之韠、士謂之韎韐、韎韐配爵弁服、爵弁・士之盛服、助君祭及攝盛服、亦通爲戎事之服、此詩所云是也、周官司服、凡兵事韋弁服、此詩以作六師是兵事、宜服韋弁、而云韎韐有奭、正韋弁服亦用韎韐之證、下言六師、固當只就戎服言之、韎者韐之色也、士冠禮賈疏云、韐者韋傍著合、謂合韋爲之、故名韐也、馬瑞辰曰、說文、韎・茅蒐、染韋也、毛傳韐字誤衍、染草乃染韋之譌、一曰韎、正義引定本云一入曰韎韐、據左傳正義引賈逵云、一染曰韎、說文亦云一入曰韎、則知毛傳本作一入曰韎、讀至韎字絕句、今本一字下脫入字、正義又以韎韐二字連讀、誤矣、茅蒐之聲合爲韎、箋茅蒐韎韐聲也、韐字乃誤衍、韋昭國語注、急疾呼茅蒐成韎、左傳正義引箋云、茅蒐韎聲也、無韐字、是其證矣、正義連韐言聲者亦譌也、又按、毛以一入之色爲韎、不當復以茅蒐爲韎、鄭以茅蒐爲韎、蓋不取毛公一入爲韎之說耳、毛若旣云茅蒐染韋、則鄭不須更云韎者茅蒐染矣、王尙書經義述聞曰、毛傳原文作韎染韋也、今本韎下有者茅蒐三字、此涉鄭箋韎者茅蒐染也而誤衍、又以說文韎者茅蒐染韋也、茅蒐二字、亦後人依誤本加之、其說是也、今按、說文韎从韋末聲、正義引鄭駁異義云、字當作韎、蓋以茅蒐合聲爲韎、知其當从末聲、非謂从韋之字當改从革也、作韎者亦傳寫之譌耳、說文一入曰韎、義本毛傳、其字从末、不从未、此亦傳箋異義之一證、益知毛傳茅蒐二字、爲誤衍矣、又按、釋名以爵韋爲之、謂之爵弁、以韎韋爲之、謂之韋弁、古者爵弁緇衣、韋弁則服韎衣、周官司服鄭注、韋弁以韎韋爲弁、又以爲衣裳、其代韠者蓋皆以韎韐、士冠禮・爵弁服纁裳純衣緇帶韎韐、此爵弁服用韎韐之證也、周官司服、凡兵事韋弁服、此詩以作六師、是兵事、宜服韋弁、而云韎韐有奭、正韋弁服亦用韎韐之證、馬說是也、韎從韋、故知韎韋之爲染韋、一入曰韎、傳又申說染韋之義也、玉藻注、緼・赤黃之閒色、所謂韎也、爾雅、一染謂之縓、士冠禮注、凡染絳・一入謂之縓、緼與縓古聲同、韎卽縓也、胡承珙曰、傳意似當以韎韐爲天子之戎服、侯人傳、芾・韠也、此云韐所以代韠也、蓋以芾韠爲朝祭之服、戎事則以韎韐代之、不應專指士而言、鄭箋泥於禮經士服韎韐之文、遂謂此諸侯世子除三年之喪、服士服而來、未遇爵命之時、時有征伐之事、任爲軍將、使將六軍而出、夫世子未命、卽使服士服而來、然既任出征之事、豈尙不賜之爵命、而仍服其士服以出乎、此理之必不可通者、故後儒多據周禮兵事韋弁服、以爲軍中上下同服、天子至士皆服韎韐、承珙謂、次章鞞琫有珌、毛傳通言天子至士琫珌之飾、則此章當亦通言天子至士戎服之韠、稽古編以鄭注韋弁服非韠、不得牽合韎韐爲一事、然韠與裳同色、鄭注司服、以韎韋爲弁、又以爲衣裳、韐既所以代韠、則以韎韋爲之可知、司服注又云、今時伍伯緹衣、古兵服之遺色、西京賦云、武士赫怒、緹衣韎韐、此亦可見古人以韎韐爲戎服、不當專爲士之祭服矣、胡說是也、韎韐實本是士服、說文、士無市有韐、制如榼缺四角、其色韎、蓋尋常在國則天子至士、市韐不同、及至行軍、則左傳曰均服振振、是上下同色、故自天子至士、同用韎韐耳、采芑傳、奭・赤貌、有奭・言韐有奭色、所謂韎也、○以作六師、六師卽六軍也、周禮夏官、凡制軍、萬有二千五百人爲軍、王六軍、襄十四年左傳、周爲六軍、常武整我六師、棫樸六師及之、此周爲六軍之見于經也、作猶起也、末二句寫得精神駿發、神武在目、夫慶賞以序百辟、戎服以討有罪、禮樂征伐皆自天子出也、

瞻彼洛矣。維水泱泱。君子至止。鞞琫有珌。 鞞・容刀鞞也、琫・上飾、珌・下飾也、天子玉琫而珧珌、諸侯璗琫而鏐珌、大夫鐐琫而鐐珌、士珕琫而珕珌、

君子萬年。保其家室。

○鞞唐石經作鞞、補頂反、琫必孔反、珌賓一反、珧音遙、璗延文本作瑒、徒黨反、璆力幽反、鐐音遼、珕力計反、

箋曰、釋文、鞞字或作琕、唐石經作鞞、說文、鞞、刀室也、卽刀削、削音肖、方言、劍削自河而北燕趙之間、謂之室、自關而東、或謂之廓、或謂之削、自關而西謂之鞞、是鞞爲刀室之證、琫之言、奉也、奉俗作捧、人所捧握也、傳云琫上飾・珌下飾者、上下自全刀言之、上飾謂一刀之上、非一削之上也、凡刀劍以手所執爲上、刀謂之潁、亦曰環、書刀謂之拊、劍謂之鐔、蓋鞞琫有珌、猶上章韎韐有奭、奭、赤貌、珌爲文飾貌、珌當讀如韓詩有邲君子之邲、邲美貌、猶珌爲文貌也、有珌之不得爲刀飾、猶上章有奭之不得爲器名也、案鞞字又作琕、釋名、末之飾曰琕、琕、卑也、在下之言也、字林亦曰、琕、佩刀下飾、是下飾名鞞之證、傳於公劉詩鞞琫容刀釋之曰、下曰鞞、上曰琫、其釋此詩曰、鞞容刀鞞也、正謂鞞卽鞞琫容刀之鞞、蓋削之上飾爲琫、下飾爲鞞、而容刀乃刀室之名

也、此詩及公劉、皆舉佩刀言之者、君子至止、佩刀在腰、望之見其璨然也、此句與上章韎韐有奭句、皆當活看、以貴而賢者典兵、於服飾之盛略見一斑、非贊其服飾也、董彥遠曰、毛傳天子玉琫以下、出于三朝禮、釋文曰、以蜃者謂之珧、爾雅云、黃金謂之璗、鏐、黃金之美者、郭云、紫磨金、珕、蜃屬、白金謂之銀、其美者謂之鐐、馬瑞辰曰、說文、琫·佩刀上飾、天子以玉、諸侯以金、又曰、珌佩刀下飾、天子以玉、是天子上下飾皆當以玉、且正義本、諸侯璗琫而鏐珌、璗與鏐皆金也、諸侯既純以金、則天子不得雜用珧、珧蓋瑤字之叚借、爾雅釋訓愮愮、釋文、愮本作傜、岙兆古同音通用、瑤與玉異名而同物、公劉詩維玉及瑤、鞞琫容刀、謂以玉瑤爲鞞琫、蓋玉琫而瑤鞞、後遂以爲天子之飾、卽此傳所云天子玉琫而珧珌也、又按、正義云、天子諸侯琫珌異物、大夫士則同、又云、定本及集注大夫鏐珌、恐非也、是正義本作大夫鐐琫而鐐珌、士珕琫而珕珌、惟說文引禮士珕琫而珧珌、與正義本異、然珧與珕皆蜃屬、以類推之、天子鞞琫皆以玉、諸侯皆以金、不獨大夫以鐐·士以蜃爲同物、卽天子諸侯亦未嘗異物也、又按、天子諸侯大夫佩飾各異、不應士之珌飾獨與天子同、益知天子珧珌當作瑤珌耳、○君子萬年二句、天子以天下爲家、故此章曰家室、下章曰家邦、四方戶闥、不敢自外之詞也、君子萬年、萬年連下讀、萬年家室、只在鞞琫有珌上、蓋不忘武功以作六師、天下不生覬覦之心、則王室自無漂搖之慮、

瞻彼洛矣。維水泱泱。君子至止。福祿既同。君子萬

年。保其家邦。

箋曰、福祿既同、與福祿如茨同、就現成說、言戎服以作六師、天威振肅諸侯、大小相維、强弱相制、無不同享其福祿也、於是天下聯爲一家、而君子亦得萬年保之、首章言以作六師、不言保其家邦、二章言鞞琫有珌、不言韎韐有奭、皆以互見爲義、

瞻彼洛矣三章章六句

箋曰、詩言爵命諸侯、而遂及韎韐有奭以作六師者、周人尚文、其弊也必起於弱、故周公戒成王曰、詰爾戎兵、畢公戒康王曰、張皇六師、皆欲其振厲奮發、以聳萬民之觀瞻、一四方之趨嚮也、此詩言天子至洛水之上、親御戎服、以起六師、修戎備於巡幸之時、講武事於朝會之日、據地勢以合人心、遵國典以承天祐、使諸侯咸知王靈之赫奕、是邦家之所由安也、蓋守文之世、惟以勸厲諸侯爲重、賞罰有方、文武並舉、而後京師之勢重、得以保有其家室家邦、詩人刺幽王之意深矣、

裳裳者華。刺幽王也。箋曰、叔向見晏子、歎曰、我公室亦季世也、欒郤胥原狐續慶伯、降在皁隸、公室之卑、何日之有、作是詩者其憂同、

古之仕者世祿。箋曰、此言王人、與前篇之諸侯對、古者有世祿、復有世位、世祿

者直食其先人之祿、而不居其位、子若復賢、則居父位矣、**小人在位。**箋曰、皇父卿士、番維司徒之輩、**則讒諂並進。**箋曰、多新進之人、**棄賢者之類。**箋曰、類、子孫也、左傳云、請舍子明之類、**絕功臣之世焉。**箋曰、世謂繼世、欲立新家、必滅故族、勢之必至也、晉厲公多外嬖、欲盡去羣大夫、時勢相肖、幽王於功臣子孫、或畏其悻直、或摘其微瑕、如趙高所謂除先帝舊臣、更置陛下親信、此意萌、世胄空矣、故全詩皆極言賢者德行才藝、以見不可棄絕其世、而刺幽王之意、自在言外、孔叢子引孔子曰、於裳裳者華、見古之賢者世保其祿也、蓋經文祇有此意、序小人以下乃推原所以援古刺今之由耳、觀巧言何人斯巷伯角弓諸詩、幽王之世、讒諂盈庭矣、勳賢之裔、因此失其祿位、故有裳裳者華之刺焉、前三章皆援古以規今也、勳賢之家、子孫相繼而榮顯、惟讒諂不行、故如此、今則不然、慶譽轉爲憂畏、乘駟降爲徒步矣、故末章盛稱先臣功德、左宜右有、子孫當世享其祿、不應見絕而諷王所用之非人也、

裳裳者華。其葉湑兮。興也、裳裳然猶堂堂也、湑盛貌、**我覯之子。我心寫兮。我心寫兮。是以有譽處兮。**○湑思敘反、覯古豆反、摺本傳裳下無然字、

箋曰、比也、裳裳者華猶之皇皇者華、不必指名何華、傳以裳裳爲堂堂之假借、說文門部、闛闛盛貌、與堂堂同、華裳裳而葉湑、氣相屬潤相滋也、裳裳者

華喻功臣之美盛、渭兮之葉喻世類之繁昌、此詩首章與蓼蕭相似、語同而情異矣、彼爲躬逢、此爲追憶也、裳與常同字、說文、常或作裳、是也、廣雅、常常盛也、蓋本三家詩、或疑卽常棣、劉勰文心雕龍云、雅詠常華、或黃或白、亦以裳作常、然諸書、並無言常棣華黃者、此詩旣以其華爲黃白色、則非常棣明矣、若果是常棣、無疊言常常之理、◯我覯之子、我心寫兮、我者我明王、覯・見也、之子謂賢臣也、凡詩言之子者、皆見在之詞、無有稱古人者、況之子與君子、詞氣自分輕重、鄭以末章君子爲其先人、而之子乃斥明王、非其義矣、寫・輸寫傾寫也、言君臣相得、其情無間、◯是以有譽處兮、譽處見蓼蕭、蓼蕭言諸侯見天子也、此言天子見其臣也、

裳裳者華。芸其黃矣。芸・黃盛也、我覯之子。維其有章矣。

維其有章矣。是以有慶矣。◯芸音云

箋曰、裳華之芸黃、亦有文章粲然之意、此美其威儀、老子夫物芸芸、各歸其根、注芸芸華葉盛貌、是芸爲草木盛之通稱、詩連黃言之、故傳以芸爲黃盛也、維其有章、有禮文威儀也、◯是以有慶矣者、言威儀可以立士大夫之上、故慶之以尊官大祿也、財義、數有慶而益地、言有賞命也、易曰、來章有慶譽、吉、

裳裳者華。或黃或白。我覯之子。乘其四駱。乘其四駱。六轡沃若。言世祿也、○駱音洛、

箋曰、或、有也、或黃或白、有黃又有白也、此美其寵服、四牡傳云、白馬黑鬣曰駱、是天子所錫也、賦奏以言、明試以功、車服以庸、此卽車服也、天子之卿駕純駟、言裳華以或黃或白而見其盛、車馬則以純色而見其盛、六轡沃若、就升車攬轡間、節度不爽而言、維其有章之一端也、美其文章則有根於中者、美車服則有所以稱其服者、二章皆不顯言、而自可見我心寫兮之故、古明王之於賢者、始之其心寫也、次之有慶也、故遂盛其車服、列爲世臣也、

左之左之。君子宜之。右之右之。君子有之。左陽道、朝祀之事、右陰道、喪戎之事、維其有之。是以似之。似、嗣也、○延文本、傳兩事下、並有也字、

箋曰、左之右之、謂左輔右弼、君子以君言、宜之言天子宜而使之也、有之言視如腹心手足也、變宜言有者互文也、故下總言有之、似召公是似、似續祖妣之似、明王既以賢者功臣爲已支體、故保愛之、使其子孫永似續是慶、而廟食不絕也、此謂世祿、傳釋左爲陽道、右爲陰道、陽道者謂嘉慶之事、陰道謂憂凶之事、逸周書武順篇、吉禮左還、順天以利本、武禮右還、順地以利兵、老子亦云、吉事尙左、凶事尙右、竝與傳訓略同、然恐非詩人立言之意、朱傳

云、有之於內、是以形之於外者、無不似其所有、潛夫論邊議篇云、議者民之所見也、辭者心之所表也、維其有之、是以似之、此卽有諸內形於外之意、集傳之解、似非無本、然序言刺幽王廢世祿之法、則古說自不可易、首章言待以誠、二章言遇以禮、三章言錫以車服、四章又原其先世之有功德、是以使之似續勿替、惟念其祖宗、故錄其後裔、此治天下之大經也、周語、古者先王爲車服旗章以旌之、爲班爵貴賤以列之、爲令聞嘉譽以聲之、與是詩符、班爵則慶也、

裳裳者華四章章六句

桑扈。刺幽王也。君臣上下。動無禮文焉。 箋曰、廣序釋桑扈所以爲比也、雖以君臣上下竝言、意重在君上、詩辭可見、序之禮文、卽北宮文子所謂威儀、所該者廣、上三章不專謂燕飮也、箋於卒章始云、古之王者、與羣臣燕飮、上下無失禮者是也、賓之初筵幽王時詩也、見其君臣於宴飮之間、傲慢失禮、無所不至、此桑扈之詩所以刺之也、先王之時、禮教素行、如湛露燕同姓之詩也、而皆恭儉無有失禮、故以湛露觀之、則知桑扈之思古、以賓之初筵觀之、則知桑扈之傷今也、此篇之序、不言思古、其詩皆陳古王者之事、大抵序詩者、主于發明詩人之意、有序所言而詩無之者、詩意未盡故也、有詩所言而序無之者、詩意自顯故也、學者要以是觀之、

交交桑扈。有鶯其羽。 興也、鶯然有文章、 **君子樂胥。受天之祜。** 胥・皆也、○扈音戶、樂音洛、祜音戶、延文本・傳章下有也字、

箋曰、比也、箋云、交交・往來貌、即此往彼來也、桑扈、竊脂也、見小苑篇、桑扈之羽翼首領、皆有文采可觀、以比君臣上下皆擧動有禮文焉、而君子實爲之主、鶯者是形容羽領之美稱、文選射雉賦、鷽綺翼而經撾、徐注、鷽・文章貌也、李善注、引詩作有鷽其羽、玉篇鶯字云、鳥有文、廣韻鶯字云、鳥羽文、而皆別載鷽字爲黃鳥、鶯非卽鷽字、鷽鶯同聲、故假借、○君子樂胥、受天之祜者、君子謂王者也、胥辭也、胥之爲辭、大雅韓奕侯氏燕胥可證、潛夫論班祿、引詩角弓民胥傚矣作民斯效矣、胥卽斯之借、君子樂胥、猶言君子樂斯也、賈誼新書禮篇云、胥者相也、祜・大福也、此釋樂胥與毛義同、據此則胥偕也、言君子既有禮儀、能與臣下相和樂、則得受天之福祜矣、正義引孫毓曰、與天下皆樂、樂之大者、四海之內無違命、則天子樂矣、四封之內無違命、外內無故、則諸侯樂矣、官府之內無違命者、諮謀行于上、則大夫樂矣、士進以禮退以義、則士樂矣、庶人耕稼樹蓺、以養父母、刑罰不加于身、則庶人樂矣、據此、以天下之樂爲君子之樂、皆字之義甚宏、樂胥當與魯頌有駜之胥樂相類、乃倒裝文法、

交交桑扈。有鶯其領。 領・頸也、 **君子樂胥。萬邦之屏。** 屏・蔽

也、○屏卑郢反、

箋曰、射雉賦、鷩綺翼而經撾、灼繡頸而袞背、鷩綺翼即鷩羽、灼繡頸卽鷩領、此正用詩義、鳪羽蜉蝣先羽後翼、此亦相肖、屏小牆當門中者、所以禦外而蔽內也、魯秉周禮、而齊不敢圖、何屏如之、既有禮文與天下皆樂、則足爲萬邦之屏蔽、蠻夷自無侵畔之憂矣、首章言皇天祚之、是章言兆民賴之、

之屏之翰。百辟爲憲。 翰·幹、憲·法也、 **不戢不難。受福不那。** 戢·聚也、不戢·戢也、不難·難也、那·多也、不多·多也、○戢莊立反、延文本·傳幹下有也字、

箋曰、此承上章、猶言萬邦之屏、萬邦之翰也、之猶是也、與假樂篇之綱之紀一例、毛讀翰與榦同、此謂假借也、釋詁、楨·榦也、舍人曰、楨·正也、築牆所立兩木也、榦所以當牆兩邊障土者也、然則言楨榦者、皆以築牆爲喻、辟·君也、百辟謂外諸侯也、百辟爲憲、與六月萬邦爲憲句義正同、天子爲萬邦之藩屏楨榦、而諸侯皆仰其禮文以爲法也、卽賓筵序飲酒無度、天下化之之反、○不戢不難、受福不那者、蓋曰、豈不戢乎、豈不難乎、受福豈不多乎、古語聲急而然也、菀柳云不尙、文王云不顯不時、大明韓奕皆云、不顯其光、生民云、不寧不康、清廟云、不顯不承、以至崧高維天之命烈文執競、皆言不顯、竝倣此義、戢·言自斂束而不敢放逸也、難·言敬事而不敢輕易也、惟其以禮自斂戢畏難、故足以膺受多福、詩皆美辭、而其反是者、自在言外、或曰、戢當讀爲濈、

說文、濈和也、又與輯通、爾雅釋詁、輯和也、傳訓戢爲聚、聚與和義相成、難當讀爲戁、說文、戁敬也、不戢不難、言和且敬也、戢與難皆省借字、那多、釋詁文、釋文、那本或作綳、廣雅、綳多也、那又與夥通、說文、齊謂多爲夥、方言、大物盛多、齊宋之郊、楚魏之際、曰夥、陳勝世家、楚人謂多爲夥、

兕觥其觩。旨酒思柔。彼交匪敖。萬福來求。 ○兕徐履反、觥古横反、觩音虯、敖五報反、

箋曰、兕觥、爵也、見周南卷耳篇、鄭氏謂兕觥爲罰爵、非也、罰爵偶用兕觥、非兕觥爲罰爵也、躋彼公堂、豈亦用罰爵乎、觀檀弓畢獻謂之杜舉、罰爵始自晉平公、詩中從無此義、觩、角上曲貌、釋文云、或作斛、說文、斛、角貌、引詩有斛其角、今良耜作捄、爲假借字、而絲衣泮水之觩、釋文皆作斛字、思柔與九思之思一例、賓主燕笑、以柔款之思寓其中、故曰思柔也、與飲酒溫克並視、則幽王暴於酒可知、○彼交匪敖、彼・明王也、彼交言君臣上下之樂胥也、交交接于一堂之謂、升降酬酢・皆其事也、彼交與首句交交應、敖・惰慢無禮也、所謂側弁號呶、亦敖也、此結出正意來、敖者戢難之反、不敖者敬也、用敖字一點、而諷王之意躍然、左傳成十四年、衞侯饗苦成叔、苦成叔傲、甯惠子曰、古之爲享食也、以觀威儀省禍福也、因引此詩而云、今夫子傲、取禍之道也、文義甚明、而清儒多立異說、臧曰、左傳成十四年、引詩彼交匪傲、襄二十七年公孫段賦桑扈、趙孟曰、匪交匪敖、福將焉往、同一左傳同引一詩、不應互異、

漢書五行志、引傳作匪儌匪傲、應劭曰、言在位不儌訐、不倨傲也、論語惡儌
以爲知者、釋文云、儌鄭本作絞、是儌絞古通、毛詩作交、蓋絞之省借、故漢書
作儌、王引之曰、彼亦匪也、交亦敖也、襄八年左傳、引詩如匪行邁謀、杜注、匪・
彼也、匪可訓爲彼、彼亦可訓爲匪、交之言姣也、廣雅曰、姣・侮也、字通作佼、淮
南覽冥篇、鳳皇之翔至德也、雷霆不作、風雨不興、川谷不澹、草木不搖、而燕
雀佼之、以爲不能與之爭於宇宙之間、言燕雀輕侮鳳皇也、然則彼交匪敖
者、匪交匪敖也、匪交匪敖者、言樂胥之君子、不侮慢・不驕傲也、彼交匪紓者、
匪交匪紓也、匪交匪紓者、言來朝之君子、不侮慢・不怠緩也、襄二十七年左
傳、公孫段賦桑扈、趙孟曰、匪交匪敖、福將焉往、荀子勸學篇、君子不傲不隱
不瞽、謹順其身、引詩曰匪交匪紓、天子所予、是彼交作匪交之明證、交或作
儌、成十四年傳、引詩彼交匪傲、漢書五行志作匪儌匪傲、又其一證矣、胡承
珙曰、匪彼二字、古雖通用、此詩義當作匪、絲衣兕觥其觩、旨酒思柔、不吳不
敖、胡考之休、與此詩四句、文義相同、此匪交匪敖、當與彼不吳不敖一例耳、
馬瑞辰曰、蓋三家詩彼作匪、交作儌、毛詩作彼、卽匪之叚借、交卽儌之叚借、
箋讀彼如彼我之彼、訓交爲交友之交、竝失之、案・交字果假借、毛不可無訓、
毛於此及采菽皆無傳、而鄭依字・訓爲交接、則荀子漢書所引、以爲異文存
之可也、必欲改彼爲匪、非是、胡承珙謂、古人於通借之字、往往隨意用之、雖
疊句連字、亦或互用、桑扈之匪交匪敖、左傳一引作匪交、一引作彼交、似非
誤匪爲彼、當時明於其義、雖字作彼、義仍作匪、不相妨耳、卽如采菽詩平平
左右、韓詩作便便、左傳引作便蕃、其實便蕃亦當同平平爲訓、觀服注左傳、

仍訓爲辨治、可知便蕃猶平平耳、此說得之、萬福來求者、我不求福、福來求我、謂自然來歸也、受福不那、自我受福言、萬福來求、自福就我言、此詩于燕飲之中陳訓飭之義、與成周有道時、蓼蕭湛露所云龍光燕譽令德令儀、氣象自別、不得以爲美詩、序云刺幽王、亦何疑、

桑扈四章章四句

鴛鴦。刺幽王也。 箋曰、是詩別格、若有所比興、而非比興之例、 **思古明王交於萬物有道。** 箋曰、咏一鳥、故曰萬物、所謂廣其義者在茲、凡詩舉一而著百、是序通三百篇而貫之、王制云、田不以禮、曰暴天物、 **自奉養有節焉。** 箋曰、詠乘馬、故曰自奉養、自奉養言其奉養己也、夫交萬物有道、不僅在鴛鴦之畢羅、自奉養有節、不止於乘馬之摧秣、要之鄭箋獺祭魚而後漁、豺祭獸而後田、齊而後三舉設盛饌、恆日則減、猶是卽此以蔽其餘耳、明王惠愛撙節之政、固未易更僕數矣、幽王暴虐、剝膚取之、而草薙用之、殺胎覆巢、鳥亂于上、民窮財盡而馬有餘粟、故詩人思明王、而託鳥獸以寓刺焉、胡承珙曰、首章傳云、太平之時、交於萬物有道、取之有時、正與序文相應、由毛公作傳與序別行、故有時用序語爲傳、若謂序毛公所爲、則傳中所已言、不應又襲之而爲序也、節下焉字、延文本無、

鴛鴦于飛。畢之羅之。興也、鴛鴦匹鳥、太平之時、交於萬物有道、取之以時、於其飛乃畢掩而羅之、**君子萬年。福祿宜之。**

箋曰、不曰弋之、而曰畢之、弋自我、畢自彼、蓋不妄射也、以刺幽王之暴殄天物、傳匹鳥、鄭箋云、匹鳥言其止則相耦、飛則爲雙、性馴耦也、羅願曰、雄名爲鴛、雌名爲鴦、水鳥之類、多相匹偶、好以頸相勾、惟此雄雌尤甚、其大如鶩、其質杏黃色、頭戴白長毛、垂之至尾、翅皆黑、今婦人閨房中飾鴛鴦以黃赤五采有纓者、皆鸂鶒耳、然鸂鶒亦鴛鴦之類、其色多紫、崔正熊云、鴛鴦、水鳥也、雌雄未嘗相離、人得其一則其一思而死、故謂之匹鳥也、月令、羅罔畢翳、注云、罔小而柄長謂之畢、釋器云、鳥罟謂之羅、羅則張以待鳥、畢則執以掩物、故言畢掩、馬瑞辰曰、聖人弋不射宿、說文、宿・止也、不射宿謂不射止鳥、非夜宿之謂、古者射飛鳥、不射止鳥、說文、隿・繳射飛鳥也、詩言如彼飛蟲、時亦弋獲、皆其證也、古者羅畢之掩鳥、蓋亦於其飛、不於其止、故詩以鴛鴦于飛、畢之羅之、見古明王之交於萬物有道也、二章鴛鴦在梁、戢其左翼、毛傳言休息也、箋言自若無恐懼、惟古者不捕掩止鳥、故得休息無恐懼、知二章戢其左翼爲不掩止鳥、則益知首章以掩取飛鳥爲交物有道矣、正義謂於其能飛乃畢掩之而羅取之、似非詩義、◯君子萬年者、以傳世之久言、書云惟曰欲至於萬年惟王子子孫孫、是也、福祿宜之者、福若與君子而相宜者然、故曰宜之、與宜其遐福、參差用文、

鴛鴦在梁。戢其左翼。言休息也、君子萬年。宜其遐福。○戢側立反、

箋曰、在梁戢翼者、知人之不已害也、故安、安井氏謂、飛則畢之、在梁則不掩其梁、石絕水之梁也、戢·斂也、中井氏曰、各戢一翼、相倚之密也、戢左與戢右無異義、詩人偶舉其一耳、不當泥、且舒一翼者、以遮風寒而已、若一翼能防之患、未知何物又右便、左不用者、特人而已、禽獸豈有左右之分哉、朱傳引張載曰、禽鳥並棲、一正一倒、戢其左翼以相依於內、舒其右翼以防患於外、蓋左不用而右便故也、張說斷斷不當用、夫鳥之並棲、有相倒、亦有不倒者、任其便耳、不當以一正一倒作鳥性矣、一正一倒·亦有各戢左、有各戢右、詩人所謂戢左翼者、猶言各戢其一翼也、非指定其左右也、胡承珙引毛西河曰、戢左翼、正義謂、舉雄者言、此襲爾雅以翼右掩左爲雄左掩右爲雌之語、然此是戢、非掩也、且戢左翼、非掩右翼也、乃後人承其誤者如函史諸書且謂、雄以右翼掩雌左翼、謂之戢左翼、則以掩雌翼而曰戢雌翼、已自難通、況雌翼而曰其翼、可乎、且未聞禽鳥之宿、有以彼翼掩此翼者、宋張載有說、世多稱之、第鳥棲正倒在枝枒者不可見、鴛鴦連蹠踢地而宿、皆首尾相竝、有何正倒、況正倒亦安必左翼內·而右翼外、假使西首者棲南、東首者棲北、則已右翼內·而左翼外矣、可曰右相依、左防患乎、惟韓詩所解稍可通、證戢者、捷也、謂捷其噣於左也、凡鳥宿無論長頸短喙、必插其喙於左翼、此明可按

者承珙案、戢捷雙聲、捷有插訓、毛氏引盧人注、矜所捷也爲證、是也、但韓謂鳥之棲息、必捷其噣於左翼、則不盡然、古語云、雞寒上距、鴨寒下觜、每見鳧鷺之屬、亦有捷噣於右翼而息者、當是詩人偶見鴛鴦戢翼在左、因以興感耳、胡說頗詳、然非添一噣字則不可通、中井氏爲優、○宜其遐福、宜是宜岸宜獄之宜、仁人享福、天之道也、前後皆曰福祿、此章句法變、故變而曰遐福、

乘馬在廏。摧之秣之。 摧、莝、秣、粟也、 **君子萬年。福祿艾之。** 艾、養也、○廏音救、摧采臥反、秣音末、莝采臥反、

箋曰、冢宰九式、有芻秣之式、以刺幽王之玉食侈服、奉養過度焉、乘馬亦自奉養之一事也、馬人情所最愛、鄭云所乘之馬、讀乘如字、不若王徐繩證反云四馬也之長、蓋君車之駕馬在廏、必有以別異之、曲禮所謂路馬者也、其數維四、足賅乘用之義也、傳摧莝也、秣粟也、延文本作摧莝之也秣粟之也、正義本毛傳作摧莝也、鄭箋云、摧・今莝字也、正義曰、傳云摧莝、轉古爲今、而其言不明、故辨之云、此摧乃今之莝字也、據釋文摧下云芻也、是其本莝作芻、與正義本不同、與延文抄本合、蓋摧芻也、與下傳秣粟也相對、故箋云摧今莝字、所以申摧得訓爲芻之意、非傳文已轉古爲今、而箋又辨之如正義所云也、釋文引韓詩云莝委也、是毛詩作摧訓芻、謂摧卽芻之假借字、韓詩作莝訓委、說文、莝・斬芻、韓毛字異而義同、委餧通、玉篇、餧・飼也、是也、秣者謂

以穀食馬、說文秣作䬴、云、食馬穀也、秣本以粟食馬之名、因而食馬之粟即謂之秣、古訓詁本多此例、詩莝秣並言、猶前章畢羅並舉、謂或以莝、或以秣耳、說文、莝・斬芻、又曰、蘈・以穀委馬、置莝中、是古者養馬穀莝並用之證、故馬不食秣、凶年之制、季文子馬不食粟、世稱其儉、未聞君之乘馬無事則委以莝也、于飛畢羅、見取物之仁、摧之秣之、見用物之節、皆舉一以概凡、蓋此詩所該至廣、凡暴殄奢侈之流、厭從其耳目口腹、未有不與此相反、而非長享福祿之道也、在帝王爲尤甚、以此刺幽王至切矣、○福祿艾之者、爾雅釋詁、艾・相也、相・輔也、艾之謂輔助之、南山有臺詩、保艾爾後、晉語、公孫固曰、樹于有禮必有艾、皆當从艾相也之訓、傳訓養、養與助義相成、艾之爲養、又爲相、猶將之爲養又爲助也、凡奉養有節、故無出入飲食哀樂之疾、所以壽福也、

乘馬在廄。秣之摧子。君之萬年。福祿綏之。

箋曰、禮記、國家靡弊則馬不常秣、夫廄有肥馬、民有飢色、是自奉養無節也、○福祿綏之、綏・安也、愛國用則神民富足、所以壽福也、

鴛鴦四章章四句

頍弁。諸公刺幽王也。

箋曰、諸公・同姓諸公也、角弓曰父兄、葛藟曰王族、三出三變、各有所當也、言諸公刺幽王、明作詩者一人、欲作此詩者不止一人也、故稱諸公之意以刺之、自此以下、皆表作者、與陳古者自異、

暴戾無親。不

能宴樂同姓。親睦九族。 箋曰、經有甥舅、而序不言及、猶角弓有兄弟昏姻、而序唯舉九族焉、帶言者略之已、九族者同姓之親者也、此當與賓之初筵參看、彼序云、幽王荒廢、媟近小人、飲酒無度、天下化之、君臣上下、沈湎淫液、乃其所與沈酗昵近者皆小人、而於宗族骨肉之間、反多猜忌、致有離心、故云不能宴樂同姓、親睦九族也、**孤危將亡。** 箋曰、通篇皆孤危之象、末六句將亡之言、**故作是詩也。** 箋曰、此受燕者之作、非燕者之作、故以蔦蘿自比、而卒曰君子維宴、則斥主人言、一二章不云既見君子、我心說懌、我心則臧、而云庶幾說懌、庶幾有臧、末章又云樂酒今夕、是未嘗燕也、嚴緝云、幽王之時、亂亡已迫、而不自知、族人與國同休戚、深竊憂之、而王疏遠宗族、無由進其忠告、其族人之尊者、遂作此詩、因王不宴樂同姓、藉以爲辭、而告以禍敗之戒、非欲王宴樂之也、但詩人優柔之辭、先從宴樂上說來、以漸及危亡警懼之意、故讀者不覺、真謂刺王不能宴樂同姓而已、當是時、驪山之禍將作、人情懍懍、不保朝夕、幽王方且飲酒無度、詩人豈復勸其宴樂哉、國風小雅、多寓意於言外、或意雖形於言、而優柔紆餘、讀者不覺也、有言古不言時、而意在刺時者、如甫田采菽之類、有言乙不言甲、而意在刺甲者、如叔於田、全述叔段之事、而實刺鄭莊、椒聊全述沃之盛强、而實刺晉昭之類、有首章便見意、餘章變韻成歌者、此類甚多、有前數章皆含蓄、而末章乃見意者、如載驅之類、有首尾全不露本意、但中間一二冷語、使人默會者、如碩人猗嗟之類、有言輕而意重者、如凱風言母氏勞苦、而不言欲嫁、有先從輕處說起、漸漸說得重者、如四月憂世亂、而先歎征役之勞、頍弁刺危亡、而先說不宴樂同姓、讀詩與他書別、唯涵泳浸漬乃得之、嚴緝此條可爲讀詩序者之通論、

有頍者弁。實維伊何。興也、頍・弁貌、爾酒既旨。爾殽既嘉。豈伊異人。兄弟匪他。蔦與女蘿。施于松柏。蔦・寄生也、女蘿、菟絲、松蘿也、喻諸公非自有尊、託王之尊、未見君子。憂心奕奕。既見君子。庶幾說懌。

奕奕然無所薄也、○頍缺婢反、蔦音鳥、蘿力多反、奕音亦、懌音亦、延文本・傳貌下・王之尊下・並有也字、

箋曰、首二句言頍然者弁伊何爲哉此賦也、胡承珙曰、正義述毛取興之意、謂、王者之在上位、猶皮弁之在人首、引左傳我在伯父猶衣服之有冠冕、縠梁傳、弁冕雖舊・必加於首、周室雖衰・必先諸侯爲證、是也、鄭箋卽以皮弁爲王燕服、正義申箋謂、天子燕服有二、燕羣臣用玄冠、燕同姓用皮弁、引賓之初筵箋、謂祭末王與族人燕、而經云側弁之俄、是燕同姓用皮弁之事、此詩三章言兄弟甥舅、似不止於同姓、然賓之初筵箋云、王與族人・以異姓爲賓、此甥舅當亦指異姓之爲賓者、是則二詩雖及異姓、皆以族燕爲主、故同用皮弁、角弓之詩曰、兄弟昏姻、亦兼異姓爲言、而序但言九族、與此序正同、集

傳因甥舅句、故爲燕兄弟親戚之詩、而於角弓又從序·專主九族、未免自亂其例矣、安井氏衍毛義謂、弁·大名也、周禮夏官、弁師掌王之五冕、經以弁居衆體之上、故以喻王耳、王朝服以燕、故傳云皮弁、非以其賤於旒之冕也、此章云實維伊何、二章云實維何期、皆不知其故·而難之之辭、至卒章乃曰實維在首、正其辭而責之也、釋名云、弁如兩手相合抃、續漢志云、皮弁長七寸、高四寸、制如覆杯、弁者冠之大名、稱弁者多矣、但爵弁則士之祭服、韋弁則服以卽戎、冠弁則服以從禽、皆非常服也、惟皮弁上下通服之、故知皮弁也、士之皮弁、服之以朝、其在王者、常朝則服皮弁、而燕同姓亦服之、金鶚曰、皮弁之衣、經無明文、鄭氏注士冠禮皮弁服素積云、皮弁者以白鹿皮爲冠、象上古也、積猶辟也、以素爲裳、辟蹙其要中、皮弁之衣、布亦十五升、其色象焉、注周官司服皮弁服亦云、皮弁之服十五升、白布衣、鶚竊以爲非也、古人之服、表裏上下、皆必相稱、貴賤皆必相得、玉藻云、以帛裏布、非禮也、此謂上服用帛、中衣亦必用帛、上衣用布、中衣亦必用布、蓋表裏欲其相稱、故緇衣羔裘、素衣麑裘、黃衣狐裘、其色如一、色旣宜一、則用布用帛、亦宜於一矣、若以帛裏布、是不稱也、且帛貴布賤、貴者宜在表、賤者宜在裏、表衣謂之上服、蓋表裏猶上下、表衣加於上、裏衣在下也、今以帛裏布、是貴賤易位矣、玉藻云、君衣狐白裘、錦衣以裼之、鄭注、君衣狐白毛之裘、則以素錦爲衣覆之、錦衣復有上衣、天子狐白之上衣皮弁服與、孔疏、天子視朝皮弁服、則天子皮弁之下、有狐白錦衣也、夫錦衣絲衣也、素衣亦絲衣也、以絲衣爲裏、而上衣乃用布、是以帛裏布矣、豈禮也哉、然則皮弁服必非布衣矣、且衣貴裳賤、皮弁服既以素爲裳、是裳用帛矣、裳既用帛、而衣反用布、亦爲貴賤倒置、非特上下不稱而已也、或謂、朝服布衣而素裳、皮弁服亦宜然、不知經典素字之義不一、有以白繒言者、素積素帶素紕之類、是也、有以白色言者、素韠素絲、及畫繢素功之類、是也、朝服之素裳、當以布爲之、其色白、故謂之素、非必白繒也、雜記、朝服十五升、蓋通衣裳而言之也、朝服素裳、不見於經、鄭氏特以士冠禮朝服素韠、推而言之、夫韠以韋爲之、而曰素、亦言其色之白耳、安見素裳必爲白繒乎、曲禮言、大夫士去國、向國而哭、素衣素裳、此以喪禮自處、衣裳必不以繒爲之也、詩國風言庶見素衣、庶見素韠、素韠則素裳、此大祥之服、必非以繒爲之也、又安見朝服之素裳必白繒乎、夫然、衣用布、裳必不可用帛、皮弁裳既用帛、衣必非布無疑也、又案、祭服最重、天子諸侯祭服、皆必絲衣、皮弁服非特用於視朝聽朔、亦祭服也、大學始教、皮弁祭先聖先師、大蜡之祭、皮弁素服、皮弁既爲祭服、豈有不用絲而用麻哉、冕之用麻、別取反始之義、與玄酒大羹同、其用麻甚少、未可因此而謂祭服可用麻也、又考首服有三等、冕爲上、弁次之、冠爲下、冕服皆絲衣、冠服皆布衣、弁服在其中、故或用絲、或用布、爵弁·皮弁·絲衣、冠弁·布衣、等殺有辨也、士冠禮、爵弁服純衣、注·純衣、絲衣也、爵弁既絲衣、皮弁爲冕之次、尊于爵弁、豈反不得用絲衣哉、士冠禮、再加皮弁、三加爵弁、似爵弁尊于皮弁、不知此在士服則然耳、蓋士以爵弁助君祭、故特尊之、天子至大夫皆不服爵弁、天子惟以素爵弁哭諸侯而已、可知皮弁尊于爵弁也、天子朝服絲衣、諸侯朝服故用布衣、禮之等殺也、郊特牲云、朝服以縞、自季康子始、縞者生絹也、素則熟絹、縞衣即素衣也、是康子僭天子之朝服、與八佾雍徹一類也、夫禮以康子之朝服縞衣爲僭、可知天子之朝服皮弁必絲衣矣、此又一證也、金解極詳、曹風鳲鳩有黃以周說、宜參看、○爾酒既旨、爾殽既嘉、爾爾主人也、旨酒嘉殽、以設燕也、豈伊異人、直上接伊何句、中間爾酒爾殽、不過當面叙事、言皆是兄弟、則可以飲是酒、食是殽矣、曰豈伊異人、則當日幾以異人目兄弟矣、特屢詰而醒之、其爲刺無親明甚、匪他、非他人也、覲禮曰、嗇夫承命告于天子、天子曰、非他、伯父實來、予一人嘉之、既曰非異人、又曰兄弟、又曰匪他、婉摯、正妙在複、○蔦與女蘿、施于松柏、比也、蔦女蘿並寓於木上、以比九族託王室也、松柏後凋、將言雨雪、而比松柏者、以其不畏雪故、貴王室也、蔦與女蘿、自傷之甚也、而松柏則比所託甚貞固也、言蔦與女蘿、延於松柏之上、視松柏以爲命、松柏存而茂、松柏殞而亡、存亡在松柏、卽休戚係于王也、人唯知蔦蘿得松柏、而弱者有所依、不知松柏得蔦蘿、而强者亦有所護、然非松柏垂蔭、蔦蘿何望焉、同姓之宜燕樂、九族之宜親睦如此、所以未見君子則憂、既見君子則說、而王何以不與族姓宴也、爾雅釋木、寓木宛童、郭注、寄生樹一名蔦、說文則曰蔦、寄生草也、或从木作樢、蓋寄生雖生於木、其質則草、故字從草亦從木、中井氏曰、蔦·蘿屬、蔓延於樹上、施者自此及彼之辭、非蔓生不得稱焉、陸疏云、葉似當盧、子如覆盆子、赤黑甜美、圖經云、是鳥鳥食物·子落枝節間、感氣而生、葉似橘而厚軟、莖似槐枝而肥脆、三四月開華黃白色、六七月結實、黃色如小豆大者是木本、焉能得施乎、寄生有二種、其草本、蔦女蘿是也、後世詩賦所稱、皆草本也、故曰寄生草也、無詠木本者、其木本、如桑寄生、子如覆盆、是也、此醫方所須、本草諸書收之木部、宜稱寄生木也、勿相混、中井説是也、本草多言桑上寄生者、以其入藥故耳、陶隱居云、詩言施於松上、方家亦用楊楓上者、各隨其樹名之耳、爾雅、女蘿菟絲、羅願曰、女蘿色青而細長無雜蔓、故山鬼篇、被薜荔兮帶女蘿、謂青長如帶也、本草、菟絲不言女蘿、而木部別有松蘿、一名女蘿、似爲二物、故陸璣疏云、今菟絲蔓連草上生、黃赤如金、今合藥菟絲子是也、非松蘿、松蘿自蔓松上、生枝正青、與菟絲殊異、王逸注楚辭云、女蘿菟絲也、高誘注呂覽淮南、亦云菟絲一名女蘿、爾雅以女蘿爲菟絲、而不言松蘿、廣雅以女蘿爲松蘿、而別出菟絲、惟毛公合菟絲松蘿、以釋詩之女蘿、古樂府云、南山冪冪菟絲花、北陵青青女蘿樹、由來花葉同一心、今日枝條分兩處、蓋蔓延樹上、故曰女蘿樹也、李白樂府云、菟絲故無情、隨風任顛倒、誰使女蘿枝、而來强縈抱、兩草猶一心、人心不如草、則明是二物、古詩十九首、與君爲新婚、菟絲附女蘿、明非一物也、杜少陵新婚別、菟絲附蓬麻、引蔓故不長、不言附松柏也、蓋在木曰女蘿、在草曰菟絲、二物殊名異狀、但同一蔓生者類耳、蓋對文則異、散文則相類者不嫌同名耳、○未見君子、君子、指幽王也、憂心奕奕、此奕卽博弈字、說文、奕・圍棊也、从廾亦聲、與巧言之奕奕寢廟、閟宮之新廟奕奕字不同、奕無定局、故借以爲心無定之辭、無所薄・卽無定也、後世游弈字本此、楚策、楚威王曰、寡人心搖搖如懸旌、而無所終薄、弈弈搖搖、語轉而義同、○既見君子、既見者、指宴樂同姓、未見卽序不能宴樂之意、既與終同義、此因未見、而終思相見、親戚之臣、心不能已也、庶幾者幾倖未可知之辭、靜女說懌女美、及此詩庶幾說懌、皆二

字同義、懌亦說也、

有頍者弁。實維何期。爾酒既旨。爾殽既時。時·善也、豈伊異人。兄弟具來。蔦與女蘿。施于松上。未見君子。憂心怲怲。既見君子。庶幾有臧。怲怲·憂盛滿也、臧·善也、◯怲兵命反、

箋曰、鄭箋、何期猶伊何也、期·辭也、釋文、期本亦作其、音基、王如字、據此知古本毛詩作其、鄭訓爲辭、王改爲期、作期時解、◯爾殽既時者、時、與維其時矣之時同、物以得時爲善、故訓時作善耳、兄弟具來、具·俱同、言其具來者、皆是兄弟之親也、◯蔦與女蘿、施于松上者、寄生之比、諸公哀慘入骨之言、與葛藟纍之、甘瓠纍之同聲讀之者、未足與歌頍弁也、◯憂心怲怲者、怲怲、憂貌、是氣力乏劣之意、非盛滿之義、怲與病義相通、未見而奕奕怲怲、是零丁危懼之情、與草蟲之忡忡惙惙不同、◯庶幾有臧、臧、嘉也、天倫之樂既序、天下事無善於此者、故曰有臧、

有頍者弁。實維在首。爾酒既旨。爾殽既阜。豈伊異人。兄弟甥舅。如彼雨雪。先集維霰。霰·暴雪也、死喪無日。

無幾相見。樂酒今夕。君子維宴。○雨于付反、喪息浪反、幾居豈反、

箋曰、卒章變辭、在首者・弁已在首、將宴之時也、安井氏則衍毛義曰、實維在首、喻王實在九族之上、責其居上而不能撫下也、○爾殺既阜、鄭風毛傳、阜・盛也、鄭訓爲多、義與盛正相近、○兄弟甥舅、甥舅二字、雖汎包外族、然甥是姊妹之子、舅是母之兄弟、遂以該諸外親耳、猶以兄弟該諸宗親也、由兄弟而及舅甥、皆緣王爲興衰者也、賓之初筵箋云、王與族人以異姓爲賓、此甥舅當亦指異性之爲賓者、○如彼雨雪、先集維霰者、大雪將至、霰必先集也、鄭箋、將大雨雪、始必微溫、雪自上下、遇溫氣而摶、謂之霰、久而寒勝、則大雪矣、蓋大雪喻身死國亡、亂之成也、集霰喻暴戾無親、亂之徵也、亂之徵猶可爲、亂之成不可爲矣、故思及其未成而救正焉、釋文、霰・消雪也、字亦作霓、爾雅、雨霓爲霄雪、霓霰古同字、說文雨霓爲霄、从雨肖聲、齊語也、又曰、霰・稷雪也、或作霓、繫傳云、雪初作、未成華、圓如稷粒撒而下也、埤雅云、閩俗謂之米雪、言其散粒如米、卽說文所云稷雪、曰稷雪、曰米雪、皆象其形也、文選雪賦注・引韓詩章句曰、霰・霙也、霙猶花、今俗以雪之先下而小者爲雪花、卽韓詩所謂霙也、或以雪花六出當之、則誤以霰爲大雪矣、至毛傳云暴雪者、胡承珙曰、廣雅、暴・猝也、說文、猝犬從草暴出逐人也、猝通作卒、漢書杜欽傳注・引鄭氏曰、卒・急也、凡猝然者謂之暴、引申之・凡初起者亦謂之暴、暴雪正謂將有大雪、其初猝然而下者必霰也、安井氏曰、霰从散者、取堅不黏著、其降渙散、非消散之義也、傳云暴雪者、凡雪之爲物、軟弱無力、霰則其勢頗猛、擊屋

毛詩會箋

爲聲、故謂之暴雪耳、○死喪無日者、卽序所謂孤危將亡也、霰集雪卽降、故曰無日、無幾相見、幾字以燕飲之數而言、相見亦以燕飲而言、非常見也、○樂酒今夕、君子維宴者、言我輩之死喪、無有日數、則與王相見者能幾何哉、此詩人所以哀之、而復以今夕維宴望之也、王逸注楚辭大招、引詩作樂酒今昔、云、昔・夜也、古夕昔通用、今昔卽今夕、唯同姓有夜飲禮也、見卽上章未見既見之見、謂見王也、君子卽上二章所指王也、上二章言族人以未見王爲憂、其辭猶緩也、末章言國亡無日、當飲酒相樂於今夕、言今夕謂未保明日之存亡、其辭甚迫矣、

頍弁三章章十二句

箋曰、伐木篇曰迨我暇矣・飲此湑矣、有濃露湑蕭、厭厭快足之意、此篇曰、樂酒今夕、君子維宴、有嚴霜墜葉、戚戚隕亡之象、辯說云、古人勸人燕樂、多爲此言、如逝者其耋、他人是保之類、且漢魏樂府猶如此、如少壯幾何、人生幾何、是也、殊不知雨雪二句、明言禍亂之幾兆矣、非勸人燕樂之詞也、陳啓源曰、案詩中燕樂語、有卽其實而道之者、飲酒之飫、飲此湑矣、不醉無歸、是也、有願其然而言之者、此詩之既見君子、庶幾說懌、樂酒今夕、君子維宴、是也、美刺不嫌同詞、必論其世、方知其意、此所以不可無敘也、

車舝。大夫刺幽王也。

箋曰、舝・轄・古通用、左傳昭二十五年、昭子賦車轄、卽此詩、

褎姒嫉

妒。無道並進。箋曰、如師尹而下七子與姻亞、皆無道並進之實也、讒巧敗國。箋曰、如中后見黜、太子見逐、暴公譖蘇公、寺人傷於讒、與夫巧言青蠅之作、皆讒巧敗國之實也、鄭語、虢石父讒諂巧從之人也、而立以爲卿士、亦言幽王時也、

德澤不加於民。箋曰、如大東困於役傷於財、如四月之貪殘致禍、皆德澤不加於民之實也、周人

思得賢女以配君子。故作是詩也。箋曰、上曰大夫、下曰周人、與雲漢序一例、見大夫所作述衆人之意故也、周之興也、大姜助大王、大任助王季、大姒嗣徽音、而邑姜爲武王亂臣、今人情皆惡褒姒、故思得賢女以代之、或謂、幽王昏亂、正諫不聽、所信唯婦人之言、故詩人冀其改德於賢女、是亦補救無策、不得已而思此一著耳、此說非序意也、曰周人思而大夫作、則衆心皆欲廢褒姒而納賢女也、

閒關車之舝兮。思變季女逝兮。興也、閒關、設舝貌也、變、美貌也、季女、謂有齊季女也、

匪飢匪渴。德音來括。括、會也、雖無好友。式燕且喜。○舝胡瞎反、變力兗反、括音活、摺本、傳舝下無貌字、卷子本・傳季女下傍注云本無謂字、

箋曰、發端便有高望遠想之神、關讀爲𢍰、以絲貫杼曰𢍰、以舝設車軸間曰間關、墨子魯問篇、子之爲鵲也、不如匠之爲車轄也、須臾斲三寸之木、而任五十石之重、蓋古舝以木爲之、胡承珙曰、雜記云、叔孫武叔朝、見輪人以其杖關轂而輠輪者、正義云、關・穿也、輠・迴也、謂作輪之人、以杖關穿車轂、而迴轉其輪、是關義爲鍵、亦爲穿、舝者以鐵關穿軸端而制轂、如鍵閉然、行則設之、箋云、嚴車設其舝、嚴謂鍵制其車、正間關之義也、後漢書荀彧傳論曰、荀君乃越河冀、間關以從、曹氏注、間關猶展轉也、蓋車之設舝、則婉轉如意、亦猶人之周流四方、動而不息、故以間關爲猶展轉也、間關言貌而不言聲、宋儒以爲設舝聲、失之、後漢書馬援傳間關跋涉、章懷注以爲崎嶇、亦非、○思孌季女逝兮、言大夫設其車舝、出而旁求賢女也、孌卽窈窕也、曰思孌則非有其人也、思字通章之骨、○匪飢匪渴、德音來括者、言匪飢也、匪渴也、望其德音來括、而心如飢渴耳、匪飢匪渴、翻得妙、若作如飢如渴、便少味、德音、與下章令德正同、音字勿泥、釋文、括本又作佸、王風曷其有佸、傳、佸・會也、佸正字、括假借字、下章來教、謂季女來教、則此章來會、亦謂季女來與王會也、○雖無好友、式燕且喜者、關雎云、琴瑟友之、鐘鼓樂之、卽此所云好友燕喜之義、白虎通義嫁娶篇云、閨閫之內、衽席之上、朋友之道也、然則好友猶云嘉耦、思賢女之切、而爲王謙辭、與三章雖無德與女一例、燕喜與吉甫燕喜同、言宴而歡也、

依彼平林。有集維鷮。辰彼碩女。令德來教。依・茂木貌、平林・林木

之在平地者也、鷮・雉也、辰・時也、**式燕且譽。好爾無射。**○鷮音驕、射音亦、延文本・傳貌下有也字、卷子本傳地下傍注云本無者字、

箋曰、興也、以平林茂木當有耿介之鳥集焉、興碩女來配、當有令善之德教焉、采薇韓詩章句曰、依依盛貌、單言疊言、其義一也、故傳以依爲茂木貌、薛綜曰、雉之健者爲鷮、尾長六尺、陸疏云、鷮微小于翟也、走而且鳴、音鷮鷮然、其色如雌雉、尾如雉尾而長、其頭上有肉冠、冠上叢毛長數寸、如雄雉尾角也、其肉甚美、故林麓山下人語曰、四足之美有麃、兩足之美有鷮、麃似鹿而小、是也、雉性耿介、交有時、別有倫、雉必用死、不可生服、以雉有耿介之性、與碩女有貞專之德、○辰彼碩女、俞樾曰、辰讀爲振、廣雅釋言、辰・振也、白虎通五行篇、辰則振之也、是辰振聲近義通、麟之趾篇振振公子、傳曰、振振仁厚也、殷其雷篇振振君子、傳曰、振振信厚也、重言之爲振振、單言之爲振、猶采薇篇曰楊柳依依、而此曰依彼平林、重言之爲依依、單言之爲依也、詩以依彼平林・喻辰彼碩女、傳曰依茂木貌、則辰亦形容碩女之詞、不得訓辰爲時矣、兪說是也、碩大也、上章言季女、以其年之季也、此章言碩女、言其德之碩也、令德來教、較之子于歸宜其家人、更深遠矣、其義通於關雎、本於易之家人、夫知德者無男女之見、令德來教、何等重大、後世視女子爲何如者、此所以人倫教化今不逮古、○式燕且譽、好爾無射者、譽與豫通、樂也、與韓・姞燕譽之譽同、所謂鐘鼓樂之也、爾卽季女也、今褒姒嫉妬、若代以樛木之德、其

將必如葛藟之纍之荒之縈之、夫然後女謁自弭、何至無道竝進、讒巧敗國哉、序稱褒姒嫉妬、示是義也、次章蓋廣之、射讀爲斁、葛覃傳、斁・厭也、無射期後日之辭、非當時之事、夫風之有關雎也、所以興治也、雅之有車舝也、所以救亂也、鳩在河洲、鷮集平林、其託興同、寤寐之求、飢渴之思、其用情同、獨文王有聖德、其贊助非俔天之妹、不足以作配、故曰淑女、曰好逑、幽王失德、其臣弼必回天之力乃可悟主、故曰碩女、曰來教、

雖無旨酒。式飲庶幾。雖無嘉殽。式食庶幾。雖無德與女。式歌且舞。○女音汝、延文本殽作肴、

箋曰、此承前二章、而言其燕也、庶幾、企望之詞、式飲庶幾、式食庶幾、皆倒語、是大夫庶幾碩女飲而安王也、式食庶幾倣之、殽通作肴、凡非穀而食皆曰肴、言好友旨酒嘉殽、並所以致喜樂之具也、今皆無之、而又無德足以接女者、是甚難致喜樂者、然相好之無已、且欲將小可之酒殽强取喜樂耳、此不以謙辭爲重、唯以相好爲重、飲食歌舞、皆我與彼共之也、不當偏屬于彼、女亦指季女也、德卽承上兩章德音令德兩德字而言、是章狀閨房雍熙、運實於虛、皆從思字生出、于此見古人託興言志之概、

陟彼高岡。析其柞薪。析其柞薪。其葉湑兮。鮮我覯

爾。我心寫兮。〇析星歷反、柞子洛反、鮮息淺反、湑思敘反、覯古候反、

箋曰、是章更端言之、上四句比也、山脊曰岡、唐陳兩風、及四牡黃鳥之栩、車舝之柞薪、采菽之柞枝、緜旱麓皇矣之柞、皆柞櫟、一名橡、卽爾雅栩杼是也、栩解見唐風鴇羽篇、柞解詳大雅緜篇、析・伐也、字從木從斤、以斤加于木也、卽是伐矣、但伐是借義、析是本義、伐條伐枚亦是析、從理剖分亦是析、而此詩不當著剖分解、言伐其木也、湑・盛也、詩中以析薪喩昏姻者、不一而足、東山之詩曰、其新孔嘉、薪之爲言新、說文、新取木也、詩蓋以取木喩取女、因而卽以析薪喩娶妻、爲迎新也、此詩欲去褒姒而別求賢女、尤於迎新義合、安井氏謂、蓋高岡以喩王宮、柞薪以喩女美、其葉湑兮、以喩女德之盛、言人君當得賢女以爲配也、是也、鮮・少也、爾字指季女、我者詩人自我也、鮮我覯爾、多我覯瘉、句法同、猶言難得見爾也、美其賢之辭、蓋其令德世不恆有、故云然、我心寫兮者、言我得見爾賢女、則心輸寫而無所憂矣、此章隔前另起、正寫思字、有無限躊躇、所謂閒處著筆、乃見全神、下章接以高山仰止、正由此想望生出、

高山仰止。景行行止。四牡騑騑。六轡如琴。景・大也、覯爾新昏。以慰我心。慰・安也、

箋曰、比也、景行與高山對言、猶云大道也、國策、今者臣來、見人於大行、亦言大路也、高山景行、自卽以喩賢女、仰止行止、極其思慕之意、言高山雖不能窮其項、則必仰而望之、大道雖不能究其所達、則必由而行焉、賢女之德、巍然可尊、而已心甚鄉往之焉、作是詩者、蓋慕大姒邑姜之德、故表記引孔子之言曰、詩之好仁如此、思古傷今之意、隱然言表、詩本以高山與景行竝稱、皆取喩之辭、後人稱景仰、始見後漢書劉愷傳、賈逵上書云、今愷景仰前修、章懷注、景猶慕也、又陳忠上書、有百寮景式語、注、景慕以爲法式、樓鑰攻媿文集、從子渢改字景劉、說云、渢本字大之、因閱南史劉渢事、命改字曰景劉、欲其慕古人之用心、此又以景爲景慕矣、胡承珙曰、此未可以證詩、詩人自以高山景行作對、三國志杜畿傳注引杜氏新書曰、大祖下令、稱畿功美、有云牽馬以驥、今吾亦冀衆人仰高山慕景行也、此語正用詩意、其他以景爲慕者、或景字古亦有此訓、要於詩無涉耳、○四牡騑騑者、言既得賢女、迎而內之宮時也、正與車舝爲首尾之詞、六轡如琴者、琴之張絃、條直齊整、六轡今似之也、非調和之謂、景行與四牡所踐之路、若合若離、亦辭之妙、○覯爾新昏、以慰我心者、旣迎賢女而入、則梟鴟不再鳴於宮房矣、如是則以慰安我之心耳、結句完首章思字義、慰慇同字、又通作尉、尉本作㷉、或作尉、說文尉从上按下也、从𡰥又持火、所以申繒也、是尉本火斗之稱、引伸爲自上按下之通稱、按者抑也止也、廣雅、抑・治也、與除義訓治同、毛傳訓慰爲安、取慰按之義、故鄭以慰除其心釋之、以慰我心、猶前章我心寫兮、寫亦除也、釋文、慰・怨也、於願反、王申爲怨恨之義、韓詩作以慍我心、慍・恚也、本或作慰安也、是馬融義、陸從王義、孔從馬義、今揆之經文、上章覯爾心寫、此章覯爾慰心、文義略同、不應美惡頓殊、樂恨相反如是、正義從馬義、得之、

車舝五章章六句

箋曰、集傳改序說爲燕樂其新婚之詩、然雅詩皆君德時政、新婚之歌、何緣得入、後儒或謂、禮云昏禮不賀、娶婦之家、三日不舉樂、思嗣親也、新婚安得有燕有樂歌邪、辨之者曰、戴記所云、恐是士庶之禮、天子納后、共承宗廟社稷、必與士庶家不同也、胡承珙曰、諸說駁難、皆過於坐實詩詞耳、序云周人思得賢女以配君子、首章卽云思變季女逝兮、是全篇皆虛擬之詞、竝無其人其事、正與陳風東門之池一例、式燕且喜、式燕且譽、與韓姞燕譽同、本非謂新昏燕飲、式歌且舞、與可以晤歌同、亦非謂新昏樂歌、至酒殽飲食、乃是興詞、總極言思賢女之切、得賢女之樂、所樂在此、則所惡在彼矣、詩人微婉之旨、烏可以刻舟膠柱之見言之哉、

青蠅。大夫刺幽王也。

箋曰、自楚茨至何草不黃二十六篇、唯是篇無廣辭、蓋詩辭已明故也、姜炳璋曰、古稱暴主、必曰幽厲而不曰厲幽、幽甚於厲也、蕩之篇曰、流言以對、桑柔曰、朋友以譖、厲固非不信讒言、然周公召公依然執政、而夫婦父子之間、未聞失德、可知厲王之世、祇衞巫監謗、樹惡於民耳、其於故家大臣、未嘗斬艾殆盡、若幽王之信讒、其邁乃祖遠矣、讒人之爲卿士者、如尹氏皇父虢石父之徒

也、讒人之司百職者、則番家伯仲允聚子蹶楀之屬也、讒人之居宮掖、則豔妻之煽處、讒人日多、故讒言日盛、莫親於夫婦、而白華作矣、則曰二三其德、莫親於父子、而小弁作矣、則曰君子信讒、正月云民之無辜幷其臣僕、信讒而誅戮行矣、小宛曰哀我塡寡宜岸宜獄、信讒而刑政酷矣、以及十月之交雨無正巧言諸篇、其斥逐誅死於讒言者、不知凡幾、而召旻云人之云亡邦國殄瘁、職此謂也、然則幽王之廷、尚有人乎、驪山發難、天子弑、王后虜、死事者僅一鄭桓公、其餘皆發蒙振落、無一人抒國家之難、蓋忠臣義士靡有孑遺故也、而原其始、皆由於君子之信讒言、是以幽王之暴甚於厲、而禍亦慘於厲、乃知青蠅之爲刺幽也、豐氏鄒氏欲移幽作厲、則亦未取刺幽之全詩讀之耳、

營營青蠅。止於樊。興也、營營、往來貌、樊、藩也、**豈弟君子。無信讒言。**

○樊音煩、豈弟、延文本作愷悌、傳貌下、延文本有也字、

箋曰、比也、首章以青蠅與君子對言、故知以蠅比讒人、下二章以青蠅與讒人對言、故知屬興、此比興相似而不同者、營營、蓋飛翔求食之貌、有汲汲之意、憎蒼蠅賦、終日而營營、本于此也、取於經營求覓之義、以形容焉、凡蠅飛則有聲、止則聲息、其聲在翼、毛不言聲者、但言往來、而其聲自見、夫蠅逐臭者也、喜暖惡寒、又能點白爲黑、且爲羣甚夥、驅去復來、如小人之實繁有徒、以此喻讒人、最得其情狀、○愷悌君子、無信讒言者、愷悌、樂易也、君子指幽

王也、讒言多由持心傾險而後入、故願君子持心樂易、不聽讒言也、詩中言止者、如交交黃鳥止于棘、緜蠻黃鳥止於邱阿之類、毛傳皆以爲得所、此首章傳云、樊・藩也、三章傳、榛所以爲藩也、則止棘止榛、猶言止藩耳、蓋青蠅逐臭、藩籬之間、穢惡所聚、毛意但以此爲青蠅之所常集、必有所以引之、而後

營營者、漸至於迫近、以興讒人卑賤之流、所處汙下、必信讒者、有隙可乘、而後能用其交構、故首戒以無信讒言也、

營營青蠅。止于棘。讒人罔極。交亂四國。

箋曰、興也、棘卽樊也、猶後世之槿籬竹籬、俗呼作活藩、是也、○讒人罔極、交亂四國者、極・紀極也、罔極者譸張百出、機詐叵測、以心之孔艱反側言、王充論衡云、人中諸毒、一身死之、中于口舌、一國潰亂、詩曰讒言罔極、交亂四國、四國猶亂、況一人乎、故君子不畏虎、獨畏讒夫之口、讒夫之口、爲毒大矣、

營營青蠅。止于榛。 榛所以爲藩也、 **讒人罔極。構我二人。**

箋曰、興也、首章泛言讒言不可聽信、次章言讒言能亂人國、三章言讒言構我二人、亦一章近似一章也、榛見簡兮、正義云、藩以細木爲之、棘榛卽是爲藩之物、此似伐二木以結藩者、然曰止于棘、止于榛、明是種以爲藩者也、○構我二人、構是構結釀成之謂、如構難之構、言構成其隙也、二人言王與詩人也、左傳構我二君、句法同、君臣之間、不宜施二人之稱、然須如此正有悚痛處、作此詩者、蓋嘗親近于王者、斯固讒人所最忌而務欲攜其交者、臣主

之交攜、而後小人得乘其間、其曰交亂四國、推其極而言之、構我二人、則舉其事以實之也、凡讒人下毒手、必先擇君所親信之人、主心一移、則朝局爲之大變、宋真宗以澶淵之役深倚寇準、而王欽若謂、此役特借陛下爲孤注、深中忌諱、準由此見疏、自後天書四布、雖王文正亦無如之何矣、

青蠅三章章四句

箋曰、此詩辭簡而意盡、疾惡之嚴、亞於巷伯矣、易林青蠅集藩、君信讒言、害賢傷忠、患生婦人、又馬蹄躓車、婦惡破家、青蠅污白、恭子離居、意爲宜臼遭讒而作、蓋本之三家、蒙上篇刺褒姒而及之、明出臆度、不知詩關夫婦父子之間、類皆委曲諄詳、有繾綣不盡之致、未有似此之簡而直者也、

賓之初筵。衛武公刺時也。幽王荒廢。媟近小人。箋曰、小人卽青蠅也、媟近者、言近卑賤不可近者也、卑賤見褻、則能讒諛、如優施二五可見、○媟息列反、**飲酒無度。天下化之。**箋曰、與刺時相應、**君臣上下。沈湎淫液。**箋曰、說文、湎·沈於酒也、淫液者、飲又飲·醉又醉也、列女傳、幽王惑於褒姒、不時飲酒沈湎、倡優在前、以夜繼晝、可爲當時酗酒之證、○湎莫衍反、液音亦、**武公既入。**箋曰、武公入相于周、出淇奧序、故直曰既入、是序文遙應者、或以此篇爲東遷後詩、謂衛武公於平王世始入爲卿士、幽王時未嘗入周、殊不知諸侯初

卽位、未有不朝于王受王錫命者、史記載武公立四十二年、平戎于周、豈有四十二年之諸侯、而未嘗入朝者乎、朝則有賓射助祭之禮、殆目覩王之飲酒無度、而述賓祭飲酒之禮、發端以諷之、以其爲王朝獻納之詞、故列之於雅、**而作是詩也。**箋曰、後漢書孔融傳注、引韓詩序曰、衞武公飲酒悔過也、朱傳謂、此詩與大雅抑戒相類、必武公悔過之作、宜從韓詩、然詩中所陳皆君臣上下燕飲之事、豈爲己設哉、若武公飲酒自悔正宜與淇奧等詩入衞風耳、何以入雅、且詩中所言舍坐屢舞號呶側弁諸狀、將謂他人乎、抑武公自謂乎、若謂他人則猶是刺時也、若其自謂、則以借諷之詞、亦不必如此形容盡致、韓序不足信也、

賓之初筵。左右秩秩。秩秩然肅敬也、**籩豆有楚。殽核維旅。**楚・列貌、殽・豆實也、核・加籩也、旅・陳也、**酒既和旨。飲酒孔偕。鐘鼓既設。舉醻逸逸。**逸逸・往來有次序也、**大侯既抗。弓矢斯張。**大侯・君侯也、抗・舉也、有燕射之禮、**射夫既同。獻爾發功。發彼有的。以祈爾爵。**的・質、祈・求也、○殽延文本作肴、傳同、核戶革反、醻市由反、延文本作酬、傳逸逸下、延文本有猶字、無有次序也四字、抗苦浪反、延文本傳列貌下禮下並有也字、

箋曰、首章言古之人君射禮之飲也、此詩首章言燕射飲酒有禮、次章言祭祀飲酒有禮、而後言今人飲酒之不如也、射禮見於周官者、有大射賓射燕射、而三射皆有飲酒之禮、詩先言飲酒、舉酬之後、方及射事、明當是燕射、非大射、蓋燕射主于樂賓客、先燕而後射、燕禮云、若射如鄉射之禮、言若射、則亦有時燕而不射矣、毛傳以詩所言爲燕射、讀上下兩章爲一連事、故於下章亦言射、則烈祖子孫皆爲虛設之詞、鄭則援烝衎烈祖之文、證大侯既抗爲大射、則重黜陟、不重燕樂、其涉飲酒之事略矣、皆未爲得、蓋詩言始之飲、爲因射而飲、繼之飲爲因祭而飲、而皆歸重於飲酒之有禮、明君臣上下、必國有大事而後飲、飲必有節、以反刺當時之無度、而沈湎淫液者耳、若兩章俱重言射、於事爲偏而不舉、古人無此立言法也、金鶚曰、大射者、其事之所該甚廣、與射之人甚衆、而天子亦必親爲之、大於賓射燕射鄉射、所以名大也、大射之事、一曰試諸侯羣臣之功、考工記云、張皮侯而棲鵠則春以功、蓋大射在春、而以較諸侯羣臣之有功與否也、王制云、習射上功、此其明證、射義云、古者天子以射選諸侯卿大夫士、孔疏云、諸侯雖繼世而立、卿大夫有功乃升、非專以射而選、但既爲諸侯卿大夫、又考其德行、更以射辨其才藝高下、非謂直以射選之也、然則選之云者、蓋既知諸侯功過、而又以射擇其有功者、進爵益地、或褒賜車服、卿大夫士之有功者亦然、射本以觀德、而功乃德之所著、考其德則知其功必不虛、乃行慶賞也、司馬云、大射則合諸侯之六耦、射以六耦爲正、其重試諸侯明矣、此試功之事、大射所最重者也、一曰、君臣相與習禮樂、射義云、射者男子之事也、因而飾之以禮樂也、故事之盡禮樂、而可數爲以立德行者莫若射、故聖王務焉、又云、夫射必容體比於禮、音節比於樂、故習禮樂、莫若射也、四射皆以習禮樂、然賓射燕射因賓燕而射、射否唯欲主於序歡情、非專以習禮樂、大射則專習禮樂也、且賓射、天子與諸侯射於朝、而羣臣不必皆射、燕射、射於寢、射者惟羣臣、天子不必親射、諸侯又不與射也、大司樂云、大射、詔諸侯以弓矢舞、注云、舞、謂執弓挾矢揖讓進退之儀、是大射諸侯皆射也、太僕云、王射則贊弓矢、賈疏云、此謂大射也、是大射天子必射也、司裘云、大射共虎侯熊侯豹侯、鄭注云、王射虎侯、諸侯射熊侯、卿大夫士射豹侯、是大射天子與諸侯卿大夫士皆射也、賓射燕射則不若是、故曰、君臣相與習禮樂、惟大射也、蓋古者天子不若後世人主之自尊、故亦與羣臣習射、揖讓升降、以習禮樂、而盛世交泰之風、于此見焉、夫惟大射以習禮樂、故必在大學之中、大學者教習禮樂之地也、鄉射亦以習禮樂、故於庠序之中矣、司服云、王饗射則鷩冕、賈疏以爲此大射、蓋大射專習禮樂、又羣后咸在、故冕服以隆其事、不若賓射燕射之弁服也、一曰、試諸侯之貢士、射義云、古者天子之制、諸侯歲獻貢士於天子、天子試之於射宮、射宮卽大學東序也、周官言三歲賓興賢能、則諸侯貢士、必以三年、而射義言歲貢者、蓋就一國而言、則三年貢士、統諸國而言、則每歲皆有所貢之士、故曰歲貢也、貢士每歲行、故大射亦每歲行、與考工記春以功之說正合也、射義又云、澤者所以擇士也、已射於澤、然後射於射宮、鄭注云、澤、宮名也、士謂諸侯所貢士也、至射於射宮、天子乃親視之、貴德尊士之義也、諸侯所貢士、亦必以大射試之、信乎觀德行者、莫如射矣、賓射、燕射、射之小者、無定時、亦無定數、大射爲重禮、惟于春一舉之耳、蓋以試諸侯卿大夫士之功爲主、列國貢士亦併試之、天子乃亦親射、以習禮樂、而諸侯羣臣諸貢士之射、莫非所以習禮樂也、若夫將祭擇士之說、于事理不合、大射儀周官竝不言將祭擇士、考工記言春以功、祭豈必在春乎、周官言祭祀之事、各有定職、豈待以射擇之、且天子羣臣甚多、又有諸侯來朝者、助祭之人已有餘、何必取侯國新進之士乎、射義云、諸侯貢士於天子、天子試之於射宮、中多者得與於祭、中少者不得與於祭、數與於祭而君有慶、數不與於祭而君有讓、數有慶而益地、數有讓而削地、夫天子慶讓諸侯、益地削地、必視諸侯一身之功罪、功罪既聞、而更以射明之、如篇中所云射中則得爲諸侯、不中不得爲諸侯、乃可通也、豈有以貢士射之中不中、行慶讓于其君、且益地削地乎、此言殊謬、而擇士以助祭之非、猶可勿論也、夫射義昏義等非經也、乃禮經之傳也、傳者解經、豈必盡當、擇善而從、勿爲所惑可耳、金說精確、讀此鄭氏大射之解、其誤益明、筵亦席也、鋪陳曰筵、藉之曰席、燕未開、賓主履而立于堂上、及將燕皆下、乃敷筵、於是脫屨、上而坐、是之謂初筵也、燕禮、司宮筵賓于戶西東上、無加席也、射人告具、小臣設公席於阼階上西鄉、設加席、是主席在東、而賓筵在西、左右猶東西也、言賓客初就筵之時、賓主坐次、秩然有序也、○籩豆有楚、肴核維旅者、豆實菹醢、肴也、籩實桃梅之屬、核也、散則核亦曰肴、肴是總名、鄭云、凡非穀而食之曰肴、是也、此文肴核與籩豆相對、故分之耳、班固典引肴覈仁義、蔡邕注、肴覈、食也、肉曰肴、骨曰覈、引詩肴覈惟旅、蓋本三家詩、說文曰、覈·實也、又曰、骨肉之覈也、蓋梅李之實曰覈、肉之有骨者亦曰豰、周官大司徒其植物曰豰物、注作核、此豰核古通用之證、殽核與籩豆對舉、一言盛物之器、一言所盛之物、毛傳誤以殽核承籩豆言、因有豆實加籩之訓、其於豆言實、而於籩言加、互詞、加籩者廣庶品也、鄭據籩人加籩無核、而饋食之籩有核、故以核爲籩實、正義依箋解傳、加籩爲加之於籩、誤矣、○飲酒孔偕者、偕、言飲之齊一也、夙夜必偕、受福孔偕、字義可求、○鐘鼓既設者、燕禮、旅酬有樂、故云鐘鼓既設也、鐘鼓、謂堂下陳列也、既非宿設、又非下遷之謂、此射原非記大射、不得一一據大射禮作解、舉醻逸逸者、酬亦作醻、禮・主賓一獻一酢、主人又酌以酬賓曰醻、舉酬謂舉觶行酬也、不必舉所奠之爵也、若是所奠之爵、則屬賓一人、與逸逸不相應、楚茨傳、東西爲交、邪行爲錯、所謂往來也、○大侯既抗者、侯・射侯也、大射則張三侯、大侯・參侯・干侯・是也、專以君射爲大侯、燕射唯一侯、君臣共射、以君所射而稱大侯、義固不嫌也、燕禮言若射如鄉射之禮、按鄉射、初則張侯、此舉酬之下始言大侯既抗者、鄉射之初雖言張侯、而以事未至、經云不繫左下綱、中掩束之、至於將射、以司正爲司馬、乃云、司馬命張侯、弟子脫束、遂繫左下綱、是將射始張之、故於此言既抗也、何楷曰、綱者持舌繩之名、舌所以維持侯者、侯上下各有左右舌、故有左右上下綱、繩出於舌外、以持舌而繫之于植也、侯以向堂爲面、則左下綱以西畔而言、初之不繫者、事未至也、中掩束之者、中掩左廂、向東束之、故將射乃解之也、脫其束、遂繫左下綱於植、事至故也、然此經既抗、謂張設也、左下綱不必弓矢斯張、亦出公劉、弦弓也、弓可張、而并言矢者、矢配弓之物、帶言之耳、○射夫既同、獻爾發功者、同、言其耦相比也、射禮選次羣臣其才相近者爲三耦、三耦之外、其餘各自取匹、謂之衆耦、獻猶奏也、發亦射也、功事也、七月載纘武公、崧高世執其功、傳並云、功事也、言射夫既同、將各奏其射事、故曰獻爾發功、○發彼有的者、發發矢也、馬瑞辰曰、的字正作旳、旳質之說不一、有謂質的卽正鵠者、周官司裘注云、以虎熊豹麋之皮飾其側、又方制之以爲質、謂之鵠、此詩正義、據射義發而不失正鵠者、引詩發彼有的、既言正鵠卽引此的、是的卽正鵠也、有謂質在正鵠內、另爲一物者、正義引周禮鄭衆馬融注、皆云、十尺曰侯、四尺曰鵠、二尺曰正、四寸曰質、王肅引小爾雅、射張皮謂之侯、侯中者謂之鵠、鵠中者謂之正、正方二尺也、正中謂之槷、槷方六寸也、槷則質也、今按槷卽臬字、說文、臬射埻的也、埻射臬也、讀若準、廣雅、埻的也、是臬也埻也的也質也、四者異名而同實、說文廣雅竝曰、的明也、一切經音義、的謂的然明見、今射堋中珠子是也、唐時所謂珠子、猶今射者所謂羊眼、其圓如目中珠子、又如星然、蓋取中正之義、則謂之埻、又謂之臬、門中謂之臬、侯中亦謂之臬、其義一也、又謂之質、質者正也、取其的然明見則謂之的、馬之戴星者曰的、見爾雅郭注、蓮中子曰的、見爾雅釋草、射中珠子如星亦曰的、其義一也、采布爲正、賓射以之、棲皮爲鵠、大射以之、正鵠在中、的蓋又在正鵠之中、小爾雅及鄭衆馬融謂正鵠皆在一侯則非、謂槷在正鵠之中則是也、鄉射記、凡侯、天子熊侯白質、諸侯麋侯赤質、大夫布侯、畫以虎豹、士布侯、畫以鹿豕、凡畫者丹質、孔廣森曰、此質謂侯中受矢之處、卽詩發彼有的、蓋天子熊皮爲侯、白塗中以爲質、諸侯麋皮爲侯、赤塗中以爲質、大夫士皆布、但畫爲獸象、丹塗中以爲質、今按、孔說是也、至謂獸侯有質、猶皮侯有鵠、采侯有正則非、獸侯之以熊皮麋皮、及畫虎豹鹿豕、蓋猶皮侯采侯之有正鵠、其質則猶正鵠中之有的也、據司裘鄭注云、侯以皮飾其側、又方制之以爲質、謂之鵠著于侯中、是質之制方、與的之形圓象目珠者異、通言則質的爲一、的僅數寸、故呂氏春秋別類篇云、射招者欲其中小也、招卽的也、若以的爲六尺之鵠、則不得爲小矣、的通作招、呂氏春秋曰、萬人操弓、共射其一招、高注、招·埻的也、戰國策以其頸爲招、文選詠懷詩李善注、引作以其頸爲的、古音勺聲之字、皆屬霄部、的从勺聲、故得轉爲招、又借作昭、楚辭大招、昭質既設、大侯張只、昭質卽的質也、的質竝言、猶正鵠不嫌竝舉、大戴記、正鵠張而弓矢至焉、荀子淮南子竝作質的張也、的又名識、書盤庚若射之有志、志古文識、射義引詩發彼有的、鄭注、的·射者之識也、蓋謂其的然如有所表識也、○以祈爾爵、爾·代中多者·指中寡者、射義云、求中以辭爵也、酒所以養老也、所以養病也、安井氏謂、祈爾爵求飲女以射爵也、飲女以射爵、是已辭其養也、故射義以辭言之、必以辭言之者、嫌其類爭也、是也、據鄭箋云、我以此求爵女、則經文以祈爾爵爲倒文、蓋但言求爵女、則己之求不飲、自可於言外得之、不言己求不飲、而但言求爵女、此正詩人立言之妙、射義引詩而釋之云、祈·求也、求中以辭爵也、蓋推詩人立言本意、非謂詩以祈爾爵卽爲求不飲也、陳啓源曰、此詩首二章、朱傳雜取大射燕射之禮、其釋首章有不可解者、大射射皮侯、燕射射獸侯、集傳引天子熊侯、諸侯麋侯、大夫士布侯、乃獸侯也、燕射之侯也、將射繫左綱、又鄉射禮而燕射如之者也、遷樂之事、亦燕射之同於鄉射者也、則宜以此章爲燕射矣、然引大射宿縣之文、夫樂人宿縣、大射之文也、厥明將射、遷樂於下、鄉射之事也、既禮文各異、宜分別下語爲鄉射矣、乃仍蒙大射之文、劉瑾以爲參約二禮之文、夫參約之者、必其文雖異、其義原不相妨則可耳、大射之不改縣、孔疏論之甚明、乃彊益遷樂文於大射下可乎、孔疏引燕射鄉射禮、所以申毛意也、引大射禮、所以申鄭意也、然諸侯大射無改縣之事、故言天子宮縣、階前妨射位、須改縣以避之、諸侯與臣行禮略、不備軒縣、不足妨射、不須改、蓋敍以此詩爲刺幽王、則所言當爲天子之大射矣、朱傳既不遵敍、而以爲武公悔過詩、則此章乃諸侯之大射也、諸侯大射不改縣、禮文可考也、集傳顯與立異、此不可解也、

籥舞笙鼓。樂既和奏。烝衎烈祖。以洽百禮。秉籥而舞、與笙鼓相應、**百禮既至。有壬有林。**壬、大、林、君也、**錫爾純嘏。子孫其湛。**嘏、大也、**其湛曰樂。各奏爾能。賓載手仇。室人入又。**手、取也、室人、主人也、主人請射於賓、賓許諾、自取其匹而射、主人亦入于次、又射以耦賓也、**酌彼康爵。以奏爾時。**酒所以安體也、時、中者也、○籥余若反、衎若旦反、洽戶夾反、嘏古雅反、湛答南反、延文本、傳應下大下並有也字、

箋曰、二章言古之人君祭祀之飲、籥舞、文舞也、舞羽歈籥、祭祀用之、詩主陳飲酒正禮、略於樂而詳於飲、故言樂只以首二語括之、上章前八句注到舉醻逸逸、後六句注到以祈爾爵、此章前八句總注到後六句來、蓋言爲祭而飲也、章內百禮既至、有壬有林、祭中宏綱細目、無不包括、獨舉旅酬爲飲酒言之也、○烝衎烈祖、以洽百禮者、烝・進也、衎・樂也、烈祖美其功德之稱、蓋始祖之類、商以成湯爲烈祖、周無是稱、昭假烈祖出魯頌、烈祖康叔出左傳、蓋諸侯所通稱、武公刺時、不敢以王室立言也、安井氏曰、禮樂所以治天下、樂既和奏、又能洽百禮、先祖必樂之、故云烝衎烈祖、洽・浹也、猶言徧也、百禮、兼周旋薦徹之屬而言之、不獨指其物也、○百禮既至、有壬有林者、至謂無所不備也、木多爲林、衆盛貌、猶森然也、周語四間林鐘、注林衆也、白虎通五行、林者衆也、萬物成熟、種類衆多也、壬林承上百禮言、有壬、狀其禮之大也、有林、狀其禮之多也、爾雅、林・君也、君當讀羣、爾雅、林蒸㕊訓爲君、又訓爲衆、其義一也、傳訓林爲君、蓋本从爾雅、讀君爲羣、若訓爲人君、云有大有君、則不辭矣、鄭箋訓壬爲卿大夫、以與林對、殆誤讀君爲人君之君耳、○錫爾純嘏、子孫其湛者、純・大也、嘏・福也、有壬有林以上、述前時祭祀之儀、錫爾純嘏以下、是後燕之事、言神既錫純嘏、故子孫皆和樂酌酒、以相慶也、主人及諸親、無少長皆所祭烈祖之子孫矣、非指主人之子孫、湛・樂之久也、卽興酣也、○其湛曰樂、以下六句、言賓主獻酬相和樂也、首章至四章、上八句下六句相轄、宜察句勢轉折、以求其義、各奏爾能者、能・技能也、奏能言歌舞以樂賓也、舊說恐不當、安井氏申毛義曰、傳主人請射於賓、解各奏爾能也、射六藝之

一、君子不能射、則辭以疾、故稱射爲能、若酌獻尸人人能之、恐不可稱能、箋恐未是、○賓載手仇者、宗廟之內、以異姓爲賓、仇、讎也、卽是報矣、手仇者、親酌以報醻也、謂賓酬長兄弟而長兄弟酬賓、賓與兄弟、交錯其醻事也、室人入又、曰入者、皆入席而舉旅行醻也、入又蓋歇後語、趁韻也、以三爵不識矧敢多又句法例之、又字蒙上之詞也、卽酌報也、長兄弟、兄弟弟子、皆同室之人也、或曰、內賓宗婦從后燕于房中事也、亦通、手仇入又、皆無算爵以後、酒酣相勸之狀、宛然在目、是時尸歸去久矣、舊解似謬、釋文、仇毛音求、匹也、鄭讀爲𣪠、音俱、謂挹取酒、胡承珙申毛曰、傳云手取也、手本所以取物、因而凡取卽謂之手、訓詁每有此例、古人謂手弓手劍者、卽取弓取劍也、呂記引王氏曰、賓黨射則手敵、主黨射則又手敵、邱氏曰、手敵、對手之耦也、戴氏續詩記曰、手仇、言射者各以其耦爲敵、猶曰手搏手談之義、其說皆通、射禮請射爲司射、非主人自請、耦者有司所比、非賓自取、而傳云云者、考大射儀、燕畢徹俎說屨安坐之後、若命曰復射、司射命射唯欲、注云、欲者則射、不欲者則止、可否之事、從人心也、蓋前此之射、皆司射請射、有司比耦、此云命射唯欲、則可自取其耦、不必與正射同、又天子諸侯燕禮射禮、以膳夫宰夫爲主人、前此正射君與賓爲耦、此時或君不欲射、主人膳宰之屬、故可請射於賓、亦入於次、又射以耦賓也、○酌彼康爵、以奏爾時、酌者、挹注之謂、康、安也、傳酒所以安體、是也、爵言康、猶殽言嘉、酒言旨、奏、進也、時、時物也、主賓互相獻酬、以盡其歡心、飲以禮不及亂也、以祈爾爵、酌彼康爵、兩章俱以飲酒爲主、若但鋪張射祭儀節之盛、則是禮經、不是酒箴矣、王氏以下、承用傳義、以二章爲既祭而燕、燕則又射、然考經傳、無祭後燕而復射之事也、胡承珙申毛曰、考大射儀、坐燕復射之後、亦如燕禮有無算爵、酌以之公命所賜、則非如前此射爵、雖中者亦當與於飲矣、故傳以時爲中者、固非勝飲不勝、亦非投壺慶勝之謂也、馬瑞辰曰、大戴禮虞戴德篇言教士履物以射、時以數技、時有慶以地、不時有讓以地、時皆當訓中、時以數技、卽中以數技、時與不時、卽中與不中也、中者慶以地、不中者讓以地、卽射義射中者得與於祭、不中者不得與於祭、不得與於祭者有讓、削以地、得與於祭者有慶、益以地也、以時爲中、與毛傳正合、酒以飲不中者、詩何以云以奏爾時、蓋飲不中者以致罰、正所以進中者以致慶耳、

賓之初筵。溫溫其恭。其未醉止。威儀反反。曰既醉止。威儀幡幡。舍其坐遷。屢舞僊僊。反反、言重愼也、幡幡、失威儀也、遷·徙、屢·數也、僊僊、舞也、

其未醉止。威儀抑抑。曰既醉止。威儀怭怭。是曰既醉。不知其秩。抑抑、愼密也、怭怭、媟嫚也、秩·常也、◯幡孚袁反、舍音捨、僊音仙、抑於力反、怭毗必反、數音朔、傳舞也·摺本作然、延文本傳遷徙下有也字、

箋曰、三章更端言今之飲酒沈湎無禮、兩初筵、乃一古一今相對爲文、其陳古者所以見古人德將無醉、未有無故而飲酒者、再言賓之初筵、絕不及所以飲酒之事、則是有燕必醉、醉則喪儀、正序所謂飲酒無度者也、然首章之有楚維旅、酒既和旨、竝屬主人之事、二章烝衎烈祖、錫爾純嘏、則其義益明、三章以下、不一及主人者、一不敢斥言王之過失、若皆諸臣之罪者然、一見賓亦人臣耳、何以肆行無忌至是、必有縱之使至是者、王不可以不自循省也、此立言微指也、溫溫其恭、與首章賓之初筵左右秩秩、皆不入韻、○威儀反反者、反反自反也、是句亦出周頌執競、彼傳云、難也、義與此傳重愼相成、○威儀幡幡者、幡翻通、孟子幡然改、注、變動之貌、此幡幡意同、相如賦、落英幡纚、注、飛揚貌、○舍其坐遷者、賓主有定位、舍其坐次、遷向他處也、屢舞僊僊者、莊子在宥篇、毒哉僊僊乎歸矣、猶蹁躚也、朱注、軒舉之狀、經言不重舞、重在屢舞、僊僊屢舞之容也、活畫出醉態、○威儀抑抑、說文、抑、按也、謂强自按抑也、抑傳云、抑抑密也、古密字有審諦之義、抑箋云、人密審於威儀抑抑然、此傳愼密猶愼審也、○威儀怭怭、傳媟嫚者、媟狎也、嫚與慢同、賈子道術、接遇愼容謂之恭、反恭爲媟、慢者敬之反也、不恭不敬、比威儀幡幡尤爲失禮矣、而彼且自以爲威儀也、故曰威儀怭怭、漢書揚雄傳、駢衍佖路、師古注、佖次比也、次比、故有媟嫚之義、○不知其秩者、秩次序也、禮秩、爵秩、是也、

賓既醉止。載號載呶。亂我籩豆。屢舞僛僛。是曰既

醉。不知其郵。側弁之俄。屢舞傞傞。號呶、號呼讙呶也、傲傲、舞不能自正也、傞傞、不止也、既醉而出。並受其福。醉而不出。是謂伐德。飲酒孔嘉。維其令儀。○呶女交反、傲起其反、郵音尤、俄五何反、傞素多反、傳自正·延文本作自止、

箋曰、四章言沈湎之態、更說正儀、○載號載呶、說文、呶·讙聲、民勞箋以讙譁釋惽怓、與此傳以讙釋呶同義、○亂我籩豆、屢舞傲傲者、言亂籩豆之行、堂上婆娑也、二句當合看、非兩事、朱傳、傲傲、傾側之狀、傳云舞不能自正、傳重一自字、自不知正、人猶可以正之也、下文屢舞傞傞、傳傞傞不止也、不止者雖人亦不能止之也、醉至此不省人事矣、○不知其郵、郵與尤同、咎也、○側弁之俄者、鄭箋、側·傾也、俄·傾貌、側仄古同音、而義微異、說文、側·旁也、仄·傾也、段注不中曰側、不正曰仄、是也、燕君臣同服朝服、諸侯玄冠、天子皮弁、則此弁爲皮弁矣、○屢舞傞傞者、古人飲酒、酒酣必起舞、所以極歡心致誠意也、故二章皆以舞言、然舞可也、屢舞則不可、故皆以屢舞言其醉、以是爲眼目、而屢舞之中、又有由初醉至極醉之不同、始曰舍其坐遷、屢舞僊僊、猶是僅遷徙其坐處耳、僊僊、蹁躚自得貌、再曰亂我籩豆、屢舞傲傲、則且亂其有楚之籩豆矣、傲傲欹傾貌、無復僊僊之狀矣、亦唯其傲傲、故亂及籩豆也、終曰側弁之俄、屢舞傞傞、甚至冠弁亦不正矣、傞傞、盤旋不休貌、亦惟其傞傞、故使弁側、由淺入深、備極形容醉態之妙、錢澄之曰、古人飲酒、以舞相屬、或因

以賈禍者有之、如灌夫起舞屬蚡、蚡不起、夫徙坐語侵之、張磐舞屬陶謙、謙不爲起、固强之、雖舞而不轉、曰不當轉耶、曰不可轉、轉則勝人、遂至相恨、江表孫譚酒酣、屢舞而不知止、顧雍所以深責之也、此詩言屢舞、至于一而再再而三、則醉甚不知其所以然矣、○既醉而出以下、忠告篤勸、如誥如銘、每章上八句下六句爲段落、故下六句更說出正義、並受者、合賓與主人言、晏子內篇雜上、引並受其福曰、賓主之禮也、可徵、○醉而不出、是謂伐德者、說文廣雅並云、伐者敗也、伐德猶言敗德、微子曰、我以沈酗於酒、用亂敗厥德于下、是也、鄭訓爲誅伐、失之、飲酒之禍、內則喪德、外喪威儀、此詩言德者一、而言威儀者五、酒誥言德者八、而言威儀者一、詳略互相備矣、武公其得于我王康叔之家法與、○飲酒孔嘉、維其令儀者、言飲之所以甚嘉美者、以其有令儀耳、令儀句重、言飲者之善、正以深著醉者之失、此二句戒之之辭、儀與德正相照、凡有令德者、必有令儀、喪失其儀、卽爲伐德、小宛大夫以壹醉日富爲戒、而歸之敬爾儀、此以是謂伐德爲戒、而歸之令儀、儀之關於酒德也如是夫、顧廣譽曰、愼飲酒者、當於未醉之時持之、既醉則無及矣、故反覆以未醉既醉爲言、歸於既醉之不知秩、不知郵、至側弁之俄、屢舞傞傞、而無禮爲已極、乃告以既醉而出、竝受其福、醉而不出、是謂伐德、又言飲酒孔嘉、維其令儀、始者威儀反反、威儀抑抑、是猶有令儀也、於此而出、豈不竝受其福、何以醉而不出、致伐德如是之甚哉、有箴切、無懲艾、刺時、非悔過也、

凡此飲酒。或醉或否。既立之監。或佐之史。彼醉不

臧。不醉反耻。立酒之監、佐酒之史、式勿從謂。無俾大怠。匪言勿言。匪由勿語。由醉之言。俾出童羖。羖、羊不童也、三爵不識。矧敢多又。○傳史下、延文本有也字、大音泰、羖音古、矧失忍反、

箋曰、五章言醉者之不可督過、深惡以終之、凡此者概言飲酒之禮、監史、司正之屬、立之監以督察之、而佐之以史也、鄉射鄭注、解倦失禮者、立司正以監之、察儀法也、傳云立酒之監佐酒之史、則亦以爲察醉而失儀者也、言凡此飲酒之時、有醉者、有不醉者、於是立之監史、以察其失儀者、古之愼禮如此、史言佐者、以佐監書其過也、淳于髡說齊威王曰、賜酒大王之前、執法在傍、御史在後、秦王請趙王鼓瑟、秦御史前書曰、某年某月日、秦王與趙王會飲、趙王鼓瑟、藺相如請秦王擊缻、顧召趙御史書之曰、某年某月日、秦王爲趙王擊缻、此古人君燕飲之制、猶存於戰國者也、監卽執法、主罰、史卽御史、掌書酒過也、○彼醉不臧、不臧謂失禮伐德也、○式勿從謂、無俾大怠者、式當讀式微式微之式、彼箋云、發聲是也、從、就也、謂、告也、心乎愛矣遐不謂矣之謂、勿、禁止辭、彼人已醉、勿就其位而與之言、此一截述待醉不臧者之法也、述之者深疾之也、無俾大怠、卽承上句來、言彼醉而迷亂不臧者、反以不醉爲恥、蓋飲而益醉、若復從而告之以飲不當醉、則彼必更肆其號呶、以至大怠慢、凡醉人最惡人言、其沈酣每至倚酒罵座、古今情狀、大抵相同、鄭箋

增防護一層、以詩兩句爲二事、似不合語意、朱傳云、安得從而告之、使勿至於大怠乎、則經文式勿二字落空矣、○匪言勿言、匪由勿語者、彼必有問、然後與之言、不然愼勿與言、必有不可弗與語之由、然後與之語、不然愼勿與語也、公劉詩傳、自言曰言、論難曰語、言與語對文則異、散文則通、自言謂之言、以言問人、亦謂之言、爾雅釋言、訊・言也、廣雅、言・問也、是也、匪言勿言上言字、當讀爲訊言之言、猶曾子事父母篇、勿訊不言也、○由醉之言俾出童羖者、由醉猶言乘醉也、謂其言皆不自由・而由其醉耳、釋名云、牛羊之無角者曰童、易大畜童牛之吉、虞注、童牛、無角之牛也、據此則羊之無角者爲童、有角者爲羖、故傳云、羖羊不童也、無角之羖羊、必無之物、醉人之言甚無理、至於求必無之物、欲必無之事、譬如請人出童羖、是申說上文不可與語之意也、朱傳云、將罰汝使出童羖矣、設言必無之物、以恐之也、夫旣曰必無之物、又烏足以恐之、且醉者正以其變易情志、不畏于人、無所恐也、若猶有恐、則不醉矣、馬瑞辰曰、爾雅釋畜、夏羊、牡羭牝羖、當爲牡羖牝羭之譌、說文宋本小徐本竝曰夏羊牡曰羖、廣韻集韻及類篇韻會引說文同、其證一也、列子天瑞篇、老羭之爲猿、張湛注亦以羭爲牝羊、則知羖必牡羊矣、其證二也、三蒼、羖・夏羊、羖・䍧也、亦羯也、說文、羯羊、羖犗也、去勢曰犗、必牡羊乃可稱犗、其證三也、戴侗六書故、周伯琦六書正譌、竝曰、羖・牡羊也、其證四也、廣雅、吳羊、牡、一歲曰牯䍮、玉篇廣韻、竝以牯爲羖之俗、案今俗稱牛之牡者爲牯、與牡羊之稱羖羊、取義正同、其證五也、說文、羝・牡羊也、廣雅、吳羊、牡三歲曰羝、易釋文、引張璠注、羝羊、羖羊也、以羖釋羝、羝爲牡、則羖亦牡可知、其證六也、以今證古、吳羊卽今綿羊、惟牡者有角、牝者多無角、夏羊卽今山羊、牝牡皆有角、牝間有角小者、牡則未有無角者、大雅抑之詩曰、彼童而角、是無角者而言其有角、此詩俾出童羖、又是有角者而欲其無角、二者相參、足見詩人寓言之妙、毛傳羖羊不童、蓋以羖爲夏羊之牡者、至箋以羖爲牝牡通稱、蓋據漢末稱夏羊爲羖、卽爾雅郭注所云、今人便以牂羖名白黑羊也、然與爾雅說文訓異矣、○三爵不識矧敢多又者、識、記也、言今之人無肅心、飮三爵則不覺百事、況敢多又而不止乎、不識猶不知其秩、不知其郵、武公欲深戒飮酒之害、故擧禮爵以起文、所主則在況敢多又、禮飮獻酢酬之外、又有旅酬、不止三爵、惟臣侍君小燕、則以三爵爲度、玉藻、君子之飮酒也、受一爵而色洒如也、二爵而誾誾斯禮已、三爵而油油以退、孔疏云、言侍君小燕之禮、引春秋傳曰、臣侍君燕、過三爵非禮也、又何休公羊傳注、禮飮酒不過三爵、皆指平時侍燕而言、卽此詩所謂三爵也、

賓之初筵五章章十四句

甫田之什十篇三十九章二百九十六句

毛詩卷第十四

毛詩卷第十五

竹添光鴻會箋

毛詩小雅

魚藻之什詁訓傳第二十二

箋曰、是什十四篇、後三篇附錄也、大雅周頌之末什、並十一篇、編輯之意、可闚觀焉、是什小雅之終、故以魚藻爲什首、幽王滅鎬京之詩也、

魚藻。刺幽王也。 箋曰、前什陳古者八篇相聯、而魚藻采菽二篇、有幽王將亡之兆、其詩自與八篇異、故分而錄之、相比以弁是什、 **言萬物失其性。** 箋曰、詠一魚、而見萬物得其性、五字可謂入詩之髓矣、 **王居鎬京。** 箋曰、王將失鎬京、故特言之、 **將不能以自樂。故君子思古之武王焉。** 箋曰、他詩序但言思古、獨魚藻言思武王、居鎬自武王始、幽王將失鎬京、故思武王也、胡承珙曰、此詩傳箋以在藻依蒲爲魚之得所、興武王之時、民亦得所、范傳嚴緝乃以藻蒲水淺、爲魚之失所、以興幽王之民失所、然經文曰在曰依、似非失所之喩、蘇傳謂、在藻之魚、不知將爲人取、興王飲酒自樂、不知危亡、亦與經言豈樂、言有那者不合、惟從毛鄭則詞旨與鴛鴦相類、但陳古之美、而刺意皆在言外、文

選王元長曲水詩序、信凱燕之在藻、知和樂於食苹、此取其詩詞本言武王、故可用爲頌美耳、隋書煬帝見薛道衡高祖頌、不悅曰、此魚藻之義也、劉知幾史通載文篇、觀猗與之頌、而驗有殷方興、觀魚藻之刺、而知宗周將隕、此皆正用毛序之義者也、

魚在在藻。有頒其首。 頒、大首貌、魚以依蒲藻爲得其性、 **王在在鎬。豈樂飲酒。** ○頒符云反、鎬胡老反、延文本·傳貌下有也字、

箋曰、興也、藻、水草也、淺水生藻、魚亦從之、不潛於淵而在於藻也、是於物魚躍、太平之象、異於三星在罶者、以魚之依藻而樂、興武王之在鎬而與羣賢樂胥、兩言在者、詩人自爲詳審之詞、言魚何在乎、在于藻也、王何在乎、在于鎬也、此時生民新出湯火、天地清明、興於魚、所以著萬物得其性也、天下之得其性、而洋洋自適者、莫如魚焉、莊周曰、於羊棄意、於蟻得知、於魚得計、寫真人之度、精妙入微、詩之興于魚、亦取其從容得性、此乃有感萬物失性故也、正義引釋詁墳大也云、頒與墳字異音義同、頒通作賁、猶春秋公羊經言濆泉、左氏則作蚡泉也、有頒其首者、出遊水面則露其首、故見其頒大也、胡承珙中毛義曰、傳於鴛鴦云興也、箋中之曰、此交萬物之實也、而言興者、廣其義也、正義謂、交於萬物則非止一鳥、故云興也、言舉一物以興其餘也、準此則此傳亦當言興、而不言者、毛意以經魚在王在對文、恐人以魚興王、而不知魚之在藻、乃萬物得所之實、爲王所以豈樂之由、文義相因、故不言興、

箋謂此時人物皆得其所、正言魚者、以潛逃之類信其著見、深得傳未言之意、○豈樂飲酒、豈亦樂也、

魚在在藻。有莘其尾。 莘長貌、 **王在在鎬。飲酒樂豈。** ○莘所巾反、延文本・傳貌下有也字、

箋曰、有莘其尾者、飽滿無虞則戲於水面、既升而露其首、又降而露其尾、莘然其長矣、莊子徐無鬼篇、禍之長也茲莘、此莘有長義、古樂府白頭吟、魚尾何蓰蓰、當亦謂尾之長、蓰莘一聲之轉、毛於螽斯之詵詵、皇皇者華之駪駪、桑柔之甡甡、皆訓衆多、獨以此莘爲長尾者、自依序言物得其性、故當以大首長尾爲魚充肥之狀、○豈樂飲酒、飲酒樂豈、固易韻以反覆其詞、然豈樂飲酒、須重豈樂、是樂四方和平、諸侯賓服、而飲酒者也、故飲酒輕、飲酒樂豈、須重飲酒、惟飲酒則從容几筵之上、而以樽俎自娛、是以飲酒而樂豈者也、言外謂今之飲酒、非昔之飲酒者也、

魚在在藻。依于其蒲。王在在鎬。有那其居。 ○那乃多反、

箋曰、依于其蒲、變以取結也、魚雖以藻爲樂、而所據必在于蒲、蒲者魚所以藏身之固也、依于蒲則釣餌不能施、綸竿不能加、可謂益安矣、王而那居、則仰得天命之眷、俯得人心之從、鎬京如盤石、此所以豈樂飲酒也、箋云、那、安貌、桑扈受福不那訓多、此訓安貌、言各有當也、幽王與小人荒飲、鎬京方危、

故言之、鎬以水得名、鎬京自秦始皇時、其故址已毀、漢武穿昆明、而鎬都爲池、唐貞觀中幷鎬池入昆明、池又涸爲民田、故址益不可問、今西安府長安縣西北十八里卽其地、去豐二十五里、灞滻涇渭豐鎬潦潏、是爲八川、

魚藻三章章四句

采菽。刺幽王也。侮慢 箋曰、孔叢子、子曰、於采菽見古之明王所以敬諸侯也、稱古者、爲陳古故也、**諸侯。** 箋曰、侮慢卽敬之反、**諸侯來朝。不能錫命以禮。數徵會之。而無信義。** 箋曰、無信義謂無信與義耳、無信、舉僞烽是也、無義、使縱褒姒笑諸侯、是也、**君子見微而思古焉。** 箋曰、見微、見諸侯叛、王室滅之幾也、瞻彼洛矣思王之威命行於諸侯也、至是詩而其辭切矣、菀柳則其情危矣、三者以漸而甚、數徵會之而無信義、幽王直以軍國大事爲戲、安得不召驪山之禍、詩故鄭重道之、箴之深矣、趙佑曰、集傳以是詩斷爲天子所以答魚藻、恐亦止前兩章可比附、後三章屢言天子、未得爲天子自稱然也、玩末二語、具含無限贊歎、其爲王室衰而諸侯有不朝者作乎、首章重言錫予、以見天子之厚、宜諸侯之無不朝、二章三章正叙來朝、見諸侯之恭、宜天子之所樂予、四章因來朝、而期以職所當盡、五章因錫予、而示以

權有獨操、皆反覆申重、以著其相維之義、古盛王時如此、

采菽采菽。筐之筥之。君子來興也、菽所以芼大牢而待君子也、羊則以苦、豕則以薇、**朝。何錫予之。雖無予之。路車乘馬。**君子、謂諸侯也、**又何予之。玄袞及黼。**玄袞、卷龍衣也、白與黑謂之黼、○筐音匡、筥音舉、乘繩證反、袞古本反、黼音斧、芼亡報反、傳羊則以豕則以、摺本並無以字、

箋曰、諸豆總名曰菽、重言之、非一采也、五穀以菽之種類爲最繁、故喻諸侯、筐大而筥小、言所采者菽、必有筐筥以盛之、興諸侯來朝、必有車服以榮之、蓋物必各有以處之、故因以起興、毛乃因公食大夫禮、鉶芼、牛藿、羊苦、豕薇、謂采菽爲藿、以待燕賜、曲生枝節、正義云、藿、豆葉也、苦、苦荼也、王饗賓客有牛俎、其汁則芼之以藿、調以五味、盛于鉶、謂之鉶羹、然經明言菽、不必以葉解之、況王饗諸侯、牢禮極繁、何必專取藿葉、又大牢具三牲、少牢兼羊豕、此注疏之大例、然傳別言羊苦豕薇、而其上文曰菽所以芼大牢、則大牢專指牛、又傳既以菽爲鉶羹之芼、而於此章言興、乃卽事爲興之例也、○君子來朝、何錫予之者、諸侯將來朝、故先期而心度其所以禮之也、周制、侯服歲一見、甸服男服二歲三歲一見、采服衛服荒服四歲五歲六歲一見、則各以其

時至、而間會殷同、又不在此數、然總謂之曰朝、是詩稱樂只君子、詞繁意重、非定指一人也、○雖無予之、路車乘馬、周禮車直名路、曰路車、則自金路以至木路兼之矣、五路惟玉路不以錫、金路以賜同姓、象路以賜異姓、是常例也、周禮巾車注、金路以金飾諸末、象路以象飾諸末、乘馬、四馬也、言雖予之無其物、聊亦有路車乘馬、又何以予之、玄袞及黼、曰雖無、曰又何、總見好之之心無有已時也、玄袞者、玄衣而畫以卷龍也、卷與袞同、黼如斧形、刺之於裳、半白半黑、似斧刃白而身黑、上公之服九章、袞畫於衣、九章之第一章也、黼繡於裳、九章之第八章也、周制、諸公袞冕九章、一曰龍、二曰山、三曰華蟲、四曰火、五曰宗彝、皆畫以爲繢、六曰藻、七曰粉米、八曰黼、九曰黻、皆絺以爲繡、則袞之衣五章、裳四章、凡九也、侯伯鷩冕七章、鷩畫以雉、謂華蟲也、其衣三章、裳四章、凡七也、子男毳冕五章、毳畫宗彝、其衣三章、裳二章、凡五也、宗彝類獮猴、巢於樹、老者居上、子孫以次居下、居下者得果、傳遞至上、上者食、然後傳遞至下、下者始食、上者未食、下者不敢食、先儒謂繪於袞者、取其孝也、是詩唯取其錫之盛者、及云者、自就上公而言、且序云徵會之、是諸侯一時俱至、必有方伯以爲之統率者、四章云殿天子之邦、自非方伯不足以當之、然而言袞、則鷩毳可知矣、言黼則黻可知矣、首章言明王之侯諸侯、是時諸侯尚未來朝、而王者已預爲之儲具如此、二章見旂聞鸞、漸來漸近、至此而見其車上之人、又見其駕車之馬、則君子於是至矣、三章所予、首章錫予之予、卽車馬是也、向所儲以待其來者、而今始可以予之矣、次第甚明、

觱沸檻泉。言采其芹。 觱沸、泉出貌、檻泉正出也、 **君子來朝。言觀其旂。其旂淠淠。鸞聲嘒嘒。載驂載駟。君子所屆。** 淠淠、動也、嘒嘒、中節也、○觱音必、沸音弗、檻銜覽反、芹巨斤反、淠匹弊反、嘒呼惠反、屆音界、中丁仲反、延文本·傳貌下有也字、

箋曰、興也、以檻泉自下上出、興君子自下國而朝於王朝、檻泉之旁、有芹可采、與君子之有鸞旗文采挹檻泉、爾雅說文釋名並作濫、毛詩作檻、叚借字、釋水、濫泉正出、正出、涌出也、自發源處涌而直上、故曰正出、說文、涌、滕也、滕、水超涌也、觱沸·正泉水滕涌之貌、昭五年公羊傳、濆泉者何、直泉也、直泉者何、涌泉也、直與正同義、故又爲涌泉、與釋水以涌出爲正出同、陸佃曰、芹、水菜、一名水英、爾雅謂之楚葵、潔白而有節、其氣芬芳、而味不如蓴之美、可作菹、天官醢人、芹菹兔醢、是也、六書故云、葉如鞠窮、莖虛、三脊、根長數寸、正白、甘香可食、秋開白華、鞠窮·當歸·苗葉皆似芹、故鞠窮有蘄茝之名、當歸有山蘄之名、蘄古芹字也、○言觀其旂、周官司常、交龍爲旂、熊虎爲旗、二者異制、旗又爲旂旗之總名、凡泛言旂旗者、皆作旗、不作旂、此詩言觀其旂、亦是泛言旂旗、作旂者、蓋作旗則與上文言采其芹、韻不相諧、故必改旗爲旂、古音旂从斤聲、僖公五年左傳童謠、丙子之晨、龍尾伏辰、均服振振、取虢之旂、旂與晨辰振相韻、此旂亦與芹韻、釋文、芹巨機反、非也、據覲禮、公侯伯子男皆就其旂而立、大戴朝事篇亦曰建其旌旂、則旌旂亦爲通稱耳、周官上公建

旂九旒、侯伯七旒、子男五旒、觀其所建旗旂、則諸侯之尊卑等級判焉、故詩曰言觀其旂、○載驂載駟者、旂旐鑾鳴、或驂或駟、是君子所至之儀容也、明王見而喜之、此詩中境象也、明王固不自觀其旂聞其鑾、鄭箋以驂爲驂乘、駟爲四馬、顏師古云、乘車之法、尊者居左、御者居中、又一人處右、是以戎車則曰車右、餘曰驂乘、驂者、三也、蓋卽三人爲義、然經以載驂載駟並言、不應一指三人、一指四馬、且詩中未有言驂乘者、蓋自其服外兩驂而言曰驂、並兩服而言曰駟、蘇傳云、駕者既服而三之曰驂、四之曰駟、是也、諸侯固駕四馬、無三馬之禮、稱或驂或駟、鄘風良馬五六之類矣、是之謂詩之文也、不當泥說、○君子所届者、君子至也、所、語詞、君子謂諸侯、驂駟亦指諸侯之車、謂諸侯將朝於王、乘此驂駟以至也、先觀其旂、次聞其鸞聲、次見其驂駟、此言之節次、然後乃見其服色云、金鶚曰、天子迎賓之禮、周官有其文、大行人云、上公朝位、賓主之間九十步、侯伯七十步、子男五十步、齊僕云、掌馭金路以賓、朝觀宗遇饗食、皆乘金路、其法儀各以其等爲車送逆之節、案大行人所謂朝位賓主之間、不言何時、是四時皆同也、齊僕且明言朝覲宗遇送逆、此四時皆迎之確據、則諸家謂春夏迎賓、而秋冬不迎者誤矣、夫均是諸侯、而春夏待之之隆、秋冬待之之殺、此何理邪、郊特牲云、覲禮、天子不下堂而見諸侯、覲禮云、天子負斧依、嗇夫承命、告于天子、天子曰、伯父其入、予一人將受之、侯氏入門右坐、奠圭、再拜稽首、此所謂不下堂而見諸侯也、下堂且不可、況可出大門而逆之乎、觀者、諸侯朝見天子之名、朝觀宗遇皆謂之覲、鄭氏乃專以覲爲秋覲、不亦謬乎、熊氏及賈孔謂、春夏朝無迎法、受享于廟則迎之、不知曲禮天子當依而立、諸侯北面而見天子曰覲、天子當宁而立、諸公東面、諸侯西面曰朝、謂先覲後朝也、安得謂先朝後享乎、且受摯受享必同日、既已受摯于朝、是諸侯已入應門矣、天子既與諸侯相見矣、諸侯何必復出大門、天子何必復出而迎之乎、義疏謂、三享禮殺、可以迎賓講賓主之禮、然考之覲禮、侯氏行三享、與受摯同時、天子未嘗出迎也、行享之時、侯氏亦于中庭再拜稽首、升致命、又降西階前再拜稽首、其嚴敬與奠圭禮同、此皆正君臣之分、安得謂講賓主之禮乎、竊謂、朝覲必無迎賓之法、所以正君臣之分也、其後行饗食于廟、以講賓主之禮、通上下之情、乃有迎賓之法、燕禮輕、故不迎之、齊僕言朝覲宗遇饗食、皆乘金路送逆、此迎賓在饗食時、經文甚明、必言朝覲宗遇者、以饗食不專在諸侯朝覲、列國大夫來聘、及養老、皆有饗食禮、故特著之也、鄭注齊僕、引大行人賓主相去上公九十步云云、又引司儀車逆拜辱、及出車送、不知大行人賓主九十步等文、與此不合、此所言送迎、爲饗食之禮、大行人所言、非饗食之禮也、考司儀、車逆車送、在廟中將幣時、乃諸侯相朝禮、諸侯之于天子、尊卑相懸、豈可以兩君敵體爲例乎、鄭謂四時皆迎、是也、而以爲在朝覲時則非、賈謂迎在饗食時、是也、而以爲秋冬不迎、春夏迎于受饗時則非、皆未合于禮也、大行人所言諸侯之卿、其禮各下其君二等、及其大夫士皆如之者、介與賓主之間也、諸侯于外國之臣、自可迎之、陪臣于天子、尊卑懸絶、天子必不出迎、大行人、上公介九人、朝位賓主之間九十步、立當車軹、擯者五人等句、及凡諸侯之卿以下三句、蓋通諸侯相朝聘言之、其上文云、以九儀辨諸侯之命、等諸臣之爵、以同邦國之禮、而待其賓客、可知通侯國之禮也、兩君亦可言朝、故亦曰朝位、兩君敵體正可言賓主之間、若朝覲後饗食、則不交擯、觀公食大夫禮、無旅擯之文、與聘禮異、可知天子饗食諸侯、亦不交擯也、蓋初來朝、當交擯以傳命、既已朝覲、又行燕禮、相見數矣、何復須介紹傳命乎、不交擯、賓主之間、公不得有九十步七十步五十步矣、天子迎賓于大門內、南面旅揖之、諸侯宜各近天子、北面拜稽首、天子宜答一拜、及出、天子送之亦然、送逆皆立于大門內、當無遠近之差、蓋若一一送逆、則不勝其煩、既同時送逆、則不得分爲遠近等差矣、齊僕所謂各以等爲送迎之節者、謂一人特饗食者也、賓是公、當最近大門、若侯伯則稍遠于門幾步、若子男則又遠幾步、此之謂各以其等也、其步數與大行人迴殊、故知賓主之間步數、必在入覲之初也、然覲禮棄墨車、偏駕不入王門、則大行人所謂公樊纓九就、貳車九乘、非覲時禮矣、蓋此節是雜記諸侯朝覲之禮、統始終言之、非一時事也、公執桓圭九寸、繅藉九寸、冕服九章、建常九斿、介九人、朝位賓主之間九十步、立當車軹、擯者五人、廟中將幣三享、此覲時禮也、樊纓九就、貳車九乘、王禮再祼而酢、饗禮九獻、食禮九舉、此饗食時禮也、禮九牢、此致饔餼禮也、出入五積、三問三勞、此在館在途禮也、說者必以爲一時之事、宜乎扞格而不通矣、

赤芾在股。邪幅在下。彼交匪紓。天子所予。諸侯赤芾邪幅、幅、偪也、所以自偪束也、紓、緩也、

樂只君子。天子命之。樂只君子。福祿申

之。申、重也、○芾音弗、邪似嗟反、幅音福、紓音舒、予音與、

箋曰、三章言諸侯入覲、於是發明王以信義懷諸侯之道、下二章申言之、冕服謂之芾、其他服謂之韠、以韋爲之、其制上廣一尺、廣二尺、長三尺、其頸五寸、肩革帶博二寸、玉藻注云、頸五寸亦謂廣也、頸中央、肩兩角、皆上接革帶以繫之、肩與革帶廣同、中紐謂之頸、以皮爲之、兩邊紐謂之肩、皆穿於革帶者、易乾鑿度注、古者田漁而食、因衣其皮、先知蔽前、後知蔽後、後王易之以布帛、而猶存其蔽前者、示不忘本也、股、說文云、髀也、鄭云、脛本曰股、馬瑞辰曰、古者芾在股、亦過於膝、故芾一名蔽膝、邪幅亦單稱幅、桓元年左傳、帶裳幅舄、是也、幅亦名偪、內則偪履著綦、釋文、偪本又作幅、是也、鄭注內則云、偪行縢、至箋詩則云邪幅如今行縢、文有詳略、其義則一、古者芾在股、亦過於膝、故芾一名蔽膝、邪幅偪束其脛在膝下邪纏之以至於足、詩云在下、正義言在股下、實則言在膝下也、至韈則在脛之下、足之上、護脛幅而藉足履、故一名絉、釋名韈者末也、在足之末也、一名絉、絉足者也、其制淺而窄、如履然、止護足、韈、筏也、履曰舟、韈曰筏、其形同也、是知古人幅下至足、韈上不至膝、邪幅自見於外、不必解韈而始見、○彼交匪紓、天子所予者、彼、彼諸侯也、交謂上交於天子、言君子所接見於天子、恭敬齊遫、不敢紓怠、是天子所以有錫予也、周語有散遷解慢而著在刑辟、是乃紓也、荀子勸學篇引詩匪交匪紓、毛受詩於荀、不當有異文、蓋彼匪音同、荀作匪、轉寫誤、楊倞注云、匪交當爲彼交、韓詩外傳四亦有此文、與荀子略同、其引詩作彼交匪紓、天子所予、

而繼之曰、言必交吾志、然後予也、是韓詩亦以交爲交接之義、○樂只君子者、只、助語辭、樂只猶言愷悌、天子命之者、言賞命也、命如一命再命之命、天子褒嘉其臣、必有言以將之、故曰命、不黏定錫予上、篇中屢呼天子、猶仗一人聲靈、懾服鎭耀、福祿申之者、福祿斥天子重賜、凡厚意也、既命而申、猶保佑命之、自天申之、

維柞之枝。其葉蓬蓬。 蓬蓬、盛貌、 **樂只君子。殿天子之邦。**

樂只君子。萬福攸同。 殿、鎭也、 **平平左右。亦是率從。**

平平、辯治也、○柞子洛反、殿多見反、平婢延反、率左傳作帥、延文本·傳貌下有也字、

箋曰、興也、柞詳大雅緜篇、以枝葉之庇本根、興君子之屛王國焉、柞、堅韌之木、故葉新葉相承、葉常在枝、王侯猶本枝、苟遇之以信義、諸侯誰非王蕃屛乎、然本之不植、葉將焉著、風意靄然矣、○殿天子之邦者、軍行在後曰殿、後漢書馬武傳注、殿、鎭後也、言兵敗而衞其後也、是殿取鎭重之義、殿邦就王朝言、謂樂只君子之來、有以鎭重乎王朝也、萬福攸同、同、聚也、○平平左右、亦是率從、傳云、平平辯治者、辯而不雜、治而不亂、此言才能、非言威儀整齊、左右諸侯之臣也、率從謂相帥而隨從也、言左右之臣、亦相率而從君子而至也、左右亦天子所勞、故言之以著明王恩禮之廣、魯成公朝京師、孟獻子

從、王嘉其讓而厚賄之、其類也、春秋之世、大國不朝、而小侯亦敢陵天子、至政逮大夫、王室且爲陪臣所持、皆不平平率從之失也、平便辯三字、皆一聲之轉、古通用、故韓詩作便便、左傳引作便蕃、毛傳訓爲辯治、荀子儒效篇曰、分不亂於上、能不窮於下、治辯之極也、引詩平平左右、此正傳義所本、說文、辯、治也、从言在辡之間、辡、辠人相與訟也、从二辛、辯通作辨、凡經傳言平且平明者、平卽辨也、猶禮言辨色也、說文、釆、辨別也、象獸指爪分別也、釆卽古文辨、周禮馮相氏鄭注、引平秩東作四句、皆作辨秩、與今文尚書作辯同意、又如堯典平章百姓、史記五帝紀作便章百姓、今文尚書作辯章、又平秩東作四句、史記五帝紀皆作便、後漢書劉愷傳引作職在辯章百姓、皆平便辯辨通用之證、

汎汎楊舟。紼纚維之。紼・繂也、纚・緌也、古者明王能維持諸侯也、**樂只君子。**

天子葵之。樂只君子。福祿膍之。葵・揆也、膍厚也、**優哉游哉。**

亦是戾矣。戾、至也、◯汎、芳劍反、紼音弗、纚力馳反、膍頻尸反、繂音律、緌如誰反、

箋曰、興也、紼、纚、皆索也、紼纚連讀、或纚維連讀、非也、以紼纚之維楊舟、興明王之懷諸侯焉、引棺索謂之紼、亦謂之繂、維舟索謂之繂、亦謂之紼、其義一也、蓋以麻爲索、李巡謂繂爲竹索、非也、釋文引韓詩曰、纚、笮也、說文、筰、筊也、筊、竹索也、釋名引舟者曰筰、筰、作也、作、起也、起舟使動行也、詩以紼纚二字

平列、紼蓋以麻爲索、纚蓋以竹爲索、皆所以維舟也、傳訓纚爲綏者、綏本冠纓之垂者、引申之、凡旌旗之垂者、以及升車之繩、維舟之索、皆得綏名、○樂只君子、天子葵之四句、爾雅注引本詩作天子揆之、據此則葵者揆之叚借也、葵揆皆从癸聲、故叚借、葵之言揆度其功德而命之也、四章言諸侯服天子、五章言天子懷諸侯、判合如一、以申三章之意、又蒙三章說、天子所命者、其情文胥出於揆度、而申福祿者、亦務從其厚、以起下二句也、亦是戾矣者、頌云、我客戾止、書曰、無遠用戾、言諸侯以時朝宗不已也、天子懷諸侯甚厚、諸侯旣無憂讒畏譏之思、亦無飛揚跋扈之態、上下相信、進退自安、故優游如歸、源源而來也、人臣有畏威而來者、有爲利而來者、如吳王几杖之賜、韓信羞與絳灌伍、而桓温李懷光等、拜表輒行、跋扈強項、縱入衞王室、亦憚名義、慮威嚴、不得已耳、何爲優游、優游者不假勉強、正是匪紓之念、出於純白、是章言諸侯之於天子、若楊舟之汎汎於水上、東西無所定、天子揆其功德、厚其福祿、以維持之、猶紼纚之繫舟、使不得違叛、此古明王錫命以禮、信義相待、是以優游戾矣、而供職順命也、今王侮慢不信、安能使無違叛乎、蓋此時卽有違慢而不至者、而常朝之禮、未必盡廢、故於其來朝、皆反覆言之、如亦是率從、亦是戾矣、無非言其來朝、蓋衰世之意也、至後一篇、卽以菀柳次之、而諸侯不朝、其意可見、襄二十一年左傳、叔向引詩云、優哉游哉、聊以卒歲、下句與此不同、自係逸詩、全與此篇無涉、此篇承上文天子葵福祿膍、必不當繼之曰聊以卒歲、杜注以爲小雅、殆是誤記、彼疏以爲師讀有異、此疏又云、鄭約彼義、故與毛異、皆非也、

采菽五章章八句

角弓。父兄刺幽王也。箋曰、父兄、族中之尊屬、高年有德者、教誨王、故曰父兄、頍弁主貴人、故曰諸公、葛藟傷族離、故曰王族、立文精密如此、不親九族。而好讒佞。箋曰、骨肉相怨、由於不親九族之故、不親九族、又由於好讒佞之故、七八兩章言宜遠屏讒人、以刺幽專好讒佞、而序發之、骨肉相怨。故作是詩也。

騂騂角弓。翩其反矣。興也、騂騂、調利也、不善紲檠巧用、則翩然而反、兄弟婚姻。無胥遠矣。○騂息營反、紲息列反、檠音景、

箋曰、首章言九族不可不親、○角弓對木弓言之、角弓雖調、弛之則外反、兄弟昏姻雖親、疏之則相遠、角弓可反、兄弟不可反、此以嚮背之義、相反爲興也、傳不善紲檠巧用云云、非詩意也、釋文、騂說文作弲、音火全反、說文弓部、弲弓也、洛陽名弩曰弲、不引此詩、又說文、觲用角低卬便也、从羊牛角、詩曰觲觲角弓、今毛詩經文作騂、傳訓爲調利、蓋假借字、既無本字可考、卽終於假借而已、說文作觲、不足據也、考工記弓人爲弓、取六材必以其時、六材既

毛詩會箋

聚、巧者和之、六材、榦角筋膠絲桼、是也、凡爲弓、相角最爲緊要、弓以角名、所以重角也、考工記又云、角之中恆當弓之畏、畏也者必撓、撓故欲其堅也、注、畏讀爲隈、禮經大射儀、大射正執弓、以袂順左右隈、注、隈、弓淵也、弓淵云者、謂弓之曲處、左右皆以角爲之、角所以爲弓之强也、朱傳爲以角飾、非也、飾者以爲美觀、在既有弓之後耳、角乃弓之體、何云飾耶、爾雅云、以金者謂之銑、以蜃者謂之珧、以玉者謂之珪、注云、用金蚌玉飾弓兩頭、因取其類以爲名、然則弓之飾、當以是三者、不聞用角也、說文、弧、木弓也、段注、角弓謂弓之傅角者也、木弓謂弓之不傅角者也、足知角弓並非弓名、安井氏曰、檠者刻弓形於木、內未成弓於刻中、以定其形、紲者縛竹於弛弓之裏、以備損傷、二器本殊、所用又不同、此弓已調利、而傳并言檠者、弓體乖戾、復內於檠以定、今弓工所爲、尙亦如此、故并言檠耳、安井說是也、翩、反貌、弛弓之反、對張弓之內向而言、角弓張之乃來、一弛便去、猶兄弟親之乃近、一疎便遠、正義誤會傳意、謂是勁而易反、故以唐世北狄所用之弓當之、果如所解、傳何以先云騂騂調利也、何以必云不善紲檠巧用、詩人又何以取爲兄弟之喩、兄弟豈難於和順者邪、○兄弟昏姻、無胥遠矣者、無、禁止、胥、皆也、下同、昏姻因言兄弟而連及之耳、襄八年昭二年左傳、並有賦角弓事、皆取兄弟無遠、漢書、王音與王譚有隙、杜鄴說音以棠棣角弓之詩、鄭箋亦但說兄弟、以詩本言兄弟、故昏姻得從畧耳、天子復近也、既遠、則不止于遠也、當遠之始、浚削寡恩、其不堪者僅在下、迨遠之極、離心解體、其可懼者乃在上、此雖一人稍遠、猶恐生心、況舉兄弟之族胥遠之乎、二句是全詩綱領、

爾之遠矣。民胥然矣。爾之教矣。民胥傚矣。 ○傚戶教反、

箋曰、二章言王遠九族、故九族亦互相遠、○爾幽王也、王爲九族之主、故歸其責於王、爾字、愛君則爲親之之詞、怨君則爲賤之之詞、遠字承上章胥遠而言、遠、遠兄弟、教、教民以相遠也、書曰、無教逸欲有邦、教字同、民猶人也、詩書稱先民皆訓人、此民指王族、不指庶民、下同、若泛指天下之人、與三章此令兄弟不貫、言爾遠以示之、故彼亦效而相遠也、其中有令善之兄弟、尙能寬裕有容、其不善者、必至交相爲病、兩章文義相承、又與序骨肉相怨意合、傚古止作效、左氏昭六年傳、引詩正作民胥效矣、

此令兄弟。綽綽有裕。不令兄弟。交相爲瘉。 綽綽、寬也、裕・饒、瘉・病也、○綽處若反、裕羊樹反、瘉羊朱反、延文本・傳饒下有也字、

箋曰、三章言不唯相遠、又從疾之、○此字對彼言、設爲兩項人以爲法戒、令、善也、令不令皆在兄弟相與上而言、非專論其人才德、綽、說文、緩也、乃不絞急之謂、有裕謂含容也、雖有小忿不廢懿親、是有裕也、合曹家相煎太急急字看來、始知裕字天趣盎然、此二句是客、與好言自口一例、○交相爲瘉者、狀相煎之急、猶云相謗相讒、而相克伐、此其勢雖王室不亦睥睨乎、父兄所憂也、此詩上半四章主骨肉違怨言之、下半四章主讒佞橫逆言之、

民之無良。相怨一方。受爵不讓。至于已斯亡。 爵祿不以相讓、故怨禍及之、比周而黨愈少、鄙爭而名愈辱、求安而身愈危、

箋曰、四章承不令兄弟二句而極言之、無良卽前章所謂不令也、一方猶言一隅也、蓋謂人各執其方隅之見、不能量己恕人、以致相怨、下文所以言受爵不讓也、衛玠叔寶云、人有不及、可以情恕、非意相干、可以理遣、況兄弟之間乎、雖或偶有不善相加、吾惟以慈念攝之、雅量容之、則宏忍所化、怨毒俱消矣、若斤斤繩墨、不少假借、彼以逆來、吾以逆往、情散而不屬、構怨日深、何時已乎、所謂景星慶雲、妖氛厲鬼、皆自一念之寬窄始、安井氏曰、鄭云徒居一處怨恚之者、言徒居心於己所怨之一處、不復思彼所以然之故而怨之、○受爵不讓者、此言交相爲瘉之事、蓋王族多世傳之爵、斯時有當受爵而兄弟相爭、不顧天倫者、言民化于上、喪其良心、兄弟生怨、爵祿不讓、爵至于己身、卽時有喪家亡身之禍、則予人以爵祿者、宜早體察知之、以諷動幽王耳、爵者爵祿爵位、坊記、子云、觴酒豆肉、讓而受惡、民猶犯齒、衽席之上、讓而坐下、民猶犯貴、朝廷之上、讓而就賤、民猶犯君、因引此章、以證朝廷之上、嚴氏引錢氏說爵酒也、爲證觴酒豆肉、云民之相怨、其端甚微、或因杯酒失辭遂之節、而終至亡其身、如田蚡灌夫、是也、此說恐誤、○已斯亡者、毛韓鄭皆讀已字爲人已之已、已字最佳、交傾互軋、同歸于盡也、今人兄弟分爭財產、兩俱破敗、非所謂受爵不讓至于已斯亡者耶、朱傳以爲已止之已、如孟子

云終亦必亡而已者、夫以亡而已爲已斯亡、則是經文爲不辭矣、荀子儒效篇、比周而黨愈少、鄙爭而名愈辱、煩勞以求安利、其身愈危、引民之無良四句、此毛傳所本、正東坡所謂升高不知疲、竟作粘壁枯也、

老馬反爲駒。不顧其後。已老矣、而孩童慢之、**如食宜饇。如酌孔取。**饇、飽也、○饇於據反、延文本・傳慢之下有也字、

箋曰、五章更端言王之信用小人、○比也、老馬喻小人、駒喻賢者、言王以小人爲賢、使任賢者之事、如不以老馬爲老、而任駒之任、後將不勝、而不顧也、○如食宜饇、如酌孔取者、孔、甚也、甚取猶言多酌、言彼小人者、不顧後禍、其快意如食者但知稱其饇飽之欲、酌者但知多取、曾不小加斟量也、安得不至飽、若飲之則宜度其所勝、下句省宜字、王宜若是、而反以老馬爲駒、好新生疾患邪、說者多謂、是教王以敬老之道也、言若食之則宜盡心勸侑、以令進之讒佞、廢族食族燕而不行、後禍未可測矣、然詳詩中五如字、皆是比喻、此不當獨作如其解、第鄭箋解孔爲器中空虛受物之孔、云食老者宜令之飽、飲老者、當度其所勝多少、凡器之孔、其量大小不同、老者氣力弱、故取義焉、此解雖非經旨、善悉老人之情態矣、可見古人之養老、必使適如其量、言不可使過、而不使不及之意無俟言矣、老人氣衰不能飢、亦不能多醉、曲體其情、斯爲敬也、爲人子者、尤不可不讀此箋、

毋教猱升木。如塗塗附。猱、猨屬、塗、泥、附、著也、**君子有徽猷。小人與屬。**徽、美也、○猱乃刀反、徽音暉、屬音蜀、猨音袁、字或作猿、著直略反、延文本·傳屬下泥下並有也字、

箋曰、六章言王之啓讒佞、○比也、陸疏云、猱、獮猴也、楚人謂之沐猴、老者爲玃、長臂者爲猨、是猨猴二獸、形狀相類、故毛以爲猨屬、非卽猨、長臂爲猨、故史記李廣傳、廣爲人猨臂善射、又猨猱古多並舉、故管子形勢篇云、墜岸三仞、人之所大難也、而猱猨飮焉、是猱猨俱善攀援、今傳其飮水、或自懸厓相接而下、飮畢連引而上、是其形狀矣、嚴緝云、猱卽王孫、此與元恪疏同、王孫、猴之別名也、亦名胡孫、漢王延壽有王孫賦、唐杜甫有覓胡孫詩、皆指獮猴、詩以猱比讒佞也、毋、禁辭、蓋猱有升木之性、教之則益縱其升、讒人爲惡、本如猱之升木、而王信任之、是教之也、塗本善于附著者、以比小人之情、以小人附小人、猶以塗附塗、其合也易矣、讒佞者啓寵、則比黨驕敖、而不知紀極、故曰毋以禁之、或曰、詩中如字、明是以下句喩上句、蓋猱有升木之性、教之則益縱其升、其勢如塗泥相附著、愈積愈厚、不復可解、故下二句正言在上者有美道、則小人自以分相屬、而不相陵矣、此說亦似有理、但教猱已屬取喩、又以附塗爲喩中之喩、終有未協、上言毋、下言如、乃互文之例、上句亦含如義、下句亦含毋義也、涂中濘泥謂之塗、出車傳、塗、凍釋也、塗者以土之粉解帶水而言、故傳訓塗爲泥、塗言行于泥塗而染塗也、塗附者、言前既受塗、後塗因黏前塗而相附也、凡屐屨行泥濘者皆然、此則言車輪之輾泥淖也、

考工記曰、杼以行澤、則是刀以割塗也、是故塗不附、毛傳與考工記正合、○君子有徽猷、小人與屬者、猷、道也、徽猷義汎、然親親之道最韡韡者、言君子有美道、則小人皆從之而草靡也、王宜如是、何却教猱爲塗塗之行、而使小人恣弄威福乎、此章禁王毋啓讒佞而爲惡、徽猷承教字、言君子有美道、則非如教猱之爲、與屬承附字、言小人知所戒、則非如泥塗之附也、

雨雪瀌瀌。見晛曰消。晛、日氣也、**莫肯下遺。式居婁驕。**○雨于付反、瀌符驕反、晛乃見反、婁力住反、

箋曰、七章言讒佞跋扈○比也、瀌瀌、雪盛貌、見猶遇也、釋文、晛韓詩作曣、音於見反、云、曣日出也、說文、晛日見也、从日見、依說文是會意字、日見卽日出、日出則必有氣、是許與韓毛同意也、曰釋文音越、韓詩作聿、曰聿古通用、皆語詞、鄭箋以雨雪喩小人、韓詩外傳四、言范睢魏牟等十子、飾邪說、文姦言、以亂天下、仁人上法舜禹之制、下則仲尼之義、以務息十子之說、則天下之害除、聖人之跡著、引詩曰雨雪瀌瀌、見晛聿消、漢書劉向亦云、君子道長、小人道消、則政日治、故爲泰、泰者通而治也、詩云、雨雪瀌瀌、見晛聿消、此箋說所從出也、言瀌瀌之雪盛矣、遇日氣則日消釋矣、以比小人雖方熾、見君子徽猷、則逡巡辟易焉、夫讒人陰賊、陽光一出、而陰翳之氣自消、今王長惡、是教猱之升、而塗之附、小人所以驕也、三章反覆皆一意、陸贄論李楚琳狀云、

楚厮養賤品、得肆猖狂、顚同狂鼠、乘夜睢盱、晨光旣升、勢自跧縮、亦此詩之義、○莫肯下遺、式居婁驕者、下爲降下、遺爲棄遺、下遺言降黜屛棄之、王莫聽父兄而貶棄讒佞、故讒佞方居其所、屢彭亨不可制也、肯字、見教誨不用之意、下卽升木之反、荀子非相篇、引詩莫肯下隧、式居屨驕、遺與隧古通用、南山經、旄山之尾、其南有谷、曰育遺、遺或作隧是也、隧又通隊、儒效篇、至共頭山隊、注云、隊讀爲墜、說文、隊、从高隊也、隤、下隊也、文選歎逝賦注、引韓詩章句曰、隤猶遺也、廣雅、遺、墮也、是隧隊隤遺、聲義並同、式、語詞、居猶豔妻煽方處、不下遺故居屢、古只作婁、荀子作屨者、卽婁字之俗也、

雨雪浮浮。見晛曰流。 浮浮、猶瀌瀌也、流、流而去也、 **如蠻如髦。我是用憂。** 蠻、南蠻也、髦、夷髦也、○髦音毛、

箋曰、八章言大患將至、○流與消同義、楚辭招魂、十日代出、流金鑠石、謂消金鑠石也、淮南子原道訓、金火相守而流、高注、流、釋也、釋亦消也、言王宜以晛流雪、而不爲也、故雨雪益暴、○如蠻如髦者、以無親親之道況之、周室而親親滅、幾何其不化而爲蠻髦乎、詩人已灼知釁起戎狄、驪山之禍不遠矣、

傳夷髦、謂西夷之髦種也、鄭箋、髦、西夷別名、牧誓曰、庸蜀羌髳微盧彭濮人、彼髳此髦音義同、原本方輿紀要云、雲南楚雄府定遠縣、唐爲髳州地、天寶中沒於南詔、曰牟州、牟與髦同音也、我是用憂者、自是爲父兄者之語氣也、父兄疾讒佞、故曰已斯亡、曰老馬爲駒、曰教猱升木、曰塗塗附、曰如蠻如髳、

皆激辭也、曰無胥遠、曰爾之教、曰君子徽猷、曰見晛曰消、皆父兄訓辭也、序之造語、三篇各當、不可移易、晉司馬骨肉相殘、關內侯索靖指洛陽宮門銅駝、歎曰、會見汝在荆棘中耳、此卽我是用憂之意、唐士謂曰、昔辛有適伊川、有被髮野祭者、曰不及百年、此其爲戎乎、其禮先亡矣、秦晉果遷陸渾之戎於此、類之應也、如蠻如髦、我是用憂、詩人之意深矣、幽王卒死犬戎之難、可畏哉、

角弓八章章四句

菀柳。刺幽王也。暴虐無親。箋曰、因甚蹈、無親二字、卷子本傍書本無、而刑罰不中。箋曰、釋各章末句、諸侯皆不欲朝。箋曰、因二無字、言王者之不可朝事也。箋曰、朝與事別、事、釋靖之、此爲幽王暴虐、諸侯畏禍、不敢朝王、於是在王朝者、作詩以著其事、而原其情、故得列之於雅、其曰予者、代諸侯自予、采菽之詩、是諸侯猶來朝也、至此而加暴虐焉、於是乎皆不欲朝、然諸侯不朝、特以畏禍之故、事勢猶與東遷不同、詩人刺之、冀其聞而能改、則諸侯不難相率而朝、此忠君愛國之忱所爲也、

有菀者柳、不尚息焉。興也、菀、茂木也、上帝甚蹈。無自暱焉。

蹈·動、暱·近也、**俾予靖之。後予極焉。**靖·治、極·至也、○菀音鬱、蹈音悼、暱女栗反、延文本·傳動下治下並有也字、

箋曰、比也、反體、菀、茂貌、尙、庶幾也、不尙、尙也、行道之人、無不庶幾息于茂柳者、王者仁恩有所庇廕、則諸侯皆願朝事之、此其常也、馬瑞辰曰、白帖引詩作苑、菀苑古通用、有作茂木解者、晉語、人皆集於苑、我獨集於枯、是也、有作枯病解者、淮南子、形苑而神壯、又曰、百節莫苑、高注、苑·枯病也、是也、菀葱聲亦相近、玉篇、葱·於元反、敗也、又曰、委·葱也、此詩釋文菀音鬱、徐於阮反、案讀鬱者爲茂木、讀於阮反則訓如萎葱之葱、詩蓋以枯柳之不可止息、興王朝之不可依倚也、馬說似優、○上帝甚蹈者、上帝暗斥王也、蹈如樂記發揚蹈厲之蹈、謂頓足而怒厲也、傳訓爲動、馬瑞辰曰、一切經音義引韓詩作上帝甚陶、陶、變也、變與動同義、蹈通作陶、猶江漢詩江漢滔滔、風俗通義山澤篇引作江漢陶陶、楚詞九章滔滔孟夏、史記屈原傳作陶陶也、蹈又通慆、韓詩外傳引詩下章作上帝甚慆、而上引孫子賦云、以盲爲明、以聾爲聰、以是爲非、以吉爲凶、則慆亦變亂是非之意、戰國楚策又引詩上天甚神、無自瘵也、神者蓋慆字之壞、陶蹈慆古同聲、得通用、其義均與毛傳訓動同也、動者言其喜怒變動無常、下云俾予靖之後予極焉、正以王之喜怒無常、證明上帝甚蹈之事也、○無自暱焉者、諸侯之辭也、暱、近也、自暱、言以身親近上帝也、諸侯之無暱、因王之無親也、故序曰無親、○俾予靖之後予極焉、釋文、俾本

作畀、大學違之俾不通、左傳襄十一年、俾失其民、釋文並云俾本作畀、畀是付託之辭、與俾爲使同義、靖、鎭定也、俾予靖之、謂入而輔政、鎭定周室、如鄭虢也、入爲卿士、是諸侯之榮、而不願之者、畏刑罰不中故也、此以諸侯有王官之任者成辭、非每國而任王官也、爾雅釋言、殛・誅也、箋以極爲殛之假借、故云誅也、極當讀若孟子又極之於其所往之極、趙注、極・惡而困之也、亦或作殛、書舜典殛鯀於羽山、殛舊訓爲誅、謂殛亦困之之謂也、言置之羽山、又以法困之、使不得妄爲也、姜炳璋曰、天子外臣、身逢暗主、惟如周文王之柔順文明、郭令公岳武穆之單騎赴召、臣道斯爲無愧、後世強兵手握、遙執朝權、甚且興晉陽之甲、淸君側之蠱、六朝亂臣、率用此術、無怪近代借此詩一靖字、自號爲靖難之師也、

有菀者柳。不尙愒焉。愒・息也、**上帝甚蹈。無自瘵焉。**瘵・疾也、**俾予靖之。後予邁焉。**○愒欺例反、瘵側界反、延文本・傳疾作病、

箋曰、菀彼柳斯、鳴蜩嘒嘒、亦比王者庇蔭之大、息者行而息也、故比往朝、○無自瘵焉者、言苟朝王、適所以自病也、予無以自取病耳、上章言暱、此章言瘵、蓋謂無自暱以自病、言有次而意亦相成也、兩俾予靖之、起下章曷予靖之、○後予邁焉者、邁、行也、昭公元年左傳鄭放游楚于吳、將行子南、子產咨于大叔、大叔曰、吉若獲戾、子將行之、何有于諸游、是邁有得罪見放之義、故箋云後反誅放我、言或出亡、或放棄、不得久居王所也、暱與邁對、瘵與極對、

自近故遠之、自瘵故至于困也、亦用字之巧、

有鳥高飛。亦傅于天。彼人之心。于何其臻。曷予靖之。居以凶矜。

曷・何、矜・危也、○傅音附、延文本・傳何下有也字、

箋曰、興也、反體、傅、附也、以鳥之高飛附于天而止、興王之暴虐震蕩、不知其所至焉、○彼人指幽王、彼也者外之也、人也者卑之也、共主而目爲彼人、固知西歸非復好音所能動矣、臻、至也、于天于何成對、暴虐無親、而刑罰不中在此、○曷予靖之、傳訓曷爲害、卽葛覃害澣害否害字也、故箋以爲何、易損曷之用、二簋可用享、崔注、曷・何也、書盤庚上、汝曷弗告朕、傳、曷・何也、曷何同音、故曷爲何也、改俾曰曷、是決斷之辭也、居以凶矜、居猶處也、此矜字亦當讀如鴻雁爰及矜人之矜、苦也、說文、凶、惡也、象地穿交陷其中也、石經論語殘碑、校官碑、魏受禪碑皆作矜、从令、古人令字皆與眞文元寒刪先字爲韻、不與庚靑侵蒸爲韻也、矜與瘝通、釋言、矜、鹹、苦也、言我曷靖之乎、後將處我以凶危瘝苦之地耳、居以凶矜、卽予極予邁之意、序所謂刑罰不中也、

菀柳三章章六句

都人士。周人刺衣服無常也。

箋曰、是什附下國詩、故始稱周人、倂白華止二篇已、衣字

卷子本傍注本無、古者長民。衣服不貳。從容有常。箋曰、變易無常謂之貳、從容猶逍遙、言休燕亦有常服也、以齊其民。則民德歸壹。箋曰、長民以下至是句出緇衣、傷今不復見古人也。箋曰、荀子、亂世之俗、其服組、其容婦、其俗淫、夫衣服之失、亦遊冶所使、是詩帶言女子者、著士行正、故女亦不冶容耳、故序之言、不及婦女、趙佑曰、盛明之世、其服御必尚樸素正大、而無奇衺之製、妖冶之容、禮法之家、其僕婢皆能端莊歛抑、而無猥瑣之態、佻達之事、觀風教者由之、此詩所以思盛周人士、而三致意于衣服之間、與君子女也、南北史及唐人小記、往往述婦女粧飾亦其意、陳啓源曰、朱子辯說云、都人士敘、蓋用緇衣之誤、是不然、緇衣公孫尼子作也、尼子者七十子之徒、與大毛公俱六國時人、毛公傳詩敘、尼子作緇衣、孰先孰後、未可定也、所謂古者長民、衣服不貳、從容有常、以齊其民、則民德歸壹、當是先正遺言、敍詩者與尼子各述所聞、著之於書耳、安井氏曰、案詩義傳自七十子、歷世經師、賚口相授受、以至大毛公、大毛公之時、天下之亂極矣、毛公恐其或失傳、故筆之書、以爲繼序、尼子亦七十子之徒、述其所聞、以作緇衣、其源同出於七十子、其言之同、固不足怪也、

彼都人士。狐裘黃黃。其容不改。出言有章。彼、彼明王也、

行歸于周。萬民所望。

周、忠信也、○行下孟反、

箋曰、都、王都也、何地無士女、獨以都人士爲咏者、首善必自京師始也、正義謂、都邑之士近政化、有道先被其德、無道先化其淫、此時奢淫巧僞、都邑尤甚、故舉古以駁今、夫爲四方所觀瞻者、莫甚於京師、士大夫好尚、有衆競趨、謂宜有常不改、以一遠近之心思、乃同此衣冠言動、而新奇之製、方月異而歲新、巧詐之風、且爭先而鬭捷、其貽害人心者非小、此詩人所嘆也、傳有一言而詩義以明者、如云彼彼明王也、則見爲萬民所觀法以成風俗之美、本於大家士女、動有準繩而大家士女之能然、又本於朝廷也、○狐裘黃黃者、俞樾曰、狐裘爲古之所重、秦風曰、錦衣狐裘、其君也哉、檜風曰、狐裘以朝、未聞庶人得衣狐裘也、序云、古者長民、衣服不貳、從容有常、以齊其民、則民德歸壹、然則篇中所言衣服、自以長民者言、正義謂以民言、而許庶人得服狐裘、誤矣、三章云、彼都人士、充耳琇實、與淇澳充耳琇瑩文義一律、豈庶人所宜有乎、正義以衛風之琇爲玉多石少、以此詩之琇爲全是石、是亦曲說、毛傳於兩篇並訓美石、無此分別也、士者對女而言、猶女曰雞鳴、士曰昧旦、女曰觀乎、士曰既且、皆士女對言也、大家世族之士女、足爲下民表率、卽序所謂長民也、三章云、彼君子女、謂之尹吉、鄭以爲尹氏姞氏、周室昏姻之舊姓、然則都人士與君子女相對成文、豈庶人乎、陳啓源曰、士之稱可通於貴賤、但此詩所謂士、大率主貴者言耳、民望之目、充耳垂帶之飾、非士大夫不能當之、惟臺笠緇撮、實爲賤服、然郊特牲言、蜡祭諸侯使者草笠而至、貢於大羅氏、所以尊野服、諸侯使者必士大夫、玉藻云、始冠緇布冠、自諸侯下達、冠而敝之、是未敝之時、貴賤皆緇布也、然則臺笠緇撮、一則因事而服之、一則初冠而服之、雖非貴者常服、要亦有時而服焉、何必定指爲庶民、況此詩中三章、皆士女對舉、女稱君子女、則大家女也、女獨舉其貴、不應士偏指其賤、且詩所述言行服飾之美、正序所云衣服不貳從容有常者、卽以五章皆指長民者言、何不可哉、胡承珙曰、詩疏泥於臺笠緇撮爲庶人之物、又以箋取溫裕、謂非大蜡之服、故同犬羊之裘不褐、不知箋言取溫裕者、謂其衣服有常無取華美、非不褐之謂、不得因是斷爲庶人、至臺笠緇撮、箋云、古明王之時儉且節也、此言儉而合於禮節、則陳氏據郊特牲玉藻、以爲貴者亦有時而服之、是也、若庶人則臺笠等是其常服、何爲美其儉且節哉、以上諸說皆是、黃黃、狐裘色也、論語狐貉之厚以居、狐裘則士大夫之燕服、非庶人之所服也、庶人則服犬羊耳、是詩主服、服正而容正、言正、行正也、夫習尚之浮薄、必自炫耀其衣服始、左傳所謂服之不衷、身之災也、故孝經論卿大夫之孝、首曰非先王之法服不敢服、而孟子語曹交以孝弟、亦曰服堯之服、李氏曰、古者衣冠不正、朋友之罪、則是衣服之不正、古人以爲甚恥、蓋所以壞其德者、不在大也、○其容不改、出言有章者、不改、有常也、章、文章也、表記、君子服其服、則文以君子之容、有其容則文以君子之辭、遂其辭則實以君子之德、與是正同、○行歸于周者、行讀去聲、歸是歸其有極之歸、集傳行讀如字、又以周爲鎬京、則東遷以後詩矣、行歸于周、似是都邑變遷之語、但詩言人物儀容、傷今思古、並無亂離之意、況周室雖遷、未嘗易姓、東都亦在王畿之內、卽犬戎禍亂、何至衣冠士女一概全非、且以東都指西都鎬京、亦不應言周、作詩者獨非周人邪、左傳襄十四年、君子引此詩、以證楚子囊之忠、意正與毛合、況以周爲忠信、乃詩書之常訓、何必易之、其容不改、容貌之善也、出言有章、言語之善也、行歸于周、德行之善也、然容言可飾於外、行不可矯於一時也、行尤重焉、經於首章舉其全端、下乃專就容貌言之也、〇萬民所望者、言萬民所瞻望而效法之也、左傳、忠、民之望也、詩曰、行歸于周、萬民所望、忠也、二句明是長民者之德望也、正義云、長民於經無所當、誤矣、是詩首章六句、唯毛詩有之、三家則亡、見緇衣鄭注、正義曰、襄十四年左傳引此二句、服虔曰、逸詩也、時三家列於學官、毛詩不得立、故服以爲逸、胡承珙曰、賈誼新書等齊篇、引詩云、彼都人士、狐裘黃裳、行歸于周、萬民之望、賈時毛詩未行、又所引字亦小異、疑同於三家、然則三家無此首章、或後漢時逸之、亦未必本無也、

彼都人士。臺笠緇撮。 臺所以禦暑、笠所以禦雨也、緇撮緇布冠也、 **彼君子女。綢直如髮。** 密直如髮也、 **我不見兮。我心不說。** 〇笠音立、緇側基反、撮七活反、綢直留反、說音悅、

箋曰、臺、夫須也、詳南山有臺篇、安井氏曰、臺笠緇撮蓋周初士人之野服、笠以竹皮爲之、無柄曰笠、有柄曰簦、可以禦雨、臺言物、笠言器、互文、故傳分臺

笠爲二、緇布冠上戴臺笠、其爲野服可知矣、序從容有常、蓋謂此也、案吳語、簦笠相望於艾陵、唐固注、簦、夫須也、然則臺簦古通用、亦一聲之轉也、臺笠以臺爲之、臺言物、笠言器、陸璣疏云、舊說、夫須可以爲簑笠、是臺可爲笠、無羊詩以簑笠並言、可以二物釋之、此詩以臺笠與緇撮對舉、宜爲一物、若以臺爲簑、則緇亦將另爲一物乎、古人家居私出、多不用章服、野行遠道、取其便而已、且戴笠者不宜冠、唯以緇巾韜髻而已、緇撮是也、○彼君子女、卽承彼都人士言、言彼都人中有良家女耳、君子女者、貴人之女、所以別民女也、綢直如髮者、言其綢直者有如此之髮也、鄭云、其性情密緻、操行正直、如髮之本末無隆殺也、傳讀綢爲周、故釋綢爲密、說文、周、密也、杜注昭二十年左傳、周密也、周謂之密、凡從周得聲字、皆可謂之密、大而密者謂之多、小而多者謂之密、天下之物無有密於髮者、亦無有直於髮者、性情之密緻、操行之正直、比之於髮、最爲精妙、非若四章五章之徑言髮也、後世亦有心細如髮之語、不足異也、蓋內密而外正、又始終不渝、見女德之盛、言其貴女亦周淑端正、其有一德如髮也、二章三章相比、並言女子之德、四章五章相聯、並言其髮、是句與謂之尹吉對、或以後章言卷髮、疑是髮字者、不審章法故也、列女傳引是稱孟姬好禮、與鄭一意、且以髮喻女、而其髮之美自見、是古人罕譬之妙、此云如髮、下以髮云如蠆、用字分明、安得泥此爲咏其髮乎、又此言如髮者、以髮之本末而言也、咏其卷髮者、以其綰髻也、○我不見兮、我心不說者、猶曰今所見者、士大夫而袨服奇邪、靡靡楚楚、其心流散、燕女溺志、此何狀態哉、今之貴女、不羞冶容眩人、法服廢、風俗壞、故思古悒悒不樂耳、二

章以下、每章言我不見兮、以應句首彼字、首章言彼、不言我不見兮、卒章言我不見兮、而不言彼、結構極密、

彼都人士。充耳琇實。 琇、美石也、**彼君子女。謂之尹吉。** 尹、正也、**我不見兮。我心菀結。** ○琇音秀、菀、唐石經作苑、

箋曰、禮自大夫以下、弁而無冕、充耳者瑱也、冕之飾也、古玉圖考、充耳、形圜而長、如大棗、項上一孔以受繫、下垂如贅、人士而服充耳、其實卿也、卿而謂之士者、士者男子之美稱、可通稱之、且對君子女、而言士女也、上章言野服有常、此章言盛服不貳、以互相備、節儉受以綢直、盛飾受以尹吉、亦可玩、正義曰、此傳俗本云琇實美石者誤也、今定本、毛無實字、馬瑞辰曰、孟子充實之謂美、是實有美義、充耳琇實、猶淇奧詩充耳琇瑩、著詩瓊華瓊英瓊瑩、皆狀其玉之美、草木有榮有英有華有實、狀玉之美曰瑩曰英曰華、亦可曰實、其義一也、傳云琇實美石、與淇奧傳琇瑩美石詞義正同、是知傳本有實字者是也、馬說可從、王肅以爲塞實其耳、則與充耳文複不辭、琇實正以狀琇、非狀充耳也、○謂之尹吉、釋文、吉毛如字、鄭讀爲姞、經言吉者、猶吉人吉士也、謂之云者、言人稱其美德如此、女子無外見之才能、次章綢直如髮、不過作想當然語、四章卷髮如蠆者、其言與德功不可得而見、僅見其髮如蠆、亦就髮論髮耳、非謂君子女專在此髮也、此言謂之尹吉者、見此君子女無不稱其正而善者、蓋觀其容儀必有可信者、非徒託空言也、鄭以謂之二字、是

指成事而言、故易傳讀吉爲姞、云尹氏姞氏、周室昏姻之舊姓也、人咸謂之尹氏姞氏之女、言有禮法、吉姞同聲、古通用、鄭並未改字、不言君子女之飾、傳、鄭石癸曰、吾聞姬姞偶、其後必蕃、姞吉人也、后稷之元妃也、韓奕云、爲韓第曰謂之尹姞者、尹姞又君子女之望也、承上章綢直如髮而言、宣三年左姞相攸、言爲汾王之甥、則姞爲周室戚里、而尹爲世卿、周室之昏姻、貴此二姓也、當時卿大夫擇姓爲昏、故閨門之內、皆有禮法可觀、自豔妻以下賤奪嫡、一時化其淫俗、娶妻但娶容色、不論族姓、以致人倫道喪、而故家之流風盡矣、陳啓源曰、鄭說亦通、但尹是氏、姞是姓、兩家女子、一稱其氏、一稱其姓、文義不倫、且古者稱婦人、必稱其姓、未有獨舉其氏者、源意、尹吉二字、是專有指目之稱、古者以姓稱婦人、必有所繫以別之、或繫姓於謚、莊姜定姒之類是也、或繫姓於國、韓姞秦姬之類是也、或繫姓於字、孟姜季姬之類是也、或繫姓於氏、則有舉其父母家之氏者、狐姬孔姞之類是也、有舉其夫家之氏者、夏姬欒祁之類是也、周之盛時、必有姞姓之女、嫁於尹氏、而以賢著聞者、當時舉婦人之賢、輒云尹姞、故詩言謂之、明是本有是人、而指目之詞、猶曰彼大家女子・有號爲某人者云爾、尹乃少皡氏之後、已姓、若並述兩姓之女、則當云已吉矣、○我心苑結者、不唯不說也、眼底無人、激成遐想、故一團豔羨、純是高潔、用意之遠、與車舝同、其爲憂世深矣、苦於無望也、苑本作薀、說文云、从艸溫聲、於粉切、引昭十年左傳薀利生孼、積也、又滯也、詘也、俗作蘊、此詩苑結、釋文於粉反、徐音鬱、鄒素冠蘊結、釋文亦紆粉反、當以此反爲正矣、

彼都人士。垂帶而厲。彼君子女。卷髮如蠆。厲、帶之垂者、

我不見兮。言從之邁。○蠆敕邁反、

箋曰、禮、大帶垂三尺、大帶之垂者、名之爲紳、復名爲厲、小爾雅、帶之垂者謂之厲、桓二年左傳鞶厲、杜注、厲大帶之垂者、並與毛傳合、方言則曰、厲謂之帶、廣雅亦曰、厲帶也、蓋對文則厲爲垂帶之名、散言則厲亦帶也、左傳、以鞶厲游纓與帶裳幅舄並言、則鞶與帶爲二物、厲與鞶又爲二物、此傳以厲爲帶之垂者、明厲是垂帶之名、不得爲垂帶之貌、厲與紳同、玉藻注亦云、紳帶之垂者也、紳之義爲重爲束、又名厲者、當從鄭爲裂字之借、厲與裂古同聲通用、故厲山氏又作烈山氏、說文、裂繒餘也、大帶以繒爲之、而垂其餘、故得裂名也、春秋紀子帛名裂繻、繻帛之餘爲裂、讀厲爲裂、正與下章帶則有餘義相承、昭元年左傳、叔孫召使者、裂裳帛而與之、曰帶其褊矣、正帶與裂帛相似之證、胡承珙曰、經文垂帶而厲、言垂其帶而爲厲也、杜預注左傳、以厲爲大帶之垂者、以鞶爲大帶則非、古人衣服本有二帶、儀禮賈疏謂、大帶所以束衣、革帶所以繫韠及佩、大帶以絲、鳴鳩其帶伊絲、是也、鞶字從革、當爲革帶、白虎通義云、男子有鞶革者、示有金革之事、革帶雖揉皮極輭、不能挽結而下垂、故通典及三禮圖皆云、革帶鉤鰈、然則厲自是大帶之垂者、不得以鞶厲連文謂鞶爲大帶、鄭因下言如蠆、故以上爲如厲、然毛意謂垂其帶而爲厲、文義自順、不必改而爲如也、○卷髮如蠆者、鄭箋云、蠆、螫蟲也、尾末

揵然、一切經音義引通俗文、舉尾走曰揵、蟲之行、皆舉其尾、故詩以狀婦人之卷髮、正與下章髮則有旟義相貫、禮鄭注、笄所以卷髮、據是則說卷其髮如蠆尾曲尤明通、蓋作髻如蠆形也、卷通作鬈、類篇、髮曲也、又禮記、燕則鬈首、疏謂、分髮爲髻紒也、紒卽髻也、○言從之邁者、邁、行也、言得見則欲從之去也、猶孔子從先進之意、今不復見古人、出門則組服婦容、是淫俗耳、何以解我菀結矣、

匪伊垂之。帶則有餘。匪伊卷之。髮則有旟。旟、揚也、**我不見兮。云何盱矣。**○旟音餘、盱喜俱反、吁唐石經延文本・並作盱、傳同、

箋曰、連上章就士之帶女之髮反覆言之、所謂詠歎之也、言非故欲垂之也、帶之制不好異、則自有餘矣、非故欲卷之也、髮有餘故鬈之、未嘗爲異髻矣、正與首章其容不改相應、變餘言旟者、旟以狀髮之長也、婦人斂髮之形、初不以揚爲美也、釋名、旟、譽也、說文、譽、稱也、爾雅、稱、舉也、舉揚同義、說文、揚、飛舉也、人之稱舉曰譽、物之揚舉曰旟、其義一也、陳啓源曰、箋云、帶於禮自當有餘、髮於禮自當有旟、可見一衣帶之微、一笄總之末、皆有禮法存焉、而古王制禮之嚴、都人守禮之恪、俱隱然於言外、詩人思古之意如此、所以有關於人心世教也、蘇氏曰、古之爲容者、從其自然、而非彊之、是惡知禮意、然猶有不致飾之義焉、朱傳曰、自然閑美、不假修飾、則直爲豔體之佳句矣、○云何盱矣者、盱吁一也、卷耳傳、吁憂也、言云何憂傷之甚乎、設問以明懷人之

切、杜詩、吏呼一何怒、婦啼一何苦、語意相同、卷耳云何吁矣、宜參觀篇首其容不改、義貫通篇、蓋舉容之不改、一望可見者、長言永歎、而其言其行、從可知矣、

都人士五章章六句

采綠。刺怨曠也。幽王之時。多怨曠者也。箋曰、敘云刺怨曠、蓋謂刺時之多怨曠耳、征役過時、王政之失、故復申言之云幽王之時多怨曠者也、是刺幽王、非刺怨曠也、怨曠多者、什末及谷風之什可推焉、幽王之詩四十四篇、而怨女唯采綠耳、舉一見百、故曰多、鄭不會敘意、釋之曰、譏其欲從君子於外非禮也、此誤矣、此詩既刺時多怨曠、通篇皆代怨曠者之言、首次敘其憂思之情、三四述其宴昵之想、設爲歸後之事、不必如鄭所言也、劉彝曰、周制、王畿外爲八州、州建牧以統七卒、卒建正以統三連、連建帥以統兩屬、屬建長以統五國、國建侯以統民、而敎之者三焉、耕以足食、文以興藝、武以防亂、國有不順、得正以屬、屬弗制則正以連、連弗制則正以卒、卒弗制則正以牧、牧弗制則正以州、州弗制然後大司馬提六軍起鄰牧、正以九伐之法、王師未有踰時在外者、故男女無怨曠、幽王時大司馬不能呼吸天下州牧、卒正連帥屬長不能正其所部、而鄉遂之兵、反久役於外、過期不反、與古異矣、

終朝采綠。不盈一匊。興也、自旦及食時爲終朝、兩手曰匊、**予髮曲局。薄言歸沐。**局、卷也、婦人夫不在、則不容飾、○匊弓六反、匊延文本作掬、傳同、傳容字卷子本傍書本無、

箋曰、綠者菉之假借、說文、菉、王芻、又云、藎草也、藎草一名黃草、以其可染黃也、詳淇奥、不盈一匊、心不在焉故也、於是始悟曲局出門也、曲局與卷髮如蠆迥別、猶言首如飛蓬、謂其亂而不理也、薄言、語辭、濯髮曰沐、歸、自采菉處歸也、是庶賤之女、其夫不歸、出采藎草、終朝而不盈一匊、悄然自悟心之不專於此、因撫其髮則曲局如蓬、嗟我如是而出門哉、人將謂我何、我且歸而沐矣、二語寫得黯然無聊、若認作歸沐以待君子便呆、誰適爲容、予髮曲局、卻同一情思、詩人著是女以禮自防也、

終朝采藍。不盈一襜。衣蔽前謂之襜、**五日爲期。六日不詹。**詹、至也、婦人五日一御、○藍盧談反、襜尺占反、詹音占、

箋曰、綠、野生、藍、家植、綠以染黃、藍以染青、婦人所有事、爾雅、葴、馬藍、注云、即今大葉冬藍、爲澱者、正義云、今江東人呼靛、俗所謂靛華是也、通志云、藍三種、蓼藍如蓼、染綠、大藍如芥、染淺碧、槐藍如槐葉、染青、三藍皆可作澱、色成勝母、故曰青出藍而青于藍、蓋采綠在秋冬、藍在夏、以著經年之別也、傳衣

蔽前謂之襜、此謂衣、非謂蔽膝也、引申之凡衣或曰襜褕、或曰襜襦、皆取蔽義、以襜盛藍、與以衽納芣苢、其事相同、古者衣皮先知蔽前、蔽厀乃其遺象、不得謂蔽前卽蔽厀、○五日爲期、六日不詹者、唯是期逝不至之辭也、五日爲一候、婦人以其君子久於行役、望其來歸時、以一候爲計、經文爲期、乃是思其歸者爲之期、過期而不至焉、斯不免於怨曠耳、所謂五日爲期者、不知許多五日矣、所謂六日不詹者、不知許多六日矣、傳云婦人五日一御者、內則、妾雖老、年未滿五十、必與五日之御、雖非庶人之制、而因經文五日之言、特假御之期日、以喻過時耳、經文五日、非謂卽五日一御之義也、詹之爲至、載於爾雅、乃古之方言、是以方言云、楚人謂至爲詹也、蓋詹者瞻之假借、目之所視、目之所至也、故引申之有至義、公羊莊十七年經、齊人執鄭瞻、左氏作鄭詹、莊子讓王瞻子、釋文鴻烈作詹、瞻詹字固相通也、

之子于狩。言韔其弓。之子于釣。言綸之繩。○韔勑亮反、

箋曰、預擬夫歸日之事、以自慰也、之子謂夫也、韔謂射訖弛弓納于韔中也、綸爲繩名、亦爲糾繩之稱、文選西都賦李注、急就篇顏注、引說文並作綸糾青絲繩也、之猶其也、言綸之繩猶云言糾其繩、正與言韔其弓句法相類、綸爲釣繳、又爲糾繩之名、猶繩爲索、而治其繩亦曰索、詩言索綯是也、凡字從侖者、皆以二者相對爲義、故從人爲五倫、君與臣對、父與子對、夫與婦對、兄與弟對也、從車爲輪、兩輪相對爲用、從言爲論、我與彼論辨也、則從糸之綸、

當謂合兩股絲而糾之、釋名曰、綸、倫也、作之有倫理也、蓋謂合糾兩股絲、其理粲然、故禮記緇衣曰、王言如絲、其出如綸、疏云、綸麤於絲、既合兩股絲、其麤可知矣、麻絲曰繩、綸之繩者、蓋合糾兩股麻絲以爲釣繳也、二言字、皆語詞、此婦人設想如此、下章又因釣而申說之耳、但不引思于離愁而凝思于歡聚、明是景緣情造、景甚幻而情則真、思之子便想見之子在眼前、狩而韔弓、釣而綸繩、此身若與之子相依戀者然、末章云釣而獲、獲而觀、情緒宛然、所謂夢裏不知身是客也、若以未歸既歸立說、殊失風旨、

其釣維何。維魴及鱮。維魴及鱮。薄言觀者。○魴音防、鱮音敘、

箋曰、魴、魚之美者、齊風其魚魴鱮、鱮似魴而弱鱗、內則有魴鱮烝、韓奕云、魴鱮甫甫、是鱮亦美魚可知、言我夫當有是美獲、若有是美獲、吾亦從之而爲觀者矣、觀言觀漁之人也、猶觀者如堵牆、左氏隱五年傳、公將如棠觀魚者、魚卽漁、漁可以觀、釣獨不可以觀乎、鄭訓觀爲多、非也、或云、韔弓綸繩非婦人事、況觀其釣乎、殊不知庶女爲夫執事、何所不爲、左傳賈大夫御妻如臯射雉、晉悼公子慭使其女僕而田、古人自有若事、觀者一句、真是神筆、室家相愛之情、藹然可掬、

采綠四章章四句

箋曰、此詩與雄雉伯兮略相類、純於風矣、何以登之於雅、蓋太史採之畿內、因以入告、或大臣擬作以爲諷諫、其事猶關乎天下、故爲雅、此於其過期不至刺之、通篇總是思念之情、末二章則思中之摹擬也、方采綠而忽思髮之曲局、而守禮之情景可想、五日六日、亦是大約言之耳、末二章總是無往而不與之俱、意中事、詩中景也、郝敬曰、朱子改爲婦人思其君子之詩、非也、幽王使人不以道、詩人記閨怨以刺之、人情者聖王之田、男女居室、人之大欲、今使其室家睽離、匹婦銜怨、故聖人錄其詩、以明王道本乎人情爾、

黍苗。刺幽王也。 箋曰、行役無期、則興嗟怨曠、前列采綠、次以黍苗、則膏雨之義著矣、 **不能膏潤天下。** 箋曰、詩以勞來民爲本意、借召伯以風朝廷也、故先言之、 **卿士不能行召伯之職焉。** 箋曰、召穆公不淹衆於外、竣事遄歸、外無曠夫、內無怨女、是大東四月北山小明之反、國語注、黍苗道召伯述職勞來諸侯也、左傳襄十九年、季武子如晉拜師、范宣子賦黍苗、杜注亦云、黍苗美召伯勞來諸侯、然述職勞諸侯、祗可施於下泉之卒章、此詩但言召伯營謝勞來徒役、並無述職勞諸侯之事、韋杜之說、實未可據、至左傳賦詩、多祗取其詞、不盡拘作詩之旨、如襄十九年范宣子之賦黍苗、意取晉侯憂勞魯國、而季武子之拜、卽專以陰雨膏黍爲詞、又如襄廿七年鄭伯享趙孟于垂隴、子西賦黍苗之四章、亦但取召伯之功、以美趙武、皆不復論作詩之本旨、後儒

必以爲此有美無刺、亦徒以其詞而已、朱傳必以此爲宣王時詩、但十五國之風、或以采得之先後爲先後、容有作在先而采在後、以致時世失次者、雅在王朝、國史隨時編錄、世次必無錯亂、當與瞻彼洛矣之思古明王同、若果美宣王、則應次車攻吉日間矣、夫世衰道微、事變常非一端、非一日、民生湫隘日甚、至不敢復語盛隆、而但卽數十年、十數年間、耳目所及、偶焉俛仰、已不勝其人之古、事之遠、此詩序主乎刺幽、而所思乃近在宣王時、蓋較之詠懷文武成康者、時愈降、情愈迫矣、

芃芃黍苗。陰雨膏之。 興也、芃芃、長大貌、 **悠悠南行。召伯勞之。** 悠悠、行貌、○芃蒲東反、延文本・傳大貌下・行貌下・並有也字、

箋曰、黍苗、黍之苗也、陰雨膏潤黍苗、以興召伯能布王澤、以勞來行者也、國語賦黍苗之下、曰君若膏潤之、使能成嘉穀、蓋黍之苗有保赤子之意、春秋無麥苗、言麥與苗、與是不同、蘇氏云、召伯之勞行者、猶陰雨之膏黍苗、就詩辭言似合、然序刺幽王不能膏潤天下、則是以陰雨喩宣王能膏潤天下、蓋召伯能勞來勸說行衆、皆王之恩澤也、觀篇終云召伯有成、王心則寧、足徵序之獨見其大、○悠悠南行、召伯勞之者、悠悠、遠行之意、謝在周南、故曰南行、召伯、召穆公虎也、是康公之子、勞之謂慰其勞苦、恤其飢渴、拊循勸勉、如天澤沃然、其勞也蓋膏也、

我任我輦。我車我牛。我行既集。蓋云歸哉。任者、輦者、車者、牛者、

○任音壬、

箋曰、以下二章、所謂勞之也、皆召伯之語、是章戒役夫也、連下章八我字、皆作召伯自我、一一指其事呼其人之詞、儼然徧巡三軍拊而勉之、皆如挾纊之意、於勞字亦體貼曲盡、任輦車牛、是轉運所用、傳下四者字、則皆指人不指物之意已明、馬瑞辰曰、淮南子道應篇曰、甯越爲商旅將任車、高誘注、任、載也、引詩我任我輦、是高氏以詩我任卽爲任車、今按周官鄉師注、輦、人輓行、所以載任器、則輦亦得曰任、下始言我車我牛、車牛爲一、則上言我任我輦、卽謂以輦載任器、亦爲一事而分言之、不得如鄭訓爲負任、亦不得如高誘以爲任車也、又鄉師注引司馬法曰、夏后氏謂輦曰余車、殷曰胡奴車、周曰輜輦、輦一斧一斤一鑿一梩一鋤、周輦加二板二築、此謂輦載一人所需物也、又曰、夏后氏二十人而輦、殷十八人而輦、周十五人而輦、此謂一輦載二十人、若十八人、十五人所需也、周每人加二板二築、故僅容十五人所需、賈疏謂、說輓人多少、失之、說文、扶、並行也、从二夫、輦、輓車也、从扶在車前引之、易林曰、二人輦車、徙去其家、是皆輦用二人引車之證、淮南子說山篇曰、引車者二、六而後之、據上云物固有衆而不若少者、當讀引車者二爲句、所謂少也、六而後之另爲句、謂六人自後推之、所謂衆也、卽左氏傳所云、或輓之或推之也、其云引車者二、與說文易林言輦用二人引車正合、高誘注曰、

轅三人、兩轅六人、故謂二六、一說十二人、皆非也、馬說得之、我車我牛者、車之中有牛、徒車不能致遠也、牛之中亦有車、徒牛亦不能引重也、互文以見義耳、○我行既集、集猶成也、蓋云歸哉、蓋者盍之叚借、檀弓、子蓋言子之志於公乎、鄭注、蓋當爲盍、爾雅釋言、曷、盍也、廣雅、曷、胡、盍、何也、此詩兩言蓋、皆當讀爲盍、盍、何不也、猶言我行事既成、何不速歸乎、是催歸之辭、云、語詞、

我徒我御。我師我旅。我行既集。蓋云歸處。徒行者、御車者、師者、旅者、

箋曰、是章戒士衆有司也、徒、步行者也、御、乘車者也、安井氏曰、徒御以士卒言、師旅以將帥言、故經傳皆別言之、○我師我旅、鄭箋言五百人爲旅、五旅爲師、引春秋傳曰、諸侯之制、君行師從、卿行旅從、但此經言隨行之兵衞、或至千人而爲師、或至百人而爲旅、承天子之命、往城謝邑、其隨行人衆、當不得少、與下章征師師字、均當活看、鄭說未免拘泥、○蓋云歸處者、處、安息也、加一字、勞意更懇、首章奇、而下四章兩兩相比、須知二章三章全是一意、而丁寧之、以著其勞來不勤民之意、

肅肅謝功。召伯營之。烈烈征師。召伯成之。謝、邑也、

箋曰、肅肅、嚴正之貌、謝、邑名、功、工役之事也、言傚其城、成寢廟、大雅云、申伯之功、召伯營之、是也、烈烈、威武貌、征、行也、在周禮大役之禮、大封之禮、皆屬軍禮、大衆動故也、故曰征師、天子卿士、將徒役以往、即是征師、烝民仲山甫以王命城齊、亦曰征夫捷捷、夫慰諭之、不可無恩情、而統率之、又烏可無紀律、上言撫恤之恩、此言嚴肅之威、不撫恤則無以憫其罷勞、不嚴肅則無以戢其騷擾、是之謂並行不悖、謝在今南陽府南陽縣、非宣王時始封也、詳崧高篇、天子之后、必娶于諸侯、嵩高曰、王之元舅、謂吾舅者、吾謂之甥、是厲王之后亦申女矣、不獨幽王也、宣王之世、申伯以元舅而入爲卿士、故曰爲周之翰、四國于蕃、四方于宣、其使召伯營謝、特因有功而謝邑、非所封國也、

原隰既平。泉流既清。召伯有成。王心則寧。土治曰平、水治曰清、

箋曰、原隰就土田言之、既平者、疆其土田、因高而高、因下而下、皆使成方也、泉流以溝洫言之、泉者水之發、流者水之衍、既清者治其溝洫、蓄洩有條也、此行不僅爲申伯營國、兼爲申伯營田矣、陳啓源曰、爾雅有十土、其可食者三、隰也、平也、原也、陸也、阜也、陵也、阿也、七者非沮洳萊沛、即險陗墝埆、非樹蓺之地、原也、阪也、隰也、三者高下不同、皆可種而食、原隰之名凡再見、而可食不可食異焉、公羊傳何休注、原宜粟、隰宜麥、此可食者也、孔謂原隰最利於人、亦指斯土、又曰、原隰阪皆可食、而原隰尤利人、先王疆理所獨詳、而詩人咏之尤多、然爾雅有兩原隰、其一可食、其一不可食、並見於詩、異實而同

名、不可不辨也、案詩有兼言原隰者、曰于彼原隰、曰原隰裒矣、曰畇畇原隰、曰原隰既平、曰度其隰原、有獨言原者、曰鶺鴒在原、曰至于太原、曰瞻彼中原、曰中原有菽、曰周原膴膴、曰度其鮮原、曰于胥斯原、曰復降在原、曰瞻彼溥原、有獨言隰者、曰隰有苓、曰隰則有泮、曰隰有荷華、隰有游龍、曰隰有榆、隰有杻、隰有栗、又曰、隰有栗、隰有楊、曰隰有六駮、隰有樹檖、曰隰有杞桋、曰徂隰徂畛、曰隰有萇楚、隰桑有阿者各三、今以爾雅兩原隰合而論之、曾孫之所田、召伯之所平、公劉之所度、其爲可食之原隰無疑、至皇華喻使臣、常棣喻兄弟、則用以託興、不過廣平下濕之通名也、小宛之中原、有菽可采、緜詩之周原、菫荼如飴、文王之遷程、公劉之遷豳、將欲建國立都、墾田蓺穀、其所營度相視、必非墝瘠之場、邶唐秦三風、及小雅二詩、各著隰之所產、榆杻楊駮及赤楝、俱材木也、桑可飼蠶、苓杞可入藥、檖栗有實可啗、亦嘉植也、而載芟之隰畛、則千耦聚而耘焉、此六原十三隰、定是可食之土、至於常棣之原、禽鳥所集、六月之原、戎馬所馳、吉日之原、射獵所向、必非稼穡之地、衛隰以有泮稱、中必瀦中、鄭之荷華游龍水草也、鄶之萇楚蔓草也、而隰生焉、則亦沮洳澤障而已、上三章、言召伯之說以使民也、使民如是、是以能成其功、若下二章也、大意本於膏勞、呂氏曰、天子子萬姓者也、大臣慮四方者也、方伯分一面者也、申伯之體勢不重、則無以鎮定南服、召穆公身爲卿士、豈得辭其憂責哉、宣王雖深居九重、宵旰之慮、固未嘗一日忘之也、必待召公告厥成功、而王心始寧焉、此真知職分者也、

黍苗五章章四句

箋曰、此篇與崧高同一營謝事、大雅意重彝章、故鋪敘宏麗、小雅意重總帥、故文模簡促、意象逈爾不同、嚴氏以此第三章我師我旅、及第四章烈烈征師爲平淮之役、非是、崧高詩亦只言營謝、不言平淮也、安井氏曰、蓋幽王多嬖寵、爲之城其邑、民庶困病、如十月之交所陳、故述召伯營謝之事、以反照之耳、陳啓源曰、周家十臣、惟太公之後有桓公、召公之後有穆公、皆克紹先烈、周公雖元勳、其子孫不及也、然穆公之乃心王室、忠貞勞勩、尤非桓公所得比、驟諫厲王、又脫宣王於難、而以子代之、及王立、復爲之平淮夷、城謝邑、上能宣布王德、下能慰安衆心、穆公先朝舊臣、年高望重、盡悴事國、不敢告勞、眞無忝厥祖矣、故當時旣咏其事、而奕世之後、猶歌思不忘、有黍苗之篇也、皇父作都於向、萊民之田、徹民之屋、雖由幽王之闇、然使得大臣如穆公者董其役、何至大爲民患哉、此黍苗篇不徒刺王、又刺其大臣也、敘云、王不能膏潤天下、卿士不能行召伯之職、詩旨良然、

隰桑。刺幽王也。小人在位。君子在野。

箋曰、釋桑之在隰也、

思見君子。盡心以事之。

箋曰、君子在野、人思見之、觀末章可知矣、思見君子則厭惡小人、而刺在用小

人遠君子之人、何楷曰、朱子謂此喜見君子之詩、詞意大概與菁莪相類、今按、此詩雖彷彿與菁莪近似、然細味實有不同者、以菁莪取興、自中阿而中沚、而中陵、有離潛向升之象、此三章但皆曰隰桑耳、隰者卑下之地、其非在高明之位可知、況其樂如何、云何不樂、又皆未有是事而假設之語乎、故知序解自確、序末延文本有也字、

隰桑有阿。其葉有難。興也、阿然美貌、難然盛貌、有以利人也、**既見君子。其樂如何。**○難乃多反、傳美貌下・盛貌下・延文本並有也字、

箋曰、比也、下溼曰隰、阿之爲言、猗也、淇奧傳、猗猗・美盛也、美盛統下其葉有難有沃有幽而言也、古難儺通、難之爲言那也、其讀同那、桑扈那傳、那、多也、盛與多同義、經言隰桑之美盛、亦美於其葉耳、首章言有難者初生之盛、卽少而美好也、次章言有沃者、言其壯盛也、三章言有幽者、言盛之極而幽黑也、桑葉之美盛以利人、比君子之德以庇蔭人、隰以言在野也、桑嘉木也、可以爲衣、故南山有桑、亦以喻賢者、今桑之在隰、阿然而美盛、喻君子在野、雖處窮約、而英華發外也、夫桑高下皆宜、在隰亦不失其美盛、鄭箋云原上之桑、枝葉不能然者、非也、桑果不宜於高地、而專宜於隰、則在野非所以爲刺矣、且就詩辭所詠言之、南山有桑、阪有桑、山與阪之桑也、降觀于桑、十畝之間兮、桑者閑閑兮、在田之桑也、遵彼微行、爰求柔桑、牆下之桑也、菀彼桑柔、

其下侯甸、道上之桑也、彼汾一方、言采其桑、水涯之桑也、桑之不專宜於隰明矣、故隰桑爲君子在野之喻也、○旣見君子者、猶未見也、作虛擬之詞、樂者兩人相得之謂、詩人見滿朝佞諛、無一可與言者、思得見在野之君子、深談時事、以共抒其憤懣而爲樂也、其樂如何者、欲自言而非言語之所能形容也、

隰桑有阿。其葉有沃。沃、柔也、**旣見君子。云何不樂。**

○沃烏酷反、

箋曰、沃謂長茂光澤、如膏之沃也、有難有沃、並比君子之愷悌焉、與今之在位暴惡反對、○云何不樂者、欲自止而非在我之所能遏抑也、兩章反復言見君子之樂、以著今之憂苦也、

隰桑有阿。其葉有幽。幽、黑色也、**旣見君子。德音甚膠。**

膠、固也、○膠音交、

箋曰、傳蓋讀幽爲黝、周禮牧人、陰事用黝牲毛之、守祧、其祧則守祧黝堊之、司農注並云、黝讀爲幽、黑也、據此則黝幽古字通也、說文、黝、微青黑也、凡木

葉大抵幼者青蒼、壯而綠、老而深綠、如添黑色、亦只色之淺深而已、伐木篇出自幽谷、傳曰、幽、深也、斯干篇幽幽南山、傳曰、幽幽、深遠也、葉之盛者、色青而近黑、則黑色亦爲盛貌、葉盛則望之深遠矣、義自相通、天下不可一日無桑、桑不用於天下、而榮於春、悴於秋、桑自若也、天下一日無桑、則靡不寒矣、故以喩君子、而桑之用在葉、三章皆咏其葉、言非無用而隱也、無用而隱者、隱逸傳之所不貴、○德音孔膠者、列女傳賢明篇、引詩曰、既見君子、德音孔膠、夫婦人以色親、以德固、姜氏之德行、可謂孔膠也、韓詩外傳云、夫習之於人、微而著、深而固、是暢於筋骨、貞於膠漆、是以君子務爲學也、亦引此詩、是章承前二章、見其可樂之實、故變句法、美君子之一德貞固、下章之誠愛、亦本于此、而今之在位、其心無恆、淪胥以溺者、見於言外、美君子之言、而皆帶刺小人之意、此乃詩之妙、而序之盡乎詩者也、

心乎愛矣。遐不謂矣。中心藏之。何日忘之。

箋曰、遐與何同、表記作瑕、鄭注、瑕之言胡也、胡之言何也、皆音之轉也、謂猶告也、得之、遐不謂矣、語勢與遐不眉壽、遐不黃耇、遐不作人同、欲待其在位、而告之以濟世安民之略也、左傳襄二十八年、鄭伯享趙孟、子產賦隰桑、趙孟曰、武請受其卒章、杜注云、武欲子產之見規誨、據此、四章之義皎如矣、中心藏之、藏羣書治要作臧、釋文、藏、鄭子郎反、王才郎反、據箋與釋文、經文本作臧、故讀子郎反、而訓爲善、但古有臧而無藏、故漢書藏皆作臧、臧卽藏也、

當依鄭王本作臧、訓爲藏爲是、孝經引此詩、注云、愛君之念、恆藏心中、表記皇疏亦訓包藏、韓詩外傳引孟子曰、學問之道無他、求其放心而已、詩曰、中心藏之、何日忘之、此雖與詩人本旨無涉、其藏之自作藏蓄之義、禮記釋文作艸頭臧云、鄭解詩作臧善也、王肅訓善、中心臧之、猶云中心好之耳、此說亦通、孝子之於父母、中心臧之、如七十子之於孔子、愛故不得不告其情、臧故慕而不能忘也、所謂思見君子盡心以事、心乎愛者、言愛君子之深也、何不以告、而君子隱處巖穴、不可得見、故但中心藏之而無由告也、然雖不告之、而告之心、無日忘之、終欲其一見、忽作變調、一句一轉、蓋欲用之既不能、棄之則不忍、低回反覆、其愛惜悼嘆、不能自已、假如君子已見、不徒爲中心之藏也、故知上三章乃假設之辭、非實境也、何日忘之、便有相機而動之意、王心開悟、便可舉之於朝、故此篇是憂國思賢之操、非伐木求友之音、

隰桑四章章四句

白華。周人刺幽后也。

箋曰、稱周人、別下國也、程子謂、王誤作后、允然、若徑以幽后稱褒姒、則置申后於何地、其必不然矣、辨說云、漢書注引此序、幽字下有王廢申三字、雖非詩意、然亦可補序文之缺、胡承珙曰、朱子以爲非詩意者、蓋主此詩爲申后自言、非周人作刺耳、考漢書班倢伃傳云、綠衣兮白華、自古兮有之、顏注曰、綠衣詩邶風、刺妾上僭、夫人失位、白華小雅篇、周人刺幽王黜申后也、此恐是

小顏㬎括序文言之、序本有得褒姒而黜申后語、非今本首句脫王黜申三字、觀其引綠衣序、亦非專取首句可見、但序幽后二字、究疑有誤、下文明云、幽王取申女以爲后、何得又稱褒姒爲幽后、箋惟泥於刺幽后之文、故以碩人指褒姒、其實不然、詩端爲刺幽王而作、似未指斥褒姒、幽后字當如程子說是幽王之誤、故下繼之以取申女云云也、

幽王取申女以爲后。又得褒姒而黜申后。箋曰、鄭語、棄聘后而立內妾、是也、褒國也、姒姓也、**故下國化之。**箋曰、下國化之、卽五章鼓鍾于宮聲聞于外、是也、下國、諸侯之國、對天子爲上、故稱下國、此詩主刺王之遠申后、但王爲此行、則爲下國所化、故經略文以見意、序具述其事以明之、**以妾爲妻。**箋曰、諸侯傚之也、左傳若以妾爲夫人則固無其禮也、**以孽代宗。**箋曰、傚廢宜臼而立伯服也、孽魚列反、**而王弗能治。**箋曰、於是天下皆大亂也、

周人爲之作是詩也。箋曰、是詩嫌於申后作、又嫌作於申國、故重言周人、詩爲周人所作、猶後世長門賦爲相如作、而其辭則皆代申后、以宣其心所欲言之事也、國風小雅之體蓋皆如是、下國之詩則末附、

白華菅兮。白茅束兮。興也、白華、野菅也、已漚爲菅、**之子之遠。俾我**

獨兮。

○菅音姦、漚烏侯反、

箋曰、通篇章首二句皆比也、白華菅、指有白華之菅、陸疏云、菅似茅而滑澤無毛、根下五寸中有白粉者、柔韌宜爲索、漚乃尤善矣、正義云、漚之柔韌、異其名謂之爲菅、因謂在野未漚者爲野菅也、菅茅皆以喻申后、白華白茅皆取潔白之義、束者稱其守禮也、胡承珙曰、菅與茅統言之則爲一物、析言之則爲二物、故說文廣雅及楚辭王逸注皆菅茅不分、陸疏則云菅似茅、郭注爾雅、亦以菅爲茅屬、此傳意亦以菅茅爲二物、故用爾雅白華野菅而申之曰、已漚爲菅、是菅對野菅爲言、陳風東門之池、釋文及正義、皆云已漚爲菅、未漚爲茅、殊非傳意、但傳雖不以菅茅爲同物、而其取喻之意、則以菅茅皆喻申后、而不及褒姒、野有死麕傳云、白茅取潔淸、其不以喻褒姒可知、若如正義所引王肅之說、菅茅興夫婦以端正潔白相申束、則是兼喻王及后、而次章露彼菅茅、何以又專指申后不得覆養、曾菅茅之不如乎、○之子之遠、俾我獨兮者、之子、斥幽王也、俾、使也、詩人託言申后、故我皆申后也、王不復答我、使我獨居耳、夫奔申者、大子宜臼也、驪山之事、不可舉以責申后、申后被廢、未必大歸、又幽王遇弑事在十一年、距廢后時蓋已九載、此時申后存亡、亦未可知、漢以降、廢后有貶號收璽之儀、古無之也、申后蓋雖疏斥處別宮、而正嫡之位如元、若太子宜臼、則戹迺尺帛之懼、逼于旦夕、故出奔申國耳、

英英白雲。露彼菅茅。英英、白雲貌、露亦有雲、言天地之氣、無微不著、無不覆養、**天步艱難。之子不猶。**步、行也、猶、可也、○難乃旦反、延文本傳貌下養下·並有也字、

箋曰、上章以菅茅爲況、此言菅茅微物、猶上承天露、而已廢處離宮、恩澤不被、殆菅茅之不如矣、鄭風出其東門、有女如荼、傳、荼、英荼、正義言、荼英荼者、六月云白旆英英、英英是白貌、則知此詩英英、亦雲之白貌、朱傳、英英、輕明之貌、白雲、水土輕淸之氣、當夜而上騰者也、露卽其散而下降者也、蓋白雲是地中水氣、升騰而聚結者、尤輕而不蔽明矣、故其氣薄而易散、是不露而猶露也、正義云、言露亦有雲者、以雨必有雲、言亦、亦雨也、以今觀之、有雲則無露、無雲乃有露、言露亦有雲者、露雲氣微、不映日月、不得如雨之雲耳、非無雲也、若露濃霧合則淸旦爲昏、亦是露之雲也、胡承珙曰、此疏體物甚微歐陽本義以露爲覆露、不信露亦有雲之說、朱氏通義謂霧露非一物、不知雲氣微則爲露、重則爲雨、所謂天無雲則有露者、是雲已散而爲露、有雲則無露者、是露未成而尙爲雲也、疏云露濃霧合則淸旦爲昏、謂霧卽是露之雲耳、非以霧露爲一物也、○天步艱難、之子不猶者、步、行也、天步猶國步、自白雲撕起、故曰天步、天行不平易、言時運之杌隉、而王澤之施不普也、天步艱難四字、似不獨言一身廢立、若預知有犬戎之禍者、不猶謂不如此也、鼓鐘篇其德不猶、與此同、受上白雲露菅茅而言之、王屯其膏、而不如白雲然、菅茅何仰、不如本有兩義、一與弗及同、一與不似同、語相近而味有醇醨、此

詩意實在責其弗及白雲，而辭只宜言不似白雲矣，謂之弗及，則是咎責之辭，語切而意短，謂之不似，則是怨歎之辭，語婉而意長也、

滮池北流。浸彼稻田。滮，流貌、**嘯歌傷懷。念彼碩人。**

○滮符彪皮流二反，浸子鴆反，字亦作寖，嘯陸本作歗，延文本傳貌下有也字、

箋曰，白雲託興，傷天澤之不被也，滮池託興，傷地澤之不通也，申后見廢而獨處，是無天地也，說文滮作淲，云，水流貌，左思蜀都賦灑滮池而爲陸澤，魏都賦詩梗概於滮池，亦皆以滮爲池水之流者耳，諸家無以滮池爲水名者，惟酈道元水經渭水注，鎬水又北流，西北注，與滮池合，水出鎬水西，而北流入於鎬，毛詩曰，滮流浪也，而世傳以爲水名矣，是滮池之名，起於漢以後，蓋卽傳會詩辭爲之，酈氏引用而爲疑辭，最當，所載傳文，與今不合，則傳寫之譌耳，安井氏曰，堤障以蓄水，謂之池，池水灌田之法，先埋一橫木於堤下，首末出於堤內外，又樹一豎木於橫木內端，皆空其中，可以通水，復橫穿豎木，自上至下六七孔，枘以塞之，旱則去枘洩水，以灌稻田，池水減則去次枘，至池水竭而止，此池水灌田之法也，北流者，所洩注之水北流灌田也，若引豐水以滿池，當直以灌田，不須作池蓄水，況引豐水入池，必汎濫決堤，此皆必無之事，孔穎達未知池水灌田之法耳，胡承珙曰，箋云，豐鎬之間，水北流，謂滮池在豐鎬之間，其水北流，非泛言他水，且水經注明云滮池入鎬，而疏以爲上引豐水復入於豐，不知何據，集傳又謂，豐鎬之間，水多北流，不知豐鎬

之間、本無多水、如謂渭南六川皆北流入渭、則滂在豐西、滈灞滻又在鎬東、不得言豐鎬之間也、稻解詳周頌豐年、○嘯歌傷懷、念彼碩人、嘯歌者、既嘯而後歌、所謂長歌之哀、過於痛哭也、碩人、尊大之稱、亦謂幽王也、親之則曰之子、尊之則曰碩人、蓋就文勢而變其稱耳、此詩皆代申后之言、則嘯歌傷懷、傷恩意之不及、悲號於幽王也、下文言念子懆懆、視我邁邁、亦夫婦之辭也、念與此念字同、合此益見鄭氏以碩人爲褒姒之難通、

樵彼桑薪。卬烘于煁。 卬我、烘、燎也、煁、烓竈也、桑薪宜以養人者也、 **維彼碩人。實勞我心。** ○樵徂焦反、卬五綱反、烘火東反、煁市林反、烓音恚、延文本·傳我下有也字、

箋曰、采薪曰樵、桑薪與栗薪棘薪一例、正義曰、煁無釜之竈、其上燃火謂之烘、本爲此竈、止以燃火照物、若今之火爐也、桑女子所有事、申后自比、夫桑以養蠶、而樵以烘之、非王后躬桑·先天下之義、以身處逆境、取於逆事以自比也、此章樵彼二句、善物也、而賤用之、下章有鶖二句、則言清濁之倒置也、皆王實爲之、申后所無如何、詩代申后自言、故皆繼以維彼碩人實勞我心也、

鼓鍾于宮。聲聞于外。 有諸宮中、必形見於外也、 **念子懆懆。視我邁邁。** 邁邁、不說也、○懆七倒反、延文本·傳說下有貌字、

箋曰、宮者深密之地也、鼓鐘于宮、雖人之所不見、而聲聞于外、不可掩也、幽王之廢申后、必加以難明之罪、人之所不見者、而其心本主欲立褒姒、則外之所明聞也、豈可掩哉、箋云鳴鼓鐘、謂鼓與鐘二物也、孔云鼓擊其鐘、孔說是也、鼓鐘篇鼓鐘將將、毛謂鼓其淫樂以示諸侯、此鼓鐘二字、與彼正同、本文有于宮二字、鼓不訓擊、于字無著落、鼓鐘上添一鳴字、非詩義也、前四章皆言王之疏己、只是怨慕、至五六二章、說出褒姒、亦立言次第當爾、○念子懆懆、視我邁邁、釋文引說文云、懆、愁不申也、邁、韓詩及說文並作怖、韓詩云、意不悅好也、許云、很怒也、毛以邁爲怖之假借、故云不說耳、此章不以己之失位爲恨、而以王之惡聲遠播爲憂、故鄭箋云、此言申后之忠於王也、懆懆者不忍忘君、邁邁者絕之已甚、曰念曰視、厚薄分明、

有鶖在梁。有鶴在林。鶖、禿鶖也、**維彼碩人。實勞我心。**

○鶖音秋、禿吐木反、

箋曰、鶖一名扶老、徐鼒曰、此鳥至秋頭禿、故名禿鶖、李時珍曰、禿鶖水鳥之大者也、出南方有大湖泊處、其狀如鶴而大、青蒼色、張翼廣五六尺、舉頭高六七尺、長頸赤目、頭項皆無毛、其頂皮方二寸許紅色如鶴頂、其喙深黃色而扁直、長尺餘、其嗉下亦有胡袋、如鵜鶘狀、其足爪如雞、黑色、性極貪惡、能與人鬭、好啖魚蛇及鳥雛、梁、魚梁也、蘇氏曰、鶖鶴皆以魚爲食、然鶴之於鶖、清濁則有間矣、今鶖在梁而鶴在林、鶖則飽而鶴則飢矣、幽王進褒姒而黜

申后、譬之養鶖而棄鶴也、首章以下苦恨都在此、

鴛鴦在梁。戢其左翼。之子無良。二三其德。

箋曰、比也、鴛鴦二句、詳鴛鴦篇、鳥之雌雄相親者、莫鴛鴦若焉、故擧以喻之、戢翼、相親附也、箋以詩爲刺幽王、故專據雄者而言、以戢其左翼爲以右掩左、然鴛鴦匹鳥、飛則爲雙、止則相耦、鴛鴦篇亦曰、鴛鴦在梁、戢其左翼、不得專指雄者言也、在梁承上章來、因有鶖在梁、而追念昔日鴛鴦之在梁也、戢翼相向、雌雄之和睦宛然、忽棄嘉偶而求別配、曾鳥之不若也、〇之子無良、二三其德者、無良猶德音無良、衞詩云、士也罔極、二三其德、亦刺夫婦之相棄背也、與此意合、妻者齊也、一與之齊、終身不二、棄嫡立嬖、由二三其德所致、根本一搖、禍患乘之矣、

有扁斯石。履之卑兮。之子之遠。俾我

扁扁、乘石貌、王乘車履石、

疷兮。

疷、病也、〇扁方殄反、延文本・傳貌下有也字、

箋曰、比也、扁乃今匾字之借也、一切經音義六、引今俗呼廣薄爲匾匾、又十九、引纂文匾匾薄也、不圓也、有扁斯石、言有匾然者斯石也、惟其匾、故履之卑兮、其可用乎、以比身既棄背、不復御於王所焉、卑字當屬石言、石取其貞以終之、夏官隸僕、王行則洗乘石、鄭司農曰、乘石所登上車之石也、文選任

彥昇進今上牋、李善注引尸子、淮南齊俗訓並云、昔者武王崩、成王少、周公旦踐東宮、履乘石、假爲天子七年、此皆人君之事、均與毛傳合、至於箋云王后登車亦履石、鄭特以意推而言之、士昏禮、婦升車法、婦乘以几、從者二人、坐持几相對、賈疏云、王后則履石、大夫諸侯亦應有物履之、特本詩箋、亦非有確證也、○俾我疷兮者、疷傳訓病、从疒、氏聲、祁支反、是也、徐都禮反、非是、首章云、之子之遠、俾我獨兮、此云之子之遠、俾我疷兮、惟獨故疷、只就己身被廢、念王致病、言以感動乎王、詩之可以怨也、此詩章多而句少、八章皆爲比體、一章以一事爲喻、反覆諷詠、以泄其情、而猶不能絕念於王、可謂怨而不怒者矣、

白華八章章四句

緜蠻。微臣刺亂也。大臣不用仁心。遺亡微賤。不肯飲食教載之。故作是詩也。

箋曰、詩與瓠葉比、是亦悠悠南行召伯勞之之類、而不肯字與次序相照、所以示二篇爲耦也、辨說云、此詩未有刺大臣之意、蓋方道其心之所欲耳、若如序者之言、則褊狹之甚、無復溫柔敦厚之意、此不然矣、本詩言道之云遠、又言豈敢憚行、則有征行之事可知、言後車載之、詩人自是登仕版者、非徒役之庶人可知、而車直言後、則爲臣之微者亦可知、今有千里

之行、而無一日之寧、曾黃鳥之不如、勞苦可勝乎、於是大臣之有恩意、能飲食之、教載之、以慰我旅瘁、可不感戴媮悅焉乎、怨而不言、刺而不迫、斷無褊狹失溫厚之意矣、序云微臣刺亂、而不言何事、其所該者廣矣、蓋古者大臣行役、皆有其屬僚從之、下及庶士、官卑祿薄、勢不能無匱乏、世之盛也、大臣恤下爲心、類能度於情所必至、事所必須、而周贍之、時不能然、所以爲亂、鄭箋謂卿大夫出行、士爲末介、專以聘言、非是、

緜蠻黃鳥。止于丘阿。道之云遠。我勞如何。飲之食之。教之誨之。命彼後車。謂之載之。

興也、緜蠻、小鳥貌、丘阿、曲阿也、鳥止於阿、人止於仁、

○緜面延反、食音嗣、延文本·傳貌下有也字、

箋曰、比也、反體、黃鳥微禽也、尙止其所止、以比微臣亦有所安息焉、而今遠行不得所止也、是謂反體、緜蠻雙聲、凡雙聲字不當分析爲訓、文選注引韓詩薛君章句云、緜蠻文貌、不訓爲鳥聲、毛傳以微小之鳥比微小之臣、故以爲小鳥貌、然黃鳥亦謂之鸝黃、其色黧黑而黃、因以名之、詩家有金衣之稱、則以爲文貌者尤得、古箕山歌云、甘瓜施兮葉緡蠻、樹葉亦稱緡蠻、則非鳥聲可知矣、黃鳥、倉庚、一禽也、其見於詩、曰睍睆、曰熠燿、目其色也、曰交交、曰緜蠻、指其形也、其以聲音著者、惟葛覃出車兩詩俱曰喈喈耳、七月云有鳴、不云如何鳴也、凱風云好音、不知如何好也、意喈喈而外、更無可儗似矣、朱

傳以緜蠻爲鳥聲、本於劉彝、實無所本、蓋詩不以雙聲疊韻象聲也、至其曰賤者爲鳥言以自比、終始託黃鳥之語與鴟鴞詩一例看、則尤覺其不通、詩之託爲鳥言者、必如鴟鴞篇則可、彼云徹土、云捋荼、云予羽、云予尾、以爲鳥自謂宜也、試思教誨車載語、豈可出於黃鳥之口乎、此惟以鳥之得止、喻人之不得止、大學引是詩曰、於止知其所止、可以人而不如鳥乎、借詩以說道、故語意較深、要大旨不甚相遠、必解爲人不如鳥、方得詩人之旨、丘阿是丘之阿也、非大陵曰阿之阿、漢書禮樂志汾之阿、注水曲曰阿、楚辭少司命晞汝髮兮陽之阿、山鬼若有人兮山之阿、逢紛徘徊於山阿兮、注阿曲隅也、文選東京賦西阻九阿、風賦緣泰山之阿、注阿曲也、經言止于丘阿、猶言止于丘之曲也、次章丘隅丘角也、三章丘側丘旁也、一言丘之曲、丘之中也、一言丘之角、一言丘之旁、丘之外也、此其次也、皆橫言之也、○道之云遠者、在遠行微臣之苦最甚、其罷勞殆有不可如何、故感於黃鳥、以自傷悲也、我勞如何、齟齬困頓、真有口不能言之苦、○飲之食之以下四句、蓋追敍治世公卿出使、其從行者之樂也、糗糧未給、則飲食之、而無斯飢、智力未周、則教誨之、而無督責、甚瘏則命彼備用之後車載之、而不致徒行、其體恤微臣者若此、蓋治世也、歎今之不然、夫飲食教載、旅中要務、大臣察微賤之勞、犒之以飲食、其所不及者教誨之、以矜其不能、插入教誨一層、更有妙旨、蓋匡所不逮、爲惠良多也、鄭箋云未事而教之、事至而誨之者、以言曰誨、教則兼行與事、義有廣狹、故鄭以至與未至分釋之、其實教誨一義也、序云飲食教載、則言教而誨在其中矣、○命彼後車、謂之載之者、言若有大疲而不能徒行者、則命後車載之、而少甜其足也、於是微臣皆感喜、而忘其旅瘁、駸駸征行、以親其上矣、後車、從車也、從者所乘、孟子後車數十乘是也、非副倅、

緜蠻黃鳥。止于丘隅。豈敢憚行。畏不能趨。飲之食之。教之誨之。命彼後車。謂之載之。

箋曰、丘隅、丘角也、朱子曰、岑蔚之處、征夫跋涉而過丘之角、見黃鳥之止于岑蔚、感己亦宜如是、以傷其不如鳥也、○豈敢憚行、畏不能趨者、憚、難重之也、疾行曰趨、此二句受上章我勞如何言、我豈敢憚其勞乎、唯道之云遠、恐力盡而公事有闕也、○教之誨之者、微賤必多所不知、多所不及、大臣以法叱咤之、則大不勝也、故假借告喻、則大悅之、夫在遠行、飲食教載、大臣之常事也、故序曰不肯、與牲牢饔餼不肯用、其下辭一致、今之大臣、廢常不行、能無怨乎、

緜蠻黃鳥。止于丘側。豈敢憚行。畏不能極。飲之食之。教之誨之。命彼後車。謂之載之。

箋曰、左右曰側、極、至也、趨者奔走道路也、極者達其所往也、國語、齊朝駕則夕極于魯國、淮南子、蹠越者、或以舟、或以車、雖異路、所極一也、愛之能勿勞

乎、忠焉能勿誨乎、古之大臣、能用其仁心、故忠愛之誠、自然不能不勞誨也、下半四句、每章疊出、一字不改、是乃風意所存、蓋古之大臣、待其官屬皆如此、故舉以望之、觀召伯之於任輦車牛、罔不有以和輯其志、況一命之士乎、然必先以道之云遠、我勞如何、又曰、豈敢憚行、畏不能趨、畏不能極、立言未嘗不婉也、

緜蠻三章章八句

瓠葉。大夫刺幽王也。箋曰、緜蠻大臣不仁、不肯飲食教載、而王國殄瘁、瓠葉天子棄禮、不肯用牲牢饔餼、而諸侯背叛、所以相比也、並慕古之作、瓠戶故反、上棄禮而不能行。箋曰、上、天子也、幽王侮慢諸侯、而不能行禮、與大臣不用仁心、遺忘微賤、其妄合於一矣、雖有牲牢饔餼。箋曰、牛羊豕爲牲、繫養者曰牢、饔、飪與腥也、餼、生也、此言賓客饔餼之具也、牢老刀反、饔於恭反、字又作饔、餼許氣反、不肯用也。故思古之人不以微薄廢禮焉。箋曰、古明王與嘉賓接慇懃之驩、不以微薄廢禮敬客重禮也、今牲牢具備、而棄是禮、視諸古之人、不已甚乎、何以懷諸侯、范處義曰、頍弁之刺幽王、謂暴戾無親不能宴樂同姓、賓筵之刺幽王、謂媟近小人飲酒無

度、然則幽王非能儉也、特禮之所當行、乃棄而不用耳、蓋此詩主刺王棄禮不行、故舉飲酒之物至薄而有禮者以諷之、詩中君子、卽序所謂古之人、言古之人尙不以薄物而廢禮、今王乃有盛禮而不能行、故思古以刺焉、

幡幡瓠葉。采之亨之。君子有酒。酌言嘗之。 幡幡、瓠葉貌、庶人之菜也、○幡孚煩反、亨普庚反、唐石經作亨、延文本·傳貌下有也字、

箋曰、幡、翻通、反也、葉翻于風之貌、瓠壺同類而微別、瓠形長、壺體圜也、豳風斷壺、落其實也、小雅瓠葉、亨其葉也、瓠葉新生可以爲菹、瓠葉舉其至薄者言之、胡承珙曰、傳以瓠葉爲庶人之菜者、不過極言其物之微薄、以見維其禮、不維其物、如蘋蘩薀藻可以薦鬼神而羞王公之意、未嘗以全詩皆言庶人之禮也、鄭箋泥於傳義、遂歷言庶人之事、以君子爲庶人之有賢行者、已與序思古意不合、又云、熟瓠葉以爲飲酒之菹、農功畢乃爲酒漿以合朋友、然邶風匏有苦葉傳云、匏謂之瓠、瓠葉苦不可食也、箋以瓠葉苦謂八月之時、然則農功既畢、瓠葉尙可亨乎、左傳昭元年、趙孟賦瓠葉、穆叔知其欲一獻、則此詩當是一獻之禮、禮有獻有酢有酬、而後一獻之禮終、與詩中所言正合、古者士禮一獻、士冠禮注、雖云一獻之禮有薦有俎其牲未聞、然既夕注云、士腊用兔、詩三章皆言兔首、又焉知非士禮、而必以爲庶人之禮乎、○君子有酒、酌言嘗之者、君子言古之明王也、嘗之、口試其味也、主人未獻於

賓、先自嘗其旨否、以迎賓也、行葦箋云、有醇厚之酒醴、以大斗
酌而嘗之、而美、故以告黃耇之人、是主人固有先嘗之禮矣、

有兔斯首。炮之燔之。君子有酒。酌言獻之。

毛曰、炮、加火曰燔、獻、奏也、○炮白交反、燔音煩、

箋曰、斯、句中語助、兔斯猶螽斯鹿斯之例、首言割亨之餘、只存其首也、兔首
亦示微薄之意、王肅孫毓述毛云、唯有一兔頭耳、得之、正義駁之云、既能有
兔、不應空用其頭、若頭既待賓、其肉安在、然是詩之辭也、不必如此拘說、朱
傳從李迂仲之說云、有兔斯首、一兔也、猶數魚以尾也、誣文殊甚、釋文炮本
作炰、是炮炰一字、毛詩兩文互見、玉篇、炮、炙肉也、炰同上、廣韻、炮、合毛炙物
也、一曰、裹物燒、炰上同、並與陸合、禮運以炮、鄭注云、裹燒之也、內則炮取豚
若將、刲之刳之、實棗於其腹中、編萑以苴之、涂之以謹涂、炮之、涂皆乾擘之、
注、將當爲牂、謹當爲墐、此卽裹燒之說也、說文、炮、毛炙肉也、義與傳同、段玉
裁別炮炰爲二、以炰乃蒸煮之名、誤矣、總之炮謂連毛之物、以土包而燒之、
燔者爓去其毛而加於火上、炙者貫之以物而逼火使乾、楚茨疏云、燔者火
燒之名、炙者遠火之稱、生民傳、傳火曰燔、此傳加火曰燔、對遙炙者爲近火、
故云傳火加火、其實燔亦炙、非炮燒之也、○酌言獻之、言、語助詞、下同、獻、主
人以獻賓也、鄉飲酒禮注、獻、進也、進奏義同、瓠葉、葅也、故別言之、兔首、羞也、
故分獻酢醻成章、以明至菲可以爲賓主之禮也、然瓠葉兔首、特言微薄之

甚、固不可以辭害意、

有兔斯首。燔之炙之。君子有酒。酌言酢之。炕火曰炙、酢、報也、○炙音隻、酢才洛反、炕苦浪反、

箋曰、兔之首、與瓠之葉類也、瓠之美在實耳、說文、炕、乾也、从火亢聲、此傳云炕火曰炙者、謂以火乾之、燔與火相著、炙與火相離、酢者賓所以報主人之獻也、賓既卒爵、洗而酌主人曰酢、獻則羞賓、酢則羞主人、

有兔斯首。燔之炮之。君子有酒。酌言醻之。醻、道飲也、○醻市周反、道徒報反、本亦作導、

箋曰、傳道飲、謂主人自飲、復道客飲也、主人既卒酢爵、又酌自飲、卒爵、復酌進賓曰醻、醻或作酬、瓠葉以爲菹、不必嘉蔬、兔首以爲殺、不必異饌、先王之燕賓客、惟其誠而已、豐以燕賓者、魚麗是也、易鼎之彖傳曰、大亨以養聖賢、薄以燕賓者、瓠葉是也、易損之彖曰、二簋可用享、知易之意、則知詩之意矣、

瓠葉四章章四句

漸漸之石。下國刺幽王也。箋曰、自是詩以下、蓋附錄以終幽王之雅也、漸士銜反、戎狄叛之。荊舒不至。箋曰、經止言東征、序本用兵之由、故並舉戎狄與荊舒耳、乃命將率東征。役人久病於外。箋曰、武夫征役日久、而勞瘁於外野也、詩之意在玆、將子亮反、率所類反、役下人字、唐石經延文本並無、卷子本傍書本有、故作是詩也。箋曰、此詩但言東征未知所伐何國、如云荊舒不至而伐之、則楚在周之南、不可以言東也、左傳椒舉曰、幽王爲太室之盟、戎狄叛之、鼓鐘傳云、幽王會諸侯於淮水之上、苕之華序云、幽王之時、西戎東夷交侵、或東夷屢叛、幽王東會諸侯以臨之、不服、則又命諸侯合兵以討之也、詩人述軍士怨咨、而師必挫衂之意自在言外、

漸漸之石。維其高矣。山川悠遠。維其勞矣。漸漸、山石高峻、武人東征。不皇朝矣。○朝如字、延文本・傳峻下有也字、

箋曰、首二句言其嶮、次二句言其遠、四句連爲一事、因目之所見、有漸漸之石、惟其高矣、因心計山川之悠遠、維其所以勞也、釋文漸漸亦作嶃嶃、嶃與嶄同、廣雅釋訓、嶄嶄、高也、漸漸卽嶄嶄之假借、○武人不必將率、凡承當軍事、職攻守之人皆是、不皇朝矣者、皇通作遑、表記引詩皇恤我後、左傳社稷

之不皇、皇卽遑也、朝當讀若朝夕之朝、不皇朝言無一朝之暇也、何草不黃之三章曰、哀我征夫、朝夕不暇、可證、武人見星乃發、悠遠之勞、一朝不遑、卽所謂久而病也、幽王命將率東征、下國諸侯之師亦從、其所經歷之路、山石險峻、不易以登、而道里悠遠、勞不可極、久病在外、不暇謀一朝之安、故下國之人、作詩以刺之也、

漸漸之石。維其卒矣。山川悠遠。曷其沒矣。卒、竟、沒、盡也、

武人東征。不皇出矣。○延文本、傳竟下有也字、

箋曰、傳對曷其沒矣爲義、訓卒爲竟、鄭對上章維其高矣、訓卒爲崔嵬、維其卒矣、猶言維其高矣、卒卽崒之省借、說文、崒危高也、十月之交山冢崒崩、釋文、崒本亦作卒、是崒卒古通用之證、據傳則上章因石路險阻不前、而歎山川之悠遠、此章言既過此石、而山川之悠遠乃復如故、故又歎其登歷何時而可盡也、聘禮、士帥沒其竟、○不皇出矣、安井氏曰、軍中多事、不暇出營往他方也、

有豕白蹢。烝涉波矣。豕、豬也、蹢、蹄也、將久雨則豕進涉水波、月離于畢。

俾滂沱矣。畢、噣也、月離陰星則雨、武人東征。不皇他矣。○蹢都歷

反、烝之丞反、滂普郎反、沱徒河反、噣直角反、揩本·傳烝字無、傳水波·卷子本傍注云、本作波水、延文本波下有矣字、

箋曰、方言云、豬、北燕朝鮮之間謂之豭、關東西或謂之彘、或謂之豕、東楚謂之豨、其子或謂之豚、或謂之貕、吳楊之間謂之豬子、此其異名也、蔡啓盛曰、曲禮、豕曰剛鬣、豚曰腯肥、此豕謂野生之豕、豚謂家畜之豚、同類而異物也、爾雅釋獸既出豕子豬一節、而釋畜篇末復明馬牛羊彘狗雞之爲六畜、則明以豕爲野獸、而彘卽家畜之豚矣、其散見于羣經者、易睽上九見豕負塗、負塗雖野豕家豕所同有、然與載鬼一車並言、自可見其在荒野而不在里巷、況張弧者、固將以射豕也、傳豕豬也、此卽釋獸之豕子豬、箋乃云今離其櫓牧之處、則誤認爲家畜、鄭雖先斡旋之曰豕之性能水、然家豕亦喜負塗者、性之喜水非能水、幾見其亦能如野豕之涉波乎、他如騶虞壹發五豝、傳豕牝曰豝、亦卽釋獸文、又壹發五豵傳與七月言私其豵、傳並云豕一歲曰豵、左氏莊九年傳遂田于貝丘見大豕、是周秦漢初之賢傳、固皆以豕爲野物、至漢季而後誤之耳、野生之豕亦曰田豕、屢見于內則、其爲祭品無疑、而曲禮之命名、尤確有至理、蓋野豕與家豕全肖、所異者惟其毛之疏而剛、又爲芻而非豢、故亦不及家豕之肥、大抵古人言各有當、或詳言田豕、或約言豕以便文、其止言豕而卽見爲野豕者、尙有確證、孟子曰、舜之居于深山之中、與木石居、與鹿豕遊、若他傳注之並言鹿豕、則愈不勝數也、蔡說精矣、白蹢者、豕性負塗、故此以無泥爲白也、非豕蹄元有白黑而獨舉其白者、烝、進也、豕進涉水、濯其塗而蹄白也、毛以豕涉波爲雨驗者、天氣鬱蒸、則衆豕涉

波、蓋春盡秋杪、天氣尙涼、忽爾炎蒸、羣豕涉水、則以爲必雨之徵、蓋豕水畜也、故易曰、坎爲豕、韓詩說曰、犬喜雪、馬喜風、豕喜雨、故天將雨、則豕進涉水也、○月離于畢、俾滂沱矣者、離讀與麗同、畢、星名、經文無雨字、疑滂沱爲大雨之名、此章與上二章同敘山川跋涉之苦、偶見白蹢之豕進而涉水、又見月離于畢宿、必有大雨、故以之入歌詠、曰俾滂沱矣、此時尙未滂沱也、箕好風、畢好雨、古諺也、故述以豫決之、月離于畢、諸家皆援洪範星好雨、穿鑿作說、殊不知彼亦占候末數、不足論者、豈眞有是理乎哉、傳云月離陰星則雨者、毛意蓋畢謂之陰星、故月離之而雨、正義云以月離畢而雨、目之爲陰星、非傳義也、胡承珙曰、漢書天文志云、月失節度而妄行、出陽道則旱風、出陰道則陰雨、又云、箕星爲風、東北之星也、又云、巽在東南爲風、其星軫也、月去中道、移而東北入箕、若東南入軫則多風、西方爲雨、雨少陰之位也、月失中道、移而西入畢則多雨、故詩曰、月離于畢俾滂沱矣、言多雨也、據此則毛云月離陰星者、謂畢爲陰道之星、月離之則陰盛而雨耳、家語載孔子云、昔者月離其陰、故雨、昨莫月離其陽、故不雨、專指畢之陰陽爲言、顧英白以爲後人妄託、洵是、史記列傳載有若事、獨删去此語、子長世掌天官、當知其誤耳、○不遑他矣、言懸軍入險、久雨滂沱、又何暇而及他事乎、勞病極矣、履險遇雨、征行所尤苦、故以爲言、

漸漸之石三章章六句

箋曰、三代之世、罕遠征不毛之舉、鬼方山戎、以今輿圖核之、猶是中國、非如漢唐動稱絕域也、詩言東征、豈繄窮荒極阻、東山破斧之詩均曰東征、果何道之由、而元公獨致王路之平、後王適當人心之變、詩可以觀、不其信與、陳啓源曰、漸漸之石序云、戎狄叛之、荆徐不至、乃命將帥東征、茗之華序云、幽王之時、西戎東夷、交侵中國、師旅並起、因之以饑饉、何草不黃序云、四夷交侵、中國背叛、用兵不息、三序所言、乃一時之事、而不見於史、此可補其闕矣、春秋之世、處處皆有戎狄、滅衞伐邢病燕、公羊僖四年謂、中國不絕若綫、賴齊晉之霸、稍攘除之、幽王時、正其蠢動之初與、然周之一代、實與戎狄相終始、自古公避狄以來、王季伐西落鬼戎、又伐余無之戎、始呼之戎、翳徒之戎、文王伐翟、伐昆夷、伐玁狁、成王再伐淮夷、穆王伐犬戎、伐徐戎、懿王之世、西戎侵鄗、翟人侵岐、又敗於犬戎、孝王伐西戎、夷王伐大原之戎、至厲王之末、而玁狁蠻荆徐戎淮夷皆叛、宣王中興、四出征伐、僅克底定、然其末年、竟有千畝之敗、繼以幽王之昏暗、逮驪山禍作、而周轍遂東矣、蓋三代以前、戎狄錯處中華、故爲患最劇、孔安國書傳云、秦始皇逐出之、孔去秦未百年、傳聞應不謬、王肅謂、自紂時戎夷始錯處中國、則未必然、案禹貢淮夷嵎夷萊夷島夷西戎之類、皆在九州境內、后稷子不窋竄徙戎翟、卽豳地也、此皆虞夏之世、中華之有戎狄、其來遠矣、大抵開闢以來、風氣古樸、深山險水、王者聲靈未能徧及、戎狄嘯處其間、如今楚粵箐峒中有蠻獠耳、乘諸夏之式微、時出爲寇、王者興則討平之、如采薇出車及宣王諸詩所詠是也、無王者則狼噬豕突、無所顧忌、中國坐受其敝、而漸漸之石、苕之華、何草不黃之詩作矣、又案、周秦皆興於雍、其被戎患亦略同、秦犬邱大雒之族、沒於西戎、秦仲復爲戎所殺、子莊公破戎、孫世父伐戎被獲、襄公復伐之、自周轍東、而雍之戎患、秦獨當之矣、三詩序所指、其周秦興滅之關紐乎、然同一戎也、周以之興、亦以之亡、而秦復以之興、興亡之故、不在戎已、

苕之華。大夫閔時也。箋曰、大夫、周大夫也、稱閔者、周室將亡、不可救矣、詩人傷之而已、非風刺之例、小雅止一出、幽王之時。西戎東夷交侵中國。箋曰、受前序、以言其不啻叛且不至而已、附錄三首、序皆言戎夷之亂、幽王之末、西夷犬戎入弑王、至平王辟戎寇而東遷、三篇乃所以著王者之迹熄、序特示之、師旅並起。箋曰、王師東西並起也、因之以饑饉。君子閔周室之將亡。箋曰、申明首句也、閔之而已、末如之何、傷己逢之。箋曰、不如無生、自傷也、猶兎爰閔周、君子不樂其生焉、故作是詩也。

苕之華。芸其黃矣。興也、苕、陵苕也、將落則黃、心之憂矣。維其傷

矣。○苕音條、芸音云、

箋曰、比也、周室將亡、如苕華之將落、芸然而黃、不能久矣、是以我心憂愁、而自傷所遇之如此也、釋草云、苕陵苕、黃華蔈、白華茇、舍人曰、苕陵苕也、黃華名蔈、白華名茇、別華色之名也、正義用陸疏云苕一名鼠尾、華紫似今紫草華、可染皂、煑以沐髮卽黑、朱傳據本草云、陵苕卽今之紫葳、蔓生附於喬木之上、其華黃赤色、亦名凌霄、邵晉涵曰、鼠尾草僅有紫赤一種、無黃華白華之異、與陵苕自是二物、陸璣說非也、陵苕、徐鍇繫傳謂卽凌霄、是也、郝懿行曰、鼠尾自名陸翹、不名陵苕、凌霄引蔓於樹、必造其巓、著處生根、狀如守宮之趾、葉銳而多歧、華似牽牛而大、並以陸說爲誤、陵苕草類、故爾雅入草部、而本草繫於木部者、以其蔓生木上故也、裳裳者華以芸爲黃盛、此言將落者、謂黃至極盛則將落之候矣、然則苕卽陵苕、陵苕卽陵霄、今之陵霄花色赭黃、詩明言黃華、而陳啟源乃執孔疏之紫白、陸疏之染皂、以疑其不類、亦愼矣、○心之憂矣二句、唯是憂字傷字長歌之哀於痛哭者、

苕之華。其葉青青。 華落、葉青青然、 **知我如此。不如無生。**

箋曰、上章以華將落、比周室將亡、此言葉青青、則華已落而唯有葉、其衰益甚矣、比周室之事不復可爲、○知我如此、不如無生者、人情百計、唯保一生、然若蚤知我如此、不如無平安至今、如此二字、胸中歷歷分明、而口中却不忍遽言、意或哀國家偕亡、或慨臣節不遂、比兔爰無吪其甚焉、

牂羊墳首。三星在罶。 牂羊牝曰牂羊、墳、大也、罶、曲梁也、寡婦之笱也、牂羊墳首、言無是道也、三星在罶、言不可久也、**人可以食。鮮可以飽。** 治日少而亂日多也、○牂子桑反、罶音柳、鮮息淺反、傳牝頻忍反、曰

牂羊、摺本無曰牂二字、卷子本傍書本無羊字、延文本傳牂羊下有也字、

箋曰、首二章言衰世難久存、而深致其感、末章言百物皆彫耗、而不聊其生、見其所以不能久存焉、羊墳首也、水無魚也、人不能飽也、閭里蕭條、人民愁歎、欲國不亡得乎、上二句偶舉其實、只八字而活繪當時凶荒景象、下文意尤能緊接、釋畜云、羊、牡羒牝牂、故知牂羊牝羊也、王夫之云、吳羊牝牂、夏羊牝羖、吳羊緜羊、夏羊山羊也、吳羊頭小角短、山羊頭大角長、此說分別甚明、是則吳羊之頭本小、而禽獸之體牝更小於牡、此非首則大也、身甚瘠、故首見其大耳、傳不言三星何星、唐風綢繆傳、三星參也、據陵苕著華於夏秋、乃知是三星亦心星也、然唐風三星在天在隅在戶、皆指星象之見天、隨時移宿言之、實象也、此詩三星在罶、卽星光之照水者言之、虛象也、以三星爲心星、似非詩義、朱傳謂羊瘠則首大、罶中無魚而水靜、但見三星之光而已、言饑饉之餘、百物彫耗如此、蓋牂羊墳首、陸族之彫耗也、三星在罶、水族之彫耗也、舉二者而天壤之物、從可知矣、焦氏易林云、牂羊墳首、君子不飽、年饑孔荒、士民危殆、亦引爲年饑之一端、蓋百物彫耗、不必因天時、饑人競采、則野草亦盡、不足以飼羊、河池魚蟹亦盡、至于罶中見星也、我邦封建時、歉歲、

姦民乞賜衈、吏議發倉、一老吏持之曰、野草猶茂盛矣、未可發也、後果獲其姦狀云、毛蓋以首二句爲比、牝羊而大首、是身首不相稱、失其常者、周室微弱、諸侯肆而夷狄强之比也、左傳曰、尾大不掉、賈誼曰、天下之勢方病大瘇、皆此意也、無是道者、言天下無是理也、不可久者、喻周將亡如心星之光耀・見於魚笱之中、其去須臾也、○然如此解、與下二句意絕不連貫、不如朱傳作實賦解之切當、人可以食、鮮可以飽者、前曰我、此曰人、憂益遠、辭益哀、今之人雖可以食者、亦復不飽、則其不得食者、將如之何、嗚呼、文武成康之赤子、哀哀轉於溝壑、君子之傷、不亦宜乎、鎬京之音、絕於是詩矣、大夫是人之可以食也、然無羊無魚、何以能飽乎、以己不飽、哀人之不可以食、是言外不盡之餘情矣、傳云亂日多者、師旅數起、饑饉荐臻也、序云、君子閔周室之將亡、傷己逢之、傳以治日少亂日多爲言者、卽王風我生之初尙無爲、我生之後逢此百罹意、非以幽王之時尙有治日也、

苕之華三章章四句

箋曰、折中云、世之盛也、年豐民富、暨鳥獸魚鼈咸若、及其衰也、不惟年穀不登、而水陸之產亦盡、此非一日之積也、蓋虐政頻行、饑饉薦至、民生日蹙、機智日生、於是山居者斧斤無時不入、而槎櫱不遺、牛羊亦無食矣、水居者數罟日以繁密、而鯤鮞悉取、罶皆空設矣、此在爲政者、敦本務實、黜奢崇儉、培天地之元氣、養庶物之太和、乃可以轉移、然豈易得哉、民之劬勞、邃邃未央、不如無生、非虛言也、此詩與有蓷萇楚、景況相同、彼爲風而

此爲雅者、彼之悲在一身、此之憂在一世也、

何草不黃。下國刺幽王也。箋曰、此下國苦役而作也、漸漸之石雖所苦同、武人東征主咏周之將率也、是詩則下國自道也、四夷交侵。箋曰、受前序、以言其不啻東西、且經曰經營四方、中國背叛。箋曰、不啻蠻夷猾夏、夏亦擾亂也、用兵不息。箋曰、下國不勝徵發、通詩是不息之歎、視民如禽獸。箋曰、匪兕匪虎、極言幽王之暴、君子憂之。箋曰、下國君子也、詩三百、無非君子之詩、故作是詩也。箋曰、周室鎬京之盛、戶口之殷、甲於天下、何至犬戎深入、其亡忽諸、讀漸漸之石以下三詩、而知此日之用其民力物力、爲已盡也、幽王四方征討、不見於史、然詩之所言、用兵如兒戲、視民若禽獸、其不載於史、史文闕耳、山童川竭、疾病兵荒、而殘民以逞者、猶擇人而食、天怒人怨、至此已極、此犬戎之所以一戰而滅周也、

何草不黃。何日不行。何人不將。經營四方。箋曰、興也、以百草之黃落、興征夫之日瘁、首句秋天肅殺之景、曠野所望也、將者、進行之義也、周頌敬之篇、日就月將、傳、將、行也、是將與行同義、何日不

行、以見其一歲之中、無日不行也、何人不將、以見其一國之中、無人得免戰爭之苦也、此章以草之憔悴、興人之勞苦、然第一句只與第二句、勞苦意貼何日不行、當一畫斷、第三句四句、自另轉作一連說、又一畫斷、蓋上二句只說己一人、下二句乃說多人也、不然以一句興兩句、便了無頭緒、亦不行不將爲重僵矣、經營而曰四方、道路騷繹之狀、老穉轉恤之苦、不言可知、

何草不玄。何人不矜。哀我征夫。獨爲匪民。○矜古頑反、

箋曰、玄、赤黑色、既黃而玄也、釋天曰、九月爲玄、孫炎曰、物衰而色玄也、引詩何草不玄爲證、是也、范氏曰、草至秋則色變而爲黃、至冬則黃者又變而爲玄矣、玄、黑腐也、爾雅又云、冬爲玄英、此亦冬時物皆玄之明證、箋以玄爲草之將生、失之、經文先黃次玄、是經歷秋冬、已足見踰時之久、不必又及明年春生而玄也、矜韓詩作鰥、鰥古通借作矜、鄭箋無妻曰矜、何人不鰥、卽指此久役之人言、與上章何人不將同、非謂徧國中之人也、從役者皆過時不得歸、故謂之矜、蓋言失其家室之樂也、首章就己身上取興、此章以草之盡玄、興民之皆鰥焉、至此憂傷益甚、凡夫婦之情、人所不能忘、故詩人序行役病苦、往往以鰥寡言之、顧炎武曰、鰥者無妻之稱、但有妻而于役者、則亦可謂之鰥、何人不矜、矜讀爲鰥、是也、寡者無夫之稱、但有夫而獨守者、則亦可謂之寡、越絕書、獨婦山者、句踐將伐吳、徙寡婦獨山上、以爲死士示得專一、陳琳詩、邊城多健少、內舍多寡婦、是也、鮑照行路難、來時聞君婦閨中孀居獨

宿有貞名、亦是此義、○哀我征夫、獨爲匪民者、我征夫與予小人、我寡人同語法、上之人以我征夫爲非民也、怨其驅役如禽獸、而使不有室家焉、蓋以民視之則仁愛之、今既不以民視之、故不復顧惜之也、

匪兕匪虎。率彼曠野。兕虎、野獸也、曠、空也、**哀我征夫。朝夕不暇。**○兕徐履反、延文本·傳虎下有者字、

箋曰、匪兕匪虎、受上匪民來、身非兕虎、常循曠野而不家息、言不以民待下也、鳥獸皆野處、獨取諸兕虎者、蓋二物皆絕有力、以反形民力之竭、不堪其任重致遠之勞、故正義曰取其猛、○朝夕不暇者、言無朝無夕率行曠野、而不暇息也、朝夕不暇、則不啻日行、一日之中亦無朝夕也、

有芃者狐。率彼幽草。有棧之車。行彼周道。芃、小獸貌、棧車、役車也、○芃薄紅反、棧士板反、延文本·傳貌下有也字、

箋曰、興也、集傳、芃、尾長貌、說文芃字注、草盛貌、芃本衆草叢蔟之貌、狐毛之叢雜似之、故曰有芃者狐、又芃蓬音同、山海經海內經、玄狐蓬尾、郭注、蓬、叢也、芃猶蓬也、蓋狐尾蓬叢之貌、芃芃黍苗、芃芃其麥、形容可參、伐木傳、幽、深也、幽草卽草之蒙蒙者、是在芒芒幽逕、昧昧幽谷、乃狐之所循行也、狐善遁、

見人則藏形幽草中、亦以歎我民之無能避此役也、○有棧之車、古者編木爲棚、通謂之棧、三蒼、棚、棧閣也、通俗文板閣曰棧、是也、編木爲棚板、謂之棧、說文箐牀棧也、是也、編木爲馬圈、亦謂之棧、莊子編之以阜棧、是也、棧車據說文棧、棚也、一曰、竹木之車曰棧、蓋棧本是棚之通名、編竹木爲車有似於棚、因謂之棧車、猶道以棧木爲之、因名棧道、民間常用、徵以供役、故謂之役車、鄭箋云棧車輦者者、周官鄉師云、大軍旅會同、正治其徒役、與其輂輦、注云、輦、人輓行、所以載任器、止以爲蕃營、司馬法曰、夏后氏謂輦曰余車、殷曰胡奴車、周曰輜輦、輦一斧一斤一鑿一梩一鋤、周輦加二版二築、周十五人而輦、是軍行必有輦、皆人輓以行也、巾車職、士乘棧車、庶人乘役車、是棧役本二車、考工記棧車欲其弇、注、不革輓而漆之曰棧車、又通作輚或轏、兵車也、並與此棧義異、傳云役車、又知非彼役車者、彼役車卽唐蟋蟀言役車其休、是矣、彼不以人輓、故知不與此同、此謂從軍供役之輦車耳、行彼周道者、周道、周之道路也、自京師旁達天下、夫芃狐之率幽草、寂寞無人、荒涼有餘、以是與棧車之行周道、則鎬京爲禾黍之象兆於此、乃以此篇終魚藻之什、大師之編次、其義有可闚觀焉、

何草不黃四章章四句

箋曰、小雅之體、多與風近、以其關於一國則爲風、關於天下則爲雅、菀柳以下諸詩所述、雖皆衰亂之事、短簡之章、然動關天下、非雅而何、若以體

論、正而四牡皇華、變而鴻雁庭燎之類、曷嘗不似風邪、自古虐使其下、至於臣民咸怨、鮮有不亡其國者、讀漸漸之石三詩、幾胥天下而無生之樂焉、此周室所以東也、故曰、亡國之音哀以思、其民困、姜炳璋曰、刺幽王之什、至四十餘篇之多、以視刺宣刺厲、不啻十倍、凡父子君臣夫婦兄弟朋友之失其道、以及信讒棄賢黷貨、嚴刑酷斂、嗜音甘酒、窮兵遊宴奢侈之類、史册所不載者、皆詩人刺詩之所及、或數詩而共指一事、或一人而分刺一端、何人才如是之盛、而篇章如是之富也哉、蓋周家傳世十三、棫樸菁莪之化、其淪肌浹膚、已五百有餘載、故幽王之世、天地英華之氣、發洩殆盡、忠臣孝子勞人思婦之意旨、莫不薈萃於四十餘篇中、至驪山之變、玉石俱焚、獨此蠹簡遺編、幸經尼山編次、凡諸君子從憂患得之涕泗成之者、至今無恙也、豈非不幸中之幸乎、

魚藻之什十四篇六十二章三百二句

毛詩卷第十五

毛詩卷第十六

竹添光鴻會箋

文王之什詁訓傳第二十三　毛詩大雅

箋曰、雅有小大、說詳小雅、文王至假樂、周公所制定、故序不繫作者名、魏源曰、大雅成王之後、直接厲王、厲爲成七世孫、正雅縱久寂響、變雅胡不蚤作、而乃以厲繼成者何、小雅變於宣、大雅變於厲、例復不一者何、曰、國語太子晉曰、自我先王厲宣幽平、而貪天禍、至於今未弭、又曰自后稷以來寧亂、及文武成康而僅克安民、自后稷之始基靖民、十五王而文始平之、十八王而康克安之、其難也如是、厲始革典、十四王矣、基德十五而始平、基禍十五、其不濟乎、然則正雅之獨多於成王以前者、制作甫定也、變雅之獨多於厲王以後者、制度大壞也、其中康昭穆共懿孝夷七世、樂章正篇、既粲然全備、矇瞍諷誦、亦舊篋具存、如畢公詠關雎、大夫絃鹿鳴、固無煩更造、非如成前厲後之正變大作也、蓋詩者感時觸事而作、非極盛與極亂、則感觸不甚、故二王者二雅之大升降也、

文王。文王受命作周也。

箋曰、周公追述文王之德、明周家所以受命而代商者皆由於此、以戒成

王也、作、造也、造周之王業、猶康誥言肇造區夏也、是篇述上帝文王一體不貳之義、故言天者十三、言文王者十八、周之作在得天命、則失命而亡可知、成王之監正在此、乃知受命作周、真是通篇大綱領、周語歌文王大明緜、則兩君相見之樂也、是與鹿鳴之三用之燕饗同、序則示作詩之本義者也、但所謂受命作周、言周之王業成於文王、是爲受天之命而作周耳、絶無稱王之事、觀武王於泰誓三篇稱文王爲文考、至武成而柴望、然後稱文考爲文王則可知矣、康誥曰、天乃大命文王殪戎殷、誕受厥命、此不過言周之受命代商、皆由於文王耳、大明云、有命自天、命此文王、文王有聲云、文王受命、有此武功、皆卽此序受命之義、詩中多追述之詞、與康誥所言正同、尚書大傳云、天之命文王、非啍啍然有聲音也、文王在位、而天下大服、施政而物皆聽、令則行、禁則止、動搖而不逆天之道、故曰天乃大命文王、論衡初稟篇亦云、所謂大命者、非天乃命文王也、聖人動作天命之意也、與天合同、若天使之矣、序言受命、亦不過如此而已、漢儒惑於讖緯、故史記有赤雀啣丹書、爲稱王改元之瑞、毛公作傳、於其命維新云乃新在文王也、不言改元稱王之事、卽其傳虞芮質成事、亦但曰西伯、總無文王稱王之說、歐陽氏乃與鄭箋同譏、誤矣、如正義申鄭、以爲六年稱王七年而崩、是文王能守臣節於九十五年之前、不能守臣節於九十六年以後、於義何居、況改元稱王矣、夫子豈以至德歸之、傳亦無此說也、

文王在上。於昭于天。在上、在民上也、於、歎辭、昭、見也、**周雖舊邦。其命維**

新。乃新在文王也、有周不顯。帝命不時。有周、周也、不顯、顯也、顯、光也、不時、時也、時是也、文

王陟降。在帝左右。言文王升接天、下接人也、○於音烏、延文本傳辭下有也字、卷子本傍注云、傳不顯顯也四字本無、時是也三字本無、

箋曰、首章言文王贊上天以照臨周家、文王未嘗稱王、曰文王者、追稱之也、在上猶三后在天、言文王神明赫然于上天以監周也、昭字當兼明顯二義、○周雖舊邦、其命維新者、周自后稷封邰、至文王卽位一千九十七年、故曰舊邦、而周之國名、實自去豳遷岐始、至文王方受天命、故曰維新、然則是周乃文王所受於上帝也、子孫保之者、無念爾祖乎、新命卽於人心上見、文王時雖九鼎未遷、而六州已附、且也命旣歸之、文王終辭之、至葬畢之後、商統方絕、姬命乃興、則當年心事、無不可白於後世、而其命之新、終不可得而辭、故剏業雖在武王、其實大勢久定於文王也、○有周不顯、帝命不時者、有周、周也、以周文單、故言有以助之、帝命猶天命也、以其形體謂之天、以其主宰謂之帝、時者方應其期之謂、不顯則所以甚言其顯也、不時則所以甚言其時也、鄭箋於此不顯不時、與清廟之不顯不承、及凡詩中言不者、增乎字或與字於下、以爲反言、傳意亦然、故次章不顯亦世、傳卽云不世顯德乎、反言以明之、言文王有聖德、故周之國光以顯也、周之國光以顯、故上帝正當其時而命之也、然則舊邦而命之新者、以國光之顯也、子孫若失是國光、天命

亦將去矣、此合有周與天命言之、卽保天命在念爾祖之意、說者或謂、不丕古通用、丕顯丕時、如詛楚文敢昭告於不顯大神、蓋不字乃丕字也、果如此說、則以古人咏歎淫泆之辭改作死語、金仁山又謂、豈有告神而謂之不顯者、不知詩中如此多有、如不顯不承無射於人斯、於乎不顯文王之德之純、俱係祭祀樂章、若改作丕顯、俱成駿腐、時是、釋詁文、毛意謂帝命豈不是、言天心幾經愼重、至當不易也、恐非、○文王陟降、在帝左右者、左右、旁側也、文王之神、臨監其子孫、在上帝側、以見克當天心、卽當文王之心也、朱傳云、文王之神在天、一升一降、無時不在上帝之左右、是也、墨子明鬼篇下引詩在帝左右、言若鬼神無有、則文王既死、彼豈能在帝之左右也、是墨子以詩爲文王既沒、其神在帝左右矣、是古義存古書者、毛鄭失之、古者言天及祖宗之默佑、皆曰陟降、敬之曰、無曰高高在上、陟降厥士、日監在茲、此言天之陟降也、閔予小子曰、念茲皇祖、陟降庭止、訪落曰、紹庭上下、陟降厥家、此言祖宗之陟降也、天陟降、文王之神亦隨天神爲陟降、故曰文王陟降在帝左右、昭七年左傳、天王追命諸侯之詞曰、叔父陟恪在我先王之左右、與此詩文法正同、是章文王與天、周與命、有周與帝命、文王與帝、句句相比、乃上帝文王一體不貳之義、先總提通篇大綱、語雖皆追述文德、切切以戒成王者也、其旨閎遠旁射、而章法都用隔句頂、不顯句頂舊邦、不時句頂維新、陟降二句頂在上二句、蓋中以隔句作轉、而前後以文王相呼作起伏、作法最奇、

亹亹文王。令聞不已。陳錫哉周。侯文王孫子。文王

孫子。本支百世。亹亹·勉也、哉·載、侯·維也、本·本宗也、支·支子也、凡周之士。不顯亦世。不世顯德乎、士者世祿也。○亹音尾、延文本·傳載下有也字、傳士卷子本傍注云本作仕、延文本·傳祿下無也字、

箋曰、二章更端、主文王受命作周、福及子孫羣臣、亹亹猶勉勉我王、文王既勤止、亦其盛德也、他日作無逸、乃敷衍亹亹之義也、二字是成王至戒、可貫而佩之、令聞、仁聲也、愈勉愈廣故不已、蓋有實者必有名也、子曰、三代之王也、必先其令聞、可見是文王所以王也、朱傳云、文王非有所勉、失窾、韓村先生曰、文王非所勉也、純亦不已、而人見若所勉耳、是論聖智之言、周公爲成王作是詩、不必如此說、陳啓源曰、宋徐鉉以說文無亹字、欲改亹亹文王亹字从女从尾、董逌從而和之、又引崔集注作娓娓文王爲據、皆謬說也、經典字不載說文者多矣、可勝改乎、陳說是也、易定天下之亹亹、釋文音亡偉反、王肅云、勉也、禮器、君子達亹亹焉、鄭注、亹亹猶勉勉也、棫樸勉勉我王、荀子富國篇引作亹亹我王、知亹勉義同、故此傳云、亹亹勉也、亹亹已含下緝熙敬止、令聞猶下文義問、謂善名也、文王當紂之世、令聞實難、其德純亦不已、故人心感、而善名歸之者亦不已也、似不必以既沒言、○陳錫哉周、侯文王孫子者、文王敷施其仁政、以造始周室、其德大被孫子也、朱傳解陳錫爲上帝敷錫於周、非也、左傳宣十五年昭十年引此詩、皆釋之曰能施、周語芮良夫引此詩、卽承之曰布利、皆謂文王能敷施恩惠、豈指上帝乎、程子有言、必有關雎麟趾之精意、然後可行周官之法度、孟子對齊宣毀明堂之問、備陳

毛詩會箋

文王治岐之政、卽其事實、是之謂布利、是之謂能施、陳無宇之在齊、乃以奸雄心術、假託聖王行事、直如冰炭之不相入耳、哉周者、承上章其命維新而言也、自天言之爲新命、自文王言之爲哉周、哉載以同聲通用、書伊訓朕哉自亳、孟子萬章上作朕載自亳、載見傳云、載始也、皐陶謨乃賡載歌曰、正義引鄭注載始也、皐陶謨載采采、史記夏本紀作始事事、載之爲始、猶哉之爲始也、是知傳訓哉爲載、箋訓哉爲始、義正相成、左傳曰、文王所以造周、不是過也、此詩序曰、文王受命作周也、造周作周、皆釋詩哉周之義、鄭箋謂造始周國、是也、侯訓維、語詞、○文王孫子、本支百世者、本如木之有本、本幹也、對枝而言、支卽枝也、莊六年左傳、引詩正作本枝百世、曰知本之不枝則弗彊、是也、非根本本末之本、言本宗爲天子、支庶爲諸侯、並錫百世之祚也、文王孫子、受上句疊之、自此至五章一例、○凡周之士、凡爲總辭、王朝諸臣非宗戚者畿內諸侯卿大夫、總稱之皆可以謂士、非五等諸侯之士、下章多士與此同、不顯亦世者、不顯以富貴顯榮而言、亦字承本支百世而言、都是陳錫之所被及、言新承茅土、身既顯榮、而福及世世子孫也、曰百世、曰亦世、須知永世之祚、文王所錫、然後王後民不能保天命、以遏爾躬、則一朝以亡、又何世之有、其訓戒親切、傳云仕者世祿也者、引孟子文、以申釋經世字之義、五經異義、公羊說・春秋書尹氏崔氏爲譏世卿、世卿卽是世位、是天子諸侯之大夫皆不世位也、左氏說・卿大夫得世祿、不得世位、父爲大夫死、子得食其故采、而有賢才、則復升父故位、是卿大夫不世位而世祿、有功德則亦世位、許鄭皆從左氏說、魏書禮志引詩作不顯奕世、漢執金吾武榮碑亦世載德、楊震碑亦世繼民綏民、校尉熊君碑亦世載德、先生郭輔碑休矣亦世、亦世卽奕世也、亦與奕古本通用、奕之言繹也、玉篇、繹、長也、奕世卽長世也、三家詩蓋有作奕世者、然據下文世之不顯、卽承上不顯亦世言之、仍从毛詩作亦、訓爲語詞爲允、

世之不顯。厥猶翼翼。思皇多士。生此王國。王國克生。維周之楨。翼翼、恭敬也、思、辭也、皇、天、楨、榦也、**濟濟多士。文王以寧。**濟濟、多威儀也、○楨音貞、濟、子禮反、傳敬字卷子本傍注云本無、延文本、傳大下有也字、

箋曰、兩章相聯、故首句疊前章之末、後四章相聯、首末相承疊亦同、是章受上言羣臣輔弼之盛、宜與周匹天休焉、猶、謀也、頌文德者、嘗曰小心翼翼、今周士厥猶翼翼、正是君臣同德處、此句當在左右文治、周旋商亂之日看、上有暴主猜嫌、下有黨惡疑謗、動輒得罪、翼翼者諸臣體文之心、不敢怠忽、而勉于敬也、如共危舟而求濟、如履虎尾而恐咥、故曰翼翼、此中大用、本於深心、正寧王之本、是章借重多士、以戒成王、○思皇多士者、詩中大例、思爲語辭者、多在句末、然魯頌思樂泮水、禮器疏引作斯樂泮水、是思卽斯借、同爲語辭、又未嘗不在句首也、傳皇天也、天當作大、字之誤也、傳訓皇爲大、楚茨皇矣文王有聲諸篇、可以見矣、引之有美盛義、小雅之皇皇者華、少儀之濟濟皇皇等、是也、單言皇者、猶之言皇皇也、長言之爲皇皇、短言之爲皇也、此

皇字仍當讀爲皇皇字、言美盛也、生此王國、王國從後人稱焉耳、文王之時則非王也、唯是周國之意、生此王國、見天命所在、有應運意、○王國克生、謂之克生、則所以長育作成者有其道、成才之道、棫樸靈臺與思齊卒章備矣、此詩詳於生才、略於成才者、彼主詠文王、故言其教化以成才、此主詠天命、故言其眷佑以生才、成之者在君、而生之者在天、生才乘乎運會、其氣象更大、故但以克生言之、實兼有文王之教養在、蓋非此卽不克以生矣、維周之楨者、楨、正也、築牆所立兩端也、榦所以當牆之兩邊障土者也、楨與榦爲二物、傳蓋以皆築牆所用之木、故渾言之曰楨榦也、木所立表曰榦、因而人之立事亦曰榦、此義之引申者、故文言曰、貞固足以榦事、鄭以此爲榦事之臣、正所以申傳、言周之王室、多士實爲之楨榦、以營造之也、○濟濟多士、文王以寧者、濟濟、盛多也、猶濟濟有衆、言多士左右之、先後之、致身授命、奔走以弼戎王業、是以文王得以不勞而王也、故世其茅土、顯其名族、以胙腹心爪牙之勞矣、然則成王不可不尊勳舊重賢才、是蓋大意所存也、若文王承天大賚、知賢登庸之、非是章所主、漢王吉疏、謹選左右、審擇所使、左右所以正身也、所使所以宣德也、詩云、濟濟多士、文王以寧、此其本也、梅福疏、士者國之重器、得士則重、失士則輕、詩云、濟濟多士、文王以寧、故有天下者、能得人則內外乂安、而一人安也、皆合經旨、

穆穆文王。於緝熙敬止。假哉天命。有商孫子。穆穆、美也、緝熙、

光明也、假、固也、**商之孫子。其麗不億。上帝既命。侯于周服。**麗、數也、盛德不可爲衆也、○於音烏、緝七入反、熙許其反、麗力計反、

箋曰、四章更端言天命文王、以臣附商孫子、前兩章一聯、以亹亹文王起之、自此四章相屬、以穆穆文王起之、穆穆有幽深嚴肅之義、本詩之穆穆文王、烈文之天子穆穆、是也、單言穆者、清廟之於穆清廟、烝民之穆如清風、或訓爲敬、或訓爲和、引申之義也、單言穆、猶言穆穆也、長言之爲穆穆、短言之爲穆也、於·歎辭、緝熙·日新之意、緝·續也、朱傳曰、繼續光明亦不已之意、胡承珙則衍毛義曰、爾雅釋詁、緝熙·光也、周語引詩於緝熙亶厥心、而釋之曰、緝·明也、熙·廣也、毛於此用爾雅之訓、而於光下增明字、於昊天有成命則全用國語緝明熙廣爲訓、於敬之學有緝熙于光明、又云光廣也、立義似有參錯、其實爾雅以緝熙與烈顯昭皓潁竝訓光者、統言之也、若析言之、則熙又光之廣大者、周語逐字爲訓、故以熙爲廣、韋昭注云、熙·光大也、古光廣字聲同義通、毛不第稱緝熙光也、而云光明者、蓋已讀光如廣、光釋熙、緝釋明、光明猶言廣明、但以文便故不順經耳、實則合爾雅國語而兼取之、至昊天有成命、遂專用國語之訓、以文王篇已訓光明、不嫌熙廣之非熙光也、至敬之又云光廣也、則二字通轉之例益明、胡說得毛義、然守古訓者、讀至敬之將訓爲學有光明于光明乎、其說難通矣、要之文王之詩於緝熙敬止、以德言也、敬之之詩學有緝熙於光明、以學言也、維清之詩維清緝熙、文王之典、昊天有

成命於緝熙單厥心、二者以事言也、敬止之止、作實字爲是、以爲語助者非
也、凡止字作語詞、如思兮之例者、皆以上一字爲韻、此則止與子韻、不特與
采薇杕杜諸言止者不同、亦與文王嘉止在涘子二韻中有別也、大學引之
以明止於至善、緇衣引之以明愼言行、古人引詩斷章、必依於義可交通、未
有盡失其義、誤讀其字者、敬止者敬於其所當止、所謂敬厥止也、蓋次章專
言陳錫而已、自是爲君止於仁之事、此云緝熙敬止、乃謂其德日新、而凡言
動倫紀無不敬於所當止、則文王之全德舉焉矣、○假哉天命者以下、以商
相形、說得凜凜可畏、一氣趕到下章無忝爾祖、假嘏古同聲通用、故假亦可
訓固、但此假宜从爾雅訓大、思齊烈假不瑕、那湯孫奏假、傳竝云、假、大也、書
大禹謨不自滿假、假、大也、鄉飲酒義、夏之爲言假也、注假、大也、假訓大、嘏之
叚借也、嘏本訓大、假嘏皆从叚聲、故通假、劉向引孔子讀此詩、而釋之曰大
哉天命、亦訓假爲大、有商孫子者、有臣之也、商孫子連文、故次句覆之加一
之字、有商不連文、商孫子其麗不億、非天命大者不能有也、文王之時未嘗
有之、推原周之代殷由於文王、故以爲文王能有之也、或以有爲語助、與上
有周周也同例說、失之、商孫子應文王孫子、○商之孫子其麗不億、鄭箋云、
其數不徒億、多言之也、麗者𪍿之省借、方言說文竝曰、𪍿、數也、又麗旅行也、
鹿之性見食急則必旅行、从鹿丽聲、毛訓爲數、或由旅義引申之也、周孫子
有百世之勢、商孫子不億而顚沛、此其照應、○侯于周服者、侯、維也、孟子離
婁篇引詩而釋之、孔子曰、仁不可爲衆也、夫國君好仁、天下無敵、孟子言仁、
毛傳言盛德、一也、傳用孟子語、則服自當爲臣服之義、楚辭離騷、孰非善而

可服注、惜誦戒六神與嚮服注、服‧服事也、周禮注云、服‧屬也、車衡下夾轅兩馬曰服、人之受制於人、亦如馬之受制於衡、故謂之服、鄭箋以侯爲君、服爲九服、若如鄭說言君於周之九服尙可、下文侯服于周、謂爲君九服于周則不辭矣、孟子趙注云、天既命之、維服于周、是趙亦訓侯爲維、服爲臣服、釋文云、服、事也、用也、故爲臣而見用謂之服、言服行其職也、是章下半四句、覆言上二句之意、但上言文王臣附之、下言彼不億者服文王而不敢貳也、代商本武王事也、詩但言商人來服、而不言武功、是統於文王之德也、

侯服于周。天命靡常。 則見天命之無常也、 **殷士膚敏。祼將于京。厥作祼將。常服黼冔。** 殷士‧殷侯也、膚‧美、敏‧疾也、祼‧灌鬯也、周人尙臭、將‧行、京‧大也、黼‧白與黑也、冔‧殷冠也、夏后氏曰收、殷曰冔、周曰冕、 **王之藎臣。無念爾祖。** 藎‧進也、無念‧念也、○祼古亂反、黼音甫、冔況甫反、藎才刃反、延文本‧傳美下行下並有也字、卷子本傍注云、傳殷曰冔三字本有、摺本無、

箋曰、五章言天命可畏、以戒成王、自四章以下、每章言天命、是大訓也、侯于周服下、便可接殷士、忽著天命靡常一語、見膚敏祼將黼冔襄事、觸目皆龜鑑、○殷士膚敏者、自湯以下皆稱商、自盤庚遷于殷改號殷、上章主孫子之世系言、則遡其開國之始、故曰商、此主國亡而臣周言、則但以亡時所稱之

國號稱之、故曰殷、此章殷士卽上章所謂商之孫子也、猶曰殷人耳、士者男子之通稱、五等諸侯、及公卿大夫、皆可得此名、凡周之士、思皇多士、濟濟多士、卽其明證、朱傳曰、諸侯之大夫入天子之國曰某士、則殷士者商孫子之臣屬、其說本漢書師古注、然若孫子之臣屬、在周爲倍臣、安得入廟祼將、漢書劉向上疏引殷士膚敏祼將于京而云、蓋傷微子之事周、而痛殷之亡也、似亦以殷士爲微子、白虎通義三正篇引詩云、厥作祼將、常服黼冔、言微子服殷之冠、助祭於周也、趙岐注孟子云、殷之美士、執灌鬯之禮若微子者、皆與毛合、經於商孫子言臣服、於殷士言助祭、蓋亦互文以見、故以膚敏祼將指微子言者、固得事實、但竟以殷士卽商孫子、恐非立言微指、詳二章以文王孫子周士對言、此兩章亦以商孫子殷士對言、明有分別、然以殷士通指殷之諸侯、及凡舊臣、恐應服新朝之服、不應仍服殷服也、此蓋不欲斥言微子以傷其心、故舉殷士爲言耳、膚碩膚膚公之膚、美也、大也、敏、謂駿奔走也、祼將于京者、京、周京也、詳下大明篇、祼从示、本爲祭祀之事、大宗伯以肆獻祼享先王、注、祼之言灌、灌以鬱鬯、謂始獻尸求神時也、小宰、凡祭祀贊王祼將之事、注、將、送也、祼送送祼、謂贊王酌鬱鬯以獻尸、謂之祼、以大宗伯小宰兩注參之、祼者始獻尸以迎神也、祭之始事重在祼、故曰祼、將者、祭畢復獻尸以送神也、祭之終事重在送、故曰將也、助祭而特舉祼將者、商人尙聲、樂三闋然後迎牲、周人尙臭、灌用鬱鬯、旣灌然後迎牲、此殷周之禮一大變、獨舉祼將、見周之異於殷也、王夫之曰、毛傳曰、祼、灌鬯、但言灌鬯、初未云灌之于地、自白虎通始有灌地降神之說、唐開元禮遂舉澆酒委地之事、集傳爲後世流俗所惑、而慶源輔氏爲之說曰、先以鬱鬯灌地、求神于陰、既奠、然後取血膋、實之于蕭以燔之、以求神于陽、則謬甚矣、郊特牲曰、既灌然後迎牲、致陰氣也、蕭合黍稷、臭陽達于牆屋、故既奠、然後焫蕭合羶薌、曰既灌、又曰既奠、奠卽灌也、皆用鬱鬯之謂也、灌與迎牲相接、迎牲在尸入之後、君出迎牲、而大宗亞祼、牲入而後焫蕭、則焫蕭以報氣、在尸受亞祼之後、而君祼在尸入之初、尸入則有尸可獻、固不當灌地以閒尸敬、若云尸未入而先灌地、抑與既奠然後焫蕭之文不合、奠之爲言、置也、昏禮、婦執笲棗栗奠于席、特牲饋食禮、祝洗酌奠、奠于鉶南、許愼曰、奠、置祭也、以酒置于下基、蓋古禮不以親授爲敬、故臣執贄于君、壻將鴈于舅、皆謂之奠、奠用鬱鬯則謂之灌、後世不知灌義、因不知奠義、然則新婦之棗栗亦傾之于地乎、況云降者、自上而下之詞、若沃灌于地、則求之地中、升而非降矣、張子曰、奠、安置也、若言奠贄奠枕、是也、注之于地、非也、其說韙已、按祭統曰、君執圭瓚祼尸、大宗執璋瓚亞祼、鄭注曰、天子之祭禮、先有祼尸之事、乃後迎牲、其異于特牲少牢之祭祝酌奠、君自祼而不使祝奠、此天子之禮所以別、然其爲事尸之初獻則一也、特牲少牢所奠之觶、必待尸入而奠于尸席、尸乃卽席坐、答拜、執奠、坐祭而啐之、告旨、而仍奠之、亦不傾之於地、而尸必舉焉、況祼爲禮之大者、君與大宗之所拜獻、而王尸不舉、乃以棄之于土壤乎、倘以饋食之觶、已傾潑之矣、尸又何所祭而何所啐哉、故考工記注曰、祼謂始獻酌奠也、言獻則亦九獻之一、而獻之尸矣、且彼所謂灌地者、將背尸而灌之邪、抑尸已卽几筵、而他求之几筵之外、是以祖考爲遊魂也、若嚮尸而灌之乎、則尸人也、乃相對而傾酒于地、有是理哉、故祭統明言祼尸、而不言灌地、如之何其弗察也、又周禮大宗伯以肆獻祼享先王、鄭注曰、灌以鬱鬯、謂始獻尸求神時也、小宰贊王祼將之事、鄭注曰、將、送也、送祼謂贊王酌鬱鬯以獻尸謂之祼、祼之言、灌也、明不爲飲、主以祭祀、不爲飲者、與饋食啐而不飲、其義同爾、故鄭氏又曰、凡鬱鬯、受祭之啐之奠之、始獻、啐而不飲、別于後獻之卒爵、皆以明祼之爲始獻尸也、又王出迎牲、后乃亞祼、后不與則大宗亞祼、恐敬尸之有間也、故亞祼舉焉、若灌地以降神、則神已依尸、何事此一祼再祼之僕僕乎、孔安國論語注曰、灌於太祖以降神、太祖者、太祖之尸也、禘主太祖、故特獻太祖而用祼禮、羣廟則自朝踐始、降神者、俾神降于尸也、又禮器曰、諸侯相朝、則灌用鬱鬯、周禮鬱人、凡祭祀賓客之祼事、大行人、王禮諸侯、公再祼、侯伯子男壹祼、然則諸侯賓客人也、亦將灌地以降之乎、蓋以觶曰奠、以瓚曰祼、用醴齊曰朝踐、用盎齊曰醑、而用鬱齊則曰灌、灌猶酌也、非灌園灌注之謂也、白虎通誤之于前、杜預左傳解謂束茅而灌以酒、承譌於後、輔氏因以焫脂爲燔、不恤以肉傅火上曰燔之明文、抑不知合蕭者用膋而不用血、乃謂取血膋實之于蕭燔之、其疎謬不通、惑亂禮制、已不足採、且一曰求陰、一曰求陽、不解郊特牲祭義之文、横相牽曳、詎復知焫蕭之焫于尸側、而望空焚之、遂使燒香潑酒之夷俗、登于典禮、其下流之邪妄、遂有焚楮錢澆漿飯、以有用之物付一炬、而委酒食于地、恣狗彘之爭食、慢鬼神、毀哀敬、悲夫、○常服黼冔者、黼、謂黼領也、爾雅釋器黼領謂之襮、郭注繡刺黼文以褗領、唐風揚之水、素衣朱襮、傳曰、襮、領也、諸侯繡黼丹朱中衣、然則黼領自是諸侯之制、此經以黼冔竝言、黼是領、冔是冠也、正義以黼屬衣、謂舉一章以表之、非是、常服黼冔、猶用商之衣冠也、朱子曰、先代之後、修其禮物、作賓王家、時王不敢變焉、而亦所以爲戒也、蓋存先代之典、厚之至也、爲時王之鑒、慮之深也、傳釋冔爲殷冠、而又兼引夏周之冠者、其冠制相似也、玉篇、冔、覆也、殷之冔收之制、不可得而詳、今以周冕言之、禮器云、天子之冕、朱綠藻十有二旒、冕也、史記集解引太古冠冕圖云、夏名冕曰收、據此則冔收卽夏殷之冕矣、諸侯九、上大夫七、下大夫五、士三、是天子冕十二旒、諸侯九、上公九命、衮冕九旒也、上大夫七、天子上大夫比侯伯、鷩冕七旒也、下大夫五、天子下大夫比子男、毳冕五旒也、士三、天子上士比公之孤、希冕三旒也、天子之中士下士、與列國之卿大夫、玄冕無旒、檀弓下、周人弁而葬、殷人冔而葬、亦周殷之冠弁記之也、周人爵弁無旒、則夏殷之冕無旒可知也、爵弁同玄冕、五冕又皆同玄冕、雖有十二旒九旒七旒五旒三旒之差、而其體實與爵弁同制、則知周之冕、要從夏殷之冕、特章大之、唯士有爵弁、所以存其古也、◯王之藎臣、無念爾祖者、王指成王也、藎本染草之名、釋文、藎本又作燼、是燼藎通、說文作㶳、云火餘也、逸周書皇門解、朕藎臣、夫明爾德以助予一人憂、孔晁注、藎、進也、方言云、藎、餘也、自關而西秦晉之間、炊薪不盡曰藎、然則藎之言不盡也、不盡者有餘、是藎爲有餘之進也、故釋爲進、忠愛之篤、進進無已也、故後世有忠藎語、其語始于三國、蜀志董和傳注、胡濟爲諸葛亮主簿、猶有忠藎之效、是也、藎臣亦是嘉稱、若泛呼諸臣者、而所指實文王之孫子而已、文王多孫子、於王家尤親暱、且祭文王之日、入廟助祭、多是文王之孫子矣、其稱臣者、與上文殷士作對、以係屬稱孫子、以君臣曰士曰臣、爾祖、是藎臣之祖、卽文王也、無念、猶言豈得無念也、觀於殷士以戒藎臣、言汝若不念爾祖、而佐王無狀、則不特王室顚覆、汝輩亦皆以周冕祭於庶姓、其心如何哉、文王受命作周、不可不念、戒藎臣所以戒成王也、

無念爾祖。聿修厥德。永言配命。自求多福。 聿、述、永、長、言、我也、我長配天命而行、爾庶國亦當自求多福、 **殷之未喪師。克配上帝。** 帝、帝乙已上也、 **宜鑒于殷。駿命不易。** 駿、大也、○聿于必反、喪息浪反、駿音峻、易以豉反、下文同、延文本、傳述下長下福下、並有也字、傳帝下帝字摺本無、延文本、傳已作以、

箋曰、六章言周之存亡在奉天命與否、古聿律遹通用、聿同曰、故詩中聿字皆語詞、無實義、唯此聿爲述、漢書東平思王傳、及後漢書宦者呂强傳、引詩皆作述、此聿述聲通之證、德卽爾祖之德、故云述而脩之、句義相接成矣、語其實則緝熙敬止、德也、亹亹陳錫、亦德也、皆所當修、詳詩書言德、多該體用、存誠主敬、德之體、發政施仁、德之用、觀皇矣稱文王明德、必兼明類長君順比爲言、而成縛幷數之以爲九德不愆、是文王之德之確詁、至孟明增修國政、重施於民、趙成子引此以爲念德不怠、則專就其用言之耳、夫德者民心之所歸、得民斯得天、念者服膺弗失之謂、能念則能修德配命矣、篇末儀刑

文王、從此一念來、殷後王不能修德配命、以至喪師者、惟弗念耳、○永言配命者、言、語辭、傳訓爲我、不是、配、合也、命、卽天命、凡云帝命駿命皆是、惟克念修德、則足以得民而配命、創業守成、無二理也、王者代天理物、操典禮命討之柄、以臨天下、故曰配命、謂其德能稱天之所命也、此篇凡八言命、當通爲一義、正詩敘受命作周之命也、其命維新、帝命不時、假哉天命、上帝既命、言命之歸於周也、一言靡常、兩言不易、言命之所以去商而歸周也、文王與天合德、故能受之、成王能述修文王之德、則亦能配之、配命之實、不外聿修、配命之效、自致多福、四語意相連貫、毛鄭但云配天命而行、不云何者爲命、正以此詩屢言命、其義本同、不須復解也、自求多福者、從天有福、逆天有禍、多福當由己求之也、文王亹亹、是以哉周、多士翼翼、是以世顯、皆自求者也、曰自求、見全靠爾祖不得、○殷之未喪師、克配上帝者、師、兆民也、例出尚書、曰未喪者、著今既不配命而喪也、鑒殷翻說到未喪師、殷非無祖德也、而所以如此者、以後王不修厥德也、可見祖德不可長恃、而念祖者之當自修其德也、是章以配上帝受配命、卒章上天、亦受自天、首章有周帝命、受上句周字命字、通篇上四句下四句、兩半整然、文字相承接、中四章易見、前後三章讀者或不曉、○宜鑒于殷、駿命不易者、此以鑒其滅亡爲主、蓋近事不遠、卽周所代也、漢人好引秦事、唐人好引隋事、皆取其世近、人主易知耳、釋文云、易、毛以豉反、不易、言甚難也、鄭音亦、言不可改易也、下文及後不易維王同、鄭注大學、引詩曰、天之大命、持之誠不易也、亦讀爲難易之易、箋詩則訓爲不可改易、然如韓奕朕命不易、言不可改易可也、此詩及大明不易維王、皆當作難易之易、若此詩駿命不易、以爲不可改易、則於上文天命靡常、下文無遏爾躬、皆不相融貫矣、古音難易之易、讀與改易之易同、版之詩牖民孔易、與益辟等字爲韻、是其證也、後人異其訓、因異其讀、古人初無別耳、

命之不易。無遏爾躬。宣昭義問。有虞殷自天。遏止、義善、虞度

也、**上天之載。無聲無臭。儀刑文王。萬邦作孚。**載事、刑法、孚信

也、○遏於葛反、度待洛反、延文本傳止下善下事下法下並有也字、

箋曰、卒章言奉天命之在刑文王、以終首章之義、遏、絕也、天之大命不易、無當爾躬遏絕之、周至成王再世耳、周公已憂其命之不延、讀無遏爾躬一語、使人凜然震懼、亦猶堯之告舜曰天祿永終也、以後世言之、必以爲不祥之語、而古者君臣更相告誡、不諱危亡如此、斯其所以不危亡也、○宣昭義問、書皋陶謨、日宣三德、傳、宣、布也、表記、昭事上帝、注、昭、明也、問與聞古字通、說文、聞、知聲也、引申之義爲聲問、左傳云、宣昭令名、據言布明其善聲聞於天下也、有合於理者爲義、不曰令而曰義、存乎制事之宜也、鄭箋曰、義問、以禮義問老成人也、蓋文王遺事、老年成德之人所知、少壯者宜從而問之、昭明其所問於邦家也、鄭意固善、但於全詩、微似歧出、究以傳爲正、義問卽二章之令聞、宣昭云者、文王所以陳錫而載周也、而四章之緝熙敬止、亦貫於中

矣、夫天命之去留、視民生之休戚、民生之休戚、關主德之昏明、不修德、民心離、天命去矣、是命自爾躬而遏絕如殷紂也、宣昭義問、則念爾祖、以修德而得民、配命之實也、有虞殷自天、承宜鑒于殷來、有·又也、內則、三王有乞言、注、有讀爲又、士相見禮、吾子有辱、注、有·又也、鄉射禮、惟君有射於國中、注、古文有作又、管子宙合、有橐天地、注、有、又也、楊倞注荀子、有讀爲又、凡十餘見、古書有又相通者多矣、虞、謂慮而備之也、殷之興也自天、其廢也亦自天、然殷自天、主其天祿永終言之、故曰虞、監殷之所以失、必法文王之所以得、此二句蓋以申上章之意、下四句又以結通篇焉、○上天之載、無聲無臭者、載、事、古音近通用、堯典有能奮庸熙帝之載、史記五帝本紀載作事、載又通縡、漢書揚雄傳上天之縡、縡即載也、言雖虞自天乎、上天禍福之事、杳杳冥冥、無聲可聞、無臭可達、固非人智所測也、韡村先生曰、此二句周公言其不可得而度、至子思始取義不顯之德、此宜辨、○儀刑文王、萬邦作孚、儀、象也、左傳有儀可象謂之儀、又儀擬通、準也、雖天不可測、文王即天也、唯能就文王之德業而儀刑之、則萬邦興起、而孚信之矣、成王以幼沖之年、當遺大投難之任、萬邦信者半、疑者半、未即決去者、以人心思祖德、尚足觀望而遲回也、法祖纔作孚、通篇結束在此、是憂危語、不是贊颺語、夫周邦文王所受命作之也、故保周邦在固帝命、固帝命在法文王、文王與帝非貳也、是通篇大義、首章金聲之、卒章玉振之、

文王七章章八句

箋曰、此詩末章、首句皆銜尾而來、陳思王送白馬王、始彷其體、晉宋人多襲用之、逸齋補傳云、貫而通之、雖不分章亦可、則不知樂章之有節奏者、呂覽古樂篇、引此詩以爲周公所作、熟味其文、廣大精微、而又明白坦易、信非周公不能作、此下諸篇似同時作、於首篇懇懇言之、餘皆蒙此可知也、大明首章亦此意、

大明。文王有明德。 箋曰、大明之大、蓋周公制作既有是名、非對小雅有小明、明德之明、亦不與大明之明干涉、猶假樂嘉成王、

故天復命武王也。 箋曰、文王之三、主文王、而稱述之、是篇以武王終之、序者恐後人誤而歸重於武王、故繫辭如是、革命係文王、是古義也、全詩歸重文王明德、第三章言文王之德獨詳、而王季以維德之行一語點過、武王則但言伐商之事、王季武王未嘗無明德、而受天命則自文王始、文王有此明德、必有聖父聖母、故推本於王季大任、又有此明德必有聖配、故詳言大姒德盛禮隆、然後篤生聖子、以有天下、其敘武王伐商、亦以有命自天、命此文王發端、詩固無處不歸重文王矣、至末二章所謂復命武王也、蓋立言有詳略之法、如於文言厥德不回、於武即不復及德、以可從而見也、詩於下武文王有聲、始及武王繼文繼伐、故於此先合言文武、以著受天命之始終、當自六章長子維行以上、皆說文王有德受天命之事、篤生武王以下、說天復命武王之事、依序立義、次第井然矣、辯說曰、此詩言王季大任文王大姒武王皆有明

德而天命之、非必如序說、是謬矣、詩書但言天命文武、不言命王季也、況任姒婦人、亦受天命乎、

明明在下。赫赫在上。明明、察也、文王之德、明明於下、故赫赫然著見於天、**天難忱斯。**忱、信也、紂居天位、而殷之正適也、挾、達也、○赫呼伯反、忱市林反、易以豉反、適音的、挾子燮反、延文本・傳明明於下、作明明在於下、天下有也字、

不易維王。天位殷適。使不挾四方。

箋曰、首章先泛言天人之理、然後及殷亡之由、爲美文王張本、明明赫赫二句平說、並說天也、非言王者明明、故第三句承以天難忱、而第四句始以不易維王立言也、赫赫、威靈之貌、言威靈赫赫、在上甚可畏、而其照臨于下土者、亦明明弗爽、莫能逃者矣、第四章天監在下、與此首句同、皇矣篇臨下有赫、與第二句同、二句倒說者、因韻而倒也、首章一篇大綱、與卒章相爲終始、中間六章以八句起、而以六句受之、章之首尾、其辭相接、兩兩成對、是篇法也、○天難忱斯、以命之去留言、今日有德則眷之、明日德替則絕之、明日之絕我者、卽今日之眷我者也、書所謂惟天無親之意、不易惟王者、王之得失無常、一日命集則爲天子、當日命絕則爲匹夫、求爲匹夫而不得者、卽讓爲天子而不能者也、書所謂天位艱哉之意、忱、漢書貢禹傳、後漢書胡廣傳、皆作諶、說文引詩亦作諶、爾雅、諶、信也、蕩其命匪諶、說文引作忱、是忱諶同、○天位殷適、使不挾四方者、天位、天子之位也、殷適、正義引鄭氏書敘注、微子

爲紂同母庶兄事釋之、夫同母而分適庶、最非通論、且事出呂覽、不見正經、何足深信、微子庶而長、故爲元子、紂少而適、故爲正適、名稱自合、何必同母乎、挾訓達爲教令之行者傳箋也、挾訓有爲挾而有者朱傳也、申傳者謂、挾浹古字通、爾雅釋言、浹、徹也、徹卽通達之義、古者堂有兩夾、謂之左達右達、亦取其與堂相通而名之也、是夾有達義、此挾音訓與夾同、朱傳讀如字、卽挾泰山之挾、梓材曰、先王既勤用明德、懷爲夾、言懷民而挾有四方也、挾是抱持之義、朱傳亦通、然傳箋爲勝、使字正形容天威赫赫處、而下文命此文王、上帝臨女、皆鑿鑿可據、召誥、嗚呼皇天上帝、改厥元子、茲大國殷之命、今成王亦天位周適也、危言以惕之、

摯仲氏任。自彼殷商。來嫁于周。曰嬪于京。乃及王季。維德之行。摯國、任姓、仲中女也、嬪、婦、京、大也、王季、大王之子、文王之父也、**大任有身。生此文王。**大任、仲任也、身、重也、○摯音至、任音壬、嬪毗申反、大音泰、重直勇反、延文本維作惟、傳婦下有也字、

箋曰、此章是推本王季得賢妃、因以生聖子、首尾重文王上、摯仲數句、不過述降生原由、以見鍾靈毓秀之有自爾、傳摯國任姓仲中女也、小字本、相臺本、皆同、閩本、明監本、毛本、仲作之、阮元曰、之字是也、正義云、仲者中也、故言之中女、釋文以之中作音、是孔陸本皆作之、此總摯仲氏任一句而發傳、以

中解經之仲、以女解經之氏、故錯綜而出之也、不得其讀者、於國字姓字誤斷句、乃改之爲仲、以附合於經、不知傳若專釋仲、卽不得在任下也、阮說是也、此傳當以八字爲一句、仲卽女之字、氏、指人之辭、女子後姓、所以別於男子也、以姓繫乎國則曰摯任、猶春秋書陳嬀歸于京師、是也、以姓配乎字則曰仲任、猶春秋書伯姬歸于紀、叔姬歸于紀、是也、以姓屬乎國與字則曰摯仲任、猶春秋書紀季姜歸于京師、是也、婦人必言姓、此百世昏姻不通之義也、士昏禮、祝告稱婦之姓曰某氏來婦、又記問名曰、某既受命將加諸卜、敢請女爲誰氏、某氏者稱婦之姓也、誰氏者舉女之名也、○自彼殷商、殷商蓋言商都也、成湯之初、以商爲號、及盤庚後爲殷、今稱殷商者、以其都殷、合而稱之、亦猶後之稱蜀漢汴宋耳、陳啓源曰、正義申箋云、殷商有天下之大號、而云自彼、以商對周、故知自其畿內也、朱傳以爲、商之諸侯皆謂之殷商、不必定在畿內、此未必然也、就商時言、則周亦商之諸侯、不得獨名摯爲商、而與周分彼此也、自成王時追述而言、則摯亦周耳、非商也、文義難通、不如畿內之說當、周語云、摯疇之國由大任、韋注、摯疇、二國、奚仲仲虺之後、夫仲虺雖國於薛、既相湯致王、爲開代勳臣、其子孫當別有食采於王畿、如周之周召二公者、則摯爲殷畿內國信矣、又唐書世系表云、祖已七世孫徙國於摯、祖已者、仲虺之後、此語非是、季歷娶婦時、尚未爲世子、乃古公初年也、計古公在位、去武丁未久、祖已事武丁、其子當與古公同時、此時大任已生於摯、安得其七代孫方國於摯乎、宋洪邁言、唐書世系表、皆承用各家譜牒、故多謬誤、良然矣、路史、今蔡之平輿有摯亭、平輿故城在今河南汝寧府城東、○

來嫁于周、曰嬪于京者、女子初適夫家、未成爲婦、有賓道焉、故詩曰嬪于京、書嬪于虞、皆謂初嫁時爲嬪、正義謬引禮九嬪及曲禮生曰妻死曰嬪爲說、不可從、蓋自母家言之爲來嫁、自夫家言之爲曰嬪、互文以儷句耳、朱傳以曰嬪于京、爲疊言釋上句之意、失之、京、地名、周之國治也、原在豳、國遷而名隨焉、當時未以京爲國治定稱也、曰于周、所適之國也、曰于京、所居之地也、二句不過言來嫁嬪于京已、乃分作兩句者、詩之辭也、俞樾曰、箋云、京、周國之地、小別名也、愚謂、京地在豳、公劉篇云、迺陟南岡、乃覯于京、卽其地也、蓋豳爲大名、京是豳國之地小別名、公劉遷豳、實則居京、其下云京師之野、于時處處、于時廬旅、此公劉居京之證也、京爲地名、公劉居之、歸者日衆、居者日多、於是又有京師之名、毛傳曰、是京乃大衆所宜居之也、正義曰、公劉非天子、不得謂所居爲京師、故云是京乃大衆所宜居之野、竊謂、鄭孔固不免後世之見、毛公亦然、何也、公劉遷豳、在夏中葉、其時之京、乃西戎一邑之地耳、天子所居並不名京、何有京師、公劉居京、因其故名、配以衆義、謂之京師、自我作古、何不可之有、然在周人實爲發祥之地、故雖邦邑屢遷、而京名未改、思齊稱京室之婦、京室猶周室也、可知在當日周人稱周亦稱京、周京並稱、猶之殷商矣、及其後定有天下之號曰周、而京之名仍不廢、故周天子所居謂之京、亦稱京師、而諸侯不得稱矣、亦猶皋門應門、初由太王偶爾命名、遂爲天子之制也、○乃及王季、維德之行者、及·與也、大任王季俱有其德、一維德之是行、所謂以成德爲行也、王季之德、如明類長君是也、大任之德、如思齊思媚是也、列女傳稱、大任之性、端一誠莊、惟德之行、及其娠文王、目不

毛詩會箋

視惡色、耳不聽淫聲、口不出敖言、生文王而明聖、大任教之以一而識百、卒爲周宗、君子謂大任爲能胎教、中說亦云、愚讀大明之詩、而知人之求配、不可不慎擇也、蓋雖大聖賢、而配非其人、所生之子、必不能全類其父、詩稱文武之興、必各本其母而言、有旨哉、列女傳先言惟德之行、復言胎教、胎教亦有德事也、○大任有身、生此文王者、猶曰天錫之聖子、上摯仲氏任、猶未歸於周也、從其本國之稱、故曰仲任、此曰大任有身、已爲周之太后也、稱在追王以後、故尊而稱之、謂大任與大姜大姒一例、傳身重也、鄭箋重謂懷孕也、然則身中復有一身、因訓爲重、故素問奇病論云、人有重身、九月而瘖、是其義也、一切經音義卷十九、引詩大任有娠傳曰娠重也、蓋元應所見毛詩、或作娠耳、月令注有娠、釋文、音身、是娠與身通之證、

維此文王。小心翼翼。昭事上帝。聿懷多福。厥德不回。以受方國。回・違也、○聿余律反、

箋曰、翼翼、恭慎之貌、文王一生受用、全在小心二字、既獲全乎暴主、又克保其令名、昭事上帝者、此心與上帝相質、明白洞徹、了無蔽礙也、小心翼翼昭事上帝、當合上篇觀之、亹亹不已、緝熙敬止、皆小心事帝之實事、表記引此詩云、有君民之大德、有事君之小心、詩稱事帝小心、實該君民大德言之、○聿懷多福者、聿、語詞也、遹聿通用、時邁傳云、懷、來也、後漢書李賢注蔡邕傳、文選呂向注晉紀總論、引詩並訓懷爲來、謂受有于身也、或曰、懷多福猶干

祿求福之例、言自求多福、亦通、○厥德不回者、回未便訓邪、乃入於邪之所
自始、自始至終有幾微轉念、便開幾微間隙、忽不覺入於邪、便與天不相背、
純亦不已、與天同體、故懷多而受衆也、此實寫文王之明德、○以受方國、方
國、四方來附之國也、昭二十六年左傳引是曰、君無違德、方國將至、文王無
心於方國、而方國自來附之、論語謂
三分天下有其二、以服事殷、是也、

天監在下。有命既集。文王初載。天作之合。在洽之陽。在渭之涘。集·就、載·識、合·配也、洽·水也、渭·水也、涘·涯也、**文王嘉止。大邦有子。**嘉·美也、○洽戶夾反、涘音士、
延文本·就下識下並有也字、

箋曰、四章言有命既集於文王、故又生聖女以爲之配焉、天命必有所厭後
有所集、以六百年之商、將欲改其命而新之、非監觀之久、而眷顧之深、固不
輕集、凡鳥止謂集、必審擇之定、所謂翔而後集也、君奭曰、其集大命于厥躬、
在下照首章、有命照六章、○文王初載、天作之合者、唐虞曰歲、夏曰載、殷曰
祀、周曰年、載卽年也、傳箋以載爲識、謂適有知識、强解已、合、對也、大戴記言、
文王十五而生武王、前此又生伯邑考、武王八十一而生成王、後此亦又生
唐叔虞、此人情事理所必不然、蓋戴記載雜說耳、近儒擧尙書逸周書語爲
說、確有根據、無逸篇、周公告成王曰、文王受命唯中身、厥享國五十年、此文

王享國之年數也、又逸周書度殷解、武王克殷、告叔旦曰、惟天不享於殷、發之未生、至於今六十年、此武王克殷之年數也、武王克殷、年近六十、其在位已十有三年、此外四十七年皆在文王享國數內、武王之生、應在文王卽位之三四年中、然則文王之取大姒、在文王卽位後矣、又管子小問篇云、武王伐殷克之、七年而崩、漢書律歷志亦云、克殷後七歲而崩、據此而推、初載卽文王卽位之初年也、蓋上章既言文王小心事上帝、而受方國矣、而此章之端則曰、天監在下、有命既集、繼曰文王初載、則所謂天命之集者、正指文王之身也、其下章親迎于渭、造舟爲梁、皆其自爲、無受命於王季之意、況周之世子、始爲造舟、其後豈得遂定爲天子之禮乎、是既爲君而親迎明矣、白虎通義嫁娶篇曰、人君無父母、自定娶者、卑不主尊、賤不主貴、故自定之也、詩云、文定厥祥、親迎于渭、是謂文王自主昏也、亦以文王娶於王季既沒之後、審此可無孫毓王季尚在豈得制定昏事之疑矣、然則文王卽位前無子乎、曰、無適子耳、詩稱則百斯男、左傳、文之昭有國者十六人、武王母弟八人、餘人皆庶子也、邘晉應韓武之穆、成王唐叔外餘人・亦未納邑姜前庶子也、〇在洽之陽者、水以北爲陽、洽陽洽水之北、是商莘國在洽水北、漢高帝爲劉仲築城於郃陽縣之東北、爲郃陽侯、漢初稱蓋不誤矣、馬瑞辰曰、洽卽郃之假借、說文引詩在郃之陽、顏師古漢書注引詩亦作郃、括地志、郃陽故城在同州河西縣南三里、古莘國在同州河西縣南二十里、元和郡縣志、夏陽縣古有莘國、漢郃陽縣之地、乾元三年改爲夏陽縣、縣南有莘城、卽古莘國、文王妃大姒卽此國之女、是皆莘在郃陽之證、漢郃陽縣蓋因詩在郃之陽而立名、郃古省作合、魏世家、文侯時西攻秦築雒陰合陽、字作合、合水之加邑而作郃、猶豐水詩書止作豐、左傳及說文皆加邑而作酆耳、○文王嘉止、大邦有子者、嘉猶有慶也、大宗伯以嘉禮親萬民、嘉禮卽昏禮也、言文王將行嘉禮、而大邦適有淑女、所以足天作之合意也、大邦、莘國也、有子、言有賢女子也、

大邦有子。俔天之妹。 俔·磬也、 **文定厥祥。** 言大姒之有文德也、祥、善也、

親迎于渭。 言賢聖之相配也、 **造舟爲梁。不顯其光。** 言受命之宜、王基乃始於是也、天子造舟、諸侯維舟、大夫方舟、士特舟、造舟然後可以顯其光輝、○俔牽遍反、迎魚敬反、造七報反、傳磬字、延文本·舊校云、磬本作譬、傳相配摺本無相字、延文本配作妃、傳輝下延文本有也字、

箋曰、俔、譬也、天之妹、天女也、易帝乙歸妹、詩多稱季女、曰季女、曰妹、並女子少好之美稱、言大姒之德貌、非復人間所有、乃如天女云爾、歸妹王注、妹者少女之稱、韓非子詭使篇、女妹有色、又曰、女妹私義之門、所謂女妹者亦是少女之稱、非女弟也、說文俔、譬喻也、韓詩作磬、云、譬也、馬瑞辰曰、俔磬二字雙聲、故通用、俔之轉爲磬、猶韓非外儲說、夫犬馬人所知也、旦暮罄於前、鬼神無形、不罄於前、罄於前卽見於前也、據說文俔、譬諭也、當以俔爲正字、韓

詩作礐、通借字也、漢世通借作礐已久、人皆知礐之爲譬、故毛公以今釋古、韓詩遂从今字作礐耳、正義曰、蓋如今俗語譬喻物云礐作然也、是唐時猶通以礐作爲譬、至爾雅釋言、閒俔也、亦釋此詩、當俔在閒上、今本誤倒耳、據釋詁顯閒代也、顯俔音相近、郝懿行曰、顯卽俔之叚音、今按、代亦比擬之詞、猶言譬也、說文、代、更也、古者以此易彼、謂之代、以此擬彼、亦謂之代、晉宋人擬古詩皆曰代、其遺義也、又以此擬彼、則猶有彼此之別、故代亦曰閒、是知爾雅以閒釋俔、閒代之義、亦與譬通、說文俔字注、一曰閒見、卽本爾雅俔閒之義、郝懿行曰、閒謂空隙、居其中則爲閒代、出其外則爲閒見、閒見猶言不常見也、凡譬況之詞、必取非常所見、故云罕譬而諭、方言謂之代語、說文謂之閒見、其義一也、○文定厥祥、親迎于渭者、文、禮也、以禮定昏姻之嘉祥也、不必如鄭箋繫卜吉說之、士冠醴辭曰、拜受祭之、以定爾祥、可以證焉、如傳說則定字無著落、文王親迎于渭、是大姒至于渭也、諸侯不越境逆女、故文王不親至莘國、但親迎于渭也、陳奐曰、古者天子諸侯有卽位取元妃之禮、文二年冬左傳云、襄仲如齊納幣、禮也、凡君卽位、好舅甥、脩昏姻、取元妃以奉粢盛、孝也、孝、禮之始也、是禮也周公之禮、亦文王之禮也、此篇言大姒之來歸周京、已在天命文王之旣集、玩詩辭、正與尙書受命中身語合、韓奕篇美韓侯之入覲宣王也、亦云韓侯迎止、于蹶之里、此亦行卽位親迎之禮、與春秋左氏說合、○造舟爲梁者、嚴緝以爲渡渭、陳啓源以岐周與莘皆在渭北、親迎于渭、當是循渭而行、非渡渭、不知川流迂曲、卽循岸而行者、亦非必盡可直達、中間豈無山陵之隔、或須取道渭南、始能至彼、造舟而濟、亦事之常、經言親迎、而繫以于渭、于渭卽繼以造舟、文義明白、故傳箋不復言何水耳、說文、橋、水梁也、梁、水橋也、周語引夏令曰、十月成梁、孟子十一月輿梁成、皆卽今之水橋、造舟爲梁者、比次船於水、而加版於其上以通行者、卽今之浮橋也、造字本作艁、方言云、艁舟謂之浮梁、廣韻云、以舟爲橋曰艁、此其證矣、李巡曰、比其舟而渡曰艁舟、孫炎曰、艁舟、比舟也、然則比舟乃艁字本義、觀古文从舟可見、朱傳云、造、作也、作舟于河、比之而加版、夫訓造爲作、是詩僅言作舟耳、作舟止成舟、如何便成梁耶、苟不補出比義、詩幾爲不全語矣、傳天子造舟以下、皆爾雅釋水文、中央左右相維持曰維舟、連四舟也、併兩船曰方舟、一舟曰特舟、杜預云、造舟爲梁、則河橋之謂也、維舟以下則水上浮而行之、但船有多少爲等差耳、胡承珙曰、毛公釋詩、無受命稱王之說、觀其但言賢聖之配、不過謂賢女配聖人、竝不以此爲天子親迎之證、其又言王基所始、尤可見受命卽是王基、不必身自稱王、又引天子造舟、正如鄭意以造舟爲周制、殷時未有等差、蓋自文王創之、後遂以爲天子之法耳、傳凡云言者、多就詩詞而推原其意、此傳云言賢聖之配、言受命之宜、正述詩人之意、見周家王業之基、始於文王親迎之時耳、疏輒坐實以爲用天子之禮、失毛旨矣、顧棟高曰、詩言造舟爲梁、杜預因之、遂作河橋、元魏設河陽三城節度使、南北戰爭、此爲咽喉重地、絕險聞天下、起自晉泰始、歷南北朝隋唐五代、至宋仁宗之世、而後廢罷、凡七八百年、經學之有益於用如此、〇不顯其光、不顯、顯也、言大禮備而光華盛也、有命自天。命此文王。于周于京。纘女維莘。長子維行。纘、繼也、莘、大姒國名也、長子、長女也、能行大任之德焉、篤生武王。保右命爾。燮伐大商。篤・厚、右・助、燮・和也、○纘子管反、莘所巾反、長張丈反、燮蘇接反、㨉本傳國下無名字、延文本傳厚下助下並有也字、

箋曰、有命、言天以天下授文王之命也、是篇命字重、序所示在此、○于周于京者、與下文纘女相連、蓋受第二章來嫁于周、曰嬪于京而成辭、亦以來嫁而言也、○纘女維莘者、謂大姒也、有大任以爲之母、有大姒以爲之婦、故謂之纘、言女德之有繼也、思齊、大姒嗣徽音、繼卽嗣也、女、在父母家之稱、言能繼行大任之德者其女維莘、言自莘國來也、括地志引世本曰、莘國姒姓、夏禹之後、唐世系表唐韻竝曰、夏啓封支子於莘、是莘爲大姒國之證、地之以莘名者非一、古有莘氏之國在河北濮東者、晉文公登有莘氏之墟是也、地在河汝之閒者、荆敗蔡師于莘是也、在河南函谷之外者、神降于虢之莘是也、蔡虢之莘、邑也、城濮之莘、古諸侯之國也、若此姒姓之莘、在郃陽、非古有莘國、又非伊尹所耕之莘野、列女傳湯妃有㜪者有㜪氏之女也、又大姒者武王之母、禹後有㜪姒氏之女、於大姒別之曰禹後姒氏、而湯妃則曰有㜪氏、史記殷本紀云、阿衡欲干湯而無由、乃爲有莘氏媵臣、正義引括地志古莘國在汴州陳留縣東五里、故莘城是也、莘或作姺、或作侁、呂氏春秋本味篇、有侁氏采得嬰兒於空桑、後居伊水、命曰伊尹、元和郡縣志、汴州陳留縣

故莘城在縣東北三十五里、古莘國地、湯伐桀、桀與韋顧之君拒湯於莘之墟、此卽湯妃所生之國、伊尹耕於是野者也、計其去湯都南亳、不過四百里、所以湯使可三往聘、若大姒所産之莘國則在今西安府郃陽縣南三十里、道遙遠矣、郃陽漢屬左馮翊、與岐爲近、又國語、史伯説十邑、有依疇歷莘在虢檜之閒、是又與東都近、當時莘地廣矣、故詩謂之大邦、○長子維行者、長子、孟女也、應仲氏、維行當如傳箋爲維德之行、應前、朱傳釋行爲嫁、失之、蓋上章旣陳親迎、則其來嫁不待言矣、大任維德之行、而生文王、大姒亦維德之行、而生武王、正義謂、維莘爲纘女所在而言、與長子別句、而理則下通、得之、實則維行亦蒙纘字立言、謂維莘之長女、克纘大任維德之行也、必先言纘女者、能爲女而後能爲婦、四章天作之合、意本指此、故箋云亦爲作合也、○篤生武王者、天之生物、必因其材而篤焉、如維岳降神生甫及申是也、或謂、旣生文王於前、又生武王於後、故謂之篤、非也、○保右命爾、燮伐大商者、保、保護也、右、祐同、助也、釋文右音祐、字亦作祐、注同、案作右者用古文、此與嘉樂之保右命之、語義皆同、言天保佑武王、而命之以燮伐大商也、保右命三字三義、跌頓出伐商、嚴重得體、諸侯八百國不期而會孟津、是命之也、民心卽天命、故以當之、燮有和順之意、以順而動、因天人之所欲、是爲燮伐、易曰、湯武革命、應乎天而順乎人、此之謂也、

殷商之旅。其會如林。矢于牧野。維予侯興。 旅、衆也、如林、言衆而

不爲用也、矢・陳、興・起也、言天下之望周也、**上帝臨女。無貳爾心。**言無敢懷貳心也、○女音汝、延文本傳陳下有也字、傳貳心作二心、

箋曰、如林言衆盛也、會、說文作旝、馬融廣成頌、旝旝森其如林、卽本此詩、說文一曰建大木、置石其上、發其機以槌敵也、然發石之制、初見范蠡兵法、恐非商時所有、且以爲如林、則可以言旗旗、不可以狀發石也、王夫之曰、會之爲義、自外來合之稱、春秋會他師則稱會、其起本國之兵、稱帥不稱會、牧野之師、未聞有諸侯助紂者、其云受有億萬人、就天子之六軍而言、紂所黨惡者、飛廉惡來之屬、皆畿內卿士、奄五十國初皆伏而未動、而待三監內訌、乘亂始起、攷之經傳、牧野未有與紂會師之國、安得有如林之衆邪、按許愼說、其旝如林、字作旝、杜預曰、旝旃也、通帛爲之、蓋今大將之麾也、故先動旝而後鼓、杜預所云大將之麾、就鄭言之爾、通帛之旃、師都所載、二千五百人爲師、若牧野之師、紂親將、自建天子之旌旗、以麾進止、旝乃其師都之長所建爾、使有十萬人則建四十旝、故曰如林、因其旗以知其衆也、○矢于牧野者、書牧誓云、時甲子昧爽、王朝至于商郊牧野、乃誓、卽此詩矢于牧野也、爾雅釋言、矢、誓也、虞翻易注曰、矢古誓字、矢于牧野、謂周王誓師于牧野、當連下維予侯興三句言、三句皆誓詞也、傳箋皆承上殷商之旅二句言、失之、牧古字作坶、說文、坶・朝歌南七十里地、正義申箋、引書序注・牧野紂南郊地名、水經清水注曰、清水東南歷坶野、自朝歌以南、南曁清水、土地平衍、據皐跨澤、

悉坶野矣、詩所謂坶野洋洋檀車煌煌者也、杜子春注周禮載師職云、五十里爲近郊、百里爲遠郊、鄭注君陳敘、亦云天子之國五十里爲近郊、坶在朝歌南七十里、是在遠郊之內、近郊之外、據此知僞孔傳紂近郊三十里地名牧爲非、○維予侯興者、維發語詞、爾雅、侯、乃也、維予侯興、猶言維予乃興也、乃者難詞、鄭箋訓侯爲諸侯、失之、○上帝臨女、無貳爾心、此與閟宮詩無貳無虞、上帝臨女、皆詩人取武王誓詞以爲詩、女指所誓之衆、非指武王也、此詩女對上維予侯興言、予爲武王自指、則知女指所誓之衆矣、臨當讀如上帝不臨之臨、又襄九年左傳曰、且要盟無質、神弗臨也、臨謂神明鑒之、如有貳心、則必爲神明所察、故以上帝臨女懼戒之、箋以爲衆勸武王之詞、失之、武王灼知天意、至此豈有疑惑、但以殷旅甚衆、恐師徒或生狐疑、故言此以一衆心、鼓其鋭也、貳讀爲二、貳從弍聲、弍古文二、是貳二聲通也、

牧野洋洋。檀車煌煌。駟騵彭彭。 洋洋、廣大也、煌煌、明也、駵馬白腹曰騵、言上周下殷也、

維師尚父。時維鷹揚。涼彼武王。 師、大師也、尚父、可尚可父、鷹揚如鷹之飛揚也、涼、佐也、

肆伐大商。會朝清明。 肆、疾也、會、兵甲也、不崇朝而天下清明、○檀徒丹反、騵音元、涼力尚反、駵音留、傳廣下摺本無大字、經涼字延文本作諒、傳同、傳可尚延文本作可上、可父下有也字、傳會下摺本無兵字、

箋曰、檀、堅木、宜爲車、者、煌煌、鮮明貌、朱漆塗革以韜車、其色煌煌也、四馬曰駟、檀弓曰、夏后氏戎事乘驪、殷人戎事乘翰、周人戎事乘騵、檀弓說三代乘馬、各從正色、周不純赤、明其有義、故白腹爲上周下殷、戰爲二代革易、故見此義、戎事乘騵、明非戎事不然、因此武王所乘、遂爲一代常法、郭注爾雅曰、騵、赤色黑鬣、此則騮而白其腹也、彭彭・强盛貌、○維師尙父者、節南山傳、師・大師、周之三公也、則師爲官名矣、尙父、毛鄭以爲尊稱、失之、父與甫同、甫爲男子美稱、尙父・其字也、猶山甫孔父之屬、連師稱之猶大師皇父之屬、宣和博古圖載周淮父卣銘曰、穆從師淮父、又曰、對揚師淮父、正與師尙父之稱相同、太公蓋名望而字尙父、古人名字相配、尙者上也、上則爲人所望、故名望字尙也、其曰太公者、始封之君之尊稱、猶周之太王、吳之太伯、晉之太叔也、其後田齊之有國、始於田和、而謂之太公和、以後證前、知太公望猶太公和矣、史記太公望子之說、與毛傳可尙可父之說、皆齊東野語、不足徵也、○時維鷹揚者、如鷹之飛揚而將擊、言其武之奮揚如此、樂記所謂發揚蹈厲、太公之志也、舉大公猶王季之大任、文王之大姒、著真主自有良弼也、夫車鮮明而馬强盛、則士卒之訓練可知、然非將帥得人、則亦無以克敵、故繼之以維師尙父、時維鷹揚、涼彼武王、蓋雖仁義之師、亦未有軍政不修、將帥不武、而能制勝於天下者也、○涼彼武王、釋文、涼本亦作諒、韓詩作亮、云、相也、韓詩作亮爲正字、毛詩作涼、釋文引本亦作諒者皆假借字、漢書王莽傳引詩正作亮、商頌撻彼殷武、奮伐荊楚、彼字例正同、上章此文王三出、故變耳、○肆伐大商者、傳以肆爲疾、蓋承上文鷹揚言之、鷹揚有迅疾之意、所謂征

鳥厲疾也、皇矣詩是伐是肆、箋云、肆、犯突也、春秋傳使勇而無剛者肆之、小
爾雅、肆、疾也、又肆突也、廣雅、突、猝也、猝亦疾也、此詩肆伐與皇矣是伐是肆
同義、前言燮伐、有和同參酌之義、此言肆伐、有奮發迅疾之義、遙相映對、總
是應天順人影語、鄭訓肆爲故今、失之、○會朝淸明、馬瑞辰曰、會朝猶言會
明、會明猶言遲明黎明、皆比明之義也、史記高祖紀、沛公乃夜引兵還、黎明
圍宛城三匝、漢書作遲明、史記衛靑傳、遲明行二百餘里、漢書作會明、是會
明與遲明同義之證、說文、邌徐也、廣雅釋言、邌遲也、邌或假作犂、史記呂后
紀、犂明孝惠還、徐廣曰、犂猶比也、今按、比猶及也至也、會卽比及之義、廣雅
會至也、會明黎明遲明、皆謂比明至明、是知會朝亦謂比及於朝、卽始朝也、
焦循曰、甲卽始也、故傳又曰、不崇朝而天下淸明、至傳訓會爲甲者、說文、會、
合也、合甲一聲之轉、甲亦有合義、釋名、肩、堅也、甲、闔也、與肩脅皆相會闔也、
甲可訓會合、則會合之會亦可訓甲、會朝爲天比明尙未大明之際、故爲合
旦、荀子、武王伐紂、厭旦於牧之野、說文厭字注、一曰、合也、玉篇、厭、合也、厭合
二字亦同聲、厭旦亦與會朝同義、甲有合義、亦可與會朝相證明矣、胡承珙
曰、如王肅說以會兵甲子爲會甲、則傳文近於不辭、若如定本傳作會甲兵、
則箋不必復訓會爲合矣、故惟惠氏古義云、古多以甲爲一、如第爲甲第、觀
爲甲觀、令爲甲令、夜爲甲夜、毛公以意說詩、故訓會朝爲甲朝、段氏毛詩傳
云、凡器之蓋曰會、日之首曰甲、二者演之爲居首之偁、貨殖傳蓋一州、漢書
作甲一州、是也、以上二說皆善達毛意、毛旣以會朝爲甲朝、又云不崇朝者、
正申明甲朝猶一朝之意也、陳奐曰、甲朝猶彤弓云一朝耳、甲者十干之首、

一者數之始、傳恐人不曉甲朝之義、故又申釋之云、不崇朝而天下淸明、崇、終也、不終朝、一朝也、蝃蝀釆綠傳皆云、自旦及食時爲終朝、終朝·朝之終、甲朝·朝之始、不終朝卽是甲朝、以上諸說、一以合釋甲、一以一釋甲、未知孰得毛意、淸明謂氛塵平除、而天地淸明也、管子、修業以待淸明、注、俟亂世淸明、可徵、天下本淸、而紂汨濁之、故伯夷大公避之、以待其淸、及去紂則源淸而流悉淸矣、故武王泰誓、以永淸四海爲已任、詩人歌之、亦以會朝淸明歎其撥亂反正之神速、蓋知其心唯在於淸四海而已、會朝淸明一語、結出應天順人、廓淸六合氣槩、鄭箋合兵以淸明、引牧誓甲子昧爽爲證、則朝字已足該之、嚴緝以雨止而淸明爲得天助、不過言天之明朗而已、是但言伐商、不見勝商也、惟如傳不崇朝而天下淸明、乃見武王除暴救亂、順天命以成文王明德之終、方苞曰、尙書武成篇、但言前徒倒戈、而不言周師之盛威、但言一戎衣天下大定、而不言商辛之自殞、雖紀事之書、務道其實、而終有所不敢言、不忍言也、至此詩則變伐大商、特言萬衆之同心、尙父鷹揚、歸於軍帥之奮武、無一語及克商之事、而第曰會朝淸明、聖人敦仁畏義、言不過物如此、

大明八章四章章六句四章章八句

箋曰、正義於序下、云大明八章、首章二章四章七章皆六句、三章五章六章卒章皆八句、據正義本、以大任有身生此文王、冠下維此文王六句爲

第三章、朱傳呂嚴諸本、俱移繫于第二章之後、繫二章有韻、冠三章無韻、又注疏本、以文王嘉止、大邦有子、冠下大邦有子六句爲第五章、朱傳呂嚴諸本、俱移繫于第四章之後、繫四章有韻、冠五章無韻、蓋正義本所分章句、實未必爲毛鄭之舊、文王篇每章首尾相承、蟬聯而下、爲三百篇別一格調、此篇雖不必每章皆然、然如三章之維此文王、卽承次章尾句、五章之大邦有子、卽承四章尾句、以及七章殷商之旅、承六章之燮伐大商、八章牧野洋洋、承七章之矢于牧野、格調亦與文王篇相近、且全詩以六句八句相間成篇、章法亦極整齊、今從後定、

緜。文王之興。本由大王也。箋曰、文王之三、序繫辭別爲一例、所以示三篇相比也、周王業興於文王、而遷國開基則始於大王、故是篇盛稱大王、而末二章以文王能承其遺烈終之、鄭箋於首章溯及公劉、後人又於八章之柞棫拔矣等添入王季、皆可不必、釋文、一本無由字、緜彌延反、

緜緜瓜瓞。民之初生。自土沮漆。興也、緜緜、不絕貌、瓜、紹也、瓞、瓝也、民、周民也、自、用、土、居也、沮漆、皆水也、古公亶父。陶復陶穴。未有家室。古公、豳公也、古、言久也、亶父、字、或殷以名言、質也、古公處豳、狄人侵之、事之以皮幣、不得免焉、事之以犬馬、不得免焉、事之以珠玉、不得免焉、乃屬其耆老而告之曰、狄人之所欲、吾土地、吾聞之、

君子不以其所以養人而害人、二三子何患無君、去之、踰梁山、邑于岐山之下、豳人曰、仁人之君、不可失也、從之如歸市、陶其土而復之、陶其壤而穴之、室內曰家、未有寢廟、亦未敢有家室、○瓞田節反、沮七余反、漆音七、亶都旦反、父音甫、陶音桃、瓝蒲剝反、屬音燭、傳不絕貌三字、卷子本傍注云本無、用下延文本有也字、漆下摺本無皆字、延文本傳亶父作亶甫、字下有也字、狄人作翟人、下同、所欲下有者字、土地下害人下並有也字、仁人之君作仁人也、卷子本旁注云、之君二字本無、

家室下有也字、

箋曰、首章言王迹基於大王、傳曰興也者、蓋一語統興九章也、瓜有小大二種、大者名瓜、小者名瓞、韓詩瓞小瓜也、毛傳云瓜紹也瓞瓝也、瓜字不必訓、毛蓋以瓜紹明不絕之義、若曰所謂緜緜不絕者、此瓜紹也、東山詩蜎蜎者蠋、傳云、蜎蜎蠋貌、桑蟲也、其文法正同、爾雅釋草云、瓞瓝、其紹瓞、舍人云、瓝小瓜也、紹、繼也、紹先歲之瓜曰瓞、凡瓜之近本初生者常小、其蔓不絕、至末而後大也、爾雅既曰瓞瓝、又曰其紹瓞、明是兩種、瓞小瓜名、瓞紹爲近本之瓜、小如瓞、亦名瓞也、毛云瓜紹者、以嗣續之義、宜取其紹瓞之瓞、恐人誤以爲瓞瓝之瓞、又引瓞瓝者、明其本義也、毛傳質略、言瓜紹、其爲釋瓜瓞可知、謂之紹者、有紹繼不絕之義、毛義取其紹、不取其小也、此以經言緜緜、故據瓜生不絕爲義、若生民瓜瓞唪唪、爲多實之貌、則但取瓜大瓞小竝稱、以見其多、襄十七年左傳、緜緜生之瓜、杜注云、言由小成大、但此詩取興、祗爲周家歷世長久之喻、故傳云緜緜不絕貌、不必以瓜喻盛大·瓞喻衰微、○民之

初生傳特釋民爲周民、正以見爲大王時之民、以大王時國始稱周也、生、生息也、與商頌帝立子生商之生同、自土沮漆者、言自居沮漆、猶後世言土著也、言我周民之初繁滋、始自太王居於沮漆也、是提綱之言、傳別白疑似極簡明、如云民周民也、則不混於邰與豳矣、云土居也、是大王以居漆沮而興也、故於三章復曰周原沮漆之閒也以指實之、且引孟子文、而曰未有寢廟、亦未敢有家室、明就周地言、見經之爲五章俾立室家立根雍州之域、有二漆沮、而皆入渭、其一在漢馮翊之地、涇之下游也、其一在漢扶風之地、灃之上游也、禹貢導渭東過漆沮、則馮翊之漆沮也、扶風漆沮卽緜自土沮漆者是也、鄭箋乃謂、公劉遷豳居沮漆之地、馮氏名物疏駁之云、不窋徙居戎狄之閒、在今慶陽府、公劉遷邠、在今邠州淳化縣西三水縣界、當涇水之西、及大王自邠遷岐、踰梁山、始至岐山北、漆沮合流之處、梁山在今西安府乾州城西北五里、當邠之西南、若沮漆在邠、則公劉于豳斯館、已有宮室、大王何爲陶復陶穴哉、正以大王初至扶風之地、故陶復陶穴云耳、陳啓源曰、馮語良是也、以緜詩首章爲大王居邠事者、始於康成耳、毛傳本無是說也、傳於首章卽述大王避狄去邠遷岐之事、而繼之曰、陶其土而復之、陶其壤而穴之、則明以復穴係之岐下、爲古公初到之居矣、又曰、未有寢廟、亦未有家室、蓋因五章俾立室家、作廟翼翼竝言、此章止言家室而不言廟、故補其未及、是明以此章未有、與五章俾立、遙相首尾、彼既在岐、此不應獨在邠矣、又三章傳曰、周原沮漆之閒、合周原與沮漆爲一、是明以首章之居沮漆、卽居此周原矣、夫遷岐之始、草萊甫闢、復穴而居、理或有之、公劉居邠、至大王已經十世、安得尚無家室、不獨于豳斯館、見公劉篇而已、七月篇所稱塞向墐戶、入此室處、入執宮功、亟其乘屋、躋彼公堂諸語、皆有家室之證也、至於蠶績裘裳稱觥獻兕淩陰春酒諸禮儀、文物燦然畢具、豈穴居人所能辦邪、則首章所言、其爲初到岐周未遑築室時事無疑也、首章先言岐土之荒涼、下章方言大王相度經營之次第、立言之序、當如此也、孔乂過執箋說、曲爲解釋、謂在豳實有宮室、因欲美大王在岐新立、故云在豳未有、以爲立文之勢、夫詞氣抑揚、詩人容或有之、但不應太過其實、況同一岐土、始榛蕪而後輪奐、方見大王創造之美、何得以豳相較、乃成文勢乎、箋疏之致誤、其故有二、一則見次章方說遷岐、首章定是未遷時、一則見傳訓古公爲豳公、遂謂因在豳而稱之也、獨不思首章先言岐下風土、次章追數遷居情事、文義未嘗不順、且相度既定、卽繼以築室耕田事、相接續次章之義、自應與下諸章連貫成文也、又古公本自豳而來、則雖在岐亦可蒙豳公之號、若泥豳公爲未去豳之稱、則民之初生傳、釋民爲周人、獨不可證其爲周原之民乎、胡承珙曰、說文、漆水出右扶風杜陽縣岐山東、入渭、水經渭水注云、杜水出杜陽山南流左會漆渠水、其水出杜陽縣之漆谿南流、岐水注之、二川並逝、俱爲一水、合逕岐山西、屈逕周城南、又歷周原下、則其屬岐周、不屬豳地明矣、惟扶風杜陽有漆無沮、水經渭水注所云出杜陽岐山之漆、其所會有雍水橫水大欒水武甯水諸目、意此數水中、容當有古之沮水、後世失其名、蓋毛公時、岐周本有此二水、潛傳云、漆沮、岐周之二水也、則明以二水爲岐周之川矣、王引之曰、段氏謂、自土沮漆、當從水經注、漢書注、作自土漆沮、而以沮與父爲韻、上文瓞與生、自爲一韻、今案、釋文作音、先沮而後漆、唐石經亦作沮漆、正義之釋經、釋傳箋、亦先沮而後漆、有作漆沮者、傳寫顚倒耳、太平御覽地部三十、引水經注、正作沮漆、又禹貢正義兩引詩、皆作自土沮漆、且引傳云、沮水漆水也、則經文之作沮漆甚明、此章以瓞漆穴室爲韻、而民之初生、與古公亶父、皆不入韻、今改沮漆爲漆沮、以與下文父字爲韻、而隔絶上文之瓞字、使不得與漆穴室爲韻、且瓞與生非韻、而强以爲韻、豈其然乎、○古公亶父者、盤庚稱先王曰古后、大王蓋沒後稱古公也、諸侯之臣、稱君曰公、不從追王稱大王者、從其始也、傳實之以豳公、然詩人所以必言古公之義未明、蓋封國之號有定、後世雖屢徙都而不改、如春秋鄭衛許蔡之類、此乃周世封建之事、未可以例夏商矣、竹書於高圉亞圉祖紺皆稱邠侯、是大王前亦邠侯也、遷岐周在武乙元年、詩人蓋因此爲去邠遷岐之際稱邠公、則已去邠而嫌于名不以實、欲稱周公則所居亦尙未定、故特變文而稱爲古公、此古人屬辭之精審也、父亦作甫、白虎通義、及趙注孟子、亶甫爲名、禮記大傳追王大王亶甫、王季歷、文王昌、竝與傳或說同、○陶復陶穴者、大王初至沮漆之間、卜居未定、姑爲野處之計、便于人力之速成耳、說文引詩云、𥤯、地室也、此詩正義引作覆於地也、說文又曰、穴、土室也、段玉裁曰、覆於地者、謂旁穿之則地覆於上、穴則正穿之、上爲中霤、毛傳云陶其土而復之、陶其壤而穴之、土謂堅者、堅則不患崩壓、故旁穿之、使上有覆、蓋陶其土旁穿之也、壤謂柔者、柔則恐崩、故正鑿之、直穴之中爲中霤也、毛蓋讀陶爲掏、鄭惟云皆如陶然、讀陶如窯爲異、胡承珙曰、詩言陶復、自以覆於地上者爲是、謂其土堅則於地上累土爲屋、但有戶牖而無棟宇、故曰未有家室、箋明言復於土上、說文覆於地、亦當謂地上、不得泥地室異文·而謂地覆於上也、惟傳云陶其土陶其壤、則陶爲埏埴之名、箋則以爲窯竈之窯、謂復穴之形如之、此爲異義耳、胡說得之、陶冶土器者也、甓謂之陶、燒成謂之甓、今呼甓爲甎、呼陶爲土甓、是陶爲埏埴之名、地室穴室、亦以埴飾之、故雖不經火燒、亦謂之陶耳、鄭則以陶爲窯竈之窯、謂復穴之形如之、與毛異義、又云、復者復於土上、鑿地曰穴、言窟居隨地而造、若平地則不鑿、但累土爲之、謂之爲復、言於地上重複爲之也、若高地則鑿土爲穴、其形皆如陶竈、而開其上以取明也、支那西北、今猶多窟居、皆于峭壁鑿窟、內開屋舍、或有上下二層、意上卽陶復、下卽陶穴、俗名爲窰、其實非窰也、◯未有家室者、家、門內之通名、家室猶言宮室也、傳古公處豳至從之如歸市、皆孟子對滕文公之辭也、

古公亶父。來朝走馬。率西水滸。至于岐下。爰及姜女。聿來胥宇。

率、循也、滸、水厓也、姜女、大姜也、胥·相、宇、居也、◯滸呼五反、相息亮反、延文本·傳厓作涯、相下有也字、

箋曰、來朝走馬、形容其略地相宅精神丰采也、此章非補敘前日避狄也、言將度地居民耳、猶豳館之陟瞻相度、楚丘之望景降觀也、古者馬以駕車、不可言走、曰走者單騎之稱、古公之國、鄰於戎狄、其習尙有相同者、跋行則岐地險阻、偏歷爲難、故用單騎也、胡承珙曰、傳詳大王避狄事於首章之下、而

次章不言者、正見自土沮漆、及陶復陶穴、皆避狄初遷之事、次章則略地相宅之事、曰來朝者、猶召誥太保朝至于洛、周公朝至于洛也、曰走馬者、見其跋涉艱難之意耳、惟鄭箋以爲辟惡早且疾、不知大王避狄之時、邠人從之者衆、自必扶老攜幼而行、劉先主之在荆州、人多歸之、尙不忍棄之速行、致爲曹操所敗、而詩人乃謂大王淸朝疾驅、獨與姜女聿來、不幾似明皇之奔蜀乎、此章定當爲避狄以後度地居民之故、然則沮漆與渭、皆由岐周之西、而流入于東、率西水滸者、槪指岐周一帶之水、故傳但云水厓、似不必偏主沮漆及渭也、○至于岐下者、至岐山之下也、上云沮漆、此云岐下、本是依山阻水以爲固、岐山在陝西鳳翔府岐山縣東北十里、山有兩岐故名、亦名天柱山、寰宇記、其峯高峻、迴出諸山、狀若柱然、是岐爲天下名山、特古人不恃形勝、故不侈言之、而詳於原田之肥美、頌之天作、義可互證、孟子言、去豳踰梁山、邑於岐山之下居焉、此梁山與詩書春秋爾雅之梁山異、在涇西岐東、正當豳之南、自豳抵岐二百五十餘里、梁山適界乎一百三十里之間、秦始皇幸梁山宮、從山上見丞相車騎衆弗善、卽此梁山也、○爰及姜女聿來胥宇者、姜女、大王妃也、蓋大姜有謀議贊助之益、審度形勢之鑒、故與之俱來、共定保民傳世之宅也、此章點內助、與末章推功四友、俱是開創大關係、須知作者用意之密、列女傳曰、大姜者有呂氏之女、大王娶以爲妃、生大伯仲雍王季、貞順率道、靡有過失、大王謀事遷徙、必與大姜、大姜淵智非常、雖大王之賢聖、亦與之謀、聿、語詞、胥宇、相其土宇也、公劉于胥斯原、與此胥正同、前篇有大任大姒、繫是一句、不洩大姜也、於相宅言之、其賢可知、

周原膴膴。堇荼如飴。爰始爰謀。爰契我龜。周原、沮漆之間也、膴膴、美也、堇、菜也、荼、苦菜也、契、開也、**曰止曰時。築室于茲。**○膴音武、堇音謹、荼音徒、契苦計反、

箋曰、周原二句、承上章胥宇、而言所胥如此也、周、岐下地名、大王都焉、周國之號、蓋肇于此、廣平曰原、鄭箋云、周之原、地在岐山之陽、膴膴然肥美、傳堇荼均謂之菜、卽均可食之物、夏小正二月榮堇、傳、堇、菜也、豆實也、公食大夫記、鉶芼、羊苦有滑、鄭注、苦、苦荼也、滑、堇荁之屬、內則有堇滑、苦卽荼、荼爲鉶羹之芼、滑則用堇、故詩堇荼連言、荼卽芼也、莖紫色味苦、瀹之則甘、是堇菜本味亦苦也、霜後之荼、多轉爲甜、非其本質、詩言周原之美、雖堇荼亦甘若飴爾、非謂荼菜本作甘也、荼雖苦菜、禮羊之芼豚之包皆用之、本非惡菜也、堇有二種、其一爲堇菜、音謹、根如薺、葉如細柳、花紫、子如米、野生、蒸食之甘、此爾雅所謂齧也、亦謂之苦堇、或謂子堇葵、乾者可爲滑充豆實、其一爲堇草、音靳、葉厚、莖方中空、花紫碧色、實小、黑如桑椹、此爾雅所謂芨也、或謂之烏頭、見國語註·及後魏書、或謂之烏喙、見國策、或謂之奚毒、見淮南子、皆云能殺人、烏頭別名又有莨千秋毒公果負耿子卽子之異、其實卽附子也、詩所咏堇乃堇菜、毛傳訓菜是也、孔疏朱傳所引乃堇草、堇荼皆苦菜、然堇烝食則甘、荼霜後則甜脆、且如鄭箋所云、周原之地肥美、其所生菜雖有性苦者、甘如飴也、至堇草、與酖並毒不可食、何由知其如飴、而與荼並舉乎、陸氏釋文又引廣雅云、堇翟也、今三輔之言猶然、此則一名拜、一名蔏翟、本草以

爲似蘩、非苦茶之類、茶有四、爾雅釋木、檟、苦茶、一也、釋草、荼、苦菜、二也、蔈委葉、三也、蔈荂荼、四也、出其東門詩有女如荼、此荼之名蔈荂者、卽茅秀也、良耜詩、以薅荼蓼、此荼之名委葉者、卽田草也、谷風詩、誰謂荼苦、此詩堇荼如飴、則爾雅所謂苦菜、今北方所謂苣蕒菜、一名苦苣者也、至釋木檟苦茶、乃茗也、陶宏景疑苦菜卽茗、誤矣、飴者、周禮鹽人、王之膳羞共飴鹽、飴鹽者以飴和鹽也、古未有煮蔗之餹、甘用飴餳、故曰稼穡作甘、而飴餳本不殊異、故方言云、凡飴謂之餳、而釋名謂、飴怡怡然、餳洋洋然、則尤見其可入鹽調和矣、內則云、棗栗飴蜜以甘之、上文言芼羹及稻黍粱秫、則此之字承上膳食諸品而言、卽膳羞用甘之證、○爰始爰謀、爰契我龜者、始猶經始之始、雖未及事、既得地勢、而宮廟朝市士民之居、心自規度指畫之、故曰始也、謀與衆議之也、爰始、洪範所謂謀及乃心也、爰謀、謀及卿士庶人也、契龜、謀及卜筮也、古人先人謀、後鬼事、故謀定然後卜之、說文、契、大約也、繫傳引韓子宋人得契、密數其齒、謂契以刀分之、有相入之齒縫也、又列子說符亦曰、宋人有游於道得人遺契者、歸而藏之、密數其齒、注、刻處似齒、是契本以刀判契之稱、因之凡以刀刻物、通謂之契、說文、契、刻也、廣雅、刻、分也、分卽開也、周官大卜、掌三兆之法、一曰玉兆、二曰瓦兆、三曰原兆、鄭注、其象似玉瓦原之璺罅、廣雅、罅、璺、裂也、蓋謂龜之開處、其象相似也、毛傳訓契爲開、卽其義也、古者卜人令龜已、遂預取吉兆墨畫其上、然後灼之、灼文適順其畫、是爲食墨者吉、其兆不應墨、則云不食、不食則龜不從也、故雒誥曰、我卜河朔黎水、我乃卜澗水東、瀍水西、惟雒食、是龜之所食者、畫雒之兆、而河朔黎水之兆不食也、古公既謀遷居、以墨合龜、而兆與墨同、故曰契、契、合也、人謀與龜協合也、說者因契有刻義、遂謂以刀刻龜甲、龜甲可釁、豈可刻哉、○曰止曰時、曰者、龜告之兆也、詩中凡言龜卜、下文必見卜言之義、未有但言灼龜而卜、不言兆之吉凶者、故知曰止曰時、當爲龜兆之繇辭也、龜兆告吉曰、是地可以止矣、又曰、亦及土功之時、不可失矣、於是大王乃築室家於周原也、

迺慰迺止。迺左迺右。迺疆迺理。迺宣迺畝。自西徂東。周爰執事。

慰、安、爰、於也、○延文本、傳安下有也字、

箋曰、爾雅、迺、乃也、經典迺乃通者非一、廣韻及列子釋文竝以迺爲古文乃字、是矣、凡全詩作乃、唯緜公劉作迺、今篇內迺乃錯出不一律、乃者繼事之辭、慰勞而撫之也、上文曰止、則龜告以宜居於此、此言迺止、則安居於此也、乃左乃右、開地置邑以居其民也、時公宮雖未營建、而宅都形勢已定、故曰左右、公宮在中、民居左右也、○迺疆迺理者、因定民居、而及授田之事、疆、畫經界也、理、辨土宜也、宣、道溝洫也、畝、度廣狹也、此四句述居民授田之事、始慰安而居止之、而分列其左右、居民之事也、繼乃正其經界、宣其泉而畝其地、授田之事也、宣如春秋傳宣汾洮之宣、○自西徂東繼疆理宣畝之後、當是指周原之西東、言西東以包南北也、桑柔篇、自西徂東靡所定處、言無可安居之所、亦以自西徂東爲該舉域中之辭、周爰執事者、爰、於也、周、徧也、言

巡行國中、視其所當爲者、無不使民爲之以興利也、周、非靡事不爲之謂、乃是無人不執事也、此章先定民事、然後下章及君、古人重民如此、

乃召司空。乃召司徒。俾立室家。其繩則直。縮版以載。作廟翼翼。言不失繩直也、乘謂之縮、君子將營宮室、宗廟爲先、廄庫爲次、居室爲後、○縮色六反、廄音求、延文本經二乃字俱作迺、唐石經亦作迺、版延文本作板、傳乘下有之字、

箋曰、司空掌營國邑、司徒掌徒役之事、古者司空最貴、故上之、司空司徒司馬、商世所有之官、天子有之、諸侯亦有之、故武王牧誓、呼此三官、而此詩以築室之故、召此二官也、王制云、司空執度、度地居民、山川沮澤、時四時、量地遠近、興事任力、荀子亦以通溝澮爲司空之事、又周官小司徒、凡用衆庶則掌其政教、則所云慰止左右疆理宣畝者、蓋皆司空司徒職也、大王必以身先焉、故統之於古公、以見精神之強固、智慮之周詳、下乃始及召司空司徒事耳、立、建也、刱造之謂、俾立室家、對上文未有家室而言、此一句、含宗廟宮室門社皆在其中、凡遷都者、必先作城郭宮廟、然後辨鄉遂、經井牧、大王遷岐、乃迫於狄、人衆繁而相從、以民居民食爲急、故相其陰陽、以分左右、畫其疆理、以治田疇、庶事既周、而後營室家廟社也、○其繩則直、此司空立室家之事、縮版以載、此司徒命徒役之事、然二者實相須之事、故經直下言之、而其中條理自秩然不可混也、繩所以正基地也、其繩則直、揆其基址必正也、

縮版以載、乘謂之縮、釋經之縮字、鄭云、乘聲之誤、當爲繩也、鄭據爾雅釋器文、故知傳乘字爲繩字之誤、馬瑞辰曰、載通作栽、說文、栽・築牆長版也、引春秋傳楚圍蔡里而栽、又春秋莊二十九年左傳、水昏正而栽、杜注、於是樹版而興作、中庸栽者培之、鄭注、栽讀如文王初載之載、今人名草木之殖曰栽、築牆立版亦曰栽、是知載卽栽也、載謂樹立其築牆長版也、箋訓載爲承載之載失之、古以直爲縮、禮記、古者冠縮縫、孟子自反而縮、皆謂直也、又爾雅釋詁・縱縮亂也、說文亦曰、縮・亂也、孔廣森曰、縱縮皆直也、所謂衡縱衡縮者也、亂義如正絕流曰亂、彼注以正爲直、是亂亦直意、故以相詁、縮版以載、承上其繩則直、謂繩既直、卽先樹立其直版、縮版卽直版也、縮版以載、猶云直版以樹也、說卦傳曰、巽爲繩直、廣雅、繩・直也、深衣負繩及踝以應直、淮南天文訓、子午卯酉爲二繩、高注、繩・直也、繩縮義皆爲直、是知爾雅釋器、繩之謂之縮之、皆謂直之也、蓋繩直爲縮、直立其版亦爲縮、鄭箋及孫郭爾雅注皆訓縮爲束、失之、○作廟翼翼者、翼翼、嚴正也、傳君子將營宮室以下、曲禮文也、禮自言先後之義、詩曰俾立室家、應前未有室家也、曰作廟翼翼、特重之辭也、不必定以禮爲證、然宗廟之重於室家、亦自可見矣、此章三句爲一連、上三句以徒家爲韻、下三句以直翼爲韻、上三句總說作冒、

捄之陾陾。度之薨薨。築之登登。削屢馮馮。捄・虆也、陾陾・衆也、度・居也、言百姓之勸勉也、登登・用力也、削牆鍛屢之聲馮馮然、

百堵皆興。鼛鼓弗勝。皆猶俱也、鼛・大鼓也、

長一丈二尺、或鼛或鼓、言勸事樂功也、○捄音鳩、陾耳升反、度待洛反、屢力注反、馮扶冰反、鼛音羔、勝音升、虆力追反、鍛丁亂反、延文本・傳勸勉上有相字、然下有也字、經皆字作偕、傳同、

箋曰、此章承上章、及築城垣之事、城之雉堞、由堵而起、故曰百堵皆興、城垣有衞、而朝儀始可立、故七章言皋門應門冢土社稷也、○捄之陾陾者、虆土而舉之牆上者衆多也、鄭箋、捄、捊也、築牆者、捊聚壤土、盛之以虆、孟子釋文、虆、土籠也、說文、捄、盛土於梩中也、梩、土轝也、虆梩同類、傳訓捄爲虆者、亦謂盛於虆中耳、捊、爾雅聚也、聚土取之、然後盛之、傳箋義本相成、○度之薨薨者、牆上人受虆而投土於版中、其聲衆多也、鄭箋度猶投也、韓詩、度、填也、箋云、投諸版中、與填義近、既取土而後填之、既填而後築之、正見詩言有序、度與塓通、廣雅、塓、塞也、塞與填義亦相近、爾雅釋言、宅、居也、書禹貢四隩既宅、史記夏本紀作四隩既居、三危既宅、作三危既度、舜典五流有宅、五帝紀作五流有度、呂刑何度非及、周本紀作何居非其宜、蓋宅與居同義、度與宅同義、度與居亦同義、故傳以度爲居、惟繹文義、鄭箋爲長、蓋謂築牆以虆所盛之土・投諸版中也、古度宅通用、說文、宅、所托也、曰填、曰投、於傳訓居、意亦相成也、釋訓、薨薨、衆也、卽言衆聲、薨薨登登、皆聲也、皆假借字之純取聲者也、築之登登者、登登杵聲、傳云用力、謂用力聲登登然也、捄之謂取土、度之謂填土、築之謂築土、三之字皆土也、削屢馮馮者、削謂牆成脫版、削其隆起處以就平直也、不平者使之平、故曰削、削之時已成牆矣、故不復言土、屢、數也、

削屢倒字法、猶言屢削之、康誥迪屢未同、多方廸屢不靜、與此一例、蘇氏謂削屢、重復削治也、得之、削治必加功、則牆乃堅栗而光澤、故獨言屢、釋文、屢力注反、是亦以屢爲數、與正義同、馮、說文馬行疾也、馮馮狀其運腕敏疾之貌、傳云削牆鍛屢之聲馮馮然者、毛以削屢二字平列、禮謂脯爲鍛脩、亦言其椎打之、屢古婁字、婁、空也、使其空竅處堅實、必用鍛、鍛者椎也、以物椎擊之則空竅者堅實、故傳以鍛明屢、鍛猶鍛鍊、鍛之使堅牢猶鍛之使精熟、蓋削者平其土之隆高處、屢者鍛其土之不堅處、鍛之使堅、正所以牢之也、○百堵皆興者、一丈爲版、五版爲堵、百堵詳鴻雁篇、鼛鼓不勝者、周禮地官鼓人、以鼛鼓鼓役事、經言鼛鼓、本是一鼓、傳箋皆分鼛鼓爲二、不是、鼛通作皋、皋之言告、周禮樂師鄭司農注、皋當作告、是也、皋鼓取告衆以勸役之義、進之、非止之也、鼛鼓弗勝、特言工役之衆、樂役競功、奮迅用力、鼓不勝其擊耳、箋以爲不能止、失之、四章言慰止左右、而極之周爰執事、見上之勤民事也周、此章言捄度築削、而極之鼛鼓弗勝、見民之急公事也至、

迺立皋門。皋門有伉。迺立應門。應門將將。王之郭門曰皋門、伉、高貌、王之正門曰應門、將將、嚴正貌也、美大王作郭門以致皋門、作正門以致應門焉、**迺立冢土。戎醜攸行。**冢·大、戎·大、醜·衆也、冢土、大社也、起大事、動大衆、必先有事于社而後出、謂之宜、美大王之社遂爲大社也、○皋音羔、伉苦浪反、將七羊反、大社音泰、延文本·傳

高貌下冢大下戎大下·並有也字、

箋曰、七章言作門社、以美其武備、傳云郭門者、管子度地篇、歸地之利、內爲之城、外爲之郭、是郭在外也、云乃後推而言之、與大明造舟正同、鄭箋云、諸侯之宮、外門曰皋門、朝門曰應門、內有路門、天子之宮、加以庫雉、然諸侯之有皋應、于書無所經見、明堂位所云乃謂魯以周公之故、庫雉兼皋應之制耳、然雖制兼皋應、而名仍庫雉、亦可見諸侯有庫雉無皋應也、朱傳則謂、大王之時、未有制度、特作二門、其名如此、及周有天下、遂尊以爲天子之門、而諸侯不得立也、冢土亦大王所立、而後因以爲天子之制、既見二門冢土、非有周諸侯之制、又見大王之非僭、亦從大明親迎于渭箋義推出、此爲定說、類廣譽曰、劉氏小傳謂、天子亦三門、周禮義疏以爲、諸侯有三門、則天子有五門、以服物制度差數推之、禮應如是、如劉氏說、何以別於諸侯乎、且作雒解、路寢明堂咸有庫臺、庫、庫門、臺、臺門、卽雉門、是天子有庫雉矣、戴震謂門之數因乎朝者也、天子諸侯皆三朝、則天子諸侯皆三門、不思三朝事各有施、故諸侯不能以獨減、若門則何不可減之有、曲禮疏、以大夫二門、魯語、自卿以下合官職於外朝、合家事於內朝、韋注、外朝君之公朝、內朝家朝、是大夫二門而一朝、孰謂門之因乎朝哉、崔棟曰、周之門制、司農朝士注云、王有五門、外曰皋門、二曰雉門、三曰庫門、四曰應門、五曰路門、路門一曰畢門、衆傳毛詩者也、其曰外、卽毛所謂郭、自郭至路門有五也、先雉後庫何也、曰雉門爲天子城門、旁有兩觀、周禮所謂象魏、使萬民觀象瀍者也、若移雉於庫門內、則當中門、有閽人譏其出入、豈民之得自往觀乎、故諸侯三門、亦當依天子之例、以雉門爲城門在外、庫門爲宮門在中、路門爲寢門在內、蓋諸侯亦以庫爲中門、檀弓自寢門至於庫門、是寢門與庫門近、寢卽路寢也、諸侯無臯應者、以詘於天子之尊、不得過高、臯之爲言高也、天子城十二里、旁三門、四旁十二門、爾雅云、正門謂之應門、諸侯九門、辟天子之正門、如樂之宮懸軒懸、玉之搢珽搢荼之例、辟、方正之義是也、天子以雉爲城門、諸侯亦以雉爲城門、玉海云、雉、施也、所以施法令者也、諸侯雉門亦在庫門外、閽人掌守王宮中門之禁、中門謂庫門也、天子諸侯宮門皆庫門、庫門本因武庫而得名、天子五門合城郭而言之也、若分言之、則亦止有三耳、庫門爲宮之大門、應門爲宮之中門、路門爲宮之內門、與諸侯以雉門爲宮之大門、庫門爲宮之中門、路門爲宮之內門、其數相符、故皆謂之三門、其實天子五門也、古者諸侯無城之南面、以宮垣爲城牆、卽以宮之外門爲城之南門、天子城門爲雉、故知諸侯亦爲雉、其次則一臯、二雉、三庫、四應、五路、此天子之門也、諸侯則一雉二庫三路、爲不易之定序也、其制天子城門九雉、諸侯七雉、高臯之等、可依匠氏而推其度、應門二徹參个、路門不容乘車之五个、廣狹之量、可由璧羨以起、此亦如巾車五路分封諸侯、不得以諸侯之路非天子之路、典瑞之玉分封諸侯、不得以諸侯之玉非天子之玉也、故諸侯三門、斷依天子之例、爲先雉後庫也、又若宋之澤門、魯之鹿門之類、則各國四旁之城門、不在此三門之列、毛於臯應尊以王字、見天子所獨、又曰郭、曰正、見天子始合城郭而言、益以見自郭至內序不容紊、黃以周曰、天子之門五、內曰路門、次曰應門、次曰庫門、次曰雉門、次曰臯門、路門或謂之畢門、應門或謂之中門、庫門或謂之大門、皆爲宮門、宮門外又有中城、設重門、雉門爲中城之內門、臯門又爲郭門、中城者內城也、與國城異、諸侯亦有中城、而闕其南方、無重門、其宮門曰雉庫路、康成說五門之次、與仲師異、而天子五門、兩漢師說相傳皆同、無可易也、曷謂畢門、卽路門、中門卽應門、大門卽庫門、曰宮垣之門有三、路門爲門之終、故曰畢門、亦曰虎門、應門爲門之中、故曰中門、亦曰正門、庫門爲門之外、故曰大門、亦曰外門、顧命二人雀弁執惠、立于畢門之內、謂路門也、天官閽人掌守王宮中門之禁、謂應門也、聘禮、公出及大門內問君、賓對、與秋官司儀、賓出及中門之外問君、客再拜對、兩文本同、大門內卽中門外、中門爲應門、大門爲庫門也、曷謂宮門外有中城設重門、曰、王宮方三里、面有外朝、後有三市、於此周築爲城、或謂之周城、對國門言之、亦謂之中城、曷謂雉門爲中城之內門、臯門爲郭門、曰、庫門稱大門、大門者外門也、宮門自此止也、知庫門爲宮之外門、則庫門外之雉門當爲中城門可知矣、毛傳云、王之郭門曰臯門、大王作郭門以致臯門、是臯門本爲城中之郭門、而後王名之曰臯門也、則臯門內之雉門當爲中城門尤可知矣、或疑毛傳所云郭門、卽國門外之近郊門、非也、曷謂諸侯亦有中城而闕其南方、曰、古春秋說、天子周城、諸侯軒城、許氏說文云、䡅、缺也、古者城闕其南方、謂之䡅、是諸侯中城・外朝南・無門、猶軒縣之缺南方、泮水之缺北方、不敢同於天子也、天子周城、於外朝南設重門、故有五門、諸侯軒城不設門、故止三門、舊說諸侯軒城以國門言、不可通。○迺立冢土、傳云遂者、從本嚮末之稱、言大王所爲、遂爲後王之制也、然則迺立冢土、與上皋門應門、文法一例、殷代尚質、必無皋應名目、皋應非諸侯之制、則冢土亦不得爲諸侯之法、土卽社也、公羊僖三十一年傳、諸侯祭土、注、土謂社也、是時風氣質樸、原無國社侯社之分、君與民共此一社、祭義、建國之神位、右社稷而左宗廟、考工記左祖右社、則宗廟社稷分列左右、其制不屋而壇、陳啓源曰、祭法、王爲羣姓立社曰泰社、正此大社矣、朱子謂、大王初立岐周之社、武王既有殷國、遂通立周之社於天下、以爲大社、猶漢初令民立漢社稷也、此說誤矣、大社之尊、正惟天子得立耳、安得天下盡立乎、諸侯有國社侯社、大夫以下又有置社、安得又立大社乎、皋應二門爲天下之制、則諸侯不得立、何大社反通於天下乎、況漢事亦未可證周也、○戎醜攸行者、戎、兵也、醜、衆也、戎醜猶言兵衆也、爾雅引是二句釋之曰、起大事動大衆、必先有事乎社而後出、謂之宜、非訓戎爲大也、社雖非爲戎醜而立、凡出軍必先宜於社、軍歸必獻於社、故特舉以爲服昆夷之端、

肆不殄厥慍。亦不隕厥問。柞棫拔矣。行道兌矣。 肆、故今也、慍、恚也、隕、隊也、兌、成蹊也、

混夷駾矣。維其喙矣。 駾、突也、喙、困也、○殄田典反、慍紆問反、隕韻謹反、柞子洛反、棫音域、兌吐外反、駾徒對反、喙許穢反、

箋曰、八章言大王之有遺烈於文王、傳云肆故今也者、故承上章言、今指文王言、緜詩爲文王作、而推本於大王、應以文王爲今也、爾雅釋詁、肆、故也、書大禹謨、肆予以爾衆士、太甲上、肆嗣王丕承基緒、傳竝云、肆·故也、大誥肆朕誕以爾東征、漢書翟方進傳、作故予大以爾東征、據此則肆訓故者古義也、毛公恐讀爲故、混爲大王時事、故加一今字、非肆訓故今也、思齊同、非凡肆字皆訓故今也、朱傳肆字從毛解、又以不殄爲大王事、則今字贅矣、孟子曰、文王事昆夷、又曰、肆不殄厥慍、亦不隕厥問、文王也、趙注、言文王不殄絕畎夷之慍怒、亦不能隕失文王之善聲問也、是此章之爲文王、孟子自有明徵、此二句正言文王事混夷之事、言始事混夷、雖不能絕其慍怒、亦不以以大事小而失其令聞、下四句乃言終伐混夷之事、問聞通、左傳且聞不令之聞、隕、墜也、爲善不繼、則實不至而名去之、猶草木之隕落、故曰隕、若國家聘問鄰國之禮、可云不廢、不可云不隕、鄭箋非也、○柞棫拔矣、鄭箋、柞、櫟也、棫、白桵也、朱傳因之、乃又曰、柞枝長葉盛叢生有刺、則誤矣、王夫之曰、案爾雅、櫟其實梂、廣雅、櫟之實爲橡、則其爲橡子樹無疑、橡有兩種、大者樹高而葉小、小者樹庳而葉大、要其枝不長、葉不盛、生不叢而無刺、其枝長葉盛叢生有刺者、則今俗之所謂柞木、非柞木也、既曰柞櫟也、則不當以今之所謂柞者爲柞矣、若今之所謂柞者、樹高一二丈、圍數尺、榦强葉盛堅重、多癭、爾雅、樸、枹者、郭注云、樸屬叢生者爲枹、詩所謂棫樸枹櫟、今考棫樸毛傳曰、樸枹木也、爾雅又云、枹遒木魁瘣、則今之所謂柞者、蓋枹也、卽詩之所謂樸也、其木理堅勁、故曰遒、癭節擁腫磈磊、故曰魁瘣、然則樸者今之柞、而柞者今之櫟、古今名實殽亂如此類者衆矣、李時珍謂、今之柞木其木可爲鑿柄、故名鑿子木、方書誤作柞木、皆味此義、其說是已、棫白桵者、本草謂之蕤、其仁曰蕤仁、韓保昇曰、出雍州、樹生葉、細似枸杞而狹長、花白、子附莖生、多細刺、蘇頌曰、木高五七尺、莖間有刺、此說與郭璞爾雅注、桵小木叢生有刺實如耳璫紫赤可啖之說相符、桵蕤音同、故譌爲桵、生雍州則與詩又合、是蕤仁之木、與大葉結橡子之櫟、皆庳小木、梗塞道、故以類舉、若鑿子木則其生不繇、而木高大、非其倫也、胡承珙曰、小雅車舝析其柞薪、則柞乃可薪之木、采菽維柞之枝、其葉蓬蓬、則柞爲叢生、亦可概見、詩每以柞棫竝舉、自是二木、三蒼謂棫卽柞、非是、旱麓又云、瑟彼柞棫、民所燎矣、則柞棫必皆爲叢生可薪之木、王氏以柞爲橡櫟之一種、樹庳而葉大者、與蕤仁之棫皆小木、其說諦矣、拔字毛無傳、釋文拔蒲貝反、又蒲蓋反、乃據箋義爲音耳、拔當讀如金縢大木斯拔之拔、說文手部、拔、擢也、廣雅釋詁、拔、除也、兌古與隊同、隊隧亦通、桑柔傳、遂、道也、遂古隧字、載馳韓詩傳云、不由蹊遂而涉曰跋涉、與此傳云成蹊之蹊同、成蹊猶言成路、蓋大王始遷之時、土廣人稀、柞棫叢生塞路、其後生齒日繁、以次開闢、向來柞棫之區、今擢除既盡而成道路、故曰柞棫拔矣行道兌矣、行道連文、行亦道也、行道兌矣、猶言松柏斯兌也、傳於松柏斯兌訓爲易直、而此傳兌訓成蹊者、彼經以樹木言、松柏錯於柞棫、柞棫去而松柏喬立、是爲易直、此經以道路言、柞棫塞道、柞棫拔而道路開通、不煩迂折、亦易直也、非易直不能成蹊、是成蹊與易直義正相成、箋義非傳意也、○混夷駾矣、混、左傳注作昆、說文作犬、昆夷在鳳翔之西、秦隴之右、西戎也、玁狁夾河在延綏河套之間、北狄也、太王居邠、與延慶接壤、有北狄之難、而無西戎之警、既自邠遷岐、則北遠狄患、乃有西戎之逼、集傳每混西戎北狄爲一、失之、說文、駾、馬疾行貌、疾與突義相成、疾突爲奔騰之貌、疾而進者爲疾突、退而奔者亦爲疾突、故箋以驚走奔突釋之、○維其喙矣者、晉語郤獻子曰、余病喙矣、韓注、喙、短氣貌、說文云、喙・口也、朱傳、息也、蓋喙張口而短息也、急奔者其狀如此、言混夷怖我威德而奔竄困喘、不復與我敵也、毛訓喙爲困者、喙與㱇瘃字通、廣雅、喙・極也、極卽困也、玉篇、㱇・困極也、或作瘃、瘃・困極也、亦作喙、正義不明假借之義、以說文喙止訓口、故不詳喙之爲困耳、方言、餽、喙、呬息也、自關而西、秦晉之間、或曰喙、或曰餽、東齊曰呬、說文引詩犬夷呬矣、蓋本齊詩、呬亦喙之異文、其連犬夷引之者、犬夷卽混夷、合兩句與日部東方昌矣相似、古人引書、自有此徑省之法、左傳注引詩昆夷瘃矣、亦是合兩句爲一句也、孟子曰、文王事昆夷、然則昆夷懾伏、在文王亦非其初年也、終言及此、以著文王之功、因大王之遺烈也、上但詳大王遷岐制度、其於禦敵之方、寖昌之勢、未有歸宿、徑及文王之虞芮質成、亦非其序也、故上章說到戎醜攸行、戎醜最備混夷也、故此章肆不殄厥慍突接文王、化去過渡之痕、歐陽氏所謂如連山斷嶺相去絕遠、而氣勢聯絡、觀者知爲脈理之一者是也、

虞芮質厥成。文王蹶厥生。 質・成也、成・平也、蹶・動也、虞芮之君、相與爭田、久而不平、乃相謂曰、西伯仁

人也、盍往質焉、乃相與朝周、入其竟則耕者讓畔、行者讓路、入其邑男女異路、班白不提挈、入其朝士讓爲大夫、大夫讓爲卿、二國之君、感而相謂曰、我等小人、不可以履君子之庭、乃相讓以其所爭田爲閒田而退、天下聞之、而歸周者四十餘國、

予曰有疏附。予曰有先後。予曰有奔奏。予曰有禦侮。

率下親上曰疏附、相道前後曰先後、喻德宣譽曰奔奏、武臣折衝曰禦侮、○芮如銳反、蹶俱衛反、後胡豆反、挈苦結反、相息亮反、道音導、延文本·傳入其竟無其字、卷子本傍注亦云本無、其邑下有則字、小人下有也字、聞之無之字、禦侮下有也字、

箋曰、卒章言文王之丕承大王遺烈以終之、周本紀張守節正義引括地志、故虞城在陝州河北縣東北五十里虞山之上、古虞國也、故芮城在陝州芮城縣西二十里、古芮國也、閒原在河北縣西六十五里、而斷謂閒原在河東、虞芮相接、非河西之臨晉芮城、駮正斐駰集解甚覈、一統志、閒原在山西解州平陸縣西十五里、引寰宇記、其原東西七里、南北十三里、虞城在縣東北、芮城在陝西同州朝邑縣南、質厥成者、成即書呂刑所謂獄成而孚輸而孚之成字、獄必有辭、兩造各執一辭、有一定而不能移易者、故曰成也、質者所以平斷此獄而論定者也、王制、百官各以其成質於三官、大司徒大司馬大司空、以百官之成質於天子、百官齊戒受質、鄭注云、受平報也、平斷畢報於下、是爲平報、蓋質成二字對文、成屬下、質屬上、其自下質於上、猶云待平斷

於上耳、虞芮相爭、各有獄辭、久不能定、兩國皆欲就文王以對質其獄辭、故曰虞芮質厥成、虞芮之質成、是訟獄者不之商而之文王也、歸周者四十餘國、是朝覲者不之商而之文王也、至是而興起之勢、沛然而不可禦矣、故繼之曰蹶厥生、辟如立春土氣震發、乃耕墢以起其發生之氣焉、春雷一聲、蟄蟲咸振、蓋蹶生之義也、蹶生與初生爲首尾、周家王業之生、大王始之而漸興、文王動之而益大、正見文王之興、本由大王、與序義合、毛傳所述爭田之事、正義謂、書傳家語皆有其事、雖小有異同、然皆言未履文王之庭、而自然感化、然則質厥成三字、祇屬虞芮言之、猶王制云以百官之成、質于天子、言以所爭之事、待其成於文王耳、其實文王未斷此獄也、至文王蹶厥生、嚴緝謂、動虞芮之君、使其禮義之心油然而生、不知毛傳所云天下聞之而歸者四十餘國、正蹶厥生之實、故箋云、虞芮之質平、而文王動其緜緜民初生之道、謂廣其德而王業大、蓋前此化行一國者、至此化行天下也、不及三分有二後者、以別於皇矣詳之、且歸附既衆、自是有程與豐之遷、非如斷訟之卽在岐周也、〇予曰有疏附、予曰有先後四予字、予周室也、曰、越、通、發語詞、此四臣稱爲四隣、文王善用賢才成王業、而周公使成王承文王家法之意亦見矣、文王之三、次以棫樸、爲政在人之義備矣、疏附者、能宣布德澤、使民親附也、鄭箋、使疏者親、與傳說率下親上、義亦相成也、先後者、能前後相導、使無過舉、卽在君側爲股肱喉舌者也、奔奏、奔命四方者也、釋文、奏如字、本亦作走、毛以奏爲告語之義、故曰喻德宣譽、堯典敷奏以言、史記五帝紀作徧告以言、是也、鄭箋云、奔奏使人歸趨之、猶言奔而趨之、楚詞章句引詩予聿有奔走、尙書大傳亦作奔走、三家詩蓋有作奔走者、箋說本之、故與傳異、禦侮者、能奮揚武衛、折衝威敵、卽熊羆之士也、釋文、禦本作御、作御者用古字、猗嗟以禦亂兮、儀禮大射儀注、作以御亂、左氏文七年傳、華禦事爲司空、釋文、禦本作御、穀梁莊二十二年經、殺其公子禦寇、釋文、禦本又作御、僖九年經、宋公禦說卒、釋文禦本亦作御、是也、予曰以下、功歸四友、爲章末餘波、若曰非特文王聖也、亦其臣與有助焉、濟濟多士文王以寧、豈不信夫、齊語舉羣賢名姓、以結桓公伯功之事、似倣是篇結法、

緜九章章六句

棫樸。文王能官人也。

箋曰、知人則哲、克官人、盛德之事也、前篇以四隣爲亂、乃以棫樸官人受之、此所以終文王之三也、編意可玩、大戴禮逸周書皆有文王官人篇、荀子亦云、文王以官人爲能、竝與此序語合、序於文王之官人、獨云能者、明官人之非易也、樹人猶樹木、故以棫樸興焉、人才之光于國、猶雲物之章于天也、故又以雲漢興焉、國之大事在祀與戎、曰奉璋、曰六師、見其文修武備、莫非賢才之助、而其道則在平日有以長養振興之、而又在乎王躬之自飭、故繼以作人、終之以勉勉我王也、大雅首三篇先舉大綱、卽及生才、此下詳言其事、而託始於棫樸、見文王之功德、以官人爲大、正小雅終於菁菁者莪、而大雅則先之、此固成始成終事也、

芃芃棫樸。薪之槱之。芃芃、木盛貌、棫、白桵也、樸、枹木也、槱、積也、山木茂盛、萬民得而薪之、賢人衆多、國家得用蕃興、

濟濟辟王。左右趣之。趣、趨也、○芃薄紅反、棫雨逼反、樸音卜、槱音酉、辟音璧、趣七喻反、枹必茅反、延文本貌下興下並有也字、

箋曰、首章見衆賢之集於朝、輔助政教、○興也、棫詳前篇、樸亦木名、說文作樸、云棗也、爾雅、樸枹者、彙謂樸是棗之一種、傳云枹木、謂叢生者也、是棫樸二木名、箋云、白桵相樸屬而生、考工記注、樸屬猶附著、堅固貌也、是鄭以樸爲棫之叢生者、誤矣、薪、伐而折之也、槱、積也、薪用之、今槱用之後、薪之、取材之廣也、槱之、儲材之豫也、歐陽氏云、詩言芃芃然棫樸茂盛、采之以備薪槱、以喻文王養育賢材茂美、官之以充列位、卽毛義也、鄭不爲興、以薪槱爲聚積以燎之祀天、左右趣之爲諸臣相助積薪、然首章若言祀天、不當僅舉一槱燎、卽舉槱燎、不必言棫樸、言棫樸亦不必言芃芃也、鄭特以濟濟辟王左右趣之、與下章濟濟辟王、左右奉璋文同、下章言祭、此章亦當爲祭、而大宗伯又有槱燎之文、故易傳爲是解耳、正義因謂薪之槱之、是燎祭積薪之名、非謂萬民皆當槱燎、然旱麓瑟彼柞棫、民所燎矣、亦祗以民之燎薪爲興、詩之薪槱、但謂積木供燎、與周官以槱燎祀司中司命之槱燎不同、至从示之禉、則專爲燔柴祭天而設、非詩正字、亦非詩本旨也、○濟濟辟王者、濟濟、威儀也、辟、君也、君王謂文王也、曰辟王、曰周王、皆追稱也、左者从手、手之助也、

說文、左𠂇手相左也、通作佐、釋名云、佐左也、在左右也、右者从手口、手口之
助也、故說文右字分二部、口部云、助也、又部云、手口相助也、左右二字連文、
其義亦同、故實左右商王、傳箋竝云左右助也、左右既訓助、因而詔相卽訓
左右、周禮大行人注、詔相左右教告之也、易泰鄭注、輔相左右助也、是皆轉
相訓、而義俱通矣、左右趣之者、多少英才、皆駿
奔走從事也、易曰、變通者趨時者也、趣字同、

濟濟辟王。左右奉璋。半圭曰璋 **奉璋峩峩。髦士攸宜。**峩峩、
盛壯貌也、髦、俊也、○峨五哥反、髦音毛、延
文本傳璋下有也字、壯下貌字摺本無、

箋曰、二章受上述祀事之得人、○左右奉璋卽所謂祼將、奉者進之也、奉璋
者止一人矣、然秉凡贊祼者盛言之、故曰左右、是詩之辭也、臣之執璋行禮、
唯贊祼時、其他無執璋者、圭之制、其廣三寸、其厚半寸、其頭斜銳寸半、其長
則天子尺有二寸、公八寸、侯伯七寸、半圭曰璋、言其廣之度也、此傳半圭、自
指瓚柄而言、考工記、大璋中璋邊璋、亦是以璋瓚爲璋、正義引王基據郊特
牲灌以圭璋、知古人稱璋卽爲璋瓚、其說當矣、又引小宰注、唯人道宗廟有
祼、天地大神至尊不祼、故知此章說宗廟之祭、是也、小宗伯鄭注、天子圭瓚、
諸侯璋瓚、王制疏、若未賜圭瓚則用璋瓚、此左右奉璋是文王爲諸侯時禮、
非指后祼、亦非大宗伯攝行亞祼也、璋瓚之制、詳下旱麓篇、王夫之曰、毛公
以璋爲祼獻之器、亦諸侯之大璋耳、詩言奉璋而不言奉圭、初未嘗言文王

之用王禮矣、自爲公羊之學者、言周先稱王、後伐商、春秋繁露因謂奉璋爲文王祭天于郊、不知郊之用玉、唯四邸之圭、而無如盤之瓚、若璋瓚、唯禘祀亞獻則用之、而郊祀則器用陶匏、薦用玄酒、大圭不琢以禮神、故郊特牲曰、酒醴之美玄酒、明水之尙、貴五味之本也、大圭不琢、美其質也、又曰、至敬不饗味、而貴氣臭也、周禮大宗伯以禋祀祀昊天上帝、以肆獻祼享先王、而鬱人鬯人司尊彝俱無郊祀之文、則郊異於宗廟、無祼鬯之禮、而何用璋瓚爲、璋非祭天之器、乃據此奉璋之文、誣文王之受命而郊、其妄明矣、○奉璋峩峩、髦士攸宜者、言登庸而遂至奉璋、是髦士得宜之極也、莪莪傳云盛壯、壯古莊字、盛莊者卽所謂齊明盛服以承祭祀、釋訓、峩峩、祭也、示是章言祭也、釋言、髦士、官也、示是章髦士異於甫田髦士也、儀禮爰字孔嘉、髦士攸宜、攸宜言其所宜然也、

淠彼涇舟。烝徒楫之。淠、舟行貌、楫、櫂也、周王于邁。六師及之。

天子六軍、○淠匹世反、烝之丞反、楫音集、延文本傳軍下有也字、

箋曰、三章述戎事之得人、國之大事、在祀與戎、舉此二者、以明賢才之用、○興也、淠淠然蓋舳艫千里之勢也、萑葦淠淠、傳、衆貌、其旆淠淠、傳、動也、涇、水名、在周地、涇舟、涇水中之舟也、烝徒、衆夫也、方言云、楫謂之橈、或謂之櫂、釋名云、在旁撥水曰櫂、○周王于邁、六師及之者、于、爰也、易師卦注、多以軍爲

名、次以師爲名、少以旅爲名、春秋之兵、雖累萬之衆皆稱師者、舉中之名、軍之言師、乃常稱也、文王時未制六軍、此追言也、後儒多以經稱周王、傳言天子爲疑、殊不知小大雅所有文王之詩、皆是周公制作禮樂時所爲、四牡傳云、周公作樂、以歌文王之道、爲後世法、此言已足爲諸文王詩之總義、故大明及此傳、直云天子造舟、天子六軍、皆以追述之詞、不嫌稱文王爲天子、正義所云詩爲大雅、莫非王法者、誠通論也、及之者、騤騤奮進也、王自前行、而六師追及、不待督促、言其用命恐後也、此主將帥使之用命者言、上章能官人於祭祀之時、此章能官人於軍旅之際、而凡事各得其人著矣、取喻涇舟者、方言行師、故舉境內之遠者、嚴緝謂、伐玁狁所經過、似鑿、春秋繁露以是章爲伐崇之役、亦未必然、

倬彼雲漢。爲章于天。倬、大貌也、雲漢、天河也、**周王壽考。遐不作人。**遐、遠也、遠不作人也、○倬陟角反、傳貌字摺本無、

箋曰、四章言文王作人之化、紂之汚俗、咸與維新、○興也、雲漢在上爲天之文章、以興猶賢人在朝爲國之光采、倬與晫通、明盛貌、天漢在箕斗二星之間、無數小星、望之若雲氣、故又謂之雲漢、章、文章也、凡雲皆動、雲漢則不動、不動者爲章、所以久也、與壽考意合、文王九十七乃終、故言壽考、然只是久於其道意、不重年壽、遐之言胡、胡之言何、音之轉也、遐不作人、甚言其作也、作者、鼓舞振動之意、自其衡量以用材曰官人、自其陶冶以成材曰作人、此

所謂作人、初不出官人之中、變化鼓舞之、有其道也、孟子待文王而後興、興卽作也、能官人、故能作人、菁莪育才、亦一揆也、傳訓遐爲遠者、此言作人、承上周王壽考、是謂久道化成、故以遠作人解之也、

追琢其章。金玉其相。追、雕也、金曰雕、玉曰琢、相、質也、**勉勉我王。綱紀四方。**○追對迴反、琢陟角反、

箋曰、卒章言文王聖德綱紀四方、無不治理、又總著政教之美、官人之效、○釋器、玉謂之彫、金謂之鏤、爾雅、雖分別玉彫金鏤、然彫亦鏤也、正義謂、散文則通、是矣、毛公特以追琢分屬下句金玉、故謂金曰雕、廣雅釋言、晉語秦穆公衡雕戈出見使者注、均云雕鏤也、是雕與鏤通稱、金可謂之鏤、亦可謂之雕也、況追正字、本作鎚、從金、與琢字從玉、意義尤合也、說苑修文篇引詩曰、彫琢其章、金玉其相、言文質美也、意亦用傳義、惟追作雕、則以傳改經、非也、章、周王之文也、相、周王之質也、追琢者、其文比其修飾也、金玉者、其質比其精純也、皆言文王之聖德、正所謂勉勉也、綱紀四方、又言其政教之美及於天下耳、○勉勉我王、勉勉而又勉也、猶言孜孜也、以尊言曰辟王、以實言曰周王、以親言曰我王、一詩三稱、皆謂文王也、文王自朝至于日中昃、不遑暇食、其何爲邪、詢於八虞、而咨於二虢、度於閎夭、而謀於南宮、諏於蔡原、而訪於辛尹、重之以周召畢榮濟濟多士、是文王也、綱紀四方者、綱爲網之綱、

紀爲絲之紀、以喻我王之爲政於四方、馬瑞辰曰、說文、綱、网紘也、綱爲網之大繩、商書所云若網在綱、有條而不紊也、至於紀則說文曰、統、紀也、紀別絲也、淮南泰族篇曰、繭之性爲絲、然非得女煑以熱湯、而抽其統紀、則不能成絲、是紀乃抽絲之稱、凡別絲者、一絲必有其首、得其紀而衆絲始可理也、墨子尙同篇、古者聖王爲五刑、淸以治其民、譬若絲縷之有紀、罔罟之有綱、是紀與綱各別之證、箋以綱紀皆爲取綱罟爲喻、失之、樂記、中和之紀、鄭注、紀、總要之名也、禮器、衆之紀也、紀散而衆亂、鄭注、紀者絲縷之數有紀也、是紀之本義、謂得其統紀而衆絲可治、猶之綱擧而目張也、馬說得之、周語、經之以天、緯之以地、經緯不爽、文之象也、文王盛德、故天胙之以天下、所謂綱紀、卽天經地緯之謂也、

棫樸五章章四句

旱麓。受祖也。 箋曰、受祖、受釐於祖也、祖者、后稷公劉亦在其中、而指大王王季爲多、受者文王受之也、文王以豈弟承其先業、德化所及、能使生民各得其所、而人才輩出、如是而祭、自然得福於祖、此干祿豈弟所以爲不回也、序不言文王受祖者、以大雅自文王至靈臺、皆文王之詩、故不復贅耳、詩中言受介福、言神所勞、可知以祭祀言之、而詩中君子、皆指文王、三章遐不作人、與棫樸同文、末章求福不回、又與大明厥德不回同義、其爲指文王言、無疑矣、 **周之先祖。世脩后稷公劉之業。大王**

王季申以百福干祿焉。箋曰、辨說云、百福干祿、不成文理、殊不思干祿百福、出假樂篇、彼謂求祿而得百福、此序卽用其語而倒之、猶楚茨序、經有三福字、故曰申以百福、首章有干祿、故曰申以干祿、詩所詠在百福與干祿、卒章求福、亦是干祿、言百福干祿者、謂得百福與所求之祿、耳、福祿一也、福言百、明祿亦其數多也、祿言干、明福亦求得之、古人自有此種互文、何得謂不成文理、郝敬曰、孔子曰、無憂者其唯文王乎、文王以聖德承祖考基隆之業、可以王而不王、小心恭順、養和平之福、以啓後人、故曰、豈弟君子、干祿豈弟、詩人可謂善頌、而大序曰受祖也、文王以下諸詩、義各不同、首篇言代商之事、故序曰作周、次篇言文武之生、故序曰文王有德、復命武王、三篇言遷岐、故序曰興由大王、四篇言左右諸臣、故序曰能官人、五篇言祀神、故序曰受祖、又歷序祖德、而於大王王季、借詩中福祿語、以推重其功德、見文王凝承祖德者厚、非以此詩爲大王王季作也、

瞻彼旱麓。榛楛濟濟。旱、山名也、麓、山足也、濟濟、衆多也、豈弟。君子。干祿豈弟。干、求也、言陰陽和、山藪殖、故君子得以干祿樂易、○楛音戶、豈弟延文本作愷悌、下四章皆同、樂音洛、易以豉反、易下延文本有也字、箋曰、周語、單穆公曰、夫旱鹿之榛楛殖、故君子得以樂易干祿焉、若夫山林匱竭、林鹿散亡、藪澤肆既、民力雕盡、田疇荒蕪、資用乏匱、君子將險哀之不

暇，而何樂易之有哉，傳純用周語爲說，本不以上二句爲興也，陰陽和，山藪殖，乃紀實事，山藪，民所取材也，物產蕃庶，財用富足，正所以養民，魚麗詩，即魚酒二物，以明萬物之盛多，此詩即榛楛二木，以明資用之饒裕，舉一以見百，其義同也，古人引詩雖多斷章，然如單穆公所云，乃正解也，箋疏以後，皆從鄭孔爲興，而義各不同，呂記以榛楛喻君子，榛楛得麓而滋茂，喻君子承先祖而受福，嚴緝本程氏之說，以山喻先祖，麓喻子孫，榛楛喻福祿，興文王承先祖積累之厚，故其福祿盛大，二說似皆可通，然觀單穆公引此章，而反復申明其意，則旱麓榛楛，自是當時所見之實，而鄭箋以爲興者，亦如鴛鴦

箋云此交萬物之實而興者，廣其義焉耳，漢地理志，漢中郡南鄭縣有旱山，沱水所出，東北入漢，是旱山在梁州之境，嚴緝謂，詩人託山川以起興，皆取其在境內者，漢中遠於豐鎬，豐鎬之間，高山多矣，不當遠取漢中之旱山也，胡承珙曰，水經沔水注，南鄭縣漢水右合池水，水出旱山，山下有祠，此池水即班志之沱水也，水經又云，沔水東過魏興安陽縣南，涔水出自旱山，北注之，又涔水篇云，涔水出漢中南鄭縣東南旱山，北至安陽縣，南入於沔，考南鄭故城在今漢中南鄭縣東二里，旱山在縣西南十五里，安陽爲今興元府安康縣地，興元之西即漢中之東，是水經池水涔水所出之旱山同一山耳，至漢中興元，雖去豐岐稍遠，然岐山在今鳳翔府漢中興元之北，即鳳翔之南，況此詩本詠文王，其時土宇已擴，不得謂旱山非境內也，榛見簡兮，榛有二種，一則張揖云，木叢生曰榛，是也，一則其結實似橘實，而味香甘，禮所謂榛栗棗脩也，說文作亲，從辛從木，傳寫作榛者俗通用，亲，喬木也，非所在恆

有之木、此詩所稱是也、陸疏曰、楛其形似荆而赤、莖似蓍、上黨人織以爲斗筥箱器、又揉以爲釵、故上黨人調問婦人、欲買赭不、曰竈下自有黃土、問買釵不、曰山中自有楛、顏監曰、楛木堪爲箭笴、今豳以北皆用之、○豈弟君子、干祿豈弟者、豈弟周語引之、釋以易樂、與險哀對說之、是確訓也、祿卽福也、干祿卽求福也、詩言求福者不一、自求多福、求福不回、干祿亦猶之求福也、君子修德不望報、原無求福之心、而歌詠君子者、見君子之於福、有不啻操左券者、遂爲君子有求福之道矣、韓詩外傳釋豈弟云、度地圖居以立國、率民力稼以重農、學校庠序以立教、事老養孤以化民、升賢賞功以勸善、禁奸止邪以除害、接賢連友以廣智、宗親附族以益強、臚列八項、然俱是樂易前一層、卽表記豈以強教、弟以悅安、亦非正說豈弟也、蓋文王之於民、惟有和樂平易、使民無不在樂易之中、此卽祭則受福之本、就平日說、錢天錫云、天地福祿、不過和順之氣所凝成、此豈弟在天爲景星卿雲、在人則心安體順、在家則穆穆雍雍、在國則怙冒咸若、在萬世則太和常在宇宙、不求福而福祿歸、自是實理、嚴氏云、言干祿、謂在我有以致之、猶曰自求多福耳、朱傳誤認干祿爲不美字樣、因爲之回護曰、干祿豈弟、言其干祿之有道、猶曰其爭也君子云爾、殊不知君子非以豈弟干祿也、而干祿卽在豈弟、子張學干祿、蓋卽問詩干祿之義、故史記作問、論語作學者、問卽是學、而夫子告以言寡尤、行寡悔、祿在其中、寡尤悔與豈樂弟易之旨相發明、人君干天祿、士干君祿、其道一也、詩言文王之受福祿、始終一以豈弟、豈弟者仁也、正義云、有樂易之德施於民、嚴緝則云、豈弟者德盛仁熟、和順充積之謂、嚴所言者其體、

仁心也、孔所言者其用、仁政也、兼之乃盡、

瑟彼玉瓚。黃流在中。玉瓚、圭瓚也、黃金所以飾、流·鬯也、九命然後錫以秬鬯圭瓚、**豈弟君子。福祿攸降。**○鬯勑亮反、秬音巨、

箋曰、玉瓚而黃流在中、主祭者所執以獻神也、玉瓚至精、黃流至潔、精潔之物本于精絜之心、然非一時之誠敬卽降以福也、惟文王平日有豈弟之德、故祭而福祿降焉、文王入廟主祭、其誠敬一層、自不待言、詩中所重者平日有豈弟之德耳、否則入廟非樂易之時、安得云豈弟、瑟、箋云絜鮮貌、釋文、瑟又作璱、說文、璱、玉英華相帶如瑟絃也、引詩璱彼玉瓚、又璠字注引孔子曰、美哉璠璵、遠而望之奐若也、近而視之瑟若也、又璪字注引逸論語曰、玉粲之璱兮、其瑮猛也、則瑟自是狀玉之辭、作璱者正字、作瑟者省借字、毛無傳者、蓋以瑟爲玉狀、當時所共曉耳、瓚者器名、以圭爲柄、圭以玉爲之、指其體謂之玉瓚、據成器謂之圭瓚、黃流毛鄭異解、鄭則云、黃流、秬鬯也、此箋以秬鬯之酒爲金所照其色黃、因名黃流、箋說於在中二字爲協、毛傳諸本互異、釋文謂、黃金所以流鬯也、一本作黃金所以爲飾、流鬯也、是後人所加、正義謂、定本及集注皆云、黃金所以飾、流·鬯也、若有飾字、於義易曉、則俗本無飾字者誤也、陸孔二氏、意正相反、當舍孔申陸、冬官玉人、祼圭長尺有二寸、有瓚、注、瓚如盤、其柄用圭、有流前注、又大璋中璋九寸、邊璋七寸、黃金勺、青金

外、朱中央、鼻寸、注、杜子春曰、勺、謂酒尊中勺、鄭康成注、鼻、勺流也、凡流皆爲龍口也、三璋之勺、形如圭瓚、據此則流者勺鼻之名、且云三璋之勺、形如圭瓚、則圭瓚之流、與璋瓚同爲龍口、亦可概見、儀禮旣夕、及士虞禮、匜水錯于槃中、南流、注皆曰、流・匜吐水口也、然則槃匜吐水口、皆名爲流、注疏每言瓚形如槃、是瓚之有流明矣、黃流謂以金飾其流、卽所謂黃金爲勺也、流者酒之所從注也、玉瓚以玉爲柄、而金爲之流、故曰黃流、流卽勺也、此蓋諸侯祼獻之邊璋、黃金勺、青金外、所謂璋瓚也、其外青金、故黃流在中、青金・銀也、黃金・金也、銀質而金鑲也、明堂位記灌尊之勺、夏后氏以龍勺、周以蒲勺、鄭氏謂、合蒲如鳧頭也、廣雅曰、龍疏蒲科杓也、蓋周之祼瓚、其勺爲科合聚如鳧頭、酒從中流、一曰流、一曰勺、酒所從傾注也、則黃流之卽黃金勺明矣、白虎通論圭瓚曰、玉以象德、金以配情、芬香條鬯、以通神靈、玉飾其本、君子之性、金飾其中、君子之道、君子有黃中通理之道、此黃字言金之證、在中者對青金外言之、則黃與流皆在中、非朱中之中、王夫之曰、集傳云、黃流、鬱鬯也、釀秬黍爲酒、築鬱金、煮而和之、盡反毛鄭、不知何據、所謂鬱者亦芳草之葉、而非世之所謂鬱金者、劉向曰、鬯者百草之本也、詩含神霧曰、鬱二百葉、采以煮之爲鬯、鬱以釀酒、大概如今南方草麴之製、鬱本衆草之英、非世之所謂鬱金審矣、且煑鬱者、煮百草之英、用以合熟黍而釀酒、其用如麴、非如今人煮藥酒之法、煮之于旣成酒之後、故孔安國尙書傳曰、黑黍曰秬、釀以鬯草、鄭氏郊特牲注曰、秬鬯者、中有煮鬱、和以盎齊、曰釀、曰中有、則以之釀、而酒中固有之、非旋加於酒而煑之也、且謂鬱金煑酒爲黃流、更似不知所謂鬱金者、魏略云、鬱金生大秦國、二三月花如紅藍、四五月采之香、陳藏器本草亦云然、南州異物志云、鬱金香出罽賓國、色正黃、與芙蓉花裏嫩蓮者相似、唐書云、太宗時、伽毘國獻鬱金、葉似麥門冬、九月花開似芙蓉、其色紫碧、香聞數十步、諸說不一、王冐堂筆塵謂出西域、一名撒法藍、一名番紅、花狀如紅藍花、爇之芬馥清潤、其說與魏略陳藏器略同、要爲西番之奇卉、左貴嬪鬱金頌云、伊有奇草、名曰鬱金、越自殊域、厥珍來尋、芳香酷烈、悅目怡心、古樂府云、中有鬱金蘇合香、唐詩蘭陵美酒鬱金香、皆謂此草固非中國所有、大明一統志・載廣西羅成縣產此香、亦徒有其說、今所未見、三代西域未通、無從有此、固非釀鬯之鬱、而鬱金之名實、唯此番紅花爲當其實、王說是也、鬱鬯又詳江漢篇、傳九命然後錫以秬鬯圭瓚者、此正爲西伯得專征伐之事、其當指文王明矣、鄭箋以爲指王季、夫王季之受秬鬯圭瓚、於經傳無據、殆卽附會此經言之、殊不可信、若孔叢子僞撰子思之言、謂王季於帝乙時已受大命之賜、果爾則文王何以由方百里興邪、

鳶飛戾天。魚躍于淵。 言上下察也、 **豈弟君子。遐不作人。**

○鳶悅宣反、

箋曰、鳶詳四月篇、鳶率其性而戾天、魚率其性而躍淵、與人君陶鑄人材、圓則成璧、方則成圭、兵農禮樂各就其性之所近、而隨其質之所能爲、故皆成

材、文王有豈弟之德、何人不振起奮興乎、此人字是成材之人、作是人人振起有以自効、而文王作之之方、已在興意內、蓋天地間無物而非氣化之流行、飛潛皆得樂其天、以見君子無人而非德教之鼓舞、高下皆得收其用、故能祭則受福而神勞之矣、抱朴子云、鳶之在下無力、及至乎上、聳身直翅而已、然後知鳶飛更不用力、亦如魚躍、怡然自得、而不知其所以然而然、王者之作人、鼓之舞之、使各盡其材、亦不知其所以然而然、猶韓愈謂魚川泳而鳥雲飛、上下各得其所也、物之囿於氣者、有自然之機、人之囿於德者、有自然之化、鳶飛魚躍、如此活潑鼓舞、正形容作人之妙、蓋作人固無方所也、讀者謹勿以中庸言道體、滅此高妙、傳云言上下察也者、引中庸釋詩之文、言上下明察、物得其所也、○豈弟君子、遐不作人者、遐何通、上章言獲福、忽接到作人一事、蓋仰焉在朝、則疏附後先諸佐、皆先王德造所培植也、俯焉在野、則德行六藝司徒司馬所論升、何一非祖宗風化使然哉、則文王作人、固周家福澤事、然必歸美于豈弟者、以豈弟有樂易近人意、和氣蒸洽、自然丕變、羣黎百姓、徧爲爾德、福孰大于是、棫樸旱麓思齊三篇、其旨皆歸作人、義深矣哉、

清酒既載。騂牡既備。言年豐畜碩也、**以享以祀。以介景福。**

言祀所以得福也、○騂息營反、介音界、畜香又反、延文本傳年豐上有其字、

箋曰、先成民、而後致力於神也、言酒見年豐、言牲見畜碩、左傳奉牲以告曰、博碩肥腯、謂畜之碩大蕃滋也、奉酒醴以告曰、嘉栗旨酒、謂其三時不害而民和年豐也、清酒騂牲見信南山、文選西征賦李善注、引韓詩章句云、載、設也、士昏禮、匕俎從設、北面載、載亦設也、○以享以祀、以介景福者、此章言祭祀得福、正序所云受祖之實、則以享以祀、指文王之祭祀言之、正義屬之大王王季、誤矣、

瑟彼柞棫。民所燎矣。瑟、衆貌、**豈弟君子。神所勞矣。**○燎力召反、勞力報反、延文本·傳貌下有也字、

箋曰、興也、燎、爨也、衆多之柞棫、爲民所燎、材之所以得用也、豈弟之君子、爲神所勞、所以得福也、鄭箋以爲柞棫所以茂者、乃人爑燎除其旁草、養治之使得無害也、不是、車舝曰、析其柞薪、其葉湑兮、又棫樸曰、芃芃棫樸、薪之槱之、柞棫二木、宜於爲薪、故以爲興、若云人爑燎除其旁草所以茂盛、恐不惟柞棫然矣、民與神對者、通貴賤而言、猶曰人也、○神所勞矣者、勞、勞來、猶言佑助、神、先祖之神也、

莫莫葛藟。施于條枚。莫莫、施貌、**豈弟君子。求福不回。**○藟力軌反、延文本·傳貌下有也字、

箋曰、興也、藟亦蔓生、詳周南樛木篇、以葛藟附于木之枝本、喻福祿集于君子之身、條枚唯直、故葛藟依之而延蔓、君子唯不回、故福祿集之而多益、詩三葛藟、周南以比衆妾、王風以比宗族、此詩以喻福祿、意各不同、○豈弟君子、求福不回、此正與首章干祿豈弟爲應、豈弟卽關雎麟趾之精意、君子處幽明之際、上下之交、二語盡之、干祿求福、此古興王積功累德實際、後世言正誼明道者、未足與語之也、大明厥德不回、傳、回、違也、小旻謀猷回遹、傳、回、邪也、回、說文云轉也、其字象回轉形、黃東發云、古說、回者邪也、愚謂、回非邪也、回乃入於邪之所自始也、人心初何嘗不正直、一旦禍祿在前、計較之念一萌、卽爲回轉、若自謂枉尺直尋以苟濟目前者、不知正直之操、一有回轉、卽入於邪、不可復返、自昔喪名敗節之士、如此類多矣、學者讀求福不回之詩、可以銘心而誓之終身也、

旱麓六章章四句

思齊。文王所以聖也。 箋曰、文王篇言王業所由成、其道大、思齊篇言聖德所由懋、其事詳、文王天德王道之全、莫著於是二詩矣、惟詩言聖德獨詳、故序云文王所以聖、正義謂、文王所以得聖、由其賢母所生、此但能釋首章之意、歐陽氏所謂內助、特以首章有姜任大姒之言耳、前二章聖母聖配助其聖也、祖考家邦驗其聖也、三章以下此文王之聖德也、聖則從容中道、常而肅雝、變而烈假、無不自得、首章

特其探本之辭耳、

思齊大任。文王之母。思媚周姜。京室之婦。

齊·莊、媚·愛也、周姜、大姜也、京室、王室也、

大姒嗣徽音。則百斯男。

大姒·文王之妃也、大姒十子、衆妾則宜百子也、○齊側皆反、徽許韋反、延文本傳莊下有也字、

箋曰、二思字皆語詞、傳於漢廣不可休思、云思辭也、文王思皇多士、亦云思辭也、風雅各舉其一、以見三百篇思字多爲語助、在句尾者如不可度思之類、在句首者如思樂泮水之類皆是、鄭箋於思字多訓思願、失毛旨、大任、仲任也、王季之妃也、思媚周姜京室之婦者、說文、媚、說也、愛說義相近、謂中心親之、京室周室也、分用周京字、周京本皆地名、後以周爲有天下之稱、以京爲王室之稱、非有尊卑大小之別、言大任能承大姜之歡也、大任之嫁于周、値大王大姜舅姑俱在、故稱曰婦、齊者母道也、媚者婦道也、爲人母盡母道、爲人婦盡婦道者、大任也、然婦人之德、必以齊莊爲之本、婦德莫要於莊、周易坤元亨、利牝馬之貞、晏子言柔而正、是也、列女傳稱大任之德、曰端一誠莊、是累言之、約言則曰齊、其實一也、皆兼內外說、此章稱大任之德、以見文王之聖有自來、思齊存心于莊敬也、文王之肅雝臨保、皆稟德于此、大姜素以莊敬爲心、大任以是承姑之歡、而稱周室之孝婦、大姒惟能繼其姑之美

譽、是以不妬忌而子孫衆多、則字承嗣字來、通章皆贊大任也、贊文王之母、所以贊文王也、意在母聖、不在妻賢、故首揭一句曰文王之母、○大姒嗣徽音者、大姒、莘國姒姓之女、角弓傳、徽、美也、琴節曰徽、列于琴面、所以表按指之處、故淮南子云、鼓琴循絃、謂之徽也、此以徽音連言、當卽取琴節之義、徽音卽琴音矣、是假琴音、謂傳承節操也、徽音自有和調之義、故文選五臣注亦云調也、則百斯男者、斯、語詞、百男、舉成數而言其多、蓋與本支百世、子孫千億、同一揚厲之詞、勿泥可也、文王多子、春秋傳云、管蔡郕霍魯衛毛聃郜雍曹滕畢原酆郇、文之昭也、并伯邑考武王爲十八人、其他猶應有數、亦有女子矣、

惠于宗公。神罔時怨。神罔時恫。宗公、宗神也、恫、痛也、**刑于寡妻。至于兄弟。以御于家邦。**刑、法也、寡妻、適妻也、御、迎也、○恫音通、御毛牙嫁反、

箋曰、二章言文王事神治人兩盡其道、吳樹聲曰、毛鄭皆誤讀公字、天保于公先王、靈臺矇瞍奏公、江漢肇敏戎公、酌實維爾公允師、傳竝云、公事也、又采蘩夙夜在公、文王有聲王公伊濯、箋竝云、公事也、公訓爲事、則宗公者宗事也、說文、宗、尊、祖廟也、从宀从示、鳧鷖旣燕于宗、注、宗、社宗也、禮祭法、有虞氏禘黃帝而郊嚳、祖顓頊而宗堯、注、禘郊祖宗、謂祭祀以配食也、曰祖曰宗、通言耳、儀禮士昏禮記、承我宗事、注、宗事宗廟之事、以上皆宗卽宗廟之證、

而承我宗事句、尤爲宗公之確據、經不曰宗事、而曰宗公者、合韻耳、燕燕終溫且惠、傳惠順也、抑惠于朋友、桑柔維此惠君、楚茨孔惠孔時、箋竝云、惠順也、書舜典亮采惠疇、傳惠順也、國語晉語、若惠於父母、管子度地、天下之人、皆歸其德、而惠其義、荀子非十二子、甚察而不惠、又辨不惠而察、注竝云、惠順也、據此則惠于宗公者、猶言順于宗廟之事耳、能順于宗事、故神罔怨恫、吳說得之、傳云宗神者、蓋據下文連言神耳、亦當指先公言、后稷公劉至大王王季、是宗公也、宗公卽先公也、大王王季追王在後、於文王時祇稱公、惠于宗公據文王當日事神言、不從後稱、則以爲公未爲不可、神罔時怨神罔時恫、時、是也、此言文王曲當先神也、以一端言之、雖有其德、而無其祭則怨、雖有其祭、而無其德則恫、○刑于寡妻、刑如刑于四海、刑于二女之刑、謂以身儀之、刑者型之叚音、說文、型、鑄器之灋也、經典俱借作刑、又通作形、易鼎云、其刑渥、集解今本刑作形、高彪碑云、形不妄濫、亦以形爲刑也、惠見孝子之事親恭也、刑見王化之齊家肅也、夫婦易昵、故貴刑、謂舉動好惡、足以爲法也、寡妻者、惟君后得稱寡妻、亦猶君之稱孤稱寡人、謂無與並也、傳云寡妻適妻者、適與庶對、稱庶爲衆、則適爲寡矣、傳上言大姒十子、衆妾則宜百子、此以寡妻對衆妾言、故曰適妻、燕燕先君之思、以勖寡人、此衞莊姜爲莊公之適、故得自稱曰寡人、猶尚書稱適兄爲寡兄矣、顧命無壞我高祖寡命、亦與寡特義相近、孟子梁惠王上、寡人之於國也、注、王侯自稱孤寡、老子自謂孤寡、據此知古者王侯自稱曰孤寡、寡亦孤也、爲人上之通稱也、玉藻、其於敵以下曰寡人、曲禮、其與民言、自稱曰寡人、猶天子自稱曰予一人、諸侯自稱曰孤、特詞也、尊詞也、論語、邦君之妻、稱諸異邦曰寡小君、以邦君妻稱寡小君、猶自稱其君曰寡君也、解者謂寡妻爲寡德、則主一無敵之義湮矣、古人尊卑之分、嚴於天澤、尊則尊、卑則卑、無所用其謙、且亦不必謙也、此經言寡妻、明是詩人代爲立言、並非文王自言、其非謙詞明矣、後漢書仲長統傳、載其昌言損益篇曰、寡者爲人上者也、衆者爲人下者也、此亦可明寡妻對衆妾爲言之意、鄭箋以寡爲寡有之妻言賢、則此詩美文王能儀刑之、無庸稱美寡妻也、〇以御于家邦、釋文、御毛音牙嫁反、鄭魚據反、鵲巢百兩御之、箋、御、迎也、釋文、御五嫁反、本亦作訝、又作迓、案作訝者、說文訝相迎也、从言牙聲、周禮秋官敘官訝士、又掌訝、注並云訝迎也、儀禮聘禮、訝賓于館、公食大夫禮、從者訝受皮、注竝云、訝迎也、又聘禮記、卿大夫訝、注、訝主國君所使迎待賓者、如今使者護客、其作迓者、爾雅釋詁、迓迎也、太玄、親不迓侮、注、迓御也、書盤庚中、予迓續乃命于天、傳、迓迎也、左氏春秋成十三年傳、迓晉侯於新宮、公羊春秋成二年傳、于是使跛者迓跛者、使眇者迓眇者、注竝云、迓迎也、作御者、甫田以御田祖、箋、御、迎也、禮曲禮上、大夫士必自御之、注、御當爲迓、儀禮士昏禮、媵御沃盥交、注御當爲訝、穀梁春秋成元年傳、齊使禿者御禿者、注、御音迓、荀子榮辱、監門御旅、注、御讀爲迓、文選幽通賦、昔衛叔之御昆兮、注、御、迎也、史記天官書、迎角而戰者不勝、集解引徐廣、迎一作御、是迓迎御三字義同、迎之義爲進、謂由刑寡妻至兄弟、以進及於家邦、傳訓御爲迓、猶訓御爲進也、古之所謂迎者、有由此達彼之義、經言以御于家邦、語氣與至于兄弟一例、御字竝非著力字、毛傳不可易矣、鄭訓爲治者、人君之治天下、猶御然、諸書以御爲治者、不一而足、大禹謨皐陶曰、御衆以寬、大戴禮曰、德法者御民之銜勒也、過秦論曰、振長策而御宇內、皆可以證焉、然於此經不切、刑字嚴、至字順、御字有適然而合之妙、此三句括得二南國風、與堯典大學若合符契、次之惠于宗公下者、先尊而後卑也、

雝雝在宮。肅肅在廟。雝雝、和也、肅肅、敬也、**不顯亦臨。無射亦保。**以顯臨之、保安無厭也、○射音亦、

箋曰、宮對廟、自指居室言、說文、宮·室也、易繫辭下傳、聖人易之以宮室、周禮內宰、以陰禮教六宮、注、婦人所居曰宮、宮者隱蔽之言、至秦漢以來、乃定爲至尊所居之稱、爾雅釋宮、室謂之宮、楚辭實滿宮些、注、宮猶室也、居處貴於和平、故在宮曰雝雝、宗廟貴於誠敬、故在廟曰肅肅、雝雝在宮、卽刑寡妻之事、肅肅在廟、卽惠宗公之事、惠之義近雝、此云肅肅、刑之義近肅、此云雝雝、見聖德時出之妙、又見形容不盡之妙、蓋申言刑寡妻而兄弟家邦從可知矣、申言惠宗公、而天地百神從可知矣、不顯二句、則不必在宮在廟而亦然、所以極言其至誠之無息、○不顯亦臨、句法與不顯亦世同、大雅周頌多言不顯、皆反訓爲顯、惟抑詩無曰不顯、連莫予云覯成文、明是正言不顯、與特言不顯者自別、不可以例此詩也、亦爲語詞、與亦既見止亦汎其流之亦同、非謂顯固臨、不顯亦臨也、例以下句之無射亦保、而文義自明、言文王其德不顯明乎、以臨照羣臣、是以羣臣畏而愛之、則而象之、○無射亦保、射卽斁

之假借、射音舍、轉音石、又音亦、故射斁二字、假借通用、經典義同而字異者、古人以口傳經、筆之於册、有作射者、有作斁者、後遂無有易之者也、淸廟傳云、無射於人、斯不見厭於人矣、義正與此同、保者、無逸所謂保惠、有敎訓之義、文王不見厭於人、而能保惠之、是以人愛而敬之、自然而化也、

肆戎疾不殄。烈假不瑕。 肆、故今也、戎、大也、故今大疾害人者、不絕之而自絕也、烈、業也、假、大也、

不聞亦式。不諫亦入。 言性與天合也、○、傳故大間今字、卷子本傍注云本無、

箋曰、四章言從容中道、兩肆字皆承雝雝在宮一章而言也、細繹之脈絡自見、首二句、與緜之肆不殄厥慍、亦不隕厥問、文義正同、慍·戎之慍也、此章提出戎疾來、語尤明顯、不瑕卽不隕厥問也、左氏桓六年傳、不以隱疾、注、疾·患也、管子小問、凡牧民者、必知其疾、注、疾·患苦也、鴻烈解說山、食草之獸、不疾易藪、注、疾患也、戎疾·戎患也、肆戎疾不殄、言故戎疾不殄也、殄·絕也、烈、光也、火猛曰烈、故有光義、烈文烈文辟公傳、雝旣右烈考箋、竝云、烈光也、孟子滕文公注、烈·光也、國語晉語、君有烈名、注、烈明也、據此則烈爲光明、假至也、烈假連文、猶書言光被也、瑕、玉病也、狼跋德音不瑕、傳、瑕過也、箋不瑕言不可瑕疵也、據此則不瑕者猶云不過、不可得而瑕疵也、經若曰、文王之德如上章所陳、故其戎患雖不能殄滅、而文王之光大卒不得而瑕疵、道化日熙、黎民歸德也、○不聞亦式、不諫亦入者、式、法也、事必前聞而後式、不聞亦式者、舉必中法、不待學而能也、人必待諫而後入、不諫亦入者、由仁義行、不待矯

而正也、入字由諫字而生焉、是用字之巧也、傳云性與天合者、聖德生知、無假學習、動應規矩、王肅申之曰、不聞道而自合於法、無諫者而自入於道也、朱傳沿之、此與下章、顧氏本音、江氏古韻標準、並云無韻、是也、若段氏音均表、孔氏詩聲類、展轉求合、不無附會、

肆成人有德。小子有造。造、爲也、**古之人無斁。譽髦斯士。**古之人無厭於有名譽之俊士、○斁音亦、延文本傳厭作斁、士下有也字、

箋曰、卒章言文王化成人才、成人冠者也、小子童子也、有德、成其德性以供國家之用也、有造、正業居學、有所造成也、說文造就也、廣雅爲造二字、竝云成也、淮南子天文訓、介蟲不爲、高注不成爲介蟲也、是爲卽成也、是知傳訓造爲爲、箋以成釋之、正是申明傳義、正義以爲異義、失之、○古之人無斁者、古之人指文王也、書無逸言、否則侮厥父母曰、昔之人無聞知、是亦以昔人稱父母矣、古猶昔也、況作詩者由文王旣歿之後追溯之、稱爲古之人、於義何妨、孟子引刑于寡妻三句曰、古之人所以大過人者無他、卽因此文、以稱文王也、文王之無斁、孔子之誨人不倦、其心一也、譽豫古通用、爾雅釋詁、豫・樂也、文選曲水詩序、信可以優游暇譽、注、譽猶豫、古字通、髦之言芼、謂選擇也、關雎左右芼之、傳、芼・擇也、爾雅釋言、髦・選也、正釋此詩、譽髦斯士・猶言樂選斯士耳、成人小子皆士也、有德有造皆可選者也、禮記命鄉論秀士、升之司徒曰選士、是也、成人有德、小子有造、蓋由涵濡於大小學之教、而人才蔚

起也、然非以身化、則觀感不深、陶養無法、持之亦必不能久、故必歸本於文王之無斁、壽考以身言、無斁以心言、所謂聖人久於其道而天下化成也、是詩以育英才終之、與緜之卒章似、治國之要在茲、釋文、斁毛音亦、厭也、鄭作擇、髦、俊也、一本此下更有古之人無厭於有譽之俊士也、此王肅語、釋文以爲王肅語、是斁字毛無傳也、正義謂箋不言字誤、則此經本有作擇者也、故不破之、案唐世有毛韓二家、而正義云作擇、不言是韓詩、則當指毛本言矣、而董逌言韓詩作無擇、此特因正義語而臆度其然、不足信也、阮元曰、考此經字自作斁、箋以斁爲擇之假借、直於訓釋中竟改其字以顯之、與可以樂飢箋中・竟改爲瘵、既匡既勅箋中・竟改爲筐之屬同也、釋文所説是矣、胡承珙曰、正義述毛云、古昔之聖人有德之君王、皆無厭於有名譽髦俊之此士、則孔所據毛詩、正陸氏所稱一本誤以王肅語爲傳義者、其云箋不言字誤・則此經本有作擇者、此特因箋不破字、遂意經有作擇之本、非真見有作擇者也、其實本篇烈假、箋卽改爲厲假、而竝不言烈當爲厲、疏亦但言鄭讀烈假爲厲瘕、何以不言本有作厲者乎、然則經文自當作斁、傳但有斁厭髦俊二訓、而無古之人以下語、陸本較孔爲長、或謂、髦俊也見上棫樸傳、射厭也卽見本篇三章傳、未必此又出傳、傳例簡嚴、複者甚少、陸氏用王氏之述毛者・爲之訓耳、此又不然、葛覃服之無斁、傳斁厭也、鄭注禮記緇衣、王逸注楚辭、引詩皆作服之無射、或毛詩古本作射、傳以射爲斁借、而訓爲厭、故此詩無射亦保・但訓以保安無厭矣、至髦俊之訓、雖見棫樸、然如肆故今也、已見於緜、而此篇仍復作訓、古人訓詁、或複出、或不複出、固未必有定例也、

思齊四章章六句故言五章二章章六句三章
章四句

箋曰、思齊四章章六句、此鄭所定、故言五章二章章六句、三章章四句則毛氏相承之本也、鄭取雝雝在宮三章、竝爲二章章各六句、以在宮爲養老於辟雝、在廟爲祭於宗廟、不顯四句承在宮、不聞四句承在廟、各取二亦字一肆字、文義相對、古之人二句、總結上二句、毛氏則以雝雝在宮四句爲第三章、下兩章皆以肆字起、肆爲故今、雖是緣上之辭、不必定緣本章、卽緣上章亦可、緜肆不殄厥慍、卽其例也、今從古、

皇矣。美周也。天監代殷莫若周。周世世修德。莫若文王。

箋曰、天監代殷莫若周、以首二章言、所謂西顧卽顧文王也、周世世脩德莫若文王、以三章言也、三章陳王季之德、則首二章嫌於咏大王、故曰世德莫若文王、帝所與宅文王也、非大王也、是序若非釋首二章則贅語耳、五章以下則天監文王、而命以伐密伐崇也、周世世脩德、諸詩互相見、大王有緜之詩矣、此言王季、足包之也、陳啓源曰、首二章傳箋本指文王、後儒以爲大王之事、殆非也、玩經語、與大王事不合者有三、大王居位、當商祖甲之世、時商未有秕政也、何云其政不獲乎、一也、大王避狄遷岐、勢最微弱、後雖寖以彊盛、爲王業之基、然終身爲諸侯、未嘗受天之命、何得云

受命既固乎、二也、先言文王、而後追溯其前代、故三章云、帝作邦作對自大伯王季、蓋謂天之興周邦而生明君也、自大伯王季之時已然矣、若由大王順敘之、則當云至、何云自乎、三也、後儒以爲大王事者、徒以二章言刊除之事、惟遷岐之始當有之、又三章述王季之德、首二章當言大王耳、殊不知生聚漸蕃、則草萊亦漸闢、文王地廣民衆、倍加於大王時、又遷豐作都、翦榛蕪而爲廬舍、轉荒翳而成膏腴者也、豈能無事於刊除邪、至三章述王季、以自字發端、爲追溯之詞、愈證首二章之言文王也、況次章云帝遷明德、七章云予懷明德、兩明德前後相應、自應屬文王矣、○延文本・王下有也字、

皇矣上帝。臨下有赫。監觀四方。求民之莫。 皇・大、莫・定也、 **維此二國。其政不獲。維彼四國。爰究爰度。** 二國、殷夏也、彼、彼有道也、四國、四方也、究・謀、度、居也、 **上帝耆之。憎其式廓。乃眷西顧。此維與宅。** 耆、惡也、廓、大也、憎其用大位行大政、顧、顧西土也、宅・居也、○究九又反、度待洛反、耆巨夷反、延文本・傳殷作商、謀下有也字、

箋曰、首章言殷末衰亂、天命歸於文王、開首四語、領起一篇之義、從皇矣上帝發端、極得體要、篇中帝遷、帝省、帝度、帝謂等字、都生根於此、求民之莫、直注到伐暴安民、籠照甚遠、臨下有赫者、從上視下曰臨、與監同意、赫、威靈之貌、言皇矣上帝、臨照下土、赫赫可畏也、監觀四方、求民之莫者、監亦視也、常

監四方、唯民之安定是求而已、故亂君禍之、良君祜之、爾雅、貊嘆、安定也、莫卽嘆之省借、下文貊其德音、貊亦嘆之叚借、故左傳韓詩皆引作莫、呂覽高注、嘆然無聲也、據此知莫字有靜安意、大學曰、定而后能靜、靜而后能安、天下之物皆然、上有愛民之君、則天下有靜安之象焉、上有暴虐之君、則天下有煩擾騷動之象焉、○維此二國、兼言夏商者、本周家積累之久、歷夏及商、夏不獲、以與商、商又不獲、是皆不足長承天眷也、書召誥云、我不可不監于有夏、亦不可不監于有殷云云、今王嗣受厥命、我亦惟茲二國命、嗣若功、二國謂夏殷、與詩言二國同、多方云、非天庸釋有夏、非天庸釋有殷云云、此亦言代殷而竝及于夏、傳不曰二國夏殷、而曰殷夏、明是因殷而兼溯夫夏、蓋謂夏政不獲、已代以殷、殷政不獲、將代以周、次第說來、言之序也、其政不獲者、謂失其道也、○維彼四國、爰究爰度者、四國、四方之國也、爾雅釋詁、究謀也、小弁不舒究之、箋、究謀也、言維此夏殷、其政失道、維彼四方之君、必有能謀度其政以安此民者、左傳文四年、楚人滅江、秦伯爲之降服出次、不舉過數、曰同盟滅、雖不能救、敢不矜乎、吾自懼也、君子引詩以美秦穆公、杜注、言夏商之君、政不得人心、故四方諸侯皆懼、而謀度其政事、此解可用以申毛、其政不獲指二國言、則爰究爰度、亦應指四國言、句法本同也、但四方諸侯、豈盡能究度者、詩意亦隱指文王而言耳、觀傳以彼有道別之自明、左傳彼此二字、與毛詩互異、潛夫論引詩、上下二字皆作此字、足徵彼此蓋隨言之、非有異義也、傳訓度爲居者、馬瑞辰曰、宅度古同聲通用、故書宅西、縫人注作度西、詩宅是鎬京、坊記作度、是知爾雅釋言宅居也、卽毛傳度居也所本、方言、度・凥也、凥與居同、說文、凥・處也、處爲居爲止、又爲審度、大戴禮官人篇、以其聲處其氣、謂審其氣也、呂氏春秋有始覽處其形、謂審其形也、淮南兵略訓、處次舍、謂審度次舍也、周語目以處義、謂相度事宜也、居與處同義、處爲審度、則居亦有審度之義、易象詞、君子以居賢德善俗、居賢德卽審度賢德也、君子以辨物居方、居亦辨也、居方卽審辨方向也、傳訓度爲居、其意當亦以居爲審度。○上帝者之憎其式廓者、耆之爲惡、韓詩本有是訓、見周頌釋文、玉篇、耆、怒訶也、怒惡義同、故訓爲惡、言上帝惡之、惡其爲惡浸大、此所以西顧而與周宅也、式・語辭、經上言其政不獲、則殷已見絕於天下、言憎其式廓、正指惡之之故、惡與憎雖一義、要下自申上耳、方言云、張小使大、謂之廓、孟子云、知皆擴而充之、趙注、擴、廓也、是廓通擴、而義亦同矣。○乃眷西顧、此維與宅者、文選經湖中瞻眺詩、覽物眷彌重、注、眷猶戀也、是眷字本義、眷卽眷眷也、短言長言之分也、文選思玄賦、魂眷眷而屢顧兮、眷眷卽拳拳也、廣雅、拳拳、愛也、眷拳皆从失、故通假、上帝者之、承維此二國言、天心仁愛人君、欲俟其改、乃其政不獲、而又式廓焉、故憎之也、乃眷西顧、承維彼四國言、就四國中、眷眷戀愛之而西顧、見文王之德可以安定下民也、而與之居焉、此字指周、周在中土之西、故曰西顧、與宅、言相與偕居也、淮南子汜論篇引詩曰、乃眷西顧、此惟與宅、言去殷而遷於周也、漢書郊祀志載匡衡奏議、亦引是曰、言天以文王之都爲居也、此釋與宅、皆與下章帝遷明德同意、遷而就文王與之居也、始則顧之、旣而宅之、語意相應、且天無首目而言顧、天無形體而言宅、其爲假託之詞又同、古注妙得經意、不可易也、作之屏之。其菑其翳。修之平之。其灌其栵。啓之辟之。其檉其椐。攘之剔之。其檿其柘。木立死曰菑、自斃曰翳、灌、藂生也、栵、栭也、檉、河柳也、椐、樻也、檿、山桑也、帝遷明德。串夷載路。徙就文王之德也、串、習、夷、常、路、大也、天立厥配。受命既固。配、媲也。◯菑側吏反、翳於計反、栵音例、檉勑貞反、剔他歷反、檿烏簟反、柘章夜反、串古患反、斃婢世反、栭音而、樻去愧反、媲普惠反、延文本・傳曰翳作爲翳、

箋曰、次章承首章、而詳言文王、不遠溯大王也、作屏八句、皆人事所爲、而上承與宅、下起帝遷、詞無所繫、若天爲之開闢然者、以見其天授非人力、古人文字、多用突提橫接、此其法也、作屏修平啓闢攘剔、皆刊除之事、毛鄭止統爲一義、竝不言孰爲不材而去之、孰爲美材而留之也、蓋作詩者欲形容生聚之蕃、非講論樹蓺之法、意有所主耳、朱傳祖程子之說、以作屏爲拔去、啓辟爲芟除、是去其不材也、以修平爲疏密得宜、攘剔爲去其煩宂、使得成長、是留其美材也、非詩之指、且未聞灌栵之材於檉椐也、夫檉椐二木有用於人、檿柘尤爲嘉植、苟有防礙、亦不能不翦伐之、凡言木者八、周地之木、原不止此、言刊除之事亦八、未免詞繁意複、在詩人不過極言榛莽、變爲邑里、合無用有用之木、皆在刊除之列、以見歸附者日衆、生聚者日繁耳、周之興也、

轉榛棘爲室廬、其衰也化宮廟爲禾黍、興衰氣象、徵於草木而可知、詩人言在此意在彼、不可徒泥其詞也、○作之屏之、作當讀如內則魚曰作之之作、爾雅釋器作斮之、郭注謂削鱗也、釋文引字林斮斮也、又樊注斮斫也、據此則作者斮之借也、作又讀爲柞、周頌載芟傳、除木曰柞、周官柞氏掌攻草木及林麓、是也、集韻柞與槎同、國語韋昭注、槎、斫也、西京賦注引賈逵解詁曰、槎、邪斫也、是槎可叚爲柞、卽可假爲作、屏除也、論語屏四惡、孔注、屏、除也、列子力命、亟屏之、注、屏、除也、謂斮伐而屏除之也、其菑其翳者、爾雅、木自斃柛、立死菑、蔽者翳、爾雅此文、是先以木自斃柛、總釋自死之木、下乃以菑與翳相對成文、謂一立一踣、傳以經無柛文、故但引下二句、考工記、輪人爲輪、察其菑蚤不齵、注、凡植物於地中謂之菑、又司農注、泰山平原所樹立物爲菑、聲如胾、博立梟棊、亦爲菑、是菑有立義、故木已死而猶植立於地者爲菑也、荀子非相、周公之狀、身如斷菑、斷菑卽植立槁木之謂、言不動也、自斃爲翳、斃當從釋文一本作蔽、謂其死而覆蔽於地者、正與菑立相對、其灌其栵、爾雅、木族生爲灌、孫郭注竝以族爲叢、文選吳都賦、丹桂灌叢、劉注、木叢生曰灌、字亦作樌、爾雅、木叢生爲樌、樌灌聲同、爾雅、栵栭、舍人注、江淮之間、呼小栗爲栭、郭璞以爲樹似槲樕而庳小、子如細栗可食、今江東呼爲栭栗、蓋卽狙公賦芧之芧、杜詩園收芧栗未全貧、俗譌芧爲茅、因呼茅栗、內則有芝栭卽此、據此則栭之爲木、卑小如槲樕、不中材用者也、陸疏謂其木理堅韌而赤、可爲車轅、乃別是一種、永昌人謂之栗木、幷不結子也、灌爲叢木、荊棘礙足、栵爲短木、拳曲無用、故爲一類、或曰、栵與灌爲類、與菑翳相應、不應獨爲木名、傳訓栵爲栭者、蓋亦謂小木叢生者、如魚子名鯤鮞耳、說文、栭、屋枅上標也、爾雅、栭謂之楶、文選西京賦、繡栭雲楣、薛注、栭、斗也、據此則栭爲屋枅上短柱、芝栭栭栗栭斗、皆因小得名、此說不然、古人文體、不似後世之拘、豈必兩兩相配以求工乎、又程子曰、行生曰栵、而朱傳從之、不知何本、定以栵字木旁从列、有行列之義、爲此解耳、然木無生而成行者、松杉之成行、人爲之也、既種之成行、必不礙於人、何事修平之乎、修平者、芟去之使道路平也、○啓之辟之者、作屏攘剔以除木言之、修平啓辟以通路言之、互具其辭、其檉其椐者、帶檉葉細如絲、婀娜可愛、稱蜀柳、又稱御柳、其生不必河邊、孫炎曰、樻、腫節、可以作杖、陸疏節中腫似扶老、卽今靈壽是也、今人以爲馬鞭及杖、漢書孔光傳、賜靈壽杖、師古注、木似竹、有枝節、長不過八九尺、圍三四寸、自然有合杖制、不須削治、○攘之剔之者、攘、去之也、剔、翦之也、其檿其柘、傳云檿山桑者、以別於隰桑也、山桑葉小於桑、而多缺刻、性尤堅緊、禹貢靑州厥篚檿絲、蘇軾注、檿絲出東萊、以織繒、堅韌異常、東萊人謂之山繭、然則檿絲可供織作、卽如今登州山繭織成者、非獨絲中琴瑟取貴也、柘、說文、桑屬、蠶書曰、柘葉飼蠶爲絲、中琴瑟絃、淸響勝於凡絲遠矣、胡三省通鑑辨誤云、桑柘二木之葉、皆可以飼蠶、柘木抽條勁直而長、桑木敷枝擁腫而大、柘之葉小而厚、桑之葉大而薄、今村莊園圃籬落皆有之、居然可別也、○帝遷明德者、言天去殷卽周、徙就文王之德也、上章乃眷西顧、謂瞻見文王之明德而眷顧之、但尙虛說、此維與宅、所謂遷也、○串夷載路、毛意蓋言、周家習行此常道、至文王則益大、大意所以徙就之、爾雅釋詁、串貫並訓習也、夷者彝之借、烝民民之秉彝、孟子告子作民之秉夷、洪範是彝是訓、微子世家作是夷是訓、彝法也、故以常釋之、箋云、串夷即混夷、西戎國名也、路應也、天意去殷之惡、就周之德、文王則侵伐混夷以應之、釋文、應作瘠、云詩本皆作瘠、箋云路瘠也者、謂告削混夷使之瘠也、下箋文王則侵伐混夷以應之、應者總說串夷載路之應乎帝遷明德也、非以應專釋路字、孫毓乃涉之而誤、馬瑞辰曰、傳以串即貫字之假借、故以習釋之、未若箋謂串夷即混夷爲允、串即毌字之隸變、貫毌古今字、昆貫雙聲、畎與昆貫亦雙聲、故知串夷混夷爲一、皆畎夷之叚借、或又消作犬夷、皆一音之轉、患字从串得音、故串夷或作患夷、亦同音叚借字耳、至箋釋路字、正義从孫毓本作應、而以本或作瘠爲誤、今按或本作瘠者是也、古路與露同、露之言臚也、瘠者其筋骨外見、臚列於外、故訓爲露、又訓爲羸、露通作路、孟子是率天下而路、趙注、是率天下之人以羸路也、箋以路爲露之假借、故訓爲瘠、古以國之盛爲肥、則以衰爲瘠矣、方言廣雅竝云、露敗也、逸周書皇門解曰、自露厥家、管子四時篇曰、國家乃路、露當訓敗、敗與瘠義相近、露義又近疲、管子五輔篇曰、振罷露、秦策諸侯見齊之罷露、罷與疲同、罷亦露也、詩謂帝遷明德、串夷則瘠敗罷憊而去、故曰載路、若訓爲應、云串夷則應則不詞矣、馬說是也、載、語詞、見於詩中者不一、載之爲滿、古無此訓、如謂載路爲充滿道路、則徒云載路、何以見昆夷之滿路而去、非滿路而來邪、且生民章尙有厥聲載路語、混夷之人滿路、固屬不辭、后稷之聲滿路、尤爲不經矣、○天立厥配者、罔不配天其澤、王者對時育物、繼天立極、乃天之配也、古以受天命爲天子爲配天、莊子天地篇、堯問於許由曰、齧缺可以配天乎、郭象注、謂爲天子、書、洛誥、其自時配皇天、言文王之明德、可以配天、是天之配也、非文王能自配天、乃天立厥配也、合下章帝作邦作對觀之、語義尤明、作對卽立配也、帝卽天也、天立之、天卽命之矣、其受命有不堅固者乎、毛訓配爲媲、正當爲配天之義、妃之爲媲、不必定謂男女配偶、箋以配爲妃、釋爲大姒、于上下文義不合、○受命旣固、猶云其命維新、

帝省其山。柞棫斯拔。松柏斯兌。兌、易直也、**帝作邦作對。自大伯王季。**對、配也、從大伯之見王季也、**維此王季。因心則友。則友其兄。則篤其慶。載錫之光。**因、親也、善兄弟曰友、慶・善、光・大也、**受祿無喪。奄有四方。**喪・亡、奄、大也、○拔蒲貝反、兌徒外反、大音泰、喪息浪反、易以豉反、延文本・傳曰友作爲友、善下亡下並有也字、

箋曰、說文、省、視也、山、岐山也、柞棫斯拔、松柏斯兌、言柞棫旣除、而松柏成行、大道挺挺、儼然成國也、拔詳緜篇、兌本卦名、說其本義也、歎逝賦、信松茂而松悅、是也、緜傳云、兌成蹊也、此傳云易直也、行道故言成蹊、松柏故言易直、各隨文釋之耳、朱傳兩兌皆訓通、行道而言通、卽成蹊意也、以松柏爲通、迂矣、因解之曰、此言山林之間道路通、又云木拔道通、竟忘此詩斯兌連松柏爲句矣、○帝作邦作對、傳對配也、配訓對、此對亦訓配、是爲轉注、言天省視

岐山之柞棫拔而松柏兌、則氣象蔥鬱矣、天於此作邦而作對也、作邦謂興周使爲王國也、作對謂使文王配上帝也、作對猶立配、誰立之、天立之、誰作之、帝作之、其意一也、此承上章之意、下文乃溯周世德、推本文王之所興、故曰自大伯王季、自者自後之辭也、大伯、大王之長子、王季、大王之少子也、○維此王季、因心則友者、喪服傳曰、繼母之配父、與因母同、鄭注、因猶親也、因訓親、親心卽仁心、說文、仁、親也、中庸、仁者人也、親親爲大、太伯之讓、王季之受、俱於因心則友四字托出、此心者卽太伯之心也、季信得太伯之心絕無勉强彼此之迹、止以文有聖德、足以道濟時難、光大其國家耳、如季稍以形迹自疑、遜而不有、反不得爲因心之友矣、兄弟之間、靑天白日、坦然無疑、卽堯舜禹之授受不過此也、○則篤其慶、載錫之光者、篤慶錫光、皆上帝之所爲、言王季有友德、故帝懿之而篤之慶、謂其生文王也、文王德益盛、周家更生光輝、是之謂錫光也、下文受祿、羕此而言、慶光卽祿也、乃漸入于文王之事、而未及武王、朱傳解載錫句曰、與其兄以讓國之光、夫大伯而有讓德之光、則孔子所云民無得而稱者、豈不戾乎、又詩前後皆主言文王有明德、故天命去商而眷周、三章乃溯文之得天眷、自大伯之讓王季而已然、既言王季受大伯之讓、因稱王季能誠心受兄、不略王季者、詩人立言之宜、幷及大伯者、詩人表微之論、其意自重文王也、○受祿無喪者、言受祿不失也、奄有四方者、周頌執競傳、奄、同也、說文、奄、覆也、大有餘也、葢奄之義本爲大、大則無所不覆、故同與覆均謂之奄、下章有萬邦之方、下民之王、故曰奄有四方、是句在文王則言其基之、在成康則言其終之、詩之辭水月鏡花、不可爲典

要、

維此王季。帝度其心。貊其德音。其德克明。克明克

類。克長克君。心能制義曰度、貊靜也、王此大邦。克順克比。慈和徧服

曰順、擇善而從曰比、比于文王。其德靡悔。經緯天地曰文、既受帝祉。施

于孫子。○貊、武伯反、長張丈反、祉音恥、

箋曰、維此王季、昭二十八年左傳引作文王、此當以作文王爲正、左傳云、近文德矣、申言九德爲文王之德、則傳文決無誤、況王此大邦、非文王不足當、鄭以王季追王爲說、殊費回護、正義云今王肅注及韓詩亦作文王、又樂記引詩莫其德音十句、鄭注言文王之德皆能如此、又徐幹中論務本篇云詩陳文王之德曰、惟此文王云云、其說蓋本韓詩、公劉傳云、民無長歎、猶文王之無悔、此毛詩作文王之證、蓋鄭箋以前、此句有涉上章維此王季而寫誤耳、是詩二章言帝遷明德、七章言予懷明德、此章乃實陳文王之明德也、○帝度其心者、帝以文王之心爲有度也、度有分寸矩矱之義、左傳所謂心能制義也、○貊其德音者、左傳、德正應和曰貊、言已貊然靜定、百物皆應和也、釋文、貊左傳作莫、音同、韓詩同、云、莫、定也、爾雅、貉嘆、定也、據釋文、貉本又

作貊、嘆本亦作莫、玉篇云、嘆、靜也、是訓靜者、以嘆爲正字、毛詩作貊、爾雅作貉、皆同音假借字、韓詩作莫、省借字也、楚茨君婦莫莫、傳、莫莫言淸靜而敬至也、樂記亦引作莫其德音、靜非如老氏之說、順行帝則、無違道于譽之事、所以莫然淸靜、而民亦相率遷善、而不知誰之爲、傳之云德正應和者如此、夫然、故實有濟於海內蒼生、而與天相應、少有要結、必涉張皇、卽非貊矣、下文無畔援、無歆羨、不大聲色、不長夏革、皆靜定之事、立此句於其德克明之上、卽以爲五七兩章提綱、德音是套語、音字無他義、勿拘、左傳所言皆古人說經之正義、毛當全引其文、此章第一箋云、德正應和曰貊、照臨四方曰明、類、善也、勤施無私曰類、教誨不倦曰長、賞慶刑威曰君三十三字乃傳也、當與上下之傳連文、而後人誤加箋云以隔之、疏亦不察、謬謂毛引不盡、故箋取以足之、毛公每述古必舉全文、左傳九曰、正爲本章之訓、尤無偏引其四之理、○其德克明者、左傳照臨四方曰明、克明克類者、左傳勤施無私曰類、言施而無偏、一視同仁也、明以照四方、仁政所被、無有遠近、王道所以蕩蕩也、詩既言其德克明、而又重以克明貫下、朱傳、克明、能察是非也、克類、能分善惡也、夫察事之是非、分人之善惡、一明字足盡之、何必增立類名哉、○克長克君者、左傳云、教誨不倦曰長、長者之道也、又云、賞慶刑威曰君、言能用賞刑而慶威之也、○王此大邦者、王猶曰君也、廣韻、王、大也、君也、正韻、天下歸往謂之王、是也、克順克比者、左傳、慈和偏服曰順、言慈和而人偏順服也、又云、擇善而從曰比、克順克比、乃言文王之德、能使民順比也、祭統、身比焉、順也、荀子議兵篇曰、立法旋令、莫不順比、是順與比義正相近、易比彖曰、比、輔也、下順從也、左傳擇善而從之曰比、正以從釋比字、○比于文王、其德靡悔者、周禮大司徒注、比或作庀、遂師比其委積、又比敘其事而賞罰、司農注、比讀爲庀、又世婦比其具、注、鄭司農比讀爲庀、又大胥比樂官、注、鄭大夫讀比爲庀、據此則比者庀之借也、庀、具也、與克比之比、文同而義殊、言以上諸德、皆具于文王耳、悔者凶咎之意、公羊襄二十九年傳、尙速有悔于予身、注、悔·咎也、賈子容經、悔者凶也、詩言九德具于文王、其德如是、斷無有凶咎、決之于其德也、左傳雖以文爲九德之一、然似以文總上八德、故復繼之曰近文德矣、此文雖非謚號、然正可見文王之所以爲文、乃與章首維此文王相應、○既受帝祉施于孫子者、祉、福也、施、延也、言盛德如上、故既受天祿、遂被及其孫子、成爲天下君也、既受帝祉承首章乃眷西顧、二章帝遷明德、本章王此大邦言、正序所謂周世世脩德莫若文王者也、由是命以伐密伐崇之事焉、

帝謂文王。無然畔援。無然歆羡。誕先登于岸。無是畔道、無是援取、無是貪羡、岸、高位也、

密人不恭。敢距大邦。侵阮徂共。國有密須氏、入侵阮、遂往侵共、

王赫斯怒。爰整其旅。以按徂旅。以篤于周祜。以對于天下。旅·師、按、止也、旅、地名也、對、遂也、○歆許金反、羡錢面反、傳入侵阮、摺本無入字、延文本·傳共下有也字、經篤下無于字、傳

師下有也字、

箋曰、五章言文王奉天命以伐密、○帝謂文王、受首章此維與宅、設爲天命文王之詞、如下所言也、無然畔援、無然、與無然泄泄同、猶言不可如此也、世人往往如此、故曰無然也、鄭箋、畔援猶跋扈也、釋文引韓詩、畔援、武强也、箋義正本韓詩、畔援通作畔換、漢書敘傳曰、項氏畔換、黜我巴漢、師古注、畔換・强恣之貌、猶云跋扈也、引詩無然畔換、又作叛換、魏都賦、雲徹叛換、張載注、叛換猶怒恣也、爰有緩音、故通作換、畔換二字疊韻、蓋古人雙聲疊韻之字、皆無一定、又作伴奐、卷阿詩、伴奐爾游矣、箋云、伴奐、自縱弛之意、蓋卽跋扈之義而引伸之、美惡不嫌同詞、傳分畔援爲二、謂不畔道、而妄取人國邑、似失之、○無然歆羨、歆羨、貪之也、楚語、楚必歆之、注、歆・貪也、周語、民歆而德之、注、歆猶欣欣喜服也、文選游天台山賦注、引韓詩章句、羨願也、廣雅、羨・欲也、文選思玄賦、羨上都之赫戲兮、舊注、羨・慕也、據此則歆是欲之動乎中也、羨是心之慕乎外也、蓋將言文王征伐之事、而先明文王之心、必無畔援歆羨之私、如聞天語丁寧者、以見伐密伐崇出於義之所不容已、方得謂之天討、○誕先登于岸、誕、大也、爾雅、望厓洒而高、岸、注、厓、水邊、洒、深也、視厓峻而水深者曰岸、誕先登于岸、可以濟危、可以拯人之陷溺也、孟子曰、彼陷溺其民、又曰、救民於水火之中、其意與此同、登岸既濟之義、經以涉川譬救難、登岸者無難之地也、言天謂文王、無以力爲强、無以貪而動、惟是所先者濟天下於險難、此謂順天征伐之道、蓋密人方陵虐小國、荼毒生民、文王苟坐視而不之救、則載胥及溺矣、能以義興師、所謂大先登于岸者也、毛則云、岸、高位也、岸爲水厓而高、故引申有高義、小爾雅廣詁、岸、高也、荀子宥坐、三尺之岸、而虛車不能登也、據此則凡高者、皆可謂之岸、先登于岸、猶言先登于高耳、位者位處之位、高位、高處也、齊語曰、昔吾先君襄公築臺以爲高位、是也、據毛義則經言既不畔援、又不歆羨、其志向已自處于高、從來聖帝明王、其識見必有高于人數等者、此其所以能定大事、平大難也、詩人之美文王、蓋窺之於其微矣、朱傳爲之說曰、岸、道之極至處、此佛氏到彼岸之義也、詩爲用兵發端、非講學也、未敢奉爲正解、○密人不恭、敢距大邦者、時文王爲西伯、故稱大邦也、文王爲密人擅興師以侵阮、遂往至共、故曰不恭、曰敢距、距卽距違也、周禮春官典命、穀圭以和難、密阮共皆周之鄰國、蓋密將侵阮、文王使人問之、而密人距不受命、卒以侵阮、又往侵共也、漢書地理志有二密、一爲安定郡陰密縣、原注、詩密人國、周語富辰所謂密須亡由伯姞、韋注引世本密須姞姓、而王肅密須氏姞姓之國所本也、在今陝西平涼府靈臺縣、一爲河南郡密縣、原注、故國、臣瓚曰、姬姓國也、與陰密之密有別、左傳齊桓有密姬是也、阮國無考、地理志、安定郡有爰得縣、爰重言之爲阮、故城在今涇州東南、於密須爲東北也、方輿紀要云、涇州共池在州北五里、詩侵阮徂共、今之共池是也、傳云、密人侵阮、遂往侵共、遂者繼事之詞、明非一國、張氏謂共爲阮國之地、失之、○王赫斯怒者、赫、盛怒之貌、斯、語辭、蓋密人不共三句、罪狀也、王赫三句、義討也、孟子引此而云此文王之勇也、文王一怒而安天下之民、斯爲知文王之心者、末五句一氣說下、寫神武之概、光燄如睹、○爰整其旅、以按徂旅者、其旅爲文王之師、以按徂旅、孟子作以遏徂莒、古字旅莒同音、故毛以旅爲地名、然不敢卽以爲莒國者、一則毛無改字之例、一則春秋之莒、于漢志爲城陽屬邑、乃兗州域、與密之在安定、相去懸隔、非密所能越遠往侵者也、于此見古人之愼、而路史妄以經疊二旅字、譏其重韻不文、輒援紀子帛莒子盟于密、以爲徂莒之證、不知彼密自是莒邑、杜注、城陽淳于縣東北密鄉者、不在西伯管內、又非文王所得越遠往伐者也、上云徂共、此云徂旅者、蓋恐其由共又及於旅、故出師以遏之、徂共是已往侵共、徂旅是將往侵旅、故云以按、按字孟子引作遏、按遏二字雙聲、爾雅竝訓爲止、故通用、按者、自上臨下、適與相當而壓之也、夏小正漢按戶、當戶上也、以手抑而下之曰按、故導引法謂之按摩、按當以壓抑爲義、徂非國名、皇甫謐所言非事實、○以篤于周祜者、能安民則福祚益隆、故曰篤、以對于天下者、答天下之望也、對、答也、商政不綱、天下之望在周、始見於此、可見上帝之所與宅、卽天下人心之所同歸也、傳云對遂、釋言文、候人曰、不遂其媾、程子曰、遂、稱也、張子厚曰、猶今人謂遂意曰稱意是也、對于天下者、言稱當天下鄉周之心也、

依其在京。侵自阮疆。陟我高岡。無矢我陵。我陵我阿。無飲我泉。我泉我池。京、大阜也、矢、陳也、度其鮮原。居岐

之陽。在渭之將。萬邦之方。下民之王。小山別大山曰鮮、將、側也、方、則也、○度待洛反、鮮息淺反、

箋曰、六章言文王克密、而民之歸往者衆、○首二句著文王不親與密人戰也、依、盛貌、依之言殷也、依殷二字雙聲、馬融注豫卦曰、殷、盛也、出車楊柳依依、文選潘岳金谷集詩注引薛君韓詩章句曰、依依、盛貌、車舝依彼平林、毛傳曰、依、茂木貌、木盛謂之依、猶兵盛亦謂之依也、用兵必有根本之地、文王駐大兵於國都、以爲三軍之鎮、而所整之兵、旣遏密人、遂從阮疆而出、以侵密國也、二語想見當時用兵機宜、詩但言侵、而不言侵密者、承上章密人不恭、爰整其旅以遏徂旅而言、不必複言侵密也、侵密不止於阮疆、而自阮疆始、故曰自也、言自則并伐密之師、以及其國可知也、密在寧州、阮在涇州、涇州寧接壤也、下所言高岡陵阿泉池、皆師行所經之地也、或疑文王伐密、不當言侵、不知孟子引太誓、卽曰侵于之疆、周禮大司馬、負固不服則侵之、侵本九伐之一、侵與伐有難易輕重之別、故下文言伐崇、而此但曰侵耳、○陟我高岡五句、山脊曰岡、大阜曰陵、大陵曰阿、高岡陵阿、皆密地也、師至則敵棄之、而皆爲我有也、兵法云、左山陵、右水澤、以其險阻可恃、故特言陵泉、七我字、是王師無敵、有反客爲主之勢、無矢無飮、卽已爲我之有、而彼不能爭之意矣、意謂無矢於我陵阿者、無飮於我泉池者也、下句我陵我泉字、乃疊言成文、是詩語矣、周師伐密、自阮疆入、而張師其高岡、則密人不守、衆皆奔潰、

而陵無屯兵、泉無飲馬、不血刃而滿目山川皆歸我版圖、故曰我、易所謂入虛邑者也、呂覽用民篇言、密須之民、自縛其主而與文王、說苑亦有此文、其不戰而卽服可知、○度其鮮原、傳云、小山別大山曰鮮者、大山、岐山也、小山非岐山之支峰、故曰別也、鮮斯聲近而通、鮮亦斯字之借、釋言云、斯、離也、別與離義同、公劉詩傳、巘、小山別於大山也、與此傳正合、鮮、獻、古通用、月令、天子鮮羔開冰、卽豳風之獻羔、是其證也、度其鮮原、卽公劉詩陟則在巘、復降在原、彼以陟巘與降原對舉、此亦鮮與原對舉、特彼分言之、此合言之耳、非以鮮原連稱爲地名也、周書和寤解、王乃出圖商、至于鮮原之鮮原、自爲地名、在商周境上、此詩下言居岐之陽在渭之將、不得遠在商周之境矣、度者王制所謂司空執度、度地居民也、居岐之陽者、穀梁傳曰、山南爲陽、爾雅釋山曰、山東曰朝陽、魯頌居岐之陽、山南爲陽也、此章居岐之陽、山東曰朝陽也、鮮原在岐山之東、詩不言居岐朝陽、而曰居岐之陽者、取疊用四之字、以振文勢耳、居卽度地居民之居、度地居民、則所居卽其所度、此詩居岐之陽、卽居此鮮原也、既稱之曰鮮原、又稱之曰岐陽者、一則以度此地而言之、故曰鮮原、鮮者小山也、原者平原也、執度以度量其高卑廣狹也、一則以居此民而言之、故曰岐陽、陽者朝陽也、山之東南、其氣和靄、人所樂居也、魯頌之所謂至于太王居岐之陽、太王自居之耳、此詩之所謂居岐之陽、文王使民居之、非文王自居之也、魯頌言太王既居岐之陽、則王季之遷程、不過近在岐山之南、與渭水尙遠、至於文王又擴其東方之疆境、得岐山東之朝陽、始東連於渭水、故曰居岐之陽在渭之將、言使密國之民、徙居新地也、其以德服人、疆境日擴如此、宜其爲萬邦之所嚮慕、宜其爲下民之所歸往、故曰萬邦之方、下民之王、與上文以對于天下正相應也、張橫渠謂、密在今寧州、阮在今涇州、橫渠關中人、考據必的、故詩云依其在京、駐兵國都、以作三軍之鎮、侵自阮疆、兵由阮國、以爲行師之道、立文本甚明、下文度其鮮原、不特非密地、併非阮地、不過從本國自爲開拓耳、蓋岐渭本太王時故土、在今鳳翔府岐山縣、於涇寧無涉、非如旣伐于崇作邑于豐、直取崇地以爲豐邑也、鄭以度鮮原居岐陽爲遷都之事、朱傳所謂程邑也、史記無遷程之事、歷觀詩、敘文王豐鎬之遷、而不及程、正義引周書稱文王在程、作程寤程典、皇甫謐云、文王徙宅於程、蓋謂此也、是以度其鮮原、卽爲宅程、此說非也、蓋皇甫氏見紀年有遂遷于程之文、又有諸侯逆西伯歸于程、西伯自程遷于豐之文、似與之合、故誤以爲文王宅程耳、而不知遷程者密人也、宅程者王季也、非文王也、紀年曰、文丁四年、周公季歷伐余無之戎克之、命爲牧師、五年周作程邑、據此知王季作程邑也、季歷旣作之、則文王卽位、已自在程矣、何徙之有乎、召誥曰、王朝步自周、則至于豐、則豐爲有廟都邑可知、有聲篇曰、作邑於豐、則文王作豐而徙居之又可知、文王旣遷豐、豈有又徙程者乎、竹書紀年曰密人降于周師、遂遷于程、據此則知遷程者卽來降之密人也、不曰遷密、而曰遂遷、此正春秋自遷爲文之例也、若文王遷都、則當如王季之書周作程邑冠以周、豈有不冠以周、但云遂遷于程、而謂文王遷乎、然則竹書紀年遂遷于程之文、正宜取之以與詩居岐之陽互相爲證、蓋古者新附之民、必擇其强者、使居近地、成王使殷多士遷于洛邑、是也、此詩但言取密地而未及言安置密人、竹書之文、亦足以補詩之所未及言者也、朱傳曰、所謂程邑、其地於漢爲扶風安陵、今在京兆府咸陽縣、此說非也、方輿紀要曰、西安府、宋爲京兆府、今西安府、西至鳳翔府三百四十里、西北至平涼府六百五十里、咸陽縣在西安府西北五十里、秦本紀、孝公十一年、衞鞅築冀闕於咸陽、徙都之、據此知咸陽在周時必不在王畿之內、蓋孝公之時、東西兩周猶在、不能徙都於周地也、則程豈遠在安陵耶、王季作程、必不出周原百里之間矣、在渭之將、傳云、將側也者、將有左右扶持之義、故訓爲側、又將與牆古通用、公羊成三年經、晉郤克衞孫良夫伐將咎如、穀梁經作伐牆咎如、釋名、輿棺之車、其旁曰牆、似屋牆、是牆爲在旁之名、將與牆音近義同、故將亦爲側、○萬邦之方、鄭箋、方猶鄉也、維鳩方之之方、傳云方則者、爾雅、矩、則、法也、廣雅、椇、方也、椇所以爲方、椇爲法則、知方亦爲則、萬邦之方猶云萬邦爲憲、憲亦法也、則也、廣雅又云、方、正也、正亦所以爲法則也、鄭說爲優、下民之王者、王唯是君字矣、既諧韻、且自後言之、勿泥、此二句與前章以篤以對二句照應、克密是文王征伐之始、故繫是二句、而於克崇之下以無悔無拂終之、

此詩人立意、伐崇作豐、於文王有聲贊述之、

帝謂文王。予懷明德。不大聲以色。不長夏以革。不識不知。順帝之則。懷、歸也、不大聲見於色、革、更也、不以長大有所革、**帝謂文王。詢**

詢爾仇方。同爾兄弟。以爾鉤援。與爾臨衝。以伐崇墉。

仇、匹也。鉤、鉤梯也、所以鉤引上城者。臨、臨車也。衝、衝車也。墉、城也。○詢音荀、鉤古侯反、援音袁、延文本・傳於作乎、有所革下・上城者下・並有也字、

箋曰、七章言帝戒勑文王以伐崇、予、設爲上帝之自稱也、上章帝謂文王、是設爲上帝教戒之詞、此章帝謂文王、則設爲上帝愛念而稱美之詞也、語意不同、予懷明德、卽帝遷之明德也、懷之故遷之、明明曰帝謂文王予懷明德矣、帝遷明德亦指文王說㒸信、蓋不動聲色、不尙威力、正奉行天討之本、故先舉是帝命、以明文王之師、出於不得已也、且爲伐崇之始安安致附之起本、○不大聲以色者、以、與也、儀禮鄉射禮、主人以賓揖注、又各以其耦進注、大射儀揖以耦左還注、竝云、以、與也、聲以色、猶云聲與色也、夏以革、猶云夏與革也、大主聲、下字經文此數語、是爲伐崇張本、猶五章無然畔援數語之爲伐密張本也、然則不大聲與色、謂不大其聲色以加人、卽不陵寡弱也、不長夏以革者、卽不尙刑威也、夏謂夏楚、革謂鞭革、學記夏楚二物、注、夏、榎也、文選廣絕交論、故王丹威子以檟楚、注、禮記曰、夏楚二物收其威也、鄭玄曰、夏、檟也、夏與檟古今字也、據此則夏卽檟也、夏楚之爲扑、固亡論也、鞭从革、則木末垂革者、必有據矣、夏與革皆鞭扑之刑也、吳語、吳晉爭長未成、注云、長、先也、漢書杜欽傳、廢奢長儉、注、長謂崇貴之也、不長者、不以爲先而崇貴之也、此句所謂不用刑罰、下二句卽所謂不作聰明、非果無知識也、○不識不知、順帝之則者、淮南子原道篇、故聖人不以人滑天、不以欲亂情、不謀而

當、不言而信、不慮而得、不爲而成、又脩務篇、性命可悅、不待學問而合於道者、堯舜文王也、高誘注、竝引此詩、則知詩言不識不知、正謂生而知之、無待於識古知今、文王明德、自符合帝則、非懸擬一帝則、欲事事順之也、只隨時應務、自然不拂乎理、便是順。○帝謂文王、重言之者、文王之伐暴討虐、無非仰承天意、所謂天命天討、不啻諄諄然命之也、詢爾仇方、同爾兄弟者、詢協謀也、仇卽公侯好仇之仇、傳訓爲匹、是也、方卽方以類聚之方、仇方卽與國也、同卽同我婦子之同、聚也、先使之詢爾仇方、又使之同爾兄弟、至仇方兄弟詢謀僉同、然後奉辭伐罪、聖人舉事、愼重如此、仇方謂異姓之國、自鄭用怨耦曰仇之訓、而後儒遂以崇侯譖西伯事實之、則文王此舉、乃爲修怨而動、是忿兵、非義兵也、且以此章文義論之、仇方兄弟、共事之人也、鉤援臨衝、皆攻敵之具也、同其詢謀、備其器械、然後以之伐人、詩語本有倫次、若以詢仇爲征伐、則方言伐人、忽及親親之義、既言親親、又說用兵之事、語雜亂無章矣、弟兄毛傳無釋、鄭以兄弟之國說之、亦未得、大諸姬之大封、皆在武王克殷之後、此時安得有同姓之國、蓋所謂兄弟者、言其同姓耳、後漢書伏湛傳、引此作同爾弟兄、言文王受命、征伐五國、必先詢之同姓、然後謀於羣臣、加占著蔡、以定行事、故謀則成、卜則吉、引詩詢爾仇方同爾弟兄爲證、所謂詢之同姓、卽指詩同爾弟兄言也、古音兄讀如荒、正與仇方爲韻、當以後漢書所引爲正、今作兄弟者、後寫誤倒耳。○以爾鉤援、俞樾曰、下句臨衝非一車、則鉤援當亦非一物、蓋皆兵器也、鉤句古字通、兵器曲者謂之句、考工記廬人、句兵欲無彈、鄭注曰、句兵、戈戟屬是也、直者謂之援、考工記冶氏、援四之、鄭司農曰、援、直刃也、是也、晏子春秋雜篇、曲刃鉤之、直兵推之、呂氏春秋知分篇、直兵造胸、句兵鉤頸、古言兵器、必兼曲直、故詩以鉤援竝言、鉤援有曲直之分、臨衝有從上從旁之別、正見古人立言之不苟矣、兪說是也、傳鉤鉤梯也者、正義、鉤援一物、正謂梯也、以梯倚城、相鉤引而上、援卽引也、然墨子備城篇、禽滑釐曰、今之世常所以攻者、臨、鉤、衝、梯、堙、水、穴、突、空洞、蟻附、轒轀、軒車、敢問守此十二者奈何、分鉤與梯爲二、則鉤非卽雲梯明矣、六韜軍用篇、有飛鉤長八寸、鉤芒長四寸、梯長六尺以上、千百二枚、蓋卽此詩之鉤、傳云鉤鉤梯者、謂以鉤鉤梯而上、故又申言之曰、所以鉤引上城者、非謂鉤卽梯也、與爾臨衝者、正義曰、臨者在上臨下之名、衝者從旁衝突之稱、兵書有作臨車衝車之法、墨子有備衝之篇、知臨衝俱是車也、此疏申傳以臨衝爲二、證據甚明、說文、轒・陷陳車也、次之以轈云、兵車高如巢、以望敵也、成十六年左傳、楚子使登巢車以望晉軍、杜注、巢車・車上爲櫓、宣十五年傳、晉使解揚如宋、楚子登諸樓車、杜云、樓車車上望櫓、巢車・樓車、殆卽詩之臨車、故說文以轈次轒◯以伐崇墉、說文、墉、城垣也、以城爲墉者、易之高墉、詩之崇墉、義皆訓城、故良耜傳亦云、墉城也、省作庸、崧高傳庸城也、是城雖墉之一訓、但墉實牆之通名、故行露何以穿我墉、及書既勤垣墉、士冠士昏禮俱汎說牆垣、不指城垣而言、故釋名云、牆、障也、所以自障蔽也、墉、容也、所以蔽隱形容也、崇罪鄭箋第云倡紂爲無道、左傳曰、文王聞崇德亂而伐之、不言崇侯譖文王、崇侯之譖、獨見史記、蓋誕說已、及行賂免羑里之難亦妄傳、朱傳釆之、何也、夫周道大興、天命之人歸之、其征伐也所以順天應人矣、豈容以

忿猒私怨著解哉、又功德顯赫、故四國歸之耳、呂說不形無迹、亦非、

臨衝閑閑。崇墉言言。執訊連連。攸馘安安。是類是禡。是致是附。四方以無侮。閑閑、動搖也、言言、高大也、連連、徐也、攸、所也、馘、獲也、不服者殺而獻其左耳曰馘、於內曰類、於野曰禡、致、致其社稷羣神、附、附其先祖、爲之立後、尊其尊而親其親、**臨衝茀茀。崇墉仡仡。是伐是肆。是絕是忽。四方以無拂。**茀茀、彊盛也、仡仡、猶言言也、肆、疾也、忽、滅也、○訊音信、馘古獲反、禡馬嫁反、茀音弗、仡魚乙反、肆音四、延文本·傳無攸所也三字、卷子本傍注亦云、三字本無、左耳上其字、卷子本傍注云、本無、延文本其親下有焉字、

箋曰、卒章言文王伐崇、以終天命、左僖十九年傳曰、文王聞崇德亂而伐之、軍三旬而不降、退修教而復伐之、因壘而降、襄卅一年傳曰、文王伐崇、再駕而降爲臣、蠻夷帥服、可謂畏之、據此知此詩疊言臨衝閑閑臨衝茀茀、以其再駕也、閑、靜也、習也、楚辭招魂、待君之閑些、注、閑、靜也、文選登徒子好色賦、玉爲人體貌閑麗、注、閑、靜也、駟鐵四馬既閑傳、卷阿既閑且馳箋、閑、習也、據此則閑者靜而習也、言言、傳爲高大、此必當時言有大訓、如爾雅大簫謂之

言、李巡曰、大籥聲大者言言也、此其明證、執訊連連、攸馘安安者、執訊詳小雅出車篇、連連只是相連接不絕耳、馘、斬首也、字從首、聝、斷耳也、字從耳、二字固有相通者、然經傳所稱、皆是首矣、非耳、左傳所載、歷歷可證、且馘每與俘相連、訊、生俘、馘、斬殺、所謂執訊獲醜卽是、安安、不輕暴也、文王伐崇之初、欲其知罪而迎服、故臨車衝車、緩攻徐戰、而崇自恃其城高大、抗戰不肯降、因執其訊言者連連問之、獻其俘馘者安徐俟之也、蓋援人之兵、與攻人之兵、緩急不同、援人之兵、利于迅發、持重則無功、攻人之兵、利于持重、迅發則多危、文王於密侵之、至伐崇則異、是用兵大有機略、○是類是禡者、周禮肆師注、類禮依郊祀而爲之、引大傳曰、柴于上帝、然則類者以類於郊祀而名也、然小宗伯云、四類亦如之、鄭注、四類日月星辰、小宗伯又云、凡天地之大𢦏、類社稷宗廟則爲位、鄭注、類者依其正禮而爲之、是凡祭皆有類、惟類於上帝爲尊耳、馬瑞辰曰、爾雅是類是禡、師祭也、王制、天子將出、類乎上帝、禡於所征之地、說文、禷、以事祭天神、毛蓋以類祭天神、是將出征時事、故曰於內曰類、然此詩是類是禡、承上執訊連連、攸馘安安言之、蓋與禡並祭於所征之地、淮南子本經篇、有不行王道者、乃舉兵而伐之、戮其君、易其黨、封其墓、類其社、高誘注、祭社曰類、以事類祭之也、引詩是類是禡、則高誘以詩是類爲類祭社矣、祭天曰類、祭社亦曰類、此詩類禡竝言、當从淮南子高注、以類爲祭社爲是、不必如毛傳云於內曰類也、馬說得之、禡周禮作貉、亦作貊、餘書皆作禡、禡貉貊三字、文異而義同、王制云禡於所征之地、是禡既至敵地而師祭也、周禮肆師注云、禡祭造軍法者、其神蓋蚩尤、或曰黃帝、蓋者疑詞、或曰者存異說也、朱傳曰、謂祭黃帝及蚩尤、合兩說爲一、以爲竝祭二神、殊失先儒之旨、且祀主黃帝、而竝享蚩尤、亡論貞褻殊類、而生爲仇敵、死共兆位、亦何異拓拔氏之以爾朱榮侑其祖乎、應劭漢書敘傳注曰、禡者馬也、馬者兵之首、故祭其先神、此亦誤矣、馬祭謂之伯、吉日之既伯、是也、既伯既禱、是馬祭、是類是禡、是師祭、爾雅有明文、可溷爲一乎、韻會於禡字注引吉日詩、是溷伯禡爲一祭、殆因應而誤也、○是致是附、馬瑞辰曰、傳以致附與類禡對舉、遂竝以祭神釋之、然祭祀未有專名致者、祔祭先祖、卒哭之祭、其子孫自爲之、亦非師祭也、若以是致是附爲滅崇以後之事、則詩當先下節而後此節、此節已滅國而立後矣、而下節又復言是伐是肆、是絕是忽、文王但再伐崇、未嘗兩滅崇、其誤可知、說文、致、送詣也、送而付之曰致、已克而不取之謂也、襄二十五年左傳、鄭入陳、祝祓社、卽此詩之是類也、又曰、司徒致民、司馬致節、司空致地、卽此詩之是致也、附當讀如拊循之拊、亦通作撫、隱十年左傳曰、吾子其奉許叔以撫柔此民也、卽此詩是附也、臨衝閑閑以下、言其始伐也、臨衝茀茀以下、言其再舉也、惟初伐未遂絕滅之、故類禡之後、惟致其士地人民而已、惟拊循其國而已、至於致之拊之而不知悔、乃復伐而絕滅之耳、○四方以無侮者、文王伐之、雖崇不服而周師退、然而四方諸國、已咸知凶德如崇、天討必加、雖文王不遽滅之、亦祇苟延其命耳、故四方諸國、皆懷德畏威、無有復敢侮慢周者也、○臨衝茀茀、崇墉仡仡者、此再駕之時也、廣雅、茀茀、茂也、茂卽盛也、物盛者必彊、故毛訓爲彊盛也、仡仡者、屹屹之借也、文選魯靈光殿賦張載注、引作崇墉屹屹、後世有屹若山立語、屹有堅固義、上云言言、言其高大、此云屹屹、言其堅固、言崇墉雖高大而堅固、文王兵至而服、無所用之也、敵曰言言、我茀茀、故敵曰仡仡、以見文王之用兵有操縱也、朱傳據書仡仡勇夫、說堅壯貌、不當、○是伐是肆者、伐、奮擊也、肆、犯突也、前段執訊攸馘、則有聲有色矣、然連連安安、則不大聲以色、不長夏與革、後段是伐是肆、如風馳電掣、可謂氣極盛而機極神矣、是絕是忽、爾雅釋詁、忽滅二字竝云盡也、是忽滅二字同義、忽之爲言沒也、故忽訓滅、但詩言伐肆絕忽、語雖平列、意實各句順遞、爾雅釋言、肆、力也、呂覽尊師、疾諷誦、高注、疾、力也、肆疾俱訓力、廣雅、絕、滅也、左氏莊十一年傳、其亡也忽焉、注、忽、速貌、蓋是伐是肆、言其伐之力、是絕是忽、言其滅之速、正義謂忽然而滅、是也、上節方言致附、存其祀也、下節又言絕忽者、兩節本係儷文語、義全在兩以字、以者、已之借也、猶言亦也、言是類是禡是致是附、存其祀、四方亦無有侮之者、是伐是肆是絕是忽、殄其祀、四方亦無有拂之者、極力鋪張、不過言四方無不懷其德、而畏其威耳、古者伐國、取其殘而已、未嘗必殄滅之、崇國至春秋宣公時猶見經傳、爲秦與國、當在雍地、與故崇相去不遠、是崇國既服後嘗爲畿內諸侯矣、蓋崇侯虎身有罪耳、其祖有功、不當絕祀、擇其親賢爲之立後、使得奉其宗廟、存其社稷也、春秋之例、君死曰滅、傳訓忽爲滅者、亦誅其君之詞耳、非絕世滅國之謂也、古豐邑在陝西西安府鄠縣東、即古崇國也、文王靈臺亦在焉、蓋伐崇而遷其人、故得築臺其地、成王滅唐以封唐叔虞、而楚之與國猶有唐侯、知當時亦只是遷之、非復舊國、當小於舊耳、○四方以無拂者、拂、拂逆也、言無拂則非但無侮而已矣、兩四方字、總結章首監觀句、無侮無拂、四方之民至是而莫矣、崇之役文王之所以動天下也、故以是終是篇、乃受之以靈臺、而文王之盛德大業乃備矣、說苑稱、文王伐崇、令毋殺人、毋壞室、毋塡井、毋伐樹木、毋動六畜、有不如令者、死無赦、此可見文王行軍之法、至其當密之侵阮也、則曰王赫斯怒、爰整其旅、以按徂旅、是所當者破矣、崇之不下也則曰是伐是肆、是絕是忽、是所擊者服矣、威德竝行、仁義兼至、此之謂文王之師、若宋襄者、殘虐生民、陵暴小國、一切反文王所爲、及其與強楚交鋒、則又不戹人、不鼓不成列、以自取敗辱、文王之罪人也、公羊乃云、文王之戰、亦不過此、何休謂有似文王伐崇、何其謬邪、

皇矣八章章十二句

箋曰、是詩在正雅最爲長篇、渾渾噩噩、此所謂興國王氣也、篇中說天處最親切、顯然有觀有顧有省、殷然有求、諄然有謂、而總歸結於四方無侮無拂、人心之外無天命、仁政之外無民心也、伐崇之事、其不請於紂、而滅其地以爲己邑也必矣、夫兼弱攻昧、取亂侮亡、商湯之事已在前矣、且西伯戡黎、黎在上黨壺關縣、文王兵勢益遡而東、而祖伊至於奔告、其不請命於紂可知也、蓋聖人之心與天地同體、倘紂一旦改圖、則挈商諸侯以事之、無一毫利天下之心也、惟紂之昏德日甚、而文之臣節不改、所以爲至德、卽武王初年亦弟觀政于商、此聖賢之舉動、非曹操司馬懿所能託也、陳啓源曰、詩書皆言天命文王、不言天命大王王季也、集傳言首二章天命大王、三四章天命王季、誤矣、夫受天命者、縱非赤雀丹書之謂、要必

三分有二、大畏小懷、駸駸乎有一統之勢、方足當之、大王王季有是乎、朱子以首二章爲大王之事、遂以受命旣固爲天命大王、因倂謂天命王季、不知天命二字、非諸侯所敢當也、禮不云乎、惟天子受命於天、

靈臺。民始附也。 箋曰、言天下歸周也、此詩專美文王、以終上三篇、是文王之大成也、胡承珙曰、此篇之序、乃蒙上篇言之、皇矣序云、天監代殷莫若周、故其詩歷言天命、此篇首述民之樂事勸功、竝美其靈德之徧及於鳥獸昆蟲、蓋一則言天與之、一則言人歸之、序云民始附者、謂大雅諸詩、至此始明言民心之歸附耳、郝仲輿曰、詩人作此、以見文王造周功成、雖民心歸附・不自今始、而文王之求寧、今始觀成焉、故序曰民始附也、

文王受命。 箋曰、文王之大雅、終於此篇、故序云受命、與文王序言受命語相首尾、

而民樂其有靈德。 箋曰、文王有靈德、故民以名其臺沼尊之也、文王豈自夸乎、是詩上半所以爲民樂者、全在三靈字上、序所示與孟子吻合、

以及鳥獸昆蟲焉。 箋曰、因靈囿靈沼言之、昆者衆多而蠢動之義也、出夏小正說、可從、曰明也陽也不妥、姜炳璋曰、六州之民、其心附於文也久矣、豈始於靈臺之詩、序云民始附何哉、按有聲之詩曰、旣伐于崇、作邑于豐、夫乃知此詩之序、承上篇伐崇之後也、豐・崇國也、崇侯稔惡、其民習染已久、以文王之師・圍之三旬、嬰城固守、而招附不來、至執訊攸馘之不懼、其怙惡而抗王師、可

勝言哉、滅崇之後、徙都于豐、漸仁摩義、數年之間、民風丕變、靈臺辟廱以次而舉、民樂其樂、不日成之、於是而知崇民之始附也、附者歸也、心悅誠服、如子之樂趨父母也、而臺沼之制度簡樸、便於興作、亦可見矣、豈如後世之齊雲落星、窮土木之力哉、又曰、此言文王之樂、前二章君民相親、鳥獸咸若之樂也、後二章興賢育才、禮樂化行之樂也、文王之樂在庶民耳目中寫出、民之樂卽在文王之樂看出、

神之精明稱靈、四方

經始靈臺。經之營之。庶民攻之。不日成之。

而高曰臺、經、度之也、攻、作也、不日有成也、○度待洛反、

箋曰、蓋作豐而築是臺也、爾雅釋詁、基、始也、釋言、基、經也、經亦始也、是經始同義之證、經始又如書言周公初基、周語言自后稷之始基靖民、韋注、基訓爲始、皆二字同義、毛傳於訓詁靈臺之下・始云經度之也、是以度之釋下經之營之之經、非釋上經始靈臺之經也、毛傳神之精明者稱靈、趙岐孟子注云、謂其臺沼若神靈之所爲、皆與序言文王有靈德不合、惟說苑修文篇云、積恩爲愛、積愛爲仁、積仁爲靈、靈臺之所以爲臺者積仁也、其義與序言靈德正合、廣雅釋詁、靈・善也、書多士丕靈承帝事、多方不克靈承于旅、呂刑苗民弗用靈、皆訓靈爲善、鄘風靈雨既零、箋亦云、靈善也、蓋此詩三言靈、皆以文王德之善言之、靈臺靈囿卽謂善臺善囿、臣民歸美之詞也、固非以速成詫其靈異、亦非以觀象而謂之神靈也、服虔左傳注、天子曰靈臺、諸侯曰觀

臺、自是周制、當文王時、未必有天子諸侯之別、許愼五經異義、又引公羊說天子三、諸侯二、天子有靈臺、以觀天文、有時臺、以觀四時施化、有囿臺、以觀鳥獸魚鼈、諸侯當有時臺囿臺、諸侯卑不得觀天文、無靈臺、案公羊說所謂時臺、卽觀臺也、亦據周制言之、文王時未必有三臺之別、詩言靈臺、而繼以靈沼靈囿、鄭箋又以靈臺卽觀臺、是文王時望氛祲、及苑囿之樂、統於靈臺乎備之、此詩孟子說之詳矣、曰、文王以民力爲臺爲沼、而民歡樂之、謂其臺曰靈臺、謂其沼曰靈沼、樂其有麋鹿魚鼈等語、皆經義也、與他處斷章取義者不同、此臺沼皆遊觀之地、與所謂靈臺觀臺者無涉、此囿亦與百里四十里之囿無涉、詩本美文王之得民、卽一游觀之所、而民之樂事趨公已如此、有臺則必有囿與池、不惟爲之竟其功、且爲之備其物、民情之愛戴、至于如此、末二章言及辟雍鐘鼓者、有以得民、卽有以教民、頌聲於是乎作焉、若曰靈臺所以觀祲象、靈囿靈沼亦何說焉、若曰天子曰靈臺、諸侯曰觀臺、則詩序民樂其有靈德、孟子謂其臺曰靈臺、又何說焉、總之靈臺靈囿靈沼諸靈字、皆當時民人所加、而非文王自名之也、○經之營之者、營、造也、治也、引繩標其區處、是經也、運木搬土石、及功斲構成、皆營也、○庶民攻之、庶民者衆辭也、攻、治也、甘誓左不攻于左、傳、攻、治也、考工記總目、凡攻木之工七、注、攻、治也、不日成之者、毛意蓋言不一日而已有成、似神靈爲之、文選東京賦、經始勿亟、成之不日、薛注、不用一日卽成之、義本毛傳、至賈誼引此詩而釋之曰、弗期而成、趙岐孟子注云、不與之相期日限、自來成之也、韋昭注國語云、不課程以時日、均與鄭箋合、王風君子于役、不日不月、彼言不日不月者言其久、此言不日者言其速、言其成也、不以日計也、皆以不日爲不立期限、而以成之爲有成功、以見其成之速也、古者工必計日、宣十一年左傳、蔿艾獵城沂、量功命日、昭二十三年士彌牟營成周、量事期、皆於事前預立期日、文王使民不勞、不急急于求成、未嘗限日、而民樂趨之、故曰不日成之、鄭說極細穩切事、今從之、嚴緝不日不多日也、以邶風不日有曀例之、亦通、

經始勿亟。庶民子來。王在靈囿。麀鹿攸伏。

囿所以域養禽獸也、天子百里、諸侯四十里、靈囿言靈道行於囿也、麀鹿牝也、○亟居力反、囿音又、麀音憂、傳鹿字摺本無、

箋曰、經始勿亟者、承不日成之句、庶民子來者、承庶民攻之句、此又追溯經始之時、言文王經始之時、本戒令勿急促勞民、然庶民競勸、如子趣父事、雲集疾作、故成之如此其速也、蔣悌生曰、文王德澤之在人心、蓋已久積於未作靈臺之前、而庶民之趨事勸功、特形於經始靈臺之日、文王視民如傷之仁、又發於經始勿亟之辭、而庶民親戴父母之心、尤有出於通力竭作之外、豈惟庶民以文王之心爲心、而文王實能以庶民之心爲心也、○王在靈囿者、序云、文王受命、而民樂其有靈德、以及鳥獸昆蟲焉、是三靈之名、皆以文王之靈德被之、非沼囿蒙靈臺之靈而名也、蓋靈德因築臺而見、故先言靈臺、中推及沼囿、而末又歸于辟雍耳、馬瑞辰曰、說文、囿、苑有垣也、一曰養禽獸曰囿、古者囿蓋有二、一是田獵之處、一是宴游之所、雖同是養禽獸、而地

之大小不同、田獵之囿即藪澤、周官職方氏豫州其澤藪曰圃田、白虎通苑囿在東方、引詩東有圃草是也、春秋成十八年築鹿囿、公羊何休注、天子囿方百里、公侯十里、伯七里、子男五里、皆取一也、又天官閽人疏引白虎通云、天子百里、大國四十里、次國三十里、小國二十里、孟子文王囿方七十里、齊囿方四十里、所謂囿皆藪澤、以供田獵也、周官囿人掌囿游之獸禁、鄭注、囿、游囿之離宮小苑觀處也、趙岐孟子注、雪宮離宮之名、宮有苑囿臺沼之飾、禽獸之樂、所謂囿皆養禽獸以供玩遊也、此詩靈囿與臺沼、並言其爲玩游之囿無疑、毛傳乃以百里四十里之囿當之、失其義矣、○麀鹿攸伏者鹿牡麌・牝麀、言麀取其孕育也、鹿易驚易逸、伏言安其所處不驚擾也、或曰、伏謂體伏而生子也、樂記云、羽者嫗伏、毛者孕鬻、此說亦通、臺也囿也沼也、皆不日而成、文王不暴天物、遊于囿則牝鹿伏息、牸任繁殖、民樂其德及鳥獸、此靈囿之所以爲靈也、麀鹿攸伏、文王所樂也、然民稱其囿曰靈囿、民之樂自見、是詩之巧也、

麀鹿濯濯。白鳥翯翯。 濯濯・娛遊也、翯翯・肥澤也、 **王在靈沼。於牣魚躍。** 沼、池也、靈沼言靈道行於沼也、牣、滿也、○濯直角反、翯戸角反、於、烏、下同、牣音刃、

箋曰、嶅高鉤膺濯濯、傳、濯濯・光明也、廣雅、濯濯・肥也、漢書司馬相如傳、濯濯之麟、集注引文穎濯濯肥也、師古引詩證之、朱傳訓濯濯爲肥澤、本此、凡物

肥則澤潤、崧高傳高明、亦由澤字義引申而出也、此傳訓濯濯爲娛遊者、自是與翯翯肥澤互文見義、娛樂遊戲、亦由肥澤故也、鄭箋以鳥獸肥盛喜樂總言之、正申傳兩句互足之義也、趙注孟子云、獸肥飽則濯濯、鳥肥飽則鶴鶴而澤好、此以肥飽爲濯濯之由、非卽以濯濯爲肥飽也、○白鳥翯翯、說文、翯、鳥白肥澤貌、案字從羽、故爲鳥之潔白、傳不言潔白者、以經文明言白鳥矣、孟子引作鶴鶴、賈誼新書引作皜皜、並同聲假借字、當以毛詩作翯翯爲正字、○王在靈沼、沼者池之別名、圓曰池、曲曰沼、於牣魚躍者、魚滿而躍於水也、於、歎美辭、王在靈囿、王在靈沼、俱從庶民心目中想像出來、山川生色、魚鳥親人、王心之豫順、無非民心之歸往、文王之所以得民者如此、文王之所以教民者、可想而知、故下二章緊接辟雍鐘鼓、

虡業維樅。賁鼓維鏞。於論鼓鐘。於樂辟廱。 植者曰虡、横者曰栒、業、大版也、樅、崇牙也、賁、大鼓也、鏞、大鐘也、論、思也、水旋丘如璧曰辟廱、所以節觀者、○虡音巨、樅七凶反、賁符云反、鏞音容、於音烏、下同、論音倫、下同、樂音洛、辟音璧、植特職反、栒旬尹反、傳崇字延文本作樅、璧曰二字、卷子本傍注云本無、廱下所字摺本無、者字延文本無、

箋曰、蓋既作豐而起靈臺作辟廱也、下半二章、有王道文明大化滂流之氣象、首句是懸樂之具、次句是統樂之音、釋名、虡、舉也、在旁舉筍也、虡爲縣鐘磬兩旁之植木、鐘磬皆編縣之、鐘一虡、磬一虡、每虡十六枚、考工記、梓人爲筍虡、臝屬以爲鐘虡、羽屬以爲磬虡、鄭注、臝者謂虎豹貔螭、爲獸淺毛者之

屬、羽、鳥屬、說文云、虡、鐘鼓之柎也、柎、其下足、西京賦、洪鐘萬鈞、猛虡趪趪、負筍業而餘怒、乃奮翅而騰驤、薛注、當筍下爲兩飛獸以背負、是虡以負筍之證、而毛云植者曰虡、蓋虡以猛獸之形爲柎足、夾於兩旁、卽就其身爲植柱、上設橫筍、許自其在下者言之曰柎、毛連其植柱言之曰植者也、栒周禮作筍、禮記作簨、爲樂縣上橫者之名、梓人鱗屬以爲筍、鄭注、鱗、龍蛇之屬、明堂位、夏后氏之龍簨虡、注云、橫曰簨、飾之以鱗屬、正義云、懸鐘磬者、兩端有植木、其上有橫木、謂植立者爲虡、謂橫牽者爲栒、栒上加之大版爲之飾、據此知虡業猶言栒虡也、業者在栒上、故帶栒而言、非特舉業而遺栒也、樅蓋懸鐘鼓之牙、用木爲之、有瞽傳、崇牙・上飾、卷然可以縣也、此傳云樅崇牙者、讀樅爲崇牙之崇也、正義以爲崇牙之狀樅樅然、非傳指矣、又業爲大版、周禮樂正司業、謂樂官之長司主此業版也、書版亦謂之業、故管子宙合篇曰、脩業不息版、曲禮請業則起、謂持版以問也、後乃通以篇卷爲業耳、○賁鼓維鏞、釋文、賁符云反、字亦作鼖、周禮鼓人以鼖鼓鼓軍事、注、大鼓謂之鼖、鼖鼓長八尺、吳樹聲曰、案作鼖者、皆訓爲大鼓、以鼓軍事者、經文作賁、易序卦傳、賁者飾也、又易賁卦釋文、引王肅注賁有文飾黃白色、據此則賁鼓者鼓之有文飾者也、鼓人之鼖鼓、以鼓軍事、取其大、靈臺之賁鼓、以修文教、重在飾、取義不同矣、吳說可從、爾雅、大鐘謂之鏞、儀禮周禮・及春秋內外傳・皆謂之鎛、或作鏄、奏樂擊大鐘以應鐘磬、鐘磬編縣、鎛特縣、○於論鼓鐘、於・歎美辭也、鄭箋、論之言、倫也、古論字與倫通、王制云、凡制五刑、必卽天論、疏云、謂就天之倫理、釋文云、論者倫理也、皆以論爲倫、公食大夫禮、雍人倫膚七、注、今文倫或作論、是論倫古通用之證、傳云論思也者、蓋以論爲侖之叚借、思猶角有觵理之觵、與理同義、鼓與鐘合其思理、書所謂無相奪倫、樂記所謂論倫無患也、言於哉倫其有鐘鼓、於哉樂其有辟廱、教化不能明言、但言其鐘鼓辟廱、而人皆想念之、其所以教民者、於此可以想見、宋子建曰、作樂者高下相制、有君臣之倫、前後相續、有父子之倫、倡和相應、有兄弟之倫、從律不奸、成文不亂、有夫婦之倫朋友之倫、一摶拊中如覩惇庸秩敘、於倫字悟禮樂之合、秦對巖曰、蘇子由據莊子文王有辟廱之樂、遂以辟廱爲樂名曰論講也、因民之樂、而講求鐘鼓之度、以作辟廱之樂、何楷曰、周禮大司樂舞六代之樂、無所謂辟雍者、不足信也、○於樂辟廱者、辟廱·大學也、古人立學、以樂爲主、虞之典樂、夏殷之樂正、周之大司樂、皆學職也、文王、肆樂於辟廱、虡業崇牙既設、鐘鼓咸備、鼓之考之、無相奪倫、故歎美而言辟廱之可樂也、文王繼靈臺以作辟廱、詩但言其既成之後、王親視學、樂官合樂之事、而教國子亦在其中、辟讀爲璧、故傳云水旋丘如璧也、璧體圓而內有孔、此水亦圓而內有地、猶如璧然、土之高處曰丘、以水繞丘、所以節約觀者令在外而觀也、辟廱古無此名、其制蓋始於文王、周有天下、遂定以爲天子之制、魏源曰、周官一書惟言成均瞽宗、不及辟廱、孟子陳三代學制、亦不及之者何、大戴禮又謂、明堂外水爲辟廱、漢儒因以三靈辟廱明堂爲一處、夫明堂朝諸侯、在東都、去豐鎬辟廱甚遠、且雅頌又止有辟廱無明堂、而謂與三靈同處者何、曰、有文王豐都之制、有武王鎬京之制、有成王周公營洛之制、三者不可合一、文王靈臺爲囿沼於臺下、而其詩及於論鼓鐘、於樂辟廱、則辟廱與三靈同在郊明矣。此文王豐都之辟廱，與三靈同處，凡治岐之王政，皆於是中行之。武王有天下，卜宅鎬京，在豐東南二十五里，更建辟廱於國中，爲大學。祭義所謂祀乎明堂以教孝，食三老五更于太學以教弟，是也。凡武王治鎬之大政，皆鎬京辟廱行之，故辟廱成而東西南北無思不服，蓋兩辟廱者，文武治天下之大本也。然則言辟廱與三靈同處者，可以言文王豐邑之制，而不可以言武王鎬京之制，尤不可以言周禮東都成均之制。文王受命之初，地狹制儉，辟廱外別無明堂，武王雖以明堂別祀文王，而其辟廱亦未備四代之制，至周公制禮樂建成均，則太學居中，東序在東，瞽宗在西，上庠在北，辟廱之宮在其南，四代之學備焉，而明堂以朝諸侯，以宗祀，又在其外，而倘謂與三靈同處乎。至靈臺詩義，韓詩傳謂文王之德，上及飛鳥，下及魚鼈，則靈囿靈沼與民同樂也。是時文王九十有六矣，辟廱成而多士濟濟，故曰周王壽考，遐不作人，若周禮孟子，皆據成周學校之制爲言，固不可以釋文王之詩也。胡承珙曰，此詩言作樂，傳言水旋邱以節觀者，是辟廱在文王時已爲合樂行禮之地，但其時未嘗定爲天子之大學，至武王有天下，及周公制禮以後，始別諸侯爲泮宮，不得同於天子，而辟廱行禮之事愈備，如五經異義引韓詩說辟廱所以教天下春射秋饗尊事三老五更，鄭氏據王制天子出征，執有罪反，釋奠於學以訊馘告，合之魯頌在泮獻囚，知辟廱同義，卽如古器銘·宰辟父敦王在辟宮冊，周彪敦王在雝位，格廟冊彪，是辟廱又有冊命之事，凡皆周家彌文之制，而推其原始，卽歸之文王之善道亦無不可，魏胡二說是也。至盧植蔡邕潁子容賈逵服虔諸儒，皆合以爲一，袁準論之曰、明堂者、大朝諸侯講禮之處、宗廟、享鬼神歲覲之宮、辟廱、大射養孤之所、大學、衆學之居、靈臺、望氣之觀、各有所爲、非一體也、月令有王居明堂之禮、若宗廟同處、則死生參並、可乎、大射之禮、天子大侯九十步、而辟廱處其中、今未知辟廱廣狹之數、但兩旁二九十八、加之辟廱、則徑三百步、決非宗廟中所能容矣、穎子容釋春秋、以公既視朔、遂登觀臺、以其言遂、故謂之同處、不知遂者遂事之名、不必同處也、況明堂惟天子有之、而宗廟非獨王者有、齊宣王問孟子毀明堂、而孟子對之云云、夫說諸侯而教毀宗廟、爲人君而疑於可毀與否、淺丈夫未有是也、準之此論甚當、但析辟廱大學爲二、未免一失、戴震歷引史傳及古銘識單言辟單言廱者、概以爲池澤、其曰辟上宮雝上宮、則以名池名澤、而作宮其上、此詩三靈與辟廱連稱、意是文王離宮、間燕則遊止肄樂於此、是以詩爲述文王游觀之事、果然、何以列於大雅、且一離宮耳、而文王有聲之詠鎬京辟廱、至以爲西東南北、無思不服、不太侈乎、魯頌之作泮宮、又何津津樂道之不已也、戴說謬甚、辟廱說、互具于文王有聲篇、

於論鼓鐘。於樂辟廱。鼉鼓逢逢。矇瞍奏公。

鼉、魚屬、逢逢、和也、有眸子而無見曰矇、無眸子曰瞍、公、事也、○鼉徒何反、矇音蒙、瞍蘇口反、延文本、傳屬下有也字、

箋曰、鼉、說文、水蟲也、陸疏云、形似蜥蜴四足、長丈餘、甲如鎧、其皮堅厚宜冒鼓、此鼉鼓卽蒙上賁鼓言之、賁鼓之面、其革用鼉皮也、顧命、大貝鼖鼓在西

房、書之鼖鼓、卽靈臺之賁鼓、以其制異、故與大貝共爲宗器、陳之以華國、月令、季夏命漁人取鼉、注、鼉皮又可以冒鼓、呂覽淮南注同、皆本詩而言、其實鼉皮爲鼓・文王偶用之、非常制耳、釋文、逢、埤蒼云、鼓聲也、字作韸、○矇瞍奏公者、古者樂師皆以瞽者爲之、以其善聽而審於音也、孟子離婁篇、莫良於眸子、趙注、眸子・目瞳子也、韓詩薛君曰、無眸子曰瞍、眸子具而無見曰矇、與毛意正相反、蓋二字亦不甚相異、說詩者以意爲分別耳、公訓事、謂卽瞽矇所掌播鼗柷敔塤簫管弦歌之事也、史記屈原傳集解、呂覽達鬱篇高注、引詩並作奏功、儀禮鄉飮酒疏、楚辭九章注、引詩作奏工、公功工三字、古同聲通用、小雅六月以奏膚公、毛傳、公、功也、穀梁宣十二年傳、功、事也、是知傳訓公爲事者、謂公爲功耳、古者敎人、必以聲音之道、感其性情、使聞乎優柔和平之韻、而志氣得調焉、非專以此鳴樂也、此云於樂、蓋指教育人才說、所云有德有造、全在乎此、

靈臺五章章四句

箋曰、朱傳作四章二章章六句二章章四句、與毛鄭五章章四句異、呂氏據楚語椒舉引詩止於麀鹿攸伏、正全舉前二章之文、斷從舊章句、是矣、然朱傳所分、文義最協、但當以韻定之耳、顧氏詩本音、以每章一韻仍依毛鄭、嚴氏質疑亦曰、第二章平去入通韻、正是每章一韻、不必以一韻分兩章、此足爲據、若專以詩爲分章之證、則新書引此自首至庶民子來、又自王在靈囿、至於牣魚躍、與朱傳合矣、

下武。繼文也。箋曰、言繼文德也、繼文繼伐、是武王之大雅也、以終文王之什、繼文與文王有聲序言繼伐、相對成文、繼伐爲繼武功、則繼文爲繼文德、詩中世德作求、應侯順德、皆尙文德之事、箋以繼文爲繼文王、失之、詩言三后在天、王配于京、是言武王上配三后、不言獨繼文王、

武王有聖德。復受天命。箋曰、武王未受命、言爲天子也、受前序文王受命、故曰復、卷子本傍注云、本無天字、延文本亦無、

能昭先人之功焉。箋曰、是篇專美武王、猶文王之有棫樸靈臺、胡承珙曰、蘇傳呂解訓武爲迹、言先王既歿、其迹在下不絕、然此詩重在後人能繼、不重在先迹不絕、若但云先迹在下、則禹湯既歿、亦非無先迹之留遺、何以獨曰維周乎、呂記訓下爲繼、以武爲武功、下之爲繼、古無其訓、武爲武功、於經序皆不協、全詩本無一言及於武事、況序明言繼文、下篇繼伐、乃指武功耳、華谷岷隱以下武爲不尙武、則稽古編駮之、謂周樂名武、頌篇亦名武、受命則曰武功、伐紂則曰我武、周未嘗諱言武也、且詩頌武王、而首云以武爲下、無是理矣、集傳以下義未詳、而又引或說、謂下當作文、但文王既列三后之中、武王特著配京之語、而首句乃於三后中單稱文王、又兼及武王、文義複亂無次、姜氏廣義曰、謂武王繼先王之文德也、下篇曰繼伐、武王繼文王之武功也、武王之武功無競維烈、而文德似不及三后、故此曰繼文、言與三后克配也、文王之文德、萬邦作孚、而武功或歉於武王、故下篇曰繼伐、言武王之伐、本之文王也、逸齊云、言文德則非文王所得而專、言武功

則非大王王季所得而
與、詩人之言、豈苟然哉、

下武維周。世有哲王。武、繼也、**三后在天。王配于京。**三后、大王王季文王也、王、武王也、

箋曰、首章美武王能纘大王王季文王之緒而有天下也、下武猶降武言天降祚胤也、方與世有哲王文義相連貫、宋世家、天篤下菑、孔叢子天爲之下嘉穀、下猶降也、爾雅釋詁云、武・繼也、釋訓云迹也、兩訓義本相成、武既爲迹、繼則由迹引申之義、周語云、不過步武尺寸之間、韋注、六尺爲步、賈君以半步爲武、又冠卷亦曰武、故玉藻云、縞冠玄武、鄭注、武、冠卷也、古者冠卷殊矣、然則步之有武、所以繼步也、冠之有卷、亦所以繼冠矣、毛於此祖武、生民之帝武、頌之嗣武皆訓迹、獨於下武訓繼者、殆以經言下武不可謂後世之迹、故從繼訓、○三后在天王配于京者、三后蒙上世有哲王句也、繼文王者復有武王、故王爲武王、京・鎬京也、武王脩明德於下地、以能配其在天之神、而罔時恫也、每章美武王奉先思孝、

王配于京。世德作求。永言配命。成王之孚。

箋曰、世德、世其德也、世祿世官之世、作求猶營求也、康誥其維殷先哲王、德用康乂民作求、言武王唯世其德之營求也、世德作求、爲全詩之綱、求字便

是永思處、惟世德作求、故永言孝思、周公思兼三王以施四事、亦是心也、○永言配命成王之孚者、上章王配于京、是以下而對乎上之辭、是章永言配命、是以人而合乎天之辭、配三后卽所以配命也、王者之德著于人而可信者謂之孚、成王之孚、猶書作周孚先之孚、所謂天下信之、無思不服也、

成王之孚。下土之式。 式、法也、 **永言孝思。孝思維則。** 則其先人也、

箋曰、武王能成王之孚、故下國之人皆式之也、下土之式、與萬邦爲憲、百辟其刑、句義相同、下土者對在天而言、○永言孝思孝思維則者、孝思倒語、書曰、奉先思孝、是也、則亦法也、武王朝夕唯思所以孝事先王、其唯思孝、是以有則也、自人法之言曰式、自我可法言曰則、孝是百行之本、本立而道生、無所適而不爲則焉、其唯有則、故下土式之也、武王之孝、可爲天下之法、此所以爲達孝、孝經德教加于百姓刑于四海、此天子之孝、是也、至此忽出孝思字妙、孝以思而活、師其意則可以隨世善後、周公成文武之德、得力亦只在一仰思、毛釋維則爲則先人亦通、雖本文無先人、未免添出、通章以王配于京爲主、配、配三王也、則三王卽所以配三王、語有根據、與他處泛然添出者不同、

媚茲一人。應侯順德。 一人、天子也、應、當、侯、維也、 **永言孝思。昭哉嗣**

服。○延文本·傳當下有也字、

箋曰、媚愛也、猶百辟卿士媚于天子、只一字寫愛戴入微、正與順德脗合、一人指武王、傳不言武王而變言天子者、以武王受天命爲天子也、應猶德正應和、侯猶伊也、爾雅釋詁、伊維侯也、是侯訓伊、又訓維、伊維侯俱語詞也、順德卽孝、事關至性、故下土式之、愛茲武王、應是順德、而儀刑之也、應順德猶羣黎百姓徧爲爾德、所謂德教加於百姓刑於四海也、故曰昭哉、下武六章、下章都疊上章一句說、獨四章不然者、蓋承上二章三章兩章而言、武王旣能成王者之信、又能使天下以其孝爲法、故天下之人皆愛戴武王、而所以應之、維是順德、至此然後再疊上章一句永言孝思說起、而又言周道四達、顯哉其繼先王之事也、夫繼先王之事卽是世德作求、世德作求、昭哉嗣服、又皆是孝、上以孝感、下以順德應、尤非一朝一夕暫行復輟者之所能致也、

嗣服對求德言、求德是繼志、嗣服是述事、

昭茲來許。繩其祖武。許·進、繩·戒、武·迹也、於萬斯年。受天之祜。

○延文本·傳進下戒下並有也字、

箋曰、朱子謂、昭茲漢碑作昭哉、茲哉古同聲通用、劉昭注續漢書祭祀志引謝沈書作昭哉來御是也、此篇每章首尾疊句相承、與文王篇相近、上章昭

哉嗣服、此卽疊上昭哉爲詞、當從漢碑作哉爲是、來許二字、只是語助、莊子大宗師子桑戸死、孟子反子琴張相和而歌曰、嗟來桑戸乎、嗟來桑戸乎、嗟來猶嗟乎也、孟子離婁盍歸乎來、莊子人間世嘗以語我來、又曰、子其有以語我來、來字皆語助、小雅伐木篇伐木許許、說文作伐木所所、文選謝元暉在郡臥病詩、良辰竟何許、注、許猶所也、據此則許爲所之借字、卽多歷年所之所、亦無意義、繩其祖武與上嗣服同意、仍是疊上章末句之詞、特易字以協下韻、或曰、許御聲義同、故通用、猶文九年公羊傳、許夷狄者不一而足、隱二年左傳杜注引許作禦也、廣雅許御竝訓進、來許猶言來者、正指武王也、對往世故曰來、此說未善、繩之言承也、繩承聲近古通用、抑詩子孫繩繩、韓詩外傳引作承承、是也、繩其祖武卽謂承其祖武、祖武兼三后言之、傳箋竝訓繩爲戒、雖本古義、近迂、於萬斯年、乃祝願之辭也、於、歎美詞、言自今以往至于萬年受天之福無有紀極矣、

受天之祜。四方來賀。於萬斯年。不遐有佐。 遠夷來佐也、

箋曰、賀・朝賀也、四方來賀、所謂四海之內、悉至悉臣、莫敢不來享、莫敢不來王也、不遐有佐者、不遐卽遐不之倒文、凡詩言遐不者、遐胡一聲之轉、猶云胡不也、佐、助也、萬邦黎獻、翕然鼎來、所謂多助之至、天下順之也、傳謂遠夷來佐、經文無遠夷字、傳訓添設、且自來王朝輔佐、未見有求之遠夷者、正義引西旅巢伯肅愼、韓詩外傳亦載越裳氏事、特來享王而已、不可以言佐也、是詩以萬斯年祝之、明是武王存日作也、周公願武王延年、金縢明明、萬斯

年再出、亦是周公至誠之發也、

下武六章章四句

箋曰、中庸言武王纘大王王季文王之緒、身不失天下之顯名、而此詩言武王得天下、亦言其配三后之德、故中庸言達孝、而此詩言其孝思、中庸言孝者善繼志述事、而此詩言孝、曰求德嗣服、其旨一也、讀此詩、要見今日之天下、皆我世德之自有、而我之征伐、實有所不得已、略無功蓋前人、威加海內之意、爲天下之大、莫加於孝思敬承之心、此周室歷命鞏固之本、足爲法於天下後世者矣、

文王有聲。繼伐也。

箋曰、伐、文王征伐也、繼文德、繼武功、武王之事畢矣、

武王能廣文王之聲。卒其伐功也。

箋曰、卒其伐功、非止言牧野止戈而已、文王伐崇作豐、武王又廣文王之聲、如下半四章所陳、是以文王征伐之功大成也、呂記曰、序言武王繼伐、而此詩未嘗一及征伐之功何邪、定都而無思不服、創業而詒厥孫謀、固非大告武成之前所能致也、詩人之意、蓋有本末具載、精粗兼舉者矣、亦有言其事、而略其意者矣、不可以一體求也、趙佑曰、有聲八章、半謚半否、特作者之變文、別無異義、而先後參互者、文王殁而後王者也、故先表其人而後正其爲王后以大之、武王及身而王者也、故先正其爲皇王、而後表其人以實之、

詒謀燕翼猶是求寧觀成之心、宅是鎬京猶是作邑于豐之意、作豐諸侯時事也、故言城淢以見其盛大、宅鎬天子時事也、故言西東南北以見其無外、兩言四方攸同、前之攸同、以終遷豐之盛、後之攸同、以起遷鎬之由、皆兩兩相對看、序所謂繼伐者如此、延文本、功下無也字、

文王有聲。遹駿有聲。遹求厥寧。遹觀厥成。文王烝哉。烝、君也、○遹尹橘反、烝之承反、

箋曰、首二句一氣趕下、逼出文王之心、疊用有聲、奇勁有態、聲、仁聲令聞也、孔子閒居曰、三代之王、必先其令聞、是爲有聲矣、詩中聿曰遹三字互用、爲發語詞、故遹追來孝、禮器作聿追來孝、又通作欥、遹求厥寧、說文引作欥求厥寧、云、欥、詮詞也、从欠从曰、漢書幽通賦、欥中和爲庶幾兮、文選本作聿、蓋作欥爲正字、曰卽欥之省、聿遹皆同聲假借、說文云詮詞者、承上文所發端、詮而釋之也、箋訓遹爲述、義本釋言、案之詩文近迂曲、駿、大也、○遹求厥寧者、求民之寧也、時當毒痛、寧之實難、一求字說盡如傷心事、文王在書稱寧王、又稱寧人、蓋以其道務在安民而已、是以視民如傷、遹觀厥成者、觀卽觀國之光之觀、成言功成而大平也、我客戾止、永觀厥成、允矣君子、展也大成、參互明了、○文王烝哉者、贊頌之詞、傳云烝君也者、蓋烝衆也、言能合衆而長之也、荀子君羣也、義似相符、猶如師旅之長、直謂之師旅、釋文引韓詩云、烝、美也、美與君義亦近、凡臣子於君父以美大之詞言之、故皇謂之大、亦謂

之美、亦謂之君、烝謂之衆、亦謂之美、亦謂之君、是詩各章以烝哉結、末不用韻、亦變體矣、

文王受命。有此武功。既伐于崇。作邑于豐。文王烝哉。

箋曰、皇矣詩以伐密伐崇繫之帝命矣、受命統言人心歸•卽天意從耳、後四章於武王不言受命者、言天已命文王、武王但繼之耳、不須更命也、○既伐于崇作邑于豐者、作豐是皇矣所不言、而是詩專主作豐而美之、武功非獨伐崇而已、所伐邗者密須混夷之屬皆是也、別言伐崇者、以其功最大其伐最後、故特言之、爲作邑張本、言功成乃作邑也、

築城伊淢。作豐伊匹。匪棘其欲。遹追來孝。

淢、成溝也、匹、配也、

后、君也、○淢況域反、延文本•傳成作城、

王后烝哉。

箋曰、築城伊淢、謂築城及鑿湟也、釋文、成間有淢、字又作洫、是淢洫古通用之證、考工記匠人、成間廣八尺、深八尺、謂之洫、此洫之本義也、引申之、城之池亦謂之洫、古者有城必有池、孟子城非不高也、池非不深也、說文、城有水曰池、城無水曰隍、是也、文選西京賦、經城洫、薛綜注、洫、城池也、池亦稱溝、魏

毛詩會箋

都賦、於是崇墉濬洫、劉注、洫、城溝也、虞翻易注、城下溝無水稱隍、有水稱池、是也、據此則淢卽洫、城外之池也、言築城及池、不言鑿者、築城與鑿池本屬一事、卽以池中所出之土築城、池愈深而城愈高、故曰築城伊淢、古人言簡而意該若此、傳成溝成當爲城字之壞、延文本作城溝、城溝猶城池耳、鄭意蓋謂城之有洫猶成間之有洫、遂舉成洫以明之、非謂詩所言卽成間之洫也、○作豐伊匹者、匹謂邑與城相稱也、築斯城鑿斯濠、而邑配其城、蓋皆謂其廣大、文王克崇、六州爲臣、蠻夷帥服、程邑不足以受之、故新營豐、其規模廣大、非復程邑之比也、以起下句、朱傳謂因舊溝爲限而築之、其作邑居亦稱其城而不侈大、殊誤、若非廣大、居舊京可也、何必改作、亦何見孝意哉、蓋國勢昌熾、民物富庶、於是築城作邑、美大改觀、所以成先人之志、故來孝云爾、匪棘其欲、亦因美而言也、若非美大、何有棘欲之嫌、下章亦何得伊濯之語、鄭箋云、築豐邑之城、大小適與成偶、大於諸侯、小於天子之制、蓋謂文王城十里、與方十里爲成同、正義言、鄭君於城制凡兩解、一爲天子城方九里、據匠人營國方九里爲天子制也、一爲天子城方十二里、據典命國家宮室、以命數爲節、公之城方九里、侯伯方七里、子男五里也、顧廣譽曰、孔氏廣森公羊通義謂、周禮城郭、以命數爲節、公九里、侯伯七里、子男五里者、皆謂外城、孟子言三里之城、七里之郭、乃侯伯之正制、天子外城十有二里、而考工記云匠人營國方九里者、以公之外城爲其中城也、其說有理、然則詩言築城伊淢、作豐伊匹、其亦謂外城也、惟爲外城之制、故雖加廣於岐程、及武既有天下、仍不足以容人衆、鎬邑之定京、殆由此耳、陳氏啓源引周書作雒解乃作大邑成周於土中、城方千六百二十丈、以爲正合天子方九里之制、計方里爲方三百步、每步六尺、方里爲方百八十丈、九里爲方千六百二十丈也、以是斷匠人注說爲長、此大非也、周書文多譌謬、未易援以爲據、就令可信、或第以一面言、而未以四方言、典命注、國家之所居、謂城方也、此箋亦當言其四方、方氏考工記析疑謂、方九里以徑言、其週圍則三十里、積八十一里、引李光墺曰、下文宮隅之制、以爲諸侯之城制、可證此言王城四方各九里也、孔氏公羊通義亦謂、九里之城、其積八十一里、七里之城、其積四十九里、五里之城、其積二十五里、三里之城、其積九里、竝據開方法、覈實言之、最不可易、凡經傳所云九里七里五里三里者、固如此、○匪棘其欲者、棘、急也、禮器引作匪革其猶、注、革急也、棘革古同音通用、論語棘子成、漢書古今人表作革子成、是其證也、欲猶古字通、周禮小行人其悖逆暴亂作慝、猶犯令者爲一書、大戴朝事篇猶作欲、欲猶爲雙聲、古人有以疊韻字相通者、有以雙聲字相通者、總由古人以口授經、往往以疊韻雙聲之字筆之於册、治經者又墨守其師傳、而不敢輕易一字、此毛與三家之詩所以異也、公穀三傳之異同、與經傳之援引詩書古語、往往互異、皆由於此、其口傳耳受之所以異者、或因時代之不同、或因方言之互異、不明乎疊韻雙聲之故、經語有不能通者矣、如此詩之匪棘其欲、自當據禮記所引作匪革其猶、方爲有韻、○遹追來孝者、言作如是大邑者、非急其所欲也、至此天下幾於寧而可觀厥成矣、乃繼志述事之大者、故曰遹追來孝、追是追而及之之意、遹追來孝、猶言追孝於前人也、遹、發聲、來、語助、第一字發聲、第三字語助、此其句例、○王后烝哉者、傳訓烝爲君、又訓后爲君、國語爲君必君、論語信如君不君、皆上君字實、下君虛、與此同、是詩上四章言文王也、內則后王命冢宰、說命后王君公、周頌允王維后、皆天子之稱也、或云王追稱、后本稱、誤矣、皇王后皆君也、見爾雅釋詁、每章以單句結之、有贊美不盡之意、八章四變、前四章先言文王、而後言王后、後四章先言皇王、而後言武王、文雖變而贊美之意則同、非有優劣也、

王公伊濯。維豐之垣。四方攸同。王后維翰。濯、大、翰、榦也、**王后烝哉。**○濯直角反、延文本、傳大下有也字、

箋曰、公功古同聲通用、與矇瞍奏公之公義相同、而事隨人有不同、方言、濯、大也、荊吳揚甌之間曰濯、王功伊大、猶王猶允塞、言旣作大邑、而所以靖內馭外、其猷盛大無所不盡、是以身爲豐之藩屏也、猶大師維垣、大宗維翰、垣牆也、豐古酆字、說文、酆周文王所都、在京兆杜陵西南、昭四年左傳、康有酆宮之朝、括地志云、鄠縣東二十五里、有文王酆宮、漢杜陵故城在今陝西西安府東南、而酆乃在杜陵之西南、其西漢鄠縣地、今西安府鄠縣東五里有古酆城、灃水又在酆城東、酆宮在鄠縣東三十五里、王后維翰傳云翰榦也者、謂翰爲榦之假借、此承上章築城作豐、卽因以起文王之爲垣爲翰、言豐是四方所望而來集、而王后爲之楨榦也、曰垣曰榦、巍然其不可動、確乎盤石之勢也、至此而三分天下、有其二矣、板曰大宗維翰、江漢曰召公維翰、又

可見此詩前四章皆指文王、若武王既爲天子、不當但言維翰而已也、

豐水東注。維禹之績。四方攸同。皇王維辟。 績、業、皇、大也、

皇王烝哉。 ○延文本傳業下有也字、

箋曰、五章首二句、忽然颺開、氣象一新、豐一作灃、又作酆、言水則从水、言邑則从邑也、言豐水者著其卒文之功也、東注者、著西周之業益東被也、一注字寫出河海晏如、一時王綱所屆、如水安流、俯仰讚歎、俱有遠神、豐水在豐鎬之間、東北流入渭、注于河、豐邑在豐水之西、鎬京在豐水之東、今曰東注、故二都皆可言豐水、今曰東注、則指鎬京所見言、維禹之績、績當爲蹟之假借、九州皆經禹治、因稱禹跡、襄四年左傳引虞人之箴曰、茫茫禹迹、畫爲九州、是也、哀元年左傳復禹之績、釋文績本一作迹、此積迹通用之證、此詩維禹之績、及商頌設都于禹之績、績皆當讀爲迹、說文、迹步處也、或作蹟、績蹟同音、故詩每叚績爲迹、又訓爲繼、釋詁、績、繼也、昭元年左傳、子曷亦遠績禹功、而大庇民乎、績亦蹟也、蹟爲步武、又爲繼、猶武爲迹又爲繼也、美武王忽及禹、此非思禹也、以形武也、水之東維禹功、人之歸維武德、毒痡不殊横流之災、弔伐豈異隨刊之志、是不特于湯有光、而且陟禹之迹矣、鄭箋以東注屬於入渭之後、嚴緝謂、禹貢東會于灃、注云、灃水自南而合、蓋灃水自南而北流入渭、經言東注者、是會渭之後乃東注入河也、胡渭禹貢錐指於雍州

灃水攸同曰、相如上林賦云、終始灞滻、出入涇渭、酆鎬潦潏、紆餘委蛇、經營乎其內、蕩蕩乎八川、分流相背而異態、八川唯涇在渭北、餘皆在渭南、出南谷山中、北入渭、酆水禹功所及、故獨著於經、又於導渭東會于灃曰、詩豐水東注、維禹之績、則渭南諸川、唯灃爲大、自漢鴻嘉中・王商穿長安城、引內灃水注第中、而其流漸微、逮唐貞觀中、堰豐鎬入昆明池、二水於是斷流、又於京城西北引灃水爲漕渠、合鎬水北流、由禁苑入渭、而灃水之流愈微矣、論豐鎬二水變遷之故頗悉、渭南諸水、唯豐爲大、漢志言北流入渭、與白華箋、豐鎬之間水北流、皆就豐入渭近者言之、此箋謂禹治豐水使入渭東注入河、解經東注之義、與禹貢渭會豐入河義正合、蓋詩陳禹治河之績、豐水東注則渭南諸水皆東注矣、○四方攸同者、加前章一等矣、自西自東亦四方也、然又進一等矣、夫纘禹之功、除大災大患、而同四方者、天下之辟也、其豈與文王之爲垣榦於豐同乎、排一樣文字、而取異樣氣象者、成辭之巧也、鄭讀辟爲君、不惟與皇王烝哉句法複、而且與皇王字亦複、似非詩義、不若依釋文讀婢亦反訓爲法、言今日之四方會同者、無不知武王之法也、皇王卽武王也、皇王猶王后、但文武異稱耳、朱傳皇王有天下之號、是以今言視古言耳、王后何曾非有天下之號乎、成王曰皇后、堯曰皇帝、曰后帝、商書之高后前后先后、並天子也、而皇考皇祖皇妣皇尸皇辟之類、士亦稱之、閔予小子有皇考皇祖皇王、舊說合稱文武也、

鎬京辟廱。自西自東。自南自北。無思不服。 武王作邑於鎬京、

皇王烝哉。

箋曰、遷豐而稱武功、遷鎬而稱辟廱、見得欲救民卽文不得不用武、欲化民卽武不得不用文、首一句合上章首句讀之、如置身太和翔洽中、三代致治景象可想見矣、後漢地理志曰、鎬在京兆尹上林苑中、孟康云、長安西南有鎬池、水經渭水注、鎬水上承鎬池於昆明池北、周武王之所都也、自漢武帝穿昆明池於是地、基構淪褫、今無可究、據此則帝王故都之不可問、殆無甚於鎬京者、今西安府卽漢長安縣地、鎬池在長安西、卽漢上林苑地、在漢昆明池之北、是武王之所都卽於鎬池也、鎬、邑名、與鄗爲常山縣名者不同字、周時渭南豐水猶大、鎬京之水、西承豐水、則引豐水爲池、是謂之鎬池、又謂之鎬陂、又別之爲鎬水、皆是豐水別流矣、劉昭郡國志補注、杜陵下引決錄注云、鎬在豐水東、豐在鎬水西、相去二十五里、蓋此鎬京辟廱卽靈臺之辟廱矣、姚鼐曰、豐鎬相去、地無幾耳、文王都豐、擇於豐水下流之地、建立辟廱焉、其地卽鎬京也、武王之興、因文之故都、辟廱豈待於改作哉、武蓋不以豐鎬爲截然兩都、文廟在豐、故不復再建於鎬可見、姚說是也、朱傳釋上章以爲武王未作鎬京時、釋此章則曰武王徙居鎬京、蓋至此章始言鎬京、故知遷於一統之後、且宗廟皆在豐邑、足見克商而後遷都也、義不可易、七章則追敘宅鎬之先、考卜之事、夫辟廱者講學行禮之處也、說苑修文篇云、是故聖王修禮文、設庠序、陳鐘鼓、天子辟廱、諸侯泮宮、所以行德化、下引此章、董子對策亦云、夫不素養士、而欲求賢、譬猶不琢玉而求文采也、故養士之大者、莫大庠太學、太學者、賢士之所關也、教化之本原也、意正胳合、蓋廣德化、養人材、二者兼之、文武之爲天下後世計、其心一而已、金鶚曰、王制云、小學在公宮南之左、大學在郊、天子曰辟雍、諸侯曰頖宮、但言天子大學與諸侯異名、未嘗言與諸侯異地、則天子大學亦在郊、小學亦在王宮南之左矣、下文云有虞氏養國老於上庠、養庶老於下庠、夏后氏養國老於東序、養庶老於西序、殷人養國老於右學、養庶老於左學、周人養國老於東膠、養庶老於虞庠、虞庠在國之四郊、此二庠二序二學東膠虞庠皆大學也、虞庠特別之曰四郊、明其與上文大學在郊不同處也、鄭誤以二郊爲一、又誤以養國老者爲大學、養庶老者爲小學、故注云、虞殷大學在四郊、小學在國中王宮之東、夏周大學在國中王宮之東、小學在四郊、而注上文小學大學亦以爲殷制也、大戴禮云、古者王子年八歲而就外舍、學小藝焉、履小節焉、束髮而就大學、學大藝焉、履大節焉、白虎通云、八歲入小學、十五入大學、是小學大學以年而分、王子八年甚幼、豈可入四郊之小學乎、小學必在宮南之左、天子諸侯所同、亦四代所同也、經典單言學者必是國學之大學、學記云、家有塾、黨有庠、術有序、國有學、王制上言者老皆朝於庠、下言司徒論選士之秀者而升之學曰俊士、亦可見國學專稱學也、家塾卽小學、稱爲塾而不稱爲學、王子所入之小學、大戴禮謂之外舍、是小學不稱學、而大學專稱學也、其曰鄉學小學者、乃通稱、非正稱也、故雖有學之名、而不得單稱學、此所以爲別也、王制云、五十養於鄉、六十養於國、七十養於學、別學於國、則學不在國中可知、養於國是國中小學、則養於學是國外大學可知、上文所謂小學在公宮南之左，大學在郊，正與此互證明，王制所言皆周制，鄭以爲殷制，殊爲曲說，大學在南郊三里，故曰在郊也，國以向南爲正，故惟南郊可專稱郊，祭地必言北郊，而祭天直言郊，此其一證，故大學在郊不必言南也，天子大學，凡鄉遂所升諸侯所貢皆入於此，其人最衆，故立五學以居之，又學必習射，天子虎侯九十步，則其地必寬廣，此大學所以在郊也，樂記言，武王散軍，而郊射，射必在大學，又大學在郊之一證也，說者泥國學之名，遂謂大學必在國中，不知國之稱不一，有以境界言者，如曲禮入國而問俗，大夫士去國是也，有以城內言者，如周官考工記國中九經九緯，曲禮入國不馳是也，有以郊內言者，如孟子國中什一使自賦，爲陫于國中是也，大學在近郊三里，居郭門之內，去國城甚近，其外乃爲六鄉，可不謂之國學以別於鄉乎，且國學之稱，亦不專以地言也，一鄉之士所入謂之鄉學，一國之士所入謂之國學，則不必正居國中，而亦可謂國學矣，古者天子立五學，諸侯殺於天子，立三學文王世子云，王乃命公侯伯子男及羣吏曰，反養老于東序，是諸侯有東序矣，有東序則必有西序，併其中頖宮爲三，大司樂總五學之教，而教樂德樂語樂舞必於成均，教之以樂則陶鎔氣質各得其平，而德無不成，故其學名爲成均，故統五學可名爲成均，大司樂云，掌成均之灋以治建國之學政，此成均乃五學之通稱也，又周人養庶老於四郊，謂之虞庠，庠取養老爲義，其名創於虞，故名虞庠，此卽鄉學之庠，六鄉在四郊內，四郊皆有庠，爲鄉學之士所居，而庶老亦於此養焉，非鄉庠之外又有郊學名虞庠也，王制云，命鄉論秀士升之司徒曰選士，司徒論選士之秀者而升之學曰俊士，夫曰升之司徒、則未有學以居之可知、鄭注云、升之司徒、移名於司徒也、孔疏移名於司徒、其身猶在鄉學、司徒論選士之秀者而升之學、則身升於大學、非惟升名而已、據此則由鄉學卽升之大學也、諸侯貢士亦在大學、射義云、諸侯歲獻貢士於天子、天子試之於射宮、尙書大傳云、諸侯之於天子也、三年一貢士、大國舉三人、次國舉二人、小國舉一人、則所舉不多、大學足以容之矣、且學必有師、鄉遂之學以鄉大夫州長等爲師、大學以大司樂樂師等爲師、四郊之學以何人爲師乎、若謂大司徒爲師、四學各居一方、以一人而兼教之、必不及矣、況司徒掌天下之教典、其任最大、豈得爲學士之師乎、然則鄉學國學之外、別無郊學明矣、天子諸侯小學皆在宮南大門內之左、中門以內路門之外則有宗廟、不得爲學也、師氏掌小學之教、保氏副之、由大門內入學、必由闈門、故保氏使其屬守王闈、正以大門之內、凡民皆可至、故守之勿使人盡入學也、師氏又以媺詔王、故居虎門之左司王朝、以治朝在虎門外也、虎門卽路門、或據此文、遂謂天子小學在虎門之左、居王宮正東、不知經文但言師氏居虎門之左、未嘗謂小學在虎門左也、小學爲王子所居、而師氏保氏言教國子者、卿大夫士之子、固各在其家塾、而其適子之俊秀者、亦得入王宮小學、所謂國之貴遊子弟學焉者也、師氏保氏爲大子之師保、故其位爲大夫、大師大保爲天子之師保、故其位爲三公、大子事師於小學、天子事師於大學、尊卑判然、鄭注以師氏保氏卽大師大保、誤矣、至於鄉遂之學、以閭里之塾爲小學、所謂家有塾也、尙書大傳云、大夫士致仕退者、歸其鄉里、大夫爲父師、士爲少師、歲事既畢、餘子皆入學、又云、上老平明坐于右塾、庶老坐于左塾、據此是一里之中、小學有二也、黨有庠、州有序、鄉有校、皆鄉學中之大學也、通而言之皆曰庠、王制云、命鄉簡不率教者以告、耆老皆朝于庠、此鄉校稱庠也、鄉飲酒禮、州長黨正皆行之、而記言拜迎賓于庠門之外、此州序亦稱庠也、孟子所謂周曰庠也、周之鄉學本皆曰庠、而欲備三代之名、故鄉又名校、而州又名序、黨則從當代之名也、周之國學、本皆曰學、而學備歷代之名、故有東序瞽宗等號、而以當代之學居中爲主、其義亦猶是也、○自西自東自南自北者、天下大從、文德四照、所謂卒其伐功也、周自西土興、近者先被其化、其後乃漸及于東、故曰自西自東、周自文王化已南行于江漢、其後乃漸及于北、故曰自南自北、皆對舉之詞、亦立言之序也、此章韻則二句爲截、語則中二句爲聯、且雍東之叶、北服之叶、天然自合、幷不覺其轉換、無思不服者、說者或以思爲語詞、或不以思爲語詞、以無不思服解之、俱非、當解爲無所思而不服、句法與詩靡日不思、書無遠弗屆一例、貞觀政要刑法篇、當今道被華戎、功高宇宙、無思不服、無遠不臻、漢中士女志、張騫爲武帝開西域五十三國、令帝無求不得、無思不服、至今方外開通、騫之功也、皆爲確證、無言不酬、無德不報亦同、○皇王烝哉者、辟廱本在豐、武王起之鎬京、以風動天下、可謂廣文王之聲也、

考卜維王。宅是鎬京。維龜正之。武王成之。武王烝哉。

箋曰、七章補寫作鎬事、考猶稽疑卜稽之稽、卜筮之道、必先斷於心、曰考卜維王、則王志先定矣、其考卜者、所以齊衆志也、洪範稽疑以汝則從爲主、王、武王也、宅、居也、○維龜正之、武王成之者、以吉凶取正于龜、龜出其吉兆以定之、故曰正、正猶貞也、洛誥我夫共貞、馬融注、貞・當也、謂共以爲當也、吳語、請貞於陽卜、韋注、貞・正也、人從謂之貞、龜從謂之貞、其義一也、龜告吉兆、武王作都以居之、是成其吉兆也、故曰成、此章應在辟廱章前、而不然者、是古文倒裝法、鎬京去豐不過二十餘里、武王徙之、此定京、非遷都也、豐在西爲渭之支、承其下流、規模狹小、鎬在東而近渭、爲豐之幹、納貢賦也便、覃號令也速、控四塞之地、以一面下臨諸侯、可謂據形勝之固者、洛陽其朝會處爾、

豐水有芑。武王豈不仕。詒厥孫謀。以燕翼子。芑・艸也、仕・事、燕・安、翼・敬也、**武王烝哉。**上言皇王、而變言武王者、皇、大也、始大其業、至武王伐紂成之、故言武王也、○芑音起、詒以之反、延文本・傳事下安下並有也字、皇大也作皇猶大也、上言皇王以下傳文、卷子本・傍注云此注本無、

箋曰、興也、芑解見采芑、傳芑草當爲芑菜之譌、正義正作芑菜、謂豐水猶以潤澤生芑菜、武王豈不以澤及後人爲事乎、傳云仕事也者、古仕士通、士事也、士謂之事、故仕亦謂之事、武王所事卽下二句是也、是詩下半四章、以豐水始終之、可玩、東注是文德之益遠也、有芑亦豐水之餘澤也、武之功都繫

之文之烈、是謂武王志、故武王之雅、序皆曰繼、○詒厥孫謀以燕翼子者、燕翼二字相連爲義、燕安也、翼卽輔翼之輔、左傳余翼而長之、翼翼覆也、義與翼助相近、舊解作敬、牽曲、此二句分子孫字成辭、猶曰遺子孫之謀、以保佑子孫也、上言謀、下言燕翼、上言孫、下言子、皆互文以就韻耳、分而言之則孫遠子近、孫通後胤遠孫而言、非特指子之子也、詒謀燕翼、所該甚廣、乃兼上三章所云言之、嚴氏謂、聖人爲子孫之計、莫大於遺之以人材、因釋仕爲官使之、顧氏亦謂、承上辟廱言、言武王樹人以爲子孫謀也、夫樹人亦詒謀之大端、然單以樹人一事說之則未盡也、晏子春秋諫下、景公登寢而望國、愀然而歎曰、使後嗣世世有此、豈不可哉、晏子曰、臣聞、明君必務正其治、以事利民、然後子孫享之、詩云、武王豈不事、詒厥孫謀以燕翼子、此引詩正作事、仕讀爲事、其訓古矣、是詩於文云匪棘其欲遹追來孝、於武云詒厥孫謀以燕翼子、一承先、一啓後、見其終始相成、若一人之身、而無少餘憾、武所以爲善志述事也、五章云四方攸同、皇王維辟、正言其代商以爲天下王、所謂繼伐者在此、六章以下、皆繼伐後事、大抵文王十篇、本一人所作、故詳略互見、無重出者、牧野陳師、已於大明言之耳、○武王烝哉者、下半四章言武王廣文王之聲以作鎬京之事、是詩似文武竝言、實以武爲主、詩爲武作也、序云繼伐甚明、傳上言皇王以下二十九字、阮元曰、小字本相臺本同、閩本首有傳字、明監本毛本首有箋字、案此當脫箋云二字也、上箋變諡而言王后者、變王后而言大王者、與此箋上言皇王而變言武王者、相承而下、屬之傳者誤也、

文王有聲八章章五句

箋曰、稱文王以武功、以見武王之武、非不足於文也、稱武王以文德、以見文王之文、非不足於武也、詳人所略、此自立言得大體處、每章以贊歎作結、隱寓垂訓嗣王之旨、自然悠遠、

文王之什十篇六十六章四百一十四句

箋曰、陳啓源曰、鄭譜以文王以下八篇爲文王詩、下武二篇爲武王詩、是言此十篇爲二王而作、竝不云作於二王時也、朱子不詳察譜文、而漫譏之、過矣、又謂正雅皆成王周公以後之詩、亦非確論、周家一代禮樂、皆周公所定、正雅諸篇、卽樂章也、今云作於成王周公以後、則是周公在時、正雅尙未備也、所定之樂、當歌何詩乎、且周公之後、不聞更有制禮樂者、雅頌諸篇之爲金奏、爲工歌、又何人所定乎、

毛詩會箋卷第十六